우리 민족의 삶과 역사

鄭 鑑 錄

우리 민족의 삶과 역사 鄭鑑錄
ⓒ 박청원, 2009

제1판 1쇄 발행 | 2009년 1월 10일
제2판 1쇄 발행 | 2009년 11월 30일

지은이 | 박청원
펴낸이 | 이영희
펴낸곳 | 도서출판 이미지북
　　　　등록번호 : 제2-2795호(1999. 4. 10)
　　　　주　　　소 : 서울시 강남구 논현동 193-8 우창빌딩 202호
　　　　대표전화 : 02) 483-7025
　　　　팩시밀리 : 02) 483-3213
　　　　전자우편 : ibook99@korea.com

ISBN 978-89-89224-11-2　 03810

우리 민족의 삶과 역사

鄭 鑑 錄

朴 靑 元

이미지북

우리 민족(民族)은 태초부터 단군(檀君)의 인본주의(人本主義) 홍익인간(弘益人間) 크게 더하는 사람 사이 즉, 사람 간의 協同·협동. 이념으로 삶을 살아왔으므로, 사람들이 선비 같은 마음 즉, 뜻(志)을 가지고 의(義) 옳음·바름. 와 예(禮) 본 바가 있음. 즉, 본 것이 풍성함. 를 숭상(崇尙) 높이어 소중하게 여김. 崇禮門·숭례문 참조 하여 못(釘)되지 아니하였던 동방예의군자지국(東方禮義君子之國)의 백성들이다.

그러므로 우리 민족은 타인을 대할 때 인사(人事)하거나, 부르거나, 묻거나, 대답하거나, 지시(指示)하는 등 인간만사(人間萬事)의 모든 것은 시작부터 끝까지 옳은, 바른 의(義)와 예(禮)이었다.

이 예(禮)의 실재(實在)는 우리 언어(言語) 속에 "예(禮)!", 아니예(不禮)!"와 특히 경상도 지방 여인(女人)들의 "누가예(禮)!", "언제예(禮)!", "어데예(禮)!", "어떻게예(禮)!", "뭐예(禮)!", "와예(禮, 왜요)!" 등등의 육하원칙(六何原則)의 말 속에도 아직 강하게 살아남아 있다.

우리는 예살이(禮生) 있어 주변의 모든 사람과 사물을 예(禮) 格物致知·격물치지를 뜻함. 로 대하며 질서를 유지하면서 삶을 살아왔다. 사람 간의 예(禮)는 쌍방이 서로 상응하게 대우(待遇)하는 것이다. 이것이 바른 것이라는 생각을 가지고 행동하는 것이 예·의(禮·義)인 것이며, 조부(祖父)가 손자(孫子)에게 하대말(下對語)하고 아들이 아버지에게 존대어(尊對語)하는 세계유일(世界唯一)의 우리 말(言語) 언어. 을 가지고 있다.

또한, 우리 단군(檀君)님의 홍익인간(弘益人間) 크게 더하는 사람 간 즉, 協同

·협동. 이념은 우리 민족 내부(民族內部)는 물론 이민족(異民族)들에게까지 작용(作用)되어 공격(攻擊)하지 아니하고, 방어(防禦) 둑을 쌓아 막아냄. 즉 이민족들이 침노하는 것을 막아냄. 를 하며 평화(平和)를 중(重)히 여기며 타민족들에게까지 예·의(禮·義)를 지켜온 큰 덕(德)이 있었고, 어른스러웠던 어진 민족(御眞民族)이었었을 뿐, 나를 위하여 남을 먼저 공격(攻擊)하는 비겁(卑怯) 천하게 으르렁거리며 刦脫·怯奪· 겁탈하는 것. 하지 아니하였었다.

그러나 근대(近代)부터, 우리나라에 들어온 백인 크로마뇽인(白人·cro-magnon man)들의 자연과학문명(自然科學文明)과 이 시기를 전후로 하여 들어온 정신사상(精神思想)인 그들의 절대신(絶對神·The God)인 여호아· 예수 앞에 만민이 평등(平等·Equality)하다는 서양종교사상(西洋宗敎思想)과, 좌익 무산인민공산주의 주장(無産人民共産主義主張, Proletalia Populist Communism)에 의한 인민평등사상(人民平等思想)이 우리에게 만연(曼然) 길게 그렇게 됨. 曼·만은 無· 없을 무의 뜻이 있음. 즉, 아무 이유도 없이 길게 그러함. 되어 우리 민족전통(民族傳統)과 민족주체성(民族主體性)을 훼손하며, 온 우리나라를 싸움 바닥으로 만들고 있다.

그리하여 개인, 집단, 계층, 상호 간에 자기 이념(自己利念)으로 서로 간에 평등(平等·Equality)을 다투며, 상응하는 대우(待遇)는 하지 아니하고 또, 노력(努力)은 아니하고 서로 보채고 싸우는 예·의(禮·義) 없는 세상이 되고, 우리 민족의 삶에서 노장보수기득권(老壯保守旣得權) 세력과, 물질적으로 무산자(無産者·Proletarian)이며 정신적으로도 어리고 미성숙(未成熟)하고 무지(無志)한 어린 유청년진보(幼靑年進步) 세력이 소위, 좌우익세력(左右翼勢力) 서로 간에 자기주의 이념(自己主義理念·Self Ideology) 자기 이상적인 생각. 으로 싸우게 되었다. 그 결과로 우리 민족 전체의 융성(隆盛)이 방해되고 약화(弱化)되어 우리나라가 부강(富强)하지 못하고 힘이 부족하여 우리 민족의 미래가 이민족(異民族)들에게 종속(從屬)되고 있다.

다른 말로 하면, 마르크스(Karl Marx, 1813~1880) 시대의 시대적 배경(背

景) 기계공업화 되고 대자본주의화 되어 피고용자 즉, 근로자가 아닌 노동자의 숫자가 절대 다수인 상황. 이 우리들에게 들이닥쳐 그의 계급투쟁설(階級鬪爭說)적인 노동자·농민·여성 부녀자·젊은이 즉, 하층계급(下層階級)에 포함되어 있다고 잠재 자각(潛在自覺)하는 상대적 인민(相對的人民)들이 이미 기성세대(旣成世代)로 성장하여 기득권(旣得權)을 가지고 권위(權威)를 행사하는 노장(老壯)들에게 인간평등(人間平等)을 앞세우면서 달려들고 있는 것이다. 이는 비겁한 인민정신(人民精神) 속칭, 거지근성(乞人根性)의 발휘인 것이다.

기득권(旣得權)과 권위(權威)는, 자신들이 스스로 젊고 어릴 때부터 자신들의 가치(價値)를 높이는 공부(工夫)를 열심히 하고, 열심히 일(事)하여 성립시켜야 하는 인생 누대(人生累代)의 명제(命題)인 것이다. 좌익세력(左翼勢力)들이 공연(空然)하게 보수우익(保守右翼)들에게 달려들어 시기(猜忌)하며 헐뜯어 즉, 지금의 민족철학(民族哲學)이 없는 인민영합주의 국회의원(人民迎合主義國會議員)들이 국회(國會)에서 정(定)한 법률주의에 의한 좌편향적인 인민공평(人民公平)을, 정당성(正當性)으로 한 법(法·法律) 작용에 의한 것이라 할지라도, 남의 것을 빼앗는 행위는 예(禮)와 의(義)가 없는 비굴(卑屈)하고 천(賤)한 인민주의 작태(人民主義作態)인 것이다.

과학문명(科學文明)의 힘을 바탕으로 한 백인(白人)들은 그들의 사상(思想)과 무력(武力)으로, 근대부터 병인양요(丙寅洋擾) 高宗·고종 3년인 1866년, 대원군이 천주교도 약 8,000명을 처형하자 이에 대한 항의로 프랑스의 인도차이나 반도에 주둔하던 동양함대가 강화도를 침범하고, 리델 신부가 인솔하는 조선인 가톨릭 신자들과 사령관 로즈 提督·제독이 시위하고 조선 정부에 布敎·포교 압력을 가한 사건. 신미양요(辛未洋擾), 거문도사건(巨文島事件) 등을 일으키며 우리나라를 침략(侵略)하기 시작하였다.

그들의 서양정신사상(西洋精神思想)과 물질문명(物質文明)의 세력(勢

6

力은 강화서고(江華書庫) 등 우리나라의 모든 것을 약탈하기 시작하였으며, 당시 수도인 한성(漢城) 땅에 강제(强制)로 부지를 할양하여 그들의 최상대조(最上代祖) 야훼(YAWHEY·如乎我) 여호아. 와 중대조(中代祖) 예수(Jesus Christ, BC 4~30)의 사당(祠堂)인 명동성당(明洞聖堂)과 그 사상(思想)을 가르치는 학교(學校)인 용산신학교(龍山神學校)를 짓고, 그들의 절대신(絶對神·The God)이며 유일신(唯一神) 一任이 神·일님이 신. 이고, 그들의 하나님(一任)인 예수(Jesus Christ)와 그 상대 여호아(如乎我·YAWHY)의 사상(思想)을 합일시켜 종교(宗敎·religion) 인생의 마루, 꼭대기 즉, 최고 제일의 가르침. 宗·마루 종, 敎·가르칠 교 참조 화 시킨 것을 우리 민족에게 믿도록 강제(强制)하여, 과거 우리 민족들이 서학(西學)이라 부르던 그 서양 백인들의 최상대 여호아(最上代祖 如乎我·YAWHY)와 중조(中祖)인 예수의 가르침을 우리 민족들이 인생 최고의 가르침 즉, 종교(宗敎) 으뜸 가르침. 로 믿고 따르게 된 것이었다.

신학(神學)이라는 것은 무엇인가? 신(神·The God)을 배우는 것이다. 지금 우리는 서양백인(西洋白人)들의 중조(中祖)인 예수와 그 상대(上代) 야훼(YAWHEY)를 절대신(絶對神·The God)으로 받아들이면서 그들의 삶의 행적(行蹟)인 평전(平典)을 암송하며, 배우고 익히며, 우리 조상(祖上)님들의 뜻을 저버리고 그들의 종교로 우리 의식(意識)이 빨려 들어가 그들에게 종속(從屬)되고 있는 것이다. 즉, 서양 종교는 우리 민족주체성(民族主體性)이 없는 가르침인 것이다.

그리하여 근대부터 우리 민족은, 인간 삶의 의식주(衣食住)에 관한 모든 것이 서양인들의 것이 좋고 편리(便利)하다고 인식(認識)하게 되면서 우리는 그들의 물질문명(物質文明)과 정신문화(精神文化)인 사상(思想)을 미국 놈 똥도 좋다는 식으로 비판 없이 받아들였으며, 서양종교(西洋宗敎), 자연과학(自然科學), 무산자주의(無産者主義·Proletalism), 인민주의(人民主義·Populism), 공산주의(共産主義·Communism) 등 서양·서방(西洋·西

7

邦)으로부터 들어온 여러 가지 잡다(雜多)한 사상(思想)에 중독되어 우리 민족의 전통(傳統)과 자존심(自尊心)이 없는 생활을 영위하여 왔으며 그나마 남아 있던 우리 민족들의 삶터인 우리나라까지 휴전선(休戰線)으로 두 동강이 나 있는 것이다.

지금도 이민족(異民族)인 러시아·일본·중국·미국인들에게 6자회담(六者會談)을 강요(强要)당하면서 한편으로, 우리 민족 내부(民族內部)는 아직까지도 무산인민공산주의(無産人民共産主義·Proletalia Communist Populism)와 서양 귀신(西洋鬼神) 예수 여호아(如乎我) 내가 곧 너희들과 같으니라. 의 망령(妄靈)에 허덕이고 있다.

다행(多幸)히도 우리 민족은 그동안 쌓아온 학문(學問) 배우고 물음. 과 노력(努力) 덕분으로 1인당 국민소득(國民所得·GNP)이 1만 달러를 상회하고 있어 절대빈곤(絶對貧困)에서 벗어났으므로 생존(生存)에는 지장(支障)이 없다. 그러므로, 다시 우리 민족정신(民族精神)을 고양하고 열심히 일하여 우리 민족은 반드시 강성대국(强盛大國)이 되어 한다.

다시 말하면 우리 민족 체면을 차리고, 고래(古來)부터의 우리 민족의 뜻인 단군(檀君)의 인본주의(人本主義) 홍익인간(弘益人間) 사상(思想)을 이민족(異民族)들에게 가르치고 그들을 이끌며, 떳떳이 세계평화(世界平和)와 세계공동번영(世界共同繁榮)을 의도(意圖)하고 성취(成取) 취할 자가 이루고 그 열매를 따먹음. 할 세월(歲月)이 다가온 것이다.

그러나 아직도 우리나라는 자신들이 어리고 유약(幼弱)하다고 잠재 본능적으로 생각하는 젊은이들과 어린이, 장애자, 부녀자, 노인들과 품삯을 받기로 계약(契約)하고 고용(雇傭) 품을 사고팖. 된 노동자(勞動者)들이 무산인민주의(無産人民主義·Proletalia Populism)의 의한 인민평등(人民平等)을 외치며 시위(施威·Demonstration)하면서 공공(公共)의 질서를 파괴하며, 이것을 자유자 민주(自由者民主)인 것인 양 착각하여 우리 국민 모두의 조직유기체(組織有機體·System)인 우리나라, 국가(國家)에 대하여 자신들이 어떤 행동을 하고 있는지를 자각(自覺)하지 못할 뿐만 아니라 이것을 자신들의 바른 뜻, 정의(正義)라고 생각하고 있다.

또, 자신(自身)이 인간평등(人間平等)을 실현할 수 있는 무산식자(無産識者·Proletalia Elite)라고 착각(錯覺)하는 젊은 학생(學生)들이 앞장서서 우리 민족의 본체(本體)이며 근간(根幹)인 군(軍)·관(官)을 포함한 국가(國家)와 사회(社會), 기업(企業), 가정(家庭)에 민주(民主) 백성이 主·주, 主人·주인이다. 라는 생각으로 해방(解放)과 자유(自由)와 평등(平等)을 요구하며, 이것을 진보적사상(進步的思想)으로 여기며 국가공권력(國家公權力)에 도전하고, 직장(職場)인 회사를 부수고 어렵게 하며, 나라·사회·가족윤리(國家·社會·家族倫理)를 저버리고 사회와 나라를 어지럽히고 시끄럽게 하며, 이혼(離婚)하여, 자식(子息)을 버리며, 나라 구성의 근본요소단위(根本要素單位)인 가족·가정(家族·家庭)이 건강하지 못하고 해체 분산(解體分散)시키는 예·의(禮·義) 본 바와 옳음. 없는 세상으로 되어가고 있다.

사람의 말은 그 사람의 뜻이므로 비속(卑俗)하게 쓰면 아니 되는 것이며, 우리 민족이 쓰는 언어는 우리말이어야 한다. 굳이 영어(英語)라야만 유식(有識)하고 진보적(進步的)이고 국제화(國際化)가 되는 것인가? 요즈음 우리나라 경영학(經營學)이나 경제학(經濟學)에서 시장(市場)을 마켓(Market)이라고 한다. 또, 시장(市場)이라는 뜻의 개념 확장을 굳이 마케팅(Marketing)이라고 하면서 시장의 개념을 정의(定義)하고 발전시켜 가고 있는 것처럼.

또한, 모든 기업명(企業名)은 외국어로 표기되고, 우리나라의 모든 상품에 외국어로 이름을 붙여야만 고급이고 좋은 것이 되며, 모든 학문(學問) 배우고 묻는 것. 에도 외국어를 사용하여야만 유식(有識)하게 보이고 권위가 있으며 이해(理解)하기 쉬운 것인가? 우리는 이미 그들 서양인들의 모든 과학문명(科學文明)과 정신사상(精神思想)을 배웠으며 알고 있다.

우리말로 번역 또는 조어·창어(造語·創語) 우리말을 만들어 냄. 하여 우리 민족혼(民族魂)인 우리말과 글을 사용하면서 꼭 필요한 때와 장소(場所)에 서만 외국어를 사용하여야 하는 것이다.

국제화(國際化)라는 것은 우리 말과 글, 우리 자본, 우리 역사(歷史), 우리 사상(思想) 등이 우리 힘으로 세계로 뻗어나가야 하는 것임을 확실히 알아 야 하며, 외부의 것들로부터 우리가 수용당하는 것은 국제화가 아닌 종속 (從屬)인 것이며, 지금 우리 민족인들이 믿고 있는 서양종교(西洋宗敎)는 우 리 민족의 서양종속사상(西洋從屬思想)의 극명(克明)한 실체인 것이다.

신학(神學)을 비롯한 모든 인문학(人文學)과 천문학(天文學)·유전생물 공학(遺傳生物工學)·원자물리학(原子物理學)·금속공학(金屬工學)·기계 공학(機械工學)·전기공학(電氣工學)·토목공학(土木工學) 등등의 자연과 학(自然科學)을 포함한 문과(文科)와 이과(理科)의 모든 학문은 이제 현실 에 어떻게 치용(致用) 써 먹도록 함. 즉, 구체적으로 쓰게 이르도록 함. 하느냐에 따라 우리 민족 미래 삶의 질(質)과 양(量)을 결정(決定)짓게 될 것이다.

우리 국민 각자는 모든 것에 예살이(禮生) 예생, 모든 것을 관심 있게 보아 행동으로 옮김. 있어야 하며, 부지런히 일하며 시간을 아끼고 능률을 높여야 만 부강한 개인이 되고, 힘 있는 우리나라를 성취(成取)할 수 있다.

우리 정치(政治)는 이 점에 특히 유의하고 예로부터 면면히 이어온 우리 조상들의 삶 철학(人生哲學) 인생철학. 을 이어받고 우리 민족 각자(各者)는 자기 몫을 다하도록 각 개인에게 자존심(自尊心)과 의욕(意欲)을 북돋아주 는 데 힘써야 한다.

정신적이든 육체적이든, 어리고 약한 젊은이, 어린이, 부녀자, 노인, 장 애인, 노동자, 농민, 도시 빈민, 대중(大衆)들 즉, 서양종교(西洋宗敎)와 무산 인민공산주의 주장(無産人民共産主義主張·Proletalia Populist Communism) 등에 혹(惑)하고 홀린 우매(愚魅)한 군중(群衆) Common, 보통사람들, 一般大衆 ·일반대중, 俗人·속인들, 常者·상놈들. 들을 공영(公營) TV와 사설(私設) 신문,

인터넷 등 기타의 선전매체(宣傳媒體·Mass Media)를 통하여 부추기어 선동(煽動)하고 온 백성들을 홀리게 하여 인기(人氣)를 얻고 당선되어 인민들을 통치(統治)하여 온 나라를 평준화(平準化)하는 것이 평등(平等)하고 공평(公平)하고 자유(自由)로운 삶을 살아갈 수 있다는 전제무산인민주의 정치(專制無産人民主義政治) 오로지 상대적 무산인민주의 자·Proletalia populist 뜻에만 따라 평등하게 되도록 통치하는 것. 이것은 자유자 민주주의인 우리나라에서 違憲·위헌이다. 보다 국민 대중(國民大衆)들이 각자가 열심히 공부하고 스스로 부지런히 일하여 자신을 구제(救濟)하고 먹고 사는 일(事) 사, 勤勞·근로 이 즐거운 삶이 참다운 각자 인생(各者人生)을 살아가는 것임을 자각(自覺)하게 하여 태평(太平)할 수 있도록 이끌어가는 자유자 민주정치(自由者民主政治) 즉, 나라 전체를 국민과 함께 경영하는 경국(經國)의 정치를 하여야 한다는 것을 명심(銘心)하여야 한다.

앞에서 말한 이 어리고 약한 대중(大衆) Vilfredo Pareto(1848~1923)는 전 인구의 80~85%가 人民·인민·Proletalia이라고 하였음. 이 무산인민들이 스스로 상층 계급으로 상승하기 위하여 노력과 열정을 다하면 Elite 循環·엘리트 순환을 하게 된다. 각자들은, 자기 자신과 가족과 사회, 국가와 우리 민족에 대하여 책임(責任)과 의무(義務)가 있다는 것을 망각(忘却)한 채 스스로 유약자(幼弱者)적인 비굴한 심리(心理)를 표출시켜 개인적인 호생존(好生存)을 위한 투쟁을 하거나, 무리들과 힘을 합하여 군중심리(群衆心理)를 발산 폭발시키면서 강자(强者)라고 생각하고 있는 국가(國家)와 공무원 및 관청(官廳), 군인 및 군부(軍部), 기업(企業), 기득권자(旣得權者), 있는 자(富者) 또는 보수(保守), 어른들과 남성(男性)들에게 대항하고 자신들만의 막연한 평등(平等), 자유(自由), 인간다운 대우를 요구하며 투쟁(鬪爭)하고 있는 것이다.

이것은, 그것을 자유자민주주의(自由者民主主義)로 잘못 알고 그 투쟁이 민주(民主)와 평등(平等)을 실현하는 것이라고 착각하고 있는 무산자인민주의(無産者人民主義·Proletarian Populism)인 것이며 지금, 우리는 이 싸움으로 민족 내부 힘(民族內部 Energy)만을 소모시키고 있다.

사람은 태어날 때 누구나 적수공권(赤手空拳)의 어리고 약한 빨갱이(a red)인 새끼이며, 무산자(無産者 · Proletarian)이다.

부모(父母)들의 지극한 정성과 보살핌으로 성장(成長)하면서, 세월이 흘러감으로써 철(綴) 봄, 여름, 가을, 겨울의 철. 과 쉬근(心根)이 들고 스스로 자신의 생존(生存)과 융성(隆盛)을 확보하면서 삶을 이어 후세(後世)를 생산하고 성장시킨 후, 늙고 병들어 다시 적수공권의 유약(幼弱)한 존재(存在)가 되어 사람, 인(人) human. 은 자연(自然)으로 돌아가는 것이다.

성장하여 철이 든 후에 일하지 아니하는 사람은 먹지 말아야 하는 것은 당연(當然)하며, 이 일(事) 사, 業 · 업. 은 각자의 생존(生存)과 번영(繁榮)을 담보하는 것이며, 부지런히 바른 방향(方向)으로 타인들과 힘을 합하여 능률성(能率性)을 확보하여야만 재산(財産)을 모을 수 있고, 융성(隆盛)하고 강성(强盛)한 자기 자신과 자신이 소속된 가정, 사회, 나라를 성취시킬 수 있는 것이다.

그러므로 사람은 성장기를 거치며 철이 들면서부터 스스로 옳고 바른 것이 무엇인지 자각(自覺)하여, 옳고 바른 뜻인 의지(義志)를 가지고 의무(義務)인 책임(責任)을 다하면서 자신과 가족, 사회, 국가와 민족을 위하면서 살아가야 한다.

우리나라 국민의 4대 의무는 납세(納稅) · 교육(敎育) · 병역(兵役) · 근로(勤勞)라는 것을 독자 여러분은 유심(留心)하시기 바랍니다.

모든 일에는 부지런히 참여(參與)하여야 하는 것이나, 이와 같은 유약자들은 부역(賦役 · 負役)하는 심정으로 또, 가정이나 사회와 국가가 상호공공관계(相互公共關係) system. 로 결합되어 유지되고, 발전되어 가고 있다는 사실을 망각(忘却)하고, 강자들이라고 생각하는 나라의 군인(軍人)과 경찰(警察)을 포함한 공무원들과 부자(富者), 지식인(知識人), 회사 경영주(經營主) 등에게 민주(民主)라는 이름으로 이에 상응하는 대우를 하지 아

12

니하며 달려들어 예·의(禮·義)가 없는 세상을 만들어가고 있다.

자기 각자(各者) 자신만이 기름지고 풍족한 결과(結果)를 취하겠다는 이 비겁한 빨갱이(a Red·Proletalia Populist)들의 누추(陋醜)한 마음은 무리나 조합(組合), 정당(政黨)을 만들어서 가정(家庭)과 직장(職場), 기업·회사(企業·會社)와 나라에 대하여 군중심리(群衆心理)를 표출(表出)시켜 가정과 기업과 국가(國家)라는 인간관계(人間關係)의 조직유기체(組織有機體) system. 를 망가트리며 반역(反逆)하고 있는 것이다.

사람의 마음은 태어날 때는 순백(純白)의 선(善)인 것이나 성장하여 각자는 자아(自我·Ego identity)를 형성하게 되면서 인간(人間)이라는 사람 간의 관계(關係)를 망각하게 되고, 자신만의 기름진 생존(生存)을 위하여 지독(至毒)한 자기 현실주의(自己現實主義) 즉, 자기애(自己愛)만 하는 존재(存在)들이 된다.

그러므로 사람은 마음 쓰기에 따라 한없이 깨끗하고 착한 존재가 될 수 있으며, 누추(陋醜)한 방향으로 자기 현실 호생존(好生存)에만 마음을 쓸 경우에는 지독(至毒)하게 미운 악(惡)한 존재가 된다.

앞에서 말하였던 상대적으로 어리고 약한 이 인민(人民·Peoples)들의 상대적인, 물질적·정신적으로 발가벗은 빨갱이 무산자(人民無産·a Red·Proletalia)적 생각, 사상(思想) 낱낱의 생각들의 집합체. 이 무산인민공산주의(無産人民共産主義·Proletalia Populist Communism)인 것이며, 그들 각자(各者)는 열심히 공부하며 성장하고 촌음(寸陰)을 아껴 쓰고 부지런히 일하며, 타인들과 선의(善意)의 경쟁(競爭)으로 성장(成長)하면서 정신적인 지식(知識)과 명예(名譽)·권위(權威)를 쌓고 물질적인 부(富)와 기득권(旣得權)을 쌓아가며 살아가야만 하는 것이나, 타인들에게 자유·민주·평등(自由·民主·平等)만을 내세우는 것이다.

그러므로 그들은, 송무백열(松茂栢悅)·혜분난비(蕙焚蘭悲)라는 것이 참된 인간의 삶이라는 것을 모르며, 그들 개인이나 무리들은 우선 눈앞의 누추한 자기 호생존(好生存)만을 위한 생각으로 돈·지식·명예·권력·경험 등 무엇이든 많이 있는 자들을 음해(陰害)하거나 태업(怠業) 사보타주·Sabotage. 하는 식의 행동(行動)을 하는 것이다. 이는 정직(正直)하지 아니하고 추접(醜接)한 것이며, 자존심(自尊心) 없고 비겁(卑怯)한 것이다.

지금(2007) 열린우리당인 여당(與黨)의 위정자나 정치인들은 이와 같이 자신들의 성장을 위한 노력은 아니 하고 자신을 스스로 책임질 줄 모르는 비겁(卑怯)한 빨갱이들처럼 사고(思考)하는 인민대중(人民大衆)들에게 수평적(水平的)인 분배(分配)에 초점을 맞춘 정치(政治)를 자행(恣行) 찌르듯이 정확히 행함. 하여, 이것이 인권(人權)을 존중하는 평등한 민주주의(民主主義)인 것으로 선동(煽動)하면서 그들의 지지를 얻어 당선(當選)되어 정치인 개인, 자신과 그 추종집단(追從集團)의 영달(榮達)만을 취하고 있는 것이다.

한편, 우리 온 국민들은 이와 같은 우리 정치(政治)의 결과실(結果實)이 없는 허망한 즉, 우선은 달콤하나 미래가 없는, 보채는 어린아이 달래는 과자 같은 엿만 먹고 있는 셈이다.

경국(經國)의 정치라는 것은 바구니에 잡혀 있는 고기를 공평하게 나누어 먹는 방법을 강구하는 데 힘을 쓰고 싸우는 것과 같은 정치가 아니다. 우리 국민 각자들이 지금부터 또 미래(未來)에 고기를 많이 잡을 수 있도록 가르치고 이끌어주는 것이 경국(經國)의 정치라는 것을 명심(銘心)하여야 하며, 이것이 지금 우리 정치인들의 임무(任務)라는 것을 확실히 알아야 한다.

이러한 모든 점들이 안타깝고, 미래의 우리 후손 자식들이 걱정되어 건방지게도 이 글을 쓰는 저를 독자 여러분은 양해하여 주시기 바라며, 아울러 졸필이나마 이 글을 끝까지 읽어주실 독자 여러분은 아무쪼록 나의 편이 되어 주시기를 간곡히 바라는 바이다.

단기(檀紀) 4340(2007)년 10월 31일

靑元 朴錫龍 글

차 례

1

우주宇宙의
존재存在와
우리
민족의 얼民族精神·민족정신

우주의 존재와 우리 민족의 얼

언제인가? 나는 「역사(歷史)와 미래(未來)」라는 제목으로 이야기하며 그것의 1항 '태고(太古)에' 우리가 살고 있는 이 지구(地球)는 여러 번의 빙하기를 거치면서 최후의 빙하기 이후, 누구의 섭리(攝理)에 의해선가 인류(人類)가 탄생하고 발전과 개선(改善) 改革·개혁이 아님. 개혁은 개선과 발전의 主體·주체인 우리들에게 가죽으로 만든 매를 들고 위협을 주며 강요하는 국민 각 개인의 주체성을 무시하는 개선임. 을 거듭하면서 석기문명, 토기문명, 청동기문명, 철기문명의 혜택을 누리면서 살아왔다는 이야기를 한 적이 있다.

한편, 이 지구의 탄생과 동시 또는 그 이전에 우주(宇宙)와 태양계(太陽界)가 생겨났을 것 아마 우주의 빅뱅·big bang일 것임. 이고, 이 우주의 공간(空間)과 함께 먼 옛날부터 시간(時間)도 존재하여 왔다.

이 우주의 존재(存在)는 있다는 말이며, 이것은 화학자(化學者)들이 만든 주기율표상의 원소(元素)들의 집합(集合)을 말한다.

지금까지 인류가 발견한 원소는 약 120개 정도이니 앞으로 탐구하여 발견해 낸다면 약 200개 정도까지 될 것인가?

어쨌든, 이 우주의 존재와 우주 밖의 또 다른 우주들과 대우주와 대대(大大)우주 등 무한대의 그 무엇이 있음을 인식(認識)할 수 있는 사람이 나 자신임을 알 때 무한한 영광(榮光)과 자부심(自賦心)을 가지게 된다.

이 지구의 탄생이 우주와 태양계의 탄생과 동시 혹은 그 이후의 시간이었다는 말은 수학적인 집합개념(集合槪念)에 의하여, 지구는 태양계의 내 집합(內集合)이므로 우주(宇宙)와 태양계(太陽系)의 존재 없이 지구가 있다는 것은 참 진(眞)이 아니다.

얼마 전 나는 신문에서, 영국의 천문학자 스티븐 호킹 박사의 최신 논문을 소개받았는데, 우주에 있는 블랙홀(black hole)은 무한대의 초중력(超重力) 상태이므로 모든 것을 흡수하여 빨아들이며, 빛은 물론이고 시간(時間)까지도 공(空)의 계(界)로 만들어버리는데, 이 블랙홀도 빨아들이지 못하는 것이 바로 정보(情報)라는 것이었다.

이 글을 쓰는 나 자신도 한 인간인 관계로 말과 글로써 신문에 소개된 호킹 박사의 논문의 뜻 그대로를 독자들에게 소개 전달할 수가 없다.

나는 정보(情報) < 지식(知識) < 인식(認識)이라는 생각을 가지고 있으며, 정보의 누적(累積)이 지식이며 지식의 누적이 인식이다.

이 누적은 개개의 낱 정보를 합한 것인데, 이것은 단순히 합한 고체덩어리와 같은 것이 아니고 아토초(那土秒) 100經·경 분의 1초, 인간이 인식할 수 없는 시간 原子·원자·time atom가 있다. 이 지속 시간이 있는 시간을 인간은 상상할 수 있다. 한편, 오랜 동안의 시간 億劫·억겁까지도 상상할 수 있음. 찰나(刹那) 약 75분의 1초 혹은 초 단위나 분 단위 또는 장단 시간의 정보를 집합시키거나 수집하는 시간(時間) 그 자체까지도 합하여진 것이다.

따라서 인식(認識)이라는 것은 수많은 정보들 또는 단순한 지식들의 집합(集合)이 아니고 어떤 규모(規模)의 시간 동안 축적되어 즉, 경험(經驗)을 통하여 얻어진 것이 인식이며, 인간의 머릿속에 있는 이 인식이 현실세계(現實世界) 人間界·인간계. 로 사람이 의도(意圖)하는 방향으로 표출되는 것이 꾀 즉, 지혜(智慧)인 것이다.

물론, 꾀라는 것은 우리 과거사로 보아 한문(漢文) 우선 또는 존중 사회에서의 지혜는 어른들의 것이고, 꾀는 어린 아이들의 천박한 속수(俗手)에 지나지 않는다고 생각하는 것은, 지금 이 시대에도 우리말을 쓰고 있는 만주나 연변·간도·연해주에 있는 우리 민족 우리 동포들, 심지어 외국에 유학중인 우리 학생들이 당연하게 받아들이고 있는 것은 잘못이다.

다시 스티븐 호킹 박사의 논문으로 돌아가서, 블랙홀에 빨려 들어가지 않는 것은 정보라고 한 말은 틀린 것이고, 내가 말하는 인간의 정보 지식 혹은 인식들이 긴 시간 동안 경험을 통하여 적분(積分)된 꾀 즉, 지혜(智慧)인 것이다.

나는 여기서 꾀의 가치가 크다는 것을 말하고 있다. 경험이 풍부하고 지혜로운 노장(老壯)들은 태어난 어린 시절부터 살아오면서 낱낱의 정보를 획득하고, 그것을 지식으로 또는 꾀로 승화시키면서 자식(子息)들에게 지식(知識)을 가르쳐주는 선생(先生)도 되고 지혜(智慧)를 가르치는 스승(師)이 되면서 살아오지 아니하였는가?

젊은이들은 인생(人生)을, 삶을 오랜 시간 살아온 노장(老壯)들의 경험과 지혜를 존중하여야 할 것이고, 자식들은 모름지기 나이 많은 부모에게 효(孝)를 행(行)하고 그분들의 뜻을 그르치지 말아야 할 것이며, 노장들은 자기들의 기득권(旣得權)이나 권위(權威)를 내세우지 아니하며 젊은이들이 살아 있을 시간이 풍성함을 뽐내는 것을 시기하지 말고 그들의 무한한 기능 성(可能性)을 아낄 줄 알아야 한다.

젊은이들에게 시간은 돈 즉, 가치(價値) 있는 것이며 무한한 가능성이다. 노장들의 경험과 지혜(智慧)는 그들의 힘이며 재산(財産)이다. 노장들은 보수(保守)요, 정신적으로 인간 삶의 지혜를 많이 가진 자들이며, 물질적으로도 돈과 재산을 가진 부자(富者)들이다. 이것은 그들이 열정적인 삶(人生) 인생. 을 살아왔다는 것을 뜻한다.

이것을 보수(保守) 또는 수구(守舊)로 몰아서 달려드는 요즈음의 젊은 이들은 도대체 어떤 생각을 가지고 있는 것일까? 삶을 나태하게 살아온 늙은이들과 합세하여 그들의 자유·권리(自由·權利)와 평등(平等·Equality)한 대우(待遇)에 대하여 목소리 높여 그들만이 이 나라의 백성들 이라며 그들만의 인민평등(人民平等)을 외치며 분배(分配)를 요구(要求)하고 있다.

자기들의 삶을 알뜰하고 열정적으로 부지런히 살아온 현재의 기득보 수 식부자(旣得保守識富者)들도 과거 자신들의 삶이 부족하고 배고픔과 지식에 목말랐던 시절은 잊어버리고, 쌓아온 그들의 물질적인 부와 정신 적인 지혜는 자기 혼자만의 힘으로 성취된 것인 양 뽐내며 마음대로 행 사하고 있는 관계로 여타의 사람들에게 반발을 사고 있다. 특히, 심신빈 곤자(心身貧困者)들과 약자(弱者)들인 노동자·농민·부녀자·어린이·장 애인, 도시빈민(都市貧民)들에게 혐오와 척결의 대상으로 인식되고 있 는 것이다.

이러한 것은 서로 대치되는 삶을 살고 있는 기득보수노장(旣得保守老 壯)과 진보 젊은이, 가진 자와 없는 자, 지식인과 무지식인, 뜻이 있는 유지 자(有志者)와 무지자(無志者), 강자와 약자, 여자와 남자, 우리 민족 모두 가 서로 예·의(禮·義)를 갖춤으로써, 반성하고 개선되어 가도록 하여야 할 것이다.

나는 내 인생에서 은퇴란 개념을 없앨 생각이다. 은퇴는 내 삶과 내 인생을 스스로 책임지지 못하게 할 것이며, 자식들에게 효도(孝道)를 요구 하게 되고 그들을 피곤하게 만들 것이며, 한 번 뿐인 내 인생에 주어진 나의 기회(機會)를 무의미(無意味)하게 보내고 버릴 수는 없다.

자식들은 신(神)이 아니다. 그들은 그들 나름대로 삶을 영위하기에 바쁘고 힘들 것이며, 나는 내 자식들의 어린 시절 그들에게 필요하였던 나의 존재 가치를 잊게 하고 싶지 아니하다.

우리나라의 모든 젊은이들과 유약자들도 열정과 희망, 꿈과 자존심을 가지고 열심히 배우고 일한다면, 자신들도 부와 지식 있고 힘 있는 기득권자(既得權者)나 권위자(權威者)가 된다는 사실을 명심하고, 부모를 포함한 남에게 공짜로 얻어먹고, 남에게 평등(平等·Equality)을 내세우며 투쟁하면서 생기는 비겁하고 추접한, 반사적 이익을 챙기는 우리 민족 내부인들 간의 생존경쟁(生存競爭)을 하면 아니 된다.

우리 민족 개념, 우리라는 생각(生覺)에 입각하여 슬기롭게 풀어나가야 할 것이다. 다만, 우리 민족이 아닌 외부인들 즉, 이민족(異民族)이나 외국인(外國人)과의 생존 경쟁에서 그렇게 하여야 할 것이다.

다시 앞으로 돌아가서, 앞에서 말한 순수한 우리 말 '꾀'나 '슬기'는 한글로 쓴 것이며, 한문(漢文) 이 漢文·한문도 訓民正音·훈민정음으로 표기하면 "한글"이다. 으로 쓰면 지혜(智慧)이다. 이 뜻글자인 지혜(智慧)를 파자(破字)로 풀이하면, 지(智)는 지식(知)이 나날이(日) 쌓여 숙성된 것이고, 혜(慧)는 여러 곳의 땅(地) 한글의 모음 'ㅡ', 땅을 의미함. 위에서 얻은 여러 정보를 사람(人) 한글의 모음 'ㅣ' 사람을 의미함. 들이 삼지창(三枝槍) 象形文字·상형문자. 이나 끈으로 꿰어 철(綴)한 사람의 마음(心)이다.

이와 같이 한문(漢文)에서 또는 상형문자(象形文字)로부터 한글을 창제(創制)하시고 큰마음(德心) 덕심. 을 가지시고 지혜롭게 우리 민족 삶의 질랑(質·量)을 크게 높인 정치(政治)를 하셨던 우리 선조(先祖) 한 분이 세종대왕(世宗大王, 1397~1450)님 이시다.

한편, 정치(政治)는 바른(正) 생각을 가진 아버지(父)가 물(水) 삼수변. 흐르듯 이치에 맞게 큰 구실(台) 구실 태·클 태. 을 수행하는 것이며 다시 말하면, 올바른(正) 아버지(父)가 다스린다(治)는 뜻이며, 바른 아버지가 큰 임무, 큰 구실을 수행하신다는 뜻이다.

국민들의 대표인 국회의원(國會議員)들이 국민들에게 유익하고 필요한 법률(法律)을 만들어 위정자가 이를 구체적으로, 세부적으로 나누어 실행시키는 것 즉, 법률을 집행하는 것이 행정(行政) political administration. 이다.

현재의 우리 민족 정치(民族政治) 실행자 즉, 정치 집행자(政治執行者)들이 행정공무원(行政公務員)이다. 그러므로 공무원은 위정자의 수족(手足)이며 나라의 기간(基幹)이며, 국민이 낸 세금으로 녹을 먹는 온 국민들의 머슴들이다.

바른 우리 민족 정치의 실현과 국가 기강 확립을 위하여 정부는 공무원들에게 합당한 보수를 안정적으로 지급하여 부정(不正)을 없애면서, 우수한 인재로 성장시키면서 국민들을 통솔해 나가도록 독려하여야 한다.

그 재원(財源)은 공무원들보다 2~3배 급료를 받고 있는 국가 공기업(公企業)이나 공익단체(公益團體), 시민단체 지원금(支援金), 공공으로 운영되는 공공자금(公共資金) 등에서 각출할 수 있을 것이다.

정부(政府)를 작고 즉, 공무원 수를 줄이고 능률적으로 만들면서 전 국민, 만백성(萬百姓)들의 세금을 줄여주고, 공무원 자신들은 국민의 충실한 머슴이 되면서 능률을 향상시켜 잘못 분배된 정부의 위성단체, 시민단체, 각종 위원회들의 일까지도 감당해나가야 할 것이며, 우리나라 전체를 하나의 유기체(有機體·System)로 보고 국민 전체를 이끌어나가야 할 것이다.

시민단체와 그 구성원들도 그들의 봉급을 국민들이 낸 세금(稅金) 즉, 정부(政府)의 재정지원(財政支援)에 의존하지 아니하고 스스로 만든 자금(資金)이나 노력(努力)으로 참다운 국민에 대한 봉사자의 자세로 돌아가서 열정을 불태우면서 조국에 헌신하여야 할 것이다.

지금 우리 정부가 위성단체인 시민단체들에게 지급하는 재정지원은 국민들이 낸 세금(稅金)을 정부가 이들에게 지불하여 장님 제 닭 잡아먹게 하고 있는 식의 전형적인 인민주의(人民主義·populism)의 표상(表象)이다. 지금 우리 정부는 제 돈 주고 제 떡 사 먹는 식의 인민주의(人民主義) 작태를 민주정치(民主政治)라며, 이를 자행(剌行) 찌르듯이 정확하게 행함. 하고 있는 것이다.

위정자(爲政者)인 대통령은 국민이, 온 백성(百姓)들인 민(民)이 선출한 우리나라의 임금(君)이다. 국민 모두는 각자 부모에게 효도하듯이 대통령을 섬겨야 할 것이고, 대통령은 큰 덕(德)의 정치(政治), 경국(經國)의 정치를 하여 온 국민들은 그 정치(政治)의 실과(實果)를 먹고 살아야 하며 투표로 국민들이 선택하여 당선되었으므로 국가 전체(國家全体)를 위한 정치가 되도록 힘써야 하는 것이 그의 임무이다.

민주주의(民主主義)는 백성이 주(主)가 되고 주인(主人)이 되는 것이 옳다는 뜻(義) 옳을 의·뜻 의. 의 주의주장(主義主張)이므로 지금 온 우리 민족, 국민들은 잘못 인식하고 있는 상대적 무산인민자(無産人民者·Proletalia Populist)적 자기이념(自己利念)을 버려야 하며, 위정자(爲政者)에게는 온 국민, 백성(民)들이 잘 살 수 있게 하는 바른 민주정치(正民主政治)를 하여 줄 것을 요구(要求)하여야 한다.

지금은 정치인들의 인민인기영합주의(人民人氣迎合主義)와 국민들의 무산인민주의(無産人民主義·Proletalia Populism)가 맞아 떨어져, 이것을 민주정치인 양 하는 좌익적인 반 조각 정치를 하고 있어 나라 망해가는 줄 모르고 있다.

지금 우리는 20세기 이전의 봉건군주제도(封建君主制度)의 군주주권정치(君主主權政治)가 아닌 온 백성(全百姓) 위주의 민주정치(民主政治)를 위하여 우리는 민주적 절차 즉, 국민주권주의(國民主權主義)에 의한 투표로 대통령(大統領)과 국회의원(國會議員)을 선출하였으며, 많은 국민 모두가 국회(國會)에 직접 참석 참어하는 직접민주주의(直接民主主

義)를 할 수 없으므로 온 백성들의 뜻을 국회의원이 대신 수행하는 대의
민주정치(代議民主政治)를 하고 있다. 지금 정당정치(政黨政治)를 하는
우리나라의 정당 공천으로 당선된 국회의원들이 국민들의 뜻은 저버리
고, 자기 소속 정당의 자기들의 이념(理念)인 상대적 좌익이념(左翼理念)
에 의한 무산인민주의(無産人民主義·Proletalia Populism)만을 고집(固執)
하고 숫자 많은 인민들의 인기를 얻고 당선만을 추구하는 지금의 우리
나라 상황과 같은 정치(政治)는 잘못된 것이다.

그들은 담담(憺澹) 근심 걱정이 고여 있음. 한 선비(士·儒)들처럼, 표출시
키지 아니하고 있는 온 국민들의 깊은 속뜻을 헤아려서 정치에 반영시
켜야 할 것이며, 그들이 행하였던 국민들에 대한 과거 과오는 잊어버리
고 희망을 주며, 서로 싸우지 아니하고 우리 민족끼리 협동(協同)하여
힘 있고 잘 살고 부강한 우리 조국, 대한민국을 창조하여 나가는 정치를
하여야 한다.

정치적 삼권분립(政治的三權分立)은 행정(行政)·입법(立法)·사법(司
法)의 세 가지 권력의 상호 견제를 통하여 얻어지는 과실(果實)을 온 국민
(國民)들이 취하여야 하는 제도(制度)이다.

지금의 우리나라 이 세 개(三個)의 권력들은 국민들에게 군림할 줄만
알지 상호 견제를 통하여 국민들이 실제로 누려야 할 혜택은 헤아리지도
아니하고 또, 그 정치의 결과(結果)가 무엇이여야 하는지도 모르고 있다.

행정부(行政府)는 기존의 각 부 장관(長官) 예하로 통합되어야 할 기능
(技能)을 공산당 전당대회 같은 수많은 위원회(委員會)와 미명(美名)의 시
민단체(市民團體)라고 이름 지어진, 위성단체(衛星團體) 등으로 확장시켜
그 운용경비를 온 국민들에게 세금(稅金)으로 부담시키고, 그 장(長)들은
일반 서민들이 보기에는 과히 천문학적인 돈을 급여(給與)로 가져가고 있
으며, 그 종사자들에게도 공무원(公務員)들보다 과도한 급료와 여러 명목
의 대가를 지급하고 있다. 이것은 국민들이 부담한 세금(稅金)인데 부끄럽

지도 아니한가?

 행정부(行政府) 각 부처(部處)는 모든 소속 기능을 흡수하고 국민들에게 꼭 해야 할 일만하고 나머지는 국민 자율(國民自律)에 맡겨야 한다.

 각 권력(權力)들은 경쟁적으로 인민들의 인기(人氣)만을 의식하여 그들이 만든 법률(法律)에 의한 수많은 인민민주적제도(人民民主的制度)를 양산(量産)하여 국민들에게 우선은 달콤한 엿 먹이고 나라 전체는 망하게 하고 있다.

 온 국민들은 삼권분립(三權分立)의 진정한 과실(果實)을 먹고 살아가야 하는 것이다.

 한편, 입법부(立法府)인 국회는 무산인민주의(無産人民主義·Proletalia Populism)적인 수많은 법률(法律)을 체계도 없이 양산하여 국민의 행복은 커녕, 권리(權利)와 자유(自由)를 구속하여 옭아매고만 있으며, 이를 결제하고 "법(法)이 무엇이다"라는 것을 판결하여야 할 사법부(司法府)도 헌법재판소 같은 불필요한 조직을 만들어 고급공무원의 숫자만 늘여놓고, 인민들의 눈치 보기 즉, 자유민주주의(自由民主主義)인 우리나라 헌법(憲法)에 위헌(違憲) 헌법을 어김. 인 좌익적인 판결만을 하고 있으며, 그들의 장관급 봉급 즉, 국민들의 세금만 빨아먹고 있다.

 지금 우리는 일본·중국·러시아·미국 등 이민족(異民族)들의 열강 제국(諸國)들에게 둘러싸여 우리 민족의 자주(自主)와 주체성(主體性)을 유린당하고 있다. 이것은 우리 민족이 자각(自覺)하지 못하고 과거 20C 이전 조선(朝鮮)시대부터 서로 당파를 이루고 싸움질하고 쓸데없는 공론(空論)과 명분(明分)에만 매달리고 실용주의실학(實用主義實學)의 치용(致用) 다 달아서 씀, 쓰게 이르름. 과 실천(實踐)에 소홀하여 현재 우리가 약소민족국가(弱小民族國家)이기 때문이다.

 지난 과거를 잊어버리고 민족자존심(民族自尊心)을 가지고 매사에 임해야 할 때이다. 지금 우리는 개인 당 소득이 만불(萬弗)을 상회하고 있어 절대생존(絶對生存)하는 데는 문제가 없다.

개인 각자는 주체성(主體性)과 자존심을 가지고 올바르고 곧게 정직(正直)하여야 하며, 열심히 노력하고 시간(時間)을 헛되이 소비하지 말며, 부강한 우리 조국(祖國)을 만드는데 열정을 바치고 강력한 우리 조국(祖國)의 보호(保護) 아래 우리 민족들의 삶을 구가하여야 한다.

인간다운 삶은 신(神·The God)이 주는 것이 아니다. 우리 국가(國家)의 테두리 속에서 노력하는 우리 자신이 융성(隆盛)한 우리나라를 만들 수 있으며, 우리 국가는 우리 각자들의 권리와 삶을 보장할 수 있는 것이다.

다시 이야기의 본론으로 돌아와서, 쓰고 익히기 어려운 한문(漢文)보다 쓰기 쉽고 익히기 쉬운 우리글이 한글이다.

세종대왕께서 훈민정음(訓民正音)을 만드실 때 우리 단군 할아버지께서 건국하셨던 지역인 지금의 중국 북경(北京) 부근까지 신하를 여러 차례 보내어 연구하셨다. 한글학자들이나 언어사(言語史) 학자들은 『조선왕조실록』 등을 연구하여 이것이 사실임을 확실히 증명하여야 할 것이다.

뜻글자인 우리 한문(漢文)은 익히기가 어려우며 우리 말소리, 성(聲)과 같지 아니하는 글(文)이 많다. 우리 말을 소리 나는 대로 쓸 수 있는 쉬운 우리 말글(言文)이 훈민정음(訓民正音)이며, 목소리글(聲文) 성문. 이다

세종대왕께서 만드신 초기의 한글에는 ·, ㅡ, ㅣ (하늘, 땅, 사람)이 있었다. 이것도 상형문자(象形文字)이나, 옛 우리 한글, 한문(漢文)보다 쉽게 쓸 수 있는 장점이 있다. 이것을 · (아) 아래 아. , ㅡ (으), ㅣ (이)로 하여 홀소리로 한 것이다.

초성·중성·종성(初聲·中聲·終聲)은 한글의 소리 내는 발성법(發聲法)을 설명한 것이다. 따라서 그 당시 새로운 우리 한글인 훈민정음(訓民

正音)은 목소리글(聲文) 성문. 이다. 한편, 우리 새롭고 쉬운 우리 한글을 훈민정음이나 훈민정성(訓民正聲)이라기보다는 훈민정문(訓民正文)이라 하였어야 타당한 것이다.

한글을 언문(諺文) 한글의 속칭. 漢字·한자로 쓰인 俗談·속담이나 詩·시의 助辭·조사로만 쓰는 문자. 이라고 하여 비하하고 있는 것이라든가 후세의 한글학자들 중 일부가 창호(窓戶) 문자라고 하는 것은 잘못이며 말글, 언문(言文)이라 하였어야 타당한 것이다.

닿소리 ㄱ, ㄴ, ㄷ, ㄹ, ㅁ, ㅂ 등을 보면 그럴싸하지만 ㅅ, △, ㅇ, ㅎ 등을 설명하기에는 역부족이다. 뜻글이 아닌 말글(言文) 언문. 인 이 우리 글을 언문(彦文) 선비나 才德·재덕이 있는 훌륭한 사람들의 말글, 言文·언문 즉 목소리글 聲文·성문. 으로 그 뜻을 바로 알고 써야 타당한 것이다.

닿소리, 자음(子音·聲)과 홀소리, 모음(母音·聲)을 합하여 음양(陰陽)의 조화와 함께 구조적이고 시각적으로도 보기 좋은 새로운 한글이 창제된 것이다. 그러므로, 우리 민족들의 새 한글(新漢文)인 훈민정음(訓民正音)은 뜻과 소리 내는 방법까지도 포함되어 있는 글(文)이고, 우리말을 우리 글로 쉽게 쓸 수 있는 것이며, 말글(言文)인 민족들의 목소리글(聲文)이며, 말(言)과 글(文)은 사람들끼리 의사 교환 즉, 정보(情報)의 상호 소통방법이며 말(言)은 소나 말, 개 등 고등생물들에게까지도 사람의 뜻을 전달할 수 있는 수단(手段)도 되는 것이다.

그런데, 선비나 재덕 있는 사람이 쓰는 우리 언문(彦文) 즉, 말글(言文)로 쓰는 우리 말, 언(言)은 많은 뜻이 포괄된다는 점이다. 예를 들면, "정"하는 목소리는 글(文)인 훈민정음으로의 표기는 "정"이다.

또한, 책(冊) 등에 표기된 우리 신한글(新漢文) "정"은 여러 가지 뜻을 내포하고 있는 正, 貞, 政, 鄭, 丁… 등의 한문(漢文)이 수없이 많다. 여타의 것들도 마찬가지이다.

그러므로 우리 민족인들, 사람이 하는 말, 소리글(聲文) 즉, 훈민정음으로 하는 말은 무슨 뜻인지? 또 무슨 뜻을 표시(表示)하는지 잘 알 수 없으며 그 구분하는 정확성(正確性)이 없어지게 되는 단점이 있다.

아무리 초성·중성·종성 등으로 번거롭게 발음하더라도 감당할 방법이 없다. 그러므로 우리 고문(古文)인 즉, 한글(漢文) 한문. 이 필요한 것이다.

또 이러한 큰 뜻, 많은 종류의 뜻이 담긴 우리말을 써 온 관계로 우리 민족은 한없이 태평하였으며 시간 가는 줄 모르고 과거에는 하루를 12시간 단위로 나누어 썼음. 나물(奈勿) 어찌나(영양가) 없는 것. 먹고 물마시고 금수강산에서 편안하게 도통(道通)만을 위하여 선(禪)만 하고, 정신수련(精神修鍊)만 하였었지 지도층식자(指導層識者)들은 그 통한, 틔운, 열린 생각을 서민(庶民) 백성들에게까지 치용(致用)시키지 아니하였던 것 例·예, 跆拳道·태권도·儒敎·유교 즉, 선비(士)교, 고려자기 기술 등등. 이 아니었던가요? 즉, 근세(近世)에 우리 민족은 왜놈들이나 서양백인(西洋白人)들보다 인문·자연과학(人文·自然科學)인 실학(實學)을 온 국민들에게 잘 치용시키지 못하였던 것이다.

이 기회에 설명할 필요가 있는 것이 태극(太極) The great absolute in korean philosophy, dual prinicple of yum 陰·음 & Yang·陽·양. 문양(文樣)이다.

태극(太極)은 주역(周易)의 뜻이 담긴 것으로, 오랜 옛날에 지구(地球)가 탄생할 당시 땅 위의 불덩어리 붉은 용암(溶巖)과 태양빛(太陽光)이 대기(大氣·Air) 속의 질소(質素·Netrogen) 등에 난반사확산(亂反射擴散)되어 생기는 푸른빛을 띄게 되는 하늘(天)을 표상(表象)한다.

그러므로, 태극 문양은 푸르고 희망적인 청색(靑色)과 열정적이고 도전적인 진홍(眞紅)의 청홍색으로 소용돌이쳐 우리 민족의 희망(希望)적이고 열정(熱情)적인 창조성(創造性)을 뜻하는 것이며, 외부의 둥근 원형과 반원(半圓)으로 이루어진 중앙선은 청홍의 색감(色感)과 함께 역동성(力動性)을 나타내며 두루 바뀌어가는 주역(周易) 즉, 우리 민족의 고래사상(古

來思想)인 지구과학(地球科學)과 천문학(天文學)에서 유래된 것이다.

외부의 원형은 하늘(天) 大人·대인이 머리에 이고 있는 한일(一) 자 참조 훈민정음의 아래 아·둥근 태양계와 우주·우주도 둥글다고 상상됨. 을 뜻하며, 우리 민족의 우리, 담장(牆場) 테두리·fence. 를 견고하게 치는 것이다. 원형은 기하학적(幾何學的)으로 가장 완전한 도형(圖形)이며, 물리학적(物理學的)으로도 외부의 힘과 충격에 가장 강하고, 그 면적(面積)과 체적(體積)도 다른 어떤 공간으로 둘러싸여 있는 것에 비교하여 크고 알진 것이다.

한편, 앞에서 말한 이 우리 말(言)과 글(文)은 우리 즉, 우리 민족(民族)의 탄생과 거의 동시에 우리 조상들이 삶을 도모(圖謀)하는데 사용되어 왔을 것이다.

이 우리 말과 글 자체도 우리 삶의 시간적 변화와 환경 개선 등 인공(人工)과 자연(自然)의 변화(變化), 우리 조상들의 인식(認識), 지식(知識) 등의 정신적 발전과 더불어 개선 변화되어 왔으며, 우리 조상들의 업적·역사와 함께 지금 현재의 우리에게 전승(傳承)되어 오면서 사용되고 있는 것이다.

그러므로, 예부터 전통적(傳統的)으로 우리 몸에 배어 온 우리 말과 글은 곧 우리 민족의 얼(民族精神) 민족정신. 이며 민족혼(民族魂·Racial soul)이다.

또, 이 우리 말과 글은 우리 삶(人生) 인생·life. 이 양질(良質)·다량(多量)의 풍부(豊富)한 삶으로 개선될 때 우리 민족의 얼, 민족혼(民族魂)으로써, 의사전달의 수단(手段)으로써, 우리들의 정신적 삶을 풍족하게 하는 말, 언어(言語)와 글(文)로써 스스로 상승작용을 하면서 우리 후세들에게 전승되고 존재(存在)할 것이다.

그러나, 말은 당시에 필요한 정보의 전달일 뿐 오랫동안 남아 있지 아니하고, 시간적으로 미래까지 공간적으로 멀리 떨어져 있는 사람들에게 정보·지식·지혜를 전달할 수 없으므로 문자화(文字化)하여 사람의 지혜(智

慧)를 모은 것이 책(冊)이며, 사람의 인식(認識)들을 책(冊)으로 만든 것이 문서(文書)이다.

한편, 우리 말·언어(言語)는 자음접변·구개음화·된소리화 등등으로 시대가 지남에 따라 소리(聲) 성·목소리. 가 변화하므로 세월이 가면 그 말의 본뜻을 알 수 없게 되는 단점이 있다. 그러므로 문자(文字)가 필요한 것이며, 그 문자 또한 소리글(聲文) 성문. 인 언문(言文)보다 뜻글(意文·義文)인 한문(漢文)을 이용한 기록이 영원히 참 진(眞)으로 남게 될 것이다.

그러므로, 현존(現存)하고 있는 우리 말(言)과 글(文)은 우리 민족혼(民族魂)이며, 우리 후손들에게 영원히 보존(保存), 승계(承繼)되어야 하며, 나는 지금 우리가 중고대(中古代)부터의 모화사상(慕華思想) 옛 우리 조상님들의 萬里長城·만리장성 이북 황허 상·하류에서의 삶 즉, 堯舜·요순시대와 殷周·은주시대의 仙人·선인 같았던 삶을 그리워하는 생각. 에 중독(中毒)되어 우리 옛 한글, 한문(漢文)을 떼놈들의 글이라고 하고 있으나 한문(漢文)은 "우리 민족 최상대 단군(檀君)시대부터 사용하여 왔던 우리 한글(漢文) 한문을 훈민정음으로 표기하면 한글이다. 이다"라는 것을 앞에서 나의 이야기를 통하여 증명(證明)한 것이다.

여기서 나는 한 가지 더 언급하고 지나가야 할 것이 있다. 앞에서 나는 '우리'라는 말을 유독 자주 사용하였다.

그 실재(實在)를 보자. 영어(英語)에서는 단지 집합 개념으로만 쓰이며, 우리나라(我國·我邦)라는 말은 사용하지 아니한다. 왜놈들도 그들 나라를 우리나라라고 아니할 뿐만 아니라 그들의 민족국가 개념은 희박하다.

그들은 같은 핏줄을 가진 단일 민족 국가가 아니며 토인들과 스페인 남미계의 피가 섞인 히스패닉과 동양인·흑인들과 키 작은 오키나와 등지 출신 해양민족인 왜(倭), 또는 티베트·신강성·서역·몽골·만주 일부 지방에 거주하는 우리 한(漢)민족 사람들의 피가 섞여 있는 다민족 국가이다.

그들의 나라는 우리와 인적 구성 성분이 다른 나라이며 따라서, 우리라는 말도 다르게 적용된다.

우리는 평화를 사랑하는 백의민족(白衣民族)의 백성(百姓) 즉, 김·이·박·정·최 등등이 혼인(婚姻)을 통하여 피가 섞여 우리 민족의 가부장 가족제도(家夫長家族制度) 전통(傳統)에 따라 자식들이 지아비 부(夫)의 성(姓)을 따를 뿐, 우리는 단일민족국가(單一民族國家)이다. 우리라는 말을 살펴보자.

"우리"는 순수한 우리 말(言·言語) 언어. 인 우리 소리, 성(聲)을 우리 글, 문(文)으로 쓴 것이다. 태(胎)·테두리와 담장(墻檣·fence)의 뜻과 나와 너희들을 합한 집합개념(集合槪念)의 뜻이 합해져 있는 우리 민족이 고유(固有)하여 온 명사(名詞)이며 형용사(形容詞)로도 쓰이고 있다.

옛부터 우리 조상님들은 가축을 기르며 삶을 풍요롭게 하면서 살아 오셨다. "돼지우리", 일응 돼지라는 짐승의 "우리"인 관계로 추한 곳으로 우리들에게 인식되나 그 우리는 돼지들의 삶의 구역이다.

비록, 손오공의 삶이 부처님 손바닥 안에서 이루어지듯이 사람의 영역을 벗어나지 못할지라도 어쨌든, 돼지는 그들의 "우리"를 벗어나지 못하고 그 우리 안에서 그들의 생존(生存)을 보장(保障)받는 그들의 우리, 그들의 삶터인 것이다.

이곳에서 나는, '우리 대한민국이 곧 우리들의 삶터다'라는 당연한 말을 하고 있다. 우리들은 우리나라를 위하여 무엇을 어떻게 하여야 하는지를 자각(自覺)하고, 우리 각자는 자율적(自律的)으로 예(禮)·의(義)·윤리(倫理)·도덕(道德)·질서(秩序)를 지켜라는 말을 나는 하고 있는 것입니다.

그렇게 하지 아니할 경우에는, 우리 국민 스스로가 선출한 우리 입법부(立法府) 국회의원(國會議員)들이 만든 우리 법(法·法律)으로 우리 행정부(行政府)의 경찰, 검사(檢事)들의 조사(調査)와 기소(起訴)로 우리 사법부

(司法府)의 판사(判事)들의 심판(審判)에 의하여 처벌받는다. 이 모든 과정의 시간적·인적·물적 경비(經費)는 국민 여러분의 세금(稅金)이다. 불필요(不必要)한 악(惡)을 만들면 아니 된다.

보라! 비교적 나이 많은 50대(代) 이상의 보수층(保守層)인 우리들이 소싯적(少時的)에 "동테 대나무나 금속으로 동그랗게 만든 장난감." 를 굴리면서 "롯데(lotte) 둥근 태양을 지칭하는 말이며, 일본 거주 우리 동포가 성취한 재벌 이름, 롯데 껌은 우리가 어렸을 적에 마음을 가누며 배고품을 달래며, 무엇을 어떻게 할까 초조한 마음을 삭이며, 단물을 빨아먹으며 씹었던 기호품이었음. 왜놈들이 서양 문물을 먼저 들여 온 결과임. 구루마 수레·車·차의 왜놈 말. '동테' 누가 돌렸나? 집에 와서 생각하니 내가 돌렸네"라고 노래하면서 뛰어놀았었다.

독자들은 왜놈들의 우리나라 강점기 35년이 정신적으로도 얼마나 많은 해악을 우리에게 끼쳤는지 생각해 보아야 할 것이다. 우리는 왜놈들에게 우리나라 국민총생산(GNP)에 35를 승(乘)한 금액과 민족 자존심을 상하게 한 정신적 피해액과 이자를 가산하여 배상금을 요구하여야 한다.

고요(高堯) 빼어나고 높음. 한 빛의 나라 동방예의지국(東方禮義之國)에서 개최된 88서울올림픽 개막식에서 어둠 속에서 한 줄기 빛의 인도를 받으며 "동테"를 굴리면서 조용히 달려가던 미소년(美少年)을 우리는 보지 아니하였는가?

2008년 떼놈들의 베이징(北京)올림픽(Olympic)은 88서울올림픽보다 화려한 것 같아 보이지만 그 品格·품격이 떨어진 것이었으며, 어수선하고 혼란스럽기만 하였다. 단적으로 얌전하고 아름답고 예쁜 잠자리 날개옷 같은 우리 한복을 입었던 우리 진행 요원들과 떼놈들의 진행 요원들과의 차이점은 무엇이었던가? 우리 것의 세계화가 진정한 세계화이다. 2008. 8. 末.

"동테"를 굴리며 앞으로 뛰어가던 아름다운 미소년(美少年)은 희망과 미래로 뛰어갔을 것이다. 태어난 지 오래지 않은 햇병아리 같은 우리 2세(世)는 세계인들에게 무엇을 상징하였을까? 아마, 그 자들은 우리 미래가 그들의 삶에 걸림돌이 될 것을 우려하고 있었을지도 모른다. 우리 민족의 미래와 희망을 그 자들은 가만히 보고만 있을까요?

다음 생명의 탄생은 "탯"줄을 끊고 고고(孤高)한 울음소리와 함께 시작된다. 여기서 순수한 우리말인 태어나다를 설명할 필요가 있다.

"태"(胎) 아이밸 태. 밸은 임산부의 배의 動詞·동사 진행형용사. 는 우리말인 '테두리'의 "태"가 과거 우리 한글이 완전히 정립되지 않는 시절, 한문말인 태(胎)를 한글, 훈민정음(訓民正音)으로 잘못 옮겨 적었거나 또는 변형된 것이 아닌가 생각된다.

"어"(御) 어거할 어, 임금이 행차한다는 뜻 맞이할 어, 마중 나가 맞음, 거느릴, 통치함의 뜻이 있으며 임금 君·군이라는 뜻 는 귀한 어진(御眞) 임금과 같이 될 자식을 반갑게 맞이한다는 뜻이 있으므로, 장차 임금과 같이 신하와 백성들을 이끌어갈 능력 있는 자식이 되고 귀하게 되기를 기대하는 부모, 조상님들의 바람이 묻어 있는 것이다.

"나다"는 생(生)기는 것 그 뜻이 한자의 經·경, 날 경·지날 경·다스릴 경, 나라를 다스려 백성을 救濟·구제한다는 뜻이 있음. 經濟·경제는 재물과 돈을 얻고 쓰는 각종 행위, 月經·월경은 가임 여성들이 매달 그 무엇이 생기고 그 무엇이 나는 것임. 이다.

상기 앞 주(註)의 달(月)은, 우리 조상(祖上)님들이 주역(周易)으로 달의 역정(歷程)을 달력(月曆) 월력 즉, 음력·calendar·自然·자연과 인간이 身土不二·신토불이 관계와 시간과 時身不二·시신불이의 관계가 있음을 뜻함. 우리 전통의 월력은 농사일과 어업에 종사하는 사람들이 쓰기에 좋음. 한편, 지금의 우리나라 사람들은 時身不二·시신불이, 때가 사람의 삶을 결정하게 되는 것 즉, 婚期·혼기, 취학 연령 등의 때를 잘 인식하지 못하고 즉, 忘却·망각하고 있다. 으로 만드시었으며, "나다"는 타동사(他動詞)인 "낳다"의 자동사(自動詞)이다.

또 다시, 보수(保守) 장년층의 어린 날로 돌아가 보자. 당시의 우리 어머니들은 큰 옹기(甕器) 항아리가 깨진 것을 철사(鐵絲)줄로 '테'를 둘러 그 오지그릇의 수명을 연장시켜 부족한 살림살이를 슬기롭게 극복하시면서 살아오셨지 아니한가?

옹기는 삶의 질(質), 양(量)이 부족하였던 당시, 백성들의 살림살이 그릇이었으며, 우리 조상님들의 위대한 창조물인 고려청자기(高麗靑磁器)와 조선백자기(朝鮮白磁器)는 당시의 기득권자(旣得權者)인 있는 자(富者), 왕가(王家)와 양반(兩班), 사대부(士大夫)들의 것이었다.

옹기를 오지그릇(惡地器) 오지기. 이라고 하는 것은 청자나 백자를 구워 낼 수 있는 고령토가 나는 지역보다 못한 시골 지역에서 그릇을 만들어 썼다는 말로 이해할 수 있으며, "오지랖 넓다"라는 말은 그 행실이 출중(出衆)하지 못하여 부엌 살림살이에서 질그릇을 깨는 소녀(少女)의 짧은 한복저고리 앞섶을 가리키는 말이다.

어쨌든, 이 "테"는 그 속에 든 내용물의 안전을 보장하며 생명을 연장시키고 성장시키는 것이며, 일정한 어떤 역할이 끝나면 그 "테" 자신의 생명도 다하는 것이다.

우리말과 글인 "우리", "테", "胎·태"는 같은 어원(語源), 같은 뜻인 둥근 하늘, 둥근 우주의 원만(圓滿)한 뜻으로 연결되어 있으므로 "우리" 모두는 "우리 민족", "우리나라"라는 우리 민족주의(民族主義) 인식의 "우리"를 마음속 깊이 새기고, 백짓장도 맞들어 협동(協同)하고 대동단결(大同團結)하여 우리 민족융성(民族隆盛)을 도모하고 강력한 우리 조국(祖國)의 "테", "우리" 속에서 보호(保護)받으며, 기름지고 아름다운 "우리 삶"을 이어나가야 할 것임을 독자들은 인식(認識)할 수 있을 것이다.

2

우리
민족民族의
자존심自尊心
주체성主體性
정통성正統性

우리 민족의
자존심·주체성·정통성

우리는 학창시절에, 역사(歷史)라는
이름으로 과거의 여러 사실을 배우고 익혔다. 문화사·문명사·음악사·미
술사·철학사상사·세계사·국사(國史) 등등이다.

역사(歷史)라는 학문(學問) 오랜 시간에 걸쳐 배우고 물은 것의 집합체. 은 어떻
게 보면 어른들의 것이라 할 수 있다. 역사는 인생의 유아기(幼兒期)·청년
기(靑年期)·장년기(壯年期)·노년기(老年期)까지의 삶을 살았던 그 시대
의 실재(實在)와 시대정신(時代精神)까지도 포함된 것이므로, 아직 어른의
삶을 경험하지 아니한 어린이나 젊은이들은 이해할 수 없는 부문(部門)이
있기 때문이다.

이 문제의 실례(實例)를 들어보자.

우리가 어린 시절에 배우고 익혔던 국사교육(國史敎育)의 실재(實在)는
어린 조카 단종을 죽였던 세조는 패륜적인 나쁜 사람으로 우리 머릿속에
아직도 남아 있다. 그러나, 그 당시의 정치상황(政治狀況)으로 보아 9살의
어린이가 어떻게 조선(朝鮮)이라는 나라를 통치(統治)하고 경영(經營)해
나갈 수 있었겠으며, 범강·징달(氾彊·張達) 이 두 사람이 자기들을 핍박한다고

술 취한 장비를 죽였음. 이 같은 숙부(叔父)는 나라가 되어 가는 꼴을 어떻게 보고만 있었을 수가 있었겠는가?

또한, 육욕(肉慾)과 괴시(愛詩) 사랑 시. 의 대명사(代名詞)인 황진이(黃眞伊) 進士·진사의 庶女·서녀이었으며, 妓界·기계에 나아가서 출중한 미모와 詩·시·歌舞·가무로 당시 生佛·생불로 추앙받던 知足禪師·지족선사를 破戒·파계시키고 수많은 碩儒·석유들과 文士·문사들을 유혹하였으며, 서경덕과도 연애하였음. 와 성리학(性理學)의 대가(大家)인 서화담(徐花潭, 敬德, 1489~1546)과 박연폭포(朴淵瀑布)의 송도삼절(松都三絶)은 어떻게 이해되어 왔는가?

그저 삼절(三絶) 세 가지를 끊어버림. 이라 여겼을 뿐, 우리 조상들이 얼마나 우리 민족(民族)을 아끼고 사랑하였던가? 절세미인(絶世美人)으로만 알고 있었을 뿐, 금욕적인 승려(僧侶) 삶을 살던 지족선사의 절세(絶世) 肉頭·육두를 잘라버렸다고 하는 말·說·설이 있음. 즉, 그의 영생(永生·Forever Life)을 꺾어버리고 의지(義志)를 꺾어버린 미녀(美女) 색시 sexy? 의 자업(自業) 신사임당의 자식 이율곡 같은 후사가 없음. 이는 지금의 젊고 아름답고 才主·재주 있는 우리 여인들이 경계하여야 할 일임. 과 늠에 대한 타업(他業) 타인의 絶世·절세 즉, 絶·끊을 절 世·인간 세, 미인에 빠져 세상과의 인연을 끊고 선비정신을 잊어버리고 인생의 代·대를 꺾어버려 자식 낳아 사람이 永生·영생을 도모할 수 있는 延長·연장을 없애버리게 하였음. 에 대하여는 우리 민족들의 스승인 대학 국사교수(大學國史敎授)들은 우리에게 아무런 가르침도 주지 아니하였었다.

그 당시는 우리 민족 우리나라의 가르침인 국교(國敎)를 불교(佛敎)에서 유교(儒敎) 즉, 성리학(性理學)을 나라의 가르침으로 하는 즉, 우리 민족 전체 삶의 으뜸 가르침을 바꾸는 종교개혁(宗敎改革)이 이루어지고 있을 때이었다. 성리학(性理學)인 유학(儒學)을 공부하던 서경덕은 무탈한 삶을 살았을 것 그러나 일남일녀의 전통적인 우리나라 가부장제도에 어긋남. 姜·첩 제도는 과거 우리나라에서 힘이 컸던 士大夫·사대부들의 횡포이며, 이를 방지하기 위한 제도가 官妓·관기제도가 있었음. 이고, 불교수신(佛敎修身)하던 지족선사는 파문(破門)당하였을 것이다.

독자 여러분! 지금 우리 민족은 어떤 시대정신(時代精神) 즉, 어떤 나라의 가르침인 국교(國敎)를 가져야 하는가요(要)? 야훼(Yahweh·如乎我·여호와)와 예수(Jesus Christ, BC 4~30)의 삶과 그 가르침을 믿고 따르며 찬양하는 것이 그 실체(實體)인 서양종교(西洋宗敎)입니까?

어쨌든, 역사 공부는 과거를 돌이켜봄으로써 교훈(敎訓)을 얻어 그 뜻을 지금부터 미래까지 구체화(具體化)시켜 우리 삶에 보탬이 되도록 하기 위한 것이다.

이쯤으로 역사의 이해와 해석(解釋) 방법에 대한 말은 그만하고, 지금부터 나는 나의 폭발적인 우리 민족사관(民族史觀)을 기술하고자 한다.

첫 번째로, 고고인류(考古人類) 학자들이 발견하여 북경박물관(北京博物館)에 소장(所藏) 지금은 행방불명되어 없어졌음. 1941년 일본이 진주만 기습 공격 즈음에 헌병대가 약탈하여 가서 일본 皇宮·황궁 지하실에 보관되고 있다는 설이 있음. 보관되었던 지구 최후 빙하기(氷河期) 이후 현생인류(現生人類) 新人·신인·neo-man. 화석(化石)이 되었던 북경 상동인(上洞人)은 우리 조상이다.

따라서 상동(上洞)골, 황허 강변, 떼놈, 진시황이 대륙(大陸)을 통일하고 만리장성을 쌓았던 곳의 이북, 동북쪽의 산동(山東)반도·요동(遼東)반도·만주·시베리아·연해주 땅은 옛부터 우리 땅이었다.

현생 인류인 우리 조상 상동인(上洞人)은 태어나서 탄생설은 추후 기술할 것임. 황허 강 유역 상동(上洞) 고을 주위에 집성촌(集姓村)을 이루면서 추위와 더위, 홍수와 가뭄, 바람, 맹수, 독물(毒物), 미생물에 의한 병(病) 등 자연(自然·Nature)을 파악하고 극복하면서 또, 흙·돌·나무 등을 이용하여 생활 도구나 무기, 사냥도구를 만들어 사용하며 삶을 이어 왔을 것이다.

지금 퇴화(退化)하여 보잘것없는 우리들의 송곳니를 보면 그때의 우리 조상들은 주로 육(肉)고기를 많이 먹었으며, 여름에는 강가의 식물 본체

(本體)나 열매를 따먹고 우물(井) 정. 을 파서 맑은 물을 마셨을 것이다.

물고기(魚)도 잡아먹었으나 황허(黃河) 강물은 거친 황(荒) 문자의 형태를 보면, 풀(초두)이 잘 자라지 아니하고 亡·망하는 내, 천(川)임. 물이다. 그러므로 황토흙이 섞인 황수(荒水)가 흘러들어 바다가 된 지금 우리나라 서해의 물빛이 누르기 때문에 황해(黃海) 黃海道·황해도 참조. 지금의 面積·면적 개념의 행정구역 道·도는 옛날에는 길(道·road)의 개념이었음. 이다.

여기에서 나는, 지리학자(地理學者)들이 말하는 지각이동설(地殻移動說) 太初·태초에는 지구가 지금과 같이 5대양 6대주가 아니었고, 젤·gel 狀態·상태로 육지가 한 덩어리로 되어 있다가 남아메리카 서부와 아프리카 동부가 갈라지고 印度·인도반도가 떨어져서 지금의 아시아 大陸·대륙에 붙으면서 그 충격에 의하여 히말라야 산맥이 隆起·융기되어 형성되었으며, 大洋州·대양주, 오세아니아가 따로 떨어져나가고 지금의 우리나라 서해안과 지금의 중국 동해안이 浸降·침강하면서 떨어지게 되고 이 태평양 지각판과 동북 태평양 지각판이 부딪히면서 우리나라 태백산맥·장백산맥·백두산이 솟아오르는 隆起·융기현상으로 생겼으며, 지금 왜놈들의 땅으로 되어 있는 北海島·북해도가 대륙에서 떨어져나감. 倭列島·왜열도는 가라앉고 있으며 지금도 이 태평양 지각판은 갈라지고 있으므로 火山帶·화산대가 형성되고 있음. 아마 지각변동은 세월이 지남에 따른 地球·지구의 自轉·자전에 따른 遠心力·원심력의 結果·결과일 것으로 생각됨. 을 이야기하고 지나가야겠다.

우리나라 반도 서해안과 중국 대륙의 동해안을 보면 어쩐지 이가 맞다. 틀림없는 지각변동(地殻變動)을 하고 있다.

우리 조상 상동인이 탄생한 때는 약 4만 년 전이라고 고고학자(考古學者)들은 말하고 있다. 옛날에는 중국 동해안과 우리나라가 지구대(地溝帶)를 형성하여 있었을 것이고, 황허(黃河) 물이 대륙의 동해안과 반도(半島) 서해안의 사이로 흘러들어 목포(木浦) 지방까지 흐르면서 요하(遼河) 압록강·대동강·한강·금강·영산강 물과 양자강(揚子江) 물이 합하여 대만(台灣) 방면까지 태평양으로 흘러갔을 것이며 황해(黃海)는 짠 바닷물이 아닌 소금기가 적은 민물에 가까웠을 것으로 상상(想像)된다.

지금 일본의 유구열도(留久列島) 오키나와 열도 는 그 하(河) 큰 강·큰 물의 하류 삼각주들이 아니었을까? 화산대(火山帶)인 것인가?

이렇게 생각하면, 독도(獨島)는 물론이고 북해도(北海島)와 대마도(對馬島), 유구열도까지 우리 것이다. 왜놈들은 북해도 원주민(原住民) 아이누 족(族) 1689년 네르친스크 조약에 따라 그 후속으로 연결되는 로스케들의 동진정책의 후속 남진정책인, 지금 黑龍江省·흑룡강성 이동의 연해주 땅을 로스케들이 우리 漢民族·한민족인 淸國·청국을 힘으로 눌러 할양 체결한 아이훈조약(愛琿條約·Treaty of Aihun·1858)을 맺었던 곳 즉, 지금의 琿春·훈춘지방 땅을 사랑하며 그 지방에 살던 우리 민족들이 물건너간 즉, 이이훈 족을 말함. 들에게 영국인들이 저질렀던 아메리카 토인 토벌과 같은 비인간적인 짓을 그리 멀지 않는 옛날인, 왜놈들이 동경(東京)으로 천도하고 에도시대(江戶時代)를 외치던 덕천가강 막부(德川家康幕府) 시대에 자행하였었다.

이승만 정부 시절 평화선(平和線·Mac Arthur Line) 왜놈들에게 漁業·어업 제한선을 그은 것임. 을 긋고 독도가 우리 땅이라고 선언하였던 이 당연(當然)한 사실을 이종학(李鍾學) 독도박물관 울릉도 소재. 초대 관장이 여러 역사적 자료를 수집하여 학문적으로도 명확하게 밝힌 바 있다.

Mac Arthur 元帥·원수는 한국전쟁에 참여하여 인천상륙작전을 지휘하고 압록강까지 진출한 후 滿州爆擊·만주폭격을 주장한 사람이다. 그의 만주 원자탄 폭격론은 미국 32대 루스벨트 대통령이 모스크바삼상회의에서 우리나라를 38도 선으로 양분하였던 것을 전면으로 비판한 것이다. 이것은 루스벨트가 병들어 죽고 이를 계승한 부통령이었던 트루만·Truman 대통령에게 분노를 샀으며 맥아더는 전쟁 중에, 鬼神·귀신에게 시달리던 트루만 대통령에게 남태평양상의 휴양지 우기니크, 섬으로 소환되어 미극동군사령관 직에서 해임되었다. 그 후 떼놈들의 인해전술이 시작되어 1950년 1월 4일 우리는 추위에 떨면서 흥남부두에서 철수하여 부산, 거제도로 피난하였었다. 트루만 대통령은 1945년 8월 9일 일본에 원자탄을 투하하기로 결정(The fist Atomic Bomb attack)한 자이다. 그의 꿈에 나타났던 그 원귀는 모스크바삼상회의에서 우리나라를 반분하였고, 재임중 병들어 죽은 유태인(Jews)인 루스벨트의 원혼이 아니었을까? 지금 중화 떼놈들은 우리나라 10월 유신을 본받아 1987년 천안문 시위를 진압하고 흑묘백묘론의 자본주의 시장경제를 登小平·등소평이 시작하여 약 30년에 걸쳐 강성하게 되어 2008베이징올림픽을 개최하고 세계의 주도권이 중국으로 넘어가게 되고 있어 지금의 세계 경찰국가인 미국의 세계 전략에 떼놈들이 그 걸림돌이 되고 있어 후회하고 있지 아니한가? 우리는 미국과 힘을 합하여 만주를 다시 찾고 로스케들이 점령하고 있는 연해주를 다시 찾아 미국과 함께 세계를 이끌어가는 우리나라를 만들어야 할 것이다. 이어도도 떼놈들이 제 놈들의 것이라고 하기 시작하였다. 우리는 엽전 근성·냄비 근성적인 소아적 투쟁 데모 싸움을 근절하고 떼놈들의 동북공정, 로스케들의 동남진정책을 분쇄하고 實效的支配·실효적지배를 확장하는 현실주의를 택하여야 한다. 2008. 8.

우리는 이 관장님의 우리 민족과 조국을 생각하고 아끼는 뜻을 찬양하고 기려야 한다. 그분의 자료에는 동해(東海)가 우리 바다라는 것을 증명하고 있으며, 왜놈들은 지금도 우리 동해를 빼앗기 위하여 일본해(日本海)라고 이름을 바꾸고 자기들의 것이라고 하고 있다. 오싱어·고래를 비롯한 동해의 풍부한 수산자원과 바다 속에 있는 지하자원을 탐내고 있는 것이다.

독도는 옛날 신라 22대(代) 지증왕(智證王) 울릉도 출신 왕비를 맞이하였음. 때 이사부(異斯夫)가 세운 우산국(于山國)에서 홀로 떨어진 섬이지 그 어디에 대나무 숲이 있는 섬인가? 돌산 위에 바닷새들만 많이 날아다닌다.

한자(漢字) 섬 도(島) 자를 보면 산(山) 위에 새(鳥) 새 조 가 앉아 있는 형상인데 왜놈들은 죽도(竹島) 대나무섬·다께시마. 라고 거짓말하고 있다. 모른다. 대나무를 도식(盜植)하였는지? 근세 우리나라를 침략할 즈음에 광개토대왕(廣開土大王)님의 비(碑)까지도 조작(造作)하였던 그놈들이다.

그놈들은 지난 35년간 사람까지도 다 빼앗아 저들 마음대로 부리고 짐승처럼 우리를 핍박하였으며, 그놈들의 성과 이름으로 창씨개명(創氏改名)하도록 강제(强制)하고, 그들의 천황과 조상을 숭배하도록 신사참배(神寺參拜)를 강요하고 우리 민족의 족보(族譜)와 우리 민족의식(民族意識)까지도 바꾸도록 강제(强制)하였었다.

왜놈들의 성(姓)은 1880년을 전후하여 그놈들의 메이지유신(明治維新)시대에 만들어진 것으로, 소나무 아래에 살던 사람을 송하(松下) 마쓰시다.라는 성을 붙였으며, 들판의 밭 가운데에 살던 사람에게는 전중(田中) 다나까. 이라는 성을 붙인 것이다. 그 이전에는 그놈들은 성씨(姓氏)도 없었으며, 야생 짐승들처럼 남성(男性) 수컷 의 힘의 논리가 적용되어 혼음(混淫), 난교(亂交)하여 후세를 생산하던 미개(未開)한 인종(人種)들이었다.

우리들의 머릿속에 남아 있는 지각이동설을 연장시켜 보면, 신라가 백제를 병합하면서 떼놈 당나라 장수 소정방의 도움 신라와 唐·당나라 간의 交流·교류에 백제가 방해되었으나 民族自主的·민족자주적이지 아니하였으며, 그 후 고구려도 멸망시켰으나 漢水·한수를 境界·경계로 한 주변의 三漢·삼한을 통일하지 못하고 만주와 요동지역에 渤海·발해, 연해주에 靺鞨·말갈, 몽골지방에 突厥·돌궐로 분열되었음. 을 받았다고 한다.

삼국통일(三國統一) 우리 민족과 그 동남부의 일부 땅을 부분 통일한 것임. 은 지금부터 약 1300년 전쯤이다. 그때 떼놈들이 타고 온 배에 관한 역사 기록을 본 적이 없다. 육지로 넘어 왔을까? 바다로 넘어 왔다면 당시 조선술(造船術)은 원시적 수준일 것이고 아마, 그 배는 나룻배였거나 뗏목 수준이었을 것이다.

「흥부전」에 나오는 박씨를 물어온 제비는 강남(江南) 갔다 돌아온 것이다. 이 강남은 지금 우리나라 목포(木浦)·순천지방(順天地方) 신라 28대 景明王·경명왕의 아들 8大君·대군 중의 한 사람인 江南君·강남군의 후예들이 지금의 順天朴

氏·순천박씨들이다. 홍부전, 박씨부인전 참조. 과 서남쪽 물 건너 양자강(楊子江)
이남 지각변동설로 해석하면 옛날에는 木浦·목포 지방과 양자강 포구는 거의 맞붙어
있었다고 생각됨. 의 따뜻한 곳이며, 따뜻한 음력 삼월 삼짇날이 되면 우리
땅에 돌아와서 곤충을 잡아먹으며 새끼를 치고 가을이면 강남(江南)으로
날아가서 월동하고 돌아온다. 제비들은 강남에서 새끼를 키우는지 의문스
럽다. 제비들의 삶, 주 무대(舞臺)는 어디인가? 우리나라 땅이었던 것이다.

어쨌든, 황허 북동부 유역(流域)에서 우리 조상들은 자손들을 낳고 인구
(人口)를 늘리면서 그 세(勢)를 확장시키고 삶의 터전을 넓혀 왔을 것이다.
그분들은 개나 염소, 말까지도 가축으로 기르면서 삶의 영역을 크게 하며
풍요로운 삶을 도모(圖謀)하면서 삶을 이어왔던 것이다.

지금 우리 민족인들조차 모화사상(慕華思想)에 함몰되어 떼놈들의 역
사(歷史)라고 하고 있는 전설(傳說) 수준의 요순시대(堯舜時代) 높으신, 순
임금님 시대. 와 은·주(殷·周)시대는 바로 그때의 우리 조상들의 삶 즉, 우
리 민족사(民族史)이며 우리 역사(歷史)라는 말이다.

요순시대의 우리 조상들은 집단생활(集團生活) 共産生活·공산생활이 아님.
을 하면서 삶(人生)을 협동(協同)적으로 영위하며 낙원(樂園) Utopia·Paradise
·Eden. 같은 땅에서 살았었다고 생각된다.

그들은 생존을 위하여 소리 지르던 목소리를 비로소 말, 언어(言語)로
발전시키고, 그들의 뜻과 정보(情報)·지식(知識)·지혜(智慧), 꾀를 무리들
에게 알려주었을 것이다. 이것을 잊지 않고 기억하며, 시간이 지난 후에도
후세들의 삶을 도모(圖謀)할 수 있도록 지워지지 아니하고 보기 쉬운 장소
에 그림을 그렸을 것이다. 지금까지 남아있는 이것들이 고대벽화(古代壁
畵)인 것이다.

이와 같은 그림은 많은 사람이 같이 볼 수 있고, 그 뜻을 명확하고 신속
하게 전달하고, 미래에도 알 수 있도록 좁은 면적 공간에 그릴 수 있게
된 것이 상형문(象形文)이며 초기의 글, 문(文)이다. 이 상형문(象形文)이

세월이 지나면서 체계화 된 것의 실례(實例)와 역사적 실증(實證)이 갑골문자(甲骨文字)인 것이다.

이것은 전설 속 우리 역사, 지금 우리 민족인들조차도 모화사상(慕華思想)에 함몰되어 있는 줄 모르고 떼놈들의 하(夏)·은(殷)·주(周) 시대로 인식하고 있는 우리 민족이었던 옛 은나라 옛 왕도(王都) 洛邑·낙읍, 지금의 西安·서안 서쪽. 떼놈들이 역사적으로 가장 강성하여 만리장성을 넘어 북방까지 진출하였던 옛 唐·당나라 시대 수도인 洛陽·낙양. 은허(殷墟)에서 발견된 거북 등껍질인 귀갑(龜甲)이나 우골(牛骨)에 새긴 약 3,000자(字)이다. 이것은 상대 우리 민족 시대가 흐르면서 정리되고 개선(改善)되어 오면서 한글(漢文)로 된 것이며, 하(夏)나라는 지금 중국인들의 최상대조 하화족(夏華族)들의 나라이었던 것이다.

다시 우리 조상 상동인들의 요순시대로 돌아가서, 황허 유역의 드넓은 땅은 생존에 필요한 물과 먹을거리(食品) 식품. 를 우리 조상들에게 제공하였고 인구(人口)는 적었을 것이다. 그들은 야생의 동·식물을 마음대로 잡아먹고 체취(体取)하여 먹었으며, 체구도 크고 힘도 세었을 것이므로 맹수들도 함부로 달려들지 못하였을 것으로 생각된다.

따라서, 사람의 은신처이고 휴식처인 집도 땅 위에 아무렇게나 두어도 괜찮았을 것이며, 추위와 더위와 비바람만을 막을 수 있었던 원시적(原始的)적인 집을 차츰차츰 청결과 휴식까지도 제공하는 주택의 개념으로 발전시키며 살고 있었을 것이다.

또한, 의복(衣服)도 초목(草木) 본체나 껍질로 만들었거나 짐승의 털가죽을 길치는 수준이었을 것이다. 그분들은 여름에는 발가벗은 상태로 생활하다가 뜨거운 한낮이 되면 집에 들어와서 잠을 자거나 쉬고 나서 또 먹고 놀면서 저녁이면 들어와 잠을 잤을 것이다. 그리고 추운 겨울철에는 옷을 입고 따뜻하게 불을 피우고 낙엽이나 풀·나무·흙·짐승의 가죽을 바닥에 깔거나 주위에 둘러쳐서 찬바람을 막았을 것이다.

옛날부터 의복과 주택은 서로 보완 관계이었으며 먹어야 사는 식생활(食生活)이 당면 과제이었다. 따라서, 의복과 집의 우선순위는 지금과 같이 후순위였었다고 생각된다.

나는 여기서 또 한 가지를 이야기하고 지나가야 하겠다. 우리 조상 최상대(最上代)의 임금님이신 단군(檀君)님의 이름 '단(檀)'은 박달나무를 뜻한다. 역사학자들은 인류 문명기를 석기·토기·청동기·철기시대 문명으로 나누는데, 지금은 철기문명(鐵器文明) 시대에 해당한다.

우리 민족 최상대(最上代)의 상동인(上洞人)들은 목기시대(木器時代)를 향유(享有)하셨던 분들이다. 다만, 나무로 만들었던 생활 도구(道具)는 유기물(有機物)이므로 부패하여 지금에는 유물(遺物)로 남아 있지 아니할 따름이다.

단단하고 질긴 박달나무로 사냥 도구나 농기구 또는, 요긴한 살림살이로 만들어 사용하였을 것이다. 그러므로, 우리 민족 최상고대 조상(祖上)님들은 이 박달나무를 잘 다루고 이용하실 줄 아시는 분을 단(檀)으로 이름 붙여 지도자인 임금님으로 모셨던 것이다.

그 옛날 우리 조상님들은 여물고 강하고 질기며 튼튼한 박달나무를 수레(車)나 도리깨의 축(軸) 즉, 굴대나무(axle tree) 등으로, 요긴한 삶의 도구(道具)로 사용하시면서 이를 신성하게 취급하시었으며, 신라시대의 계림(鷄林)과 지금의 동네 어구의 성황당(城隍堂)처럼 금줄을 치고 식품(食品)인 열매와 그늘, 도구(道具)를 주는 나무를 아끼고 사랑하며 또, 존귀하게 여겨 목신(木神)으로 섬기시었을 것이다.

아마, 단 임금님(檀君)은 신단수(神壇樹) 아래에서 우리 민족의 사제(祠祭) 제사를 주관하는 사람. 역할도 담당하였을 것이다. 지금도 유학(儒學) 선비학·仙卑·선비? 즉, 仙(선) ― 지금 우리나라 山村·산촌에서 맑은 물, 맑은 공기 산속 수풀

속에서 적은 농사짓기, 산나물 채취, 시냇가 고기잡이, 川獵·천렵으로 먹고 살며 바둑, 장기를 두면서 사는 사람들이 바로 仙人·선인들이며 우리 상대 조상님들의 본보기임 — 보다 한 단계 낮으나 바르게, 옳게, 정직하게 殺生有擇·살생유택하면서 살며, 부모님을 비롯한 上代祖上·윗상대 조상을 잘 모시고 숭상하며, 妻·처를 잘 돌보면서 자식들을 잘 키우는 사람을 본받고 배우는 것. 즉, 지금의 우리 민족들의 儒敎·유교(선비교)임. 지금 불교에서도 부처님보다 한 단계 낮은 菩薩·보살도 부처님과 같이 취급함. 전통이 있는 우리 민족들의 제사상(床)에는 목기(木器) 나무그릇. 를 쓰고 있다.

독자 여러분은 신단수(神壇樹)아래에서 단(檀)임금님이 홍익인간(弘益人間) 사람 간을 크게 더하여 이롭게 함. 의 정치이념(政治理念)으로 조선(朝鮮) 나라를 건국(建國)하셨다는 것을 마음속으로 깊이 음미하십시오.

우리 조상인 상동인(上洞人)들은 자식들을 낳아 인구를 늘리면서, 이른바 요순(堯舜) 높을 요, 순임금님 순 즉, 뜻이 높으신 순 임금님. 시대를 구가하시면서 평화롭고 아름다운 사람에 의하여 황폐되지 아니하고 오염되지 아니한 땅에서 지상낙원(地上樂園)에 가까운 삶을 유지하시었을 것이다.

그 세월(歲月)은 서양 종교에서 말하고 있는 아담(Adam)과 이브(Eve)가 에덴동산(Eden 東山)에서 평화롭게 살다가 그들의 영원한 삶을 위하여 아기를 낳고 식물의 열매를 따 먹고 수치심(羞恥心)을 자각(自覺)하던 야훼(Yawhey·如乎我)의 시대와 같은 시대이었을 것이다.

왜 수치심을 느꼈을까요? 사람의 삶은 자연중생(自然衆生)을 살생(殺生)하여 즉, 쳐(伐·征) 칠 정·칠 벌. 먹게 되고 도둑질하며 더럽히게 되었기 때문일 것이다.

그러나 어찌하랴! 식구(食口)가 늘고 한 곳에 눌러앉아 풍족(豊足)하게 먹고 살 수가 없는 세월이 오게 되고 따라서, 사람들 간의 생존본능(生存本能)을 차츰 인식하게 되고 생존경쟁(生存競爭)을 하게 되었을 것이며 이미, 이 시대에는 사람이 아닌 맹수 짐승들을 포함한 모든 자연생물(自然

生物들은 사람의 적수가 되지 못하였을 것으로 생각된다.

인간(人間)은 한 곳에 눌러앉아 편안하고 안락하게 삶을 살지 못하고, 가까이 있는 자신들의 생존과 안락한 삶에 방해되는 타인들과의 생존경쟁(生存競爭)으로부터 악감정(惡感情)이 생겨나며, 반대로 편안하고 즐겁고 안락한 삶은 인정(人情)을 내게 마련이다.

사람의 감정 중 하나인 한(恨)은 이와 같은 동족과 식구들끼리 서로 싸우지 않을 수 없는, 생존에 필요한 만물(萬物)들과 인정(人情)들과 시간(時間)의 부족함을 안타까워하는 마음인 것이다.

이 한(恨)은 그들 무리들 중에 인성(人性)이 풍부하고 착하고 경험 많은 빼어난 어른인 성인(成人) 우두머리들의 심정(心情)이었을 것이며, 어린아이들의 마음은 아니며 다만, 아이들은 먹고 뛰어놀았을 것이다. 아이들은 커서 철이 들어서야 이 한(恨)이 무엇인지 알 수 있었을 것이다.

지금도 우리 부모님들은 자식들과 행복하게 영원(永遠)히 사실 수 없는 삶 시간(生時間)이 부족(不足)함을 한탄(恨歎)하시며 돌아가신다.

싸움이라든가 싸울 의지(意志), 질투(嫉妬), 도심(盜心) 등의 오심(惡心)은 상대와 군(群)을 달리하여 분산(分散)되게 하였을 것이고, 사람의 정(人情)은 군(群)을 같이 히여 협동(協同)하고 단결(團結)하며 그 무리의 힘을 키울 수가 있었을 것이다.

두 번째로, 일제강점기(日帝强占期) 시대에 연구되었던 우리 조상들의 고대사(古代史)를 왜황(倭皇)의 어용(御用) 역사학자들 특히, 이병도(李丙燾 1896~1989) 와세다대 사학과 졸, 학술위원장·서울대학원장·문교부장관 역임. 의 고조선(古朝鮮)과 우리나라 북부 지방이 한(漢)나라의 4군(四郡)이라는 역사학설(歷史學說)은 잘못된 것이다.

단군조선(檀君朝鮮)을 고(古)자를 붙여 고조선(古朝鮮) 古·고 자는 우리들에게 낡은·오래된·말라버린·냄새나는 나쁜 것을 연상시킴. 이라고 하여 고조선(高

朝鮮)과 동일시한 것과 낙랑·현도·임둔·진번 등의 4군(郡)이 반도 내(半島內)에 존재하였다고 함으로써 과거 우리 민족들의 삶인 우리 사기(史記)와 우리 삶터를 반도(半島) 안으로 축소(縮小)시켰으며, 이것은 반도적성격론(半島的性格論)이라는 엉터리 같은 왜놈들의 우리나라 식민지화사관(植民地化史觀)을 우리 스스로가 부추긴 것이다.

고려시대 중(中) 小乘·소승 불교적 개념으로, 中庸·바를 중·가운데 중, 떳떳할 용 즉, 떳떳하고 바른 가운데 바르게 즉, 모든 것에 대하여 바르게(正), 곧게(直) 處身·처신하면서 時·때, 空·공, 物·물을 아끼며 사는 사람. 정신 상태도 육체도 균형 잡힌 사람. 僧侶·승려는 漢文·한문 우선 시대에 만들어진 이름임. 혹은, 衆·중, 大乘·대승 불교적 개념으로 불교 全盛·전성시대의 일반인, 보통 사람, 어쩌면 승려들을 비하시킨 말임. 일연대사(一然大師)의 『삼국유사(三國遺事)』를 도용하여 이 기록에 남아있는 우리 역사를 신화(神話) 신 이야기, 설화(說話) 說·설은 어떤 것을 말(言)로 바꾼 것(兌·바꿀 태)이므로 참 眞·진이 아님. 한편, 話·화도 어떤 뜻있는 것을 말(言) 즉, 혓바닥(舌·혀 설)을 놀린 것임. 로 격하(格下)시키었던 것이다.

어쨌든, 이런 의미에서 보면 일연대사는 일찍부터 호국사상(護國思想)을 갖고 있었음을 독자들은 알 수 있을 것이며, 왜놈들의 우리나라 식민지화사관(植民地化史觀)으로 인하여 우리 역사를 바로 보지 못한 지금의 우리들은 일연대사님께 죄송함을 금할 수 없다.

군(郡)이라는 한자는 한 임금님, 군(君)이 그(其) 지방에 사는 사람들을 다스리는 왕국(王國)의 개념이다. 우부방 변은 임금이 다스리는 그 지방에 살고 있는 사람들을 뜻하는, 고을 읍(邑) 자를 뜻하는 기호문자(記號文字)이다. 즉, 4군(四郡)은 북만주 시베리아 연해주(延海州) 지금 러시아 블라디보스토크 항구가 포함되어 있는 지역. 등지에 존재(存在)하였던 옛 우리나라 토호(土濠·土壕)들을 중심(中心·忠)으로 흩어져 살던 우리 고대왕국(古代王國)들이었었다.

이 군(郡)을 왜놈들은 지금 지방단체인 도(道)보다 규모가 작은 지방단체 이름으로 사용토록 강제(强制)였던 것 그 전에는 州·주·府·부·牧·목 등으로 썼음. 이다.

고조선(高朝鮮) 나라를 건국(建國)하시었던 우리 조상 최초의 임금인 단군(檀君)님의 성씨(姓氏)는 빼어나고 높은 뜻을 가지셨던 고(高)씨이며, 먼저 언급하였던 상동인(上洞人)들의 높고 빼어난(高) 빼어날 고·높을 고 지도자이셨으며, 흩어져 살고 있던 우리 민족의 높으신(高) 지도자이셨던 것이다.

1392년, 근세(近世)에 이성계(李成桂)가 세웠던 이씨(李氏)들과 사대부(士大夫)들의 이조선(李朝鮮)은 옛 고씨(高氏)들의 고조선(高朝鮮)과 같은 개념(槪念)의 나라를 세웠던 것이었다.

단군님은 상동(上洞)인들을 이끌며 요즘 말하고 있는 요순(堯舜)시대와 같은 행복하고 즐거운 지상낙원(地上樂園) 같은 우리 민족인들이 삶을 영위하셨으며, 그분은 인간의 공해가 없는 황폐되지 아니한 무릉도원(武陵桃原) 굳센 언덕 복숭아 근원. 에서 선(仙)처럼 사시면서 그 수(壽)가 삼천갑(三千甲) 3,000×10=30,000년. 이었다. 삼천갑자(三千甲子) 즉, 삼만 년 세월의 아들이었던 그분의 이름은 동방삭(東方朔)이며, 갑옷과 같이 침범할 수 없는 한없는 수(壽)를 누리셨다. 이 삭(朔)은 처음이라는 뜻과 초하루라는 뜻, 북쪽이라는 뜻이 있으며, 초두를 붙이면 봄에 돋아나는 식물의 싹을 의미하게 된다.

현재 우리 민족이 쓰고 있는 『주역(周易)』의 지간(地干·地支·지지)인 12지(支)의 자(子), 쥐로부터 돼지, 해(亥)까지 12지(支)의 숫자 12와 천간(天干)인 10간(干)의 갑·을·병·정… 계(甲·乙·丙·丁… 癸)의 10자(字)로 만든 달력(月曆) 월력·calendar 즉, 음력을 말함. 은 이때 벌써 만들어진 것 世宗大王·세종대왕 때 추가하여 만든 것 이며, 일 년은 열두 달, 입춘(立春)부터 동지(冬至), 소한(小寒), 대한(大寒)까지의 24절기(節期)는 우리 민족들의 삶에 꼭 맞으며, 10일(日), 열흘은 순(旬)으로 만들어져 있고 매일(每日)은 일건(日

乾) 즉, 각 날(各日)은 그 이름이 갑자일(甲子日)·을축일(乙丑日) 등으로 되어 있다.

지금, 일주일의 칠요제(七曜制)와 자식이 태어나 감사축제(感謝祝祭)인 칠제(七祭)·삼칠제(三七祭), 돌아가신 조상님에 대한 칠칠제(七七祭), 사십구제(四十九祭) 등은 주역(周易)의 중심(中心)에 있는 북극성(北極星) 주위에 있는 북두칠성(北斗七星)의 행운의 숫자 일곱, 칠(七) lucky seven. 단위(單位)의 날(日)로 이루어진 시간(時間)의 흐름에 따른 행사(行事)이다.

지금 우리가 쓰고 있는 서양으로부터 들어온 태양력(太陽曆)은 낮과 밤이 각각 12시간이며, 하루는 24시간이나 과거(過去)에 우리 민족은 하루를 자시(子時) 저녁 23시부터 새벽 01시까지. 부터 해시(亥時) 저녁 21시부터 23시까지. 까지 12시간대로 나누어 시간을 사용하였으며, 오시(午時)는 낮 11시부터 13시이며, 낮 12시가 정오(正午)이며, 밤 12시가 자정(子正)이다.

주역(周易)은 우리 민족의 전설 속의 견우(牽·堅牛)와 직녀(織女)가 사는 삼태성(三台星) 서양의 cassiopeia·카시오피아 별자리. 의 삼신(三神·三身)할머니 아버지·나·자식을 점지하여 주시는 할머니. 사상과 함께 큰곰·작은곰 별자리 즉, 북두칠성(北頭七星)과 북극성(北極星)의 천왕사상(天王·天皇思想) 즉, 북극성이 하늘의, 우주(宇宙)의 임금님이라는 주역사상(周易思想)으로부터 출발된 것이다.

옛 우리나라 흑룡강(黑龍江) 유역인 연해주(延海州)에 전설이 있는데, 이곳에 사시던 어떤 모친(母親) 麻姑·마고할머니. 이 살았는데 세 아들을 두었다. 큰아들은 밖으로 나가 방석을 타고 하늘을 날 수 있는 재주를 배워왔고, 둘째는 한 곳에 앉아 시공(時空)을 초월한 9만리(九萬里)를 내다볼 수 있는 재주를 배워왔으며, 셋째는 활(弓)로써 어떤 적도 맞춰 잡을 수 있는 재주를 배워왔다. 태양(太陽)의 흑점(黑點·Black Hole)이 발호하여 천지풍파를 일으키고, 일식(日蝕)과 월식(月蝕)으로 해와 달의 광명(光明)이 없어지자 이 삼형제가 출동하여 이 세 가지 나쁜 검은 벌레(虫)들을 띄어

뜨려서 이것이 흑룡강(黑龍江)이 되고, 사람들이 행복(幸福)하게 되었으며, 그 후 삼형제는 하늘나라로 올라가서 삼태성(三台星)이 되어 하늘나라 임금님 즉, 북극성(北極星) 천황(天皇)님을 잘 모시면서 살았다고 한다.

이와 같은 것 즉, 주역(周易)이 우리 민족들의 고대사상(古代思想)인 천왕사상(天王·天皇思想) 신라 김유신 장군과 천왕님을 모시던 제실직 여사제 天官女·천관녀 참조 으로 된 것으로 필자는 생각하고 있다.

밤 23시부터 새벽 01시까지의 자시(子時)는 쥐의 야행성을 뜻하는 것 같으며, 우리에게 일찍 일어나는 부지런함을 일깨우고 각성시키는 것 같기도 하며, 지금도 우리는 조상님의 기일, 조용한 이 시간에 제(祭)를 올리고 있다.

자시로부터 한 바퀴 돌아온 지간(地干), 12지(支)의 21시부터 23시까지의 시간을 나타내는 해시(亥時)의 돼지는 무엇을 뜻하는지 나는 알 수 없다.

지금도 쥐(鼠) 서. 의 피가 현대인들의 피와 가장 비슷하고, 의과대학 같은 연구기관에서 쥐의 피를 실험하고 있다. 인류(人類)와 가장 가깝다고 생각하는 원숭이·침팬지의 피는 인간의 것과는 별개이며, 원숭이는 인류와는 다른 별종(別種)이나. 우리가 알고 있는 진화론(進化論)은 틀린 것이다. 원숭이를 아무리 길들여봐야 원숭이일 뿐이지 사람이 되지 아니 할 것이다. 생물(生物) 특히 동물(動物)은 그 종(種)별로 진화하는 것이라고 나는 생각하고 있다.

천간(天干)의 갑(甲), 을(乙), 병(丙), 정(丁), … 계(癸), 이 10간(干)은 사람의 손가락 각각의 이름이 아닌가 생각된다. 갑(甲)은 엄지손가락 앞면을 뜻하는 상형문자(象形文字)이며, 을(乙)은 꼬부린 인지손가락을 뜻하며, 이 두 손을 모아 보면 손가락이 10개이며, 이것은 어린 시절에 설날이나 한가위, 생일(生日) 등을 손꼽아 기다리던 10진법(十進法) 산수(算數)와 수학(數學)의 출발점이다.

인지손가락 마디의 길이가 촌(寸·inch) 약 3㎝ 이며, 이것을 10진법으로 계산하면 자(齊·feet) 옷자락 자·약 30㎝ 이고, 세 마디 인지손가락 길이가 약 9㎝ 정도이고, 이것의 십진법(十進法)인 큰 자의 길이는 약 90㎝ 정도의 이 길이는 성인(成人)의 팔 길이에 해당된다.

지금도 비단을 팔고 혼수를 파는 포목점에 가면 이 큰 자(大齊) 큰 대 ·옷자락 자. 를 볼 수 있으며, 이 길이는 서양의 야드(yard)와 같다.

이 도량형단위(度量衡單位)는 중앙아시아 비단길(羅道·Silk road)로 북 서유럽을 거쳐 8~10세기(世紀) 경 바이킹족(Viking族)들에 의해서 영국인 들에게 전파된 것이라고 나는 생각하고 있으며, 지금도 영국(英國)과 그 식민지(植民地)이었던 미국(美國)의 FPS도량형단위 길이 피트·feet, 무게 파운 드·pound, 시간 초·second. 의 하나로 쓰이고 있다.

근대부터 우리가 학창 시절 사용하였던 대나무나 플라스틱으로 만든 약 30㎝길이와 면적과 조금의 두께가 있는 삼각형의 학용품은 작은 자(子 ·齊)이다. 한 벌의 옷을 만들 수 있는 옷감을 큰 자(大齊)로 잰 것이 필(匹) 이며, 이것은 보통 사람 한 벌 분의 옷감이다. 이 필은 한 마리의 말 피륙 즉, 한 마리 말을 잡아 가공한 말가죽이 필(匹)이다.

우리 민족인 한 사람, 범부(凡夫) 보통의 지아비·어른. 즉, 필부(匹夫)는 말 총(馬聰) 말의 목덜미 털이나 꼬리털. 으로 만든 갓(帽子) 모자. 신라시대에 만든 팔공산 갓바위 부처님 참조. 을 쓰고 다녔으며, 데리고 다니는 애완견(犬)처럼 한 마리의 짝말(匹馬) 필마. 을 타고 다녔었다.

여말(麗末), 조초(朝初)의 사람 길재(吉再) 친고려 반조선 사상을 가져 산속에 서 고사리를 뜯어 먹으면서 살았다고 함. 의 시조(時調)에 "오백년 도읍지를 필마 (匹馬)로 돌아드니…"라는 구질(句節)이 있다. 고구려 쌍영총 고구려 광개토 대왕릉·장수왕릉?이라고 함. 과 신라시대 무덤인 천마총(天馬塚) 벽화에 말 그 림이 있다. 이것들은 우리 민족이 기마민족(騎馬民族)이었다는 것을 뜻하 는 것이다.

우리 민족은 왜놈들의 우리나라 식민지화사관(植民地化史觀)으로 자존심(自尊心)이 상하고, 마음이 한없이 쪼그라들었던 그 정체(停滯) 물이 막혀 고이고 썩음. 된 민족이 아니며, 말을 타고 뛰어다녔던 활달 한민족(活達漢民族)임을 뜻하는 것이다.

이와 같은 우리 민족을 정체성(停滯性) 사람이 한 곳에 머물러서 막히고 썩는 성질. 이 있다고 한 그놈들의 식민지화사관은 이처럼 지독(至毒)한 것이다.

지금, 떼놈들의 동북정책인 동북공정(東北工程)도 우리 역사(歷史)와 더불어 우리 민족이 살던 또, 지금도 고려인(高麗人)·조선인(朝鮮人)들이 살고 있는 우리 땅을 제 놈들의 역사와 땅으로 만들려고 하는 것이므로 왜놈들의 우리나라 식민지화사관보다 더 지독하고, 더 큰 문제이므로, 우리 민족 모두는 이에 대한 철저한 대비가 필요하다.

우리 조상님들은 뽕나무를 키우고 누에를 쳐서 비단옷을 만들어 입었으며, 그 비단의 원색은 눈부시게 흰 빛이 나는 관계로 백의민족(白衣民族)이었으며 성품(性品)이 깨끗하였고 순백의 빛나는 민족이었음을 뜻한다. 뽕나무 열매 오디는 먹기도 하였거니와 물감으로 사용하여 푸른 옷으로 염색하거나 벽화를 그리는 데도 사용하였을 것이다.

후세에 이르러 1900년대 초에 일제(日帝) 왜놈들은 이 깨끗한 우리 백의민족성(白衣民族性)을 없애기 위하여 5일 장터 등지에서 흰 옷을 입고 다니는 우리 민족(民族) 갓을 쓰고 흰 무명 綿·면 上下衣·상하의 바지저고리와 도포두르幕·막 즉, 지금 의복의 주요 기능이 바람막이인 코트·coat에 해당하는 옷을 입었었음.에게 먹물을 뿌리고 끼얹어 우리 민족의 전통(傳統)과 마음(心)의 깨끗함과 순수성을 짓밟은 적이 있었다.

우리나라 고대 벽화의 붉은색은 황토(黃土), 붉은색의 주요인(主要因)이거나 현세(現世) 부싯돌로 사용하는 산화철(酸化鐵) iron oxide, Fe_2O_3 혹은 Fe_3O_4, 朱砂·주사 즉, 빨간 모래를 말함. 한약재로도 쓰임. 磁性·자성을 띠며 水素·수소로

환원시키면 鐵·철. 쇠가 됨. 이고 푸른색은 뽕나무 열매의 즙(汁)이었을 것이다.

목화(木花·綿. 면. 는 고려시대 문익점이 그 씨앗을 원(元)나라에서 가져온 것이다. 지금의 경상남도 산청(山淸) 지리산 자락 경남 함양에 문익점의 사당이 있으며, 활약상을 설명하고 있는 古蹟·고적이 있음. 에서 원(元)나라 사람들의 자원(資源) 유출 감시를 피하여 남쪽 지방의 산(山) 속에서 재배하고 번식시켜 백목(白木)이라고 이름 지어 널리 보급시켰었다.

이것으로 짠 베를 광목(廣木), 옥양목(玉洋木)이라고 하여 면(綿) 실로 짠 백색의 수건을 뜻함. 과 함께 혼용어로 지금 사용하고 있다.

이 면(綿)의 원산지(原産地·Origin)인 산동반도(山東半島) 泰山·태산의 東方·동방, 동쪽 반도 는 지금 떼놈들의 땅으로 되어 있다.

서북 만주 푸순(憮順) 지방, 노천(露天) 탄광의 석탄(石炭) 코크스 과 그 부근 지방에서 많이 나는 유황(硫黃)과 동(銅) 그리고 산화철(酸化鐵)을 가지고 세계 최초(世界最初)의 청동기와 초기 철기문명(鐵器文明)을 구가하고 향유(享有)하시었던 분들이 우리 조상님들이신 것이다.

그들은 짐승의 피륙으로 만든 무거운 옷을 만들어 입지 아니하고 푸른 색깔로 물들인 비단으로 가벼운 옷을 입고, 지금 운동화 같은 가죽신 말 장화. 초원의 뱀 등 독충이나 나무가시 등의 피해를 받지 아니하며, 추운 겨울 물이 스며들지 아니함. 을 신고 말을 타고 청동이나 쇠로 만든 화살촉(匕) 화살촉 시·비수 비. 과 나무로 만든 활(弓) 궁. 로 호랑이를 잡았다. 고구려 고분, 쌍영총 벽화를 보면 독자들은 아실 수 있을 것이다.

다시 시대를 거슬러 올라서, 단군 임금님은 식구(食口)가 늘고 먹을 것과 살아갈 넓은 땅이 부족함을 걱정하시고 한탄(恨歎)하시며 수하(首下) 후손들 중 가장 빼어나고(高) 빼어날 고·높을 고, 후예들을 잘 간수할 수 있는 고수장(高首長) 빼어난 우두머리·酋長·추장·頭目·두목·首長·수장. 으로 하여 빛의 고장인 동방(東方·東邦)으로 이사 보내시었던 것이다.

지금 우리가 알고 있는 고구려 시조 동명성왕(東明聖王)의 동(東) 사는 나무(木) 나무 목. 사이로 해(日) 일·해. 가 떠오르는 동쪽을 뜻하며, 명(明) 자는 해(日)와 달(月) 즉, 생명(生命)의 빛을 뜻한다.

그분은 후손인 우리들에게는 일월성신(日月聖神)이신 것이며, 단군 임금님의 대(代)를 이은 장자(長者) 또는 계승자이셨던 것이다.

고(高) 자(字)를 보라! 고(高) 자는 높은 집(舍) 집 사. 을 뜻하는 상형문(象形文)이다. 물받이 꼭대기가 있으며 그 아래에 지붕과 그 지붕 밑에 큰 입 구(口) 자 즉, 어떤 공간(口) 사다리라는 설도 있음. 그 옛글자 髙자 참조. 이 있다. 다시 그 아래에 대들보(梀) Beam·girder. 가 있고, 옆으로 여름철 비바람막이나 겨울철 찬바람막이가 있으며, 그 안쪽에 또 다른 공간이나, 혹은 사람인 식구(食口)나 식솔(食率)을 뜻하는 적은 입 구(口) 자가 있다. 이 고(高) 자의 꼭대기 '亠'는 머리, 두(頭)를 뜻하는 기호문자(記號文字) 玉篇·옥편 한자의 部首·부수 참조. 이기도 하다.

단군 할아버지는 울창한 원시림(原始林)을 베어다가 높은 집(舍) 집 사. 을 짓고 높은 곳에서 먼 곳을 살피시며 씨족(氏族)들을 다스리던 윗마을 상동(上洞)골에 사시던 빼어난 우두머리이셨던 것이다.

고구려시대, 부여 지방(夫餘地方) 지금의 북만주 지방. 에 사시던 대무신왕(大武神王, 4~44) 瑠璃王·유리왕의 太子·태자. 의 큰아들 호동왕자(好童王子)가 사모하던 낙랑공주(樂浪公主)를 설득하면서 고각(高閣)의 북을 찢어버리지 아니하면 부부(夫婦)가 될 수 없으리라 하였었다.

아마, 그 이전부터 우리 조상님들은 고각(高閣)을 짓고 야생동물(野生動物)의 피륙(皮肉)인 가죽으로 만든 북으로 지금의 사이렌처럼 비상사태를 알리고 대처하시었던 것이다.

단군 임금님이 그의 장자(長子) 맏이·伯子·백자. 또는 그의 계승자와 함께 우리 민족들의 삶을 이어오셨던 그 동방(東方·邦) 땅은 아침, 조(朝) 아침 조(朝) 자의 문자 구성을 보면 좌부방변은 하고(十·열십) 많은(十·더하기·plus) 날(日

· 날일)을 뜻하며, 우부방변 달월(月) 자는 고기, 육(肉)도 뜻한다. 날일(日) 단위의 숫자 열(10 · 十)은 그 옛날에는 지금의 온(百 · 일백 백), 즈믄(千 · 일천 천), 골(萬 · 일만 만) 등의 숫자처럼 많음을 뜻하였음. 의 나라이며, 싱싱한 물고기, 어(魚)와 육(肉)인 야생의 양(羊)을 비롯한 사슴, 순록(順鹿) 등이 뛰놀던 선(鮮) 땅이었었다.

앞에서 말하였거니와, 동(東) 자를 보면 산 능선공제선(山陵線空際線) 상의 나무(木) 사이로 날 · 일(日) 즉, 해가 떠오르며, 하루의 해가 시작되는 것을 나타내는 형상글(形象文)이며, 선(鮮) 자를 분해(分解)하면 물고기, 어(魚) 자와 육(肉)고기인 염소, 양(羊) 자이다.

지금 우리는 조식(朝食) 행위를 '아침 먹는다'라고 한다. 그 옛날의 아침 식사는 주로 고기, 주어육(主魚肉)이었을 것이다.

드넓은 황허 강 이북 동쪽의 해 뜨는 아침의 나라, 야생의 양(羊)을 비롯한 사슴 · 고라니 · 토끼 · 곰 · 호랑이 · 순록 등 수많은 육(肉)고기인 야생 짐승(野生獸)들이 뛰놀고, 요하 · 흑룡강 · 우수리 강에서 민물고기가 많이 잡히던 만주 벌판과 시베리아 툰드라는 옛날 우리 땅이었었고, 바다고기(海魚)들과 바다 물짐승(海獸) 물개 · 바다코끼리 · 바다표범 · 고래 등. 많이 잡히는 캄차카 반도 · 오호츠크 해 · 알류샨 열도, 지금 왜놈들이 점유하고 있는 북해도(北海島) 부근 물고기 어장(漁場)인 동해바다는, 연해주(延海州) 바다를 잇는 고을. 라고 불리던 우리 땅에 붙은 우리 민족들의 땅과 바다이었었다.

후손들인 우리가 지금 말하고 있는 단군의 역사 웅녀(熊女)와 호랑이는 시베리아 흑곰 · 불곰 · 흰곰과 호랑이를 뜻하며, 곰이 마늘 먹고 인간으로 환생하였다는 것은, 우리 상고대(上古代) 여성, 할머님들의 끈기와 부지런함, 준비성 등을 뜻하는 후대 고려시대(高麗時代) 일연대사의 삼국유사 참조 우리 민족들의 가르침이었던 부처님의 가르침, 불교(佛敎)적인 우리 역사(歷史)인 것이다.

그러므로, 고조선(古朝鮮)이 아니며 빼어나셨던 단 임금(檀君)님의 고조선(高朝鮮)이고, 만주(滿洲) 땅, 시베리아, 연해주(延海州) 땅과 바다는 예로부터 우리 민족의 금수강산(錦繡江山) 비단으로 수놓은 것 같은 아름다운 우리 강산. 인 것이다.

세 번째로, 우리 민족의 실마리, 기원(紀元)을 다시 써야 한다.

과거 우리 민족들이 선비족(鮮卑族)이라고 불렀던 고조선(高朝鮮)의 막내둥이 후손들 일부는 몽골(蒙古) 후일의 유목기마민족이 되었던 칭기즈칸 참조. 지금도 이 몽골인들은 우리가 살고 있는 이 大東國·대동국의 東邦·동방 땅을 소롱고스·Solongos(7색 영롱한 무지개가 뜨는 곳. 지금 북만주어로 우리나라 高麗·고려를 Solgo 솔호로 발음하는데 이는 서로 일맥상통하는 것임)라고 하며, 지금도 우리를 憧憬·동경하고 있음. 지금의 몽골인들은 우리 古代史·고대사의 鮮卑族·선비족의 후예들임. 지금의 카자흐스탄, 우즈베키스탄 등지의 사람들도 마찬가지라고 생각됨. 지방으로 이주하였고 또 다시, 시베리아를 거쳐 베링 해 물을 건너고 에스키모로 또, 로키산맥을 타고 남으로 이주하여 지금의 아메리칸 인디언(Indian) 人?디언·an·人·사람. 과 남미의 잉카 人間·인간? 제국(帝國)의 문화(文化)와 문명(文明)도 등허리에 푸른 몽고반점이 있는 우리 핏줄의 것이라고 하여야 할 것이다.

지금의 알래스카의 남쪽 캐나다 밴쿠버 지방에 살고 있는 토속인(土俗人)들은 20미터 이상인 울창한 시다나무(Cedar 木)의 빽빽한 수림(樹林) 속 강(江)줄기를 거슬러 올라오는 산란기의 연어(延魚·鰱魚)를 잡아먹으며 평화롭게 대자연(大自然) 속에 행복한 삶을 이어가고 있다.

그들은 토템 폴(totem pole·toe temple)이라는 우리나라 장승(長僧) 키 큰 스님. 처럼 생긴 흔히 말라 죽은 고목(枯木)으로 만든 천하대장군, 지하여장군 같은 우상(偶像) 우상이라는 말은 나쁜 말이 아니다. 서양 종교의 피해임. 을 세우고 살고 있다.

이 토템 폴 또는 토우 템플이라는 말을 한자(漢字)로 적으면 발가락 절, 족사(足寺)와 흙인상(土人像)인 토우(土偶)와 장대(長竹) 장죽·pole·긴 대나무 막대기. 가 되며 템플(Temple), 절(折·寺) 꺾을 절, 절 사. 은 중(衆·中) 불교가

國敎·국교이었을 당시 보통 사람들과 스님. 들이 거처(居處)하며, 수도(修道)하는 곳을 말하는 것이다.

그들의 음악(音樂·music)도 북(鼓) 북 고 을 치며 옹헤야, 어기여차 하는 보리타작과 같은 지금 우리나라 민요와 가락이 닮은 것들이다.

사람들이 체취(体取)하지 아니한 연어는 산란 후 강가에 죽어 갈매기나 시베리아 검은 곰들의 먹이가 되고, 연어(延魚) 고기들은 자기가 태어난 고향(故鄕)으로 돌아와 자연의 먹이가 되어 자연(自然)으로 돌아간다.

또한, 베링 해 서쪽 시베리아 동부 초원지대(草原地帶) 툰드라. 에서 고래 잡이를 비롯한 수산업으로 바닷물고기를 주식(主食)으로 하고 있는 지금의 몽골리안(蒙古人)으로 불리고 있는 이들과 지금 떼놈들의 땅으로 되어 있는 아시아 대륙 서부 고원지대에서 불교적인 풍습을 가지고 살고 있는 고산족(高山族) 그들은 소나무 겨우살이인 松栮·송이버섯을 큰 소득으로 삼고 있으며, 끓이는 물에 이 송이와 다른 채소들을 함께 넣고 肉·육고기를 얇게 썰어 넣어 데쳐서 먹고 그 국물을 마시는 음식이 징키스칸 요리임. 왜놈들은 샤브샤브라고 함. 들도 징기스칸 대제국(成吉思·干, 鐵木眞·汗·干 大帝國) 건설 때에 서방(西方)으로 따라가 흩어졌던 우리 민족의 갈래, 아인(丫人)들일 것이다. 천산북로 비단길은 만주 몽골(울란바토르) 서역으로 가는 길이었다는 說·설이 있다.

나는 지금의 우리 민족이 대륙(大陸)의 동북방(東北方) 동남방(東南方)으로 우리 민족의 영역(領域) 땅을 포함한 바다를 말함. 을 넓힌 시대(時代)가 우리 조상님들의 나라 고구려(高句麗)의 광개토대왕(廣開土大王·廣開土好太王)님의 시대라고 생각하고 있다.

거슬러 올라가면 북아메리카 땅과 남아메리카 땅도 우리 것이다. 콜럼버스가 그들의 입장(立場)에서 신대륙이라고 발견(發見) AD 1492 近世·근세 朝鮮·조선 건국 후 100년 후임. 또다시 100년 후 AD 1592 임진왜란이 일어났음. 하고서, 그 후 스페인(Spain) 에스파냐·라틴민족. 이 남아메리카를 점령(占領)하면서 고의적(故意的)으로 옮긴 성병(性病) 媒毒·매독. 이나 독감, 인플루엔자 비

이러스(毒感·influenza virus)와 천연두(天然痘) 병균에 의하여 아즈택 문명권 사람들과 잉카문명(人間? 文明)이 소멸한 것으로 나는 알고 있다.

왜놈들은 왜소한 해양민족인 인도네시아 자바인(Jaba人) 멜라네시아 인이 라고도 함. 의 후예들이며, 뉴질랜드 원주민과 호주 사막 산악지대에 지금도 살고 있는 약 40만 명의 토인(土人)은 왜인들과 같은 족속(族屬)들이다.

서방(西力) 유럽의 백인들은 크로마뇽(Cro-Magnon)인의 후예들이다. 그 들의 파(派)는 크게 라틴·게르만·슬라브·아랍 민족으로 나뉘었다고 생 각되며, 지금 영국 민족의 주류인(主流人)인 아일랜드계(係)는 라틴 민족 의 후예들이 아닌가? 또, 슬라브계의 바이킹족(Viking族) 천산북로 비단길을 통하여 우리 민족인들의 피가 섞인 것으로 생각됨. 울산 반구대 음각화를 보면 바이킹 족들과 같은 배를 타고 큰 작살로 고래를 잡는 용감한 우리 조상님들의 그림이 그려져 있음. 들의 피가 섞인 것으로 여겨진다.

어쨌든 우리 조상님들 즉, 단군 임금님과 그 자식(子息)들이었거나 그 의 본손(本孫) 본 아들(子)들의 갈래, 系·계. 인 고씨(高氏)들과 고구려(高句麗) 의 고주몽 씨족(氏族)들을 포함한 우리 민족(民族)들은 황허강 상하유역 (黃河江上下流域)에서 태산(泰山)을 넘어 산동반도(山東半島)로, 발해만 (渤海灣) 지방, 요하(遼河) 부근, 만주 벌판, 시베리아로 즉, 동방(東方·東 邦)으로 그 옛날에 세력(勢力)을 뻗어내려 온 것이다.

서양의 보헤미안 인(Bohemian人) 속세의 관습이나 규율 따위를 무시하고 방랑 하면서 자유분방한 생활을 하는 지식자. 교양없는 俗物·속물 근성자인 필시스틴(Philistine) 의 반대말. 우리나라 중대 불교 전성시대의 浮陀·부타 즉, 떠돌아다니는 부처님 참조. 들은 고대 우리나라 산동반도(山東半島)와 요동반도(遼東半島) 간의 발해만(渤 海灣) 주위에서 천산북로 비단길을 거쳐 이주하였던 사람들로 생각된다.

이 산동반도의 서쪽에 현존하고 있는 태산(泰山) 출입구는 正陽門·정양문인 岱廟·대묘가 현존하고 있으며 漢武帝·한무제가 磨姑·마고할머님께 제사 드렸던 곳임. 그때 심은 약 2100년이 되었다는 측백나무가 있음. 松茂柏悅·송무백열이라는 말 참조.

거북 등 비석도 있음. 부산 梵魚寺·범어사가 있는 金井山·금정산 姑壇峯·고단봉이 무쇠 절구를 숫돌에 갈아서 바늘을 만드시었던, 끈기 있게 노력하셨던 그 옛날의 우리 민족들의 상대 어머님이셨던 磨姑·마고 할머님께 제사 드렸던 곳임. 은, 우리 민족들의 마음, 얼 즉, 민족정신(民族精神) 속에 살아있는 우리 역사 속의 태산인 것이다.

그러므로, 무릉도원(武陵桃源) 굳셀 무 언덕 릉·복숭아 도·들 원, 근원 원의 의미를 독자들은 음미하여 보십시오. 에서 선(仙) 산속에서 高堯·고요히 사시던 사람. 처럼 사시던 우리 조상(祖上)님들이시었다.

지금도 『주역(周易)』을 연구하면서 신이 내려 점(占)치는 역술가(易述家)들이 복숭아 나뭇가지나 대나무 가지, 소나무 가지를 흔들며 굿을 할 때 불러 내는 귀신(貴神)은 우리 조상신(祖上神)이다. 잡귀(雜鬼)들과 구신(狗神) 개처럼 주인에게 따라다니며 무엇인가 얻어먹거나 뜯어먹고 살려는 잡신. 들은 썩 물러가라!

지금 고고학자들이 말하는 상동인(上洞人)이 탄생한 때는 지금부터 약 4만 년 전에 가깝다고 하지 않는가? 삼천갑자(三千甲子) 三千甲·삼천갑 즉, 삼만 년 歲月·세월의 아들. 이신 단군할아버지의 수(壽)가 삼천갑(三千甲) 3만 년, 그 이후 우리 민족사(民族史)가 약 4300년이다.

우리는 성장한 후 혼인(婚姻)하여 자식을 낳아 지금의 우리를 대신(代身)하여 대(代)를 이어가고 있으며, 자식들에게 피와 영혼(靈魂)을 물려주게 되어 인간(人間)의 영원(永遠)한 삶을 살게 되는 즉, 영생(永生·Forever Life)하게 되는 것이다. 하루하루가 지나면 그것이 바로 영원(永遠)인 것이다. 따라서, 단군 할아버지의 수(壽)가 삼천갑 三千甲·3,000×10= 30,000일. 甲·갑은 10, 열의 숫자도 가리킴. 즉, 3만 년(年)이라는 것은 우리 조상님들의 먼 상대(上代) 古來·고래로, 옛날. 로부터 우리 민족의 피와 영혼이 면면히 이어 흘러왔음을 뜻하는 것이다.

그러므로, 금년 2007년. 이 우리 민족의 기원(紀元) 즉, 단군(檀君)으로부터 출발하는 시간기원(時間紀元)은 삼만 사천삼백삼십팔년(34,340年)쯤이 되는 셈이다. 지금 우리는 서력기원(西曆紀元)을 BC, before christ 예수 그리스도 以前 이전. AD, anno domini, 라틴 어로 예수그리스도의 해라는 의미임. 로 쓰고 있으나, 모든 것이 서양 위주(西洋爲主)로 서양화(西洋化) 되어 있는 화양년(化洋年)의 세월 속에 살고 있는 지금, 쓰기에는 불편하더라도 이를 우리 기원(紀元)에 병행(竝行) 사용함이 타당(妥當)할 것이다.

네 번째로, 우리는 우리 민족사(民族史)를 다시 써야 한다.

우리는 서양 인류학자들이 말하였던 몽골계 퉁구스 계통이 아니며, 몽골인과 에스키모·아메리카 인디언들이 오히려 우리 민족의 갈래, 아인(丫人)들이다.

지금 떼놈들의 동북공정(東北工程)은 터무니없는 말(說) 설. 이다. 과거 일본제국주의가 우리 민족에게 강제로 주입시켰던 한사군(漢四郡) 학설 등의 우리나라 고대사(古代史) 즉, 왜놈들의 우리나라에 대한 식민지화사관(植民地化史觀)을 현재의 중화(仲僞) 떼놈들이 이용하고 있는 것이다.

떼놈들과 역사(歷史)를 다룰 때 우리는 한(漢)나라에 대한 역사는 물론이고, 그 이전의 역사(歷史)부터 바로잡아야 할 것이다.

떼놈들의 조상은 단군 할아버지 시대, 단군조(檀君朝)에 우리 민족과는 다른 민족이었었다. 우리 상대 조상님들이 그들의 무리를 이끌고 산 것이 지금 떼놈들의 고대사(古代史)로 되어 있는 요순시대(堯舜時代) 높고 빼어나신 순 임금님 시대. 이다.

떼놈 공빈(孔斌)이 쓴 책 『동이열전(東夷列傳)』의 기록을 보면 순(舜)이 와서 요(堯) 높으신. 임금이 되어 떼놈들 자신들에게 문자(文字) 즉, 글(文)을 가르쳤고 또, 생활법도(生活法道)를 가르쳤다는 기록이 있다.

떼놈들은 양자강(楊子江) 유역 남방(南方)에서 삶의 터전을 북방(北方)으로 넓혀오면서 그들의 삶을 이어왔을 것이며, 그 당시의 떼놈들은 우리 민족 조상님들의 지도(指導), 통솔(統率)을 받으며 그들의 삶을 살아왔던 것이다. 아마, 요순시대의 다음 세대(世代)인 하·은·주(夏·殷·周) 시대의 더운 여름을 뜻하는 하(夏)나라가 그들이었을 것이다.

한편, 지금의 중화(仲偉) 떼놈들은 후대(後代) 그들이 역사적으로 가장 강성하였던 唐代·당대? 에 하화족(夏華族)들의 하(夏)라는 나라를 조작하여 만들어 넣은 것이라고 생각되며 은(殷)나라와 주(周)나라는 우리 조선 민족(朝鮮民族)들의 나라이었을 것이다.

다시 말하면, 지금의 중화족(仲偉族)은 하화족(夏華族)의 후예들이며 전설 속 그들의 최초 선조(最初先祖)는 황제(黃帝)이다.

그들은 우리와 버금가는 즉, 장자(長者)급이 되지 아니하는 중씨(仲氏)급 버금 인간(人間) 즉, 아인(亞人)들이었다는 것을 감추고 있는 것이다. 그들은 양자강(楊子江) 상하류 지방, 대륙의 중앙에서 살아오게 되어 그들 민족을 중화(中偉) 민족이라고 신분을 격상(格上)시킨 것 독자들은 우리나라의 정치인 중 幼年·유년에는 仲·중 자를 쓰다가 성공한 후 中·중 자로 개명한 사람을 기억할 것임. 이며, 우리는 아버지와 형님격인 큰집(大家門) 대가문. 에 살았으나 현재 우리들 마음에 잘못 각인(刻印)되어 있는 모화사상(慕華思想) 즉, 고대 우리 선조(先祖)님들이 황허(黃河) 상류·남부 몽골·서북 만주 등지의 무릉도원(武陵桃源)에서 선(仙)처럼 사셨던 것을 후대의 우리들이 중국을 사모하고 그리워한다고 착각하고 있는 것과, 일제의 식민지화사관(植民地化史觀)으로 인하여 옛날 우리나라 고조선(高朝鮮) 땅이었던 산동(山東) 泰山·태산의 동쪽 반도, 요동(遙·遼東) 면 동쪽 반도를 포함한 만주 땅 전부와 몽고·연해주의 일부 땅을 지금 떼놈들이 현실적으로 점령하고 있는 것을 기회로 잡아 동북공정(東北工程) 그놈들의 동북 지방으로 만드는 과정. 이라고 하고, 근대(近代)에 왜놈들이 가공으로 만들어 낸 한사군(漢四郡) 거짓 역사 학설을 동조하고 합리화시키면서 우리 발해사(渤海史)와 고구려사(高句麗史)를 그놈들의 역사로 역편입(逆編入)하려고 하고 있는 것이다.

발해(渤海) 처음에는 지금의 만주 吉林省·길림성 敦化市·돈화시에서 東牟山城·동

모산성을 세우고 震·진이라고 하였었음. 도 고구려 유민(流民) 대조영(大祚榮·
高王·고왕 ?~719)이 육지가 바다(海) 바다 해. 물로 툭 튀어나온 우뚝솟아날
勃·발 자 참조. 요동반도(遼東半島)의 요하(遼河) 유역과 산동반도(山東半島)
지역의 서북 만주(西北滿洲) 지방에 세웠던 나라가 아니었던가요!

그 당시 발해인들은 고구려 시대의 안시성(安始城)으로 피난 식의 이동
을 거쳤는데, 이 안시성(安始城)은 고구려인들의 편안(便安)과 안전(安全)
이 시작(始作)되는 성(城) 외적을 방어하기 위하여 土·토·흙을 쌓아 둑 같은 것을
이룬(成) 것이 城·성임. 이었었다. 지금 이 안시성의 위치를 찾아낸다면 주위
성(城)들과 함께 우리 고구려(高句麗)와 역사적으로 가장 강성하여 만리장
성 북방까지 진출 하였던 떼놈들, 당(唐)과의 경계선이 어디이었는지 대강
알 수 있을 것이다.

그때 7C경의 발해는 옛 고구려 동쪽 땅, 로스케들의 블라디보스토크
항이 있는 연해주(延海州)의 흑룡강(黑龍江) 유역의 흑수말갈(黑水靺鞨)
이후 우리 고려시대부터 이조시대까지 이들은 女眞·여진으로 되었음. 인들과 만주 서
북부의 돌궐(突厥) 그 후 고려시대에 이들은 契丹·글안으로 되었음. 이라는 토호
(土濠·土壕)들의 도전을 받았었다. 흑수말갈은 식량인 곡물(穀物)이 부족
하여 대륙 땅 떼놈들인 딩(唐)나라와 교역을 도모하였으며 물고기 껍데기
어피(魚皮) 즉, 물짐승 가죽으로 옷을 만들어 입었다고 한다.

통일신라(統一新羅)는 흑수말갈을 쳤다고 하며 발해 2대 왕 무제(武
帝·大武藝, 719~737)는 서북쪽의 돌궐(突厥)을 통일한 후 대륙의 옛 우
리 땅이었던 산동반도(山東半島)를 점령하고, 황허(黃河) 위쪽 위수(渭水)
변에 있던 그 당시 떼놈들의 당나라 수도 장안(長安) 지금의 西安·서안. 까지
진출(進出)한 적이 있었었다.

그 당시 우리 민족, 고구려(高句麗)는 단군의 홍익인간(弘益人間)의 전
통이 그때에도 우리 마음속에 살아 있었으므로 우리는 떼놈들 즉, 적(敵)
과 멀리 떨어져 싸움을 피하면서 살아왔던 것이므로, 그때에 떼놈, 당(唐)

나라와의 국경선은 좀 더 서방이었을 것이며, 같은 우리 민족들의 남쪽 일부만을 통합하였던 통일신라(統一新羅)와 발해(渤海) 간에는 아무런 싸움이 없었고 신라는 서방의 당(唐)나라와 분쟁중이던 발해의 후방 흑룡강(黑龍江)변의 흑수말갈(黑水靺鞨)을 견제하면서 발해를 도왔던 것이다.

고조선(高朝鮮) 역사에 있는 기자(箕子)는, 하화인(夏華人)들이 따뜻한 양자강(陽子江) 가에서 벼농사(農事)를 지으면서 살다가 그 씨앗(氏) 씨. 을 가지고 우리나라로 살러 온 것이다. 벼농사에 쓰이는 농기구인 키(箕) 키 기. 도 함께 가지고 온 것이다.

또한 나는, 여기서 기자조선(箕子朝鮮)이라는 나라 역사는 왜놈들이 가공으로 만들어내었던 것이라고 보고 있다.

아직도 우리나라에는 오줌을 싸는 유소년(幼少年)에게 키를 씌워 소금을 얻어 오게 하고, 얻어 온 소금을 뿌리는 관습(慣習)이 남아 있다.

이웃이 먹고 살기 어려워 인심이 고약하였던가? 혹은 떼놈들의 나쁜 관습에 젖어 왔거나 병(病)을 옮겨오지 않을까? 잡귀(雜鬼)들이 따라 붙어와 우리 자식을 해치지 아니할까 걱정하는 현재의 우리 부모님들의 마음과 같았을 것이며, 기자(箕子)가 누추하므로 소독(消毒)을 위하여 소금을 뿌렸을 것이다. 우리 속담에 "너는 세상의 소금이 되어라"는 것이 있다.

나는 그 당시 우리 조상들이 사시던 지금의 서북 만주지방에 노천(露天)의 소금광산이 있었지 않았을까 생각하고 있으며, 이 소금 뿌리는 관습은 떼놈들의 고대서(古代書) 『수호지(水湖誌)』 松江·송강이 주인공임. 南宋·남송 나라 참조. 又, 結·결 수호지인 蕩寇志·탕구지와 倭寇·왜구 참조. 에 나오는 떼놈들의 식인(食人) 관습을 물리치고 또, 경계한 것을 뜻하는 것으로 해석하고 있다.

떼놈들은 옛날에 인육(人肉)을 만두 등으로 만들어 먹은 적이 있었으며 그놈들의 개화기(開化期) 5·4운동 등의 20세기 초 떼놈들이 그들의 뿌리 찾기인 維新·유신, 自强·자강 운동인 신해혁명(辛亥革命·1911)을 하여 그들의 지배 계층인 淸國

· 청국인을 몰아낸 시절을 말함. 그 결과 떼놈 孫文·손문의 중화민국(장개석이 대만으로 철수 퇴각하였음)이 탄생되었음. 中華人民共和國·중화인민공화국은 張介石·장개석의 국민당과 毛澤東·모택동의 공산당 간의 내전에서 모택동이 승리하여 1949년 성립 되었다. 에 인육(人肉)을 비료로 사용한 적이 있었다. 그들은 지금도 죽은 사람의 시신을 아무 곳에나 버리다시피 한다.

우리 민족들은 어린이들의 빠진 이빨이나 깎은 손톱도 아무 곳이나 버리지 아니하고 초가지붕 위로 던지며 하늘에 계신 조상신위(祖上神位), 옥상황제, 천왕(屋上皇帝, 天王)님께 자식들의 건강한 영구치와 손톱 자람을 기원드렸으며, 6·25 때 전쟁 나가 전사(戰死)한 동료나 친척의 손톱이나 머리카락을 소중히 간직하고 살아 돌아와 그 부모형제들에게 전하기도 하였었다.

한편, 지금의 우리 민족들은 우리 민족이 예맥민족(濊貊民族)의 후예라고도 하고 있다. 맞는 말일 것이다. 추측컨대 그 옛날 그들은 추운 북지방에서 주어육식(主魚肉食)하던 우리 민족 주류인(主流人)들에게, 소외(疎外)되어 보리(菩提) 즉, 맥(麥)이나 야생(野生) 귀리 등을 뜯어먹었거나 농사지어 먹고 살았었다고 생각되는 이 사람들을 천(賤)한 삶을 사는 사람들이라고 여겨지게 되었고, 소원(疏遠)하여지게 되었으며 오랑캐(惡浪犬) 함부로 떠도는 미운 개. 여겨지게 되었던 것으로 생각된다. 더러울 예(濊) 자와 오랑캐 맥(貊) 자를 보면 여러분들은 상상하실 수 있을 것이며, 옛 우리말은 발음이 같은 맥(貊) 자와 맥(麥) 자처럼, 그 뜻이 연관되거나 비슷한 말(言)이 많이 있다. 또, 신라시대 고분 출토물에 탄화(炭化)된 보리(菩提·麥)가 있었다는 것도 독자 여러분은 고려하여 보십시오.

벼농사는 단위 면적당 부양인구(扶養人口)가 많다. 밀가루와 고기를 먹는 서양 백인들보다 떼놈들의 인구가 많을 수 있었던 것은 이것 때문이다.

지금 떼놈들은 인구가 너무 많아 한 가정 한 자녀 갖기 시책(施策)으로 호적에도 올리지 못하고 집시같이 부랑(浮浪)하며 떠돌아다니며 무슨 짓을 하고 있는지 모르는 결국은 오랑캐(惡浪犬) 같은 이(夷)가 많이 있다.

왜 우리들은 떼서리가 많은 그들을 떼놈들이라고 부르고 있는가? 양자강(楊子江) 물이 황수(荒水)라서 금수강산에 살고 있는 우리처럼 몸이나 옷을 깨끗이 씻고 세탁할 수 없어 "때"가 끼고 냄새나서 그럴까?

어쨌든, 상대(上代)의 떼놈들은 사람이 먹어야 하는 3대 영양소 중의 하나인 단백질 섭취(蛋白質攝取)에 문제가 있었다고 생각되며, 그 단백질의 부족(不足)을 이유(理由)로 그들의 처(妻)까지도 잡아 손님(賓任) 손 빈·물리칠 빈, 맡길 임. 을 대접하는데 사용하였던 것이다.

이러한 이야기가 『수호지·水湖志』 등 떼놈들의 고대서(古代書)에 있다는 것을 독자들은 잘 아실 것이다. 이것은 인권(人權)을 무시하고 인륜(人倫)과 천륜(天倫)까지도 저버리는 짓이다. 이러한 것을 그들의 친구(朋) 벗 붕, 友·벗 우. 나 손님(貧任) 가난한 사람. 에 대한 의리(義理)라고 합리화하였었다.

우리는 옛날부터 이러한 귀찮고 나쁜 물리쳐야 할 손, 빈(賓)을 싫어하여 "이놈(是者) 시자, 이시·놈 자. 의 손(賓)아!" 경상도 사투리. 라고 보기 싫고 역겨운 자들을 욕하였으며 좋은 날, 길일(吉日)을 손 없는 날이라고 하였고, 천연두 같은 나쁜 전염병이 온 것을 "손이 왔다"라고 하였었다.

광활한 땅 드넓은 산동반도(山東半島)·요동반도(遼東半島)·만주·시베리아·연해주의 토지(土地)와 지금의 평양·원산 그리고 함흥 지방 등지의 한반도에 흩어져 내려와 살던 우리 동방민족(東邦民族) 우리 최상고대는 북방민족임. 들은 서로 싸우지 아니하고 삶을 즐기면서 춤추고 노래하면서 동족(同族)들을 불러 모아 동맹(同盟)이라는 축제(祝祭) 우리 國史·국사에 기록되어 있는 고구려 시대의 동맹 참조 를 열고 한바탕 잔치를 벌이며 다만, 함께 즐기며 뛰어놀았을 뿐이었다.

이것이 지금(至今)의 현대(現代) 국가간·민족간의 생존 경쟁의 형태로 발전된 것이 국제동맹(國際同盟·National race union)이며 한편, 국제화라는 이름으로 만든 지금의 국제연합(國際聯合·UN)은 세력이 큰 몇몇 나라의 거부권 때문에 세계화를 위한 아무런 통솔력(統率力·Leader Ship)을 발휘하지 못하고 있으며 국제화(國際化)라는 지금 우리나라의 유행(流行)은 허망(虛妄) 아무것도 없이 껍데기만 있는 허위 거짓. 하기 짝이 없는 것이다.

예로부터 우리 민족의 청춘남녀 혼인식(婚姻式)을 잔치라고 한다. 우리 조상들은 신부 집에서 잔치를 하고 서옥(壻屋·婿屋) 사위가 거처하는 별채의 집. 을 짓고 사위는 신부 집(妻家) 처가. 에서 밀월(蜜月)을 즐기면서 달콤하고 행복하게 지냈었다. 서양(西洋)의 허니문(honey moon)도 이와 같다. 아마, 약 한 달간(月間) 29~30일간. 이었던 모양이다. 새 지어미 신부(新婦)는 연지곤지를 찍고 비단 색동이나 푸른 연두색 혹은 초록색 저고리와 붉은 색의 치마(綠衣紅裳) 녹의홍상, 치마 裳·상은 아랫도리옷을 뜻함. 또, 衣·옷의 자는 어린이의 배내옷과 같은 옷 즉, 윗도리를 뜻함. 를 입었을 것이다.

친척들과 축하객들은 징과 꽹과리, 북을 치면서 상모(上冒)를 돌리며, 부조(扶助)로 가지고 간 음식으로 잔치를 벌이고 신랑 신부의 행복을 기원하며 자신들의 삶도 즐거워하였을 것이다.

그러므로, 지금 우리들의 머릿속에 각인(刻印)되어 있는 모화사상(慕華思想) 위실체(爲實體)는, 떼놈들의 봄 가을철 전쟁만 하던 춘추전국시대(春秋戰國時代)의 사상(思想)과 학문(學問) 즉, 벼농사를 지어 먹으면서 한 장소(場所)에 눌러앉아 그들의 가부장(家夫長)제도를 정착시킬 무렵의 공맹(孔孟)들의 업적(業績) 즉, 유교(儒敎)나 유교(儒敎)적인 사상이 우리 민족의 서방(西邦)인 지금의 중국 대륙에서 집대성(集大成)되어 우리나라로 재수입 된 것이었으며, 그 이전의 고대 우리 민족 홍익인간 개념(民族弘益人間槪念)이 전하여져 간 것을 공맹(孔孟)들이 집대성하였던 것이다. 우리 민족의 성인 남녀(成人男女) 간의 혼인(婚姻)은 홍익인간사상(弘益人間思想)의 극명(克明)한 실체(實體)이다. 공자(孔子) 구명의 아들. 의 모친은 점쟁이 기생이었으며, 맹자(孟子)의 모친은 삼천지교(三遷之敎)를 한 맹렬 여성 맹모(盟母)이었었지 그들의 부친(父親)은 누구이었던가요?

다섯 번째로, 우리 민족은 고조선(高朝鮮) 민족이다. 지금 우리 민족의 이름인 한(韓)은, 고조선(高朝鮮) 나라 사람들 중 소외(疎外)되어 보리(菩提·麥)농사를 지어 먹고 살던 사람들이 볍씨(禾氏)를 가지고, 이 따뜻하고 벼농사를 지어 먹고 살기 좋은 지금의 우리 누리로 남하 이사(南下移徙)하여 살고 있음을 뜻하는 씨족(氏族) 이름 한 자이다.

조선의 "朝" 자를 보라. 옥편(玉篇)을 찾아보면 부수(部首) 즉, 기호문자(記號文字)인 월(月) 자는 고기, 육(肉)도 뜻한다. 우리는 조식(朝食)을 "아침 먹는다"라고 한다. 그 옛날의 우리 민족 주류인(主流人)들의 조식은 고기, 어육(魚肉)이었을 것이다.

아침 조(朝)자에서 달월(月) 변 즉, 고기 육(肉) 자를 떼어내고 가죽 부대(付帶) 위(韋) 자를 붙인 것이 한(韓) 자이다.

물고기(魚)와 염소, 산양(山羊) 등 야생짐승을 잡아 그 고기를 주로 먹으면서 삶을 영위하였던 황허 북부, 만주·시베리아·연해주의 대평원(大平原) 속 태초(太初)의 우리 조상들의 삶은 인구(人口) 食口·식구, 먹는 입. 는 늘어나고 활·칼 등 금속기문명(金屬器文明)이 대두됨에 따라 자연(自然·Nature)은 감소(減少)하여 즉, 주식(主食)으로 잡아먹던 야생 고등동물들인 육(肉)고기들과 어족(魚族) 자원이 급격히 감소되었던 것이다.

따라서, 기자(箕子)가 가지고 왔던 볍씨를 벼농사가 잘되는 따뜻한 곳으로 가죽으로 만든 부대(付帶) 韋·부대 위·다룬가죽 위. 동물의 껍질, 모피를 소금으로 다루어 무두질한 즉, 加工·가공하여 가죽·Leather으로 만든 것임. 로 남부여대(男負女戴) 여자는 머리에 이고 남자는 등에 짊어짐. 하여 씰농사기 잘되는 따뜻한 남방으로 이사 온 사람들이 아침 조(朝) 자에서 달월(月) 자 즉, 육(肉) 자를 부대 위(韋) 자로 바꾸어 붙여 한(韓)으로 썼던 고대 우리 민족인 것이다.

따라서, 한씨족(韓氏族)들은 고조선 민족(高朝鮮民族) 즉, 우리 민족의 한 갈래이었으며, 그때의 이사(移徙)는 벼(禾) 벼 화·나락 화. 가 많이(多) 많을 다. 나는 곳으로 옮기는 것(徙) 옮길 사·movement. 이었으며, 벼는 기온이 따뜻한 남쪽의 물, 강(江) 물(삼수변)이 만든 것(工·만들 공)이 강임. 가에서 잘 자란다. 나락, 벼 화(禾) 자와 많을 다(多) 자를 합성(合成)한 우리 한자의 이동, 이사의 뜻이 있는 옮길 이(移) 자를 독자들은 음미하시기를 바란다.

또한, 지금 충청북도 청주(淸州)는 청주한씨(韓氏)들의 본관(本貫)이다. 지금 청주한씨들의 족보(族譜)에 그들의 조상 최상대(祖上最上代)는 고조선(高朝鮮)의 기자(箕子)이다. 기자는 볍씨와 농기구인 키(箕)를 고조선(高朝鮮)으로 가지고 왔다는 사람이다. 그러므로, 청주(淸州) 지방이 왜놈들이 말하였던 기자조선(箕子朝鮮)이라는 토호(土濠) 형태의 나라가 있었던 곳이 아니었던가? 나는 생각하고 있다.

옛날 북만주 지방에 살던 우리 민족 중의 한 씨족(一氏族)이 볍씨를 가지고 남부여대(男負女戴)하여 벼농사가 잘 되는 기후가 따뜻한 충청도 물가의 남한강변(南漢江邊)의 청주 고을(淸州洞)로 이사(移徙)와서 모여 산 것으로 생각되며, 그 우두머리 수장(首長) 酋長·추장·頭目·두목. 이 같이 이사 왔던 일족들과 족벌(族閥)을 이루고 그 후손들을 이끌며 삶을 이어왔을 것이며, 이 씨족들은 한(韓)이라는 성(姓)씨를 가지게 된 것으로 여겨진다.

요동반도 서북부, 북만주의 부여(夫餘) 지방, 남부 시베리아 지방에서 훗날 낙랑지역(樂郞地域) 지금 평양 부근 등의 지금 북한 서북부 지역. 으로 도읍(都邑)을 옮긴 우리 민족이 고구려(高句麗) 한양대 송동건(宋東建) 교수의 논문에 따르면, 고구려 건국 연도가 三國史記·삼국사기에서 알려진 甲辛年·갑신년(BC 37년)보다 172년 전인 BC 209년이라고 하며, 고구려 시조 高朱蒙·고주몽이 漢高祖·한고조

劉邦·유방의 건국을 도왔다고 한다. 김부식의 三國史記·삼국사기는 떼놈들의 압력과 영향을 받아 이 부분을 僞作·위작하였다는 說·말이 있음. 이는 떼놈 史家·사가들이 고구려(三漢·삼한 중의 한나라임)가 자기들의 땅인 대륙 땅을 統治·통치하였다는 것을 감추기 위한 것이라고 한다. 이며, 그때 우리 조상들은 개(狗) 구, 시베리아 늑대를 길들인 것으로 생각됨. 풍산개 참조 를 주요 가축으로 삼아 말을 타고 야생의 염소들과 순록(順鹿·馴鹿) 즉, 순(順)한 사슴을 사냥해 잡아먹으며, 민물로 거슬러 올라온 요하·송화강·우수리 강·흑룡강 가의 연어(延魚) 鰱魚 또는 沿魚. 又, 북해도(北海島) 부근의 동해 북부를 포함한 사할린 섬 주위에서 바다 고기잡이로 고래·바다코끼리·바다사자·물개·명태(明太) 등의 고기잡이로 주식(主食)하며 삶을 영위하였던 것이다.

초기 고구려(高句麗)시대는 새로운 산업인 기르는 즉, 자연의 것을 그대로 먹지 아니하고 인공(人工)으로 재배하여 먹고사는 벼농사 농업(農業)의 태동기이며 원시어업기(原始漁業期), 원시수렵기(原始狩獵期)의 말기(末期)인 셈이다.

고구려의 추운 지방에 일부인을 유민(遺民) 夫餘·부여. 지금 만주 지방의 부여. 夫·지아비 부, 餘·남길 여. 동명성왕의 큰아들 瑠璃王·유리왕 참조 으로 남겨두고, 지금 충청도 부여(夫餘)로 도읍(都邑)을 옮긴 백제(百濟)는 옛날의 황허 유역과 거의 맞붙어 있던 지각이동변동설 참조. 한강변(漢江邊) 지금 서울 한강변의 大夫·대부라는 글이 적힌 도자기 조각과 큰 쌀독이나 물독처럼 생긴 도자기가 출토되었다는 천호동 백제시대 혹은 그 이전?의 土城·토성 참조. 흙 즉, 土·토로 이룬 것(成·이룰 성)이 城·성이다. 후세에 기와벽돌이나 돌로 만든 것이 만리장성, 南漢山城·남한산성 등의 성이며, 한강변에 살던 이 시대의 우리 민족들이 漢民族·한민족임. 지금의 河南市·하남시 참조 에서, 이미 이 지방에 살고 있었던 청주 한씨족(韓氏族) 등, 우리 민족들과 합세하여 십제(十濟) 물을 건너온 열씨족(十氏族)들. 들이 합하여 새로운 나라 형태로 그 세(勢)를 확장한 것이며, 그 시조(始祖)가 온조군(溫祖君) 따뜻한 곳으로 이사 오신 우리 할아버지 임금님. 고구려 동명성왕의 둘째아들. 百濟·백제의 始祖·시조 이신 것이다.

동명성왕(東明聖王)의 큰아들 유리왕(瑠璃王, ?~18) 黃鳥歌·황조가를 지었다고 하며, BC 9년 鮮卑·선비 즉, 지금의 몽골을 공략하여 항복 받았음. 도읍을 졸본(卒本·忽本)에서 國內城·국내성으로 옮김. 을 부여(夫餘)에 남겨두고 둘째인 온조왕(溫祖王, ?~28)과 셋째인 비류(沸流) 소금기가 많은 濟物浦·제물포, 지금의 인천 남부지방, 彌鄒忽·미추홀 즉, 지금의 인천 송도 국제도시 지역으로 이사하여 벼농사가 잘되지 아니하여 비루먹어 병들어 죽고 같이 이사 왔던 씨족들은 다시 온조왕과 합하여 처음에는 十濟·십제라 하였던 나라를 그 후세에 百濟·백제라고 이름하였음. 가 찾았던 일곱 모난 바위 위에 소나무가 있을쏘냐? 얼마 전, 1950년대의 유행가 가사(歌詞)에 나오는 이 각이 진 바위는 가옥(家屋)의 주춧돌이며, 그 이전부터 한수(漢水) 즉, 한강(漢江) 주위에서 살고 있었던 한민족(漢民族) 이들의 선대가 볍씨를 가지고 농사 지어 먹고 살기 위하여 남하 이동 이사한 韓民族·한민족. 들이 살던 집의 소나무로 만든 기둥(松柱) 송주, 이 소나무는 살아서 5천년, 죽어서 5천년 도합 만년을 산다는 뜻을 가진 나무이며, 우리 민족이 十長生·십장생 중 하나이며 그 잎이 두 갈래 男女·남녀를 뜻하는 한 쌍으로 자식을 낳아 萬歲·만세까지 人類·인류가 행복하게 살아가자는 永生·영생의 뜻을 가지고 있는 우리 민족 나무임. 우리 민족 仙人思想·선인사상의 일부임. 을 뜻하는 것이었고, 모난 바위는 주춧돌이었으며 그 집의 임자(任者)는 한강변에 살고 있던 고조선 기자의 후예들인 한민족(漢民族)이었던 것이다.

또, 백제(百濟)의 일백 백(百) 자와 건늘 제(濟) 자를 보면 즉, 십제(十濟)의 후대 백성(百姓)들은 물(水) 삼수 水·수 변 참조 을 건너와서 함께, 섞여 살았다는 것을 뜻하며, 건널 제(濟) 자의 삼수변과 가지런할 제(齊) 자를 자세히 보면 머리 두(頭)나 지붕을 뜻하는 "亠", 기호문자(記號文字)의 아래에 여러 씨족(氏族)을 뜻하는 갈래 아(丫) 자가 있으며 칼이나 화살촉, 비수를 뜻하는 기호문자인 칼 도(刀) 이것은 그 당시 귀중한 살림살이를 뜻함. 자가 있고 오른편에는 성 씨(氏) 자가 붙어 있으며, 그 아래에는 사다리와 같은 가지런한, 그것을 타고 물 건너던 뗏목, 배 주(舟) 자 비슷한 기호문자가 있다.

백(百) 자는 대륙(大陸)에 있던 우리 민족들이 떼놈 진시황(秦始皇)의 분서갱유(焚書坑儒)하던 때의 우리 민족 선비(儒)님들이었거나 대륙 땅을 지배(支配)하시어 사시던 한(漢)나라의 우리 백성들이 내시(內侍)들이나 지방 떼놈 토호 세력자들에게 시달릴 때이거나, 한(漢)나라가 멸망할 때 난리를 피하여 뗏목이나 배를 타고 바다 건너온 유민(流民) 백성(百姓) 즉, 주(周)씨, 이(李)씨·정(鄭)씨·조(趙)씨 등등의 지금 현대 사람들이 이름 붙인 소위, 중국 성씨(中國姓氏)들은 우리 단군조선민족(檀君朝鮮民族)들이었던 것이다.

지금 그들을 비록 중국 성씨라 하나, 그들은 우리나라 최상고대(最上高代) 조선(朝鮮)시대의 즉, 단군조(檀君朝)의 우리 민족의 갈래 즉, 아인(丫人)들인 것이다. 이들 중 이(李)씨 성(姓)을 가졌던 사람이 지금의 전주이씨(全州李氏) 가문이 된 것으로 생각된다.

또, 이 전주이(李)씨 가문들 중에 고려시대 초기에 또 다시 유민(流民)이 되어 옛 임둔 땅, 함지(咸地) 판자 조각으로 만든 위가 넓고 아래가 좁은 네모난 나무그릇, 우리 조상님들이 쓰던 木器·목기의 일종. 같이 생긴 지금의 함흥(咸興)인 영흥(永興) 땅으로 이사하여 옮겨가서 숨어 살았던 사람들이 이성계(李成桂)의 선대(先代) 일족(一族)일 것이다.

고려 태조(高麗太祖) 왕건(王建, 877~943)의 유훈(遺訓) 「훈요십조(訓要十條)」에 차령 이남의 사람들을 경계하라는 것은 필자가 앞에서 기술하였던 그 당시의 백제(百濟) 사람들 중 일부가 대륙에서 건너와 떼놈들의 나쁜 관습을 답습하는 사람들이 아닌가? 하는 의심으로 핍박(逼迫) 형세가 절박할 정도로 바짝 조임. 한 것 때문으로 여겨진다.

만주와 연해주·시베리아에서 살던 고조선(高朝鮮) 민족이 남으로 세력을 뻗어 내려온 또 한 줄기가 임둔(壬屯)이며, 임(壬) 자는 주역(周易)의 천간(天干) 중의 하나인 아홉 번째 기둥, 간(干)을 뜻한다.

이들, 단군조선민족(檀君朝鮮民族)의 아홉 번째 갈래라고 생각되는 우리 조상, 그 우리 민족들은 시베리아 연해주, 개마고원 등지의 울창한 숲의 나무를 이용하여 일정한 거리를 두어 드문드문 떨어지게 여러 개의 기둥, 간(干)을 세우고, 마치 후일 대륙 땅의 떼놈 송(宋)나라 사람들의 집(舍) 양자강 유역의 水上·수상가옥 참조. 이나 고구려인들의 고각(高閣)처럼 나무 기둥, 간(干)을 세우고 그 위에 지붕을 덮어 거처(居處)를 마련하여 상호 내왕(來往)하면서 삶을 살았을 것으로 생각된다.

날씨가 추운 곳이므로 그 후대에 이르러, 거처를 땅바닥에 마련하였을 것이다. 아마 우리 고대사(古代史)의 귀틀집이었을 것이다.

둔(屯) 자는 어떤 곳에 머문다는 뜻이 있으며, 문자(文字)의 형태를 보면, 땅을 파서 거처의 일부가 땅 속에 들어가게 하여 추위를 피하였을 것으로 보인다. 이 시대(時代)를 전후하여 우리 민족은 온돌(溫突) 알라스카 지방에도 온돌 遺跡· 유적이 있으며, 7C경 고구려로부터 분리된 서북 만주 지방의 突厥· 돌궐, 굴뚝 돌· 뚫을 돌· 민족이름 궐 자 참조. 을 만들었을 것이며, 따뜻한 남쪽으로 이사 와서 이 땅위에 갓머리, 지붕을 얹어 지은 것이 지금 말하는 집, 택(宅)이다.

나는 여기서 앞에서 언급하였던 지금의 우리나라 북부지방이 한사군(漢四郡)이었다는 왜놈 제국주의 어용학놈(御用學者)들의 우리나라를 식민지화하고, 당연시하려는 식민지화사관(植民地化史觀)이 거짓말이라는 것을 다시 한 번 강조하고 또, 우리나라가 본(本) 볼 시. 바(所) 바 소 가 풍(豊) 풍성할 풍. 성(盛) 풍성할 성. 한 예(禮)와 옳은 뜻, 의(義)가 있는 임금과 아들, 군자(君子)들의 나라이었다는 즉, 예의군자지국(禮義君子之國)을 이야기하고자 한다.

예로부터 떼놈들은 우리나라를 동방예의군자지국(東方禮義君子之國) 즉, 동쪽에 있는 삼라만상(森羅萬象)과 사람간(人間) 인간. 에 예(禮)와 의(義)가 있는 임금(君)과 아들(子)들의 나라라고 하였었다.

약 2300년 전, 공자(孔子)의 7대손 공빈(孔斌)이라는 떼놈 떼가 더덕더덕 붙은 떼거지 놈? 이 고대(古代) 우리나라의 여러 가지 문물(文物)에 대한 것을 모아서 쓴 『동이열전(東夷列傳)』에 이것이 기록(記錄)되어 있으며, 동이(東夷)의 이(夷) 이 夷·이 자를 他人·타인을 뜻하는 기호문자인 사람 人·인 자를 좌부방 변으로 붙여 오랑캐 侇·이 자로 쓴 놈들이 왜놈들이다. 이것은 우리 민족에 대한 文字造作·문자조작을 통한 식민지화사관의 극명한 實例·실례이며, 떼놈들도 이를 의도하는 바이며, 환영과 同助·동조를 하고 있으며, 그놈들의 東北工程·동북공정에 써먹고 있음. 는 활(弓) 활 궁. 을 맨 큰(大) 큰 대. 대인·큰사람이 팔을 벌리고 걸어가는 모습의 상형문자. 동쪽 나라, 대동방(大東邦·方) 앞 절의 우리말의 包括性·포괄성 참조 에 사는 사람들 즉, 활을 맨 동방대인민족(東邦大人民族)을 뜻하는 것이다.

이것은 그 당시 우리 민족은 고기를 많이 먹었으므로, 체구가 크고 힘(力)도 세었으며, 말을 타고 다니면서 인간 삶에서 모든 것을 이민족(異民族)들보다 곱으로 달성하는 능률성 있는 배달기마민족(倍達騎馬民族) 倍·곱 배, 達·도달할 달, 騎·말탈 기, 馬·말 마. 이었기 때문일 것이다.

그 내용은 다음과 같다.

먼 옛날부터 동방(東方)에 나라(國) 나라 국. 가 있는데 이를 동이(東夷)라고 한다. 그 나라에 단(檀)이라는 임금(君)이 있어 구이(九夷) 즉, 활을 맨 아홉 부족(九部族)들이 그 분을 받들어 모시었다.

일찍이 그 나라에 자부선인(紫府仙人) 붉은 옻칠을 한 나무로 만든 政府·정부 청사에 仙·선처럼 앉아 우리 민족을 통솔하는 사람이라는 뜻으로 해석됨. 桓檀古記·환단고기를 보면, 이분이 檀君·단 임금님이시거나 高朝鮮·고조선의 후대 임금님이 아니신가 생각된다. 박달나무 단목의 속살은 붉은 빛이며, 고구려의 高朱夢·고주몽의 朱·주자도 붉은 뜻이며, 주작, 三足烏·삼족오도 검붉은 색이며, 지금 서울의 漢城·한성 北門·북문도 붉은 뜻이 있는 紫廈門·자하문이었었음. 신라 초대 임금 赫居世·혁거세도 "붉그네"이었음. 지금 떼놈들이 붉은 색을 좋아한다. 이것들은 어떻게 해석하여야 하는 것일까? 아마, 그때의 우리 문화를 숭상하던 것이 떼놈들의 관습이 되었을 것임. 이라는 도인(道人)이 있었는데 황제(黃帝) 떼놈들, 夏華族·하화족의 始祖·시조 가 글을 배우고, 내황문(內皇文) 임금 즉, 황제로 內定·내정되었다는 文·문 즉, 文書·문서. 을 받아 가지고 돌아와서 염제(炎帝) 더운 남방 출신 夏華族·하화족들의 임금. 夏·하나라의 夏王·하왕의 最上代·최상대 黃帝·황제 대신 떼놈들의 임금이 되어 백성들에게 사는 법도(生活法道) 생활법도. 를 가르쳤다.

순(舜) 이 순 임금 '舜·순 자 위에 기호문자 초두가 붙은 蕣·순 자는 지금 우리나라 國花·국화인 無窮·무궁 시간과 공간이 끝이 없고 영원함. 한 뜻이 있는 무궁화 순 자이다. 왜놈들이 각 지방별 土濠·토호들로 나뉘어져 싸움질만 하던 戰國時代·전국시대를 통일한 德川家康·덕천가강 도쿠가와 이에야스는 자신의 家門文樣·가문문양을 무궁화 잎으로 하여 옷깃에 붙이고 다녔었다. 그의 先代·선대 豊信秀吉·풍신수길, 토요토미 히데요시보다 더 큰 무궁화잎 무늬를 사용하였음. "이 풍신아"는 못생기고 쥐 눈같은 눈, 앙상하고 왜소한 못된 원숭이 같이 못생긴 자를 욕하는 경상도 사투리. 이 무궁화잎 문양은 무엇을 뜻하는 것인가? 이 와서 요(堯) 높으신. 임금이 되어 백성들에게 사람 노릇을 하는 큰 이치 즉, 윤리(倫理)와 긴 인생살이의 큰길 즉, 도덕(道德)을 가르쳤다.

소련(小連)과 대련(大連) 형제가 부모에게 극진히 효도(孝道)하더니 부모가 돌아가시니까 3년(年) 喪·상 중에 제사 지내는 初祥·초상, 小祥·소상, 大祥·대상 참조. 喪·상은 服·복, 의복입을 상 자이며 祥·상은 福·복입을 상 자임. 三年祥·삼년상 후 한 달, 일개월 후 禫祭·담제를 지냈음. 을 슬퍼하였는데 이들은 동이족(東夷族)의 후예(後裔)이더라.

그 나라는 비록 큰 나라(大國) 대국. 이지만 남의 나라를 업신여기지 아니하고, 그 나라의 군(軍)은 비록 강하였지만 남의 나라를 침범하지 아니하였다. 풍속(風俗)이 순후(淳厚) 깨끗하고 후함. 하여 길을 가는 사람들이 서로 양보하고, 음식(飮食)을 서로 미루며, 남녀(男女)가 따로 거처하여 섞이지 아니하니 이 나라야 말로 동쪽(東方) 東邦·동방. 에 있는 예

(禮)가 있고 옳은 뜻(義) 뜻 의·옳을 의. 이 있는 임금, 군(君)과 아들, 자(子)의 나라, 국(國) 東方禮義君子之國·동방예의군자지국. 이 아니겠는가?

이런 까닭으로 나의 할아버지 공자(孔子)께서는 "그 나라에 가서 살고 싶다"고 하시면서 "그 나라는 누추(陋醜)하지 아니하다"라고 하시었다.

이상의 『동이열전(東夷列傳)』 기록을 보면 지금 우리들에게 성인(聖人)으로 각인되어 있는 떼놈, 공자(孔子)도 예의군자지국인 옛 우리나라를 동경(憧憬)하였으며, 고대(古代) 우리나라는 떼놈들의 나라보다 크고 좋은 나라이었다는 것을 말하였던 것이며, 태초(太初)부터 떼놈들은 우리 민족의 지도(指導)와 지배(支配)를 받았던 타민족(他民族)이었다는 것을 뜻하는 것이므로, 지금의 떼놈들은 과연 공자(孔子)라는 사람의 존재(存在)를 우리에게 알려주고 싶겠는가?

따라서, 지금 우리나라 북부 지방이 떼놈들의 나라 한(漢)나라의 사군(四郡)이라는 가공의 한사군 역사학설(漢四郡歷史學說)은 거짓이고, 우리 갈래 우리 핏줄인 우리나라 한수(漢水) 우리나라 중부에 흐르고 있는 漢江·한강. 부근에서 사시던 유방(劉邦)님이 지금 떼놈들의 땅인 대륙(大陸) 땅에 한(漢)나라를 세우시고 그 옛날의 떼놈들을 지배(支配)하시었던 것이다.

단군 고조선(檀君 高朝鮮)을 본받아 이성계(李成桂)가 건국(建國)하였던 근세조선의 도읍(都邑)이 한양(漢陽) 사나이들의 빛이라는 뜻. 이고 4대문(四大門) 성곽 안쪽이 한성(漢城)이었으며, 덕수궁(德壽宮) 조선 나라에서 제일 작은 궁전이며, 임금, 上·상이 주로 이곳에서 政務·정무를 보았음. 에 대한문(大漢門) 큰 사나이들이 드나드는 문 이라는 현판이 아직도 걸려 있다. 지금 우리나라 중부에 흐르고 있는 한강(漢江)이 한수(漢水)이며, 제주도에 있는 산이 한라산(漢拏山) 拏·라 자의 뜻은 맞잡을 나·맞당길 나·가깝다·close라는 뜻이 있음. 拿 자와 同字·동자. 이며, 그 당시의 우리 수도이었던 한성(漢城), 한양(漢陽)을 방어하기 위한 성, 남한산성(南漢山城)이 지금도 남아 있다. 한밭(漢田)은 왜놈들이 문자조작(文字造作)으로 대전(大田)으로 이름하였던 것이다.

지금 우리는 큰 사나이, 대한(大漢)들이고, 우리나라는 세계(世界·The World)를 이끌어나갈 수 있는 자랑스러운 민족국가(民族國家)로 성장되어 있다. 그런데, 지금 우리나라의 기득권자(既得權者)들인 비교적 노장층 있는 자(老壯層富者) 노장층 부자. 들은 서구 유럽, 폴란드, 러시아 특히 우랄산맥의 동쪽, 니콜라이 II세의 묘지가 있는 지역. 미국 등지로 여행을 즐기며 관광하고 돌아오고 있다.

그들은 무엇을 보고 오는가? 땅이 넓고 자원이 풍부하여 그곳에 살고 있는 사람들 삶의 질과 양이 우리와 비교가 되지 아니한다고 한탄하며 자기만족(自己滿足)만 하고 돌아오고 있다.

이런 비유의 말을 하면 아니 되지만, 지금 우리는 우리 상대 조상님들이 사시던 북방의 벌판 땅을 등지고 반도(半島)로 몰려들어 와서 비좁은 국토에 고층집을 짓고 복닥거리면서 살고 있다. 통발로 들어와서 서로 부딪치며 토지 부족에 의한 부동산 가격 상승, 자연자원(自然資源) 부족으로부터 압박(壓迫·Stress)을 받아 자증(自症) 짜증은 된소리화 된 말. 내면서 잡혀있는 추어(鰍魚) 미꾸라지. 들처럼 어찌 할 바를 모르고 있다. 사람은 고층 아파트에 살 것이 아니라 넓은 토지 위에서 백간(百間)의 소나무 집을 짓고 말 타고 사냥하며, 낚시질하면서 사는 것이 사람다운 삶이 아닐까요(要)?

이상의 모든 우리 민족사(民族史)를 아는 우리 젊은 청년들을 보내 모든 것을 확실하게 바로 알고 돌아와서 우리나라를 땅 넓은 지금의 그들 나라처럼 만들어야 할 것이다. 이것은 우리가 강성하여지고, 남북통일을 하여야만 과거의 우리 선대(先代), 선조(先祖)님들의 땅이며 지금도 조선족(朝鮮族), 고려인(高麗人)들이 살고 있는 만주·시베리아·연해주(延海州) 땅을 다시 찾는 한민족 통일(漢民族統一)로 가능한 것이다.

한문(漢文)은 우리 민족의 고래문(古來文)이며, 고중대(古中代)에 우리 단군(檀君)의 조선민족(朝鮮民族)은 한수·한강(漢水·漢江) 주위에서 흩어져 살면서 우리 스스로를 한민족(漢民族)이라 일컬어 칭(稱)하였던 것이며 만주·몽골·중앙아시아·시베리아·알래스카·그린랜드 에스키모 족들이 살고 있음. 등지에 지금 살고 있는 사람들도 우리 핏줄이고 우리 갈래인인 것이다.

낙랑·현도·임둔·진번이 한(漢)나라의 4군(四郡)이 아니며, 한반도 안에서 살았었다는 것과 예맥(濊貊)·여진(女眞) 黑水靺鞨·흑수말갈 즉, 흑룡강변에 살던 말갈족이라는 사람들이 여진족임. 이라든가 또는, 진한·변한·마한 등 구삼국(舊三國)은 신라·백제·고구려 이전의 기자가 가지고 온 볍씨로 쌀농사를 짓기 시작하였던 우리 조선 민족(朝鮮民族)의 갈래(丫)들이었었고 한(韓)이라 불리어졌던 것이다. 그 후대인 고구려·백제·신라는 삼한(三韓)이 아니라, 한강·한수(漢江·漢水)를 경계(境界)로 하여 삶을 이어왔던 우리 민족이 삼한민족(三漢民族) 즉, 우리 민족 이름이 한(漢)으로 된 것이다.

이것은, 임진왜란(壬辰倭亂) 당시에도 왜놈들이 정명가도(征明假道) 때 놈들, 明·명을 정벌하기 위하여 길을 빌려 달라. 그 전 지역(全地域)이 우리 땅임을 이미 알고 있었으며, 또 다시(多時) 19~20세기 초에 우리를 식민지화하기 위하여 우리 민족의 이름을 한(韓)이라고 한 왜놈들의 문자조작을 통한 우리나라 식민화사관의 절정판이며 또, 지금 이 지역 대부분을 차지하고 있는 떼놈, 중화족(仲華族)들의 동조(同助)를 받고 있는 이름인 것이다.

우리 민족은 공자가 말하였던 9부족(九部族)들로 통일된 국가 형태를 이루지 아니하고 다만, 세월이 흘러내려오면서 어떤 토호(土濠·土壕) 형태의 대소(大小)의 나라, 방(邦)이나 군(郡)들로 흩어져 살아왔던 것이며, 우리 단군조선(檀君朝鮮)의 한 갈래인이었던 한씨족(韓氏族) 箕子·기자가 볍씨를 가지고 와서 남한강변에 정착한 청주한씨 족벌. 은 옛 고조선 민족(高朝鮮民族)의 한 갈래 씨족(氏族)인 것이다.

또한, 우리 민족은 대아세아(人亞世亞) 중심(中心) 땅에서 자주(自走) 스스로 쫓아다님. 이사 다니며 흩어져 또, 섞여 살았으며, 해당 지방의 토호(土濠·土壕)인 지도 세력자(指導勢力者)를 중심으로 몰려 살았던 것이다.

지금 우리 민족은 구태여 그 옛날의 한(韓)민족이라고 고집(固執)할 필요가 없는 그 후대에 김(金), 이(李), 박(朴), 정(鄭), 최(崔), 석(昔) 등등의 백성(百姓)들이 서로 혼인(婚姻) 姻·인은 시집갈 인 자임. 하여 피를 섞은 우리 민족 고래의 전통 가부장제도(傳統家夫長制度)로 살아온 하나의 큰 민족(大漢民族) 대한민족. 으로 된 것이었다.

지금 이 지구상은 과거 영국(英國)에서 출발하여 버지니아에 상륙(上陸)한 후, 미국(美國)으로 독립(獨立)하여 성장한 나라가 주도하고 있다.

그 옛날 우리 민족 고중대(古中代)에 한수(漢水)변 주위에서 흩어져 살던 우리 민족인들이 대륙으로 진출하여 떼놈들을 다스렸던 빼어나고 높은 뜻을 가지셨던 우리 조상님이 한(漢)나라를 세우셨던 한고조 유방(漢高祖 劉邦 BC 256~195)님이시었던 것이다.

지금 현대에도 우리 청년들은 장기(將棋)를 두면서 세계 경영(世界經營)을 연습하고 있으며, 붉은색의 한(漢)나라 기물(器物)을 어른(大人) 대인. 이 잡고, 소인(小人)이 초(楚)나라 기물을 잡고 선수(先手)시켜 장기를 두고 있다. 장기(將棋) 將軍·징군이 있는 바둑. 바둑은 언제 만들어졌을까? 神仙·신선 즉, 神·신과 仙人·선인끼리 놀음을 하시며 도끼자루 썩는 줄 모르셨던 檀君朝·단군조 후대의 우리 조상님들의 것이라고 생각된다. 한편 바둑은 바, 소(所) 즉, 어떤 장소 어떤 위치에 黑·흑 白·백으로 편을 나누어 돌을 둠으로써, 둑을 쌓고 세력을 확장하고 적을 포위하여 잡아내고 집을 지어야만 살 수 있는 것을 뜻하는 것이다. 우리 한자말(漢字語)은 동명사(動名詞)가 없는 것이 특징이며 단점이다. 집 뜰에 매어 둔 바둑이 즉, 강아지는 우리 삶에 어떤 보탬·도움을 주며 어떤 역할을 하는가요? 는 언제 누가 만들었을까?

또한, 손자 공빈에게 공자(孔子)가 전해주었던 떼놈들의 시조(始祖), "황제(黃帝)가 글을 배워 돌아왔다"는 그 글, 문(文)은 우리 민족 단군시대 본래부터 쓰던 원시(原始)적인 갑골문(甲骨文)을 더욱 발전된 기호문자

(記號文字) 기능(技能)까지 더한 한문(漢文) 세종대왕님의 훈민정음으로 표기하면 한글임. 으로 우리 민족 조상(祖上)님들이 만드시었던 것이다.

그리고, 우리 고대 한글 즉, 한문(漢文)은 고·중대(古·中代)에 떼놈들을 지배하시었던 유방(劉邦)님의 한(漢)나라와 한수(漢水) 주변 땅에서 우리 민족 조상님들이 삶을 이어오면서 전서체(篆·全書體)에서 해서체(楷書體)·초서체(草書體) 이는 서양의 활자체 필기체와 그 맥을 같이한다. 등으로 더욱 발전된 모양 형태로 또, 많은 자수(字數)로 만들었던 것이다.

이와 같은 것을 세종대왕(世宗大王)님도 일부 착각하였던 것이 아닌가 여겨진다. 왜냐하면 세월이 지나서 훈민정음(訓民正音)을 창제하셨기 때문일 것이다. 세월(歲月), 시간(時間)은 지금도 우리들에게 불확실성(不確實性)을 베풀고 있다.

지금까지 떼놈들은 우리나라 서울을 한성(漢城) 지금 떼놈들은 지금까지도 漢城·한성으로 부르던 우리나라 수도 이름을 2005년부터 首尔·서우얼(首都·수도라는 뜻이 있음)로 바꾸는 음모를 꾸미고 있음. 지금까지 떼놈들은 서울이라는 말, 言語·언어 자체가 없었음. 漢城·한성이라는 말은 그놈들의 동북공정에 걸림돌이 되기 때문임. 지독한 놈들이다. 이라고 부르고 있으며 우리나라 중부에 한수(漢水)가 흐르고 있고, 제주도에 한라산(漢拏山·漢拿山)이 있으며 한편, 이것은 한문(漢文)이 옛날 우리 조상(祖上)님들이 만드신 우리 한글이고 우리 민족이 한민족(漢民族)임을 가리킨다는 것을 나는 다시 한 번 더 강조하는 바이다.

이상의 나의 글은 지금 떼놈들이 지금 우리나라 한성(漢城)을 서우얼(首尔) 首都·수도라는 뜻을 가졌음. 로 바꾸는 그놈들의 동북공정을 도모하는 작업도 이미 물 건너 간 것임을 나는 말하고 있는 것이다. 중대(中代)에 우리 민족 주류(主流)가 한수(漢水) 주위에 흩어져 살아왔으므로 우리 민족이 한민족(漢民族)이다 라는 것은 공리(空理) 아무것 없이 理致·이치에 맞는 것. 이며 참, 진(眞)인 것이다.

그 옛날에는 우리 민족이 떼놈들의 임금, 횡(皇) 지금 중화인들은 그들의 최상대 夏華族·하화족의 始祖·시조를 黃帝·황제라고 하고 있으며 淸明·청명일(양력 4월 5일경), 우리나라 檀君祭·단군제처럼 그들의 조상신에게 제사를 지내고 있음. 을 내황문(內皇文)으로 내정(內定)하여 임명하였으며, 글(文)을 가르쳤고 살아가는 인간 삶의 생활법(生活法)인 윤리(倫理)와 도덕(道德)과 질서(秩序)를 가르쳤던 것이다.

공자(孔子)의 학문(學問)도 그때 이후의 우리글인 한문(漢文) 한글. 으로 성취한 것이며, 공자는 지금 외국으로 유학 가는 우리 학생(學生)들처럼 고대(古代) 우리나라의 선진 문화·문명문물(先進文化·文明文物)을 동경(憧憬)하였던 것이다.

지금, 서양의 사학자(史學者)들은 중국 고대사(中國古代史)를 연구하면 할수록 이해(理解)할 수 없다는 말을 하고 있다. 요순(堯舜)시대와 그 후대 은·주(殷·周)시대 즉, 우리 민족사(民族史)를 특히, 당대(唐代) 등 그들의 강성(强盛)시대에 그들의 역사(歷史)로 편입시켰기 때문이다. 분명히 요순시대와 은·주(殷·周)시대는 우리 민족사이며, 지금 중화인들은 그들의 최상대 하화족(夏華族)들의 삶을 하(夏)나라라고 하고 우리 민족사에 접목(椄木)시켜 그들의 고대사(古代史) 하·은·주(夏·殷·周)시대라고 하고 있는 것이다.

다만, 앞에서 언급한 것처럼 그때의 우리 민족들은 고구려의 동맹(同盟)이라는 같은 핏줄의 동족(同族)들이 모여서 조상님들께 제사 지내고 풍년이 들어 먹을 것이 풍부하여 삶이 행복하다는 생각으로 무천(舞天)이라든가 영고(迎鼓) 축제처럼 자연과 하늘에 감사드리며 춤을 추고 북을 치며 즐거운 잔치를 열면서 인생(人生), 삶을 즐기고만 있었던 것이다.

사람은 먹고 살 만하면 나태하여지는 동물(動物)이다. 지금 우리 민족 특히, 남한 사람들은 먹고 살 만하니까 싸움질이나 하고, 인간(人間) 사람 간 삶의 가치(價値)를 높이는 일은 아니하고 예·의(禮·義)가 없으며, 웰빙(Well being)이라는 쾌락·향락주의(快樂·享樂主義)로 빠져들고 있다. 검소하고 견실하고 부지런한 생활태도와 단정한 몸가짐이 요구되는 시점이다.

공자(孔子)가 말하였던 구이(九夷)는 그 전후에 낙랑·현도·임둔·진번·예맥·여진(女眞) 女直· 여직. 南男北女· 남남북녀라는 근대의 우리 말 참조. 등으로 북방(北邦)에 살던 우리 상대 조상님들이었으며, 진(辰) 발해의 전신이었던 震· 진나라 참조. 또는 한반도 남쪽에 살았던 신라·백제·고구려의 전신(前身)이라고 하는 일제의 식민지화 사관에 함몰되어 지금 말하고 있는 변한·마한·진한의 삼한(三韓)도 한(漢) 즉, 반도·만주·연해주·시베리아를 포함한 대동방(大東邦), 대동국(大東國) 땅에 흩어져 살고 있었던 우리 민족 중고대의 한민족(漢民族) 큰 민족. 이었었다.

다만, 삼국시대에는 대체(大體)로 한강(漢江)을 경계로 하여 북방의 고구려(高句麗), 서남방의 백제(百濟), 동남방에 신라(新羅)라는 나라, 큰방(大邦) 대방. 들이 있었을, 존재(存在)하였을 따름이다.

그러므로, 지금 떼놈들의 동북공정(東北攻征·工程) 동북방을 친다는 뜻 칠 攻·공, 칠 征·정, 만들 工·공, 헤아릴 程·정, 헤아려 만드는 과정이라는 뜻. 은 과거 우리 민족사(民族史)와 함께 살았던 우리 조상(祖上)님들의 땅을 빼앗아가고 기정사실화(旣定事實化)하기 위한 지금 떼놈들의 동북정책(東北政策)인 것이며 누가 누구를? 어디를? 쳐서 제 놈들의 것으로 만들려고 하는 것인가? 우리 민족(民族) 모두들은 이를 확실히 인식(認識)하고 대처하여야 한다. 이것은 지금 왜놈들과의 독도(獨島) 문제와는 비교가 되지 아니하는 더욱 더 큰 문제이다.

근대(近代)에 와서 로스케들은 니콜라이 2세 때까지에 걸쳐, 동남진정책(東南進政策)으로 시베리아 알라스카로 무저항의 세력을 뻗고, 신라 김씨(新羅金氏)들과 우리 민족인인 여진족들이 힘을 합하여 세웠던 청국(淸國)을 힘으로 협박하여 북경조약(北京條約, 1860), 네르친스크조약(泥布楚·Nerchinsk 條約, 1869) 청나라가 북경으로 천도 한 후 만주지방에 대한 지배 통치권이 약화된 틈을 이용하여 로스케가 흑룡강변으로 진주하자 청군이 공격하였으나 발전된 로스케들의 신식무기에 의하여 실패한 후 맺은 조약. 과 후속 여러 조약을 맺고 동청철로(東淸鐵路) 시베리아 횡단철로와 연결시켰음. 를 놓고 부동항(不動港) 블라디보스토크를 건설하여 거의 방치되어 있던 옛날 우리 땅이었던 연해주(延海州)를 강점하고 그 부속 도서를 차지하여 세계 제일의 북태평양 어장(漁場)을 우리에게서 빼앗아 갔던 것이다.

그 옛날, 우리 조상님들의 일부는 동해 즉, 임해 지역인 지금의 극동 러시아·연해주 지방과 원산·함흥 등지에서 임둔이라는 세(勢)를 형성하여 사셨으며, 그 일부가 태백산맥 동해안(東海岸) 지금 강원도 강릉의 옛 이름인 신라시대의 溟州·명주 참조. 을 타고 내려와 분지(盆地)인 경주(慶州)와 달구벌(達丘伐) 지금의 경산·영천·동대구. 지방에서 6성촌(六姓村)으로 부락(部落)을 이루고 살았었다.

이들 씨족(氏族)들(金·김·李·이·朴·박·鄭·정·崔·최·昔·석의 6씨족?)의 수장(首長)들이 모여서 부족회의(部族會議)를 열고 몸집이 크고(朴) 클 박. 정수(精髓)이며 지혜(智慧) 있고 몸이 튼실하고 알진, 알지(卵智·閼知)를 시조(始祖)로 삼아 거서간(居西干)이라 불렀었다.

부인 알영(閼英)을 왕비로 삼아 비로소 부족국가(部族國家) 형태인 신라(新羅) 나라를 건국한 사람이 혁거세(赫居世)인 것이다. 붉그네 혁거세의 공식 칭호는 거서간(居西干) 干·간, 汗·간→칸·Khan→成吉思汗·징키스칸→王·왕·King 참조. 이었다.

거서간은 지금 경주 계림(鷄林) 즉, 수림이 우거진 곳, 거처(居處)를 기도(祈禱) 도장으로 삼았던 사제(祠祭) 제사를 주관하는 사람. 이었던 것이다.

그는 고조선(高朝鮮)시대에 신단수(神壇樹) 아래에서 우리 민족들과 후손들의 장래를 위하여 기도하시던 단(檀·壇) 壇·단은 믿음. 믿는다는 뜻이 있으며, 亶父·단부는 周·주나라의 太王·태왕, 文王·문왕의 祖父·조부임. 지금 경북 청송에 周王·주왕이 秦始皇·진시황을 도피하여 숨어 살았다는 周王山·주왕산(지금 우리나라 국립공원) 참조. 임금님과 흡사한 한 임금님이었었다.

지금 강원도 태백산(太白山) 마루에 신전(神殿) 殿·대궐 전·집 전·後軍·후군 전·後陣·후진의 군재 전. 이 있다. 전설처럼 역사기록(歷史記錄)으로 전하여져 내려오는 단군 임금님의 태백산(太白山) 신단수 아래서의 건국을 본떠 우리 조상 후대 신라(新羅)나 고려(高麗) 삼국유사 저자 一然大師·일연대사 참조. 사람들이 다시 만든 신전(神殿)인 것인가?

또는, 그야말로 그 옛날 실재(實在) 단군조(檀君朝)의 임금님들의 제단이었을까? 그 유적(遺蹟)에 대한 과학적인 탐구가 필요하다고 생각된다.

독자 여러분은 동네 서북(西北)편 어귀에 있는 성황당(城隍堂)과 우리 최상고대(最上古代) 임금님이 단단하고 여문 박달나무 단(檀)을 뜻하는 단군(檀君) 임금님이었다는 것을 음미해 보시기 바라며, 수구초심(首丘初心)이라는 고향(故鄕) 故·고 자를 破字·파자로 풀이하면 古·오래 고 자와 父·아비 부 자이므로 오래된 아버지의 鄕·향이라는 뜻임. 을 그리워하는 마음과 본관(本貫)이라 하여 그 근본(根本) 근래에는 身土不二·신토불이라고도 함. 다만, 지금의 우리 민족들은 時身不二·시신불이를 잘 깨닫지 못하고 있음. 의 땅을 잊지 아니하는 마음으로 조상님들께 제(祭) 지낼 때 단 임금님을 비롯한 우리 조상들이 먼 옛날에 사시던 북쪽으로 머리를 조아린다는 것을 잊지 마시기 바랍니다.

그러므로, 신라 나라의 제당(齋堂) 또는 사당(祠堂)은 주거지의 북쪽이나 서북쪽에 위치시켰을 것 지금 경주 계림은 신라 나라의 주 무대이었던 黃龍寺·황룡사·왕궁 터와 越城·월성 등으로부터 서북향에 있음. 이며, 지금의 경주 계림(鷄林)과 동네 서북향 어구에 있는 성황당(城隍堂)은 조상신제(祖上神祭)를 지낸 곳이 며, 청동기·철기 즉, 금속기시대 이전의 인류문명기(人類文明期)는 석기시대·토기시대와 함께 목기시대(木器時代)가 존재(存在)하였음을 뜻하는 것이다.

거서간(居西干) 혁거세(赫居世)의 성(姓)인 클 박(朴) 자를 보면 나무목(木) 변에 점 복(卜) 자가 붙어 있다.

아마 혁거세는 먼 옛날 단군시대부터 우리 민족의 우주관(宇宙觀)이고, 천문학(天文學)이며 자연관(自然觀)인 『주역(周易)』을 경주 계림(鷄林) 숲 속 박달, 단(檀) 나무 아래 제단(齋壇)에서, 해석하고 우리 민족의 장래와 희망을 점쳐 보시면서 우리 민족 최상대 단군(檀君) 임금님께 기도하던 혜안자(慧眼者)인 얼굴색이 붉그레한(漢) 얼굴색이 흰, 햇볕이 부족한 북방지역에서 살던 고구려 동명성왕의 모친 河伯女·하백녀 비교 참조. 혁거세(赫居世)에게 붙인 성(姓)이었을 것이다.

이와 같은 『주역(周易)』 신라 건국年·년 BC 57년의 太歲·태세는 甲子·갑자이고 그 해 음력 정월 초하루는 甲子·갑자일임. 즉, 그 해 周易·주역의 天干·천간은 甲·갑이고 地干·지간(支干이라고도 함)은 子·자임. 으로 우리 민족 장래의 행불행(幸不幸)과 나아갈 바를 점(占)치는 사상은 비단길(羅道) 라도·silk road. 을 통하여 서역과 유럽으로 전해져서, 서방(西邦) 백인들의 중세점성술(中世占星術)로 유행(流行)되었던 것으로 생각된다.

또한, 중세 서양의 연금술(鍊金術)도 신라 금동불상이나 왕관 등의 금박(金箔) 기술(技術)과 금(金)의 추출기술 등이 전하여졌던 것의 결과로 생각되고, 서양인들은 중세기부터 금화(金貨)를 만들고 화폐의 본위(本位)를 금본위(金本位)로 하게 된 것으로 보인다.

그러므로, 신라(新羅)는 씨족사회(氏族社會)에서 화백제도(和白制度) 경험이 많고 지혜로운 노인인 흰머리 白壽·백수님들이 和睦·화목하게 氏族·씨족 長·장 회의나 集姓村長·집성촌장 회의를 하는 것을 말함. 를 통하여 민주적(民主的)이고 종교적(宗敎的) 성격을 띤 나라로 뭉친 귀족공화정치(貴族共和政治) 형태의 부족국가(部族國家)이었던 것이다. 따라서 우리 민족은 예로부터 문명·문화민족(文明·文化民族)인 것이며, 국가기원설(國家紀元說) 중의 하나인 부족국가설(部族國家說)도 이로써 증명된 셈이 된다.

신라 사람들은 서역(西域) 석가모니의 탄생지라고 하는 네팔 부근을 포함한 지역. 지금 서양인들이 말하는 부디즘·Buddhism이라는 말은 옛날의 우리 한문자 佛陀·불타라는 어원에서부터 생긴 것으로 생각된다. 또, 떠돌며(浮·물 위에 뜰 부·근거 없이 떠돌 부·뿌리 없을 부) 움직이는 衆·중(衆生·중생은 불교 전성시대인 신라시대의 보통 사람들로 생각됨). 돌아다니면서 움직이는, 자신의 供養米·공양미를 구하기 위하여 여러 곳을 다니며 사람들에게 복을 기원하고 불법을 전해주는 스님 衆·중 즉, 浮陀·부타가 梵語·범어의 붓다가 된 것임. 지방을 견문하고 돌아온 고승(高僧)들이 새로운 사상과 문물을 들여오면서 『왕오천축국전(往五天竺國傳)』을 저술하고 종전의 불교를 체계화하여 이를 국교(國敎) 나라의 가르침. 로 하여 생활화(生活化)하였던 것이고 사회생활 문명문화(社會生活文明·Social Civilization, 文化·Social Culture)화 한 것이다.

원효대사(元曉大師, 617~686. 3) 一心思想 일심사상 즉, 한마음 사상의 창시자. 우리 민족이 모두 한마음으로 뭉쳐 발전하여 나아가야 한다는 사상. 즉, 花郞徒·화랑도 정신의 창시자. 또, 부처님의 불법을 따르기 위하여 寺·절에 들어서는 순간부터 사람은 오직 부처님의 가르침에 따라 살아가야 한다는 돌아 나올 수 없는 一柱門·일주문 사상의 창시자. 만취할만큼 담근 호리술병을 마다하지 아니하고 人頭朴·인두박 속에 고인 물을 마신 후 인간들의 삶은 一切唯心造·일체유심조라고 말한 사람. 자루 빠진 도끼에 자루 끼워 넣은 人間·사람 간의 性慾·성욕조차도 그의 깨달은 識者·식자(elite)의 인생길에는 걸림돌이 되지 아니하였던 영원한 自由人·자유인이었음. 한편, 그는 손오공·저팔계를 데리고 서역을 유람하였던 三藏法師·삼장법사가 아니었을까? 그를 本·본(Model)받아 쓴 西遊記·서유기인가? 조선 成宗·성종 때 활자본 朴通事諺解·박통사언해(경북대학교에 영인간행본 있음)가 있다. 의 속성(俗姓) 여기서 俗·속은 옛날 우리 민족인들 중 인간의 길을 가르치는 道敎·도교인 부처님(佛·불)의 思想·사상을 수행하지 아니하는 사람 즉, 衆·중을 뜻하였으며, 中·중은 스님·승려를 뜻함. 이 박(朴)씨이며, 648년 황룡사(黃龍寺)에서 승려가 되었으며, 661년 의상(義相)과 당나라 유람길에 올라 해골(骸骨) 바가지에 괸 물을 마시고 일체유심조(一切唯心造)의 깨달음을 얻었다고 하였으며, 요석공주(瑤石公主) 김춘추의 태종무열왕 누이동생. 瑤石宮·요석궁은 지금의 경주 崔富者·최부자 집터, 안압지?가 있는 곳으로 추정되며,

불교에서 부처님이 거처하시는 곳, 須彌山·수미산으로 인식되고 있으며 안식처이다.

와 혼인하여 태어난 아들 설총 또한 박씨이다. "자루 빠진 도끼 구멍에 자루를 끼워 넣을 사람 누구 없느냐? 바로 나다"를 실행(實行)하셨던 원효대사의 아들 설총은 세종대왕보다 천 년 가까운 세월 전에 이두문자(吏讀文字)를 창제하여, 대구화상(大矩和尙)이 삼대목(三代目)으로 향가(鄕歌) 우리나라 時調·시조의 原形·원형이라고 생각되는 導率歌·도솔가, 美實歌·미실이 노래, 井邑詞·정읍사, 黃鳥歌·황조가, 處容歌·妻容歌·처용가 등등. 집대성(集大成)을 가능케 한 사람이다.

동경(東京) 지금의 경주. 밝은 달에 밤들이 노니다가… 다리가 네 해드라. 앞에서 말했듯이 우리 민족은 기마민족(騎馬民族)이었으므로 동경에서 밤늦게 놀다가 말을 타고 다소 먼 거리를 달려서 집으로 돌아왔을 것이다.

한편, 이 동경(東京)은 서라벌(徐羅伐·西羅伐) 土壕·토호이었던 달성 徐·서씨 門伐·문벌의 비단 벌판 또는, 경주 동경의 서쪽 비단 벌판 또는 뽕나무밭. 1910~20년대까지만 하더라도 이 지방인구가 지금의 수도권 경인지방보다 많았다고 함. 혹은 새벌(新伐) 신벌·새벌, 새로 만든 벌판. 즉, 지금 동대구·경산·영천 지방에 생겼던, 지금처럼 문물이 발달한 곳, 지금 서울이라 부르는 개념을 가졌던 지방에 살던 많은 사람들이 그 당시의 경주 땅을 일컬어 동쪽 서울, 동경(東京)이라고 불렀던 이름이었던 것이다.

「처용가(處容歌)」 妻容歌·처용가의 文字·문자를 우리 조상 선비 士·사, 儒·유님들이 변형? 시킨 것?일까? 그 당시 문란하던 處女·처녀들의 무절제한 異輩婚·이배혼 先好·선호 행위를 질책한 것인가? 는 지금의 경산(慶山) 영천(永川) 지방에서 부른 이두문자로 읊은 노래이었다.

독자 여러분은 당시 살생을 금기시하는 불교가 융성했던 그 시대에 또, 우리 최상대 조상 단군(檀君)님의 홍익인간(弘益人間)의 뜻을 간직하고 있던 선(仙) 같은 우리 민족, 모든 보통 사람들이 인간(人間)다운 삶을 사시던 우리 조상님들이 부인(夫人)과 간통(姦通)한 이방인(異邦人)을 도끼나

칼, 몽둥이(棍棒) 곤봉. 로 때려, 쳐 죽였을 것 같습니까?

「처용무(處容舞)」는 이방인을 내쫓는 굿이며, 세계 최초(世界最初)의 오페라(Opera)이었던 것이다.

불교가 신라의 국교(國敎)가 될 수 있도록 순교(殉敎)한 이차돈(異次頓, 506~527) 法興王: 법흥왕의 측근. 또한 속성이 박(朴)씨이다. 이 유적이 경주 남산(南山)에 있으며, 경북 경산 소재 불굴사(佛窟寺)에도 원효대사의 유적(遺蹟)이 있다. 김유신(金庾信, 595~673) 押梁州·압량주 즉, 지금의 경북 경산시 압량면의 軍主·군주 즉, 지금의 지방 師團長·사단장급, 軍團長·군단장급이었으며, 그 후 지금의 참모총장격인 上將軍·상장군이 되었음. 그는 金海·김해 지역의 새로운 新鐵器武器·신철기무기를 사용할 줄 알았었고, 이를 이용하였다고 생각됨. 장군도 이곳에서 수도(修道)하였다고 전해지며 현재 그 유적이 남아 있다.

그는 김해(金海) 철·쇠의 바다. 지역에서 당시에 발달하였다고 생각되는 철기문명(鐵器文明) 부경대 지질학 교수 박맹언의 오봉산 광산 참조. 의 혜택을 누리며 신라로 들어왔다고 생각되며, 계림(鷄林)에서 경주김씨(慶州金氏) 즉, 김알지(金閼智) 가문을 개종(開宗)하였던 사람들은 김해지방에 살던 김해김씨(金海金氏)들의 후예가 아닌가 생각된다.

한편, 경북 경산 압량면에서 금호강(琴湖江)을 건너 북편, 영천신령(永川神靈)에 있는 은해사(銀海寺)는 신라 성덕대왕(聖德大王)의 아들 김지장(金地藏) 우리 불교의 地藏經·지장경과 지장보살님 참조. 님을 부처님으로 모시는 사찰(寺刹)이며, 그 산마루는 김유신 장군이 화랑(花郞)들을 이끌며 수도(修道)하였다는 장군봉(將軍峯)이며, 그가 바위틈에 심었다는 황금송(黃錦松)인 만년송(萬年松) 나무가 있으며, 수도(修道)하였다는 돌구멍절, 중암암(中巖庵)이 은해사의 말사(末寺) 격으로 지금도 현존하고 있다.

그때에 신라인(新羅人)들이 모시던 천황신(天皇神) 주역의 중심에 있는 北極星神·북극성신과 우리 최상대 조상신인 檀君神·단군신의 合一·합일신 神·신. 께서 내려오셨다는 천왕문(天王門·天皇門)이 있으며, 상군봉에서 징북(正北)

쪽 즉, 북극성(北極星)이 있는 쪽을 바라보면 이곳이 곧 연화절정(蓮花絶頂)이며 짙게 낀 흰 운무(雲霧)는 과히 은해사(銀海寺) 바다 속과 같다는 海印寺·해인사 참조. 라 할 만한 곳이다.

나는 1950년도 경 경상도 지방 사람들이 음력 정월 보름날? 풍물을 치며 천왕놀이를 하면서 동네 성황당(城皇堂)에서 천황신(天皇神)을 모셔와 정성껏 제사 드리고 그 음식으로 동네 사람들이 잔치를 벌이던 것을 본 기억이 있다. 또, 조선이왕가(朝鮮李王家)는 그들의 조상신을 모시는 종묘제(宗廟祭) 이외에도 사직신제(社稷神祭) 土地神·토지신 社神·사신과 禾·벼농사 짓는 稷神·직신 즉, 禾農神·벼농신에게 제사 지내는 제. 가 있었다.

지금의 일본 天皇·천황 제도는, 高句麗·고구려 마지막 왕, 보장왕의 아들 若光·약광이 668년 고구려가 멸망하자 일본의 무사시(武藏) 지방에 高麗郡·고려군을 설치한 후 고마신사(高麗神社)—고마는 고려의 일본식 발음—를 세워 고대 우리나라의 天皇思想·천황사상이 전해져 간 것이다. 그 고구려 후손들은 明治維新·메이저유신 때부터 迫害·박해를 받았으며 日本天皇·일본천황신에게 제사 지내도록 強制·강제되었으며 그 地名·땅이름도 사이타마현 히타카시로 하여 우리나라와 관련된 地名·지명과 思想·사상을 없애버렸음. 지금 경기도 구리시의 고구려역사기념관 구리시추진위원회 참조.

여러 씨족(氏族)들이 힘을 합하여 새로운 형태의 국가를 건설한 신라는 사상통일(思想統一)이 필요하였을 것이다. 6씨족(氏族)들은 나름대로 조상신(祖上神)과 토속신(土俗神)을 섬기며 살고 있었을 것이다. 이차돈(異次頓, 506~527)의 순교로 이적(異蹟)이 일어났으며 이를 지켜 본 신라 사람들은 불교를 국교(國敎)로 받아들이고 사상을 통일하였던 것이다.

이 신라의 불국화(佛國化)는 떼놈들을 통일하였던 진시황(秦始皇)의 사상통일(思想統一)을 위한 분서갱유(焚書坑儒)와 비교할 수 있을 것이다.

따라서 신라 불교는 호국(護國)불교이며, 신라(新羅)는 단군제(檀君祭) 등 조상신제(祖上神祭)나 천황제(天皇齋) 부정을 피하고 정신을 깨끗이 하는 제. 즉, 영고(迎鼓)·무천(舞天)·동명제(東明祭) 등의 제천축제(祭天祝祭) 의식을 주관하던 사제(祠祭)에 가까운 세력자(勢力者) 군주시대(君主時代)에서 김춘추(金春秋, 604~661) 太宗武烈王·태종무열왕. 와 김유신(金庾信, 595~673) 김춘추의 누이 지소공주에게 장가들었음. 天官女·천관녀, 천황님을 모시던 技生·기생?이나 巫堂·무당 즉, 하늘의 神·신과 땅의 사람(人) 간을 仲介·중개하는 수도처 즉, 神堂·신당을 지키며 길흉을 점치고 굿을 하는 여자―아마, 지금 서양 종교의 수녀같이 그 당시의 天皇·천황을 숭배하며 모시던 천황제실직이 여사제이었을 것임―과의 남녀 色情·색정 관계로 모친 만명 부인으로부터 꾸중을 듣고 劉備·유비의 참모 諸葛亮·제갈량의 泣斬馬謖·읍참마속처럼 눈물 흘리며 마음 아파하고 자신의 말 목을 베었음. 장군 등의 세력 즉, 불교(佛敎)적인 군주주권시대(君主主權時代) 임금의 권리가 주된 즉, 옳다는 主義主張··주의주장 시대. 로 바뀐 것으로 생각된다.

그 당시의 우리 한민족 한마음사상(漢民族一心思想)이었던 호국불교정신(護國佛敎精神)으로 화랑도(花郞道)를 탄생시키고 원광법사(圓光法師)의 「세속오계(世俗五戒)」 즉, 사군이충(事君以忠)·사친이효(事親以孝)·붕우유신(朋友有信)·임전무퇴(臨戰無退)·살생유택(殺生有擇)을 인생 삶의 신조(信條)로 삼아 기량을 닦고 연마하는 것이 인생의 길, 도(道)라고 여겼던 인생살이에서 으뜸 꽃 같은 젊은 여인 원화(元花)들과 패기만만(覇氣滿滿)한 젊은 사나이 랑(郞)들이 이 화랑이념(花郞理念)으로 뭉쳐 우리 민족을 통일하였던 것이다.

이 통일(統一)은 한반도에 살던 우리 민족들만을 말하는 것이 아니다. 만주지방, 시베리아·연해주 땅을 포함한 고구려와 백제·신라를 합한 한수(漢水·漢江)를 경계로 한 북방·서남방·동남방에 살던 불교(佛敎)를 믿던 남쪽 한민족 부분 통일(南方漢民族部分統一) 큰 사나이들의 남부 민족 통일. 을 의미하는 것이다.

다만, 그 당시로 보아서는 인구도 그리 많지 아니하였으며, 북쪽에 남겨두고 왔던 만주·시베리아 땅은 별 필요성이 없는 것으로 여겨 방치되고 불교(佛敎)를 믿지 아니하던 만주 지역, 요동반도 지역에 진국(震國)

渤海·발해의 전신. 연해주의 흑룡강(黑龍江) 지역에 흑수말갈(黑水靺鞨), 외몽골 지역에 돌궐(突厥) 등으로 한민족(漢民族)들이 흩어져 살게 되었던 것이었다.

유방(劉邦, BC 256~151)님이 대륙(大陸)에 세웠던 한(漢)나라 땅은 다시 떼놈들의 당(唐, 618~907)나라 땅으로 또, 단군조선(檀君朝鮮)의 끝 갈래들이 야생 짐승이나 가축을 길러 살생(殺生)하여 주육식(主肉食)으로 먹고 살던 지금의 내외 몽골(蒙古), 시베리아 땅까지는 도로망, 통신수단 등 모든 문명(文明)이 미개하였던 그 당시에는 아예 손써 볼 수 없었고, 살생(殺生)을 금지하던 불교적 민족정서(佛敎的民族情序)로는 통합(統合)이 불가하며 통치권(統治權)이 미치지 아니하였던 것으로 생각된다. 그 당시에 우리 고조선(高朝鮮) 민족의 영역(領域)이 축소되었던 것이었다.

이 우리나라 고대사(古代史)와 통일신라, 초기 고려사(高麗史) 문제는 일제 어용학자 놈들의 우리나라 대한민족(大漢民族) 전체를 벼농사를 지어 쌀(米)을 주식(主食)으로 하던 한족(韓族)이라는 즉, 청주한씨족(淸州韓氏族)이라고 축소한 문자조작(文字造作)과 한사군(漢四郡) 조작 역사학설로 우리나라 근대에 대한 왜놈들의 식민지화사관(植民地化史觀)으로 연결시킨 것이다.

근대에 와서 왜놈들이 말하였던 우리나라를 식민지(植民地)라고 한 땅은, 옛 과거부터 우리 민족이 살던 황허(黃河) 강변과 산동(山東)반도·요동(遼東)반도·만주·시베리아·연해주 등의 옛 우리 땅 전부(全部)와 한반도(漢半島)를 말하는 것이다. 소위(所謂), 임진왜란시에 왜놈들이 할 말 없는 명분(名分)인 정명가도(征明假道) 전 지역을 말하며 또, 20세기 초 그놈들의 대동아전쟁(大東亞戰爭) 목적지(目的地) 전부를 말하는 것이다.

지금의 전라도 남부 완도(莞島) 청해진(淸海津)에 있던 장보고(張保皐, ?~846)의 세력을 흡수하고, 신라(新羅)인들은 지금 전라도 영산강 갯(川) 갯

천·시내 천. 가에 집성부락(集姓部落) 여러 姓氏·성씨들이 어떤 部·부를 이루어 떨어져 모여 삶. 을 건설한 것이 비단의 고을 나주(羅州) 비단 라·고을 주. 이었다.

후일, 이 나주(羅州)는 고려국(高麗國)의 주요 지방도시가 되며, 태조 왕건(太祖王建)은 이곳에서 둘째 부인(夫人)인 나주부인(羅州夫人)을 얻었으며, 셋째부인은 청주(淸州)에서 얻은 청주부인(淸州夫人)이다. 이때 나주 등지에서 비단 장사를 하던 사람들의 단식 부기(簿記) 회계·경리법. 법이 개경 송도(開京松都)로 전해지고, 지금 우리가 알고 있는 개성 고려인삼(高麗人蔘) 상인들의 개성부기(開城簿記)로 되었다고 한다.

탐라(耽羅) 비단을 노려봄. 는 제주도를 말한다. 아마 해상왕국을 건설하여 무역(貿易)을 하고, 우리나라 서남해(西南海)와 중국 대륙의 남부(南部)와 일본 규슈(九州) 지방까지도 장악하였던 장보고 세력들이 탐험하고 개척하였으며, 비단 장삿배들과 서역인·떼놈·왜놈 장사치들을 감시하던 곳으로 생각된다. 소설가 최인호 씨의 규슈 지방 탐방 텔레비전 프로그램을 보았는데, 明神·명신 즉, 왜놈들이 장보고를 신격화하여 칭한 이름. 어떤 절(寺)에 이 明神像·명신상을 모셔두고 있음. 왜놈들은 이 明神·명신, 장보고를 본받아 그놈들의 황제에게 明·명자를 붙여 그놈들의 메이지유신, 明治維新·명치유신을 단행하였던 것이며 이 重商主義·중상주의 治世·치세에 따라 그놈들의 資本主義·자본주의가 성립되었음. 왜놈들이 소장하고 있는 이 명신상은 海印寺·해인사 聖寶博物館·성보박물관에 소장되어 있는 木刻·목각형태의 等身佛·등신불과 닮았음.

지금 제주도 서귀포 부근에 바닷바람 부는 곳, 비단 옷깃을 여민다는 여미지식물원(麗美地植物園) 바닷가에 6각(角)의 석주(石柱)들이 물에 잠겨 있다. 그때의 부두(埠頭)나 해변 구조물로 이용하지 아니하였을까? 주상절리(柱狀節理)라 하여 절도 있게 질서정연하며 마치 벌집같이 생긴 곳이다. 약 1.5㎞에 걸쳐 있으며 높이가 30m까지 되는 것도 있다.

청해진·전라도 서남부 전지역·제주도, 이곳이 지금 세계인들이 말하는 대륙을 통한 비단길, 라도(羅道·Silk Road)의 출발점이며, 해상(海上)을 통하여 대만·인도네시아 자바 섬, 싱가포르, 인도양의 세일론 섬 스리랑카. 아라비아 반도 끝자락의 오만, 터키의 이스탄불을 종점(終点)으로 하는 해상 비단길(海上羅道·Sea Silk Road), 도자기길(陶磁器道·Ceramic Road)의 시작 지점(地點)이다.

독자들은 아라비아 반도 끝자락의 오만 지방의 범선(帆船) 돛을 단 배. 바람에 풍선처럼 부풀어 오른 돛 깃은 비단 幅·폭이었을 것이며, 이 돛을 조정하는 끈이나 밧줄도 비단줄·silk rope이었을 것임. 을 타고 오는 「신(新?·神?밧드」의 모험이라는 어린이들의 동화와 우리나라 신안·강진(新安·江津) 등 전라도 지방의 해저 도자기와 고선박(古船舶), 유물 발굴과 지금 서양인들이 말하고 있는 해상 비단길(海上羅道·Sea Silk Road)를 종합하여 고려하여 보시기 바랍니다.

그 후 신귀족 진골(新貴族眞骨)이 신라 임금으로 되었던 김춘추(金春秋) 太宗武烈王·태종무열왕. 의 후대 신라 군주(君主)들의 세력이 장보고를 제거하고 탐라 제주도와 그곳에 살던 사람들을 신라의 방(邦)으로 복속시켰던 것으로 생각된다.

금관가야 등 김해(金海) 부근에 있던 여러 가락(加洛) 나라들과 경북 고령 지방에 있던 내가야(大加倻) 신라 28대 경명왕의 아들 高靈君·고령군이었던 土濠·토호 고령 朴·박씨들과 伽倻山·가야산에 있는 海印寺·해인사 참조. 바닷물 속을 새긴, 도장 찍은 것 같은 절이라는 뜻 釜山·부산 梵魚寺·범어사는 왜 범어사라고 하였을까? 도 이때 신라에 복속되었을 것으로 여겨지고, 김해 지방 어떤 곳에 철(鐵) 산지 부경대 박맹언 교수의 오봉산광산 참조 가 있지 않았을까 생각되며, 김알지(金閼智)의 후손인 경주김씨(慶州金氏)들은 김유신의 조상(祖上)인 김해김씨(金海金氏)들의 후예인 것으로 생각된다.

신라 4대왕 석탈해(昔脫解)가 계림(鷄林) 지금의 경주시 교동. 에서 새벽에 닭이 울어 발견한 어린이 알지(閼智)를 성장시켜 신라 6대 왕(王)으로 옹립하였었다. 신라 5대 왕은 가야의 김수로왕과 그의 5형제들이었으며, 석탈해 왕이 통일을 위하여(?) 가야국을 크게 쳤다고 한다.

매일매일 재미있는 일, 경사(慶事)만 지속되던 형산강 갯가 고을 경주(慶州)와 낙동강(洛東江) 고대 加洛國·가락국의 동쪽 강. 지류 금호강(琴湖江)변 서라벌(西羅伐) 경주의 서쪽 비단벌. 에서 새로운 비단 의복문화(Silk 衣服文化)를 창조하시었던 우리 민족이었으며, 그 국호(國號)를 22대(代) 지증왕(智證王·재위 500~514) 牛耕法·우경법, 소를 몰아 밭을 가는 농사짓는 법을 처음 사용함. 울릉도 출신 왕비를 맞았음. 때 신라(新羅) 그 이전은 斯盧國·사로국이었음. 라고 지었던 것이다.

금호강(琴湖江)의 금(琴) 자는 고구려 왕산악의 악기(樂器) 거문고를 뜻하는 문자이다. 이것은 신라인과 고구려(高句麗)인들의 서로, 상호간의 내왕(來往)을 의미하는 것이다. 신라 원성왕(元聖王, ?~798) 金堤·김제 벽골제를 증축하여 농사를 장려하였음. 의 릉(陵)인 괘릉(掛陵) 木棺·목관을 그 밑에 흐르는 물에 도랑을 파고 걸듯이 안치하였다고 함. 풍수지리설 참조. 의 둘레석(石)은 십이지상(十二支像)이며 도열한 문관석(文官石) 제일 끝에 구레나룻 털이 있는 서역인상(西域人像)이 지금도 서 있다. 이것은 그 당시 우리 민족인들이 주역(周易)을 즉, 천문학(天文學)을 알고 있었다는 뜻이며, 우리 임금님의 서역인 신하가 있었다는 것을 뜻하고 또, 서역인들과의 교류 관계를 증명하는 것이다.

한편, 나주(羅州) 지방을 포함한 전라도 거의 전 지역과 탐라(眈羅)에서도 비단(羅)을 많이 만들었을 것으로 여겨지며, 조금 후대(後代) 후백제(後百濟) 甄萱·견훤, 질그릇구울 견·원추리나물 훤 참조. 시대부터 사기그릇(沙器·砂器)을, 고려시대에는 도자기(陶磁器)를 이 지방에서 많이 만들었던 것으로 생각된다.

이곳이 요즘 서양 역사가(歷史家)들이 말하는 육상, 해상의 비단길, 라도(羅道·Silk Road)의 시작이며 또, 해상(海上) 사기그릇길(砂器道·Ceramic Road)의 출발점이며, 장보고는 세계 무역상인(貿易商人)의 태두(台頭)이었다고 나는 생각하고 있다.

이와 같이 문물이 발전한 선진 신라에 궁궐이나 대궐(大闕) 임금의 거처.의 유적은 남아 있지 아니하고, 다만 설총의 어머니인 요석공주 처녀 시절의 거처가 요석궁(瑤石宮) 불교에서 불자들은 부처님이 계시는 곳, 須彌山·수미산으로 인식하고 있음. 이었다는 이야기만 들은 적이 있다. 신라 황궁은 황룡사(皇龍寺)나 불국사(佛國寺)가 아니었을까? 조선 영조(英祖) 때 동은(東隱)이 필사(筆寫)한 『불국사고금역대기(佛國寺古今歷代記)』라는 책이 있다고 한다. 누군가 찾아보기를 기대한다.

한편, 지금 황룡사(皇龍寺) 터 유적지 약 3만 평(坪) 내의 모든 유적이 유네스코 세계(世界) 10대(大) 세계문화유산으로 등록(1967년)되어 있다. 거대한 황룡사 목탑 유적, 3개의 거대한 불상을 세웠다는 발자국 자리, 사리(舍利) 佛舍利·불사리. Buddha's saint's, 佛聖·불성. 가 나왔으며 1900년도 초 왜놈들에게 도굴 당하였다는 유적들과 부근의 분황사(芬皇寺), 연밭(蓮田) 연꽃밭. 왕자(王子)들의 거처였던 동궁(東宮) 즉, 포석정(鮑石亭)과 월성(月城)이 경주 남산(南山)을 끼고 있다.

이 반달 형태의 월성(月城)은 신라 군주(君主)들의 전시(戰時) 대피소가 아닐까 여겨지며, 이 거대 화려하였던 황룡사(黃龍寺) 몽고 침입 때 불타고 없음. 魚肉·어육고기를 먹던 우리 북방민족들이 살생을 금지하던 신라 불교를 배척한 극명한 실체이다. 이것은 지금 현대 世界·세계의 이슬람과 기독교 전쟁 상황과 같이 일종의 思想戰·사상전, 宗敎戰·종교전임. 사람이 살아가면서 고등동물과 쌀, 채소 등 식물을 함께 살생하여 음식으로 먹고 살아가야 하는 것인데, 지금 우리나라 불교의 中·중들은 고기를 먹지 아니하며, 머리 깎고 代·대를 잇지 아니하게 되어 인간의 永生·영생을 도모하지 못하는 것이라서 결국은 우리 민족들의 삶을 축소시키는 것이다. 원광법사의 신라시대 불교 즉, 殺生有擇·살생유택의 불교로 종교 개혁하여야 한다고 필자는 생각하고 있다. 를 본뜬 것이 왜놈들의 금각사(金閣寺)와 동대사(東大寺)일 것이다.

또한, 경주 남산(南山)에 많은 불교 유적이 남아 있다. 이 남산의 남녘

"남(南)" 자를 뒤집어 세워보면 불국사 다보탑(佛國寺多寶塔) 모양의 나무(樹) 즉, 서양종교(西洋宗敎)의 크리스마스트리(Christmas Tree)처럼 보이며, 신라 금관(金冠)의 앞면 같아 보인다.

정북(正北) 즉, 북극성천황(北極星天皇)님이 우리를 내려다보시는 정면(正面)이 남방(南方)이다. 나무 목(木) 자는 천황(天皇)님이 나무를 하늘에서 인간세상(人間世上)을 내려다보시는 입장(立場)에서 나무를 상형화(象形化)하여 만든 것이 우리 한문(漢文)의 해서체(楷書體)이다. 또한, 남녘 남(南) 자도 큰 나무를 거꾸로 세워 놓은 상형문(象形文)이다.

나무아미타불(南無阿彌陀佛)은 무슨 뜻일까? 이미 두루 불국화(佛國化)가 되었으나, 우리 민족의 축소(縮小)된 즉, 줄어들고 적어진 땅의 귀퉁이 영역만을 차지하고 있던 신라 나라 사람이었던 왕건(王建)의 탄식이 아니었을까? 그는 그 후 우리 민족들의 삶터를 북방으로 다시 옮겨간 사람이다.

신라가 백제와 육식(肉食)을 금기시하는 불교적 정서(佛敎的情序)를 가지고 있던 사람들이 살던 고구려 남부 땅을 부분 통합(部分統合)한 것이 삼국통일이며, 이곳이 곧 고려(高麗)의 영토(領土)가 되었었다.

반복되는 말이지만 북쪽의 몽골·북만주·시베리아·연해주 등지는 추워서 보리, 맥(麥)농사는 가능하나 벼농사가 잘 되지 아니하는 땅이라서 인구(人口)가 그리 많지 아니하던 그 당시에 별 필요성(必要性)이 부족한 땅으로 인식하여 버려두었거나 그 당시 불교적인 민족정서로 북방 거주 우리 민족과 통합하지 못하고 거의 방치(放置)되었을 것으로 생각된다.

임나일본설은 거짓이며, 백제가 멸망할 때의 유민(流民)들이 우리 민족의 우수한 철기문명(鐵器文明)과 정신문화(精神文化)를 가지고 바다를 건너가서 지금의 일본 왜민족을 지배 통솔하고 있는 일본 천황가(天皇家)가 아닌가? 그들은 백제(百濟)가 멸망할 때 유민으로 물 건너 간 사람들이다.

왜놈들은 임진·정유왜란 때 노략질해 간 도자기와 그 제작 기술을 훔

쳐가서 지금도 식기(食器) 등으로 사용하고 있으며, 그때 끌려간 우리 민족 도자기공들이 아직도 왜놈들과 함께 살고 있다.

우리 아낙네들 비단버선의 사용처와 버선 신는 방법을 몰랐던 탓으로 그들의 임금은 아직도 이것을 머리에 두건(頭巾)으로 쓰고 있다. 임진왜란 당시의 우리 아낙네들의 비단 버선은 왜인(倭人)들의 작은 발에 맞지 않았던 것이다. 그놈들의 식당 요리사들은 지금도 그것을 쓰고 있다.

언제? 그들이 세계(世界)에서 유래(有來)없는 신라 금관(金冠) 같은 문화유물(文化遺物)이 출토(出土)된 적이 있는 인종(人種)들인가? 그 당시 그들은 미개인(未開人)들이었었다.

여섯 번째로, 한문(漢文)은 우리 옛 한글이고, 우리는 한민족(漢民族)이다. 앞에서 나는 한문(漢文)을 이용하여 많은 진실(眞實)을 말하였으며, 한문은 세종대왕 시대 이전의 우리 민족의 한글(漢文)이고, 우리 말·우리글은 우리 얼, 민족혼(民族魂)이라고 다시 한 번 더 강조하는 바이며, 서양 것만 좋다고 하는 우리 민족 주체성(主體性)이 없는 지금의 우리말조차 제대로 배우지 아니한 우리 2세(世)들에게 영어(英語) 몰입교육을 하는 것이 과연 타당할 것인가? 고려(考慮)하여 보아야 할 문제이다. 한문(漢文)은 분명히 옛날부터 써온 우리 민족의 뜻글(意文) 義文·의문. 옳은, 뜻 문자. 이다.

목소리(聲) 성. 인 말은 그 뜻이 오랫동안 존재되지 아니한다. 멀리까지 전달할 수가 없다. 시간적으로 순간에 사그라진다. 목소리글(聲文) 성문. 로 쓴 말(言)은 그 소리가 쉬이 변하여 세월이 지난 후에는 그 본래의 소리를 알 수 없다.

따라서 후세에는 그 변질된 목소리(聲)의 본래 뜻을 알 수 없게 되므로 뜻문자(意·義文字) 의문자. 로 즉, 뜻글로 기록하여 둔다면 소리글로 기록하여 두는 것보다 지금 우리의 뜻(意·義)을 오랫동안 정확하게 먼 미래까지, 먼 훗날까지 정확한 참(眞)으로 전할 수 있을 것이다.

문명(文明·Civilization)은 사람의 뜻을 기호(記號)인 글로 쓴 즉, 책(冊) 記號·기호 문자로 적은 數學公式·수학공식, 化學記號·화학기호 등으로 기록한 과학서적 등 참조. 으로 세상을 좋게, 밝게 만든다는 뜻일 것이다.

문화(文化·Culture)도 기호(記號) 즉, 글로써 만든 악보(樂譜)라든가 그림, 고대 벽화 그 자체(自體)도 하나의 글임과 동시에 그것을 보고 그 의미 (意味)를 사람들이 승화(昇化)시켜 나가면서 사람들의 정신세계에 영향을 미치게 되는 말(言語) 언어. 과 글, 문(文)의 역할 결과(役割結果)를 뜻하는 것이다.

그리고 문화(文化)와 문명(文明)은 글로써 즉, 기호(記號)인 글, 문(文)으로 시간적으로 후세까지 공간적으로 넓게 여러 사람, 다중(多衆)들에게 전파되면서 글, 문(文) 그 자체도 사람에 의해 개선(改善)·변형(變形)·발전(發展)되어 가는 것이다.

우리는 18~20세기에 스스로 백인들의 왕국을 대영제국(大英帝國)이라고 불렀던 영국인들이 그들의 과거 문명시대(文明時代)의 말인 라틴 어를 교양과목(敎養科目)으로 배웠던 것처럼, 우리도 익히기는 어렵지만 우리 옛 한글(漢文)도 학문문(學問文) 배우고 묻고 하는 글. 으로 하여 열심히 익혀야 하며 우리 후손(後孫)들에게 반드시 전수하여야 한다.

훈민정음을 창제하신 세종대왕께서 집현전(集賢殿) 현명한 사람들을 모아서 學問·학문·배우고 묻는 즉, 연구하던 대궐 안 의 殿閣·전각. 학자들을 북경 부근으로 보내시었던 것은, 그 옛날 우리 조상들이 사용하였던 초기의 한글 즉, 한문(漢文)을 연구하기 위한 것이었다. 아마 세종대왕님은 단군시대의 갑골문(甲骨文) 즉, 초기 한글인 상형문(像形文)을 연구하여 훈민정음(訓民正音) 즉, 뜻글보다 쉬운 새로운 진보된 우리 소리글을 창제하기 위함이시었던 것이다. 한편, 필자는 훈민정음(訓民正音)이라기보다는 훈민정성(訓民正聲)이라 하여야 옳다는 말을 앞에서 하였으나 그것은 글, 문(文)이므로 훈민정문(訓民正文)으로 하였어야 가장 타당(妥當)한 것이다.

훈민정음(訓民正音)에 씌어 있는 말 즉, "나라 말씀이 듕국과 달라 사맛지 아니하므로, 새로 스물여덟 글자를 맹그노니…", 를 말씀하시었던 세종대왕께서도 "우리말, 소리와 고래(古來)의 우리 한글, 한문(漢文)과 서로 맞지 아니하므로"라고 하셨어야 옳았던 것이며, 한문(漢文)이 떼놈들의 것이라는 의미를 풍기게 만든 모화사상적(慕華思想的) 본래 우리 것을 우리 중·후대에서부터 떼놈들의 것으로 보아 떼놈들의 것이 우리 것보다 좋다고 잘못 생각하게 된 것. 이었던 것이 지금도 개탄스러운 것이다.

지금도 우리 한문(漢文)은 떼놈들에게도 쓰기 어렵고, 떼놈들은 그놈들의 말, 성대(聲帶) 소리 즉, 언어(言語) 말 와 짝짓기가 어렵고, 쓰기도 어려우므로 약자(略字)를 개발하고 있는 중이다. 필요한 짓인가? 다만, 떼놈들은 우리 옛 한글인 한문(漢文)의 뜻 즉, 상형의미(象形意味)만 흐리게 할 뿐이다. 우리는 세종대왕 이후로 훈민정음 즉, 소리글(聲文)인 진보된 한글 周時經·주시경(1876~1914) 선생님이 세종대왕님의 훈민정음을 大衆化·대중화시키면서 붙인 이름. 을 사용하는 문화문명민족(文化文明民族)이다.

우리 민족은 고조선(高朝鮮) 민족이며 한(漢)민족이다. 한(韓)민족이라고 하여 반도(半島) 중부지역에 고조선 민족(高朝鮮民族)의 일씨족(一氏族)이 이사 와서 살던 사람들만을 칭한 것은 우리 민족 전체 삶(全體人生)을 축소시킨 지독한 왜놈들의 우리나라 식민지화사관의 결정판이다.

부처님(佛陀) 불타. 싯달타(新達陀?·신달타)를 호위하던 나한(羅漢·奈漢)들은 신라시대 고승(高僧)들과 비단옷을 입고 함께 갔던 우리 민족의 청년(青年), 사나이, 한(漢) 크고 씩씩하고 건장한 남자. 들이 아니었을까? 모든 부처님들과 나한상(羅漢像)은 주름진 비단옷을 입고 계신다.

지금 떼놈 짱꼴라들이 쓰고 있는 중(中) 자는, 버금 중(仲) 사람의 형제들 중 둘째 혹은 어중간치 들을 가리킴. 자(字)를 가운데 중(中) 자로 바꾸어 쓰는 것이라고 나는 이미 말한 바 있으며, 중화인들의 옛 조상 하화족(夏華族)의 화(華) 자는 땅(一) 한글의 모음 중 하나인 '一'("으"), 땅을 의미하는 상형문자 참조. 또, 한자 두 이(二) 자의 아랫부분. 이 두 이 자의 윗부분은 하늘·天을 뜻함. 天字文·천자문의 天地玄黃·천지현황은 하늘과 땅 즉, 陰陽學·음양학의 결정판이며, 玄·현, 가물가물하게 짙은 푸른빛이며 땅은 黃·황, 황토빛의 누른색이다. 色卽是空·색즉시공(Sex is zero)은 맞는 말이며 역으로 空卽是色·공즉시색도 성립된다. 위에 초두, 수풀이 있으며 이 초목을 뜯어 먹고 사는 양(羊) 염소·산양. 이 있는 것을 뜻하는 화려할 '화' 자이므로, 나와는 다른 타인 또는 오랑캐라는 뜻이 있도록 사람 인(人) 변을 붙여 화(傄)자로, 우리는 써야 한다.

지금의 중국인은 한족(漢族)이 아니다. 그들은 하화족(夏華族)들의 후예들인 중화족(仲傄族)이며, 한민족(漢民族)은 지금 만주·몽골·서역(西域)·시베리아·알래스카·그린랜드(Green Land) 에스키모 인들이 살고 있음. 북미주의 토인(土人) 인디언·Indian. 들과 한강(漢江), 한밭(漢田) 왜놈들이 大田·대전이라고 이름을 고쳐 즉, 문자 조작 이전의 이름임. 한라산(漢拏山) 주위에 흩어져 살고 있는 한(漢)핏줄인 중대(中代)의 우리 민족들이다. 다만, 지금 우리 고대(古代)의 고조선민족(高朝鮮民族)의 현재(現在)는 반도(半島) 안으로 몰려 들어와 축소(縮小)된 영역, 울타리 속에서 땅이 좁아 부동산 가격이 높으며, 서로 부딪치며 비벼대므로 짜증(自症) 내며 살고 있을 따름인 것이다.

우리나라 고대국사(古代國史)를 보면 선비족(鮮卑族)이라는 우리 민족의 갈래가 있었다. 그들은 단 임금님(檀君)의 고조선(高朝鮮) 민족 즉, 우리 민족의 막내 끝 갈래들이며, 양(羊)이나 말(馬)을 유목(遊牧)하던 중고대(中古代)의 몽골족(蒙古族)을 뜻한다. 이 몽골족의 '몽(蒙)'은 소나무 겨우살이와 어릴, 어리다는 뜻이 있음을 독자 여러분은 유념하시기 바랍니다.

세월이 흐르면서 칭기즈칸(成吉思汗) 鐵木眞·데무진은 그의 少時的·소시적의 이름임. 干·竿·汗·간→칸·khan→王·왕·King 참조. 신라 사람 金函普·김함보가 세웠다는 淸·청나라의 전신 金·금나라(1115~1234)의 黑龍江·흑룡강 지방 출신 태조 函普·함보의 金史·김사에 金之始祖諱函普·初從高麗來·年己六十余矣·兄阿古打好佛·留高麗不肯從·新羅王姓金則之遠派 즉, 금나라 시조 함보는 高麗·고려에서 왔으며 그의 형 아골타는 고려 불교를 좋아하여 고려에 남았으며, 신라왕의 성인 김씨와 그리 멀지 아니한 派·파이다라는 歷史記錄·역사 기록이 있다. 1616년 같은 女眞·여진지방 즉, 흑룡강변 출신 누르하치(奴爾合赤·Nurhachi 1559~1626)가 추장(酋長) 칸(干·Khan) 자리에 올라 後金·후금이라 하였었고 그의 姓氏·성씨는 신라를 사랑하고 깨달은 자라는 愛新覺羅·애신각라이었음. 후일(1636)에 나라 이름을 淸·청이라고 하였고 이 청나라 마지막 황제 宣統帝 溥儀·선통제 부의(1906~1967)의 姓·성이 애신각라임. 이때부터 남하 이사하여 쌀농사를 주식으로 하던 신라인·고려인들의 불교사상과 북방에 남아 있던 즉, 夫餘族·부여족 소위 胡族·호족들과 남방으로 이사 와서 살던 우리 민족의 내부 분열이 시작되었음. 또한, 이때 왜 金·김을 金·금으로 발음하였을까? 금·gold으로 하여 位相·위상을 높이기 위한 것일까? 金城·금성 즉, 지금의 경주 옛 이름도 참조. 金城·김성(쇠로 만든 성)보다 낫지 아니한가? 대제국(大帝國)을 이루었다가 흥망성쇠를 겪고 대부분 우리 한족(漢族)에 다시 재동화(再同化)되었고, 지금 내외(內外) 몽골로 남아 있으며, 내몽골은 지금 떼놈들의 수중(手中)에 있는 것이다.

2005년경부터 떼놈들은 우리나라 서울을 한성(漢城)으로 표기(表記)하던 것을 서우얼(首尔)로 표기하기 시작하였다.

이것은 그놈들의 동북공정과 관계가 있음을 앞에서도 말한 바 있다. 떼놈들은 주도면밀한 인종(人種) 족속(族屬)놈들이다.

이러할 진(眞)데, 나는 여기서 다시 한 번 더, 우리가 한민족(漢民族)이라는 이야기를 할 필요를 느끼고 있다.

한(漢) 자를 보라. 한(漢)은 그 뜻이, 물 이름 한, 한수(漢水) 한 우리나라 중부에 도도히 흐르는 물이며, 수도 서울을 관통하고 있음, 왕조(王朝) 이름 한 한고조 유방이 대륙에 세웠던 나라를 뜻함, 종족(種族) 이름 한, 사나이 한(漢) 크고 씩씩한 男子·남자, 놈 한(漢) 나쁜 인상을 풍기지 않으나 사나이다운, 어린이가 아닌 늙지 않은 씩씩하고 건장한 성인 남자를 뜻함. 등이 있다.

한(漢) 자의 삼수변은 사람이 사는 곳의 물·시내·강 즉, 물을 뜻하며, 초두 밑에 큰, 대(大)들보(楙) "ᅳ", beam·girder. 가 있으며, 그 아래 어떤 정신적인 구역을 나타내는 땅의 공간(口) 큰 입구 자. 이나 또는 적은 입구(口) 자 즉, 식구(食口)나 식솔(食率)이 있고, 그 아래에 지아비 부(夫) 자가 있다.

드넓은 만주·시베리아·연해주·간도, 한반도 북부지방의 대자연(大自然) 속에서 수렵과 어업 혹은 일부인(一部人)들이 원시(原始) 농업으로 먹고 살던 우리 민족들이 벼농사를 짓기 시작하면서 한수변(漢水邊)에 정착하게 되었으며 쌀(米)을 주식(主食)으로 하고 볏짚으로 지붕을 만들어 초가삼간(草家三間)? 집을 짓고 비로소 가부장호주(家夫長戶主) 戶主. 호주인 지아비(夫)가 食口·식구들의 삶을 짊어지고 어떤 정신적·물질적 구역(口·적은입 구 자, 식솔들을 뜻하거나 큰입 구 자, 어떤 구역(區域)을 책임짐. 제도의 기틀을 정착시킨 것이다.

이 가부장호주제도는 자연상태(自然狀態)의 힘센 동물(動物), 수컷(男子) 남자. 이 암컷(女子) 여자. 독점을 막는 사람다운 인간(人間)들의 평등한 제도(人間平等制度)인 것이며, 그 이전의 만주·시베리아 등지에서 옛 우리 상고대(上古代)의 삶은 농사지으면서 한 곳에 눌러 앉아 안정(安定)된 삶을 살지 아니하였던 것을 시사하는 것이다.

이것이 한(漢) 자의 해석이고 뜻, 의미(意味)이며, 한(漢)자의 성립 시점 무렵이며, 남성(男性)인 지아비 부(夫)를 호주(戶主) 집의 주인. 가정의 主·주. 로 하는 가부장제도(家夫長制度)가 정착(定着)되기 시작된 것이라고, 나는 그 옛날의 한(漢) 시대를 생각하며 해석하고 있다.

지금, 이 가부장제도는 이조(李朝) 봉건군주, 왕권시대(王權時代)에 성립된 것으로 우리는 알고 있을 뿐, 이 제도가 완전한 남(男)·녀(女)의 성평등(性平等)을 주장하는 지금의 우리 여성(女性) 해방 운동가들에 의하여 어떻게 타도(打倒)되고 있는가? 우리나라 여성(女性)들은 가부장제도(家

婦長制度) 지어미를 가정의 長·장으로 함. 제도를 요구하고 있는 것인가? 그것
도 아닌데? 그렇다면 성인 남·녀(男·女) 각 개인이 하나의 인간(人間)이
되는 최소 단위(單位)로 뭉쳐 새끼 낳아 우리 민족의 영원한 삶(永生) 영생.
을 가능(可能)케 하는 우리 민족 전통가족제도(民族傳統家族制度)를 궤멸
시킬 뿐, 막연한 것이 아닌가요?

탐라도(耽羅島), 제주도(濟州道)는 고려시대에 몽골 침입과 삼별초 난으
로 서해안으로, 전남 진도(珍島)를 거치면서 도피하였던 우리 민족들이 비
교적 외부의 영향없이 아직도 그때의 풍습(風習)을 유지하고 있는 곳이다.

3대(代)가 한 집에 살면서 조부모(祖父母)는 따로 밥을 먹는다. 할아버지
지아비는 아무리 늙었더라도 본인에게 딸린 식구는 철저하게 책임(責任)
과 의무(義務)를 진다는 뜻이다. 그리고 그 짝이며 배필(配匹)인 조모부(祖
母婦)는 아무리 늙었더라도 자기의 짝인 지아비, 부(夫)와 함께 먹을 것을
준비하고, 남은 시간을 가사(家事)나 가족(家族)의 생계(生計) 살아갈 계책.
나 부(富)를 위하여 생을 마감할 때까지 쉬지 않고 노력하고 근로(勤勞)하
는 것이다. 그녀들은 근로를 일종의 즐거움, 낙(樂)으로 삼는다.

그 다음 세대, 젊은 자식 세대의 지아비, 부(夫)와 그의 지어미, 부(婦)는
부부(夫婦)는 혼인식(婚姻式)을 치루고 가정(家庭)을 성립시켜 행복하게
살면서 새로 탄생하는 새끼, 자식(子息)들이 자립(自立)할 때까지 책임지
고 키운다는 개념이다.

지어미 부(婦) 자를 보라. 계집 녀(女) 변의 옆 식탁 한글의 "ㅡ" 모음, 땅이라
는 뜻이 있음. 위에 고기 아마 이 고기는 검은색 제주 토종 돼지고기·돈육·fork을 호랑
이 입, 虎口·호구의 송곳니 같이 생긴 포크·fork로 찍어, 베어 먹는 앞니 같은 칼·knife로
먹었을 것임. 를 썰어 찍어 먹는 수저 포크(fork) 쇠스랑·삼지창. 가 놓여 있으며,
그 밑에 행주(幸州)치마 임진왜란 때 행주산성에서 왜군을 향해 투척할 돌멩이를
주워 담아 나르던 여인들의 앞치마 참조. 를 뜻하는 수건 건(巾) 자가 있다.

여기서, 수저 포크(fork)와 돼지고기 돈육(豚肉)을 뜻하는 포크(fork)가

맞아떨어지는 것은 상리(常理)하다. 호랑이 송곳니와 앞니 같이 생긴 호구(虎口·虎具) 우리말의 抱括性·포괄성 참조. 같은 숟가락과 젓가락, 시저(匙箸) fork와 knife. 를 가지고 옛날 탐라, 제주도 사람들은 식사를 하지 아니하였을까?

하멜(Hendrik Hamel, ?~1692)이 제주도에 표류하다 탈출하여 쓴 『하멜표류기』 영역본·불어본·네델란드어본에 있다고 한다. 누군가 찾아보기를 기대한다. 이것은 서양말(西洋語) 서양어. 이 우리 삶의 영향을 받은 것을 뜻하는 것이며, 그 당시의 서양인들의 식문화(食文化), 삶이 우리보다 미개하였다는 것을 시사(示唆)하는 것이 되고, 그때의 우리나라 식문화(食文化)가 우월하였음을 증명하는 것을 의미하는 것이다.

그 당시 13C 초부터의 제주도 지배 계급인들이었다고 생각되는 원(元)나라 몽골인(蒙古人)들의 정서(情序)에 가까운 반불교(反佛敎)적인 육식문화(肉食文化)가 불교를 믿던 고려 말기(高麗末期), 탐라 제주도에 있었다는 것을 시사하는 것이다. 하긴, 제주도엔 쌀, 벼(米)농사 지을 땅이 없다.

나는 앞에서, 이 글의 앞부분에서 우리 말과 우리글이 우리 민족의 얼(民族精神) 민족정신. 이며, 민족혼(民族魂)이라고 한 바가 있다.

과거 일제(日帝)에 끌려갔던 우리 민족, 태평양전쟁에 끌려가거나 광부나 정신대로 끌려갔던 부녀자 혹은 관동대지진 때 막연(莫然)한 왜놈들의 군중심리(群衆心理)에 의하여 책임에 몰려 학살당하였던 우리 민족들이 숟가락(匙) 숟가락 시. 으로 밥을 먹는다고 왜놈들에게 비웃음을 사고 미개인 취급을 받은 일이 있었다. 정말 희한(稀罕)한 일이었다.

왜놈들은 쌀로 만든 밥을 주식으로 하고 젓가락(箸) 와리바시. 로 먹으며 국수(搰水) 물을 손으로 움켜쥠. 즉, 粥·죽·秔粥·갱죽(매벼로 만든 죽) 등 액체 음식. 를 체통 없이 그릇을 들고 홀홀 남성형용사 훌훌의 여성형용사. 마신다.

숟가락 비(匕) 자의 뜻은 비수(匕首), 화살촉(火殺鏃)이라는 뜻이 있고, 시(匙) 자로 쓰기 이전에 우리 조상들은 지금의 서양에서 쓰는 포크와 나이프처럼 호구(虎口) 즉, 호랑이 앞니 같은 칼날과 삼지창처럼 생긴 송곳니 같은 수저로 고기를 찍어서 썰어먹었다는 것을 지금의 우리들에게 시사하는 것이다.

자연과학(自然科學)이 발달하고, 이것을 실학(實學)으로 치용(致用)하여 잘 먹고 잘 살고 있는 현재의 우리들은 먹지 못하여 장수(長壽)할 수 없었으며, 먹고 살기 위하여 부단히 노력하고 근로(勤勞)하던 과거의 기아(饑餓) 상태 즉, 근세조선(近世朝鮮)시대 말기와 일제(日帝)강점기 우리 조상들의 가난하였던 삶을 지금 우리는 이해하지 못하고 있는 것이다.

하긴, 1950~60년대의 자유당·민주당 시절, 초기 공화당 시절의 그 배고프고 헐벗었던 우리 아버지나 할아버지 세대의 조반석죽(朝飯夕粥) 아침식사로는 밥을 먹고, 저녁밥은 갱죽으로 때움. 하고, 점심은 먹지 못하였던 굶주린 삶조차도 모르고 있는 지금의 우리 젊은이 2세(世)들이 많지 아니한가?

인간육십고려장(人間六十高麗葬)이라고 한다. 부모님을 잘 모시지 않는 후래자식(後來子息), 호로자식(胡露·狐露子息)을 빗대어 하는 말이다.

그러나 진실은 위대한 우리 신조, 고려시대의 할아버지와 할머니들은 새로이 식구(食口)로 태어난 유약(幼弱)한 손자(孫子)들의 삶을 보장(保障)해주는 유일한 길, 도(道)는 늙어서 일하지는 못하고 필요없는 존재가 되어 양식(糧食)만 축내는 부(負·minus)의 인생을 살게 됨으로 스스로 수풀 속으로 들어가 살편상(床)을 펴고 누워 죽음(死) 죽을 사, 죽일 살(殺)이 아님.을 맞이하시었던 것이다.

장(葬) 자를 자세히 보면 독자 여러분은 아실 것이다. 아마 그분들은 해탈(解脫) 肉脫·육탈뿐만 아니라 가시는 길을 깨달으신 得道·득도 하시었던 것이다.

그들은 자연(自然)을 깨닫지 못하였던 사람들이었던가? 석가모니(釋迦牟尼)의 자연윤회설(自然輪回說)을 몰랐던 우리 조상들이시었던가? 그들은 인의(人義) 사람의 바름·옳음. 를 알고 인정(人情)이 있었으며, 늙은이의 도덕(道德)과 아량(雅量) 바르고 아담한 도량. 을 베풀 줄 알았던 위대한 우리 조상님들이시었다.

지금 우리는 어떻게 하고 있는가? 늙은이들은 자기들의 욕심(慾心)을 채우기 위하여 서양(西洋)의 스쿠리지보다 더한 탐진치(貪嗔痴)의 노랭이 노릇을 하고 있다. 노린내(老鱗乃) 노린 냄새. 가 난다. 가죽꼬리 질기다. 이다.

지금은 젊은이들 혹은 젊은 여성, 부인(婦人), 장애자, 늙고 병든 우리 농민들, 공해와 힘겨운 육체노동에 찌들리는 우리 많은 중(大衆)들에게 비판받고 축출당하는 신세로 전락한 똥부자, 있는 자, 질긴 보수기득권자 (保守旣得權者)들로 되고 있다.

노장(老壯)들인 부모들은 자식들보다 한 세대 즉, 30년쯤 더 오랜 삶을 살아 지식(知識)과 부(富)를 쌓아온 경험(經驗)과 지혜(智慧)를 자식세대의 젊은이들에게 가르쳐주는 선견지명(先見之明)을 발휘하여야 한다.

우리 민족사 중·후대(中·後代)인 근세조선(近世朝鮮) 시대에 이르러서 민족의 지도층이며 식자(識者) elite. 들인 왕가(王家), 양반(兩班) 文班·문반 虎班·호반 혹은 굳셀 무, 호반 武·무의 武班·무반. 들과 큰 선비 지아비, 사대부 (士大夫)들은 명분(名分)과 공리(空理)에 매달려 서로 싸우고만 있었으며, 자연과학(自然科學)을 발전시키고 이를 치용(致用)하며, 만백성(萬百姓)들이 스스로 자율적·능동적으로 자기 삶을 윤택하게 하도록 하는 즉, 나라를 다스리는 경국(經國)의 정책(政策)이 없었으며, 나라를 지키고 삶터를 확보하는 이율곡의 '10만 양병론(養兵論)' 등의 국방(國防)정책을 비롯한 모든 현실정책(現實政策)은 도외시되었고, 정약용의 '실학사상(實學思想)' 조차도 현실에 치용하는 실천에도 소홀하였던 것이다. 즉, 공리(空理)와 명분주의(名分主義)만 존재하였던 시대이었을 뿐이었다. 지금 우리나라는 民主·민주·平等·평등·自由·자유라는 서로 상대적이지 못한 생각으로, 나라 國家·국가라는 組織有機體·조직유기체에 늘상 반역석인, 자기들만의 헛된 생각으로 빨갱이, 無産

者·무산자·proletaria들과 西洋宗敎人民·서양종교인민들이 政府·정부와 保守老壯·보수 노장들에게 달려들어 온 나라가 싸움판이 되고 있다. 앞으로 改正·개정할 우리 憲法·헌 법에는 모든 "국민 각자들의 權利·권리와 自由·자유는 나라(國)를 위하여 制限·제한할 수 있다"는 明文法·명문법 규정을 두어야 할 것이다. 또한, YS, DJ, NH 시대에 저질렀던 소위 그놈·者들만의 민주주의 즉, 人民共和國·인민공화국 작태는 현행 우리 헌법 제1조 "대한민국은 民主共和國·민주공화국이다"로 그 위배된 행태를 다스리는 즉, 인민정권인 문민정부, 국민의정부, 참여정부를 淸算·청산하여야 할 것임. 2008. 6.

이처럼 지배계층들이 백성(百姓)들에게 윤리(倫理)도 없고, 바르고 옳음 (正·義)이 없는 또, 미래(未來)가 없는 세월을 허송하는 동안 서민(庶民)들 은 자신들의 생존(生存)을 위하여 자연(自然)과 힘겨운 싸움 즉, 나락(奈落) 어찌하다 떨어짐 즉, 地獄·지옥. 같은 생활을 영위하였던 것이다.

그러나 어찌하였든, 우리는 이제 봉건군주(封建君主) 시대를 지나고 1948년 국민투표로 총선거를 치루어 국회의원(國會議員)을 뽑고 대통령 (大統領)을 뽑아 어쨌든 백성, 민(民)들의 시대인 민주주의(民主主義), 백성 이 주(主)가 되는 시대를 실현하였으며, 지금 군사독재정권(軍事獨裁政權) 이라고 욕보이고 있는 시월유신(十月維新) 정권은 온 국민들과 힘을 합하 여 농업국가에서 공장(工場)을 지어 공업국가(工業國家)로 산업혁명(産業 革命)하여 온 국민들의 일자리를 창출하였고, 열심히 일하여 1인당 국민 소득이 연 1000~2000달러에 도달하게 되어 전 국민이 헐벗지 아니하고 굶주리지 아니하게 되었으며, 새 천년이 시작된 21세기의 우리 민족 각자 들의 소득은 만 달러를 상회하게 되어 대체적으로는 인간다운 생존(生存) 에는 지장이 없는 수준의 나라로 된 것이다.

아직 정신적으로 성숙되지 아니한 젊은이들과 모든 유약자들 소위, 좌 익(左翼)들에 의한 민족 내부인들끼리의 쓸데없는 평등투쟁(平等鬪爭) 階 級鬪爭·계급투쟁과 같은 것이다. 해방(解放)과 자유(自由)에 대한 궐기와 봉기 (烽起)는 민족 전체를 과거 20세기 전반이나 19세기로 거슬러 되돌아가게 만들고 있다. 이러한 모든 행위는 중지시켜야 한다.

자신들이 유약자들이라고 생각하는 사람들도 각자가 주체성(主體性)을 가지고 각 개인의 양지(陽地)를 찾아가면서 열정적인 노력(努力)을 아끼지 말아야 한다. 이미 주어진 확보된 교육(敎育) 받을 권리(權利), 직업선택(職業選擇)의 자유, 거주이전(居住移轉)의 자유(自由)가 있지 아니한가? 나약하고 비굴추접(卑屈醜接) 추한 곳에 접하고 낮고 천하게 육체적·정신적으로 바르지 아니함. 하여지면 아니 된다.

모든 것들을 가진 우리 민족의 우익(右翼), 노장기득권자(老壯旣得權者) 가정에서 아버지, 사회에서 長·장이나 지도층, 국가에서 지도층인 정치인, 爲政者·위정자에 해당되는 소위, 힘 있는 사람. 들도 올바르고 곧은 마음(正直心) 바를 정·곧을 직 즉, 정직한 마음. 으로 후배들, 후손들, 후학(後學)들에게 아량과 겸양지덕을 보여주어야 할 것이다.

이 기회에 독자들에게, 지금 경상도 사투리로 이와 같은 인생철학(人生哲學) 없는 늙은 기득권자(旣得權者)들에 대한 욕설을 소개한다.

시발놈(三足者) 삼족자, 발·足·족은 우리 몸의 제일 下位·하위 개념에 해당됨. 인가? 아마 그들의 두 다리는 기운이 빠져 몸과 정신을 가눌 수 없으면서 인생 60(六十) 還甲·환갑이 지난 늙은 나이 먹은 사람. 에 생남(生男) 아들을 낳음. 할 과도한 욕심을 부리고 있다. 그들의 몸에는 노린내가 난다. 그들은 족(足) 같은 놈들이며, 사람 본위의 인본주의(人本主義) 홍익인간 정신(弘益人間精神)을 어디에다 팔아먹을 씨팔놈(氏賣者) 씨매자. 이며 그 상대 년(相對年)은 씨살년(氏買女)이다.

한편, 그 자들은 꼴도 보기 싫은 째보 터진 입으로 거짓말을 하고 잔인한 뜻의 말을 하는 심술궂은 사람. 같은 왜놈들과 함께 사쿠라 지팡이(櫻木杖) 앵목장. 를 짚고 다니며 권위(權威)를 행사하는 시발놈(三足者)도 된다는 사실을 잊지 말아야 할 것이다.

독자 여러분은 육두(肉頭) 一八六·일팔육 즉, 좆·六頭·육두, 큰사람(大人)의 어섯 번째 대가리. 로 시발 즉, 삼족(三足)을 만들어 젊은 여인들에게 예(禮)도 없이 돈으로 몸을 사서 씨(氏) 팔아먹는 씨팔놈들과 그 대가로 주는 돈으로 먹고사는 인생 삶에서 예·의(禮·義)가 없는 화양년(化洋年) 이미 서양화된 성인 여자. 들 간의 놀음을 생각하여 보십시오.

또, 그 반대(反對) 방향의 것도 있다. 늙은 년(年)이! 과히 말세(末世)라 아니할 수 있겠는가요? 발정한 암캐 같은 잡년(雜年)들의 옷차림은 신사(紳士)들의 눈 둘 곳을 없게 하고 청년(靑年)이라는 젊은 놈들은 온몸에 구렁이 같은 문신(文身)을 하고 산발(散髮)을 하고, 코뚜레, 귀뚜레, 심지어 혓바닥 뚜레 금속을 박고 다닌다. 이놈(是者)들을 속칭, 꽃미남이라 한다. 이놈들은 지금 무엇을 하고 있는가? 아름다운 여인을 아끼며 껴안고 자식 낳고 같이 데리고, 이끌어가야 할 사내들이라는 놈들이 발정한 암캐년들의 노리갯감으로 전락하고 있다.

이런 것들을 개성(個性)이라며 자랑스럽게 손톱 길러 시퍼렇게 칠하고 수천만 원, 서민들의 집 한 채 값인 이스라엘제 밀수(密輸) 우리나라는 천연 금강석, 다이아몬드 수입 실적이 없음. 다이아 반지를 손가락에 끼고 이 들개 같은 화양년(化洋年)들은 쥐 잡아 먹고 피 묻은 입술 색깔, 찢어 올린 부릅뜬 눈깔에 시커먼 미스가라, 딕지덕지 덮어씌운 상판 떼기 분칠은 밤에 나타날까 겁이 나는, 사람의 가치(價値)를 과히 귀신 아귀들만 득시글거리는 지옥 같은 아수라장(餓獸羅場) 굶주린 짐승들이 누에고치 실 속(內)처럼 뒤엉켜 갇힌 곳. 으로 팽개치고 있는 것이 지금 우리 민족들의 시국(時局)이다.

중세(中世) 서양과 같이 정신적 암흑의 시대가 도래한 것이다. 지금의 우리는 꼿꼿하고 바른 선비(士·儒)들 같은 오단(五端) 바른 5개의 감각 즉, 눈·코·귀·입·피부·感覺·감각. 을 가져야 하고 단정한 심신을 유지하여야 한다.

단정하지 아니한 몸가짐은 자신과 타인, 사람들의 정신을 황폐(荒廢)하게 만든다.

다시 말하면, 늙은이 남녀, 젊은이 남녀 모두 서로에게, 각각의 나이와 개성(個性) 개별 성격·성질. 에 상응하는 예(禮)와 의(義)가 있어야 사람다운 사람들간 즉, 인간(人間)이 된다는 말이다.

세대간·계층간·성별간의 갈등(葛藤)을 너무 부풀리는 것이 아닌가 생각되나 20세 전후 혹은 미만의 젊은 형제자매(兄弟姉妹)들도 자신들의 호생(好生·Well Bing) 문제로 서로 다투고 싸우는 것과 직장(職場)에서 노사분규(勞使紛叫) 노사 간에 서로 일이 어지럽게 얽히고설켜 부르짖음. 를 이해한다면 당연한 말이 아닌가?

모름지기 부모(父母)된 자, 가장(家長)이 된 자, 위정자(爲政者)가 된 자는 이와 같이 모든 계층간 형제(兄弟)들의 싸움을 말려야 한다.

이와 같은, 우리 사회(社會)의 노사분규 상황을 우리 정치판(政治板)에서는 도리어 이를 부채질하고 있다. 위정자가 빨갱이 없는 자, 헐벗은 자, 마음까지 헐벗은 자. 사상(思想)을 가지고 있고, 그 추종 386세대 정치인(政治人) 그들은 이미 486이 되었음. 들이 빨갱이 사상 즉, 무산인민주의적(無産人民主義的) 좌익사상(左翼思想)을 가지고 있으므로.

자본주의(資本主義·Capitalism) 唯物論·유물론이다. 를 즉, 돈(money)을 최고의 가치로 알고 행동하는 기업(企業)의 장(長)이나 이사(理事)들도 종업원(從業員)인 사원근로자(社員勤勞者)들에게 상응하는 대우를 예(禮)로써 대하는 홍익인간(弘益人間)의 인본주의(人本主義)에 입각하여 기업(企業)을 경영하여야 한다. 돈이 최고의 가치가 아니며, 사람이 더 가치가 있고 우선이라는 말이다.

돈은 각자가 열심히 공부(工夫)하여 자기 자신을 가치(價値) 있게 만들고 가치 있는 행동(行動)을 하면 먹고 살 만큼은 자연히 벌어지게 마련이다.

대한민국은 우리 민족(民族)과 동포(同胞), 우리 식구(食口)들의 제일 큰 집인 우리나라(國家) 국가·nation. 이다. 위정자(爲政者)는 국민을 어떻게 다스려야 하는지 여기에서 명백(明白)한 대답을 얻을 수 있을 것이다.

충효개념(忠孝槪念)은 지금처럼 보수(保守), 독재자, 아버지, 권력지, 기득권자들이 가질 수 있는 힘이나 권력에 대한 대치 또는 반대 개념으로 인해 인민평등(人民平等) 또는, 지금 젊은이들에게 유행(流行)하는 목적(目的)없는 허황된 진보(進步) 개념으로 무시되고 묵살될 것이 아니다.

자기 혼자만이 편안(便安)하게 잘 살기 위하여 같은 피가 섞인 동족(同族)끼리 생존경쟁(生存競爭)에 찌들어 늠(他人) 타인·다른 사람. 을 생각하지 아니하고 민족동족의식(民族同族意識)을 잊어버린 나 자신을 포함한 우리 민족 각자는 자각(自覺)하고 반성(反省)하여야 한다.

프랑스의 장자크 루소(Rousseau, 1712~1778)의 말처럼 자연(自然)으로 돌아가 보자.

꿀벌은 여왕이 있는 집(家)으로 어떤 힘 즉, 본능(本能)으로 집(家)을 중심(中心)으로 몰려든다.

각자는 임무(任務)를 열심히 바쁘게 수행한다. 가족 구성원 간의 싸움은 없다. 부지런한 벌들에게는 슬픔은 없으며, 꿀을 따는 일에 소홀하지 아니하고 오히려 그들은 바쁘고 힘든 일을 즐거움, 낙(樂) 그 자체로 받아들이는 것이 아닌가요(可要)?

충효개념(忠孝槪念)에서 충(忠)은 가운데로 몰려드는 중심사상(中心思想)이고, 효(孝)는 우리 조상 최상내(最上代)의 상제(上帝)를 뜻하므로 서양 종교(西洋宗敎)에서 오직 하나(Only one) 뿐인 아버지 하나님을 찾아 성당, 교회로 몰려드는 것과 같이 지식인들인 우리들이 윗대 부모조상(上代父母祖上)님들께로 모여든다는 뜻이다.

우리 민족들의 충효(忠孝) 개념은 우리 최상대 조상님이신 단군 할아버지님의 홍익인간(弘益人間)의 뜻과 이 우주(宇宙) 즉, 자연(自然) 하느님의 뜻인 주역(周易) 제6장에서 주역이 무엇인가를 기술할 것임. 으로 수렴(收斂)되며, 부모를 비롯한 조상 상대(祖上上代)님들께 효도(孝道)하고 나라에 충성(忠誠)하여야 하는 것이 사람이 살아가는 당연한 길(道)인 것이다.

떼놈들은 일찍부터 따뜻한 곳에서 벼(禾) 나락 화·벼 화. 농사를 지었던 고중대(古代)에 이르러 한 곳에 머물러 농사지어 먹고 살 수 있어 우리보다 상대적으로 삶이 편하였으므로 그놈들의 춘추전국시대(春秋戰國時代) 봄철과 가을철에는 전쟁만 하던 세월이었음. 여름철은 농사지어 먹고 살아야 하고 겨울에는 전쟁하다가 추위에 얼어 죽기 때문이었음. 에 이르러 철학적이고 종교적인 색채가 있는 제자백가(諸子百家)나 공맹(孔孟)들의 학문(學問)적인 업적(業績)을 성취할 수 있었다고 생각된다.

그러나 동북방으로 산동지방, 요동지방, 만주지방, 시베리아로 자주(自走) 스스로 쫓아다님. 이사(移徙) move·移動, 우리 민족의 移東·이동임. 하면서 우리 조상들은 대자연에서 뛰어놀고 노래 부르고 마음껏 삶을 즐기기엔 그 화려(華麗) 초원의 땅(ㅡ, 땅을 뜻하는 훈민정음 모음 중의 하나) 위에 풀(초두·艹)들이 있고 羊·양과 고운 麗·려·순록이 뛰놀던 산야 하였던 아름다운 강산도 늘어나는 인구로 황폐되고, 그 인구(人口·Peoples)가 주식(主食)으로 하던 야생 짐승 즉, 육(肉)고기들과 물고기, 어류(魚類)들이 감소하여 즉, 사람의 먹이사슬 직하단계(直下段階)인 고등생물계(高等生物界)가 금속철기문명(金屬鐵器文明)을 가진 숫자 많은 사람들에 의하여 파괴되어 자연(自然·Nature)은 사람들에게 풍족(豊足)한 의식주(衣食住)를 베풀어 주기에는 역부족이었던 것이다.

기자(箕子)가 가지고 왔던 대체작물(代替作物)인 볍씨로 지은 논농사(水田農事) 수전·물밭농사·畓·답 농사. 도 추운 만주 지방이나 시베리아에서는 소출(所出)이 형편없었을 것이고, 화려(華麗) 華·화는 땅 위의 풀과 초목과 양을 뜻한다. 麗·려는 대자연 속에 뛰노는 긴 수염과 아름답고 큰 뿔이 달린 鹿·사슴, 순록일 것임. 麗·려는 순록의 뿔을 표시하는 상형문자와 사슴 鹿·록의 합성문자임. 현재 시베리아 지방의 순록 참조. 독자들은 지금부터 약 2000여 년 전 서양종교에서 말하는 그들의 성탄절에 순록 루돌프가 끄는 썰매를 타고 간 흰 수염의 산타클로스, 눈 덮인 山·산을 썰매를 타고 가로지르는 크로스·cross와 雪原·설원을 가로질러 孫子·손자에게 흰 수염을 휘날리며 탄생 축하 膳物·선물을 가져가는 할아버지를 상상해 보라. 했던

땅과 강산을 등지고 우리 민족은 일부의 유민(遺民)을 남겨놓고 夫餘·지아
비 부·남길 여, 일부의 成人·성인 지아비들을 遺民·유민으로 남겨놓음. 북만주 지방의
夫餘·부여와 졸본성(高朱蒙·고주몽이 대소의 추격을 피한 성)과 그 부근의 桓因市·환인
시(양질 소량의 쌀이 생산된다고 함) 참조. 벼농사를 지어 먹고 살기 좋은 따뜻한
동남방(東南方)으로 이사(移徙)하였던 것이다.

　동해 동북부 바닷물에 떼 지어 다니다가 파도에 휩싸여 모래 언덕에
올라 쌓이던 명태와 등푸른 청어와 정어리들 일제강점기 초기 1910~20년대에도
이러한 현상이 다시 일어났었음. 日帝·일제의 흥남 부근의 魚油·어유 공장으로 연결됨.
은 고갈되어 부족하게 되고 포구(浦口)에서 작살이나 맨손으로 고래나 정
어리, 명태를 잡아 바닷바람에 말려 육포(肉脯)로 만들어 먹을 수가 없었
을 것이다.

　조선기술과 어업기술이 지금보다 형편없이 부족하였던 당시 우리 조상
들의 식량(食糧)인 어족자원(魚族資源)과 야생 짐승 즉, 육(肉)고기들은 사
람들의 초기 철기문명(初期鐵器文明)에 의하여 고갈(枯渴)되고 파도 높고
동해(東海) 깊은 바다 속의 고기를 잡기엔 역부족(力不足)이었을 것이다.

　그러나, 지금도 경상도 사람들의 조상 제사상에는 육포(肉鮑)와 탕수(湯
獸) 상어고기와 뼈를 소금 넣어 삶은 탕. 와 산적, 어적 비늘 없는 고기는 수온이 높은
지역의 것이어서 쉽게 상하므로 쓰지 아니함. 西海·서해 연평도 助氣·조기, 기운을 돋운
다는 생선을 제일로 침. 을 붙이고, 말린 문어(文魚) 다리를 다섯 마디로 쳐서,
마른 오징어, 마른 명태 北魚·북어·지금 현재 우리나라 북쪽 바다나 시베리아 동부
알류산 열도 부근 해역. 북해도 해역에서 많이 나는 명태 말린 것을 말함. 와 함께 조율
이시(棗栗梨柿) 대추·밤·배·감. 순으로 과실(果實) 紅東白西·홍동백서는 음향오
행설의 한 가지임. 司果·사과는 옛날 司試·사시에 합격하여 관리가 되어 지금의 書記
官·서기관급 인생을 성취한 관리의 직급이었음. 陵金·릉금은 경북 금릉군 산비탈에
자생하던 야생 사과임. 즉, 사과의 原産地·원산지·Origin은 경북지방이고 과거 이곳에
는 신라 28대 경명왕의 아들인 土壕·토호 金陵君·금릉군 즉, 지금의 반남박씨? 시조가

그 지방의 君·임금이었음. 을 배열한다. 물론 쌀로 만든 밥과 떡, 채전(菜煎),
별로 영양가 없는 나물(奈勿)도 있다.

여기서 다시 한 번 우리 말(言語) 언어. 과 글(文) 문 즉, 훈민정음과 옛 한글인
漢文·한문. 이 우리 삶의 역사이며 우리 민족혼임을 나는 강조하면서, 지금
의 경상도 사투리 말과 관습(慣習)을 많이 인용하는 것은 과거 신라시대의
표준말이 지금의 경상도 지방의 말 방언(方言) 사투리. 으로 되었을 것이라
고 생각하며, 이와 같은 우리 말과 관습(慣習)은 면면히 이어져 지금까지
우리 민족 삶 속에 살아남아 있다고 생각하고 있다.

이사(移徙)의 한자를 보라. 이(移)는 잘 먹고 잘 살기 위하여 나락(禾)
나락 화·벼 화. 이 많이(多) 많을 다. 나는 곳으로, 옮기는 것이 사(徙)이며,
과거 우리 민족들의 남하이동(南下移動·東)를 말하는 것이다.

나락(奈落) 벼. 농사는 따뜻한 지방에서 잘 되며, 화목할 '화(和)' 자는 벼
즉, 나락 화(禾)자 옆에 식구를 뜻하는 식솔(食率)들의 입 구(口) 자가 붙어
있다. 새로 이사 온 땅에 풍년(豊年)이 들어 먹을 것이 풍성하여 식구(食口)
들은 화목하였을 것이다.

지금도 경상도 지방에서는 벼농사를 나락농사라고 말하고 있다. 말을
타고 사냥하면서 화려강산에서 마음껏 노래 부르고 뛰어놀면서 삶을 즐기
던 우리 기마배달민족(騎馬倍達民族) 말을 타고 다니며 큰 짐승들을 잡아먹으면서
떼놈, 로스케, 왜놈들보다 모든 일을 곱으로 달성하던 능률성 있는 우리 민족. 이 더운
여름에 무논(水畓) 수답. 에 발을 담구어서 김을 매고 농사지어 좁쌀 같은
작은 씨앗을 훑어 키(箕) 기, 키를 발전시킨 것이 큰 원통형의 風具·풍구임. 질하여
먹고 살아야 하는 그때의 삶은 가히 나락(奈落) 벼농사 짓는 것은 어찌하다 떨어
진 곳 즉, 불교에서 地獄·지옥. 과 같은 삶으로 인식(認識)되었던 것이다.

우리들이 소싯적에 읽었던 『초한지(楚漢志)』는 대륙(大陸)의 춘추전국
시대(春秋戰國時代) 그놈들의 土濠·토호들 간에는 봄, 가을 해만 뜨면 싸움질하던

놈들임. 를 통일하였던 진시황의 폭정 때문에 분열된 대륙(大陸) 땅을 우리 조상 유방(劉邦, BC 256~195) 劉·유씨 집안에 맏형 伯·백, 중형 仲·버금 중이 있었으며 셋째인 막내 季·계임. 님이 떼놈 장수 항우(項羽)를 쳐부수고 다시 대륙 땅에 살고 있던 진시황(秦始皇)의 후대, 떼놈들을 다시 제압한 과정인 우리 민족사(民族史)이다.

진시황(秦始皇) 그 당시로 보아서는 최신식 강력한 무기인 개머리판과 조준 가늠쇠가 있는 활, 十字弓·십자궁과 다량 규격화 된 금속 재질의 화살촉을 그의 군대에 편재하였음. 은 떼놈, 그놈들의 통일을 위하여 분서갱유(焚書坑儒) 儒學者·유학자들이 그의 이름, 政·정처럼 다스리던 그의 治世·치세 즉, 政治·정치 비판을 막기 위하여 思想書籍·사상 서적을 불사르고 선비들을 흙구덩이에 묻어 죽임. 政治·정치는 무서운 것이다. 를 통하여 반대파를 도륙(屠戮)하고 그 사상(思想)까지도 말살시킨 무지막지(無知莫智)한 놈(者)이다. 그는 노애(奴愛)라는 남근(男根)이 큰 노예(奴隸)의 아들이다. 또는 입이 큰 여불위(呂不韋, ?~BC 235). 자기의 자식을 임신시킨 妾·첩을 子楚·자초에게 시집보내고, 자초가 莊襄王·장양왕이 되고 나서 낳은 여불위의 자식인 政·정이 秦·진나라의 始皇帝·시황제가 되었음. 라는 여러 가지 박물(博物) 보따리 행상(行商), 보부상(褓負商)의 자식이라는 말(說) 설. 이 있다.

왕후장상에 씨(氏) 種子·종자. 가 따로 있으리오(王侯將相, 寧有種乎). 개개인의 노력 여하에 따라 그 미래의 각자 삶 크기가 보장(保障)되는 것이며, 우리 대한민국인(大韓民國人) 모두들도 개인의 노력 여하(如何)에 따라 그 미래(未來)가 결정된다.

우리 젊은이들은 개천(開川·開天)에서 용(龍) 난다는 잠언(箴言)을 실현시킬 수 있는 본인(本人)이라는 생각을 마음속 깊이 간직하여야 한다.

노장층들은 그 개천에 독기(毒氣)가 없어지도록 하여야 한다. 즉, 우리 국회(國會)에서 국민 각자들의 자유(自由)와 권리(權利)를 최소한으로 제한(制限)하는 법(法)을 만들어 행정부(行政府)가 이를 집행하고 나머지는 국민들이 윤리(倫理), 도덕(道德), 예(禮), 의(義)로 자율적인 삶을 살아가도록 나라를 이끌어가야 한다는 말이다.

진시황(秦始皇)의 대륙 통일이라든가, 우리 민족인인 유방(劉邦)님이 한신(韓信) 대장과 힘을 합하여 이룩한 우리 민족의 대륙 지배(大陸支配)는 만리장성(萬里長城) 황허 상류지역에 周·주나라 시대에 만들었던 것도 있음. 이남의 땅이었으며, 지금 중화인들은 이것을 그들의 천하통일(天下統一)이라고 말하고 있다.

때놈들은 한족(漢族)이 아니다. 그들은 우리 조상님들이 때를 지어 부랑(浮浪)하면서 뗏물이 흐르는 때놈들이라고 부르던 고대 하화족(夏華族)들의 후예들이다.

지금 우리는 우리 스스로를 한민족(韓民族)이라 부른다. 그것이 아니다. 한족(韓族)은 한민족(漢民族)인 우리 민족의 온성(百姓) 백성 즉, 金·김·李·이·朴·박·鄭·정·催·최·韓·한 씨 등 여러 姓氏·성씨들을 합한 사람들의 集合體·집합체. 온은 일백 백(百)을 뜻하는 옛 우리말임. 들 중 하나의 씨족(氏族)인 것이다.

진시황(秦始皇)이 대륙을 통일하였을 당시 그의 북방, 경계선이 있던 주(周)나라·연(燕)나라·제(齊)나라·조(趙)나라 등 여러 나라, 방(邦)들도 우리 민족 우리 핏줄이다.

지금 중국의 만리장성(萬里長城·great wall of china)이라는 성의 일부는 이 주(周)나라·제(齊)나라·연(燕)나라·조(趙)나라 사람들이 각기 자기 삶터를 지키기 위하여 둑 즉, 방(防)을 쌓았던 기와벽돌(塼) 기와 전·china. 로 만든 성(城)이었으며, 진시황이 대륙을 통일한 후 개·증축하였고, 때놈 족속인 초(楚)나라 사람들이 쌓았던 부분도 있으며, 때놈들이 역사적으로 가장 강성(强盛)하였던 시기인 당대(唐代)에는 고구려(高句麗)를 멸망시킨 후 만리장성 북방까지 진출하게 되어 그들에겐 군사방어선적(軍事防禦線的)인 가치(價値)가 없어지게 되었던 것이다.

때놈들이 자기들의 땅으로 다시 돌아간 명(明)대에는 1403년 영락제(永樂帝)부터 1487년 성화제(成化帝)까지 수축(修築)하였으며, 우리 한민족

(漢民族)이 떼놈, 중화족들을 또다시(又多時) 지배(支配)하였던 나라, 청대(淸代)에 이르러서는 우리 민족이 만리장성을 넘어 다시 서남진(西南進)한 것이며, 산해관(山海關)과 함께 이를 경계로 하여 만주지방(滿州地方)과 몽골(蒙古)로 나누는 행정적 경계선(境界線)에 불과하였던 것이다.

지금 떼놈, 중화족들은 외적을 방어하기 위한 만리장성이라고 말하고 있으나, 과거 우리 민족인 주(周)·제(齊)·연(燕)·조(趙)나라 사람들이 떼놈들을 방어하기 위한 방어벽으로 쌓았던 것도 있으며, 산 능선의 남향이냐 북향이냐? 성(城)의 설치 방향에 따라 그 방어개념이 다른 것이다.

근대(近代)에, 중화 떼놈들이 그들 민족을 공산화혁명(共産化革命)하기 위하여 산간 지방으로 쫓겨 다니면서 평생을 만리장정(萬里長征) 하였던 마오쩌둥(毛澤東)은 "만리장성에 이르지 못한다면 호걸스러운 남자가 아니다(不到長城非好漢)"라고 하였었다. 이것은 무엇을 의미하는 말인가?

그놈들의 땅은 만리장성까지라고 한 것이며, 지금 그놈들의 동북공정(東北工程)은 우리 조선민족(朝鮮民族)이 먼저 거주(居住) 住·머물 주, 居·살 거. 한 땅이며, 다시 한인(漢人)들이 살았던 그 땅에 또 다시 신라 사람 김함보(金函譜) 신라 敬順王·경순왕이나 麻衣太子·마의태자의 후손이라 하는 신라 眞骨·진골. 와 우리 어진족(女眞族)들이 함께 세웠던 우리 민족인들의 금(金)나라와 이를 계승한 후금(後金) 나라의 누르하치(奴兒哈赤·Nurhachi, 1559~1626) 후대의 청(淸)나라, 그 발상지인 심양(審陽) 근세 조선시대에는 燕京·연경, 왜놈시대에는 奉天·봉천 땅 즉, 몽골지방, 시베리아지방을 제외한 땅을 지금 떼놈들이 그들의 땅이라고 하고 있는 것이다.

지금 대륙 땅의 서중부 지방, 남동부 해안 지방, 몽골 지방 등 여러 곳에도 이와 같은 성(城)이 있는 것이다.

유방(劉邦)님이 떼놈들을 통치하였던 한(漢)나라 역사 즉, 우리 민족사(民族史)는, 지금 우리가 일제의 식민지화사관(植民地化史觀)에 함몰되어 있어 우리가 알고 있는 한사군(漢四郡)을 통제한 것이 아닐 뿐만 아니라 동방(東邦)에 사시던 그때의 우리 조상님들이 가만히 보고 있지도 아니하셨을 것이다. 지금 우리는 공맹(孔孟)들의 학문에 만취하기 시작한 고려말(高麗末) 근세조선(近世朝鮮) 초기 이성계(李成桂)의 위화도회군(威化島回軍)과 이조중기(李朝中期)까지의 육고기 잡는 자들을 백정(白丁), 물고기 잡는 어부들을 뱃놈 이라 하여 욕하면서 만주 등지의 우리 북방 잔류인들을 천시(賤視)하였으며, 쌀농사 지어 먹고 한 곳에 눌러앉아 편안하게 살고 있던 떼놈들을 선비(儒·士)들의 나라라고 여기게 되었던 친명정책(親明政策)의 극명한 실체인 모화사상(慕華思想)을 아직도 가지고 있음을 지금 우리는 자각(自覺)하고 반성하여야 한다.

유방(劉邦) 卯金刀, 모금도 劉·유, 끝이 양날로 된 도끼 같이 생긴 칼로 나라 즉, 邦·방을 건설하였다는 뜻으로 季·계라는 그의 이름을 나라 邦·방으로 개명한 것임. 劉季·유계는 "朕·짐은 국가다"라는 절대왕권주의를 프랑스 루이 14세보다 훨씬 앞서 말한 분이며, 후일 그의 뜻을 잇기 위하여 努力·노력하였던 劉備·유비(161~223)도 쌍칼(卯金刀·묘금도)을 썼던 장수이었음. 高麗太祖·고려 태조 若天·약천이 그 姓·성을 王·왕으로 하고 이름을 세울 建·건으로 한 것도 참조. 秦·진나라 진시황 政·정은 강력한 十字弓·십자궁과 철제 화살촉을 대량생산하여 떼놈들을 통일한 것임. 진시황, 政·정의 다스림을 지금 우리는 政治·정치라고 말하고 있다. 즉, 바른(正) 아비(父) ─이 아비 부·父 자는 斧·斤, 부·근 즉, 도끼를 쥔 손의 상형문자이다. 독자들은 이를 참조 하실 것─가 도끼질로 제멋대로인 인민들을 다스리는 것이 政治·정치이었다. 정치는 무서운 것이다. 삶이라는 것은 엄숙한 것이다. 온 우리 대한민국 모든 국민은 이를 명심하여야 한다. 님이 세운 한(漢)나라가 우리 땅이었던 만주와 연해주·반도북부지방(半島北部地方)에 대한 지방 통치 개념은 왜놈 제국주의 놈(帝國主義者)들의 우리 민족에 대한 식민지화(植民地化)를 위한 허위, 거짓 조작사관(造作史觀)인 것이다.

유방이 한(漢)나라로 이름 짓고 대륙(大陸)에 눌러앉아 있으면서 큰집인 우리를 통치(統治)하였다고 한 왜놈들의 거짓말이다. 지금, 영국(英國)

의 식민지이었던 미국(美國)이 영국(英國)을 통치하는가?

한(漢)나라는, 단군 할아버지 시대부터 선진문명(先進文明)과 평화를 사랑하며 인의(人義)를 알고 예(禮)를 지켰던 우리 민족을, 떼놈들이 오히려 숭상(崇尚)하는 마음을 가졌던 대륙(大陸)에 세웠던 우리 민족의 식민지(植民地) 나라이었던 것이다.

지금 신사(紳士) gentlemen. 들이라고 불리고 있는 영국인(英國人)들이 세웠던 식민지 나라가 독립(獨立, 1776년)하여 지금의 세계(世界) 인간계. 를 주름잡고 있는 양키(Yankee) 洋·양·키 身長·신장. 미국인(美國人)들인 것이다.

한고조 유방(劉邦)은 우리 한강(漢江) 가에서 뿌리내렸던 우리 한민족(漢民族)이었었고, 힘을 합하였던 천하 명장 한신(韓信)도 남한강(南漢江) 강변에 살던 청주한씨족(淸州韓氏族) 중의 한 분이었던 우리 민족인이었으며, 그때의 아세아 대륙 땅을 우리 조상님들이 지배(支配)하시었던 것이다.

지금 우리들은 왜 유방을 한고조(漢高祖)라고 하고 있는가? 한(漢)은 앞에서 언급하였던 씩씩한 남성(男性), 사나이를 뜻하는 한(漢) 자이며 고(高)자는 우리 단군 할아버지가 다스리던 단목(檀木)을 요긴한 삶의 도구로 사용히시던 목기시대(木器時代)의 빼어난 우리 민족의 나라 고조선(高朝鮮)의 높고, 빼어남을 뜻하는 고(高) 자이다.

그는 우리 민족 상대(上代)의 할아버지 즉, 한강수(漢江水) 변이 본관(本貫)이었던 한 사나이, 한(漢)이 원시농업(原始農業), 원시어업(原始漁業), 원시수렵(原始狩獵)의 시대가 지남에 따라 도래(到來)한 우리 민족들의 농경기(農耕期) 시대의 우리 조상민족(祖上民族) 중의 한 갈래인이시었던 것이다. 독자들은 지각 이동이나 변동설(說)을 염두에 두고 고려(考慮)하여 보시기 바라며, 그의 상대로 싸웠던 항우(項羽, BC 232~202)는 서쪽 땅, 서쪽 초(楚)나라 떼놈이었으며 진시황, 정(政)과 항우는 힘(力·Power)으로 백성들을 통치(統治)한 것이었으며 꾀, 지혜(智慧)로 다스려, 백성들이 스

스로 참여하는 경국(經國)의 정치(政治)를 아니하였던 것이다. "힘(力·
Power)보다 꾀가 낫다"는 우리 조상님들의 잠언(箴言)을 독자 여러분들은
음미하시기를 바랍니다.

그 전시대(前時代)에 한단(邯鄲) 지방에 살았던 자초(子楚) 후일 莊襄
王·장양왕이 됨. 와 그의 아들이라고 하기도 하며 또는, 박물행상(博物行
商) 여불위(呂不韋, ?~BC 235)의 아들이라고 하는 진시황(秦始皇), 정
(政)은 초(楚)나라 떼놈이었다.

독자들이 『초한지(楚漢志)』를 지금 읽어보시면, 그 책의 바탕 그림에
유방은 상투를 틀고 있을 것이다.

상투는 맏이 맏아들, 맏宗孫·종손·長者·장자. 성장하여 장가들 때 상투를 틀어 머
리를 위로 올린 성인 어른이 되었다는 속칭, 머리 올리기를 하여 어른이 되었다는 상징임.
그는 새로운 家系·가계를 이어 후대에 새로운 맏종손을 탄생시킬 것임. 또 그 갈래인들을
합하여 임금 君·군이 될 것임. 라는 우리 민족인임을 상징(象徵)하는 고유(古有)
의 우리 풍습이었다.

지금도 맏아들을 맏상주(上胄) 윗 상, 투구 주·helmet. 라고 하며, 조상님이
돌아가셨을 자손(子孫)들을 상주(喪主)라고 하며, 맏상주를 대신하여 장례
를 주관하는 사람은 호상(護喪)이라고 한다.

지금 우리나라에서는 김영삼 문민정부(文民政府) 시절부터 문민고시출
신(文民考試出身)의 관리(官吏)들과 무인(武人) 굳셀 무·사람 인, 즉 굳센 사람.
즉, 문관(文官) 글을 배운 벼슬아치. 들과 군장교(軍將校) 尉官·위관급 이상의 굳센
사람들. 무관(武官)들이 서로 생존 경쟁적으로 우리 민족 대권(大權)을 잡기
위한 패거리 싸움을 하도록 우리 온 인민층들을 인민영합주의 정치인(人
民迎合主義政治人)들이 부추기었으며 이에 따라, 상인(常人)들은 군 출신
정치인(軍出身政治人)들을 군부 독재라고만 비난하였었다.

지금 우리는 투구를 썼던 자나 상투를 튼 자나 똑같이 단군(檀君)의 우
리 자손, 우리 민족, 우리 동포인 것을 마음에 새겨야 하며 백성 즉, 민(民)

이 잘 살 수 있도록 부지런히 근로하여 경제(經濟)를 개발하였었고 빨갱이, 사회적 부동층인 깡패, 사이비 언론의 건달기자(乾達記者) 등을 잡아넣어 만백성들이 편안(便安)하게 살기 좋게 하였던 즉, 민(民)을 위한 당시의 우리 참 민주정치(眞民主政治)를 군사독재(軍事獨裁), 군부독재(軍部獨裁) 정치라고 하면 아니 된다.

YS는 우리 민족을 잘 살도록 만들었던 과거의 우리나라 정치가 그의 정치 초년병 시절부터 대권욕 즉, 대통령병에 걸렸던 그자(者)의 인민민주화(人民民主化) 동지(同志) DJ와 함께 그놈(者)들의 인생항로에 걸림돌이 되었다고만 생각하여 신경발작(神經發作·Hysteria)을 일으켰던 것 즉, 신경질을 부렸던 것이다. 그놈(者)들이 주장하였던 민주주의(民主主義)를 선동(煽動)하던 민주정치(民主政治)의 목적(目的)은 무엇이었던가?

그놈(者)들의, 우선은 그럴듯한 듣기 좋은 구호(口號)에만 그친 말 뿐이었을 뿐, 인민(人民)들을 선동하여 민족 내부인들끼리 싸움질만 일삼게 만들어 나라만 가라앉게 하였던 그놈들의 정치는 새로운 인민주의 NH정권(新人民主義 NH政權)을 탄생시켰을 뿐 국민을 위한, 국민들을 진정 잘 살게 하는 참민주정치(眞民主政治)를 아니하였던 것이었으며, 인민영합주의정치(人民迎合主義政治)만을 한 것이었다. 우리 헌법(憲法) 제1조에 있는 민주공화국(民主共和國)을 인민공화국(人民共和國)으로 만들었을 뿐이며, 숫자 많은 무산 인민들의 세력만을 믿고 날뛴 놈(者)들이었었다.

일곱 번째로 한(漢) 시대를 지날 즈음, 우리 민족은 고구려(高句麗)·백제(百濟)·신라(新羅)로 흩어져 살게 되었으며 소위, 왜놈들의 식민지화사관(植民地化史觀)으로 말하였던 삼한(三韓)시대라는 고구려·백제·신라의 삼한민족(三瀚民族·三漢民族) 넓고 크고 질펀한 땅에서 살았던 민족. 으로 살게 되었었다.

근세 조선시대의 사대주의사상(事大主義思想)이라는 왜놈들의 말은,

조선 초·중기부터 우리가 현실적으로 힘이 컸던 청나라와 협조하고 같이 보조를 맞추어 협조하여 현시대의 연방국가(聯邦國家)처럼 공영공생(共榮共生)을 도모하여야 한다는 사상(思想) 생각 사·생각 상 즉, 생각들이 모여서 집합체가 된 것·Ideology. 이었다.

왜놈들은 이것을 트집 잡아 우리 민족사를 왜곡하여 먼 과거부터 우리가 졸(卒)의 근성을 가진 엽전(葉錢) 속칭, 큰돈이 되지 아니하는 부스러기. 민족(民族)이라고 윽박질러 우리 자존심을 상하게 하고, 우리 민족정신주체성(民族精神主體性)을 흔들고 훼손시켜 그놈들의 뜻대로, 마음대로 우리 민족을 흔들어 주무르겠다는 의도를 가지고 한 말이다.

어쩌면, 지금 우리나라의 정치 상황이 왜놈들이 있다고 말한 葉錢根性·엽전근성의 病·병이 도지는 것인지도 모른다. 세계화된 우리 민족 기업 三星·삼성을 비자금 색출, 삼성그룹지주회사 에버랜드(Ever Land) 理事會·이사회에서 경영권을 승계하기 위한 意思決定·의사결정을 불법으로만 보고 이를 때려 부수어 빈대 잡으려고 초가삼간 태우는 격인 정치 상황으로 몰아가고 있다. 또, 지금의 우리 정부가 어찌할 수 없는 세계 인구가 많아져서 일어나는 穀物·곡물, 石油·석유, 철광석을 포함한 원자재가 상승은 세계 타민족들도 이겨내고 있는데 온 우리 배달민족이 검소하게 절약하며 정부와 함께 열심히 일하면서 견디어 내어야 하며 극복할 수 있는 것인데, 자기 본분 직책 직무는 잘 수행하지 아니하며 자기만을 위한 소아적인 노동운동집회 데모, 촛불 시위, 우리 국민이 선거로 뽑은(2007末) MB 정권에 대한 퇴진 데모를 문화축제로 합리화시키면서 人民主義·인민주의 政治活動·정치활동을 하고 있는 관계로 우리 민족이 더욱 더 힘 못쓰고 있으며 여기에 참여하는 국회의원 놈들과 서양종교지도자라는 목사·신부 놈들의 西洋宗敎社會主義·서양종교사회주의·religion socialism와 참여연대, 민노당 등 좌익세력들을 우리 國家保安法·국가보안법으로 처단하여야 한다. 2008. 8.

그 결과로 우리는 민족정신(民族精神)을 잃고 35년간 그놈들의 종살이로 복속(伏屬)하였었고, 그놈들에게 역사대(逆事大)하게 된 것이었고 성명

(姓名)도 왜놈 식으로 우리를 창씨개명(創氏改名) 성을 왜놈 姓·성으로 바꾼 것이며 이름도 왜놈 식으로 개명한 것임. 토록 강제(强制)하면서 우리 민족이 왜놈으로 동화(同化)되도록 획책(劃策)당한 것이었다.

지금 떼놈들이 쓰는 화(華)자는 초목과 풀 草頭·초두. 이 있는 땅(⎺), 초기 한글 홀소리, 땅을 의미함. 한편, 우리 한자 한 일(一)은 하나 뿐인 하늘을 뜻하며 두 이(二)의 아래 '⎺'는 땅을 의미함. 에 양(羊)이 있는 몽골, 만주 땅을 의미하므로 사실은 우리가 차지하여야 할 문자이다.

곱다는 뜻이 있는 려(麗) 자는 순한 사슴 순록(順鹿)의 뿔을 뜻하는 상형문자와 사슴 록(鹿)자를 합한 합성문자(合成文字)이며, 대자연 상태의 시베리아 지방 땅의 순록을 뜻하므로 '려(麗)' 자는 시베리아 땅을 뜻하는 땅 이름(地名) 지명. 려 자이기도 하므로 그 시베리아 땅은 고래(古來), 고구려(高句麗) 때부터 우리 민족들의 땅인 것이다.

우리 민족은 빼어난(高) 빼어날 고 단군 할아버지와 그 후손(後孫)들의 물고기(魚) 고기 어. 와 야생(羊) 등 야생 금수(禽獸), 육(肉)고기들이 뛰노는 만주, 연해주의 빼어나고 높은 뜻을 가진 동방(東邦) 동쪽 나라. 의 해(日) 뜨는 아침 나라 즉, 물고기(魚)와 양(羊) 염소 들이 우리와 함께 살던 선(鮮) 땅이며, 순록(順鹿)이 뛰놀던 시베리아 땅, 려지(麗地)에서 살았던 고조선려(高朝鮮麗) 민족인 것이다.

독자들은 고구려의 구(句) 자는 북만주·시베리아 지방의 야생 늑대를 길들인 개(狗·Dog)를 뜻하는 땅이름, 지명(地名) 구 자라는 것도 유념하시기 바랍니다.

현재의 떼놈들은 그들 민족의 자존심(自尊心)인 중화사상(中華思想)을 가지고 그들이 중화민족(中華民族)이라고 부르며, 그들의 나라를 한민족(漢民族)의 중화인민공화국(中華人民共和國)이라 하고 있는 것이다. 그 말 속에는 산동반도(山東半島)·요동반도(遼東半島)·만주(滿州)·연해주(延海州) 땅이 우리 것이라는 뜻이 들어 있는 것이다.

그렇다면 우리나라의 국호(國號)는, 단군 할아버지와 그의 빼어난 고장자(高長者)이고, 고구려의 시조(始祖)인 고주몽의 고(高) 자와 한수(漢水) 한강. 유역에 살던 우리 한민족(漢民族)의 한(漢) 자를 넣고, 화려한 강산(華麗江山)의 화(華) 글자의 형태를 보면, 땅(一, 한글의 '으'·땅을 뜻함을 참조) 위에 초두가 있어 초원이 있고 그 밑에 羊·양 자가 있으므로 북만주, 몽골 등의 地名·지명을 뜻함. 자와 야생 늑대들이 떼지어 살던 북만주의 땅을 뜻하는 땅이름 구(句)자와 려(麗) 순록들이 뛰어놀던 시베리아 지방 땅을 뜻함. 자를 넣고, 단군 임금님의 선(鮮) 땅을 넣은 온 백성들의 아침 나라, 고조선화구려한민국(高朝鮮華句麗漢民國)이라고 해야 할 것이다.

이와 같이 말하는 나는 지금 우리 민족에게 국호까지도 마음대로 바꾸고, 민족 이름(民族名) 민족명. 까지도 바꾼다는 능멸죄를 적용받을 것 같다.

고조선한려강산민국(高朝鮮漢麗江山民國)인가? 서양인들이 말하는 KOREA(高麗) 고려. 도 아니다. 그렇다고 지금 북한이 말하고 있는 또 내가 앞에서 말한 단군 할아버지의 후손인 우리 민족이 조선(朝鮮) 땅에 세운 나라인 고조선국(高朝鮮國)인가? 아니다. 지금의 북한도 남조선(南朝鮮)인 셈인데 말이다.

지금 떼놈들의 동북정책(東北政策)인 동북공정(東北工程)은 우리 대한민국(大韓民國) 국호를 대한민국(大漢民國)으로 한다면 왜놈들의 역사적인 거짓말인 한사군(漢四郡) 조작 역사학설 이후 시대인 고구려(高句麗), 발해(渤海) 역사를 역편입하려는 떼놈들의 의도와 음모는 분쇄될 것이다.

그러므로, 그냥 그대로 '우리나라'이며, 굳이 말한다면 고조선한한구화려강산민국(高朝鮮韓漢句華麗江山民國)이라고 해야 할 것 같으며, 지금 왜놈들의 식민지화사관과 떼놈들의 동북공정 기호(嗜好)에 맞는 대한(大韓)을 대한(大漢) 큰 사나이. 즉, 대한민국(大漢民國) 큰 사나이들의 나라. 이라고 해야 한다고 필자는 생각하고 있다. 漢藥·한약을 韓藥·한약으로 바꾼 藥師法·약사법 개정(1958?)도 멋모르고 잘못한 것임. 지금 우리는 우리나라 국호를 大漢民

國·대한민국으로 개정하여야 하는 전 국민운동을 하여야 한다.

서양 백인들도 나라 개념을 Country 村·촌, 시골. Land·땅, 지방. 등의 땅 이름과 게르만(German) 등 그 민족 이름(民族名)으로 나라(國家·Nation)라고 부르고 있다.

이상에서 내가 한 말이 떼놈·왜놈·로스케 등 이민족(異民族)들에게 할 것이 아니며, 그저 우리의 뜻이 그렇다고 여기고 마음으로만 새길 뿐 공연한 반발을 사서 화를 당하지 말 일인가? 우리 민족, 우리나라의 온 백성들이고 국민인 독자 여러분! 아닌가요?

지금 우리는 반드시 강성하여져야 하며, 자주국방(自主國防) 이상의 것을 실현할 수 있도록 우리 정치(政治)는 확실한 도모책(圖謀策)을 강구하여야 할 때이다. 성장위주정책(成長爲主政策)의 실천이 아닐까?

지금부터라도 통일부(統一部)는 북한을 통일하는데 힘쓸 것만이 아니라 먼 우리 민족 장래를 위하여 몽골·시베리아·만주·연해주·알래스카까지 통일을 위한 도모책을 확실히 강구해야 한다. 우리 말(言), 글(文) 역사(歷史)를 지금부터 그 지방에 살고 있는 사람들에게 가르쳐야 한다. 이것이 우리 민족세계화(民族世界化)이다.

지금의 우리나라 정치 행태를 비난만하는 것이 아니라면, 독도(獨島) 문제, 이어도(島) 문제 등은 엽전근성(葉錢根性), 냄비근성(根性)적인 인민들의 정치 시위(示威·Show)에 불과할 뿐이며, 앞으로 실효적지배(實效的 支配)를 확장(擴張)하는 것이 우리 민족(民族)의 바른 길이다.

물론, 우리 온 국민 백성들도 정부(政府)와 함께 자기 몫을 다 하여야 할 것이다. 성장 위주 정책은 물가(物價)를 올리게 되고 서민들의 삶이 쪼그라들게 한다고 남녀노소 누구나 무산인민(無産人民·Proletaria) 생산 능력이 없고 따라서 재산이 없으며 남에게 民主·민주 平等·평등만 내세우면서 나라의 법에 의한 통치 행위를 자신들의 신체의 자유 구속 즉, 人權·인권 유린, 언론의 자유 구속, 종교·신앙·양심의 구속으로만 받아들이는 속칭 宗敎人民·종교인민 빨갱이들을 포함하여, 부모들의 사랑으로 인생살이 공부를 계속 중에 있으면서도 좌익인민사상을 가지고 데모하고 있는 소위 주사파(속칭 NL계·자주파), 해방파(속칭 PD계·평등파)들이라고 하는 대학생층을 포함한 마음까지도 발가벗은 놈들을 포함한 통칭. 들처럼 불가다고 생각을 하면서 방관적인 조소(嘲笑)와 방해만 하고 있으면 우리 모두 패배자가 된다. 오르는 물가는 전 국민들이 근로생산성을 높이고 창의와 열성을 다하여 열심히 일하고 검소한 생활을 하면서 참고 견디어 내면서 극복하여야 한다.

열심히 일하여 수출(輸出)하는 사람들이 있어야 환율(換率)이 내릴 것이며 과거 1997년에 발생한 국제금융구제(國際金融救濟) 상태 즉, IMF 사태와 같은 새로운 외화 부족(外貨不足) 상태가 일어나지 아니하였을 것이다. 그런데, 현대자동차 등 고급 직장의 노조(勞組)들은 일 8시간 3교대 근로(勤勞)를 일 8시간 2교대 근무체제로 바꾸었었다. 한편, 그놈들의 노동생산성은 일본, 미국 등의 동업종보다 1/3 가량이 뒤진다고 한다. 2008. 10.

노력(努力)없고 성장(成長)없는 많은 분배(分配)는 인간세상(人間世上)에는 존재할 수 없는 명제(命題)인 것일 뿐이다. 인류 역사(人類歷史)는 언제나 참고 열정을 다하고 노력(努力)하여 이긴 자들의 몫이다.

스위스에서 조사 발표한 57개국 중 노사관계 우리나라 순위는 최하위의 57위라고 한다. 2009. 5.

여덟 번째로, 우리는 정통성(正統性)과 주체성(主體性) 있는 민족이다.

신라(新羅) 사람인 약천(若天) 고려 태조 왕건. 은 신라 수도 동경(東京) 지금 경주. 시장(市長) 격인 태수(太守) 벼슬을 한 융(隆)의 아들이다. 그가 세운 고려(高麗) 나라는 고구려(高句麗)의 후대(後代) 이름으로 하여 우리 과거의 본래(本來) 땅으로 돌아간다는 개념(槪念) 要僧·요승 묘청의 서경(평양) 천도 요구 참조. 고려 말기 충신 정몽주(鄭夢周·圃隱·포은, 1337~1392)도 경북 永川·영천 출신임. 고대 우리 민족의 삶의 그림 음각화 즉, 용감무쌍한 바이킹(Viking)족들처럼 일엽편주, 작은 배를 타고 작살로 고래를 잡는 그림 유적이 있는 울주군 지방과 개성에 정몽주의 유적이 있음. 을 가지고 나라를 세운 것이었다.

독자 여러분, 이 당시 살생(殺生)을 금기(禁忌)시 하던 고려불교(高麗佛敎)가 유목민(遊牧民)들이었으며, 어업인(漁業人)들이었던 몽골(蒙古) 지방과 북만주 연해주, 시베리아 툰트라 지역에 살던 사람들에게 먹혀들 리가 있었겠는가요?

앞에서 우리나라 국호에서 땅('一') 위의 초원(艸)에 양(羊)들이 사는 화려하다는 뜻이 있는 화(華) 자와 시베리아 지명구(地名句) 자를 넣은 이름이나 그 후대 우리 민족 이름인 고려(高麗)의 려(麗)도 아름답고 곱다는 뜻이 있으며, 순록을 뜻하는 려(麗)자이므로 시베리아 지방까지도 포함한 나라를 건설하였던 것이다.

고려(高麗)는 우리 민족의 나라 이름 고구려(高句麗)에서 열심에 일하면서 흥얼거리던 시구(詩句) 구 자이며, 사냥개와 북만주 지방을 뜻하는 땅이름 구(句) 자가 제외된 것이다.

이것은 고려의 영토(領土)가 줄어든 것을 뜻하며, 수렵이 줄고 농업, 즉 벼농사를 짓게 되어 따뜻한 남방을 중시하고 불교(佛敎) 이념이 먹혀들지 아니하는 북방지방을 거의 방치한 것이며, 사냥개의 필요성이 줄어든 시대가 노래했음도 뜻한다.

이 구(句) 자는 구부린 개의 형상을 한 상형문자(象形文字)이다. 사람을 따라다니며 사냥감을 포('勹') 쌀 포·포위하여 둘러쌈. 하여 사람과 함께 잡은 야생짐승 고기 즉, 먹을 것을 얻어먹는 입이 달린 고대(古代) 우리 민족인들의 식구(食口) 내지 식솔(食率)처럼 여기던 개를 뜻하는 합성문자(合成文字)이다.

이러한 관계로 가축으로 부리던 사냥개(狩獵犬) 수렵견, 북만주·시베리아 늑대를 길들인 늑대개. 를 뜻하는 구(句) 자를, 살생(殺生)을 금기시하는 불교(佛敎)를 국교로 하던 고려태조 왕건(高麗太祖 王建)은 우리 민족 이름, 국호(國號)에서 삭제하였을 것이며, 고려인(高麗人)들은 그 당시의 인구가 국토(國土)에 비해 그리 많지 아니하였고, 쌀농사가 잘 되지 아니하던 추운 북부지방 땅과 불교(佛敎)를 믿지 아니하는 북방 우리 민족을 거의 방치하였을 뿐, 지금 경주(慶州)인 금성(金城)에서 태수(太守)를 지낸 융(隆)의 아들 약천(若天) 고려 시조 王建·왕건 은 그 추종인들과 힘을 합하여 고구려의 뒤를 이은 나라를 건설하였던 것이다.

고려시대의 북방 잔류 우리 민족들은 자연계(自然界)의 고등동물 야생어육(魚肉)을 계속 살생하여 먹고 살았으므로 이들을 쌍놈(常者)시하던 나라의 국교(國敎) 나라의 가르침. 이었던 살생을 금기시하던 고려불교(高麗佛敎)에 대한 반발심으로 북방에 잔류하여 살던 우리 고조선민족(高朝鮮民族), 그 후대의 우리 민족인(民族人)들인 몽골·거란 등의 침입은, 종교사상전(宗敎思想戰)이었다는 측면이 있는 것이다.

세월이 흐르면서 우리 민족은 쌀농사를 지어 먹고 살면서 한 곳에 머물거나 정착(定着)하게 되면서 집을 지키거나 애완용 개(Dog)를 뜻하는 좌부방변 견(犬) 자를 첨부하여 한자(漢字)를 재정립시키었고, 지금 우리들이 쓰고 있는 구(狗)라는 한자(漢字)로 우리 조상님들이 만든 것이다.

또 한편으로, 수렵(獸獵)은 짐승, 수(獸)를 잡아 햇볕과 바람에 말린 고기 즉, 널어 말린 육포를 뜻하는 문자(文字)이므로 유목(遊牧)한 가축이나 짐승 고기를 칼질하여 바람과 햇볕에 널어말려 육포(肉鮑)로 만드는 일이 수렵이며, 포(鮑)는 햇볕과 바람에 말리고 소금에 절인 즉, 염장한 어물(魚物)이나 말린 생선을 뜻하며, 수렵(狩獵)은 야생 짐승을 사냥하는 것을 말하며 천렵(川獵)은 시냇물에서 고기(魚)잡이 하는 것을 말한다.

지금도 대관령 덕장(德場)의 마른 명태인 북어(北魚) 북방의 북해도 북태평양에 많이 나는 고기. 안동(安東)의 소금을 친 간고등어, 포항 과메기 등이 있으며, 육(肉)고기를 포(鮑)로 말리고 염장 조미하여 만든 것은 현세에는 매우 드물다.

한편, 짐승 수(獸) 자의 좌부방 변은 널어 말린 고기를 의미하는 것이며,

우부방 변은 집을 지키는 개 견(犬) 자이다. 이는 부처님을 뜻하는 불(佛) 자 즉, 인(人) 변에 아니 불(弗) 자를 우부방 변으로 붙인 불(佛) 자와 맥을 같이 한다. 무슨 의미를 내포하고 있는 것일까? 아마 개(犬)처럼 아닌 것 弗·아닐 불. 을 옆으로 제쳐둠을 뜻하는 것일까? 공생(共生)을 뜻할까?

우리 조상들이 사냥개로 수렵(狩獵) 야생 짐승을 사냥함. 을 많이 하였던 상대(上代)에는 개를 구(句) 시베리아 늑대를 길들인 것. 로 썼으며, 나락농사(奈落農事) 벼농사. 를 짓기 시작하고, 가축을 기르기 시작하여 한 곳에 머물면서 가부장(家夫長) 가족제도를 정착시키고, 한 장소에서 살게 된 한(漢) 시대부터 집을 지키거나 애완용의 반려동물(伴侶動物)인 개는 대인(大人)의 어깨 위에 올린 즉, 점 하나를 찍은 상형문자, 견(犬) 자로 썼다는 것을 우리는 알 수 있는 것이며, 한문(漢文)을 정비하면서 견(犬) 자 변에 구(句) 자를 붙여 지금 우리들이 쓰고 있는 개 구(狗) 자로 우리 조상님들이 합성(合成)하여 만든 것이다.

서양인들이 부르는 코리아(Korea·高麗) 고려. 는 빼어나고 높은, 고요(高堯)한 뜻을 가졌으며, 눈부신 색동 비단으로 만든 옷을 입고 사는 아름답고 고운, 려민족(麗民族)이라고 한 것이다.

고려국은 근래의 역사가들이 말하는 태봉·후백제·신라의 후삼국(後三國)으로부터 시작된 것이 아니다. 다만, 후백제는 정치적 생각이 다른 토호(土濠)인 아자개(阿慈介) 경북 문경 加恩邑·가은읍에 소재하였던 李氏·이씨 가문. 의 아들 견훤(甄萱, 867~936) 武珍州·무진주(지금의 光州)를 점령하고 全州·전주까지 세를 확장하였음. 또 질그릇 구울 甄·견 자를 보면 견훤 시대에 질그릇(도자기 이전 시대의 사기그릇)을 굽기 시작하였다고 생각되며 원추리 萱·훤 자를 보면 이때 원추리 奈勿·나물을 먹었을 것으로 생각됨. 의 발호(發豪)이었으며, 그 이전의 고구려·백제·신라는 서로 싸운 적이 거의 없었으며, 국경 개념이 거의 없이 서로 내왕(來往) 백제 사람 金大成·김대성이 신라 불국사를 지었음. 백제 武王·무왕. 薯童·서동의 妃·비가 된 신라 眞平王·진평왕의 셋째딸 善花公主·선화공주와 薯童謠·

서동요 참조. 이것은 단군님의 弘益人間·홍익인간 이념의 實體·실체이다. 하며 상부
상조한 우리 조상들의 삶터이었다. 이를 구태여 국경선을 긋고 분리개
념, 대치개념으로 다룬 것은 우리나라를 지배하기 위한 일제(日帝)의 지
독한 식민지화사관이다. 그놈들의 도꾸가와 이에야스(德川家康) 일본의
중세기 江湖·에도시대의 將軍·쇼군이며, 왜놈들을 통일하여 大名·다이묘 즉, 지방 영주
의 子弟·자제를 인질로 잡아 동경에 묶어두고 전 일본을 통치하였으며 일본 內戰·내전
을 없앤 인물. 그 당시 일본도 우리나라 土農工商·사농공상과 武士農工商·무사농공상
계급제도가 있었으며 추후 무사 계급들이 官僚·관료화되었음. 그들은 포르투갈 등 서양
으로부터 전파되어 오는 天主敎·천주교를 우리나라 大院君·대원군 이하응보다 더한 박
해를 하였으며 네덜란드인과의 교류만 허용하였음. 시대 이전은 각 지방 토호(土
濠)들로 분열되어 싸움질만 하던 전국시대(戰國時代)이었었다.

요동·만주·연해주 지방에 있던 즉, 황허 북동쪽으로 흩어져 살던 고조
선(高朝鮮)인들이 반도(半島)의 안쪽으로 몰려 들어와서 삶을 살았던 고구
려(高句麗)·백제(百濟)·신라(新羅)의 삼한(三漢·三澣) 땅과 그 지방에 살
던 사람들을 부분 통일하여 천 년 가까운 세월동안 우리 민족들의 삶을
영위하다가, 다시 과거의 단군 할아버지 때부터 살아왔던 땅으로 새로이
넓고 광활한 삶터를 찾아 북방(北方)으로 삶의 터전으로 다시 개척하여
나아간 나라가 고려(高麗)인 것이다.

나는 한반도(韓半島)라는 말에 대한 이야기를 하고 지나가야겠다.
18~19C 대륙까지도 지배(支配)하고 있던 청(淸)나라, 연해주(延海州)까지
점령하고 있던 로국(露國) 아관파천 참조. 일제(日帝) 소위, 강대국들의 영향
아래에 있던 고종 황제(高宗皇帝)가 대한제국(大韓帝國)이라는 우리나라
의 이름을 사용하면서부터 생긴 말이다. 대한(大韓)의 한반도(韓半島)가
아니고 큰 사나이, 대한(大漢)들의 한반도(漢半島)이며, 대한제국(大漢帝
國)이라 하였어야 마땅한 것이었다.

앞에서도 여러 번 하였지만, 덕수궁(德壽宮) 우리 임금 主上·주상이 주로 이

곳에서 政務·정무를 보았음. 대문(大門)에 분명히 대한문(大漢門) 크고 씩씩한 건장한 사나이들이 드나드는 문. 이라는 현판이 아직도 걸려 있다.

이 개탄(慨嘆)스럽고 쪼그라드는 우리 민족 일부인인 청주한씨족(淸州韓氏族)의 한(韓) 자를 쓰는 한반도(韓半島)라는 말과 대한(大韓)이라는 근세(近世)부터의 우리 민족을 뜻하는 말이 이때부터 보편화(普遍化) 된 것이다!

우리는 분명히 대한(大漢) 큰 사나이. 들인 한민족(漢民族)이다. 우리가 살고 있는 우리 반도(半島)는 분명히 한강수(漢江水)가 있는 대한반도(大漢半島)이며 신라시대부터 큰 사나이들과 가까운 뫼 즉, 한라산(漢拏山) 拏·나 자는 拿·나 자로도 쓰며 手·손 을 合·합하여 맞당길, 잡을의 뜻이 있음. 과 한밭(漢田), 지금의 대전광역시 벌판이 우리의 삶터이므로, 왜놈들의 반도적 성격론(半島的性格論)이라는 엉터리 같은 그놈들의 우리나라 침략 이론을 합리화시키기 위한 사전 정지작업(整地作業)으로 우리 최상대 고조선(高朝鮮) 민족의 한 갈래인인 기자(箕子)의 후손만이라는 청주한씨족(淸州韓氏族)들만이 살았던 반도, 한반도(韓半島)라는 문자조작어(文字造作語)를 만들어 쓴 것이다.

반도(半島)에 우리 민족들이 살아왔다고 하여, 대륙(大陸) 세력과 해양(海洋) 세력이 교차되는 곳이므로 이곳에 사는 사람들은 주체성(主體性)이 없는 민족이라고 하여 당시에 현실적으로 힘이 컸던 왜놈 자기들에게 합병 당한들 어떠하리라는 것이다.

고려 충신(忠臣) 정몽주를 위협하는 이조선(李朝鮮) 건설의 주역(主役)인 이방원(李方遠)의 이런들 어떠하리 저런들 어떠하리?와 같은 맥락의 말을 우리 민족에게 들이댄 것이다.

또한 청국(淸國)인들도 대륙을 점령하여 살면서, 영국인들의 식민지에서 강성(强盛)하여 독립하여 살고 있는 지금 미국 땅의 미국인(美國人)들처럼 미국인들은 지금 미국이 영국의 식민지라고 하지 아니함. 우리나라 반도를 한반도(漢

牛島)라고 부르기를 꺼리고, 우리 민족을 한민족(漢民族)이라고 부르기를 꺼리었을 것이다. 한편, 지금의 중화 떼놈들은 더욱 더 그러한 것이다.

나는 또다시 반복하는 말을 하고 있다. 분명(分明)히 우리나라 반도는 한강수(漢江水)가 있고 한양(漢陽)이 있으며, 큰 사나이들이 농사짓는 밭, 토지가 있는 한밭(漢田) 大田·대전. 이 있고 한라산(漢拏山)이 있는 한반도 (漢牛島)이다. 이것은 증명할 필요가 없는 참 진(眞)이며 공리(空理)임을 다시 한 번 강조한다.

왜놈들은 그놈들의 나라 이름을 일본(日本)이라 하여 태양을 본위(本位) 또는 근본(根本)으로 한다는 근대(近代)에 만들었던 놈들의 국호(國號)는 정말(正言)로 건방(建謗)진 것이다.

한편, 지금 북한의 국호 조선(朝鮮)은 우리 민족 최상대 시대의 이름이므로, 지금 필자가 말하는 한(漢)보다 더 타당한 것이나 그들도 떼놈, 로스케들 틈바구니에서 살아남기 위하여 필자와 같은 말을 하지 못하고 있는 것으로 생각된다.

우리는 먼저 북한을 통일하고 강성하여지면서 고려인 조선인들이 살고 있는 연변조선족자치구 등을 포함한 만주(滿州)와 연해주(延海州)을 합하여 통일하여야 한다. 이것은 지금 북방에 살고 있는 우리 민족들이 바라는, 희망하고 있는 바이다.

고려의 도읍(都邑)은 개경(開京) 지금의 개성. 이었다. 고려인들은 다시 서울(京) 서울 경. 을 연(開) 열 개. 것이었다. 그러므로 고려 태조 왕건(王建)은 황허 동부 산동반도(山東牛島) 泰山·태산의 동쪽반도 요동 서북부, 만주·시베리아·연해주까지 또는 그 이상의 몽골·알래스카까지를 영역으로 하던 고구려(高句麗)의 뒤를 이은 나라를 송도(松都) 개경에 도읍(都邑)을 정하여 세웠던 것이었으며, 다시 우리 민족의 북방재진출(北方再進出)을 도모(圖謀)한 것이었다.

근세(近世)에 조선(朝鮮) 나라를 세운 이성계(李成桂)도 고려(高麗)를 본받아 그 옛날 고조선(高朝鮮)과 고구려(高句麗)의 산동반도(山東半島), 요동(遼東) 땅, 만주(滿洲) 땅, 연해주(延海州) 땅을 통합하는 개념의 우리나라를 세웠던 것이다. 다만, 이태조(李太祖·李成桂) 원년(元年, 1392) 무학대사(舞鶴大師·無學大師) 舞·춤, 춤출 무, 자유자재로 꾸며 희롱·농락할 무. 없을 무. 배울 학·배운 바가 없어도 스스로 인생살이를 터득한 큰 스승님. 풍수지리도참(風水地理圖讖) 사상(思想) 생각. 의 조언(助言)을 받아 우리 민족의 최상대단(檀) 임금님의 시대가 지나고서 우리 중고조(中高祖) 시대의 본거지(本據地)인 한양(漢陽)으로 도읍을 옮겼으므로 그 통치력(統治力)이 먼 북방까지 미치지 못하여 버려두었을 따름인 것이다.

이때에, 우리 민족 본거지(本據地·本居地) 땅이 다시 축소된 것이다. 물론, 이성계(李成桂)의 건국 후 조선(朝鮮)은 요동지방에 역(驛)마을 8참 공정(八站攻征), 연해주 지방에 육진개척(六鎭開拓), 흑룡강(黑龍江) 지방에 대한 효종(孝宗)의 나선정벌(羅禪征伐, 1651) Russian의 발음을 한자음으로 옮긴 것. 러시아 정벌. 등등이 있었으나 지금 우리는 그때의 정책(政策)을 이어오지 못한 것이다.

지금도 우리 민족들의 최상대 시대와 중조(中祖)님들의 시대에 우리 민족이 살던 그 땅에는 조선인(朝鮮人)·고려인(高麗人)들이 반만 년 동안 아직까지 흩어져 살아오고 있으며, 왜놈들은 구태여 이 우리 핏줄들인 한민족(漢民族)을 만주족(滿洲族)이라고 하고 있으며, 지금 우리 남북한(南北漢) 인들을 한족(韓族)이라고 부르고 있고 또, 우리 민족인들조차도 떼놈들을 한족(漢族)이라고 칭(稱)하고 있으니 기막힐 일이다.

서방 백인(西邦白人)들은 그들이 살던 유럽과 아시아 대륙(大陸)을 합하여 유라시아(Euro-Asia)라고 부르며, 동양인을 아시안(Asian)이라고 부른다.

발음(發音)으로 또는 언어학적(言語學的)으로 생각을 연장시키면, 아(A) = 아 亞·버금 아. 시(Si) = 세 世·인간 세. 안(an) = 인 人·사람 인. 이다.

'아·亞'는 버금 아 자이며, 이것은 '버금 중·仲', 사람인 경우 仲氏·중씨, 둘째,
버금 사람이라는 뜻임. 과 같은 뜻이다.

중세기(中世紀) 서양인들은 우리 민족이 살던 땅을 아세아(亞世亞·
Asia)라고 하였다. 지금 떼놈들의 땅인 대륙(大陸)을 동방(東邦)인 우리나
라의 버금 땅인 것이며, 떼놈들을 우리의 버금인이라고 한 것이다.

또한, 동해(東海) 동쪽에 있는 왜놈들을 우리 민족 인간, 세(世)의 버금,
아(亞)인들이라고 한 것이며, 이것은 과거 우리 조상님들의 뜻을 서양인들
이 그대로 사용한 것이며, 지금도 사용하고 있는 것이다.

또한, 서방백인(西邦白人)들은 빼어나고 높은, 뜻(高志) 고지. 이 있는 빼
어난 뜻이 있는 고(高)와 고우며 아름다움(美)의 뜻이 있는 고울, 려(麗)를
우리 민족의 이름, 민족명(民族名)으로 하여 아직도 코리아(Korea·高麗)
또는 꼬레아(Corea)라고 부르고 있으며, 떼놈들은 질그릇(陶磁器·China)으
로, 왜놈들을 옻칠한 칠기(漆器·Japan)로 부르고 있다.

아세아(亞細亞)라고 하는 왜놈들이 만들어낸 말은 그 가늘 세(細)자를
보면, 대륙(大陸)과 만주·연해주 땅 대평원(大平原)에 살던 우리 조선민족
(朝鮮民族)을 의도적(意圖的)·고의적(故意的)으로 깔아뭉갠 것이며, 그놈
들의 민족주의로 우리 옛 땅과 우리 민족을 그들에게 동화시키려고 침략
한 그놈들의 정책을 대동아정책(大東亞政策)이라고 하였었다.

한편, 이것은 아세아(亞世亞)의 동쪽 즉, 우리 민족들의 세상(世上)에 끼
이지도 못하였던 버금인(亞人)들이 즉, 왜놈들이 근세에 우리나라를 아세
아(亞細亞)라고 하고, 이를 그놈들의 대동아(大東亞)라고 한 것이다.

그러므로, 세월(歲月)의 흐름에 따라 현실적으로 강대(強大)를 반복하였
던 떼놈들이 먼 과거부터 우리에게 취하였던 태도(態度) 수나라·당나라 등의
우리나라 침입 행위 등과 지난 6·25 말기 인해전술로 우리 남북한 통일을 방해한 것.
는 큰 이치적 즉, 윤리적(倫理的)이지 아니한 것이며, 독도(獨島) 문제보다
더 큰 문제(問題)인 떼놈들의 지금의 동북정책인 동북공정(東北攻征, 工

程) 그들의 동북쪽 즉, 만주 지방을 치고, 攻·칠 공, 征·칠 정 즉, 정벌한다는 의미와 그들의 것으로 만드는 것을 말하므로, 우리 민족의 옛날 단군조선부터의 우리 땅인 발해 땅이나 고구려 땅을 침략하는 것을 말하고 있는 것임. 이것을 옛날 라틴계 영국인들의 3C정책. 게르만계 독일인들의 3B정책과 같음. 과 왜놈들의 우리나라 식민지화사관(植民地化史觀) 또한 그러하다. 그 두 놈들은 우리 민족의 역사를 왜곡하며, 우리 민족의 땅을 지금도 갈라 먹기, 뜯어 먹기 질을 계속하고 있다.

물론(勿論), 우리와는 논의도 없이, 이유 없이 로스케들도 시베리아와 그 이동(以東)의 흑룡강(黑龍江) Amur·아무르강(러), 헤이룽강(중). 강변과 싱안링산맥(興安嶺山脈) 이동(以東)의 연해주 땅을 과거 우리 민족 갈래인들이 세웠던 청국(淸國)을 위협하여 그놈들의 동남진정책(東南進政策)인 천진조약(天津條約, 1858) 영국과 아편전쟁 후속조치. 북경조약(北京條約, 1860) 영국·프랑스가 알선하였음. 과 그 이전의 우리나라 효종 2년(1651) 1차 나선정벌, 2차 나선정벌(1658)에도 불구하고 청국(淸國)과 네르친스크 조약(Treaty of Nerchink·尼布楚條約·니포초조약·1689)을 체결하였고, 그 후 후속 조약인 아이훈조약(Aihun Treaty·愛琿條約·1858)으로 송화강(松華江)에서 동해바다에 이르는 지역인 옛 우리나라 연해주(延海州) 지역을 주인(主人)인 우리와는 아무런 협약이나 조약도 없이 아직도 힘(力·Power)으로 무단 강제 점령하고 있으며, 꿀 먹은 곰처럼 우리를 노려보고 있다. 미국에 팔아먹은 알라스카도 우리는 돌려받아야 한다.

고구려 광개토대왕(廣開土大王)은 우리 핏줄의 아인(丫人) 갈래인. 칭기즈칸(成吉思干·鐵木鎭干) 干·간은 王·왕 즉, 汗, 竿 중 시대가 지남에 따라 취사선택하여 쓰는 임금 王·왕이나 君·군을 뜻함. 신라왕 居西干·거서간 赫居世·혁거세 참조. 보다 앞선, 중세기(中世紀)부터 로마(Rome) 등 서방 백인(白人)들이 중동(中東, Middle East)이라고 불렀던 땅으로 그들의 영역을 크게 확장하였던 즉, 페르시아 이라크·이란 땅과 마케도니아 볼칸 반도 이집트·시리아 등을 통합하였던 서방인(西邦人) 알렉산더(Alexander, 재위 BC 356~323)보다 더욱 위대(偉大)하신 우리 민족 상대(上代) 조상님이 아니시었던가요?

광개토대왕은 수(隋)나라 떼놈들의 견제와 침입(侵入)을 받았다. 그 후에도 고구려는 당(唐)나라 떼놈들의 침입(侵入)을 계속 받았었다. 또, 6·25동란 후 압록강까지 진주(進駐)한 우리 국군에게 떼놈들은 떼거리로, 떼거지로 쳐들어 와 그나마 남아 있는 지금의 남북한만의 민족통일도 되지 못하고 민족 분열이 계속되게 한 것이다.

그 당시 미국의 맥아더 장군(Douglas Mac Arthur 將軍, 1880~1964)의 만주(滿洲) 폭격론(爆擊論) 延海州·연해주는 제외되었음. 백인 우월주의적인 러시아 미국인들이 서로 내통한 것임. 과 그 이후 유엔군(UN軍·國際聯合軍) 사령관 직에서 해임, 퇴역(解任, 退役)되었던 사실을 독자 여러분은 고려(考慮)하여 보십시오. 우리 민족이 일제(日帝)로부터 광복(光復) 후 모스크바삼상회의로 신탁통치(信託統治)를 결정하고 미군과 소련군이 분할 점령한 것 등을 포함하여 보면 백인 강대국들은 애당초부터 우리나라 통일을 아예 바라지 아니한 그들만의 국제전략(國際戰略)을 수행한 것이다. 중세기(中世紀)부터 세계의 모든 인류역사(人類歷史)는 힘센 자들이 세상(世上)을 마음대로 주무른 승자(勝者) 그들, 백인(白人)들의 몫이었다.

고세기(古世紀)부터 우리는 서방 유럽(Europe)을 구라파(歐羅巴)라고 하였다. 이 유럽은 아세아(亞世亞) 대륙에 붙어 있는 큰 반도(半島)이며, 구(歐) 자는 입으로 내뱉으며 토(吐)하여 분출한다는 뜻이 있으며, 라(羅)는 비단(silk), 파(巴)는 땅의 이름(地名) 지명. 파자이며 비천한 파충류(巴虫類)의 꼬리를 뜻한다.

그러므로, 고중세기(古中世紀) 우리 상대 조상님들의 선진문물(先進文物)이 서역(西域) 중동(中東) middle east. 과 유럽으로 비단길, 나도(羅道)인 천산남북로(天山南北路) 즉, 두 곳의 실크로드(Silk Road)와 해상비단길(海上Silk Road)dmf 통하여 전파되어 갔다는 것을 지금 우리는 알 수 있으며, 그 옛날에 우리는 유럽을 뱀같이 징그러운 파충류 꼬리처럼 비천(卑淺)하게 보았던 것이다.

독자 여러분들은 고구려 고선지(高仙芝, ?~755) 장군의 활약상을 상기(想起)하여 보십시오.

고선지 장군은 고구려가 망하자 그의 아버지 사계(舍鷄)를 따라 천산산맥(天山山脈)의 서쪽 당(唐)나라 땅 안서(安西)에 가서 사진병마사(四鎭兵馬使)에 올라 토번(吐藩) 티베트 석국(石國) 타슈켄트 등과 동맹(同盟)을 맺은 사라센제국(Saracen帝國)의 군대가 당나라에 쳐들어오자 청송마(靑聰馬) 지금도 서역 高山地方·고산 지방 땅에 많이 있는 목털이 푸른색을 띠는 밝고 총기 있는 말. 를 타고 이를 정벌하였고, 안록산(安祿山)의 반란을 토벌하기 위하여 출정(出征)하였다가 사원(私怨)을 품고 있던 부관(副官)의 밀고(密告)로 당(唐)나라 떼놈들에게 참형당하였었다.

신라(新羅)는 떼놈 당나라의 힘을 빌려 백제(百濟)뿐만 아니라 고구려를 멸망시킨 후 떼놈들을 쫓아내기 위한 수단과 노력(努力)을 한 후, 옛 즉, 고조선(古朝鮮)·한(漢) 시대의 우리 땅이었던 산동반도(山東半島) 지역에 신라방(新羅坊) 邦·방 즉, 나라·고을, 洞內·동네. 신라소(新羅所)까지 설치(設置)하였으나 지금 우리는 그 소득을 이어오지 못하고 있는 것이다.

또한, 옛 고구려 땅이었던 북만주(北滿州)의 부여(夫餘) 지방에 살던 부여씨(夫餘氏)인 흑치상치(黑齒上治)가 백제가 망하자 당나라로 건너가서 흑지방(黑地方?)을 잘 다스려 상치(上治)하였다는 것도 음미하여 보십시오.

이빨(齒) 치아 이. 이 검(黑)었던 이 분은 키가 7척(尺)이 넘었다고 한다.

가히 옛날 우리 선조(先祖)들은 대인(大人)이었다는 것을 알 수 있는 것이며, 그 당시에는 우리나라 말과 글 言語·언어와 글 文·문 은 서방아세아(西方亞世亞)에서도 통용(通用)되었던 것을 미루어 짐작할 수 있다.

그의 무덤을 19세기에 서양 백인들이 도굴하였다고 하며, 그가 다스렸던 땅은 땅이 검은 색깔인 타슈겐트, 석국(石國)과 티베트, 토번(土蕃)의 남방 미얀마(梵亞) 버어마. 까지 또, 서방(西方)인 서역(西域)이었었다.

앞에서 언급하였던 사라센제국(Saracen帝國)은, 과거 서아세아(西亞世亞) 시리아 지방에 살고 있던 사람들이 알라신(ilah·Alla神·知神?·지신) 알지·귀신 신. 과 예언자 마호메트(Muhammed, 570?~632) 이슬람교도들이 그를 성사(聖使)라고 하며 부유한 가정에서 태어났으나, 태어나기 이전 아버지가 죽고 어머니도 6살 무렵에 죽었다고 함. 부유한 15살 연상의 과부 키디아와 결혼하여 많은 자식들을 두었다고 한 아라비아 출신. 의 가르침(敎) 교, 이슬람교. 옛 십자군 전쟁 당시에는 예루살렘 왕국·Kingdom of Jerusalem은 이 종교의 지배를 받고 있었다고 생각됨. 을 믿고 자기민족(自己民族)들을 융성(隆盛)시킨 아라비아 반도를 포함한 페르시아 만 부근의 이라크와 이란 그리고 터키, 그리스와 볼칸반도 북방까지 통합(統合)하였던 이슬람교도들의 제국(帝國)을 말하는 것이다. 다시 말하면, 중세기(中世紀) 서역 백인(西域白人)들은 예언자 마호메트를 믿고 따르던 사람들을 국교(國敎)로 삼았던 나라를 일컬었던 말이다.

옛날 로마(Rome) 나라에서 살던 라틴 문화권 사람들이 시리아 지방 초원(草原)에 살던 유목민(遊牧民)을 사라세니(saraseni) 살았으냐? 라고 불렀던 데서부터 연유하였으며, 7세기경부터 이 이슬람 민족이 발흥(發興)하여 비잔틴 문화(文化) 지금의 이스탄불문화. 를 성립시키고, 가톨릭 예수교 백인(白人)들과 이슬람 회교 백인들이 각자 자신들의 생존(生存)을 담보한 종교전쟁(宗敎戰爭)인 십자군전쟁(十字軍戰爭, 1147~1456) 크게는 8차에 걸친 것이며, 이슬람교도들에게 멸망한 예루살렘 왕국·Kingdom of Jerusalem 즉, 그들의 聖地·성지 巡禮·순례를 위한 것이며, 도중에 전쟁의 성격이 변하여 동로마제국을 멸망시키게 되었음. 2차대전 종료 후 1945년 전 세계에 흩어져 있던 유대민족을 모아서 하이파이港·항에 상륙시키고 이스라엘 나라를 만들어준 미국 루스벨트 대통령은 유대인이며, 새로운 십자군전쟁의 시작이었으며 6일전쟁, 팔레스타인전쟁, 2차에 걸친 대이라크전이 시작·始作되었으며 아프가니스탄전, 파키스탄전쟁은 계속되고 있음. 을 벌리었던 것이다.

황허 유역의 흐리고 탁(濁)한 황물(荒水) 황수·수풀이 잘 자라지 아니하고 망하
는 물. 을 싫어하고, 맑은 물을 마셨던 요하(遼河) 유역에 살던 글안, 요(遼),
돌궐(突厥) 溫突·온돌을 놓아 따뜻하게 살았다고 생각됨. 굴뚝 突·돌 참조. 등등의
이름을 가졌던 고대 우리 민족들은 따뜻한 마음으로 나쁜 마음(心)이 없고
(無) 순박(順朴)한 사람들이 살던 푸순(憮順·撫順) 어루만질 무, 同字·동자임.
지방에 많이 나는 쇠(金·鐵·철)를 일찍부터 사용할 줄 알았고, 오소리강
(烏蘇里江·Ussuri River) 흑룡강과 하바로스크 부근에서 합류함. 과 흑룡강(黑龍江)
러시아명 Amur·아무르 강. 몽골지방에서 그 지류가 시작되며 松華江·송화강과 합류하여
오호츠크海·해로 흘러듦. 주변 바다에 게·명태·청어 등과 민물에 연어 등 민물고기가 많
음. 변에서 살았던 여성들이 곧고(女直) 여직. 여성들이 참(女眞) 여진. 되었던
우리 민족 갈래인이었던 여진(女眞)족들과 신라 진골 김함보(新羅眞骨金
函譜)敬順王·경순왕과 麻衣太子·마의태자의 후예라고 함. 가 세웠던 금(金)나라가
성장하여 대륙 땅과 떼놈들을 지배통치(支配統治)하였던 것이다.

세월이 지나면서 그 나라가 수도를 북경(北京) 우리 민족의 북쪽 서울. 그 전에
는 燕京·연경이 수도이었음. 으로 천도하고 나라 이름을 청(淸) 淸太宗·청태종 누르
하치·奴爾合齊·1559~1626)는 만주 심양지방 建州女眞·건주여진에서 愛新覺羅·애신각라
즉, 신라를 사랑하고 깨닫자 라는 干호 아래 神竿·신간을 세웠다고 함. 이 국기 게양대 같은
신간은 북만주 瀋陽·심양에 현존하고 있음. 그는 신라 金·김씨라고 함. 이 竿(干)·간은 초기
신라의 居西干·거서간 즉, 경주 서쪽지방 즉, 鷄林·계림에 거주하던 임금, 君·군 王·왕을
뜻하였음. 이라 하고 중화인들을 통치한 나라를 건설하였었다.

어쨌든, 만주나 연해주 시베리아 지방에 살던 사람들, 지금 세계인들에
게 만주족(滿洲族)·한족(漢族)·몽골리안(蒙古人)으로 불리는 그들은 옛
날의 우리 민족 갈래이며, 정묘호란(丁卯胡亂, 1616) 仁祖·인조의 向明拜金·
향명배금 정책으로 인함. 때 우리에게 형제의 나라임을 강요한 적이 있었다.
그후 떼놈, 명(明)나라를 치기 위한 사전 정지책으로 병자호란(丙子胡亂,
1636) 때 우리 조선(朝鮮)국과 종주관계(宗主關係) 뜻인 宗·종은 우리 朝鮮·

조선이었었고 힘(力)인 主·주는 淸·청나라이었음. 를 맺었던 것이다.

그러나, 온유한 성품(性品)으로 평화(平和)를 사랑하고 깨끗하고 눈부신 흰 옷을 입던 백의민족(白衣民族)이었으며, 그림(畵) 고대 벽화나 무덤 속의 그림 등 과 솔거 등 왜놈들에게까지 전해졌던 미술사 참조. 을 그리며 조각(彫刻) 석굴암 부처님 등. 하고 예술(藝術) 고려자기 등. 하고 노래(歌) 판소리·춘향가, 적벽가. 하고 건축(建築) 불국사·황룡사 등등. 하고 춤(舞) 처용무, 舞天·무천, 씻김굿, 마당놀이 등등. 추며 뛰어놀던 문화 민족인 우리 조상들의 피(血) 同胞·동포·民族·민족·같은 피. 와 올바른 뜻, 의지(義志) 옳을 의, 뜻 지. 를 면면히 이어오던 정통성(正統性) 있는 우리들에게 고중대(古中代)에 북방잔류민(北方殘留民) 남아서 머문 이. 夫餘·부여·지아비 부·남길 여 즉, 유민(遺民)으로 남아 있던 백성들을 말함. 이들이 단발령(斷髮令)을 내려 총각들의 긴 머리(頭) 머리 두. 자라나는 즉, 뻗어나가는 긴 머리카락을 자르는 것은 정신적으로 머리(頭) 즉, 목을 자르는 것과 같이 여겼으며, 조상들이 준 머리를 훼손할 경우 불효한다고 생각하였음. 이를 본받은 중세기 上流·상류 서양인들의 가발머리 참조. 와 어른들의 상투(上套) 머리 위에 투구·helmet를 쓴 즉, 굳센 사람. 武人·무인이라는 뜻이 있고, 맏아들·長者·장자·자손(후손)이라는 뜻이 있는 옛날 우리 민족들의 平時·평시 風俗·풍속 내지 慣習·관습이었음. 를 자르게 하는 등 잔인한 횡포를 부렸었다. 이 정묘호란·병자호란은 肉食·육식하는 북방 우리 민족과 그 당시 유교, 불교를 믿던 우리 남방 민족이 소위 慕華思想·모화사상 즉, 유교적인 明·명나라를 지향하던 관계로 우리 민족 내부 간에 일어난 난리이었으며, 민족정서를 통합하지 못한 것이다.

이 상투(上套)는 왜놈들이 우리를 본받아 그놈들의 쇼군(將軍) 중앙통치자. 다이묘(大名) 지방 영주. 사무라이, 무사(武士) 우리나라 서부 백제 땅에 살던 "싸울아비"라는 말은 왜놈 皇家·황가가 백제 나라가 망하면서 倭列島·왜열도로 流民·유민이 되어 피난? 갔을 때의 물 건너 간 말임. 아비 父·부 자는 도끼를 손으로 쥔 그림의 상형문자인 것도 참조. 들이 우리를 본받아 틀었었다.

면면히 이어오던 우리 단고조선(檀高朝鮮), 한(漢), 고구려(高句麗), 고려

(高麗) 민족의 맏종손(宗孫)인 우리들이 세웠던 근세조선(近世朝鮮) 나라에 대하여 고대(古代) 북방 잔류 우리 민족 일부인들과 떼놈들, 로스케들, 왜놈들이 부린 수많은 횡포는 용납(容納)할 수 없는 것들이다.

영화에 나오는 인(人)디언의 추장(酋長)·두목(頭目)·수장(首長)은 언제나 빼어난 맏이, 장자(長者)와 함께 의논하고 출정(出征)하지 아니하던가? 언제나 그 족장(族長)님은 지혜롭고 경험 많은 노인이었고, 그 수장(首長·酋長) 추장. 은 그의 부족(部族)과 자손(子孫)들과 행복한 삶을 같이하고 슬픔을 같이 하는 현장(現場)의 선봉에 서 있었다.

언제인가? 이 우주가 탄생하고 태양계와 지구가 생겨난 후 또, 수많은 세월의 시간이 지나고 나서 대륙(大陸) 땅 황허유역(黃河流域)에서 비로소 창세기원(創世紀元)을 열고 펼치신 이상(以上)과 같은 우리 민족의 역사를 간접(間接) 증명하는 것이 서양백인(西洋白人)들이 말하고 있는 『구약(舊約)』 Bible. 의 「창세기편(創世紀編)」과 같은 것이다.

백인(白人)들은 그들의 가계(家系) 갈래 그림 즉, 가계도(家系圖)를 가족나무(家族木) 가족목·family tree. 라고 한다. 우리로 치면 족보(族譜)이다.

우리 민족은 무성하게 철따라 대(代)를 이으며 자라나는 수목(樹木)처럼 계속해서 그 갈래를 뻗어나가면서, 그 본순(本筍)에 해당하는 우리 민족(民族)의 본아들계(本子系) 본자계. 즉, 본손(本孫)들은 세계(世界·World)로 뻗어가며 태양(太陽)과 우주(宇宙)를 향하여 하늘로 솟아오른다.

지금 우리 정보통신(情報通信)·조선(造船)·자동차(自動車)·해외건설(建設)산업, 학계(學界)의 생물유전공학 등의 줄기세포 연구 결과와 스포츠(Sports), 체육(體育)계와 연예(演藝)계의 한류(韓流) 漢流·한류 즉, 큰 씩씩한 사나이들의 流行·유행이라는 말로 고쳐야 함. 등이 바로 그것이다.

여기서 한 가지 더 말할 것은, 과학기술(科學技術)의 시간적 주요성(主

要性)이다. 만약, 임진왜란이나 병자호란 당시 우리나라 국군이 지금 쓰고 있는 M-16 소총 100자루만 가졌었다고 생각하면 어떻게 되었겠는가?

왜놈(倭者), 호로(胡露·狐露)새끼들뿐만 아니라 전 지구 세계를 통문(通門)하였을 것이다. 신기술 개념은 한 발짝만 먼저 가도 세계를 제패할 수 있다는 말이다.

앞으로 우리는 어떻게 하여야 할지 독자 여러분들은 고려(考慮)하셔야 합니다. 다만, 우리보다 앞서가는 자들이 모든 고급의 상표권(商標權), 특허기술(特許技術)을 포함한 과학기술로 세계를 휩쓸고 있다는 것만을 아신다면 그만인 것인가요?

지금(2008) 어떤 망나니 변호사와 정의구현사제단이라는 서양 간첩, 용간(用間), 서양 귀신(鬼神)의 신부(神父·God father) 놈들이 세계 일류화 된 우리 삼성기업(三星企業)을 도륙하고 있다.

빨갱이, 무산인민주의자(無産人民主義者·Proletalia Populist)들에게 영합(迎合)하는 인민인기영합주의(人民人氣迎合主義) 정치인 놈들이 빈대 잡으려고 초가삼간(草家三間) 태우는 짓거리를 민주정치(民主政治)라고 하고 있다. 한심(閑心)한 놈들이다.

또, 공영방송인 한국방송(漢國放送, KBS, Korea Broadcasting System)의 존재 이유는 무엇인가? 우리 정치 방향이 옳고 바르다는 방송을 하여 우리 민족을 강성화 하는 방향으로 민족 정서를 끌고 가야 할 놈(者)들이 계속적인 평준화 정책 즉, 무산인민주의(無産人民主義·Proletalia Populism)를 선전 선동하고 있으며, 공영방송(共營放送)의 언론(言論)의 자유(自由)와 독립(獨立)을 요구하고 있다. 과연, 그 언론의 자유와 독립의 목적(目的)은 무엇인가? 그놈들, 인민(人民·Proletarian)들만의 공영방송인가? 우리나라 인민민주공화국화(人民民主共和國化)인가? 사장(社長)인 정XX과 그 추종좌익세력들의 목을 계속 붙여두어 DJ·NH 정권의 과거 이념(理念·Ideology) 즉, 무산인민주의(無産人民主義) 나팔수로 남겨서 지속적인 인민공화국(人民共和國) 추진을 도모하기 위함인 것인가? 2008. 8.

지금의 우리 한(韓)민족은 한(漢)민족이며, 고려(高麗)민족, 고구려(高句麗), 고조선(高朝鮮)의 본순(本荀)이며 본줄기 민족이다.

또 다시 말한다면, 우리는 고조선(高朝鮮), 한(漢), 고구려(高句麗), 고려(高麗), 조선(朝鮮)으로 면면히 핏줄을 이어져 내려온 정통성(正統性) 있는 단군의 빼어난 본 후손(本後孫)들이며, 홍익인간(弘益人間) 크게 더하는 사람 사이. 정신으로 이화세계(理化世界) 이상적인 관계를 가진 인간들의 界·계 즉, 場·장. 를 의도하신 우리 최상대 임금님, 단(檀) 임금님을 민족의 오직 한 분뿐인 절대신(唯一任 絶對神) 유일님 절대신, 약 20세기의 전반까지의 우리 민족의 天皇·천황·天王·천왕신 즉, 檀君神·단군신과 그의 周易·주역사상을 合一·합일한 神·신을 말함. 여기서 周易·주역은 自然·자연·Nature 을 말함. 으로 마음속에 모시고 있는 우리 민족(民族)인 것이다.

지금 서양귀신(西洋鬼神)을 절대신으로 모시고 있는 서양종교(西洋宗敎)인들의 십일조(十一條) 헌금으로 하는 사회복지사업(社會福祉事業) 즉, 그들의 정당성(正當性) 무기(武器)로 삼고 있는 종교사회주의(宗敎社會主義·Religion Socialism)는 우리 민족들의 가족주의(家族主義)와 국가주의(國家主義)를 방해하고 비판한다. 지금 서양 종교(西洋宗敎)와 불교(佛敎)의 목자(牧者)들이라는 건방진 놈(者)들 즉, 추기경, 신부, 목사, 승려들은 우리 국가에 세금 한 푼 내지 아니하고 서양 귀신(西洋鬼神)을 팔아먹고 살고 있으며 또, 우리 민족인들에게 십일조와 시줏돈으로 울궈 내어 빨아먹는 우리 민족인들의 기생충인 것이다. 그들의 우리 정치 참여(政治參與)는 안 될 말이며, 그들의 세금 내지 아니한 재산(財産)인 성당, 교회, 사찰 등 부동산과 사찰림(寺利林)은 국유화(國有化)하여야 한다.

아홉 번째, 고려시대 우리 민족은 세계(世界·World)의 중심에 있었다.

삼한(三漢)의 남부만을 부분 통일하였던 신라 말기(新羅末期)에는 뻗어 나갈 개척지(開拓地)가 부족하고 또, 한 곳에 머물러 있은 지가 천년 가까이 되었었다. 요즘 말하고 있는 변화(變化)와 개혁(改革)이 요구(要求)되는 시대가 도래(到來) 되었던 것이다. 때문에 뜻(志)이 컸던 왕건에게 경순왕이 복속하였었고, 삼베옷을 입은 마의태자(麻衣太子)는 금강산(金剛山)으로 들어간 것이다. 지금 불교의 金剛經·금강경·금강반야바라밀경은 이때 만들어진 佛敎經典·불교경전일 것으로 생각된다.

우리 민족끼리 큰 싸움(戰爭) 전쟁. 없이, 과거 우리 민족의 땅을 찾아가는 큰 뜻을 가진 고려 나라에 복속되는 과정에서, 단군의 인본주의 홍익인간정신(人本主義弘益人間精神)의 발로(發路)인 동맹(同盟)·영고(迎鼓)·무천(舞天) 등 고구려시대(高句麗時代)의 우리 민족축제(民族祝祭) 같은 뜻이 주요인(主要因) 또는 지배요소(支配要素)로 작용되어 민족통일(民族統一)이 되었던 것이다.

고려 태조(高麗太祖) 건(建, 877~943) 本貫·본관이 開成·개성이라 하고 있으나 신라 수도 金城·금성 출신임. 이름 若天·약천, 諱號·휘호는 建·건, 시호는 神聖·신성. 은 신라(新羅)의 수도(首都) 지금의 경주, 금성(金城)에서 태수(太守) 지금의 경주시장직과 경찰청장직을 합한 수령. 를 지낸 융(隆)의 아들이다.

895년, 그의 아버지 융(隆)을 따라 궁예(弓裔) 활의 후예라는 뜻 의 휘하(諱下)에 들어가서 전라북도의 완주(完州) 지금의 전주·과거에는 完山·완산이라고도 함. 全州李氏·전주 이씨들의 本貫·본관. 와 전라남도 나주(羅州) 비단의 고을이라는 뜻이며, 과거 장보고가 통치하며 비단 무역으로 장사를 하던 곳 羅州·나주 라씨들의 本貫·본관. 충청북도 청주(淸州) 禾·벼농사를 짓던 청주 한씨들의 本貫·본관. 지방을 공정(攻征)하고 913년, 시중(侍中) 지금의 국무총리 격. 이 되었었다.

고려 태조의 이름, 명(名)은 약천(若天)이었고 성(姓)은 없었으나 그가 승승장구(乘勝長驅)할 당시 만나는 모든 백성들과 고승(高僧)들이 야생의 짐승들과 부랑자들에게 위협을 주고 쫓을 목적(目的)으로 창(槍·戈)처럼 들고 다니던 지팡이를 길바닥 땅위에 공손(恭遜)히 놓고 국궁(鞠躬) 지금 서역 고원지대 인들이 나무판자 장갑을 끼고 가죽 앞치마를 두르고 엎드려 절하면서 수도하는 사람 행렬 참조. 두 손을 모아 가슴에 붙이고 활처럼 몸을 굽혀서 하는 지체 높은 사람에게 禮·예를 드리는 자세. 스님들이 합장하여 고개를 숙이며 두 손 모아 인사하는 것도 이와 같은 맥락임. 떼놈들의 옷소매 자락에 두 손을 넣어 상대방을 해칠 의도가 없음을 보여주며 허리를 굽힌다든가 武藝·무예, 工夫·쿵후 시합에서 두 손을 恭·공하면서 허리를 굽히는 예도 또한 같은 맥락임. 쿵후에는 단단한 박달나무 棍棒·곤봉을 사용하였음. 이 쿵후를 한자로 쓰면 工夫·공부임. 이 工夫·공부는 지아비 부·만들 공 즉, 지아비·어른·大人·대인, 혼인시켜 완전한 成人·성인을 만드는 과정의 古代·고대 우리 민족 武藝·무예였던 것이며, 正義·정의롭게 자기 삶을 지키고 개인이 주체성 있는 삶을 살기 위해서는 반드시 武藝·무예가 필요하다는 뜻임. 우리 민족은 인생길 즉, 道·도인 택견(지금의 跆拳道·태권도, 空手道·공수도, 合氣道·합기도) 등과 肉術·육술, 지금의 유도·씨름 등 다양한 신체와 정신을 굳세게 하는 武藝·무예를 수련하였음. 하였었다.

이는 공수(拱手) 두 손을 모음. 하여 상체를 굽혀 절(折)하며, 읍(揖) 사양하고 겸손해 하는 것. 과 같은 것이다.

지금 떼놈들의 젊은 여인들이 남편감으로 적당한 남성에게 만나기를 청할 때 "쿵후(工夫)할 시간이 있습니까"라고 말한다. 당신을 나의 지아비 부(夫)로 만들(工) 만들 공. 려고 합니다. 시간 있습니까? 그 여자들은 노골(露骨)적이고 직설적인 언어를 쓰고 있다. 과연 체면 있는 계집, 녀(女)들인가?

같은 공부(工夫)를 떼놈들은 굳센, 무(武)로, 우리는 문(文) 學問·학문적.으로 시각(視角)에 따라 다르게 사용하고 있으므로 누가? 평화적(平和的)인 민족인지? 독자들은 알 수 있을 것이다. 또, 중화녀(仲華女)들은 시간을 주요시(主要視)하고 있음도 독자들은 감(感) 잡을 수 있을 것이다.

그러나, 지금 우리나라의 특히, 대학생층 젊은이들은 무량충(無量虫) 時間·시간을 파먹는 바구미·벌레. 이 같이 시간의 주요성을 모르고, 공부를 게을리하고 무산인민민주(無産人民民主·Proletalia Populist Democracy) 사상에 집착하고 화양년 정신문화(化洋年精神文化)에 휩싸여서 허벅지가 보이는 짧은 치마, 유방(乳房)이 돋보이는 상의를 입고 막연한 시위와 남녀관계 잡질(男女關係雜事)에만 골몰하고 있다. 기막힐 일이다. 물론, 정신 나간 40~50대 장년층(壯年層)과 노장층(老壯層)도 마찬가지이다.

흙, 토(土) 자 위에 한 일(一) 자의 지팡이를 얹어 놓은 형상문(形象文)이 왕(王) 자이다. 고려(高麗)가 발흥(發興)할 당시 만민(萬民)들은 고려태조, 건(高麗太祖, 建)에게, 야생 짐승들을 쫓기 위한 방어 수단으로 또, 위협할 목적으로 사용하던 창(槍·戈)으로 또는, 곤봉(棍棒) 몽둥이. 으로 쓰던 지팡이를 땅바닥에 내려놓고 국궁(鞠躬) 지체 높은 사람에게 존경의 뜻으로 몸을 굽힘. 즉, 두 손을 모으고 공손하게 揖·읍함. 하였던 것이다.

이와 같은 지팡이를 지금, 들고 다닐 자격도 역사적인 傳統·전통도 없는 로마 敎皇· 교황이 金·금(gold)으로 지팡이를 만들어 들고 다니면서 종교 권위를 행사하고 있으며, 서양 종교의 牧師·목사나 神父·신부라는 자들도 우리 순백의 백의민족의 옷, 저고리나 道布·도포자락의 목둘레에, 어린 날을 겪고 난 후 성장한 사람에게 상서로운 뜻이 깃들기를 바라는 깃 즉, 全襟·동정을 본받은 로만 칼라(Roman Color)를 목에 두르고 있다.

그러므로, 고려시대 이전에는 일부 귀족들과 토호(土壕) 즉, 큰 세력자들만이 본관(本貫)과 성(姓)이 있었으며, 국호를 고려(高麗)로 정하고 연호(年號)를 천수(天授)라고 짓고 고려 태조(太祖)로 등극하였던 경주 출신(慶州出身) 약천(若天)의 성(姓)이 왕(王)씨로 되었던 것이다.

다시 말하면, 지금의 개성인 송악(松嶽)에 도읍(都邑)을 정하여 개경(開京) 즉, 서라벌·새벌·서울을 다시 열고 고려(高麗)나라를 세웠다는 뜻으로, 이름을 건(建) 세울 건. 이라고 칭하고 우리 민족의 임금, 왕(王)이 되었던 고려 태조 왕건(王建)인 것이다.

고려 태조 왕건은 북진융화정책(北進融和政策)을 폈으며 전라도 나주(羅州), 전주 지방과 경기도 이천과 광주, 강원도 강릉(江陵) 즉, 명주(溟

州)와 경상북도 금릉(金陵) 아자개 참조, 충청도 청주(淸州) 지방의 백성들을 구휼(救恤) 굶주림을 살펴줌. 하고 그 지방의 토호 세력자들 여식(女息)을 아내로 삼아 여러 부인(夫人)을 맞아 들여서 혈맹(血盟) 관계를 유지하였었다.

이것은 고려 불교 세력가들의 풍기문란(風紀紊亂)의 한 원인(遠因)이 되었다고 여겨진다.

또한, 그는 불교(佛敎)를 호국신앙(護國信仰)으로 삼아 법회(法會) 불법 강좌. 野壇法席·야단법석이라는 말 참조. 를 열고 전국 각처에 중(衆)들의 수련장이며 거처(居處)인 절을 세웠으며, 그는 죽기 전에 박술희(朴述熙)에게 「훈요십조(訓要十條)」의 유훈을 남기었다. 그의 무덤은 현릉(顯陵)이며, 지금 개성(開城)에 있다. 이 현릉 이외의 고려 왕실 후대(後代)와 그 척족들의 릉(陵)이나 무덤이 남아 있지 아니한 것은 고려시대 고려장(高麗葬) 풍습 때문이 아닐까 생각된다.

신라(新羅)가 멸망할 당시에 성골(聖骨)이었던 박(朴)씨족들의 한 파(派)는 지금의 경남 밀양으로 피난(?) 갔다고 한다. 그 족장(族長)은 무리들과 함께 당시로 보아서는 원시림(原始林) 속에서 버려진 땅, 밀양(密陽)의 은밀한 산(山) 속으로 도피하여 해자를 파서 성(城)을 쌓고 꿀벌처럼 숨어 모여 살았다고 한다.

그 무리, 중(衆)들을 이끌던 토호(土濠) 토착 세력자. 가 밀성대군(蜜城大君·密城大君) 신라 29대 景明王·경명왕의 八大君·팔대군 중 큰이들. 赫居世·혁거세의 30世孫·세손, 京明王·경명왕의 아우 30대 景哀王·경애왕은 아들과 함께 포석정에서 후백제 견훤군에게 죽임을 당하였음. 이다.

밀성대군의 일족(一族)들은 다시 흩어져서 지금의 청도(淸道) 경산(慶山) 지방에 살고 있는 밀직군파(密直君派) 密直君 中美·밀직군 중미는 密城大君·밀성대군의 15世孫·세손. 이다.

지금 동대구(東大邱) 부근에 있는 이 밀직군(密直君)의 큰아들인 부원군(府院君)의 부인(夫人) 무덤이 가묘인 것은 이성계(李成桂)의 둘째 왕비 소생의 공주이었으므로, 태종(太宗) 이방원(李方遠)이 번쩍이는 갑옷을 입고 말을 타고 직접 군사들을 이끌고 와서 부관참시(剖棺斬屍) 죽은 뒤에 죄상이 드러나서 무덤을 파서 관을 쪼개어 시체의 목을 베는 극형. 하였다고 한다.

이때, 이방원의 서모(庶母) 출생 방석(方碩)과 방번(方番) 형제들을 이성계의 장자(長者)인 방원(方遠)에게 도륙(屠戮) 잡혀서 죽임을 당함. 당하였을 것으로 여겨진다.

그 후 밀직군의 장손(長孫)은 고려 왕실(王室)의 후예들인 옥산전씨(玉山全氏) 慶山全氏·경산전씨라고도 함. 가문에 새로 장가들어 부원군(府院君)의 칭호를 얻고 후손을 번창시켰으며, 옥산전씨 가문(家門)과 합하여 화수회(花樹會)를 조직하여 지금도 그 후손들은 강성회(强盛會·講先會) 講先會·강선회는 强盛會·강성회가 정치적 성격의 이름이므로 중앙 세력자들의 눈을 피하여 강선회라고 隱名·은명, 숨은 이름을 한 것으로 보임. 이조 초기의 고려 복원을 위한 난리 참조. 지금 서울 남쪽의 觀岳山·관악산은 고려 복원을 企圖·기도하던 선비들이 조선의 도읍 漢城·한성을 건너 松岳·송악 즉, 고려 도읍이었던 개성을 바라보며 탄식하던 山·산이라고 이름 붙인 것임. 큰 산 岳·악자는 嶽·악자의 고자, 옛글자. 라는 모임을 아직도 가지고 있다.

물론 도중에 중앙세력자(中央勢力者)들과 지방 토호(土濠)인 박(朴)씨들 간의 난리에 의해 장자급(長者及)들은 뿔뿔이 흩어지기도 하였다고 한다.

이 밀직군파의 약 20~25대손(代孫) 후손들이 지금의 경산·청도·영천·동대구 팔공산 주위에 지금도 흩어져 살고 있다. 도중(途中)에 임진왜란이 터지자 우리 민족의 한길, 대로(漢道·大路)의 하나 부산 금정산성 만덕고개, 밀양, 청도, 경산, 대구, 추풍령을 지나는 黃山道·황산도 참조. 이었던 부산·언양·영천·경산(慶山)의 용성면(龍城面) 옆으로, 고산면(孤山面)의 성동(城洞) 봉화대가 있었으나 왜놈들이 보급로 수비를 위한 哨所格·초소격의 적은 城·성을 지었음. 을 지나 대구·왜관·문경세재, 조령(鳥嶺)·충주·남한산성(南漢山城)·서울 천호동 나루터·한양(漢陽)으로 지나다니던 왜군(倭軍)들을 응지산(鷹智山) 경북 경산 소재. 에서 내려다보시다가 기습 공격하시어 왜군들의 전쟁물자(戰爭物資)를 획득하시었고 또, 군사정보(軍事情報)를 얻기 위하여 아들과 함께 자산성(紫山城) 대구시 수성구 욱수동 자산에 있음. 을 만드시고 연병장을 기와 벽돌, 전(塼)을 깔아 말을 타고 군사들을 훈련하시던 조선 선조(宣祖) 시대의 병조참의(兵曹參議)께서 왜놈들의 공격과 추격으로 전라도에 있던 곽재우 장군의 의병대가 있는 곳으로 도피하시다가 지금의 구마고속도로(邱馬高速道路) 현풍휴게소 건너 낙동강(洛東江)을 건너시다가 물속에서 아들과 함께 전사(戰死)하신 선조 할아버지도 계시었다고 한다.

그 할아버님의 28세 후처(後妻)는 자산(紫山) 건너 깊은 산속 토곡(土谷) 토굴 속에 숨어 사시다가 낳은 유복자(遺腹子)가 봉토(封土) 봉건군주 光海君·광해군? 仁祖·인조?가 지방을 다스리기 위하여 하사하신 토지. 를 받아 후손을 번창시켰으며, 아직도 그 후손들은 영천(永川)·경산(慶山)·자인(慈仁) 팔공산(八空山) 주위 등지에서 흩어져 살고 있다.

그 당시는 온 우리 국토(國土)가 싸움 바닥이었던 것이다. 지금 그분의 후손들은 솔일제(率一齋)라는 제실을 짓고 조상신(祖上神)으로 모시고 있다. 그 외의 본관(本貫)을 가진 8대군(八大君) 박씨(朴氏) 高靈大君·고령대군 고령박씨, 江南大君·강남대군 順天朴氏·순천박씨 등등. 들과 밀성대군(密城大君)의 각파(各派)에 대해서는 필자는 잘 알지 못한다.

정유재란 때 왜놈들의 일부(一部)는 부산 다대포(多大浦), 하단(下端) 지방, 구포(口浦), 낙동강(洛東江) 하구로 하선(下船)하여 김해(金海) 신어산(神魚山) 옆으로 하여 밀양의 좌측을 거쳐 전주(全州)까지의 전라도 지방과 청도·경산·대구 지방 가까이까지 침공하였다고 한다. 전라좌수사 이순신 장군과 거북선 그리고, 왜놈들의 열악한 조선술 때문에 제물포(濟勿浦) 지금의 仁川·인천. 로 상륙하지 못하였던 것이다.

그 후에 근세 일본 제국주의(帝國主義) 日帝·일제·왜놈들의 임금나라주의자들. 帝·임금 제, 國·나라 국. 大和魂·대화혼(야마토 다마시) 즉, 우리나라 儒佛仙·유불선사상 등 대륙사상에 물들지 아니한 왜놈들의 古神道·고신도—지금 왜놈들은 대동아전쟁, 태평양전쟁 후 전사한 왜놈들의 조상신을 合一·합일시켜 靖國寺·정국사에서 合一神·합일신으로 모시고 있음— 참조 는 지금 밀양에 있는 철근 콘크리트 구포교(口浦橋)를 건설하여 낙동강(洛東江) 김해 지역의 옛날 가락국 동쪽에 있는 강. 을 건너 통행하였으며 지금도, 그 철근콘크리트 다리는 남아 있으며 삼포(三浦) 부산·인천·원산을 말함. 조선 世宗·세종 때의 삼포인 진해의 熊川·웅천, 동래의 乃而浦·내이포, 울산의 鹽浦·염포와는 다름. 개항을 우리에게 강요하여 제물포(濟物浦)를 개항(開港)한 것이며, 이 도시의 이름을 왜놈들이 인천(仁川) 지금 그곳에 왜놈들이 만든 서울까지 도달하는 수로·운하가 있었음. 으로 지어 붙인 것이다.

이 옛길, 고도(古道)를 통하여 김해(金海)로부터 밀양(密陽)을 거쳐 신라시대에 김유신(金庾信)이 지금의 경산(慶山) 지방으로 와서 종전부터 그곳에서 살고 있던 원효대사(元曉大師)와 함께 경북 경산(慶山) 불굴사(佛窟寺)에서 수도(修道)하였다고 한다. 이 유적이 지금 영남대학교(嶺南大學校) 부근의 여러 유적(遺跡)과 함께 남아 있다.

또한, 지금의 경부선 철로의 경산역 남쪽 삼성역(三聖驛) 부근과 성암산(聖巖山), 남성현(南聖峴) 부근에 살았다는 세 성인, 3성(三聖)은 『삼국유사(三國遺事)』 저자 일연대사(一然大師)와 원효·설총 부자(父子)를 말한다. 이 세 사람의 속성(俗姓)이 박(朴)씨이다.

신라시대에는 소승(小乘)적 식자(識者) 위주의 불교(佛敎)를 믿지 아니하는 사람은 속인(俗人)이라 하였다고 한다. 소위, 머리 깎은 중(中) 곧고 바른 삶을 사는 즉, 中庸·중용·바르고 떳떳함을 행하는 사람. 들이 하는 불교는 소승

불교(小乘佛教), 불법을 듣고 배우기 위하여 절에 다니는 일반인 즉, 중(衆)
여러 사람들 들이 부처님(佛)의 가르침을 받는, 받아들이는 불교(佛敎)는 대
승불교(大乘佛敎)라고 필자는 알고 있다.

불자(佛子)들의 수도처인 절(寺)에 가보면 대웅전(大雄殿) 경북 봉화 淸凉
寺·청량사의 대웅전은 琉璃(유리 ?~18, 고구려 동명성왕의 아들. 黃鳥歌·황조가를 지어
부인을 그리워하였으며 도읍을 졸본성에서 국내성으로 옮겼으며 鮮卑族·선비족을 공략
하여 항복을 받았음) 寶殿·유리보전이다. 에는 반드시 남성(男性) 부처님들뿐이
다. 이것은 무엇을 뜻하는 것인가?

이러한 점은, 서양 종교의 구약(舊約) 구절에 있는 "이방인(異邦人) 남자
(男子)는 모두 죽이고 여자(女子)와 재물(財物)은 약탈하라"와 우리 선대
고려조(高麗朝)의 대원(對元) 나라 여자공출(女子供出) 奇·기 王后·왕후 還鄕
女·환향녀 참조 등을 찬찬히 음미하여 보면, 자연상태(自然狀態)의 사자(獅
子·Lion) 무리들처럼 사람의 본성(本性)은 강(强)한 힘센 남성(男性)들이
여성(女性)들을 이끌면서 그 영향 하에 두고 데리고, 같이 살아왔던 것이
아니었던가? 남녀(男女) 간은 서로 개성(個性)과 특징(特徵)이 다른데 지금
처럼 굳이 성평등(性平等)을 다투는 것은 무의미(無意味)한 것이며, 지금
우리나라 선비(士·儒)들의 주의주장(主義主張)인 가부장(家夫長)제도의
장점을 보수(保守)하는 것이 진정한 인간들의 삶이 아닐까 생각된다.

한편, 우리 만백성(萬百姓) 모두는 각자 조상님의 업적(祖上業蹟)을 찾
아내어 우리 민족 모두가 자긍심(自肯心)을 살려야 한다.

지금 인민평등(人民平等) 이념(理念·Ideology)의 한 갈래 사상인 남녀
성평등이념(男女性平等理念)으로 가부장제도(家夫長制度)인 호주제도(戶
主制度)를 없애버렸는데, 남녀(男女)가 우선은 평등하나 후손 2~3대(代)로
내려간 후대(後代)에는, 옛날 미개(未開)하였던 시대처럼 만백성(萬百姓)
전부가 성(姓)이 없어지고 조상(祖上)이 없어지게 된다는 것 헌법 재판관들
의 판결은 우리나라 전통 가족제도를 애비없는 자식들로 구성되게 만들어 인간 세상

을 소위, 개판(狗板·犬板)으로 만든 것이다. 을 독자들은 고려(考慮)하시고, 무엇이 두려운지 본관(本貫)·본적·출신지·출신 학교, 심지어 자동차번호판의 본적 등을 없애는 제도(制度)를 만들어 그 근본(根本)을 숨기고 부랑(浮浪) 근거 없이 떠돌아다니며 함부로 행동함. 하는 경향이 있는 바, 잘못이나 잘못하고 있는 점은 지금부터라도 고쳐나가면 아니 될까요(要)?

이러한 가부장제도, 본적지, 출신지, 출신 학교 제도 등을 자유(自由·Freedom)나·평등이념(平等理念·Equality Ideology) 사람은 평등하다는 각자의 이상적인 생각. 에 맞추기 위하여 없애 버리면 모든 그 소속집단(所屬集團)에 유기체(有機體)적으로 참여하여야 할 각 개체인(各個體人)들은 근거 없이 떠도는 떠돌이, 부랑인(浮浪人)의 신세를 면치 못할 것이다.

여말(麗末) 조초(朝初)의 육진(六鎭) 개척, 효종(孝宗)의 북벌계획 등 북진정책(北進政策) 羅禪征伐·나선, Russia 정벌 포함. 은 우리나라의 융성을 위한 구토회복(舊土回復)을 위한 북방정책(北方政策)이었으며, 고려시대나 조선시대의 몽골이나 글안(契丹) 거란. 여진족의 침입은 북방(北方)에 잔류하며 살던 사람들의 남쪽 사람인 고려와 조선 초기에 취한 북진정책과 육식(肉食) 금기, 살생(殺生)을 금기시하던 우리 불교사상(佛敎思想)과 유학사상(儒學·儒學思想)에 대한 반발(反發)인 것이다.

요동(遼東) 요하 동쪽 지역. 정벌 사령관으로 출정(出征)하였던 최영(崔塋) 장군의 본관(本貫)은 동주(東州)이다. 지금 중국 하남성(河南省)의 낙양(洛陽) 부근이다. 최영은 압록강 서쪽 8참(八站) 驛馬·역마가 쉬는 곳 을 공정(攻征)하고 홍건적을 물리쳤으며, 김종서(金宗瑞)도 육진(六鎭) 이 육진이 지금 어디까지를 말하는 것인가? 왜놈들이 육진의 위치를 조작한 것인가? 그 당시에는 그 以北·이북 땅에는 사람들이 많이 살지 아니하였던 것인가? 世祖·세조 때 함길도 李施愛·이시애난도 참조. 개척(開拓) 후 여진(女眞) 지방의 참(眞)한 여인(女人)을 데리고 온 적이 있었다. 지금 러시아 테니스, 체조선수 등을 연상하면 잘못된 것인가? 러시아에 우리 피가 섞여 있다는 말이다.

고구려 동명성왕(東明聖王)의 어머니이었던 하백녀(河伯女)의 전설 같은 우리 역사를 독자들은 음미하여 보시기 바라며, 고려 시대와 조선 초기 시대에는 지금의 만주 지방, 시베리아까지 우리 민족들이 살고 있었던 우리 영토권(領土圈)이었다는 것을 나는 말하고 있는 것이다.

고려 말 이성계(李成桂)의 위화도 회군(回軍)으로 우리나라 구토 회복을 위한 요동정벌(遼東征伐)은 실패하였다.

동주(東州)는 지금 중국 땅의 동주(東周) 나라의 집성촌(集姓村) 土濠村·土壤村·토호촌, 흙이나 물 해자를 빙 둘러서 만든 성, 토호를 중심으로 사람들이 모여 살던 곳. 을 말한다.

경북 영천(永川) 북쪽에 있는 청송 주왕산(周王山)은 주왕(周王)이 도피해 와서 숨어 살았다는 우리나라의 국립공원(國立公園)이다.

주왕은 황허 상·중류 지방에 있던 그 당시 주·은(周·殷) 周時代·주시대는 여인천하이었다고 함. 西周·서주 나라의 마지막 왕, 幽王·유왕의 後妻·후처로 얼굴 미인인 찡그린 褒姒·포사의 얼굴 주름살을 펴기 위하여 그 여자를 웃기게 하는 신하에게 賞·상을 주게 하였는데, 어떤 신하가 烽火·봉화를 올리고 외적이 침입하였다고 하여 주왕괴 포사가 그 신하와 함께 城·성으로 줄동하여 거짓말이라는 것을 확인한 포사가 웃었다고 함. 그 후, 서양판 牧童·목동과 늑대 동화 같은 행위로 인하여 오랑캐(秦·진나라)의 침입을 막지 못하고 그 후예들이 동방으로 도피하여 東周·동주 나라를 세웠음. 이때 西周·서주 나라가 건설하였던 성벽이 진시황의 만리장성 증개축에 포함시킨 그 성의 일부가 남아 있으며 동방으로 피란하여 東周·동주가 됨. 한편 帝臣·제신?이라고 한 殷·은왕은 妲己·달기의 치마폭에 싸여 죄인들을 炮烙之刑·포락지형—불에 달군 구리 기둥에 기어 오르도록 하여 온몸에 화상을 입히는 형벌—을 하였다고 한다. 나라의 임금은 우리 민족 갈래인 이었었다고 생각된다.

당시 이 두 곳에서 일어났던 정치 상황을 나는 잘, 확실하게 해석할 수 없다. 역사가(歷史家)인 누군가가 설명해 주기를 기대한다.

독자들은 당시 고려(高麗)의 수도가 개경(開京) 열 開·개, 서울 京·경 즉, 신라시대의 서울·서라벌을 새로, 다시 연 것임. 이었으며, 지금 떼놈들의 인민공화국 수도가 애신각라(愛新覺羅) 신라를 사랑하고 깨닫자. 청왕조(淸王朝)의 북경(北京) 베이징·우리 민족의 북쪽 서울. 이다. 또한 대륙 남쪽 땅에 남경(南京) 난징·남쪽 서울. 이 있었고, 지금 우리나라 경주(慶州)가 동경(東京) 동쪽 서울. 이었으며, 지금의 평양(平壤)이 서경(西京) 서쪽 서울. 으로 불리어졌음을 우리 민족 독자들은 음미하여 보십시오.

또한, 요승(堯僧·妖僧)이라고 인식되고 있는 묘청(妙淸, ?~1135)의 서경(西京) 평양 천도(遷都) 주장은 무엇을 뜻하는 것인가요? 이것을 지금 행정수도(行政首都) 천도와 우리 민족의 장래와 관련지어 독자 여러분들은 음미하여 보십시오.

지금 왜(倭) 땅에는 그놈들의 오래된 서울인 교토, 경도(京都)가 있으며, 후일 도쿄, 동경(東京) 동쪽 서울. 으로 천도하였다. 왜놈들은 예전의 도읍(都邑)인 교토를 서울, 경(京)이라 하지 아니하고 도(都) 자를 무슨 연유로 추가하여 경도(京都)라고 하였을까?

또, 천도하면서 왜 우리나라의 동경(東京) 즉, 옛날의 우리 경주(慶州) 이름을 썼을까? 통일(統一)된 왜놈들은 임진왜란에 패하고 난 후 에도막부(江戶幕府)를 에도(江戶) 지금의 도쿄·東京·동경 지역. 에 건설하면서 도쿠가와 이에야스(德川家康)는 자신들의 수도(首都)를 동경(東京)이라고 이름 붙여 그들의 민족인 왜(倭) 왜소할 왜. 가 개화(開化)되었다는 건방진 생각을 한 것이 아니었을까?

독자들은 지금 우리 수도가 서울(京) 경 즉, 신라시대의 새벌·서라벌. 이라는 것을 새겨 보아야 합니다. 고려(高麗)·이조선(李朝鮮) 초기 시대의 동방세계(東邦世界)는 우리나라를 중심으로 이루어져 있었다는 말을 나는 하고 있는 것입니다.

고려시대에 해당하는 크로마뇽 백인(Cro-magnon 白人)의 갈래인 라틴계(系)의 이탈리아 인, 마르코 폴로(Marco Polo, 1254~1324)가 지금의 이라크 모술(Mosul) 지금(2007) 우리나라 군인들이 이라크 재건과 石油·석유 에너지 확보를 위하여 주둔하고 있는 쿠르드 지역의 남쪽. 을 거쳐 육로로 파미르 고원(Pamir 高原) 대륙의 서남방 서역의 崑崙·곤륜, 天山·천산산맥의 高原·고원지대. 을 거치고 감숙성(甘肅省)을 거쳐 원(元) 이 元·원나라도 우리 민족의 갈래인인 선비족인 몽골인이 세운 나라이며, 근세에 朝鮮·조선 나라가 淸·청나라와 宗主·종주 관계(여기서 宗·종은 우리이며 즉, 뜻은 우리었으며, 우리가 宗中·종중, 宗家·종가집이고 主·주는 그 당시 때에 따라 현실적으로 힘이 크던 元·원나라와 淸·청나라이었음)를 갖은 것처럼 元·원과 高麗·고려 관계도 이와 맥을 같이 하는 것임. 나라로 여행하면서 쓴 여행기 『세계의 경이(驚異)』를 보면 동양의 문명과 문화가 당시 서양인들의 것보다 우월하였음을 독자들은 알 수 있을 것이다. 왜놈들도 그들의 신사(神寺) 정문에 으뜸 원(元) 자 형태의 일주문(一柱門) 원효대사의 한마음 사상·一心思想·일심사상 참조. 을 세워두고 있다.

마르코 폴로는 원나라에서 약 18년간 관리(官吏)로 등용되어 원나라에 공헌하였으며, 그의 견문록(見聞錄, Travels of Marco Polo) 발췌본이 『동방견문록(東方見聞錄)』이다. 그 책(冊)에는 갓(冒字) 모자, 말총으로 만든 모자. 을 쓴 우리나라 사람의 그림이 그려져 있다.

마르코 폴로(Marco Polo·馬哥波羅) 마가파라. 는 보석상의 아들이었으며, 원나라에서 긴 여행을 마치고 그의 고국(故國)으로 돌아가서 많은 핍박(逼迫) 用間·용간·간첩 행위로 의심받은 것이 아닌가 생각됨. 을 받았다고 한다.

위대한 우리 선조들인 고려인(高麗人)들은 다시 북방(北方)으로 진출(進出)하여 지금의 개성(開城), 송도(松都)에 또다시 개경(開京)으로 도읍인 서라벌, 서울을 연 것이었다.

서울이라는 말의 어원(語原)은 서라벌(西羅伐·徐羅伐)이라는 신라의 도읍(都邑)이었던 금성(金城) 지금의 경주. 의 서쪽 지방인 지금의 달구벌(達丘伐)인 대구, 경산, 영천 지방을 일컫는 말에서 기원한다고 국어학자들은 말하고 있다. 당시 신라의 수도(首都) 우두머리 도시. 인 금성(金城)의 서쪽 지방에서 비단을 만들기 위하여 새벌(新伐) 신벌, 새로 만든 뽕밭 벌판. 을 개간하고 비단 베를 짜고 팔고 사고하면서 살던 저자, 시(市) 같이 사람들이 들끓어 새로운 신문물(新文物)이 발달한 달구벌 지방을 서라벌(西羅伐·徐羅伐)이라 하였다. 이 서라벌, 새벌(新伐), 새밭(新田)이라는 말의 발음(發音)이 변하면서 우리 민족혼(魂·넋·영혼)이 되어 서울로 된 것이다.

그러므로, 근세부터 우리 수도 서울의 영문(英文) 표기, Seoul은 우리 민족들의 혼(魂)이라는 뜻이 있는 서울(Soul)로 고쳐야함이 마땅한 것이다.

달구벌(達丘伐) 즉, 지금의 대구 지방에 살던 달성(達城) 서씨(徐氏)들은 신라시대부터 이 지방의 언덕(丘) 언덕 구·구릉 구. 에 있던 원시림(原始林)을 도끼 같은 철기시대의 연장으로 쳐(伐) 칠 벌. 내고 뽕나무를 심고 누에를 쳐서 비단(羅) 비단 라·silk. 을 만들어 옷을 지어 입으면서 그 지방에까지 흩어져 살고 있었다고 생각된다. 지금 이 달성(達城) 땅은 대구(大邱)광역시에 편입되어 있다.

대구(大邱)의 한자(漢字)를 풀이하면, 구(丘)는 언덕이나 뫼를 뜻하는 문자이고 우부(右阜)방 변은 그 지방에 살던 사람을 나타내는 문자인 고을읍(邑) 자를 뜻하는 기호문자(記號文字)이다. 대(大) 자는 크다는 뜻이 있으며, 다 큰 즉, 어른 성인(成人)이 팔을 벌리고 걸어가는 형상을 본뜬 상형문자라는 것도 옥편(玉編)을 찾아보면 독자들은 잘 알 수 있을 것이다.

과거를 돌이켜보면 인류의 모든 문명(文明)과 문화(文化)·예술(藝術)·종교(宗敎)·사상(思想)·정치(政治)와 글(文) 한문＋훈민정음, 한글. 까지도 우리 민족으로부터 시작되었던 것이며, 한문(漢文)은 세종대왕 이전 시대의 우리 한글인 것이다.

고조선(高朝鮮) 나라의 정치이념(政治理念)은 단군의 홍익인간(弘益人間) 크게 더하는 사람 사이. 이었다. 이것은 우리 민족 모두가 서로 도우며 잘 살고 즐거운 삶을 사는 사람 간에 예(禮)·의(義), 윤리(倫理), 도덕(道德), 질서(秩序)를 지킴으로써 사람 간에 협동(協同)하는 것이 되고, 사람 간이 원활(圓活)하게 되는 인본주의(人本主義) 인간관계(人間關係)를 정치이념(政治理念)으로 삼았던 것이었다.

지금과 같이 문민(文民) 정부나 군사독재(軍事獨裁) 정부, 좌우익(左右翼) 문제, 남녀해방(男女解放) 노사(勞使) 문제 勞企·노기 즉, 노동자와 企業者·기업자(일을 꾀하는 자 즉, 事業·사업자)의 관계로 바꾸어야 함. 使·사는 政府·정부 官吏·관리들이 사람을 부리는 것을 뜻하는 말임. 등의 대치(對峙) 역량이나 세력이 맞서서 버팀. 개념은 옛 우리 민족인들의 관념(觀念)에는 애초부터 없었던 것들이다.

지금 우리나라의 젊은 자식 세대들과 늙은 부모 세대들 간의 문제와 어린이, 병약자, 농민, 노동자 문제는 정치적인 방법으로 우선하여 해결할 문제가 아니다. 그들의 생존(生存)과 사람다운 삶을 살아가는 문제는 일차적으로 그들 본인(本人) 스스로의 열정(熱情)적인 마음과 행동(行動)으로 자주적(自主的)으로 책임질 각자의 의무(義務)인 것이며, 이차적으로 그 가족(家族)과 사회(社會)에 책임과 의무를 지우고, 삼차적으로 정치인들이 법률(法律)을 만들어서 국가공무원(國家公務員)의 행정(行政) 수행으로 꼭 필요한 일부 뒤처지는 인민들만의 삶을 최종 책임(最終責任)을 져야 할 것이다.

지금 우리나라는 국민들의 모든 삶을 국가가 책임져야 한다고 생각하는 정치인들의 건방진 생각과, 이 모든 인간 삶에 대한 것을 나라, 국가에게 요구하는 상대적 무산인민(相對的 無産人民·Proletaria) Vilfredo Pareto(伊, 1848~1923) 이론에 따르면 전 국민의 80~85%임. 들과 배포가 맞아 떨어져 나라가 망해가는 줄 모르고 있는 즉, 정치인들의 인민인기영합주의(人民人氣迎合主義)와 누추한 생각을 하는 국민들의 무산인민주의(無産人民主義·Proletaria Populism)가 맞아 떨어지는 인민영합민주정치(人民迎合民主政

治)를 우리 민족민주정치(民族民主政治)라고 하고 있는 한심한 지경이다.

지금과 같은 인민영합만능주의(人民迎合萬能主義)로 만든 법 작용(法作用)을 인민들에게 인간평등(人間平等)이라고 선전선동하고 인기를 얻고 당선되어 나라를 통치하는 무산인민영합민주정치(無産人民迎合民主政治) 작태가 계속될 경우 결국은, 우리나라 사람들의 실질소득(實質所得) 즉, 개인의 참다운 자유(眞自由)·수직적평등(垂直的平等)·도덕(道德)·윤리(倫理)·질서(秩序)·의무(義務)·책임(責任) 등등의 보수(保守)하여야 할 인간 삶에 관한 모든 관념(觀念)들은 짐승 수준 이하의 저급으로 될 것이며, 물질적인 삶도 가난하고 불쌍한 인민(無産人民·Proletarian)들의 나라로 될 것이다.

다시 말하면, 모든 사람들이 천지불인(天地不仁) 모든 사람이 어질지 못하여 자기만 잘 먹고 살기 위한 싸움 즉, 서로 싸우고 죽이고 처단하는 아수라장의 지경. 으로 될 것이다. 정부는 전횡(專橫) 오로지 민심을 가로지르는 일만 하는 것 을 일삼고 인민들을 통제통치(統制統治)만 할 것이며, 국민들의 자율성(自律性)은 없어지고 모두가 인민(人民)이 되어 놀고먹으며, 강원랜드 카지노, 바다이야기, 화투, 술 먹기, 비디오방, 인터넷 놀음이나 하고 자기의 의무(義務)와 책임(責任)을 모르며 늠에게 희생(犧牲), 봉사(奉仕)할 줄 모르고 정부에 대하여 요구만 하고, 민족 내부인들끼리 서로 수평적평등(水平的平等)을 다투며 즉, 계급투쟁하는 싸움질만 벌일 것이다.

고려 건국이념(高麗建國理念)은 단군 고조선(高朝鮮)이나 고구려(高句麗)와 같았을 것이다. 다만 「훈요십조(訓要十條)」 중의 일조는 중대(中代)에 대륙(大陸)에서 흘러들어온 유민(流民) 진시황의 분서갱유 등 폭정 때나 漢·한나라가 쇠망할 때, 떼놈 민족들인 위·오나라와 우리 漢·한민족의 후대 劉備·유비의 촉나라가 주도권을 잡기 위하여 전쟁을 할 당시 亂離·난리를 피해서 흘러온 우리 민족들. 들이 지금 우리나라 서남부 땅으로 건너오면서 가지고 온 나쁜 반인본(反

人本)적인 식인(食人), 이배혼(異輩婚)이 아닌 지극히 가까운 친인척 간의 근친혼(近親婚) 즉, 쌍피 붙는 등의 나쁜 관습(慣習) 그 당시의 떼놈들과 당현종은 아들의 계집 양귀비를 아내로 맞이하였다. 또, 계모 측천무후는 아들과 결혼하였음. 이나 포사(褒姒), 달기(妲己) 등 상대(上代)의 여인천하(女人天下)의 부조리(不條理)를 경계한 것이 아니었던가 생각된다. 물론, 우리 민족들의 고려시대를 역성혁명(易姓革命)하여 주자학(朱子學) 즉, 성리학(性理學) 儒學·유학과 그 맥락이 같음. 을 국교(國敎)로 하였다가 시대가 지남에 따라 유학(儒學) 선비(士)학. 으로 발전시키시었던 근세조선(近世朝鮮) 이전 시대의 우리 민족들의 삶도 다소 그러한 측면이 있었다. 역사(歷史)는 망각 속에 있는 것이며 시간(時間)은 지금도 우리에게 불확실성(不確實性)을 베풀어주고 있다.

이와 같은 생각의 연장선에서 볼 경우에는, 대원군(大院君)의 쇄국정책(鎖國政策) 나라를 자물쇠로 잠그는 정책. 은 당시로 보아 외부로부터 들어오는 서방백인(西邦白人)들과 왜놈들의 반인본(反人本)적인 서양정신문화(西洋精神文化) 서양 종교 천주교도를 절두산(옛날의 잠두봉) 옆 한강변에서 처단하였음. 지금 이곳에 김대건 신부 순교비가 있음. 와 화양년 문명문화(化洋年文明文化)가 우리나라로 유입되는 것 전부를 방지하기 위함이었다고 할 수 있을 것이다.

떼놈들을 보면, 그놈들은 과거 우리단군 할아버지 시대인 요순(堯舜)시대를 제외하고 『수호지』, 『열국지(列國志)』, 『초한지(楚漢志)』, 『삼국지(三國志)』처럼 그들의 춘추전국(春秋戰國)시대 역사는 전쟁과 싸움의 삶이었다. 왜놈들도 마찬가지이다. 왜놈(倭者), 그들의 전국시대(戰國時代)를 통일하였던 도쿠가와(德川家康)의 시대 이전은 전부가 그들 민족 내부 싸움바닥이었던 전국(戰國)시대이었었다.

서방 백인(西邦白人)들도 십자군, 백년전쟁, 트로이전쟁, 보불전쟁 등등의 수많은 싸움과 전쟁을 하고도 아프리카·인도·아메리카·뉴질랜드·호주 대륙을 차지하면서 수많은 흑인·인디언들을 전쟁도 아닌 짐승 잡는 식의 토벌작전과 가축을 길러 부려먹는 식의 흑인 노예 종(從)을 만들고 또, 식자(識者)들을 마비시키기 위한 마약(痲藥)을 팔기 위하여 아편전쟁을 개시하고 청국(淸國) 땅을 침략하고 난 후부터 우리나라까지도 침략하기 시작하였던 것이다.

이민족(異民族)들은 전쟁과 싸움으로 날을 지새웠으며, 우리 민족 만백성들은 만주·시베리아 벌판·한반도 금수강산에서 싸움을 모르며 삶을 즐기고 노래하며 뛰어놀던 평화를 사랑하던 고요(高堯)한 민족이었었다.

이러한 서양인들이나 떼놈, 왜놈들의 전쟁과 싸움을 우리 민족은 난리(亂離)가 났다고 하였으며 이합집산의 소용돌이라고 생각한 것이다. 따라서, 우리 민족 영토 내부에서 일어난 이것들은 임진왜란(壬辰倭亂)·병자호란(丙子胡亂) 등으로 불렀었다.

나는, 여기서 언급하고 지나가야 할 것이 있다. 병자호란의 호(胡) 자는, 오래된 고기 古·오래 고 한문에서 달 月·월 자는 육고기도 뜻함. 를 먹고 살았던 북만주 시베리아 지방의 사람들을 뜻한다. 기후가 추운 지방이므로 방목(放牧)하던 가축(家畜)이나 야생(野生) 양이나 사슴·연어(延魚)·고래·명태 등의 고기를 제철에 잡아 오래(古) 보관하면서 추운 겨울부터 이듬해 봄철까지 이를 먹고 살았다는 것을 뜻하는 한자가 호(胡) 자인 것이다.

따뜻한 남쪽으로 이사 와서 한 곳에 눌러앉아 농사지어 먹고 살던 남쪽 사람들이 먹을 것이 부족하고, 또 불교(佛敎)와 유교(儒敎·儒敎)의 영향으로 흔히 호로자식(胡露·狐露子息) 또는 호작질(狐作事) 불여우가 묘지의 시체를 파먹거나 먹이를 잡기 위하여 흙을 파고 헤집는 일. 먹이를 잡아먹고 남은 것을 언 땅속에나 雪·눈 속에 숨겨두었다가 다시 파먹는 시베리아 여우 참조. 한다고 욕설하였던 고려말(高麗末)부터 병자호란(丙子胡亂), 나선정벌(羅禪征伐) 즈음에 식자(識者)들이 만들어내었다고 생각되는 욕설(辱說)을 생각해 보십시오.

또, 여말(麗末)부터 조초(朝初)까지 시베리아, 연해주(延海州) 땅으로 도둑놈처럼 슬금슬금 기어들어 와 모피(毛皮), 연어(延魚), 게 등을 훔쳐가며, 그 땅을 강제 점유하여 우리 민족의 나선정벌(羅禪征伐) 등으로 일부 다스려졌던 로스케 로(露)나라 족속 놈들에게 우리 조상님들이 "이 호로(狐露) 새끼"라고 하였던 말을 음미하여 보십시오.

지금 떼놈들의 인민공산당 주석(主席) 후진타오(胡錦濤)는 본관(本貫)이 지금 그들의 동북방인 북만주 지방일 것이므로, 그는 우리 민족 갈래인이라고 생각되며 얼굴 모양이 동그랗고 눈이 적으며 선량한 느낌이 든다. 지금 떼놈들도 지역감정(地域感情)이 있을 것으로 생각되는데 그가 어디 출신인지, 어느 본관(本貫), 관향(貫鄕)인지 하는 문제는 지금 떼놈들 전체의 단결(團結) 문제와 관련 있을 것이므로 기밀사항으로 취급될 것으로 생각된다.

지금 우리나라의 영·호남 지역 갈등은 얼마나 많은 민족 내부 저항 에너지를 소모하고 있는 것인지 우리는 자각(自覺)하고 반성하여, 전라도 출신인들이 경남, 부산, 서울, 경기 등지에서 자기들끼리만 형님 아우하면서 패거리를 짓고 있으므로, 과거 게르만 민족의 독일(獨逸) 땅 내부에서 저들만의 신념(信念)인 유대교(猶帶敎)와 그들 유대민족주의(猶帶民族主義)를 내세우며 살던 유대인들이 히틀러(Adolf Hitler, 1889~1945)에 의해 도륙(屠戮) 당하였던 교훈을 새겨 보고, 지금 우리나라 서양 종교 지도자(西洋宗敎指導者)라는 자들의 행패와 5·18광주인민폭동사건 전후로부터의 우리나라 지난 20~30년간의 여러 가지 본관본적제도(本貫本籍制度) 戶主制·호주제, 출신학교, 자동차번호판 지역표시제 등등 포함한 본적제도 를 국가제도 즉, 법률(法律)과 그 부속 규정을 만들어내 없앤 것과, 서양 종교는 우리 민족 미래에 어떤 결과 이익(結果利益)을 주는 것입니까?

다만, 부동층(浮動層) 또는 예비 범죄자를 숨기기만 하는 국가행정(國家行政) 소모일 뿐이며, 우리 민족 각자의 주체성·정통성(主體性·正統性)을 말살시킬 뿐이다.

비판한다고 필자에게 화내지 마시고 우리 민족 모두가 찬찬히 헤아려 보셔야 합니다.

호남(湖南)의 호(湖)도 '호수 호' 자로 쓰지만 물고기를 짠 바다 소금물에 담가 오래된 즉, 곰삭힌 고기를 뜻하는 문자(文字)이기도 하다. 그러므로 호남 지방을 젓갈의 고장이라고 말하고 있는 것으로 생각되며, 짐승고기 육(肉)이나 물고기는 사람의 3대(三大) 영양소 중의 하나인 단백질이며, 젓국은 음식에 맛을 내는 서양인들의 맛난이, 소스(Sauce)에 해당된다.

열 번째로, 과거 만리장성 이남의 떼놈 명(明)나라도 만주·연해주·시베리아 등 고래(古來)부터 단(檀) 임금님을 모시고 따르던 우리 조선민족(朝鮮民族)이 살았던 땅을 우리 영토로 인정하여 이성계(李成桂)가 건국한 우리나라의 국호를 조선(朝鮮) 조선·和寧·화령 두 가지 중 선택 요구하였음. 이라고 인정하였던 것이다. 아마, 이때 떼놈 명(明)나라는 만주, 연해주, 시베리아 지방에서 우리와 떨어져 흩어져 살고 있었으나, 그놈들에게는 적(賊)인 돌궐(突厥), 금(金) 신라 金·김씨들이 主流人·주류인이었던 女眞族·여진족. 나라 등을 견제하기 위한 것이었다.

정묘호란(丁卯胡亂), 병자호란(丙子胡亂) 등의 북방 거주 우리 민족인(民族人)들에 의한 난리(亂離)는 조선(朝鮮)의 친명정책(親明政策) 즉, 농사지으면서 한 곳에 정착하여 가부장(家夫長)제도를 성립시키고 조상님들에게 제사지내며 연로하신 부모님을 잘 모시고 데리고 온 처(妻)를 잘 다독이며 함께 낳은 자식들을 잘 기르는 또, 열심히 일하면서 정직하게, 꼿꼿하게 사는 사람들을 선비(士·儒)라고 불렀던 유학사상(儒學思想) 선비사상. 을 명(明)나라와 함께 가졌었기 때문인 것이다.

세종 14년(1432) 왕명(王命)에 따라 맹사성 등이 『신팔도지리지(新八道

地理志』를 저술하였고, 그 후 떼놈들의 명(明)나라로부터 들어온 『대명일통지(大明一統志)』의 영향을 받아 성종 12년(1481)에 서거정(徐居正) 등이 『동국여지승람(東國輿地勝覽)』(총 50권)을 편찬하였다. 그리고 중종(中宗) 25년(1530) 홍연필 등이 『신동국여지승람(新東國輿地勝覽)』(총 55권)을 편찬하였다.

우리나라가 서쪽 나라 떼놈들의 명(明)나라와 대칭하여 단군조선민족(檀君朝鮮民族) 자존심(自尊心)을 가지고 그 옛날 떼놈, 공자(孔子)가 말하였던 동방(東邦)의 나라, 동국(東國)이라 우리 스스로 칭한 것은 이때부터이며, 떼놈들의 춘추전국시대 즉, 공자(孔子)이전 시대부터 우리 동방예의지국(東方禮義之國)의 글, 문(文)을 비롯한 모든 홍익인간사상(弘益人間思想) 우리 조상님들이 말·言語·언어와 글, 文·문을 만드신 것도 극명한 홍익인간의 實體·실체이다. 을 포함한 모든 선진문물(先進文物)을 우리로부터 받아들였으므로 우리 민족은 떼놈들의 동방(東方)의 등불인 동국(東國)이 되었었다. 그러므로, 왜놈들이 말하는 청국(淸國)에 대한 조선(朝鮮)의 사대사상(事大思想)이라는 것은 근거가 없는 그놈들의 거짓말, 설(說)일 뿐이며, 청국(淸國)과 조선(朝鮮)은 연합국(聯合國) 관계이었던 것이다.

이때부터 우리는 우리나라 동쪽 바다를 동해(東海)라고 이름 지어 우리나라의 것이라고 한 것이며, 황해(黃海)는 그저 누런빛의 임자(任者) 없이, 국적(國籍) 없는 우리 바다로 그대로 있어도 무방하였던 것이다. 그 훨씬 이후에 이 우리 동해(東海)를 일본해(日本海)라고 이름 지은 왜놈들은 지독한 놈들이다.

조선 광해군(光海君)은 강홍립·김경서 장군으로 하여금 만주 심양(審陽)까지 진출(進出)하게 하였으며, 효종(孝宗)은 북벌(北伐)을 위한 기마부대(騎馬部隊) 위주의 어영청(御營廳) 지금의 대통령 경호실과 수도방위사령부와 같은 임무를 수행하는 관청. 君主·군주시대가 아닌 지금의 民主·민주시대인 우리나라 육·해·공 全軍·전군의 편제 合參·합참과 같음. 개편과 1, 2차 나선(羅禪·露西

亞·Russia) 러시아는 떼놈들 즉, 우리 인간 世·세의 버금, 亞·아인들의 땅의 면적이 主·주된 亞世亞·아세아의 서쪽 즉, 露·로, 이슬이 많이 내리는 우랄산맥의 서쪽에 살던 사람들이라는 뜻임. 정벌은 우리가 누구이며 우리의 옛 영토가 어디까지였던가를 알 수 있게 하는 것이다.

1차 제정(帝政) 러시아 정벌은 흑룡강(黑龍江) 유역의 풍부한 모피(毛皮)와 연어 등 어족 자원 보호 차원의 육군 소총부대 전투였고, 2차 정벌은 송화강(松華江) 유역에서 화포전(火砲戰)이었던 해군전(海軍戰)이었다.

연해주(延海州)라 함은 이 흑룡강·송화 강변 지역 즉, 만주나 지금의 극동 러시아 블라디보스토크 항구가 있는 땅과 동해바다를 잇는 곳을 말하는 것이므로 화태·사할린 섬이라든가 일본이 태평양전쟁에서 패한 후 러시아에 빼앗긴 북방 4도(四島)인 화태(華太)섬을 포함한 쿠릴열도, 캄차카반도가 있는 오호츠크 해를 포함한 지역이며, 그곳은 과거 우리 영토이었음을 나는 말하고 있는 것이다.

연해주의 연 자를 연(沿) 그놈들의 물가 언저리. 자로 쓰도록 한 것은 왜 황제 놈의 어용학자들의 지독한 짓거리인 것이다.

노(露) 자는 이슬을 뜻하고, 러시아 로스케를 뜻하는 한글(漢文) 한문. 이다. 새벽이슬을 맞는 사람을 우리는 도둑놈이라고 한다. 우랄 산맥 서쪽 본래의 러시아 땅에는 안개가 많이 끼고 이슬이 많이 내린다. 로스케 놈들은 니콜라이 2세(Nikolai Aleksandrovich II, 1868~1918) 때까지 우랄산맥을 넘어 차츰차츰 우리 영토(領土)를 동점(東漸)하여 시베리아, 동만주 지역, 연해주 지역인 화태, 캄차카반도 등과 알라스카까지의 우리 땅과 강과 바다를 포함한 물에서 나는 모든 산물(産物)을 도적질하여 간 것이다.

앞에서 호로(胡露·狐露)새끼, 호작질(胡作事·狐作事) 등의 병자호란과 나선정벌 즈음에 생겨난 이 욕설은 무엇을 말하는 것인가? 떼놈, 로스케에 대한 합동 욕이며 그놈들에 대한 꾸중이다. 지금 우리는 이 꾸지람의 본래 뜻을 잊고 우리 민족 내부인들끼리 나쁘게 사용하고 있는 것이다.

어쩐지 나는 여기서 한자의 때 기(期) 자를 풀이해 볼 필요가 있음을 직감하고 있다. 우리들이 어렸을 적에 할머니들께서 대가족(大家族) 제도 하의 특정 자손(子孫)인 그식아(其息兒)를 부르시며 "그시기"야 "머시기" 하였느냐? 이렇게 물으셨다.

그 기(其) 자는 어린 소년(幼少年) 유소년, 이나 아랫사람 혹은, 그 즉, 어떤 사람, 그이를 지칭(指稱)하는 상형문자(象形文字)이며, 한문(漢文)에서 달 월(月) 자는 육(肉)고기도 뜻한다고 이미 말한 바 있다.

이것은 송화강·흑룡강 등지에서 연어, 동해북해(東海北海)에서 나는 고래·청어(靑魚)·정어리·명태 등 바다 물고기와 만주 벌판과 시베리아 등지의 산양(山羊)·염소·순록·사슴 등 이른바 육(肉)고기들이 철따라 살이 쪄서 회유(回遊)하여 우리 조상들이 살고 있던 땅 강, 바다로 돌아온 시기(時期)를 뜻하는 한문(漢文)이 때 기(期) 자이다.

인간 삶에 있어서 모든 일은 하여야 할 때가 있으며 회유하여 오는 연어·고래 등의 어물(魚物)이나 야생의 날짐승과 들짐승, 금수(禽獸)들을 때맞추어 잡아 보관하여 두었다가 추운 겨울철에 먹고 살아갈 수 있도록 우리 조상님들은 후손(後孫)인 자식이나 손자들 중에 '그식아(其息兒)'를 지목(指目)하여 그 무엇인 '머시기'하기를 즉, 겨울나기 양식(糧食)인 물고기나 육(肉)고기 잡기를 독촉하시었거나 또는, 하였는지 확인(確認)하신 것이다.

기(期) 자에서 달 월(月) 자는 고기, 육(肉)을 뜻하고, 그 기(其) 자는 유소년(幼少年)이나 그(其)라는 사람을 뜻하는 상형문자(象形文字)라는 것을 다시 한 번 더 옥편(玉篇) 한자 사전. 을 찾아보면 독자 여러분은 확실히 아실 수 있을 것이다.

나는 위에서, 한자(漢字)를 풀이함으로써 만주·시베리아·연해주와 알라스카까지의 땅과 북태평양 바다도 우리 것이었다는 말을 한 번 더 한 것이며, 한문 즉, 한자글도 중화 떼놈들의 글이 아닌, 우리 옛날의 한글(漢

文) 漢·사나이 한, 文·글월문. 즉, 큰 사나이들의 글. 임을 증명한 것이다. 세종대왕
(世宗大王)님이 만드신 훈민정음(訓民正音)은 진보된 한글이며, 또 훈민정
성(訓民正聲)이라기보다도 훈민정문(訓民正文)이라 이름 지었어야 가장
타당하였던 것이다.

　　열한 번째로, 지금 떼놈들이 고구려와 발해 역사를 그들의 역사(歷史)로
편입하려는 동북공정(東北攻征·工程)은 우리 민족사적(民族史的)으로 보
아 아무런 근거(根據)가 없는 것이며 다만, 지금 그놈들이 우리보다 인구
도 많고 국토가 넓어 자원이 많아 세력이 크므로 힘의 논리가 정의(正義)
로 통용되는 국제사회(國際社會)에서 강대국(强大國)의 횡포인 것이다.
　　국호를 화령(和寧)으로 하였던 것이던가? 중화인들의 명(明)나라와 우
리나라는 서로 요청(要請)과 논의(論議)를 통하여 국호(國號)를 조선(朝鮮)
으로 하도록 만들어 태조 이성계(太祖 李成桂)는 새로운 포부를 가지고
우리 조상 단군(檀君)님의 조선(朝鮮)을 재건(再建)을 의도한 것이었다.
　　그러므로, 다시 말하건대 그 당시 청(淸)나라 발상지이었던 만주·시베
리아·연해주 땅은 옛날 단군의 고조선(高朝鮮) 나라 땅을 떼놈들인 명(明)
만리장성 이남의 나라이었음. 나라가 인정하였던 우리 영토이며, 지금 떼놈들
이 말하는 동북공정(東北攻征·工程)은 역사 이론(歷史理論)적으로 아무
런 근거가 없는 것이며, 조삼모사(朝三暮四)한 떼놈들의 마음을 읽을 수가
있다. 다만, 1911년 떼놈, 그들의 뿌리찾기인 신해혁명(辛亥革命)으로 그들
의 지배계층이었던 우리 한민족(漢民族)이었던 청왕조(淸王朝)를 붕괴시
키고 그들의 민주주의(民主主義) 혁명으로 쑨원(孫文)을 대총통(大總統)
으로 하는 중화민국(中華民國)을 성립(成立)시킨 후 그 후계자 장개석(蔣
介石)의 국민당과 공산당(共産黨)의 모택동(毛澤東)이 내전(內戰)에서 이
겨 중화인민공화국(中華人民共和國)을 건국한 이후의 지금, 옛 우리 땅을
그놈들의 영토로 기정사실화하기 위한 동북정책(東北政策)을 획책하고

있는 것이다.

그러므로, 우리가 그 연장선으로 보면 몽골 서북쪽까지와 알래스카·북미·남미 땅까지도 우리 민족 우리 핏줄, 우리 민족의 삶터 영역인 것이다.

또, 과거 1910~1943년까지 국제공산주의(國際共産主義·The Comintern) 시대에 소비에트 연방은, 연해주·화태·동부 시베리아에 살며 우리 언어를 쓰고 있던 우리 민족 동포 조선족(朝鮮族)을 시베리아 횡단철도에 비인간적으로 짐승같이 실어 중앙아시아의 우즈베키스탄이나 타슈켄트 지방 등으로 강제 분산(分散)시킨 것은 우리 민족을 로스케 자기들에게 동화(同化)시키고, 이 지방(是地方)에 우리 민족정신을 없애버리고 우리 민족의 삶터 땅을 그들의 것으로 기정(旣定) 사실화하려는 로스케다운 술책(術策)이었었다.

지금 떼놈 인민공화국의 땅으로 되어 있는 만주의 연변(延邊) 등지에는 아직도 조선족자치구(朝鮮族自治區)가 존속하고 있으며, 극동 지방 연해주·화태·간도 지방에도 지금도 우리 말을 쓰는 우리 조선인(朝鮮人)들과 고려인(高麗人)들이 소련 놈들의 중앙아시아 지방으로 소산정책(疏散政策) 나누어 흩어 내치는 정책. 에도 불구하고 또, 로스케 놈들의 핍박 속에서도 아직도 남아 지금도 꿋꿋이 버티며 그곳에 흩어져 살고 있다. 지금 우리는 이들 우리 민족들과 합하는 통일(統一)을 도모(圖謀)하는 정책(政策)이 필요한 시점에 다다른 것이다.

물론, 러일전쟁(露日戰爭, 1905) 왜놈들은 이 전쟁을 大東亞·대동아전쟁이라고 함. 에서 이긴 왜놈들이 이 지방을 차지하면서 왜놈으로 창씨 개명시킨 우리나라 남쪽 사람들을 서간도(西間島) 백두산을 中心·중심으로 즉, 漢陽·한양에서 보아 서쪽편 만주벌판을 말함. 그 우측편이 東間島·동간도이며 延海州·연해주이다. 그 경계선인 백두산에서 북쪽으로 흐르는 松華江·송화강 支流·지류가 있다. 화태지방(華太地方) 이곳이 東間島·동간도이며, 간도는 옛 우리 조상님들이 사시던 黃河流域·황허유역, 요동반도 만주지방에서 지금 왜놈들이 차지하고 있는 北海島·북해도 간의 벌판 즉, 延海州·연해주를 말한다. 지각변동설은 北海島·북해도가 우리 땅이라는 것을 證明·증명하는 것이다. 으로 이주정책(移住政策)을 시행(施行)하였음은 물론(勿論) 논할 것이 없음. 이다.

우선 눈앞에 자기만의 호생활(好生活)을 위한 누추한 생존 경쟁인 무산인민주의(無産人民主義·Proletaria Populism) 즉, 무산자주의(無産者主義·Proletarism)와 인민주의(人民主義·Populism) 사상에 찌들어 우리 민족끼리 송무백열(松茂柏悅)의 민족정신을 잊고 고래(古來)의 우리나라 전체통일(全體統一)을 도모하기 위하여 힘을 키우지 아니하는, 지금의 우리 젊은이들과 자칭 유약자들 즉, 좌익(左翼) 좌측 날개. 이라고 하는 노동자(勞動者) 농어민(農漁民)들은 자율성(自律性), 자긍심(自矜心), 자존심(自尊心) 없이 모두가 무산인민(無産人民·Proletarian)이 되어 우선 제 먹기에 급급하여 애국심(愛國心) 없는 행동을 하고 있으며, 마음이 열리지 아니하고 뜻 없이 무지(無志) 뜻이 없는, 생각이 없는. 하게, 우리 민족 전체 삶을 크게 도모하기 위한 근대(近代)의 우리 민족 성장정치(民族盛長政治)에 늘상 저항세력(抵抗勢力·Resistance)으로 존재(存在)하여 왔었다.

또한, 문민정부(文民政府)라고 이름 짓고 쓸만한 군 인재(軍人才)들을 역사 바로 세우기, 친일파 척결, 과거사규명위원회 같은 이름으로 그 실체가 없는 하나회, 일본군 소위 출신 박정희(朴正熙)와 그 후대(後代)들을 도륙하고, 온 나라의 머슴인 공무원들을 사정(司正)만 하던 YS정권(政權), 그 통수권(統帥權)만 주장하던 따라지, 머슴밥 많이 줄줄 모르고 저만 고깃국에 쌀밥 처먹던 X새끼가 우리나라 임금을 역임하였다. 군대(軍隊)와 국가공무원(國家公務員)을 천시(賤視)하고 무산인민민주(無産人民民主)를 민주주의(民主主義)라고 외치던 그때의 우리 민족 정서는 어디로 향하고 있었던 것인가? 또, 지금의 숫자 많은 무산인민(無産人民·Proletarian)들의 인기만을 의식하고 당선만을 획책하는 무산인민영합정치인(無産人民迎合政治人)들의 정치(政治)놀음은 어디로 향하고 있는 것인가?

지금 우리는 극우보수(極右保守)의 우리 민족주의(民族主義)가 필요한 시점이라고 나는 생각하고 있다.

지금 우리는 노사관계(勞使關係) 혹은 무산인민주의정치(無産人民主義政治) 등에 의한 우선 분배(分配) 위주의 민족 내부 싸움의 정치상황(政治狀況)이다. 이미 우리는 한강(漢江)의 기적을 일구어 내어 먹고사는 절대생존(絶對生存)에는 지장이 없는 것이 아닌가? 깨우치지 못한, 누추한, 비굴한 생각을 하는 모든 우리 민족 젊은이들은 자각(自覺)하여 젊을 때 열심히 배우고 부지런히 일하여, 우선 남북한을 통일하고 강성(强盛)한 후 우리 옛 영토를 다시 찾아야 할 것이다. 우리에게 시간이 없다. 힘이 없는 나라는 추악하고 누추한 쌍놈(商者)들의 상거래(商去來) 흥정(興情) 같은 협상(協商)을 당할 수밖에 없다.

그러면 로스케와 떼놈들로부터 우리 땅을 돌려받을 수 없다. 힘(力·power)을 키워 우리 민족의 바른 뜻에 따라 그놈들과 당당한 합의(合議)를 끌어내어 마땅히 돌려받아야 할 것이다.

열두 번째로, 불교(佛敎)는 우리로부터 출발한 우리 종교(宗敎)이다. 태조 이성계(李成桂)의 계(桂) 자는 계수나무를 뜻하고, 불타(佛陀)가 정신적인 잠을 깨어 깨달음을 얻은 곳, 보리수나무(菩提樹) 아래의 그 보리수(菩提樹)와 같은 것이며, 이것은 올림픽 경기에서 우승자의 머리에 씌워주었던 초승달처럼 둥글게 생긴 계수나무 월계관(月桂冠)을 만드는데 쓰이는 계수나무, 월계수(月桂樹)와 같은 뜻을 가지고 있다.

보리(菩提)는 깨달음을 얻었다는 뜻이며 또한, 농작물인 보리를 말한다. 아마, 이성계(李成桂)도 불교의 영향을 많이 받은 것이리라.

불타(佛陀)는 범어(梵語)의 'Buddha'를 한자(漢字)로 음역한 것이라고 한 언어학설은 틀리는 것이다. 오히려 그 반대이다. 우리 말인 불타(佛陀) 혹은 부타(浮陀)가 범어의 붓다로 된 것이라는 말은 이미 한 바와 같다.

우리 민족은 현재에도 나락(奈落) 禾·벼. 농사와 함께 보리(菩提) 고대 북방 추운지방에서 우리 민족인들 중 일부 소외되어 맥·귀리·밀 등 농사를 지어 먹고 살던 예맥족 참조. 농사를 짓고 있다. 보리농사는 추운 겨울에 씨 뿌리고, 더운 여름에 땀을 흘리며 그 이삭에 돋아난 가시와 먼지 때문에 농민들이 고생(苦生)한다. 그리고 이것으로 만든 보리밥은 맛이 부족하다.

땀을 흘리면서 고생(苦生)하여 보리를 수확하고, 자식들과 부족하지만 맛없는 밥을 음식으로 하여 먹고 산 우리 조상들의 삶, 이 보리 농사(農事) 일을 낙(樂)으로 삼았으므로 이미, 깨달음을 얻으시었던 즉, 득도(得道)하신 우리 조상님들의 삶, 인생(人生)이 아니었던가요?

또한, 말을 타고 사냥하면서 금수강산에서 뛰놀며 살던 우리 배달기마민족(倍達騎馬民族)이 무더운 여름철 무논에 발을 담구어 나락농사를 짓는 것 또한, 그리 즐거운 일이 아니었을 것이다. 그러나 우리 조상들은 이 힘들고 먹고 살기 어려운 농사를 농자천하지대본(農者天下之大本)이라는 깃발을 내세우고 힘든 것을 잊고 풍물(風物)놀이를 하면서 삶을 구가하셨었다.

먹고 사는 방도라고는 농업(農業)밖에 없었던 1960~70년대에 조국 근대화(祖國近代化)로 공업국가(工業國家)로 산업혁명(産業革命) 한 후 공업(工業)·상업(商業) 등에 고용(雇傭)되는 등 직업이 다양화 된 지금의 우리 민족들의 각자 가정과 직장에서 일하며 먹고 살기 위한 이 일(事)은 누구에게나 힘이 드는 나락(奈落) 어찌하다 떨어진 곳 즉, 地獄·지옥. 인 것이다.

나락(奈落) 禾·벼. 은, 인간 삶에서 고통스러운 번뇌(煩惱)를 떨쳐버려야 하는 불교적(佛敎的) 측면에서 지옥을 뜻한다. 반복되는 말이지만, 과거 우리 민족인들이 만주(滿州)나 시베리아, 연해주 등지의 동방(東方) 땅으로 자주(自走) 이사, 이동하면서 또, 말을 타고 다니면서 맛있는 야생 육(肉)고기와 물고기(魚)를 잡아 주어육식(主魚肉食)하다가, 중대(中代)에 이르러서부터 맛이 부족한 보리(菩提) 농사와 무논에 발을 담가 힘들게 나락

(奈落) 농사를 지어 부족(不足)하게 먹고 살며 삶을 이어왔던 그 삶 자체가 인생(人生)의 깨달음을 얻은 것을 뜻하는 것이다.

그러므로, 지금 아무리 고된 공장(工場) 작업, 농사(農事) 짓는 일, 장사(場事)일이라 할지라도 그 일을 하여 늙으신 부모(父母)님, 처자식들과 함께 먹고 살 수 있다면, 우리 조상님들과 같이 일을 낙(樂)으로 삼는 근로(勤勞)가 필자인 나를 포함한 지금 우리 대한민국 국민 여러분들의 본분(本分)이 아니겠는가요?

그런데, 지금 우리 민족의 모든 고용인(雇傭人)들은 웬 부역(賦役·負役) 같은 노동(勞動)만을 업(業)으로 삼고 있는 것인가요?

석가모니(釋迦牟尼·佛陀·불타·新達陀·싯달타)는 이와 같은 피곤하고 힘에 겨운 인간들의 삶이 생로병사(生老病死)의 윤회(輪回)로 반복된다는 것을 알았던 것이다. 이러한 인간 삶, 인생(人生)의 고통과 번뇌(煩惱)에서 해탈(解脫)하고, 인간의 삶이 즐겁고 축복받는 행복한 삶이 되도록 하는 것이 인간의 본성(本性)에 있다는 것을 깨달으시었던 것이다.

이것이 바로 부처님(佛)의 인간세상(人間世上)을 내려다보시는 애처롭고 쓸쓸해하시는 심정(心情)인 자비(慈悲)인 것이다.

부모 자식 간에도 신과 같은 완전한 부모가 없는 데도 불구하고, 자식들은 어버이조차에게도, 그들의 완전한 자유·평등, 인간다운 권리, 인권(人權)을 요구하며, 이유 없이 반항을 하며 살아가는 것이 인생(人生)이다.

이와 같이 사람들 간에 아옹다옹 싸우면서 각자의 자유(自由)·평등(平等)과 인권(人權)을 다투면서 혀 짧은 부모들은 바람 풍(風)을 "빠담 품"이라 하며 즉, 알아듣지 못하게 말을 하면서도 알아듣기를 바라는 부모 마음 같은 것이 바로 부처님이 세상(世上), 인간계(人間界)를 내려다보시면서 쓸쓸해하시는 심사(心事)가 바로 자비(慈悲)인 것이다.

인간의 삶에서 모든 자연 만물(自然萬物)과 사람의 정, 인정(人情)이 부족하고, 부족한 가운데 사람들의 싸움, 전쟁(戰爭)이 일어나는 것이다.

생존경쟁(生存競爭)은 그 육체의 우리 안에 들어 있는 '나'부터, 그 다음은 내 가족 또, 우리 사회 그리고 우리나라의 순으로 작용된다.

현실적으로 대한민국(大韓民國) 우리 국가(國家)는 가장 큰 권력과 힘을 가지고 있는 우리 민족들의 집이다. 헌법(憲法)을 가지고 있으며 우리 돈, 화폐(貨幣)·말(言語)·글(文) 영토를 지키는 우리 국군(國軍)이 있는 우리 민족 전체의 삶이 묶여있는 곳이며 땅이다.

위정자(爲政者)는 자기 마음대로의 통치(統治)를 의도하지 아니하여야 할 것이며, 국민 모두가 스스로 힘을 합하여 더불어 잘 살도록 민족 전체를 다스리며 국민 각자에게는 의욕(意欲)을 불어넣는 정치(政治)를 하여야 한다.

지금의 우리 정치(政治)는, 국민과 국가·국민과 국민·단체와 단체 등의 다양한 조합(造合·Combination)으로 이루어진 이익 집단 간의 민족 내부 싸움을 부추겨 7천만인, 온 우리 민족의 집합유기체(集合有機體·System)인 우리나라를, 인민민주(人民民主)와 인민평등(人民平等)만을 내세우게 만들고 있어 온 나라가 망쪼(亡兆)들고 있다.

정부(政府)는 언론기관을 설득하여 국민들 간의 이익 조정 관계인 계류 중인 재판 등에 대하여 인민인기영합(人民人氣迎合)적인 편파 보도를 제한하여야 하며, 국민의 알 권리의 일부를 제한하는 것 등에 대한 대국민 설득 작업도 병행하여야 한다. 인터넷을 포함한 언론들은 자기들의 자유(自由)만 있을 뿐, 남의 자유는 아랑곳없는 것을 우리 정치가 이를 견제 통제할 수 있는 법 장치(法裝置)가 가동(稼動)되지 아니하는 것이 현실이다. 이것은, 인민(人民·Proletarian)들의 군중심리(群衆心理) 즉, 속칭 "떼법" 때문이다.

언론(言論)들도 자신들의 보도가 국익을 손상시키고 다양한 조합(造合)들 간의 이해(利害) 관계에 부당(不當)한 영향력을 미치고 있음도 반성(反

省)하여야 하며 더불어, 국민인 우리 민족(民族) 모두는 평등(平等)이라는 인민(人民·Proletalia)들의 주장(主張) 즉, 인민민주주의(人民民主主義)를 과도하게 표출시키지 아니하여야 한다.

사람의 모든 삶에 관한 것은 모두 제 하기 나름이므로, 각자는 열정(熱情)을 가지고 예·의(禮·義)와 윤리·도덕(倫理·道德)을 서로 간에 지키면서 또, 노력(努力)하면서 정직(正直)하게 열심히 일하며 열정정인 삶을 살아가야 하는 것이다. 그리하면, 고요(高堯)한 우리 고유(古有)의 특징(特徵)이 있는 정신문화(精神文化)가 있는 우리 민족(民族)이 세계인들의 존경(尊敬)을 받게 되는 나라가 될 것이다.

우리는 옛부터 떼놈들의 동방예의군자지국(東方禮義君子之國)일 뿐만 아니라 서방인(西邦人)들이 말하던 고요(高堯) 높고 높은 뜻을 가짐. 한 동쪽(東方)의 해 뜨는 동쪽나라, 동방민족(東邦民族)임을 망각(忙却) 즉, 자기 나름의 인생살이에 제 먹고 살기에만 몰두하여 모든 것을 잊어버리고 깨닫지 못하면 아니 된다. 지금 우리나라의 정치판(政治板)과 각 회사 기업 내의 지독하고 표독스러운 노사정분규(勞使政紛糾) 일이 뒤얽히고 말썽이 많고 시끄러움. 처럼!

옛날에 부인(夫人)들은 길쌈 베를 짜고 의복을 만드는 작업. 을 하고 먹을거리 준비 등 부엌일과 힘든 가사, 가정내사(家庭內事)를 수행하면서, 흔히 남편을 남정(男政)네 위정(爲政)네들이라고 불렀으며 바깥일, 가정외사(家庭外事)를 하는 남편들을 바깥양반이라고 부르며 살아왔었다.

자동기계에 의한 공업(工業)·상업(商業) 등 남성(男性)의 완력 즉, 힘의 주요성이 줄어드는 지금 세상의 가정도 가부장(家夫長)제도의 가장(家長)인 자를 중심으로 뭉치고 재미있고 행복하게 살아야 하는 것이 가족 구성원들의 권리(權利)이고 의무(義務)이며 책임(責任)이다.

기업(企業)에도 노사(勞使) 간의 싸움은 없어져야 하고 상호의존적인 협동(協同)·자조(自助) 관계로 노사 간의 상호 협조(協助) 관계를 정립·발전시켜야 한다. 백지(白紙)장도 맞들면 낫지 아니한가?

기업에 고용(雇傭)된 사원(社員)들은 노동자가 아닌 근로자(勤勞者)가 되어 열심히 일하지 아니하면 회사는 망할 것이며, 외국기업(外國企業)의 상품(商品)들이 우리 민족들의 세계 시장을 잠식하게 될 것이다.

나는 호주(戶主) 제도를 없애자는, 가부장(家夫長) 제도를 무너뜨리는 항간의 경향(傾向)을 이해할 수 없다. 가정집에서 딸린 식솔(食率)들의 삶을 짊어지고(戶) 지게 호 가족의 생계를 꾸려 나가고 삶을 이어나가는 임무와 책임과 의무가 있는 가정의 주인(主人)이 바로 호주(戶主) 과거에는 딸뿐인 집의 남편이 죽고 나면 큰딸이 호주가 되었으며, 큰딸이 시집가고 나면 지차가 호주가 되었음. 인 것이다.

모든 사물(事物)도 반드시 이름이 있으며 주인(主人)이 있다. 가정, 집에도 주인이 있어야 하는 것이다.

주인 없는 집안의 부녀자(婦女子)들과 자식(子息) 새끼들은 어떻게 되겠는가? 아마 그들은 해방(解放)된 자식들이 되고 부녀자(婦女子)들이 될 것이다. 부랑인(浮浪人), 호로자식(胡露子息)이 되고 자유부인(自由夫人)·화양년(化洋年)이 되기 십상(十常)일 것이다.

모든 것 양복, 양옥 심지어 言語·언어말과 文字·문자와 심지어 인생의 으뜸 가르침인 宗敎·종교까지도 이 서양화 된 "화양년(化洋年)의 세월(歲月) 속에 지금 나와 네가 살고 있다"고 한다면 나는 비판받을 것인가?

대다수인 남성 호주(戶主)들도 자식(子息)들이나 부녀자들에게 해방을 외친다면 어떻게 되겠는가? 어린 유년 자식들과 부녀자들은 어디로, 무엇으로부터 어디로 향(向)하는 해방(解放)인가?

막연(莫然) 아무 것도 없이 그러함. 한 생각으로 막연한 해방을 외치는 것이며, 전업주부(專業主婦) 주인 지어미. 들이 가정(家庭)과 가사노동(家事勞動)으로부터 해방한다면 여성은 무엇을 하는 존재인가? 현시대의 가부장제도(家夫長制度)인 가정(家庭)을 파괴하는 족속들인가? 또는, 가부장(家婦長) 부녀자가 가정의 호주가 됨. 제도를 요구하는 시대가 도래한 것인가?

우리 후손 2~3대로 내려가면 우리 후손들은 윗대 할아버지 즉, 증조·고조 등 조상(祖上)이 누구이었는지 모르게 되며 자손(子孫)들의 성(姓)이 바뀌어 서로 다르게 되며, 법(法)적으로 온전한 가정의 자녀들의 성(姓)이 다르게 되어, 조상에 제사지내는 축제풍속(祝祭風俗) 정갈하게 제수를 차려서 결국 자신들과 새끼들이 먹고 즐기며 조상의 음덕을 기리며 후손들이 단합하는 일. 도 없어지며 가족들이 흩어지고, 집안 간의 단결도 없어지게 될 것이며 근친혼(近親婚)도 생기게 될 것이 아닌가? 젊은 부녀자(婦女子)가 거듭 이혼하여 다시 결혼하면 데리고 간 자식의 성(姓)은 무엇으로 될 것이며 그 자식과 친부(親父)와의 윤리(倫理)는 어떻게 될 것인가?

윤리(倫理)도 문제이고, 멘델(Mendel Johann, 1822~1884)의 유전학(遺傳學)에 따르면 근친혼은 못난 자식을 낳게 되어 후세들이 졸열(卒劣)하게 된다.

다시 본론으로 돌아와서, 자비(慈悲)는 인간이 삶을 살아가기 위하여 힘들게 일하지 않으면 아니 되는 것에 대한 안타까운 마음 또, 많은 인구(人口)가 삶에 필요한 모든 물(物)들 즉, 자연의 만물(萬物)이 부족함을 가엾고 안타까워하고 측은(惻隱)해 하는 인간 본성(本性)의 정(情)이며, 인구·인민(人口·人民·People)이라는 말은 먹고 살아야 하는 측은한 숙명(宿命)을 내재(內在)하고 있는 것이다.

석가모니는, 모든 것은 마음먹기에 달려 있다는 일체유심조(一切唯心造) 모든 것은 오직 마음 쓰기에 따라 이루어지는 조화. 라는 생각을 가지고 인간의 '삶' 중에 아닌 것(弗) 아닐 불 들 즉, 농사일·직장 노동·공부(工夫) 등 괴로운 일들과 시기·질투·도심(盜心)과 도둑질·살생(殺生) 즉, 죽이는 일 등 아닌(弗) 것을 마음 한 곳에 젖혀두고 보리수 아래에서 인간의 길(道) 도을 깨달(覺) 깨달을 각. 은 사람, 인(人) 즉, 부처님(佛) 부처 불. 인 것이다.

석가모니(釋迦牟尼)는 사람들이 입으로 쓸데없이 막연한 말을 많이 하여 늠에게 상처를 주고 늠에게 시간을 빼앗으며, 자신이 도리어 화를 당하는 구업(口業) 불교 수련자들의 黙言·묵언 참조. 과 자기 몸 신체(身體)를 아무 곳에서나 서로 극락·쾌락(極樂·快樂)만을 좇아 천하게 굴리지 말 것과 아무렇게나 사용(使用)하여 니(尼)에게 상처를 주고 새끼를 배게 하여 니(尼)와 자기(自己)로 하여금 키워야 하는 새로운 책임(責任)을 발생시켜 고민(苦悶)을 낳게 하는 신업(身業) 지금 大雄殿·대웅전에 앉아 계시는 부처님은 이 極樂·극락에 대한 煩惱·번뇌를 물리치시고 눈을 가늘게 뜨시고 拈話示衆·염화시중 즉, 중생들을 보시면서 쉬운 말 즉, 體言·체언·Body language를 하시면서 高堯·고요히 微笑·미소 짓고 계신다. 과 남의 말을, 남의 뜻을 귀담아 듣지 아니하여 농아(聾兒)처럼 바보가 되고 말을 듣지도 아니하고, 말을 잘하지도 못하여 서로 뜻이 서로 잘 통하지 아니하여, 도리어 성(性)내며 화(禍)를 내고 당하는 등 삼가하여야 할 신중(愼重)한 마음 씀씀이에 대한 신업(愼業) 狂亂彭吼重疊人 語難·광란표후중첩인 어난, 인간 세상의 인생살이가 서로 중첩되고 얽히고설켜 각자는 自己正義·자기 정의를 주장하며 미처 날뛰므로 仙人·선인 같은 삶을 살고 있는 뜻있는 선비(士·儒) 같은 즉, 자기와 같은 사람은 말하기가 어렵다고 한 新羅·신라의 최치원 선생님의 말은 지금 신중하지 못한 우리 정치인들의 아수라장 싸움판 상황 같은 그 당시 신라시대 정치 상황을 비판한 것이며 그는 이 말을 한 후 가족을 데리고 海印寺·해인사 들어가서 은둔 생활을 하였음. 즉, 초야에 묻혔음. 등 여러 업장(業章) 별 뜻 없이 직업처럼 반복하여 오랜 시간 동안 거의 무의식적으로 어떤 일을 반복함으로 인하여 결과적으로 중생들에게 상처를 입히게 되어 죄가 되는 행위. 육고기·생선·奈勿·나물, 쌀로 만든 밥 등을 깨끗이 다 먹지 아니하고 쓰레기로 버려 결국 수많은 衆生·중생을 殺生·살생하며 늠도 먹지 못하게 하고 쓰레기를 양산하여 타인이 치우도록 하는 알뜰하지 못한 행위 등의 통상 사람들이 잊고 있는 죄악임. 을 경고하였다.

석가모니(釋迦牟尼)의 '석(釋)'은 쌀에 뉘를 골라내기 위하여 물에 담가

조리로 쌀을 일 때의 '일 석' 자이며, 어떤 문제를 해석하고 푸는 '풀 석' 자이다. 가(迦)는 '부처 가'이며, 모(牟)는 '소(牛)가 우는 소리 모' 자이다. 니(尼)는 '중지시킬 니' 자이며 여승(女僧)을 뜻한다.

이것은 사람들이 소같이 말을 잘 듣지 아니하며, 물가에 끌고 갔으나 제 마음, 제 고집에 따라 먹지 아니하며, 사람의 뜻을 제대로 알아듣기는 커녕 자기 마음대로 고래고함만 지르는 고집이 센 소의 마음과 같은 사람의 마음을 비유하여 이해한 것이며, 이와 같은 사람들의 심사(心事)를 중지시킬 수 있는 사람이 석가모니라는 뜻인지 나는 모르며 알 수도 없다.

니(尼)는 여성(女性) 수도자인 여승(女僧)을 뜻하는 것이므로, 여성의 본분(本分)인 육아나 부엌일 등 가사(家事) 일을 노동으로만 받아들이고 고역(苦役)으로만 생각하며, 남편과 자식을 아낄 줄 모르는 인정(人情)머리 없는 여성들을 깨우쳐주는 석가모니가 여승이었는지도 나는 알 수 없다.

어쨌든, 여성(女性)들은 피곤한 존재(存在)이고, 여성들은 서양 종교에서 말하는 남성(男性)의 속물(屬物) 갈비뼈. 이고, 그녀들은 새끼를 낳아 안전하고 건강하게 성장시켜야 하는 책임(責任)인 의무(義務)가 천부(天賦)되므로 모성(母性)으로 먹을 것만 찾아서 새끼들에게 먹일 걱정, 키울 걱정으로 재물만 밝히는 남성(男性)들보다 복합심리(複合心理)를 가진 현실주의적인 속물(俗物)?인지 나는 모른다. "과부 삼 년에 은(銀)이 서 말, 홀아비 삼 년에 이(蝨)가 서 말이다"라는 우리 속담이 있다.

한편, 여성(女性)은 새끼를 배어 열 달 동안 탯줄로 연결하여 뱃속에서 새끼를 키우다가 낳은 자식(子息)과 함께 서로 동체의식(同體意識)을 잠재(潛在)적으로 가지므로 남성(男性)인 아버지의 부성애(父性愛)보다 더 지극한 모성애(母性愛)를 가지며, 자식을 사랑할 권리(權利)와 소유(所有), 점유(占有)에 대한 남성보다 큰 집착을 가지며, 자식들도 아버지의 부정(父情)보다 어머니에 대한 모정(母情)을 크게 느낀다.

한편, 우리 민족의 절반이 여성이므로 그들도 한편으로 남성이 필요하며 또, 한편으로는 여성에게 남성은 피곤하고 귀찮은 존재(存在)이다.

우리는 주역(周易)의 원리에 따른 음양(陰陽)으로 구성된 남녀(男女) 사람 간의 관계를 맺고 살아가는 인간(人間·Human)들이며 원천적(原天的)으로 사람은 성인남녀가 한 쌍을 이루어야만 완전한 인간(人間) 複合單數名辭·복합단수명사. 이 되어 새끼를 낳을 수 있으며 인류를 멸망치 아니하게 하는 것이므로, 남녀는 서로 의지(義志)로 이 귀찮고 번거로우며 괴로운 번뇌(煩惱)를 극복하여야만 하며, 사람이 살아가는 일인 인사(人事) 즉, 인간만사(人間萬事)는 그 절반을 서로의 이성(異性)에게 할애하여야 한다. 이것이 우리 최상대조단군(最上代祖檀君)님의 홍익인간(弘益人間) 사상의 핵심(核心)인 것이다.

한편, 사람을 대할 때나 사람들 간에 어떤 인간만사를 가질 때 하는 인사(人事)는 소 닭 보듯이, 닭 소 보듯이 할 것이 아니라 인정(人情) 있고 사람 냄새가 나는 상호 배려의 뜻이 있어야 한다.

우리는 사람을 정(情)으로 대하고 아끼며 사람의 가치를 인정(認定)하고, 우리 선조 선비(士·儒)님들처럼 서로 응당하는 예(禮)로서 대하는 인본주의(人本主義) 지금 불교의 肉食·육식 금지, 殺生·살생 금지는 인본주의가 아니다. 에 입각하여 삶의 모든 것을 해결하면서 인생을 살아가야 할 것이다.

다시 이성계(李成桂)의 조선(朝鮮)으로 돌아가서, 서양의 중세 말기 로마(Rome)처럼 종교(宗敎) 제일주의와 넘쳐나는 물질적인 부(富)를 주체하지 못하고 쾌락(快樂)·향락(享樂)에 빠져 목욕탕을 만들고 음행(淫行)과 오입(誤入)을 하며, 식민지에서 끌고 온 노예(奴隷)들을 끌어내어 투구를 씌우고 서로 찔러 죽이도록 하고 또는, 사자(獅子)나 호랑이와 맨손으로 싸우게 하면서 그 맹수들에게 찢겨 죽는 모습을 구경하는 종교귀족(宗敎貴族)들의 행태는 어떠하였는가?

이것이 맹자(孟子)가 말한 '성선설(性善說)'을 가지고 태어난 순백(純白)

한 사람들의 짓인가? 모든 인생(人生)살이의 길, 도(道)는 로마로 통한다는 그들의 번영도 멸망을 면치 못하였다.

고려(高麗) 말기 왕가(王家)의 행태는 어떠하였던가? 그들은 불교(佛敎)를 사칭한 신돈(辛旽, ?~1371) 玉泉寺·옥천사 寺婢·사비의 아들. 99명의 아들을 두었다고 함. 옥천사는 지금 경남 창녕 火王山·화왕산에 있음. 玉泉·옥천이라는 말은 俗語·속어로 여인의 陰部·음부를 말한다. 어떻게 보면 肉慾·육욕이 人生·인생의 代·대를 이어 永生·영생하여 가는 삶 즉, 人生哲學·인생철학 그 자체임. 을 비롯한 중놈(衆者)들과 음탕한 짓을 마음대로 하고, 이것이 그들의 특권인 양 행복에 겨워 놀아나고 있었으며, 고려 마지막 두 임금인 우(禑)와 창(昌)의 성(姓)이 신(辛)씨라고 하였던가? 작은 고추가 맵다고 하였던가? 모를 일이다.

추측건대, 그때의 백성(百姓)들은 고단한 삶을 살고 있었을 것이다. 사람들은 먹고 배가 불러 살 만하면 딴 짓 남녀 교접사 즉, 극락사, 후세 생산작업. 만을 하는 동물(動物)인가?

고려를 망하게 한 왕씨일가(王氏一家)들은 지금의 전라북도 전주(全州)와 경북 경산(慶山)의 옥산고을(玉山洞) 등지로 피신하여 초가집을 짓고 새로운 일가(一家)를 이루어 대대로 살아왔다고 한다.

옛 이름이 완산(完山)이었다가 다시 완주(完州)로 되었다가 전주(全州)로 되었다고 나는 알고 있다.

옥산동(玉山洞)이라는 이름의 옥(玉) 자는 왕(王) 자에 점 하나를 찍은 구슬 옥(玉) 자이며, 왕씨(王氏)들이 난리를 피해서 성(姓)을 숨기고 새로이 전주(全州)와 옥산동에 집성촌(集姓村)을 세웠다는 것이며, 옥산동은 그 뒤쪽에 성암산(聖巖山)이 있는 고을, 동(洞)이라는 것이다.

전(全) 자 위에 얹은 갓머리 들 입(入)?·사람 인(人)? 자는 그 당시에 왕(王)씨들이 초야에 묻혀 도륙(屠戮) 잡아서 죽임. 당하지 아니하고 초가집을 짓고 온전(全)하게 살았다는 것을 뜻한다. 우리나라 제5공화국 위정자(爲政者)였던 전(全)씨도 이 옥산전씨(玉山全氏)의 후손이라고 한다.

옛날에는 정치(政治)적인 변혁이 있을 때는 반대무리 당(黨)의 구족(九族)을 멸하였다고 하는데 친족 삼대(親族三代), 처족(妻族) 삼대, 외족(外族) 삼대를 도륙(屠戮)하였다는 말이다. 무서운 세상(世上)이었다.

굳센 장수 무장(武將)이었던 이성계(李成桂, 1335~1408)는 떼놈들인 명(明)나라를 도우라는 왕가(王家)의 지시에 불응하고 우리 한(漢)민족이며, 욱일청천(旭日靑天)하고 있던 금(金) 新羅·신라 金·김씨들과 우리 민족의 갈래인 女眞·여진족이 세웠던 나라임. 후일에 後金·후금이 되고 土壕·토호 愛新覺羅 奴兒哈赤·애신각라 누르하치가 만주 瀋陽·심양(왜놈들은 이곳의 지명을 奉天·봉천이라 이름을 고치고, 로일전쟁시 25만의 왜놈 天皇軍·천황군이 하늘 天·천·즉, 천황의 뜻을 받들어·奉·받들 봉·모시겠다는 倭軍·왜군들이 왜 천황의 뜻을 편 곳이며, 러시아 30만 육군에게 승리한 곳이다 왜 왕실은 옛 백제에서 流民·유민이 되어 물 건너 간 우리 민족인임)에 都邑·도읍—燕京·연경, 지금의 審陽·심양—을 정하고 중화족을 정복한 후 淸太宗·청태종(Nurhachu 1559~1626. 奴爾合齊·노미합제)가 지금의 만주 심양이 神竿·신간을 세운 것이 현존하고 있으며, 愛新覺羅·애신각라 즉, 신라를 사랑하고 깨우치자라는 姓氏·성씨를 가졌으며, 신라 金氏·김씨임. 처음에는 金·김 나라라고 하였으나 어쩐 일인지 후대에는 "금"나라라고 하였음. 그는 建州女眞·건주여진이라고 하는 우리 민족의 갈래인들인 漢·한족이며, 이 만주·연해주 땅에 살던 우리 민족들이 힘을 합하여 仲イ華族·중화족 정복 왕조를 세운 것이며, 山東半島·산동반도 북서방에 天安門·천안문을 건설하여 도읍을 北京·북경으로 천도한 후 국호를 淸·청나라라고 하였음. 나라 편을 들어 압록강 위화도에서 회군(回軍)을 감행하여 우리 민족의 대권을 잡게 되고 곧 이어 우리 최상대 단군(檀君)님을 본(本)받아 조선(朝鮮) 나라를 새로이 세웠던 것이다.

이러할진대, 이성계의 군사 외교(軍事外交)는 당연한 것이었으며, 이성계는 떼놈 명(明)나라를 도우라는 고려국(高麗國)의 군령(軍令)을 어기고 고려 임금의 군통수권(軍統帥權)을 정면으로 위반하였던 것이고, 곧이어 역성혁명(易姓革命) 우리나라 임금이 王·왕씨에서 李·이씨로 임금이 바뀜. 이라는 조선민족의 대업을 이루면서 빼어난 단(檀) 임금님의 고조선(高朝鮮) 나라의 이념을 가진 조선(朝鮮) 나라를 새로이 건설하시었던 것이다.

세계(世界) 어느 민족 어느 나라이든 뜻이 적은 통치자(統治者)는 누구를 막론하고 혁명(革命)이라는 과정을 거쳐 뜻이 큰 자나 시대정신(時代精神)에 맞는 사람에게 정권(政權)이 이양되었었다.

이성계(李成桂)는 위대한 우리 조상이다. 그가 세운 우리나라 국호(國號)를 우리 최상대 단군(檀君)님의 조선(朝鮮)으로 정하여 우리 과거의 뿌리를 찾고, 과거의 우리 땅을 찾아가는, 홍익인간(弘益人間) 정치이념(政治理念)을 가진 나라를 다시 세우시었던 것이다.

피폐한 고려(高麗) 나라의 말기적 현상(末期的現狀)을 타파하고 과거 우리 민족의 갈래인들이었던 원(元)나라 사람들에 대하여는 반감만을 가지고 이민족(異民族)인 떼놈들과 공조(共助) 관계를 가지던 여말(麗末) 고려 왕실을 뒤집은 것이며, 종교개혁(宗敎改革)을 한 것이었다.

아마, 불교(佛敎)에서 살생(殺生) 즉, 적(敵)인 사람을 죽이거나 고등생물(高等生物)을 잡아 고기 먹는 것을 금기시하고 자기(自己)에게 보시(布施)의 개념을 축소(縮小)하고 인과응보(因果應報)를 적게 받아 공(空)의 계(界)로 돌아가는 것이 "깨달음"을 얻는 것이라는 현실 도피적인 불교를 타파한 것이다.

또, 우리 북방 잔류민들과 함께 할 수 있는 우리 조상 최상대 단군(檀君) 임금님의 홍익인간의 정치이념(政治理念)으로 수렴(收斂)되는 조상숭배(祖上崇拜) 사상이 그 실체인 유교(儒敎) 사상을 도입하였던 것이고, 우리 민족성장(民族盛長)에 방해적인 불교 관행(佛敎貫行)을 타파한 것이었다.

또는, 이 고려시대(高麗時代)의 말기적현상(末期的現狀)으로 풍기문란하여 극락사(極樂事) 男女交接事·남녀교접사. 만을 추구하던 당시의 불교에 대한 질서를 바로잡고, 북방 잔류 우리 민족인들이 고기 육(肉)을 먹은 것을 쌍놈시(常者視)하는 것을 방지하고 우리 민족 전체 세대를 통합(統

合)하는 가운데로 몰려드는 중심(中心) 사상 즉, 충사상(忠思想)을 위한 유학(儒學) 朱子學·주자학·性理學·성리학. 의 국교화(國敎化)이었었다.

지금 세계의 일류 국가 영국(英國)도 그 시대정신(時代精神)에 따라 그들의 종교(宗敎)를 개혁하였으며, 수많은 나라들도 각국별 자기 민족의 기호에 맞는 종교로 개혁하면서 얼마나 많은 희생을 치렀는가?

수많은 반발과 희생을 감수하고 나라를 세운 이성계(李成桂)를 즉, 나라 바로 세우기 위한 그를 역성혁명(易姓革命)하였다고만 지금 우리가 알고 있는바 이 전부(全部)는 우리나라를 식민지로 만들기 위한 왜놈들이 우리나라 식민지화사관으로 조작한 것이다.

한편 독자 여러분, 지금 우리나라 국교(國敎)가 무엇인가요? 서양인들의 최상대(最上代) 야훼(YAWHY·如乎我)와 그의 아들이라는 예수(Jesus Christ, BC 4~30)를 합일(合一)시켜 이를 절대신(絕對神·The God)으로 믿고 따르며 경배 찬양하는 고전(古典) 기독교인 천주교인가요? 서양인들의 중조(中祖)인 예수를 믿는 여러 종파 예수교인가요?

이 서양인들의 종교가 지금 우리 민족인들에게 우리 조상신위(祖上神位)를 거부하고 금기(Taboo)시 하고 있으며, 우리 민족인의 입장에서 보면, 잡신(雜神)인 예수를 유일절대신(唯一絕對神·Only One of The God)으로 믿고 있는데 과연, 지금 그 타당성(妥當性)·당위성(當爲性)과 보편성(普遍性)이 있는 것인가요? 다만, 우리 민족주체성(民族主體性)을 없애는 서양종교(西洋宗敎)일 뿐이다.

한편, 왜놈들조차 근대 서구 제국의 압력이 있었는데도 불구하고 지금은 서양종교(西洋宗敎)는 거의 믿지 아니하며 우리 민족 조상님의 혈통인 천황(天皇)을 바꾸지 아니하고, 백제시대 말기부터 지금까지 받들어 모시면서 그들의 임금 나라주의(帝國主義) 제국주의. 가 만주사변을 일으키고 청일전쟁·러일전쟁에서 그놈들이 승리하여 우리 한반도와 만주·연해주까지 점령하면서 이것을 그놈들의 대동아(大東亞)라고 하였다.

또한, 이슬람교를 국교(國敎)로 믿고 있는 아랍(Arab)인들은 국교가 없는 사람을 미개인으로 취급하고 있다. 즉, 민족주체성(民族主體性)이 없는 민족이라는 말을 그들은 우리에게 하고 있는 것이다.

왜놈들은 우리 민족들의 땅을 차지하기 위한 우리 민족 농민들과의 대동학(東學)전쟁·청일전쟁·러일전쟁 등을 우리 민족의 영토 내부(領土內部)에서 치르면서 또, 미국과 태평양전쟁에 강제로 참여시켜 전사한 우리 조상들까지도 야스꾸니, 정국사(靖國寺)에 합장(合葬)하여 그놈들의 조상신(祖上神) 그 主·주는 自殺·자살에 실패하고 서양인들의 極東軍事裁判·극동군사재판에 회부되어 死刑·사형 당한 도조히데끼·東條英機 등 A급 태평양전쟁 전범 14명. 으로 참배하며 모시고 있다.

지금 우리 민족들은 누구의 어느 신(神)으로 향하고 있는가? 국교(國敎)라는 것은 우리 조상님들이 우리 민족 후손들에게 주시는 가르침을 말하는 것이며 우리는 우리를 낳고 키워주신 우리 선조조상(先祖祖上)님들을 숭상 찬양하여야 하며 그분들의 뜻을 따라야 한다라는 것을 명심하고, 각 가족, 족벌(族閥) 단위로 조상님께 제사 지내면서 또, 가족들을 잘 보살피며 꿋꿋하고 바른 삶을 사시었던 우리 조상 선비(儒·士)님들의 가르침 즉, 유교(儒敎)를 믿고 따라야 한다고 나는 강조하는 바이다.

우리 민족정치(民族政治)는 뭘 모르고 있는 우리 민족인 서양종교(西洋宗敎)인들과 그들의 종교 자유(宗敎自由)를 우리 민족들의 미래의 참삶을 위하여 지금부터라도 제한(制限) 통제통치(統制統治)하여야 한다.

청(淸)나라를 세웠던 우리 민족을 현재 세계인들이 만주족(滿州族)이라고 말하고 있으나 그들은 여진(女眞) 또는 여직(女直)이라는 특히, 여성(女性)들이 곧고 참되었던 우리 민족 조상님들과 그 후예들이시었으며, 그 옛날 만주 지방에 금(金) 신라 마지막 왕 경순왕(敬順王)·金傅·김부의 후예 金函普·김함보 즉, 金氏·김씨들의 金·김 나라라고 하여야 함. 이것도 왜놈들의 문자 조작을 통한 그놈들의 우리 민족의 축소화 작업 혹은 正統性·정통성 훼손을 위한 역사 날조임. 나라를 세웠었고, 후금(後金) 나라 누르하치(奴爾合赤·노미합적, 1559~1626)가 대륙에 있던 떼놈들, 명(明)나라를 정복한 후 그의 여덟째 아들 태종(太宗)이 국호를 청(淸)으로 지었던 것이며, 청세조(淸世祖) 청태종의 셋째아들. 가 북경(北京) 우리 漢·한민족의 북쪽 서울. 으로 천도하였던 것이다.

그들은 빼어난 우리 민족 고조선(高朝鮮)의 뒤를 이어 우리 핏줄들이 금수강산(錦繡江山) 시베리아·만주·연해주·한반도에 흩어져 살았던 한민족(漢民族)들이었으므로, 이성계의 건국(建國) 당시의 위화도 회군(回軍), 유학(儒學)의 도입(導入)은 당연(當然)한 것이었으며, 이때 하였어야 할 민족 전체통일(民族全體統一)을 후대(後代)로 미룬 것으로 보아, 지금 우리가 한다면 아니 되는가요? 한편, 통일신라, 고려 불교는 우리 북방 민족들과 그 정서(情序)와 사상(思想)을 통일하지 못하게 한 것이므로 지금도 개탄스러운 것이다.

청(淸)나라와 조선(朝鮮)나라의 형제지교(兄弟之交)는 당연한 것이었다. 누르하치(奴爾哈赤)는 떼놈들을 제압하여 다스렸고 즉, 우리 한민족(漢民族)이 중화인(仲偉人) 古代·고대 그들은 夏華族·화하족들임. 들을 정복하여 통치한 최후의 정복왕조(征服王朝) 그 옛날의 漢·한나라 참조. 이었던 것이다.

그들은 우리가 떼놈, 중화인(仲偉人)들과 친소(親疏) 친밀함과 버성김. 관계를 반복하여 소위, 정치적 줄타기를 계속함에 따른 정묘호란(丁卯胡亂) 때에 그들이 형제지국(兄弟之國)이라 하였지 누가 형(兄)인지 말하였던가?

19세기 초(1840년) 영국 놈들이 아편(楊貴妃) 양귀비. 판로 개척 문제로 일으킨 아편전쟁과 이미 메이지유신(明治維新)하여 자강(自強), 개화된 왜놈들이 만주의 요동, 산동반도, 천진(天津) 침략을 시작으로 한 침략과, 서세동점(西勢東漸) 1840년 영국인들이 청나라를 침공하기 위한 아편장사를 빌미로 일으킨 아편전쟁 때부터 서양 文物·문물, 자연과학 文明·문명과 종교 등 서양 意識·의식과 思想·사상이 동양으로 베어듦. 과 떼놈들이 그들의 조상(祖上) 하화족(夏華

族)의 뿌리를 찾아 잇기인 신해혁명(辛亥革命)으로 청국(淸國)은 멸망하였고, 떼놈들의 나라 중화민국(仲偉民國)이 대륙에 성립(成立, 1912년)되었었다.

그 결과로 과거의 우리 땅인 만주 땅을 중화(仲偉) 떼놈들이 아무런 대가없이 그냥 합방(合邦)한 것이었고, 그 이전에 러시아가 북경조약, 네르친스크조약 등으로 청국(淸國)을 협박하여 동청철도(東淸鐵道)를 놓고 강제 점령한 연해주·시베리아 극동 지방은 러일전쟁(露日戰爭) 등 우여곡절 끝에 지금도 러시아가 불법 점유하고 있는 것이다.

이상과 같은 우리 옛 과거사(過去事)를 잘 알고 있던 20세기 초의 왜놈들은 우리나라를 합방한 후 괴뢰정권인 만주국(滿州國)을 세우고 만주 지방을 합방하였던 것이며, 왜놈들이 러일전쟁에서 승리한 후 제정(帝政) 러시아가 차지하고 있었던 연해주·화태·사할린·알류산 열도(列島)·캄차카반도 등을 점령과 동시(同時)에 그놈들의 대동아(大東亞)라고 하였던 것이다.

일제강점기에 남의 땅인 상해(上海)와 중경(重慶) 등지에서 우리와는 다른 민족인 떼놈들과 섞여서 우리 민족 독립운동을 한 김구(金九)보다 본래부터 우리 땅이었던 만주, 시베리아·연해주에서 가까운 핏줄들과 함께 독립운동을 하였던 김일성 일가를 포함한 북한인들이 그들의 국호를 조선(朝鮮)이라고 이름 짓고, 그들이 정통성(正統性)이 있다고 하는 이유가 여기에도 있는 것이다.

또 다시 초기 조선(朝鮮)으로 돌아와서, 이성계는 불교(佛敎)의 타파를 절감하였을 것이고 고려 말기부터 우리나라에 유행(流行)하기 시작하였던 주자학(朱子學) 性理學·성리학, 儒學·유학. 을 도입하고 임금의 뜻에 따라 온 백성(百姓)이 뭉칠 수 있는 중심(中心)사상인 충사상(忠思想)과 아버지를 포함한 윗대 조상 어르신을 받들어 모시며 자손(子孫)들이 몰려들게

하는 효사상(孝思想)을 도입하고, 처가(妻家) 외척(外戚) 세력을 물리치고
아마 이성계는 고려 궁중 여인들을 혐오하였을 것임. 유학(儒學) 性理學·성리학. 을
온 나라의 가르침, 국교(國敎)로 삼았던 것이다.

다시 이성계의 개인사적(個人私的)으로 돌아와서, 베개 밑 송사(訟事)라
고 하였던가? 역사(歷史)는 밤에 이루어진다고 하였던가? 문제(問題)가 있
는 곳에 여자(女子)가 반드시 끼어 있다는 것이었던가?

젊은 후처(後妻)의 베개 밑 송사로 세자(世子)로 책봉되었던 방석·방번
등 후처 소생은 본처 태생의 셋째 아들 방원(方遠) 고려 충신 정몽주(경상북도
영천이 그의 本貫·본관이라고 함. 울산광역시 부근에서도 활동하였음)를 선죽교에서 제
거한 조선 건국의 主役·주역임. 에게 곁가지라고 하여 경복궁(景福宮)에서 죽
임을 당하였으며, 이것을 이방원의 "왕자의 난"이라고 지금 우리들은 말
하고 있다. 주책스러운 늙은 아버지 이성계(李成桂)를 한양(漢陽)의 어떤
사가(私家)에 유배시켰다가 아버지를 자유롭게 주유천하(周遊天下)토록
하였는데, 이성계는 고향 함흥으로 가서 거의 반란 수준으로 셋째 아들
방원이를 핍박하였다. 함흥차사(咸興次使)는 누가 될 것이었던가?

여기서 내가 할 수 있는 또 한 가지 말은, 인간계(人間界)는 자연계의
나무(木)와 다르다. 나무 마디마디에는 여러 개의 가지가 생기며, 그 중
중앙(中央)의 것이 본순(本筍)이다.

사람의 형제자매들 중 첫째는 문열이(門出來) 문출래. 라고 한다. 지금
우리 민족 모두는 장자(長子) 큰아들·첫째아들. 와 장자(長者) 아들 중에 장래가
촉망되고 크게 된 아들. 를 혼동하고 있다.

과거의 조혼(早婚) 풍습은 잘못된 것이고, 남녀(男女)가 성숙(成熟)하여
야만 빼어난 2세(世)를 생산할 수 있는 것이다.

태종 이방원은 그의 문열이 첫째아들 양녕대군(讓寧大君) 민씨 소생, 당
시 12세. 에게 옥새(玉璽)를 전달하라고 하륜(河輪)에게 지시하여 전위(轉

位) 파동을 일으키고, 셋째아들 충령대군(忠寧大君) 세종대왕. 에게 왕위를 계승시켰으며, 그 와중에 외척인 민씨(閔氏) 일파를 제거하고 왕권(王權)을 강화시켰었다.

이러한 일들은 조선시대에 계속되었다. 특히 세조(世祖)때 그러하였으며, 성종(成宗)·영조(英祖)·순조(純祖)·헌종(憲宗)·철종(哲宗)·고종(高宗) 등 조선 중·후기의 임금(王)들은 대부분 이러한 정통성(正統性) 문제 다툼에서 왕통(王統)의 정통성 없이 서모(庶母) 출생이나 장자(長者) 개념의 왕통이었거나 특히 아들이나 손자의 외척인 새로 등장하는 신흥 세력자와 기존 수구 훈구파들 간의 싸움에서 이긴 세력자가 외부에서 영입한 왕족으로 왕통(王統)을 승계시켰으므로 조선 왕통(朝鮮王統)은 그 주체성(主體性)을 발휘하지 못하고, 안동김씨(安東金氏), 풍양조씨(豊壤趙氏), 파평윤씨(坡平尹氏) 등 외척(外戚)들이나 세도정치가(勢道政治家)들의 힘에 군주주권(君主主權)이 짓밟히던 세월이 계속되었었다.

어떻게 생각하면, 이런 혼인 과정이나 난리(亂離)에서 공(功)을 세워 양산(量産)되었던 수많은 문반(文班), 무반(武班) 양반사대부(兩班士大夫)들은 서민들의 삶을 핍박하며, 그들만이 잘 먹고 살며, 놀고먹고, 세도(勢道)만 부리던 그들의 등쌀에 우리 온 백성들의 삶은 쪼그라들었던 것이다.

지금 우리 민족의 지도층들도 잘 존재(存在)만하는 웰빙(Well bing)을 의도하고 미래를 내다보지 아니하는 자들이 많지 아니한가? 늘 왜놈이라고 우리가 욕하던 마쓰시다(松下) 가문의 총수(總帥)는 24평(坪)짜리 맨션에 평생(平生)을 살았었다.

박정희 대통령은 돌아가실 때 헤진 와이셔츠를 입고 구멍 난 양말을 기워 신고 계셨다고 한다. 그분은 뉴질랜드 방문시 우리와 다른 드넓은 초원(草原)을 보시고 검은 안경으로 눈물을 감추시며 마음 감추셨고, 고름과 땀에 젖은 우리 서독 광부·간호사를 만났을 때 눈물 흘리시며 뤼브케 대통령이 건네주는 손수건을 적셨다고 한다.

백성(百姓)된 도리(道理)만 지키며 방관하는 자세에서 벗어나, 만약에 이왕가(李王家)의 대신(大臣)들이나 토호(土壕), 사대부(士大夫) 중에 과거 영국(英國)의 빅토리아 여왕 시대의 디즈레일리 같은 훌륭한 재상(宰相)이 있었다면 우리 민족은 어떻게 되었을까? 또, 1970년대 말 10월유신(十月維新)이 계속되었더라면 우리나라는 지금 세계의 일류국가(一流國家)가 되어 있을 것이다.

한편, 우리나라의 고종 황제, 이승만 같은 우리 임금이 계집, 녀(女)의 치마폭에 휘말리지 아니하고, 로스케 놈들의 손탁(孫鐸·Sontag) 貞洞·정동 호텔을 지어 러시아 베베르 공사의 책략을 위한 외국인들과 모임을 주도하였음. 후일 정동 구락부(貞洞 Club)가 됨. 왜놈 이등박문의 첩(妻) 배정자(裵貞子) 金海·김해 출신 으로 이등박문에게 철저히 교육받은 친일 앞잡이 간첩. 기생년 같은 화냥년문화(化洋年文化) 서양화되는 시대의 서양식 귀부인 속칭 마담·madam 문화. 에 휩싸이지 아니하였더라면 어떻게 되었을까?

고종 황제는 기백이 없었고 우리 민족의식(民族意識)의 뜻(志)이 적은 비겁자이었다. 지금 쇄국정책(鎖國政策) 나라를 자물쇠로 채우는 정책. 을 썼다고 욕을 먹고 있는 보수 노인 대원군보다 더 부족하였었다. 그리하였으므로 대원군(大院君) 이하응은 작은아들인 고종(高宗)을 큰아들로 임금을 교체시키려 한 적이 있었다. 자결(自決)하는 신하(臣下)들이 있었는데도 그는 왜 황실(皇室)의 귀족(貴族)이 되어 왜놈 군복(軍服)을 입었었다.

이왕가(李王家)의 소유(所有)였던 전 국토(全國土)와 만백성들은 세력자(勢力者)들의 뜻대로 마음대로 관리되고, 지방의 백성들은 지방 수령이나 토호(土壕) 지방 세력자. 들의 하인(下人)이나 종(從) 또는 소작인(小作人)으로 어려운 삶을 이어왔던 것이다.

조선조(朝鮮朝)에는 젊은 자식을 어른으로 속히 만들기 위하여 또, 후사를 속히 보기 위하여 유년혼인(幼年婚姻)을 시킨 것은 잘못된 것이다. 셋째 아들은 선도 안 본다던가? 셋째 딸은 예쁘다고 하였던가? 부모가 성숙한 후 낳는 자식이 빼어난다는 말이다.

한편, 유년부(幼年夫)를 맞이하여 시집 온 나이 든 지어미, 부(婦)는 남편이 장성(長盛)할 때까지 꼬마 인형(人形)을 가슴에 안고 한없이 참고 기다린 것이 우리 민족들의 여인들이었던 것이다.

어쨌든 또 한편으로 여성, 그녀들은 우리 민족의 절반(切半)이었다. 우리는 신사임당 같은 참을 줄 알고 자식교육(子息敎育)을 잘 시키고 노력(努力)하는 여성을 원한다. 남성(男性)은 세계 제패를 할 수 있으나 여성(女性)의 부드러운 치마폭에 놀아난다.

우리 청년(靑年)들은 여성을 잘 만나서 짝을 지어야 하며, 자기 자신과 가족·사회·우리 민족·우리 국가를 위하여 무엇을 어떻게 해야 할지 2~30대(代)까지 수신(修身)하며 확실한 뜻을 세우고 열심히 공부(工夫)하고 일(事)하면서 4~50대(代)까지 제가(濟家)하고, 6~70대(代)에는 이를 포월(包越)하면서 치국평천하(治國平天下)하는 삶을 살아가야 한다.

이성계가 국가 이념(國家理念)으로 내세웠던 유학(儒學) 딸릴 유·젖먹이 유·배울 학 즉, 성리학을 배움. 과 충효사상(忠孝思想)은 우리 민족 고래(古來)의 가부장(家夫長) 제도의 재확립(再確立)인 것이며, 이것은 지금 현대 여성(現代女性)들의 허망한, 목적 없는 여성 해방(女性解放)의 대상으로 되고 있는 것이다.

유(儒)는 젖먹이를 뜻하며, 자식(子息)이 그 어미에게 달려 있고 남편, 부(夫)에게 그 배필(配匹)인 안들(內者) 내자. 이 달려 있다는 즉, 속인(屬人)이라는 것이다. "달린 돼지 누운 돼지 나무란다"라는 우리 속담(俗談)이 있다. 달린 자식들은 부모를 나무랄 수 없다는 뜻이며 또한, 부모는 달린 새끼들을 달랠 수밖에 다른 도리가 없다는 말이다.

그런가 하면, 역으로 남성도 삼종지도(三從之道)가 있다. 어머니(母), 부인(夫人), 며느리, 자부(子婦)에게 달려 있다는 말이다. 남성도 이 세 사람을 잘 만나야 행복하고 출세(出世)도 할 수 있고 빼어난 자식을 낳아 기를 수 있으며 노후에도 안락하고 편안한 삶을 영위할 수 있다는 뜻이다.

해(解) 자를 자세히 보면 뿔(角) 뿔 각. 을 앞세운 사나운 소(牛) 소 우. 의 뿔이 칼(刀) 칼 도 에 잘리는 것이며, 방(放)은 '놓아, 내쫓아, 내버려두'는 것을 뜻한다. 지금 이 시대에 문제되고 있는 여성 해방은 과연 어떤 사람들 간의 인생살이에서 도덕적(道德的)·윤리적(倫理的) 가치(價値)를 높이는 가치창출(價値創出)하는 것인가? 막연(莫然)한 것인가?

암탉이 벼슬하는 것 같이 자주 울면 집안이 망한다고 하였던가? 나라를 기울어지게 한 경국지색(傾國之色) 양귀비와 장희빈이 있었으며, 천하장사 여포를 망하게 한 초선이, 삼손의 터럭(髮) 터럭 발. 을 깎아 망하게 한 서양년(西洋年) 데릴라가 있었던가? 우선의 자기 코앞, 눈앞의 자기 사랑만을 위하는 사랑 그 자체만을 추구하는 사랑은 장래의 멸망을 뜻한다.

이년(是年) 시년·是女·시녀. 들의 대부분은 우선 눈앞의 자기 사랑밖에 몰랐고, 자기 새끼들만 알았지 남편을 모르고, 시집 온 시가조상(媤家祖上)을 모르며, 집안 망하고 자기 나라 망하고 자신(自身)까지도 망하게 되는 것은 모르는 소견머리 없는 년(年) 어느 정도 해가 차서 여자구실을 할 수 있는 나이가 찬 계집, 少年·소년·어릴 소·해 년 참조. 들이었다.

한편, 지어미 부(婦), 여성들은 배필인 지아비, 부(夫)에게도 잡다리(雜多利) 여러 가지 이로운 것을 많이. 하여 먹이고 입히는 모성(母性)을 발휘한다.

지금 씨(氏)라고 하는 말이 성(姓)인 것을 보면 사람은 계집(女) 계집녀. 으로부터 생(生)기는 것이 씨(氏)인가? 혹은 고려시대 이전의 우리나라 사람들과 모든 인류들은 일처다부(一妻多夫)적 행태를 부렸는지? 혼음(混淫)하였거나 음란(淫亂)·음탕(淫蕩)하였던 것이었던가?

옛날 떼놈들은 여인들에게 전족을 채웠고, 노름하다 부인(夫人)을 저당 잡혔으며, 왜인(倭人)들의 형수는 전쟁 나가 죽은 형을 대신한 시동생(媤同生)의 처(妻)가 되고 고쟁이조차 입지 아니하였고, 서양인들은 정조대(貞操帶)를 채웠었다.

지금 경상도 지방에서 이런 부조리(不條理)한 현상을 비판하는 욕설이 다음과 같이 남아 있다.

니기미씨팔(尼己未氏賣) 니기미씨매, 여승이 씨를 아니 팔았는가? 즉, 아직 處女·처녀·virgin인가? 지기미씨팔(自己未氏賣)! 자기미씨매, 자기 스스로 씨 즉, 뜻을 아니 팔았는가? 제미 씨팔놈 즉, 지어미 씨팔놈(婦氏賣者) 부씨매자, 지어미 즉, 자기 처의 貞操·정조를 팔아먹는 기생집 기둥서방 같이 빈둥빈둥 노름이나 하고 술을 먹고 아편이나 찌르며 건달같이 사는 놈. 인가?

아마 여말(麗末)을 포함한 이조 말기 대한제국(大韓帝國)의 화양년시대(化洋年時代) 서양화되는 시대. 의 육욕 쾌락주의시대(肉慾快樂主義時代)에 대한 식자(識者)들의 탄식이었을 것이며, 모든 시대의 말기적현상(末期的現狀)으로 반드시 쾌락향락주의(快樂享樂主義)가 판을 친 것이며, 수많은 모텔, 여관, 나이트클럽, 카바레 등과 밤늦게까지 술을 마시고 있는 지금의 전국유흥가(全國遊興街)를 보면, 지금 우리가 처해 있는 대한민국 현시대가 그러하다.

어쨌든, 이태조(李太祖) 이성계는 풍기 문란한 여성(女性)들을 배척하였으며, 그의 아들 방원(芳遠), 태종(太宗)도 외척들을 싫어하고 왕권(王權)을 강화(强化) 확립하였었다. 아버지 이성계의 본처 소생인 그는 이성계의 후처, 계모(繼母) 그 묘지가 지금의 貞洞·정동의 貞陵·정릉에서 다른 곳으로 옮겨버리고, 그 石材·석재를 청계천 돌다리를 놓는데 써버렸다고 함. 소생 동생들을 죽였으며, 자신의 본처(本妻)도 무단히도 경계하고 그 외척들을 핍박하였었다.

아마 아들 세종대왕의 장래를 위한 임금의 체통(體統) 즉, 왕통(王統)의 주체성(主體性)을 확립하기 위한 것이었으리라고 생각된다.

이와 같은 일들이 지금 북한의 인민공산정권(人民共産政權) 핵심인 김정일에게 일어나고 있다. 이와 같은 것을 곁가지라 하여 잘라내고 자신에게 정통성(正統性)이 있으며, 그놈이 우리 민족의 주체(主體)라고 생각하도록 북한민을 선전 선동하고 인민들의 충성을 우려내어 외부 이민족(異民族)들의 간섭 없이 자력갱생(自力更生)하는 것이 북한 인민들의 인생길이라는 것이 지금 북한의 현실이 바로 주체사상(主體思想)이며 그 결과이다.

일응 그럴싸하게 들리지만, 이 주체성(主體性)은 북한 거주 우리 민족(民族) 모두를 포함한 우리 민족 각자가 스스로 가져야 할 의식(意識)이다.

김일성 일가(一家)의 신격화(神格化)에 동원되어 북한 주민들은 독재(獨裁)에 신음하고 있는 것이며, 대를 이어 김일성 일가에게 충성토록 강요당하는 형국이 지속되고 있다. 충성(忠誠)은 특정 개인에게 하는 것이 아니라, 나라와 민족 전체에 대하여 온 국민들은 능력껏 세금을 내고, 청년들은 국방을 위하여 군에 갔다 오고, 국민으로써 책임과 의무를 다할 수 있도록 무지(無志)하지 아니하도록 나라, 국가(國家)의 의무교육(義務教育)을 포월(包越)한 대학교육(大學教育) 이상까지도 받고, 열성(熱誠)을 가지고 근로(勤勞)하는 것이 곧, 나라에 충성(忠誠)하는 것이며, 우리 민족 각자들의 주체성(主體性) 있는 삶, 인생(人生)인 것이다.

한편, 성종 2년(1470)에 『경국대전(經國大典)』을 완성하여 조선왕조(朝鮮王朝)의 기틀을 잡고, 이것을 만백성의 귀감이 되도록 하였다.

이것은 조선(朝鮮) 나라의 헌법(憲法)과 같았으며, 외부의 간섭 없이 사관(史官)들에 의해서 집필된 『왕조실록(王朝實錄)』은 전 세계(全世界)에 유례없는 우리 민족의 고전(古典)이고 보물(寶物)이다.

3

우리 민족民族의
신神과
삶의 철학人生哲學·인생철학
종교宗敎인
불교佛敎와 유교儒敎

우리 민족의 신과
삶의 철학 종교인 불교와 유교

　　　　　　　　　　　종교라는 것은 무엇인가요? 종교

(宗敎)는 인생 삶의 으뜸(宗) 되는 가르침(敎) 즉, 인생살이의 철학(哲學) 큰 배움. 이라는 말이다. 서양인들은 우리 불교를 종교(宗敎·Religion)라고 하지 아니하며, 불타주의(佛陀主義·Buddhism)라 하고 우리 유교(儒·土敎) 선비교. 는 안중에도 없다.

　이것은 서양인 자기들의 신(神)만이 유일(唯一)의 절대신(絕對神·The God)이며 이를 믿고 따르라는 말이다.

　우리 조상신(祖上神)과 부처님은 우상(偶像)이며, 아무것도 아닌 잡신이라는 말이고, 자기들의 신은 당연한 유일절대신(唯一絕對神·One of The God·一任神)으로 하고, 우리 조상신(祖上神)은 나쁘게 금기시하며 한없이 얕잡아보는 것이다.

　불교(佛敎)와 유교(儒敎)는 우리 조상(祖上)들의 '삶'의 철학(哲學) 人生哲學·인생철학, 인생 삶의 큰 배움. 을 대본(大本) 큰 근본. 으로 한 우리들에게 큰 가르침을 주는 우리 종교(宗敎·Religion)라고 나는 강조하는 바이다.

　미얀마(梵亞) 버어마. 지금의 앙코르와트 불교 유적지가 있는 지역. 현재의 네팔·

부탄 등지를 포함. 과거에 梵語·범어를 쓰고 있었다고 생각되는 지역. 에서 고구려와 신라로 불교가 전파되어 왔다는 종전의 역사학설(歷史學說)은 일제(日帝)의 우리 민족에 대한 식민지화사관(植民地化史觀)이거나 그 이전 혹은 그 이후에 우리나라를 동점(東漸)한 서양 종교(西洋宗敎)인 그리스도교를 믿는 힘(力) 즉, 세력(勢力)이 컸던 서양인들이 조작한 정신사관(精神史觀)이라고 나는 생각하고 있다.

이와 반대되는 옛 과거 우리나라 남부 지역에서 우리 불교가 서역으로 전파되어 갔다는 나의 생각은 수많은 우리 민족 불교 신도들과 서양으로부터 전파되어 온 가톨릭·기독교 등의 교인들과 우리 민족을 제외한 모든 세계인들로부터 비난받고 비판받을 것이다.

나는 나에게 양심(良心)의 자유가 있으며, 사상(思想)과 언론(言論)의 자유가 있음을 알고 있다.

나의 이 글은 누구에게나 나쁜 기분을 낳게 하거나 현실적으로 아무런 위해(危害)를 끼칠 마음이 없이 진실(眞實)을 쓴 것이라고 독자들은 십분 이해하여 주시기를 바라마지 않는 바이다.

나는 앞에서, 한반도에 살고 있는 우리 민족이 지금 이 시대까지 단군(檀君)의 홍익인간(弘益人間) 크게 더하는 사람 사이. 의 정치이념(政治理念)으로 사람다운 삶을 구가하기 위하여 쉴 새 없이 이사하며 새로운 먹을거리를 구(求)하고 거처할 집과 입을 옷을 만들면서 즉, 의식주(衣食住)를 해결하기 위하여 끊임없는 이별과 잔존(殘存)과 개척(開拓)을 하여 왔다는 먼 옛날부터의 이야기를 한 것이다.

이러한 우리 조상 남성(男性)인 어른, 대인(大人) 우리 조상들뿐만 아니라 서양 종교의 지도자나 우리 불교·유교의 지도자는 거의 전부가 男性·남성이었음. 신부, 목사는 남성이고 절, 寺刹·사찰에 있는 수컷 雄·웅 자의 大雄殿·대웅전 내의 부처님 참조. 들은 가족·식솔들을 이끌며 삶(人生) 인생·life. 을 살아온 그들의 인생(人生)은 지상의 모든 산물(産物)을 이용하였으며, 그것을 바탕으로 말(言語) 언어. 과 글(文) 문. 을 만들고 개량(改良)하면서, 이것을 문명(文明)과 문화(文化)로 승화시키면서, 삶을 구가하면서, 고달픔을 참고 견디며 지금까지 살아왔다는 것이 불교(佛敎)와 유교(儒敎)라는 취지의 나의 주관적인 생각을 전개하여 온 것이다.

신라는 찬란한 문명과 문화를 이룩하였으나 너무나 오랜 시간을 비좁은 같은 터에 머물러 있었으므로, 새로이 서울을 열고 고려시대 開京·개경 참조 옛날 고구려(高句麗) 시대와 그 이전의 고조선(高朝鮮) 시대, 그 옛날 우리 민족이 살던 땅으로 귀향(歸鄕) 王建·왕건은 신라 수도 金城·금성 太守·태수이었던 隆·융의 아들인 若天·약천임. 하는 고려(高麗)시대를 거치면서 우리 세력을 다시 옛날에 살던 북쪽 땅으로 뻗치는 진출(進出)을 시도하였으나 그 지역과는 이미 언어가 변하여 서로 다르고 우리 남쪽 사람들의 불교사상(佛敎思想)과 북방 잔류민들 삶의 방식이 달라져 우리 민족정서(民族情序)가 통합되지 못한 것이었으며, 여말 이조 초기(麗末李朝初期)의 우리 북방 잔류민을 천시하고 유학(儒學)·성리학(性理學)·주자학(朱子學)이 융성하던 만리장성(萬里長城) 이남의 떼놈, 명(明)나라와의 친명정책(親明政策)으로 북방 우리 민족과 통합 통일하지 못한 것이었으며 그 후 제정(帝政) 러시아의 동남진(東南進)정책과 근대에 와서 중화민족(仲亻華民族) 인민공화국 떼놈들의 힘(Power), 정치권력(政治權力) 즉, 영토(領土)권력 확보 의지(意志) 즉, 떼놈들의 동북공정(東北工程)에 의하여 밀리고 있다는 말을 한 것이다.

한편, 남진(南進)은 해양민족(海洋民族)인 왜(倭)놈들에 의하여 이종무(李從茂)의 대마도 정벌(征伐) 등도 수포로 돌아가고, 풍신수길(豊信秀吉) 도요토미 히데요시. 의 임진·정유난과 근세에 와서 일본제국주의 침략으로 좌절된 것이다.

우리 물질문명(物質文明)과 정신문화(精神文化)를, 우리의 중대(中代) 고구려·백제·신라 시대부터 받아들이던 왜놈들은 어느덧 자연과학문명

(自然科學文明)을 발전시켜 이미 철기문명(鐵器文明)의 강력한 폭약과 강철(鋼鐵·Steel)로 만든 무기(武器)를 편재하고 천황제국주의(天皇帝國主義) 사상으로 훈련되고 무장(武裝)된 강력한 군대를 가지고 있었다.

역사에 남아 있는 조선통신사(朝鮮通信使) 그림만을 보더라도 우리 문물을 가르쳐주고 공물(貢物)을 받아온 우리 민족이 근세에 왜놈 자신들의 뿌리 찾기 즉, 서양의 선진문물(先進文物)을 먼저 받아들여 유신(維新) 明治維新·명치유신을 말함. 하여 강성(强盛)한 왜놈들에게 또 다시 침략당한 것이다. 우리 민족에게 왜(倭) 왜소한 소인들. 라고 불리던 그들이 언제부터 해(日) 太陽·태양. 를 근본(本根)으로 한다는 일본(日本)이라는 명칭을 붙이고 건방져졌을까?

신라(新羅)는 새로운 비단문화를 만들어 낸 나라였다는 말을 앞에서 하였다. 라(羅) 자는 비단을 뜻한다. 나는 여기서 또 다시, 신라(新羅)의 신(新) 자를 나 나름대로 해석하여 볼 필요성을 느끼고 있다.

신(新) 자를 자세히 보면 나무, 목(木) 위에 어떤 것을 세웠다는 것(立) 세울 립·설 립. 것을 알 수 있다. 근(斤)은 도끼를 뜻하는 도끼 근(斤) 자이며 고기, 육(肉)의 양(量), 약 600g 정도의 무게를 뜻한다.

세울 립(立) 자의 갓머리 "亠"는 머리를 뜻하는 기호문자(記號文字)이다. 한편, 아비 부(父) 자는 도끼를 손으로 쥔 그림을 변형(變形)시킨 상형문자(象形文字)이다.

이 아비 父·부 자를 선동적인 붉은 바탕에 귀신같은 검은 색깔의 망치와 낫으로 변형된 그림을 그려 깃발을 만들어 國際共産主義·국제공산주의 코민테른·Comintern 소련의 독재자 레닌·Lenin은 상징 깃발로 이 父·부 자를 사용한 적이 있었다. 한편 독일 히틀러도 寺·절이나 佛心·불심을 상징하고 周易·주역의 뜻인 吉祥萬福·길상만복의 뜻이 담긴 우리 한문 卍·만자를 상징 깃발과 완장으로 만들어 사용한 적이 있었다. 국제로타리클럽의 배지도 우리 불교의 8가지의 바른, 견해·생각·말·행동·직업(職業)·노력(努力)·기억(記

憶)·정신(精神)을 뜻하는 법륜(法輪·Wheel of Dharma)이다.

그러므로 이상의 것들을 모아 해석을 붙인다면, 신라시대의 우리 민족의 아버지들은 도끼(斤·斧) 등의 금속기문명(金屬期文明)의 도구(道具)를 이용하여 지금의 시골 원두막 같은 집을 짓고 멀리 내다보면서 농작물(農作物)·사람(人)·가축(家畜)들을 해치는 들짐승이나 이방인(異邦人)들로부터 또, 지상의 맹수(猛獸)들, 뱀이나 개미 같은 독충들로부터 식솔(食率)들을 보호하기 위하여, 농사에 도구(道具)로 쓰거나 침입자를 물리칠 때 쓸 수 있는 도끼 등의 무기(武器)에 가까운 연장을 집 가까이 두었던 것이다. 나는 신(新) 자의 개념을 이와 같이 해석(解釋)하고 있다.

한편, 신라인들은 울창한 원시림(原始林)의 특정 높은 나무 위에 망루(望樓)를 세우고, 지금처럼 경계병(兵)을 세워 도끼나 활 등을 가지고 산돼지나 호랑이·늑대 등 맹수들을 쫓거나 이방인(異邦人)들이 사람, 농작물, 가축을 해치며 노략질(路略事)하는 것을 감시하며, 위급한 비상사태에 가까운 일이 일어날 경우에는 쇠북(鍾·鐘) 종이 잘 만들어지지 아니하고 소리가 잘 울리지 아니하므로 아이, 童·동·어린 男兒·남아를 쇳물에 祭物·제물로 넣어 만든 종이 에밀레鐘·종(국립경주박물관에 전시되어 있음)이라는 우리 역사가 있음. 을 치고, 이것을 여러 사람들에게 알리고 대처하였을 것으로 생각된다.

그 이방인은 왜구(倭寇) 도둑 구·쳐들어올 구·원수 구·해칠 구·난리 구. 즉, 왜놈들이었을 것이다.

왜(倭) 자를 자세히 보면 사람 인(人) 자 변에 나락 화(禾) 벼. 자 밑에 계집녀(女) 자가 있으므로, 옛적에 왜놈들은 계집들이 벼농사를 지어 머리에 이고 와서 새끼들과 먹고 살며 남성, 수컷들은 먹고 놀면서 서로 차지하기 위한 싸움만 하던 소인배 족속(族屬)들이었을 것이다.

또한, 구(寇) 자를 보면 갓머리가 씌워 있으므로, 그들은 초립(草笠)과 같은 모자를 썼을 것으로 생각되며 비와 햇볕을 가리었을 것으로 생각되며, 구(寇) 자의 문자 형태를 보면 판옥선(板屋船)처럼 보이므로 배를 타고 노략질(路略事)하러 온 것이다.

지금의 경주시 양북면 해변에서 약 200m 떨어진 바다 속에 신라 30대 문무왕(文武王)의 수중릉(水中陵)이 있다. 이 릉(陵), 대왕암(大王岩)은 탑의 모양으로 수로(水路)가 만들어져 있으며, 죽은 뒤에 용(龍) 임금이라는 뜻이 있음. 이 되어 왜구들을 격퇴하겠다는 문무왕의 뜻이 전해진다고 한다. 먼 과거부터 왜놈들은 우리 민족을 뜯어먹으면서 해(害)를 끼쳤던 기생충 같은 나쁜 놈들이다.

신라인들은 내가 앞에서 언급하였던 만주·연해주·시베리아 지방에서 살던 우리 민족이 그 옛날 동남방으로 옮겨 이사(移徙) 온 고조선(高朝鮮)의 후대 고구려인들이 만주지방에 세웠던 고각(高閣)보다 또는, 땅을 파서 거처의 일부가 땅속에 들어가게 하였던 귀틀집보다 새로운 더 높은 망루를 원시림(原始林)의 나무 위에 세웠거나 혹은, 귀틀집보다 다른, 새로운 개념의 온돌(溫突)이 있는 집(宅)을 땅위에 만들었을 것으로 생각되며, 이것을 그 시대(時代)로 보아 신(新) 자가 새롭다는 뜻을 가지게 되었다고 나는 해석하고 있다.

한편, 멀리 내다볼 수 있는 낮에는 사람을 닮은 허수아비 같은 것을 만들어 높은 나무 꼭대기에 설치하여 감시병으로 위장하였을 수도 있었을 것이고, 마을 어귀에는 천하대장군, 지하여장군 같은 나무 우상(木偶像)을 세워 나쁜 놈들의 침입을 경계하고 주인(主人)인 우리들에게 한없이 다정다감한 요정(妖精)같은 것을 세웠으며, 한지(漢紙) 문종이, 과거 우리 민족이 房·방 문짝에 붙였던 종이. 닥나무 껍질로 만든 종이. 를 이용하고 비단실을 사용하여 오징어·방패연(鳶)같은 것을 띄워 사람이 있음을 미리 알리고 겁을 주어 적의 접근을 차단하였을 것이다.

나는 2절(節)에서, 동맹(同盟)은 고구려 시대의 몽골·만주·시베리아 지방에 흩어져 살던 여러 부족(部族)들의 갈래들이 모여서 풍년(豊年)이 든 것을 조상님께 감사하고, 사직신(社稷神) 土·땅·土地·토지신과 禾·화, 벼농사신 즉, 臣農神·신농신. 과 여러 영성(靈星)들께 제사지내며 축제를 연 것이 지금의 국제동맹(國際同盟)으로 발전된 것이라고 한 바 있다.

독자들은 맹(盟) 자의 바탕은 '피 혈(血)' 자 그릇 皿·명 자로 되어 있다는 說·설도 있음. 로 되어 있음을, 피를 제단에 바쳤던 서양 종교와 비교 음미해 보시기 바란다.

이야기를 계속하면, 이 고구려시대의 동맹(同盟) 축제는 동명제(東明祭)라고도 하며, 이것은 지금 우리들에게 일월성신(日月聖神)이신 동명신(東明神)인 고구려의 시조(始祖) 고주몽(高朱蒙)과 그의 생모(生母)인 하백녀(河伯女)를 제사지내는 제천(祭天)의식이었다고 생각된다.

지금 살고 있는 우리 노장층(老壯層)들은 산조상인 부모님과 이미 돌아가신, 죽은 상대(上代) 조상신(祖上神)을 곧 하느님처럼 모시며 살고 있다.

고구려 시조(始祖) 동명의 성명(姓名)은 고주몽(高朱蒙, BC 58~19)이며, 지금 우리들에게는 동방(東方)으로 이사(移徙) 오신 밝고 밝은 빛인 일월성신(日月聖神)이신 것이며, 강(江)의 신 하백(河伯)의 외손자이고 하늘의 신 해모수(解慕漱)의 증손자이며 활(弓)을 잘 쏘았다고 한다.

우리가 올림픽 남녀 단체 활쏘기(양궁)에서 수차례 세계 재패를 보면 東邦東夷民族·동방동이민족 즉, 동방에 있는 활(弓)을 맨 큰(人)대인 민족의 후예임을 자각하여야함.

나는 이 하백녀(河伯女)의 '백' 자는 얼굴이 흰(白) 흰 백. 사람을 가리키는 뜻으로, 사람 인(人) 자 변에 흰 백(白) 자를 우방(右方)에 붙여 백(伯) 자로 쓴 것이라고 생각하고 있다.

시베리아나 만주 지방이 북극에 가까운 북방이므로, 태양빛이 부족하여 흰 러시아(Russia)인들이 연상되며 아마, 우리도 그때는 그랬을 것이다.

이때 우리 남성(男性)들의 피가 로스케 여인들에게 섞인 것이 아닌가 생각하고 있다.

이러한 제천(祭天), 조상(祖上) 제례(祭禮) 의식은 추수(秋收)를 마친 늦은 가을철 음력 10월에 행하였을 것으로 생각되는 것은, 지금의 시월상달(上月)에 윗대 조상님들의 산소(山所)에 묘사(墓祀) 지내는 시제풍습(時祭風習)을 보면 이해될 수 있을까?

이와 비슷한 고구려나 기타 북방의 우리 민족시대의 풍습으로는 영고(迎鼓)와 무천(舞天) 등이 있었다. 이것은 신(神)을 맞아들이는, 지금 역술인(易述人)들이 신을 맞아들이는 영신제(迎神祭)와 씻김굿 서양 종교의식인 물로써 christening·洗禮·세례 하는 것과 같음. 을 보면 옛날의 축제나 제천의식 방법을 해석할 수 있을 것이다.

'북 고(鼓)' 자와 '춤출 무(舞)' 자를 보면 북을 두드리며 춤추고 뛰어노는 무용(舞踊) 춤출 무·뛸 용. 을 하면서 하늘에 제사지낸 것이었다고 나는 생각하고 있다.

아마 그때에 노래 부르며 왕산악의 거문고(琴) 거문고 금. 같은 악기도 연주하며 지금의 오페라 처용무(處容舞) 왜놈들은 이와 같은 것을 '가부끼'라고 한다. 우리는 道率歌·도솔가, 美實·미실이의 노래 등도 있음. 나 판소리 한마당, 마당놀이 같은 창악(唱樂)도 하였을 것으로 여겨진다.

나는 여기서 어쩐지 무용(舞踊) 춤추며 뛰어놂. 하는 화려한 예술인 러시아 차이코프스키(Tchaikovsky, 1840~1893)가 곡(曲)을 붙인 춤, 발레(Ballet) 〈백조(白鳥)의 호수(湖水)〉를 연상하고 있다.

발레(足禮) 족례. 가 아닌가 여겨지며 산천을 뛰어다니면서 먹고 살아야 하는 "다리는 재산(財産)이다"는 우리 격언(格言) 생각이 문득 드는 것을 나는 어찌할 수가 없다.

고수레(考獸禮)는 들판에서 일하시던 우리 조상님들이 중참을 드시면서 들짐승들의 삶을 걱정하시며 음식의 일부를 던져주시면서 고수레하시었다.

옛날부터 우리 민족은 들판에 사는 뭇짐승들과 지상 지하의 모든 삼라만상에 대해서도 살생(殺生)을 삼가하였고, 인간의 삶 때문에 들짐승들이 굶주리는 것을 안타까워하시면서 그들에게도 응당한 대접과 대우를 한 것이며, 짐승들에게도 예·의(禮·義)를 지키신 것이다. 이는, 우리 민족의 단군조(檀君朝) 이후 우리 민족들의 삶이 한수(漢水) 주위의 삼한(三漢) 즉, 고구려(高句麗)·신라(新羅)·백제(百濟) 시대 초기나 그 조금 이전의 삶 즉, 한(韓) 시대부터 벼농사를 짓기 시작하던 때부터 또, 우리 민족 주무대를 한성(漢城)·한양(漢陽)으로 다시 옮겼던 이성계(李成桂) 고려 장수 시절 북방 오랑캐와 충청도 錦江·금강 지역에 침입한 왜구를 소탕하였음. 와 무학대사(舞學·舞鶴大師)의 치세(治世) 圖讖思想·도참사상 즉, 世運·세운과 사람의 일 人事·인사를 미리 예견하여 이를 圖謀·도모하여야 한다는 生覺·생각 즉, 思想·사상, 隱語·은어 즉, 숨은 뜻이 있는 말을 많이 사용하였음. 讖·참은 어떤 조짐 즉, 어떤 推移·추이·Change를 말하며 圖·도는 어떤 것을 꾀하는 즉, 企圖·기도함을 뜻함. 무학대사님과 이성계는 그분들의 후예들인 지금의 우리들이 왜놈들의 거짓 한사군 학설과 떼놈들의 동북공정에 시달릴 것을 미리 예견하시었던 것이 아니었을까? 신라와 고려의 佛教·불교가 북방 잔류 우리 민족들과 소원하게 만든 것이며, 개성 송도에서 북방으로 遷都·천도하여야 할 시대적 요청에도 불구하고 漢水·한수변 三角山·삼각산 아래 景福宮·경복궁을 짓고 漢陽·한양으로 도읍을 옮긴 것이 아닐까? 옛날 漢文·한문 우선 시대에는 故事成語·고사성어 등으로 우리 민족들은 우리 民族史·민족사 즉, 역사 공부를 많이 하였음. 이전부터 이 고수레(考獸禮)는 계속 수행되고 있었다고 나는 생각되며 이것이 바로 우리 조상님들의 자연과학인 격물치지(格物致知) 사상의 일부(一部)인 생물학(生物學)이다.

우리 조상님들은 우리 민족을 사랑하며, 자연(自然)을 아끼고 배려할 줄 알고 야생 들짐승과도 같이 섞여 살면서 살생유택(殺生有擇)으로 자연 속에서 삶을 이어오셨던 위대하시고 자비(慈悲)로우셨던 것이다.

나는 어린 시절 늦은 가을철에 감나무 꼭대기에 잘 익은 홍시(紅柿)를 까치밥으로 남겨두었던 기억이 생생하다.

반복되는 말이지만, 우리 조상들은 지금부터 약 2000여 년 전 즈음에는 만주·시베리아·연해주 지방과 반도(半島)에 흩어져 살면서 자연(自然)의 감소(減少)를 알았고, 이를 이용 또는 사용하지 못할 정도로 황폐화(荒廢化)되는 자연의 먹이사슬을 깨달았던 것으로 나는 생각하고 있다.

늘어나는 인구(人口)는 우리 민족을 굶주리게 하였으며, 만주·시베리아·연해주 지방의 야생양(羊)들과 사슴·고래·바다코끼리·바다사자·연어·명태 등을 잡아 주어육식(主魚肉食)으로 하던 우리 민족이 찾아낸, 먹고 살아가며 삶을 이어 후세들을 키워가며 살 수 있는 방법은 무엇이었을까?

그들은 그들만이 살기 위하여 먼 친척들을 죽이지도 아니하였고, 싸움이나 전쟁(戰爭)도 아니하였으며, 천륜(天倫)을 저버리는 미개한 떼 놈 종족(種族)들처럼 식인(食人)도 하지 아니하였었다.

그 분들은 기자(箕子)가 가지고 왔던 나락(禾·벼)과 보리농사를 짓기 시작하고, 주어육식(主魚肉食)에서 잡식(雜食)으로 식습관을 바꾸면서 살아오셨던 것이다. 그들은 사람 사이(人·間) 인간. 의 평화(平和)를 알았었고, 예(禮) 본 바가 많음·풍부함. 의(義) 옳음. 를 알고 이를 실천한 위대한 우리 조상, 우리 민족이었다.

그들은 '나물(奈勿) 먹고 물마시고 팔베개를 베고 누웠으니 대장부(大丈夫) 살림살이 이만하면 족(足)하도다'하고 읊으면서, 하늘의 해와 달과 별을 보고 북두칠성(北頭七星)과 북극성(北極星)을 보면서 참선(禪)하는 심정으로 인생(人生), 삶을 고민(苦悶)하셨을 것이다.

그리하여 우주의 이치(理致)를 알았었고, 이 지구가 소속된 태양계(太陽界)가 북극성(北極星)을 중심으로 돌고 있다는 것을 파악하였을 것이다. 이것은 나의 상상에 의한 창작(創作·fiction)이나 신라시대의 천문대인

첨성대(瞻星臺) 볼 첨·별 성·누각 대, 별을 보는 누각. 善德女王·선덕여왕(?~647)이 周易·주역 즉, 天文學·천문학을 獨占·독점하던 天官女·천관녀들로부터 천문학을 백성들에게 널리 致用·치용토록 하기 위하여 세운 것임. 百濟·백제의 阿非知·아비지를 데려와서 黃龍社九層塔·황룡사9층탑도 세웠음. 를 보면 누가 그렇지 아니하다고 말하겠는가?

이것이 우리 조상들의 큰 배움인 인생철학(人生哲學)이고 천문학(天文學)이며 우주관(宇宙觀)·인생관(人生觀)인 『주역(周易)』을 뜻하는 것이며, 하늘을 존경하고 경외(敬畏)하며 천황(天皇)사상으로 살아오시었었다.

지금도 산사(山寺)에 가면 칠성각(七星閣)이 있고 높은 뜻과 가치 있는 인생을 성취하여 정상에 선 사람을 별(星) 성·star. 이라고 부른다.

고려시대를 뛰어넘어 우리 민족이 이 『주역(周易)』을 현실(現實)에 치용(致用)한 것을 살펴보면, 조선 세종(世宗) 14년(1432)에 나무로 만들었다가 추후 구리로 혼천의(渾天儀) 地球本·지구본·地球儀·지구의. 를 만들어서 초자연 현상(超自然現狀) 지구의 축이 23.5도 기울어져서 自轉·자전하며 태양 주위를 空轉·공전함으로써 춘하추동 사계절이 일어나게 되는 모든 지구상의 자연 현상. 이 일어나는 것을 파악하고 있었으며, 정오(正午)나 자정(子正) 등 시각(時刻) 시간의 어떤 지점. 을 알았으며 이를 실생활에 이용하였다.

물이나 철구(鐵球) 등으로 기계적 장치를 하여 작동한 것도 있었으며, 이것으로 시계(時計)의 원리를 설명할 수 있다. 또한 이것으로 조선시대 선비들은 해와 달·별들의 움직임을 파악하였었다.

현종 10년(1669)에 이민철과 송이영이 제작한 것은 일제 때 경희궁이 헐리면서 멸실되었고, 송이영이 만든 것을 홍문관(弘文館)에 설치하여 홍문관에 유숙(留宿)하던 선비들에게 천문학(天文學) 공부를 시켰으며, 백성들에게는 시각을 알려주었다. 지금 고려대학교(高麗大學校) 박물관에 남아 있다. 재질은 금속이며 국보(國寶) 제230호이다.

안동에 있는 퇴계(退溪) 이황(李滉, 1501~1570)의 도산서원(陶山書院) 유물전시관에 선생께서 사용하시던 다른 유물 유품과 함께 이 혼천의(渾天儀)도 전시되어 있으며 재질은 목재와 한지(漢紙)이다. 퇴계 선생은 위대한 선비이었으며, 선비들의 학문인 유학(儒學) 꼿꼿하고 바르고 정직한 선비를 배움. 의 대가(大家)이었으며, 지금 우리나라의 유교(儒敎)는 이와 같은 선비(儒·士)님들의 가르침을 각 가정에서 족벌(族閥) 단위로 종교(宗敎)화시킨 것이다.

고구려 무용총? 벽화에 말을 타고 호랑이를 사냥하는 그림 바탕에 개들이 쫓아가고 호랑이가 도망가는 그림을 나는 소싯적에 본 적이 있다.

지금 북만주에 있는 태왕릉은 광개토대왕(廣開土大王)님의 능(陵)이라고 한다. 그는 기개 있고 우리 민족이라는 우리 정신을 가진 뜻(志)을 가지셨던 우리 조상이셨으며, 앞 절에서 내가 말한 몽골·알래스카·북남미주로 우리 핏줄을 크게, 넓게, 흩어 보내시어 우리 영역(領域)을 크게 넓히시고 우리 민족세력(民族勢力)을 크게 확장하셨던 분이 아니셨던가요?

우리 조상 인류(人類)가 만물(萬物)의 영장(靈長)이 된 그 옛날 그 시대에 개를 주요 가축으로 삼아 야생(野生)의 짐승들을 포(ノ)하여 화살이나 창(戈)으로 잡아 주식(主食)으로 하던 우리 조상(祖上)님들에게 시베리아 호랑이는 사람의 먹을거리를 빼앗아가고 사람의 목숨을 빼앗는 제압할 수 없는 유일무이(唯一無二)한 사람의 두려움과 경외의 대상이었을 것이므로 그때의 우리 조상님들은 이를 영물(靈物)처럼 생각하였을 것이다.

지금도 산사(山寺)에 가면 산신각(山神閣)에 호랑이신(神)을 모신 곳도 있으며 일월성신(日月聖神)이신 하늘의 별, 북극성(北極星)과 북두칠성(北頭七星)을 모신 칠성각(七星閣) 天皇·天王, 천황·천왕사상의 實體·실체임. 이 있다.

나는 앞에서, 고수레 풍습을 통해서 우리 민족(民族)이 모든 삼라만상을 예(禮)로 대하면서, 이것이 곧 자연(自然)을 아끼고 죽이지 아니하는 것이며 즉, 살생(殺生)을 삼가는 것이 인간들의 대(代)를 잇게 할 수 있는 영원한 삶, 영생(永生)의 길이라는 것을 깨달았던 것이라고 한 바 있다.

산사(山寺) 산신각에 모신 호도(虎圖)는 인간들과 연을 맺을 수 없이 사나우며, 인간의 생존(生存)마저 빼앗는 맹수일지라도 정성스러운 장소에 모셔두고 경배할 경우 사람을 해치지 아니하고 수족처럼 따라다니는 개들도 해치지 아니할 것을 소원(所願)하는 심정이었을 것이다.

"남산(南山) 호랑이도 제 사귈 탓"이라는 우리 조상들의 삶의 지혜(智慧)를 엿볼 수 있는 것이다.

지금도 불자(佛子)들은 육식(肉食)을 삼가고 있으며, 과거 우리 조상님들과 힘을 합하여 함께 삶을 꾸려왔던 개를 잡아 그 고기, 육(肉)을 먹는 것은 더욱 금기(禁忌)시하고 있다.

그러므로, 불교는 삼라만상(森羅萬象)이 공존공생(共存共生)을 도모하는 뜻이 있으며, 인간뿐만 아니라 모든 삼라만상이 함께 살아가자는 평등개념(平等槪念)을 가진 자연과 상호의존(相互依存)적인 사상이다.

인간만을 위하고 인간들의 자기생존(自己生存)과 후세(後世)들의 번영만을 의도하는 사상(思想) 즉, 자신들의 어린, 유약한 새끼 때부터 모든 자연(自然)으로부터 보호(保護)하고 성장시켜 준 아버지 즉, 낳아 준 어머니조차 육체적인 힘이나 지혜(智慧)로써 보호하고 먹여주며, 성장시켜준 아버지만을 경외(敬畏)하고 찬양하는 서양인(西洋人)들의 생각(生覺)인 하나뿐인 그들의 아버지 하나님이라고 생각하는 사상 즉, 일방적인 자기 조상(祖上)만을 숭배(崇拜)하는 인간들의 자기 에고이즘(人間自己 Egoism)적 오직 하나뿐인 그들의 절대신(絶對神·The God), 야회, 예수의 가르침을 믿고 따르는 종교(宗敎)와는 개념이 다른 것이 우리 조상님들의 인생철학(人生哲學)인 부처님의 가르침, 불교(佛敎)와 유교(儒敎)인 것이며, 서양인들의 사상(思想)인 서양종교(西洋宗敎)는 우리 민족 주체성(民族主體性)을 없애는 종교(宗敎)이며 그 신(神·The God)은 독재(獨裁)인 것이다.

얼마 전에 늙은 왜놈들의 임금 천황(天皇)이 우리나라 방문을 시도한 적이 있었다. "통석(痛昔) 옛날의 아픔. 의 정(情)을 금(禁)할 길이 없다"라고 한 것은 옛적에 백제 나라에서 물 건너 간 우리 민족 갈래인의 후예인 그의 우리 민족에 대한 솔직한 고백(告白)이었을 것이다. 그때 우리 민족 은 그에게 무슨 말을 하였던가?

또 얼마 전, 영국의 엘리자베스(Elizabeth Alexandra Mary, 재위 1952~현재) 여왕이 안동에 있는 봉정사(鳳停寺)를 방문한 적이 있었는데, 그 여자 는 아마 우리나라의 정신문화(精神文化) 즉, 불교정신(佛敎精神)을 견학 (見學)한 것이라고 생각되며, 이 여왕의 윗대가 빅토리아 여왕이다. 다음 에 이 이야기를 할 때가 있을 것이다.

한편, 이 불교사상(佛敎思想)의 개념은 인간과 가장 가까운 먹이사슬 상위에 해당되는 고등생물들 즉, 고등동물계(高等動物界)를 황폐화시키 고 감소시키는 것을 방지하기 위한 것이며, 먹이사슬 하위 개념에 해당하 는 식물(植物)과 미생물(微生物)들에 대한 살생방지개념(殺生防止槪念)은 희박하게 작용되고 있다.

이는 금수(禽獸) 날짐승과 들짐승. 들인 육초식(肉草食) 동물에게 인간의 불법(佛法)으로, 자신들보다 먹이사슬 하위(下位)의 유약한 동식물(動植物)들을 아끼고 식물(植物)들에게도 자연을 보호하며 그 먹이사슬 하위 개념에 해당되는 미생물(微生物)을 아끼라는 가르침을 줄 수 없는 것이 아닌가요?

지금 불교의 사제(祠祭)인 높고 빼어난 뜻을 가지신 스님들은 평생 한 벌의 삼베옷을 깨끗이 세탁하여 기워 입고 살며, 초식공양(草食供養)을 하면서 한 톨의 밥알도 버리지 아니하나 니(尼) 女僧·여승. 들은 생리(生理) 때만 되면 육식(肉食)을 하고 싶어진다고 한다.

모든 물(萬物)들을 아끼고 적당하게 사용하는 것이 자연(自然)을 아끼는 것이고, 이것은 우리 인간(人間)들이 자식을 낳아 대(代)를 잇게 하고 피와 영혼을 물려줄 수 있게 되어 인간들의 영원한 삶을 보장하는 것이다.

식물(植物), 미생물(微生物)을 포함한 여타의 미물(微物)들에 대해서는 불법(佛法)이나 인간의 관심으로부터 소외되는 것이 사실(事實)이나 석가모니의 가르침과 여러 고승(高僧)들의 가르침, 행적(行蹟·行積)인 해인사(海印寺) 팔만대장경(八萬大藏經)에는 자연의 흙과 물과 공기(空氣·air)와 시간(時間)까지도 아끼고 깨끗이 사용하며 절약하라는 뜻이 있을 것이다.

앞에서 이야기한 우리 조상들이 삼라만상에 대하여 아끼고 가꾸어야 한다는 자연보호(自然保護) 사상은 만인류(萬人類)는 각자(各者) 자기 종족(種族)들의 개체수(個體數)를 줄여야만 자연으로부터 사람이 보호받고 후세대대(後世代代)로 안락하고 대가 끊기지 아니하는 영원한 삶(永生) 영생·forever life. 을 살 수 있게 할 것이다.

실로 엄청나고 두려운 일이 아닐 수 없다. 기우(杞憂)인가?

지금 이 지구 세계(地球世界)의 기온(氣溫) 상승에 따른 빙하(氷河)의 소멸과 해수면(海水面)의 상승, 각종 동식물(動植物)의 멸종, 탄산가스(CO_2)의 증가, 밀림(密林)의 감소, 전지구의 오염, 부동산(不動産) 가격 상승 등등의 수많은 인류 망조(人類亡兆·兆)들은 결국(結局), 인총(人叢) 사람이 많이 모임 즉, 인구 총계. 이 많아지고, 그 많은 사람들의 과소비(過消費)로 일어나고 또, 진행(進行)되어 가는 것이다.

독자 여러분, 마마가 무엇인가요? 천연두(天然痘)는 콩알만 한 물집이 생기는 병이며, 사람의 생명을 위협하고 평생 얼굴과 피부에 그 병흔(病痕)을 남겨 사람의 마음까지도 병들게 만드는 저주받는 병(病)이다.

이 병은 서양의 소젖(牛乳) 우유. 을 짜는 여인들의 손으로 옮겨져 우리에게 옮겨온 것이다. 이와 같이 인간계(人間界)가 아닌 젖소를 숙주(宿主)로

하여 살아가는 나쁜 미생물 균주를 사람에게 전염시키고, 타종족(他種族)들에게까지 해를 입힌 사람은 과연 어떤 놈들이었던가?

그들의 자업(自業)은 석가모니의 인과응보(因果應報)로 벌 받을 것이 명약관화(明若觀火)한 것이다.

하긴, 이런 나쁜 병까지도 여왕마마처럼 받들어 모시고 정성(正聖·精誠)들여 치료한다면 병을 낫게 할 수 있다는 석가모니의 삼라만상 중생(衆生)들에게 보시(布施)하는 가르침을 몸소 실천한 우리 민족 조상님들이 아니시었던가요?

한편, 나는 이 절(節) 앞에서, "신라(新羅)시대에는 북만주(北滿州) 지방에서 살던 때보다 개량된 고각(高閣) 형태의 높은 나무 위나 땅 위에 집(宅) 집 택. 이나 어떤 구조물(構造物)을 세우고 감시 인력을 배치하여 농작물이나 가축 또는 식솔(食率)들을 이방인(異邦人)이나 야생짐승들로부터 보호하였다"는 가설(假說)을 한자풀이로 한 바 있으며, "허수아비나 사람의 형상을 한 우상(偶像)을 만들어 세워 이방인들의 침범이나 들짐승이나 날짐승들로부터 사람과 농작물, 가축 등을 보호할 수 있었을 것이다"라고 말한 바 있다.

이것은 상대방 삼라만상(森羅萬象)에게 적극적인 공격(攻擊)을 아니하여 상대방의 피해를 줄이는 소극적(小極的) 방어(防禦)만을 하는 우리 민족 특유(特有)의 고요(高堯) 높고 빼어남. 한 인간애(人間愛)와 자연애(自然愛) 즉, 자연 사랑법이었던 것이다.

신라 중대(中代)에 이르러 신라인들은 그 세력을 달구벌(達丘伐) 지방까지 넓혀가면서, 지금 경북 경산시 와촌면에 있는 팔공산 갓바위 부처님 관봉석조여래좌상(冠峰石造如來坐像) 우리나라 보물 제431호. 불상의 동쪽에 있는 禪本寺·선본사 사적기에 의하면, 圓光法師·원광법사와 관련이 있으며 주름진 얇은 옷 즉, 비단옷을 입고 結跏趺坐·결과부좌로 높은 산꼭대기의 왼편에 바위 암벽을 끼고

머리에 갓을 쓰고 비바람을 맞으시며, 조용히 앉아 禪·선을 하시고 계시면서 지금도 西羅
伐·서라벌에 살고 있는 우리 민족을 지켜주시는 부처님. 한편, 이 부처님을 보면 신라시대
에도 우리 조상님들은 말총으로 만든 갓을 쓰셨을 것으로 여겨짐. 이조시대에도 도포자락
휘날리시며 쓰셨던 그 갓을. 과 같은 여래불(如來佛) 부처님이 오신 것 같음. 부처
님을 만들어 세워 우리 민족(民族)의 삶터를 내려다보면서 우리를 지켜주
기를 바라는 마음으로 빌고 고(告)하며 기도(祈禱)하기에 이르렀다고 생각
된다.

그때 신라의 도읍(都邑)은 지금의 경주, 금성(金城)이었다. 서라벌(西羅
伐)은 울창한 원시림(原始林)을 도끼 같은 금속문명의 이기(利器)로 쳐내
고 개간하여 새벌(新伐) 신벌. 즉, 새밭(新田) 신전. 을 만들어 뽕나무를 심어
누에를 길러 비단을 생산하였던 금성(金城)의 서쪽지방 즉, 지금의 경북
영천(永川)·경산(慶山)·동대구(東大邱) 지방을 말하는 것이다.

이 서라벌(西羅伐)과 새벌, 새밭 등의 발음(發音)이 후대로 내려오면서
서울로 바뀌고 문물의 중심지를 뜻하게 되었다는 것을 우리 국어(國語)
학자들이 이미 말한 것이며, 필자도 수차례 반복하였으며, 이 관봉석조요
래좌상은 그 당시의 우리 민족의 불교사상(佛敎思想)의 경지(境地)를 엿볼
수 있는 것이다.

부처를 뜻하는 '타(陀)' 자는 좌부(阜)방 변에, 갓머리 아래에 숟가락 비
(匕) 자가 붙어 있다. 이 숟가락 비(匕) 자의 고대 한자체(漢字體)인 전서체
(篆書體)를 찾아보면, 사람이 다리를 구부리고 팔을 앞으로 내민 자세 즉,
측면으로 보면 무엇에 걸터앉은 형상이고 초서체(草書體) 또한 같다.

흡사 왜년 게이샤(妓生)들이 무릎을 꿇고 미닫이문을 열고 손님을 맞을
때의 준비 자세 즉, 옆으로 본 사람의 형상이다.

타(陀) 자의 좌부방 변은 언덕이나 지형(地形)의 단층(斷層)을 뜻한다.
또, 숟가락이나 비수(匕首), 칼, 화살촉의 뜻으로 쓰이는 이 비(匕) 자 위의
갓머리는 모자나 지붕을 뜻하는 기호문자(記號文字)이다.

그러므로, 한문(漢文)에서 '부처 타(陀)' 자의 성립(成立)은 팔공산 갓바위 관봉석조여래좌상(冠峰石造如來坐像)을 만들었던 시대와 동시대 혹은 그 이후에 이루어졌을 것으로 생각되며, 이와 같이 부처님, 타(陀)의 개념이 정립(定立)되고, 이와 같이 부처님을 모시는 개념으로 신라불교(新羅佛敎)는 발전하였다고 나는 생각하고 있다.

앞에서 말하였던 이 팔공산(八空山) 갓바위 부처님은 왼편에 바위언덕을 끼고 앉으셔서 동대구·경산·영천 지방 즉, 옛날의 서라벌(西羅伐) 땅을 지금도 내려다보시며 우리를 지켜주시면서 선(禪)하고 계신다.

후대(後代)로 내려오면서 지붕이나 모자가 필요하지 아니하게 돌로 만든 움막 석굴(石窟) 속에 모신 불국사석굴암(佛國寺石窟庵) 부처님도 우리 민족들과 중생(衆生)들의 삶을 걱정하시면서 고요(高堯)히 앉으셔서 왜구(倭寇)들을 향하여 동해(東海)를 바라다, 쏘아보시면서 선(禪)하고 계신다.

이 시대를 전후하여 신라인들은 이와 같은 부처님, 불상(佛像)을 절(寺)마다 지방 산천(地方山川)마다 건립(建立) 磨崖佛·마애불, 바위 암벽·절벽 등에 陽刻·양각, 線刻·선각으로 만든 부처님 참조 하였었고, 해당 지방을 내려 살피시며 그 지방에 살고 있던 우리 민족을 보호하여 주시도록 하여, 우리 민족인들은 이 부처님께 복(福) 주시기를 기도하였던 것이다.

불타(佛陀)의 부처 타(陀) 자의 의미(意味)와 고려시대(高麗時代)에는 불법(佛法)으로 외적(外敵)을 물리치기 위하여 팔만대장경(八萬大藏經) 불사(佛事) 등의 많은 불사를 하였다는 것을 독자들은 음미 해석하여 보시기를 바라는 바이다. 이것은 외적들에게 부처님의 가르침과 같이 사람을 살생(殺生)하지 말라는 뜻을 전한 소극적인 전쟁 방지책이었다.

지금도 동네 마을 어귀에 서 있는 천하대장군(天下大將軍), 지하여장군(地下女將軍), 장승(長僧)들은 무엇을 하고 계시는지 독자 여러분은 고려(考慮)하여 보시기 바랍니다.

아마 우리 조상님들은, 금속기문명(金屬器文明) 이전부터 목불(木佛)이나 흙으로 만든 부처 토타(土陀)를 만드시고 실생활에 치용(致用)하셨을 것으로 생각된다. 그러나 이것들은 자연 부패하여 유물(遺物)로 잘 보존되어 있지 아니할 따름일 것이다.

이 목불(木佛), 토타(土陀), 토우(土偶), 장승(長僧)과 함께 지금의 서양 백인들의 말, 토템 폴(Totem Pole) 또는, 토 템플(Toe Temple)이 된 것으로 생각된다.

그러므로, 불교(佛教)는 우리 선조들이 대를 이어 살아오는 동안 형성된 자연보호(自然保護) 혹은 삼라만상(森羅萬象)에 대하여 예(禮)·의(義)를 갖추고 삼라만상(森羅萬象)을 아끼는 것이 우리 민족의 영생(永生)의 길이라고 생각하시었던 우리 선조들의 삶의 철학(人生哲學) 인생철학, 사람이 살아가기 위한 큰 배움. 을 우리 생활에 차츰차츰 정착시킨 것이다.

우리 상대 조상님들이 이와 같은 인생 삶의 큰 배움 즉, 철학적(哲學的)인 인생의 행복(幸福)한 미래를 도모(圖謀)하는 생각(生覺)을 가지게 된 이유(理由)는 고대 우리 민족이 만주나 연해주의 대평원에서 삶을 이어오시던 때에 인구(人口)는 늘어나고 먹을거리 즉, 자연의 먹이사슬 상위에 존재하던 고등동물(高等動物)들의 멸종에 가까운 황폐를 경험하면서 굶주리던 차에 기자(箕子)가 가지고 왔던 벼농사를 시작하고 한 곳에 눌러앉아 가부장 가족제도(家夫長家族制度)를 만들고, 잡식(雜食)의 식습관으로 바꾸고 짐승의 육(肉)고기와 물고기를 먹는 것을 금기(禁忌·Taboo)시 하여야 할 그 시대적인 요청이 있었고, 이것은 우리 민족 조상 어르신이셨으며, 선인(仙人) 같은 석유(碩儒)이시었던 큰 선비(大儒·大士), 큰 스승(大師)님들의 생각(生覺)에 의하여 성립(成立)된 우리 민족의 한(韓) 시대이었었다고 나는 풀이하며 해석하고 있으며, 그 후대의 우리 민족 삶의 주무대(主舞臺)가 한수·한강(漢水·漢江) 주위에서 한 곳에 정착하여 농사(農事)지으면서 가부장(家夫長)제도를 정착시킨 한민족(漢民族)으로 된 것이다. 독자들은 발음(發音)이 같은 우리말이 한(韓)과 한(漢)처럼 그 뜻이 연관·관련되는 것이 많다는 것을 고려(考慮)하시길 바랍니다. 다시 말하면 시대가 지남에 따라 우리 민족 이름 "한"은 한(韓) 朝鮮민족. 에서 한(漢)으로 되었다는 말입니다.

음식으로 길들여졌던 짐승의 육(肉)고기와 물고기, 어류(魚類)들을 풍족하게 먹을 수 없었고, 추운 북방(北方)에서 소출(所出)이 형편없었던 보리(菩提) 즉, 귀리나 맥(麥)농사를 지어 싸라기 같은 곡식(穀食)으로 먹고 살아야 하였던 이때의 우리 고대 조상들님의 인생(人生)은 가히 나락(奈落)지옥. 에 떨어진 것과 같았을 것이다.

우리나라 고대의 보리농사(菩提農事) 濊貊族·예맥족 참조. 와 기자(箕子)가 씨앗을 가지고 왔다고 하는 쌀농사를 짓던 고구려·백제·신라 즉, 삼한시대(三漢時代)에 이르러 이민족(異民族) 자바인(Jaba人) melanesia·멜라네시아인, 海洋人·해양인, 倭人·왜인. 아마, 지금 仲偉人·중화인들의 상대인 夏華族·하화족들이 해양인이었을 것임. 제비집, 海物·해물 등을 요리하여 먹는 것 또, 지금의 중화인들이 좋아하는 八仙海越圖·팔선해월도와 越南·월남 즉, 베트남은 무슨 뜻일까? 그들이 지나왔거나 넘어온(越) 南·남쪽이라는 뜻일 것이다. 지금 서양의 인류학자들은 최초 인류가 아프리카에서 태어나 메소포타미아(지금의 이라크 지방)에서 천산북로로 동진한 민족(북방민족)과 인도, 버마, 인도차이나 반도로 이동한 민족(남방민족)으로 나눈다. 들의 노략질로 태평(太平)스럽고 평화로운 우리 민족인들의 삶에 새로운 지장(支障)이 생기게 되고, 이 도적들의 퇴치에 사람의 형상을 한 나무나 금속, 흙, 돌 등으로 조상(造像) 후일에 발전되어 木·목불, 石·석불, 金銅·금동불 등의 부처님으로 됨. 을 만들어 세워 민족의 안녕(安寧)을 빌고, 이로 하여금 농작물 등 재산(財産)과 인명(人命)의 보호를 빌고 행복(幸福)을 비는 기도(祈禱)를 하기에 이르렀다고 생각된다.

신라 중·후기에 고승 혜초(高僧慧超, 704~787)께서 서역(西域)을 유람하시고 지각이동설이나 지각변동설 참조. 『왕오천축국전(往五天竺國傳)』筆寫本·필사본으로, 1908년에 프랑스의 동양학자 펠리오가 감숙성 敦煌窟·돈황굴 속 石佛·석불 안에서 발견하였다고 함. 을 저술하시었다.

그 내용은 당시의 인도(印度) 및 서역(西域) 각국의 불타(佛陀)는 황폐하여 기울어져 가고 있었으며, 공양미(供養米)가 하루 15섬(石)이나 소요되는 절도 있다고 하였으며, 소·대승(小·大乘) 小乘·소승불교는 엘리트·elite 소위, 머리 깎은 승려 위주, 大乘·대승불교는 범국민적 불교 이 구행(俱行)되고 있다고 하였다.

나체(裸體) 생활을 하는 곳이 많으며 절(寺) 절 사·탑 사·승려의 거처. 을 세우고 제사 지낼 제실을 세울 때 처(妻)와 코끼리까지도 희사(喜賜) 造寺設齋·조사설제, 만들 조·절 사, 베풀 설·제실 제·제물 재·제물가져갈 제 즉, 제실을 지을 때 베풀 제물을 가져감. 하는 신앙이 돈독한 독신자(篤信者)도 있었다고 하였으며, 교도소 같은 곳은 없고 벌전(罰錢) 벌금. 만 있는 법률(法律)과 장(醬) 된장, 간장을 말함. 은 없고 소금만 있으며, 여러 형제가 한 사람의 처(妻)를 공유하고 있었으며, 살생(殺生)하지 아니하는 것과 흙솥 지금의 질그릇이나 옹기로 여겨짐. 에 밥을 짓는 것과 같은 색다른 그곳의 풍습이 기록되어 있다고 한다.

지금 그 책의 행방이 묘연하다. 우리나라 국보급 유물이다. 찾아서 『직지심경(直指心經)』 세계 최초의 금속활자 인쇄본. 등 병인양요(丙寅洋擾) 조선시대 서양 백인 프랑스놈들이 우리 祖上神·조상신을 저버리고 서양 종교·Catholic·천주교를 믿는 우리 민족 신자들을 처형하는 것을 트집 잡아 우리나라의 儒佛仙思想·유불선사상을 침략하기 위하여 騷擾·소요 즉, 뭇놈들이 들고 일어나서 폭행 협박을 함으로써 그 당시 조선사회의 공공질서를 어지럽히고 문란하게 한 행위 즉, 전쟁을 일으킨 것임. 때 그 프랑스의 인도차이나 반도, 지금의 베트남 청국의 天津·천진? 旅順·려순? 또는, 일본 요코하마? 에 주둔하던 동양함대(東洋艦隊) 사령관 로즈 제독(Rosz 提督) 놈이 조선 나라의 외규장각(外奎章閣)인 강화서고(江華書庫)에서 노략질하여 간 여러 가지 조선 정부의 여러 도서(圖書)들과 함께 반드시 돌려받아야 할 것이다.

다시 본론으로 돌아가서, 이처럼 우리나라의 고중대(古中代)라 할지라도 서역과 인도 지방을 자유롭게 왕래할 수 있었던 것은 말을 타고 배를 탈 수 있었으며, 지금보다 지각 변동(變動)이나 이동(移動) 이전의 세월이어서 가능하였으리라고 생각되며, 해상왕 장보고의 활동과 비단길(羅道)라도·silk road. 로 서역(西域)을 통하여 유럽인들과 무역(貿易)도 가능하였을 것이다.

이와 같이 서역(西域)과 문물의 교류(交流)가 가능하였으므로 '싯달타'는 신달타(新達陀) 즉, 한 신라인(新羅人)이 달구벌(達丘伐)의 갓바위 부처, 타(陀)님처럼 홍익인간의 이념을 실행할 수 있는 경지까지의 인생철학(人生哲學)에 통달(通達)하여 불교(佛敎)를 완성시키셨던 분이었을 것이다.

그는 그 당시의 우수한 우리 철기문명(鐵器文明)과 발전된 정신문화(精神文化)를 가지고, 지금의 인도(印度) 북부 히말라야 산 속으로 들어가 이른바 인생 삶의 철학(哲學)을 공부(工夫)한 신라인(新羅人)이었을 것이다.

이와 같은 일은 백제(百濟)가 멸망할 때 유민(流民)들과 바다를 건너가 미개(未開)한 왜종족(倭種族)을 통솔하였던 지금까지의 일본 천황가(天皇家)와도 같지 아니한가? 지금, 왜놈들의 천황가 사람들은 그들의 국적(國籍)이 없다.

나는 소싯적 언제인가 국사(國史)를 배우면서 고구려 소수림왕 2년에 불교(佛敎)가 고구려(高句麗)에서 신라(新羅)로 전파되었다고 한 것을 기억(記憶)하고 있다. 이와 같은 나의 말(說)은 틀림없을 것이다.

이 우리 불교는 해상 비단길(Silk Road)을 통하여 일본(日本), 인도 남부 세일론 섬과 육상 비단길로 지금의 중국 남부 구화산(九華山), 캄보디아 앙코르와트 등지에 남아 있다.

인도 북부 히말라야 산 속에 있는 티베트 지방에서 산부처(生佛) 생불. 달라이 라마(Dalai Lama, 지금은 Tenzin Gyatso, 1935~) 政敎一致·정교일치인이 종교를 떼놈 인민공산주의의 종교 배척으로 인도에서 망명정부를 설치하였음. 를 믿는 불교(佛敎)라는 것은 배화교(拜火敎) 불·火에 경배하는 교 에 가까운 정교(政敎) 政治·정치와 宗敎·종교 가 합치(合致)된 라마교(Lama敎)이다.

이상의 것은 왜인·인도인·서양백인(西洋白人) 등 현재의 모든 세계 인류들에게 우리 민족의 빼어남을 말하는 것이며, 과거부터 문명(文明)한 문화민족(文化民族)이며 만물의 영장(靈長)인 사람 뜻(志)이 옳음(義)이며, 우리 민족은 삼라만상(森羅萬象)에 대하여 예(禮)·의(義)를 지키고 이를 몸소 실천하였으며, 전쟁을 모르는 평화(平和) 민족이었다는 것을 말하는 것이며, 불교(佛敎)는 처음부터 우리 민족들의 민족종교(民族宗敎)이었음을 말하는 것이다.

또한, 유교(儒敎)도 우리 민족들이 고대 단군시대(檀君時代)부터 홍익인간(弘益人間) 사람 간을 크게 더함. 사상에 의한 각 개인(個人) 남(男), 녀(女) 성인 혼인(成人婚姻)을 통하여 서로 도와 자식을 낳아 인류의 영생(永生)을 도모하면서 사는 즉, 서로 관계되는, 유(儒) 딸릴 유, 젖먹이 유. 의 개념으로 가부장가족제도(家夫長家族制度)를 정착시킨 것이며, 우리 중대(中代)에 이르러서는 선비(士·儒)들이 이를 체계적으로 학문화(學文化)시켜 유학(儒學) 선비학. 이라 한 것이며, 이를 각 개인의 가정, 족벌(族閥) 단위의 유교(儒敎)로 정착시켰던 것이다.

분서갱유(焚書坑儒)한 진시황 정(政)의 치세(治世)에 갱유(坑儒)되었던 우리 조상님들이었던 선비, 유(儒) 개념은 『동이열전(東夷列傳)』으로 공자(孔子)가 말하였던 것처럼 우리 민족으로부터 고대의 떼놈들, 하화족(夏華族)들에게 전파되어 갔던 사상(思想)이며, 그에게 도륙(屠戮)되었던 유학자(儒學者)들은 우리 민족의 갈래인들이었던 것이다.

다만, 근세(近世) 서양인들이나 왜놈, 떼놈들보다 자연과학문명(自然科學文明)적으로는 우리 삶이 빈약하였었고, 정신적인 면에서만 익숙히였던 조선시대에 생활화(生活化) 되었던 우리 종교인 유교(儒敎) 선비교, 가르쳐 선비를 길러내고 이 깨달은 선비님들의 가르침, 敎·교를 믿고 따르는 종교 는 이민족(異民族)들에게 전파되지 못한 것이며 도리어, 서양 종교가 우리 민족들의 생각(生覺) 즉, 우리 민족사상(民族思想)을 침략한 것이다.

이상의 모든 것은, 일체유심조(一切唯心造)를 증명(證明)하는 것이며 사람의 삶, 인생(人生)은 힘(力·Power)보다 꾀 즉, 정신력(精神力)인 지혜(智慧)가 우선이며, 물질(物質)보다 정신(精神)이 앞선다는 말이며, 지금 현대(現代)의 이윤(利潤·Profit) 만을 목적(目的)으로 하는 기업(企業)의 자본주의(資本主義·Capitalism)는 화폐(貨幣)를 매개(媒介)로 한 도덕적 해이(道德的解弛·Moral Hazard) 된 쌍놈(商者)들이 추구하는 일종의 유물론(唯物論·Materialism)이다. 우리 민족은 인본주의(人本主義)에 의한 인간(人間)다운 덕성(德性) 있는 2세(Ⅱ世)들을 육성(育成)시키는 것이 급선무이다.

우리 민족(民族)인이 아닌 이민족들과 또, 그들과 생각(生覺)·사상(思想)을 같이 하는 우리 민족 일부인들로부터 질타당하고 반대당할 것이나 앞에서도 말한 바와 같이 나에게는 언론(言論)과 사고(思考)의 자유(自由)가 보장되어 있으므로 과히 탓 당할 문제가 아닌 것으로 생각한다.

또한, 모든 분들에게 기분을 상하게 하거나 현실적으로 위해(危害)할 아무런 생각이 없으므로 독자 여러 제위께서는 이해를 바랍니다.

4

조선 후기朝鮮後期
우리
민족정신民族精神의
혼란과
실학사상實學思想의
대두對頭

조선 후기 우리 민족정신의 혼란과
실학사상의 대두

이러할 진(眞)데, 근세 서구(西歐)의 자
연과학문명(自然科學文明)과 정신문화 즉, 사상(思想)이 동점하여 왜인들
을 먼저 개화시키고, 왜인들 스스로도 메이지유신(明治維新)으로 개화하
여 서양인 미국인들과 밀약(密約) Katsura-Taft secret agreement. 1905. 7. 27, 일본
동경. 미육군성 장관 태프트와 일본 육군대장 출신 총리대신 桂太郎·계태랑이 맺은 비밀
협정. 을 맺고 우리나라 전체 먹기 즉, 독식(獨食)에 대한 우선권을 미국으로
부터 양해 받아 경인선·경부선, 경의선과 호남선·경원선·함경선 등의 철
도 부설권을 획득한 후, 청일전쟁(淸日戰爭) 수행과 영일동맹(英日同盟)을
맺고 왜놈들은 러일전쟁(露日戰爭)에서 승리하여 우리 옛 세상(世上) 시베
리아를 제외한 거의 전체 즉, 반도와 요동반도·만주·연해주를 모두 점령
하여 그놈들의 대동아(大東亞)라고 하였었다.

그 당시까지만 하더라도 영토(領土) 개념이 부족한 반도에 남아 있던
조선(朝鮮) 땅을 측량(測量)하면서 토호(土豪)들이나 양반(兩班)들이 소유
한 조선 사람들의 토지를 신고(申告)하도록 한 것이다.

이는 신고기간(申告期間) 약 10일 정도? 이 짧았을 뿐만 아니라 현(縣),

부(府), 목(牧) 등 당시의 지방행정청에 게시공고(揭示公告)를 하여 조선 사람이 잘 알 수 없도록 한 것이었다.

평화(平和)를 사랑하고 어진 우리 백성(百姓)들은 신고 기간도 몰랐거니와 신고할 필요(必要)도 느끼지 아니하였으며 또, 내 땅을 무엇 때문에 왜놈 관가(官家)에 납시어 왜놈(倭者)들에게 신고(申告)할 것인가?

신고하지 아니한 토지는 임자(任者)가 없는 것으로 하여 왜놈들의 국유화(國有化)가 되고, 조선총독부로 귀속(歸屬)하게 되고, 일제(日帝) 일본 임금 놈과 그 추종세력들 에 의해 우리 땅에 식민(植民)된 왜놈들에게 동조 아첨하는 비겁한 조선인 식자(識者)들에게 일부 분양되었고, 거의 전부(全部)는 왜놈들의 소유로 넘어가게 된 것이다.

그리고, 이 일제(日帝) 왜놈 차관(次官)이 차관정치(次官政治) 長官·장관은 우리나라 이조, 호조, 예조, 병조, 형조, 공조 판서이었으나 실권은 왜놈 次官·차관이 갖고 있었음. 하던 관공서(官公署)에 신고하라 하여 신고한 후 토지로부터 생산되는 쌀 등의 모든 산물(産物)의 약 50~60% 이상을 강제 세금조(稅金租)로 일제(日帝)에 공출(供出)하게 되었던 이 신고(申告)라는 말의 신(申)자를 똥바가지 신 자라고 욕하는 이유를 독자들은 음미(吟味)하여 보시기 바란다. 이 공출(供出)된 쌀(米)은 일제왜황군(日帝倭皇軍)의 군량미(軍糧米)로 쓰였음은 주지(周知)하고 있는 바이다.

한편, 조선(朝鮮) 초기부터 우리 조상 식자(識者)들은 유학(儒學) 性理學·성리학·朱子學·주자학. 과 충효(忠孝)사상에만 너무 몰두한 나머지 자연과학(自然科學) 즉, 실학(實學)을 현실에 치용(致用)하지 못하였던 것이다.

유학에 유(儒) 자의 '젖먹이', '딸리다'라는 뜻을 보면, 어린 젖먹이는 그 어미에게 딸린 것이며, 그 어미 또한 그 지아비, 부(夫)에게 딸린 것이라는 뜻이다. 이것은 반대 방향으로도 성립(成立)되는 명제(命題)이다.

충효(忠孝)사상의 충(忠)은 부지런한 자연의 꿀벌과 같이 외부의 맛있는 꿀을 모아 집안으로 모이는 것과 같은 중심사상(中心思想)이다.

모아 온 꿀은 여왕과 수벌과 병정벌 등과 일벌 자신들까지도 맛있게 먹고 살며 여왕벌이 낳은 새끼들을 키우고, 또 새로운 아랫대 여왕벌, 임금(君) 임금 군. 이 생겨나면 새로이 분가하여 나가는 것과 같은 개념이 충(忠)이다.

효(孝)는 상제(上帝) 즉, 아버지와 할아버지의 조상상대(祖上上代)인 최상대(最上代)가 곧 우리 하느님이라는 뜻이다. 그러므로, 우리 민족 최상대 단군 임금님이 우리 민족의 절대자 하느님(絶對者 天皇任·The God)이신 것이다.

앞에서 여러 번에 걸쳐 이야기하였지만 우리 아버님(父)들은 우리 민족이 과거에 살아왔던 고대(古代)로부터 황하 유역, 산동(山東)반도, 요동(遼東)반도, 만주(滿州)·시베리아 연해주(延海州) 등지에서 수많은 이사(移徙)와 이합집산하면서 반도(半島)에 이르기까지, 도끼·활 등의 금속문명(金屬文明)의 이기(利器)로 사나운 짐승들 즉, 먹을 것을 잡아 선대(先代)와 부모(父母)를 공양하고 처(妻)와 자식들을 보호하며 먹여 키우면서, 풀이나 나무껍질, 짐승의 가죽을 가공(加工)하여 옷으로 입히며, 또한 집을 나무(木)·흙(土)·돌(石)·쇠(金·鐵)로 만들어서 식솔(食率)들을 재우고 키워왔으며 봉양하였던 것이다. 아마 우리 후대들도 그렇게 할 것이다.

이 아버지를 뜻하는 아비 부(父) 자는 도끼를 손으로 쥔 형상의 그림 즉, 상형(象形)문자의 변형문자(變形文字)이다. 또 다시, 옥편(玉篇)을 찾아보면 독자들은 더 잘 알 수 있을 것이며, 과거 우리 아버지들은 들짐승을 잡거나 외부의 침입자나 맹수들로부터 딸린 식솔(食率)들을 보호하고 키우고 봉양하기 위해 목숨을 걸고 도끼로 싸웠다는 것을 뜻하는 것이며, 아버님(父)들의 인생(人生)은 늘 싸움바닥 가운데 존재하시었던 것이다.

물론 어머님(母)도 자식들을 키우고 길쌈하여 입히며, 자기의 배필(配匹)인 지아비까지도 자식들과 같이 먹이고 입히며 살아오면서 남편(男便)

부르기를 남정(男政)네들 또는 위정(爲政)네들이라고 호칭하였었다.

그러므로, 우리 민족은 과거부터 위정자(爲政者) 즉, 정치(政治)하는 사람은 성장(盛長)하여 성인식(成人式)을 하고 머리를 올려 상투(上套)를 틀고 혼인(婚姻)하여 완전한 성인(成人) 大人·대인. 구실을 할 수 있는 과거(科擧)에 급제(及第)한 사람들이었다.

지금의 사립교육기관과 같은 지방서원(地方書院) 서당(書堂)에서 많이 배운 당시의 지방양반(地方兩班) 의식자(意識者)들 즉, 과거에 급제하지 못한 양반들은 직장(職場)이 없어 오갈 때 없는 부랑인(浮浪人)이 되어 지방토호(地方土濠)들의 사랑방에 식객(食客)으로 득시글하였었다.

이들은 양반의 체면을 도외시 한 채 협잡질(協雜事)만 하게 되었었고, 가짜 암행어사(暗行御史) 출두 등의 웃지 못 할 처절한 아귀(我鬼) 늠은 모르는 나만의 귀신. 들의 아수라장(阿修羅場·餓獸羅場) 모서리 귀퉁이에만 道·도를 닦고 있고 나머지는 누에고치 실속같이 얽히고설킨 곳 또는, 배곯은 짐승들이 얽히고설킨 곳 형태로 서민(庶民)들을 등치고 중앙정부를 조롱하는 우리 민족들의 삶이 지속될 수밖에 없었다. 소위 민주정치(民主政治)가 아닌, 미개한 문명·문화(文明·文化)와 서민들에게는 개방(開放)되지 아니한, 봉건 군주(封建君主)와 사대부(士大夫)들에 의한 관료주의(官僚主義)만이 존재하였던 시대를 나는 말하고 있는 것이다.

지금 우리 젊은이들은 부모 잘 만난 덕분, 문명(文明)된 세월(歲月) 잘 만난 덕분으로 과거의 만석꾼(萬石君) 부자 못지않은 의식주(衣食住) 생활을 하면서도, 성인이 되고 나서도 사람으로서의 가치(價值)가 없는 삶을 살며, 향락적인 남녀성관계사(男女性關係事) 소위 極樂事·극락사. 수많은 모텔, 여관, 비디오방, 채팅 룸 원조교제 참조. 술, 노름, 기타의 잡스러운 문화행사(文化行事) 소위, 즐거움만 찾는 축제들과 오빠 문화. 등으로 부랑(浮浪) 떠돌아다니면서 함부로 행동함. 하며, 소위 3D 직종 등에서의 근로(勤勞)의 재미를 마다하고 고급 직장만 찾아 헤매고 있으며, 정부(政府)더러 직장, 일터만 요구하고 있다.

정치인(政治人), 위정자(爲政者)들과 식자(識者), 대학교수들은 이들과 그 부모들의 인기만을 의도하고, 환율(換率), 유가상승(油價上昇), 재투자 등의 힘에 겨운 기업(企業)들의 경영 상황은 도외시한 채 고용 압력 행사와 저질의 무산인민주의적 이론(無産人民主義的理論)을 들이대고 있다. 기업도 세계 경제 상황 속에 살아남아야 하는데 구조 조정 대상에도 끼이지 못할 해당기업에 필요성이 없는 무능력자를 무슨 수로 고용한단 말인가? 회사 경영을 위하여 기업은 아웃소싱 하여 수많은 비정규직(非正規職)을 만들어 내어야만 기업이 살아남는다. 기업이 망하는 판에 무슨 취직자리, 일자리가 생기겠는가? "비정규직 보호법"이라는 법률은 애초부터 만들지 말았어야 할 인민영합주의 국회의원들의 점수따기법이며, 기업과 개인 간의 계약의 자유(契約自由)에 위배되는 법이며, 자유민주주의 우리나라 에서는 위헌(違憲)이다.

젊은이들이 눈높이를 스스로 낮추고 저급이라고 생각하는 비정규직 취직일지라도 열심히 일하며 해당 기업이 경영이윤을 낼 수 있도록 하지 아니하면 안 된다. 고용(雇傭) 즉, 취직하지 아니하고 사회와 나라에 대하여 요구(要求)만 하는 부랑자(浮浪者) 소위 니트족(NEET族)·Not in Employment, Education or Training 즉, 취직하지 아니하고 교육받고 있는 자와 훈련중인 자. 그들은 宗敎·종교로 빠져들어 수련만 한다면서 또, 좋은 일 하는 것처럼 마음만 위안 받으면서 쉽고 재미있고 향락적인 방향만을 쫓고 있다. 소위 바글바글 博士·박사 썩어 빠진 碩士·석사들을 포함하여 4~50의 나이까지도 공부한다면서 놀고먹으면서 아무런 생산활동을 하지 아니하는 자들을 포함한 사람들이 지금 우리나라 인구의 30% 정도가 된다고 함. 가 되어 국가 사회의 불안요소(不安要素)로 되고, 스스로 우리 민족의 기생충이 되고 있다.

또, 지금 우리나라는 자연 과학문명(科學文明)이 발전하고 과거 유신공화당 시절에 산업혁명(産業革命)한 결과로 자동기계(自動機械)와 종합정보기(綜合情報機) 정보기술 집약적 기기 즉, 컴퓨터·정보 검색, 사진, 전화, E-mail,

방송기 등등의 지금 휴대전화기 등을 포함한 모든 컴퓨터를 말함. 등으로 식품을 비롯한 모든 의식주를 위한 생필품이 대량 생산되므로, 과거 19세기 이전 시대에 필요하였던 인간 노동력의 주요성(主要性)이 감소하고 있으며, 직장(職場)의 감소와 고용(雇傭) 기회가 줄어들고 각자들이 시간(時間)이 남아돈다는 사실을 온 국민들이 깨닫지 못하고 있으며, 소득수준이 20,000달러 가까이 된 시대가 도래하여 우선은 먹고살기에 걸림돌이 없으므로 온 우리 국민들은 오로지 향락, 쾌락적인 것에만 관심을 가지며 먹고 살기 위한 일에는 관심을 두지 아니하며, 뜻있는 일에도 참여하지 아니하고 목적(目的) 없이 세월 가는대로 방향 감각 없이 상당수 사람들이 세월(歲月)에 무작정 떠내려가고 있는 것이다.

즉, 연극·영화 공연 관람, TV 시청, 컴퓨터 오락, 강원랜드 도박, 바다이야기 오락실, 스포츠 관람 등등과 재미있는 연애소설, 만화 등을 선호하고 철학, 역사 등 딱딱한 책을 독서(讀書)하지 아니하며, 승려·목사·신부들에게 위안을 받으며 또, 그들의 말세적(末世的)인 말에 위협당하면서, 현실을 도피하여 현실 인간 삶에는 존재하지 아니하는 신(神)에게 빠져들어 마음의 위안만 받고 수수께끼 같은 종교미신(宗敎謎信)으로 빠져들고 있다. 속칭, 디지털 세대(世代)인 젊은이들의 머릿속에는 인생 삶에 대한 것은 아무것도 든 것이 없다라는 말이다.

우리 조상님들이 인생살이 귀퉁이의 부스러기라고 말씀하시던 아편(阿片)은 무엇을 말하는 것인가요? 양귀비(楊貴妃), 앵속(櫻屬·Poppy)은 사람에게 어떤 작용을 합니까? 적당히 사용하면 약(藥)이 되고 무절제하면 아비규환(阿鼻叫喚)의 구제받을 수 없는 지옥(地獄)으로 떨어지게 된다.

근래에는 국민들에게 봉사(奉仕)하는 직장을 가지고 있는 공무원들조차 노동조합을 결성하고 데모하며, 그들의 수완과 능력(administrative, executive affairs)은 발휘하지 아니하고 나라를 망하게 하고 있는 것이 아닌가?

앞으로 나라를 지키는 직업 군인(軍人) 軍官·군관, 소위 즉, 벼슬 官·관 이상의 간부급 군인 들도 태업을 하고 단체 활동을 하여 군무를 이탈하며, 과도하게 개인자유(個人自由)와 과도한 민주(民主)와 평등(平等)을 요구하는 시대가 올 것인가? 아닐 것이다.

그들은 자신들이 국가(國家) 즉, 우리나라의 간성(干城, The bulwarks of the nation)이고 근간(根幹)인데도 불구하고, 여타의 국영기업(國營企業) KBS·산업, 기업은행·금융결제원·증권거래감독원·도로공사·공항공단·토지개발공사·수자원공사·의료보험공단·지하철공사 등등. 의 임원이나 일반 사기업(私企業)에 종사하며 일(事)하는 직원들보다 그 대우가 시원치 아니하다는 뜻이 아닐까? 한편, 그들은 온 국민의 머슴이라는 것을 명심하여야 한다.

백성, 민(民)을 위하는 민주정치(民主政治)하의 정치인들이나 위정자(爲政者)들에 의한 무산인민(無産人民)들에게 점수 따기나 그들의 인심(人心)을 얻기 위한 대공무원사정(對公務員司正)과 생계비(生計費)의 박봉(薄俸) 지급은 이제부터 국가 공기업 수준 혹은 일반 시민단체 수준 이상으로 개선(改善)하여야 한다. 이래가지고서야 어떻게 국민들을 이끌며, 공기업과 시민단체 등 산하기관을 이끌 수 있겠으며, 자기 삶이나 가족(家族)의 삶의 형편이 어려운데 그들이 정상적인 능력을 발휘하여 그들의 과실(果實)을 온 국민이 따 먹을 수 있겠는가?

우리는 우리 국민들을 위하여 헌법(憲法)을 제정하였으며, 삼권분립(三權分立)을 통한 입법부·사법부·행정부의 상호 견제장치로 국민에 대한 정권의 횡포를 방지하고 있는데도 불구하고, 선거에 의한 정치적 공무원이 포함된 이 삼권(三權)의 모든 공무원들은 세금(稅金) 낸 국민의 이익을 위한 일은 아니하고 헌법(憲法)에 근거하지 아니한, 수많은 법률(法律), 령(令), 규칙(規則), 고시(告示), 조례(條例), 통첩들을 만들어내이 오로지 전횡(專橫) 오로지 국민의 진정한 마음을 가로 지르기만 함. 이것의 일부가 企業規制·기업

규제 형태로 또는, 國民自律·국민 자율 규제 행태로 나타나고 있음. 이것은 미개하였던 封建君主·봉건군주 시대의 문관 벼슬아치, 官吏·관리들과 軍幕·군막을 치고 백성들을 핍박만을 일삼던 무관 벼슬아치, 幕僚·막료들에 의한 官僚主義·관료주의와 같음. 즉, 지금 우리 민족의 시대적인 정신적 유산임. 만을 일삼고 있다는 것을 명심하여야 한다.

한편, 일제(日帝)로부터 광복되고 건국(建國)하여 군주(君主)의 나라에서 民(民) 百姓·백성. 이 주도하는 민주제도(民主制度)의 나라로 바뀐 이후, 그런대로 민족 주체성(民族主體性)을 가지고 우리 민족의 살림살이를 꾸려오기 시작한 1950년대의 자유당(自由黨), 민주당(民主黨) 시절부터 국민들은 지금까지 자유·민주(自由·民主)와 평등(平等)을 외치며 서로 간에 싸움질로 스스로의 나라(國)와 직장(職場)을 때려 부수어 나라가 흔들리고 기업(企業)이 망하고, 직장을 잃고 비루먹고 있어 그 결과로 우리나라가 강성(強盛)하지 못하고 있는 것이다.

이 놈(者)들은 도대체 자기 직장사회(職場社會)와 나라(國)에 대하여 무슨 불례(不禮)를 범하고 있는 것인가? 과거 우리 선조 농민들은 자기 일터인 농장이나 경작지를 뒤집어엎은 적이 없다. 제 것이 아니라서 그러는 것인가? 데모대가 길을 막고 공공시설을 부수어도, 국민들이 세금 내어 만든 것을! 서양종교(西洋宗敎)를 포함한 그놈들의 사회주의(社會主義·Socialism)는 우리 온 민족들의 나라, 국가주의(國家主義·Nationalism)와 개인들의 가족주의(家族主義)를 늘상 도륙(屠戮)하였었다.

제 길 막는 것이 아니므로 다른 국민들 불편을 줘도 상관없다는 말인가? 소음 공해, 집회시위 법규(法規)는 낮잠 자고 있는가? 이런 짓들을 하는 것이 그들만의 무한정한 자유민주(自由民主)인가? 민주평등(民主平等)을 선언하는 것인가? 민주(民主)를 짓밟는 폭도(暴徒)들인가?

이런 X새끼보다 못한 X들은 국가보안법(國家保安法) 위반자로 처단하여야 한다. 하긴, 같은 빨갱이 사상을 가진 대통령이 그놈의 헌법(憲法)

때문에! 국가보안법(國家保安法)을 박물관에 보관하겠다고 하는 쌍놈(常者·商者)이니 당연한 것으로 된 것이 아닌가? 법치(法治)가 무엇인지도 모르는 이 빨갱이놈들을 어떻게 선도하여야 하나?

정치인(政治人)들은 대화로 협의(協議)하는 것이 민주정치라는 것을 모르며 자기들의 철학(哲學)과 편익(便益)과 이해(利害)만 내세우며 자기 이념(自己理念·Self Ideology) 자기 이상에 맞는 생각 즉, 자기 철학. 으로 대여투쟁(對與鬪爭)하겠다라고 하며, 민주주의 정치의 장(場)이 국회의사당에 펼쳐져 있는데도 불구하고 상대적 무산인민(相對的無産人民)들을 선동(煽動)하면서 함께 거리로 뛰쳐나와 장외투쟁(場外鬪爭)을 일삼아, 스스로 국민들의 지도자 된 품격을 떨어뜨리며 나라의 법률(法律)과 제도(制度)를 무력화(無力化)시키고 있어 무슨 정치가 이런 것이냐고 온 국민들의 지탄을 받고 있다.

지금 우리와 같은 정치를 가리켜 인민주의정치(人民主義政治)라고 하는 것이며, 이러한 생각과 사상(思想)에 몰입되어 우리 민족을 망하게 하고 있는 것이며, 참되고 바른, 진정(眞正)한 뜻을 가진 인물(人物)이나 지도자(指導者)를 몰아내고 처단하며, 실제로 몰아내어야 하는 선동(煽動) 잘하는 놈(者)을 앞세운다.

이와 같은 정쟁(政爭)은 조선기(朝鮮期)의 사색당파들의 싸움이나 6·25 한국전쟁 전후의 좌우익 간의 싸움 예, 대구폭동, 제주 4·3사건, 거창사건, 사북탄광사태, 남노당 박헌영 일파의 모스크바 삼상회의 지지 활동, 남조선공산당의 정판사 위조지폐사건, 김삼룡, 이주하 등의 지하활동. 과 무엇이 다른 것인가?

조선 초기에는 충효사상과 유학(儒學) 朱子學·주자학·性理學·성리학·陽明學·양명학·陰陽學·음양학이 모두 같은 맥락임. 으로 그런대로 좋은 출발을 하였으나 서인(西人) 송시열(宋時烈, 1607~1689) 정묘·병자호란으로 피폐한 조선 살림살이 도중에 효종이 북벌 추진 조건으로 이조판서에 오름. 어의를 시켜 효종을 독살(毒

殺하였다는 말(說)이 있음. 이 이후부터 조선 말기까지 임금의 뜻은 허물어지고 왕통(王統)은 허수아비 수준이었고 당파 싸움은 늘 내란 수준으로 계속되었음. 왕세자(王世子) 책봉을 반대하다 제주(濟州) 귀양 차 상경 중 정읍(井邑)에서 사사(賜死)되었음. 과 보지 화양동(步至華陽洞) 충북 청주 화양동에 송시열의 사당이 있음. 불알송선생(不謁宋先生) 송 선생을 알현하지 못하고 있소. 지금의 김X중 선생의 냄새가 나는 듯하다. 이라는 시(詩)를 읊었던 동인(東人) 이퇴계(李退溪, 1501~1570) 추종 학맥들과 그 정치성향(政治性向)에 따라 서로 싸웠었다.

서인은 다시 경기도 광주·이천 등지의 사람을 중심으로 한 새로운 기호학파(畿湖學派)의 파당 및 호남(湖南) 인맥을 중심으로 하여 노론(老論)과 소론(少論)으로 나뉘었었고, 동인은 안동김씨를 포함한 경북 안동 지역과 강원도 지역을 중심으로 한 북인(北人)과 경남의 의령·거창·함안·창녕 지역의 이른바 긴 조씨(趙氏) 짧은 조씨(曺氏) 등의 남인(南人)으로 나뉘어져서 서로 올바르다라고 다투어 사화(士禍)를 일으켜 반대 정파(政派)들을 몰살시키고, 지금 우리나라 정당정치인(政黨政治人)들과 같이 자신들은 세상을 얻어 득세하고, 우리 민족의 뜻이며 임금인 왕통(王統)을 짓밟으며 군주(君主)를 흔들어 자기 이익에만 바빴을 뿐, 온성(百姓), 서민(庶民)들의 삶은 도외시되었으며 나라 전체 삶을 망하게 한 것이었다. 민족 지도자(指導者)들이 이 따위 짓만 하고 있었으니 어떻게 되었겠는가요?

최초의 사화(士禍)는 밀양(密陽) 禮林書院예림서원이 있음. 출신 김종직(金宗直) 佔畢齋·점필제. 이 부관참시 당한 무오사화(戊午士禍, 1498) 전라도 庶孽·서얼 출신 柳子光·유자광이 일으킨 것임. 그 이전에 함길도 李施愛·이시애 난을 평정하였던 太宗·태종 이방원의 외손자 南怡將軍·남이장군 詩·시의 未平國·미평국을 未得國·미득국으로 변조하여 모함하여 죽였음. 로부터 시작되었으며, 자기 패거리 나름대로 이유와 명분(名分)이 있다고 할 수 있겠으나 그 시대의 식자(識者)들이고 지도층(指導層)이었던 사대부(士大夫)들 간에 감정(感情) 싸움과 피만 흘렸을 뿐 결과적으로 먹고살기에 바쁘고 힘든 만백성(萬百姓)들에게 는 아무 실익(實益)이 없었고, 우리 민족의 전체 삶만 쪼그라들게 하여 나라 발전(發展)이 도외시되어 결국 망하게 되었던 것이다.

한편, '사대부'란 말의 대(大)는 두 팔 벌리고 있는 다 큰 사람의 상형문 자이므로 어른·어르신(身) 즉, 성인 남자라는 뜻이고, 부(夫)는 안들이 그 들의 지아비들을 불렀던 위정(爲政)네 남정(男政)네 들을 말하는 것이며, 선비(士·儒)는 곧고 올바른 뜻인 정(正)·직(直)·의(義)를 가진 인사(人士) 를 말한다.

우리 민족의 어른 성인 남성들은 대단한 자존심(自尊心)을 갖고 있었으 며, 과거시험이나 학맥 등으로 등용(登龍·登用)되어 정치(政治)에 참여할 수 있었던 선비 사대부들은 자기들의 뜻이 옳고 바른 것이며 자기의 생각 이 정의(正義) 바른 뜻 라고 알고 늠을 모르며 황소같이 고집(固執)이 세었 던 것이며, 서민들을 포함한 나라 전체의 정의(正義)는 무엇이었는지도 몰랐던 우리 조상들이지만, 어쨌든 X자식들이었다.

조선(朝鮮) 중·후기에 이르러서부터 각종 시대말기현상(時代末期現狀) 이 나타나기 시작한 것이었다. 중앙의 관리(官吏)들과 식자(識者·elite)들은 공리(空理)와 명분(名分) 싸움으로 날을 지새우고 있는 동안 지방의 토호(土 壕·土濠) 둘레를 빙 둘러 흙이나 물로 해자를 만들어 방어용 城·성을 만든 곳 즉, 지방의 세력자들을 뜻함. 들과 관리(官吏) 문과 출신 벼슬아치. 들과 막료(幕僚) 군막을 치고 지방의 백성들을 통제하던 將首·장수들인 武官·무관. 들은 백성들에게 가혹(苛酷)하 고 까다롭게 조세(租稅) 세금으로 벼·베 등 곡식·직물 등과 지방 특산물을 납부하였음. 로 공출(供出)하였던 세곡(稅穀)이나 군포(軍布)를 가혹하게 거두어들이는 가렴(苛斂)을 일삼고 말을 듣지 아니할 때 책망(責亡)하여 목을 베는 주리를 목에 감아 틀어 재물을 요구하는 가렴주구(苛斂誅求) 가혹하게 죽지 않을 만큼 주리를 틀어 재물을 구하여 거두어들임. 남원 卞·변 사또는 守廳·수청 들지 아니한다고 서얼 출신 姓·성도 없는 官妓·관기의 딸 春香·춘향이를 목에 주리를 감아 옥에 가두고 色·색까지도 求·구하였던 자이며, 洪吉童傳·홍길동전의 모델(Model, 本·본, 뽄)이 되었던 서얼 출신 홍길동도 합천 海印寺·해인사를 털어 유구 즉, 오끼나와 섬으로 도망갔던 실존 인물이라고 함. 하는 정치적·사회적으로 혼란(混亂)과 혼돈(混沌) 천지가 아직 잘 정리 정돈되지 아니한 어리석은 혼란. 의 연속이 지속되어 온 것이다.

이런 것들 또한, 수염이 석 자라도 먹어야 산다는 식자(識者) 지도층 인사(指導層人士)들의 말은 그들만의 사실과 현실이었었고, 서민 온성(庶民百姓)들은 입이 있다는 사실조차 몰랐던 참봉, 장님이었던 것인가?

이러한 혼란스럽고 살맛나지 아니할 망할 놈의 세월을 틈타서 서민 백성들은 나라의 임금을 저주하고 지도층을 저버리며, 조상신(祖上神)을 등지고 서학(西學)이라는 서양 종교(西洋宗敎)와 동학(東學)이라는 최제우(崔濟愚, 1824~1864)의 무극대도(無極大道)로 빠져든 것으로 나는 생각하고 있다.

암행어사(暗行御史) 박문수는 이때의 사람이며, 이와 같은 세풍(世風)에 새로운 바람을 일으킨 사람이 다산 정약용(茶山 丁若鏞, 1762~1836) 본관은 羅州·나주, 경기도 廣州·광주 출신. 사색당파 중 南人·남인. 이다.

그는 문재(文才)가 뛰어나서 식년과(式年科, 1789)에 합격하여 관리로 등용되었었다. 그는 일찍이(1784년경) 서학(西學) 가톨릭·catholic. 에 관심을 가지고 이벽(李檗)이라는 자에게 '요안(John)'이라는 서양 이름으로 세례(洗禮), christening, 『周易·주역』 즉, 天皇神·천황신을 믿는 우리나라 易術家·역술가들이 씻김굿을 하여 신이 내리도록 내림굿을 받는 것과 같음. 받은 사람이다.

지금 우리가 천주교(天主敎)를 우리글, 한문(漢文)으로 뜻을 풀이하면 하늘 주인(天主) 천주. 의 가르침(敎) 가르칠 교 이며, 서양인들은 유대인들의 최상대 야훼(YAWHEY·如乎我)와 중조(中組) 예수(Jesus Christ, BC 4~AD 30)를 합일하여 오직 하나(Only One)일 뿐인 하나님, 천주(一任天主)라고 하며, 그들의 절대신(絶對神·The God)이라고 한다. 우리 민족 입장(立場)

에서 보아 타당(妥當)하고 맞는 말인가?

유대(猶帶) 즉, 이스라엘 나라의 고대 역사(歷史) 속 인물(人物)이며 이스라엘 인들의 중조(中祖)인, 로마군(軍)이 새로운 이단 정치집단(異端政治集團)을 만든다고 하여 십자가(十字架)에 못 박아 죽였던 그 로마정치(政治)의 이단자(異端者)를 지금 우리가 하나뿐인 절대신(一任絕對神·The Only One God)이라고 믿고, 찬송하며, 기도하고 있는 것이다. 우스운 일이며, 지금도 이 서양 종교사상(宗敎思想) 즉, 자유·평등·하나님 사상 등은 우리 민족정치(民族政治)에 늘상 반역작용을 하고 있는 것이 아닙니까? 우리나라 속에서 개인의 삶은 도덕, 윤리, 질서, 법률이 있을 뿐, 자유·평등(自由·平等)은 존재 하지 아니하는 것입니다.

나는 다시금 말하건대, 내가 쓰는 이 글이 독자 여러분들인 신자(信者)들에게 상처를 주고 종교의 신성(神性)을 모독한다는 등 비판받을 것임을 알고 있다. 그러나 나의 이 글은 단순한 나의 생각이고, 나의 양심(良心)을 글로써 표현(表現)한 것일 뿐, 독자들에게 아무런 위해(危害)나 종교(宗敎)의 자유를 침해할 아무런 의도가 없다는 것을 이해(理解)하여 주시기를 바라며, 나에게는 양심과 언론의 자유가 있다는 말을 하고 있는 것이며, 반대 의견(意見)이 있는 사람 또한 언론과 양심의 자유가 있다는 것을 나는 인정(認定)하고 있다.

다만, 나의 글을 읽으신 우리 민족혼, 정신(民族魂·精神·얼)을 마음속에 간직하고 계신 독자들께서는 저의 편이 되어주시기를 간곡히 바라는 바이다.

계속하여 다산 정약용(丁若鏞)의 이야기를 하면, 그는 천주교(天主敎) Catholicism, 고전·古典 기독교. 초기 우리나라에서 西學·서학이라고 하여 그들의 絕對神·절대신 앞에 만민이 平等·평등하다는 야훼(여호아)와 예수를 찬양하는 마음을 가지게 되고, 이 만민평등사상이 당시의 우리 민족의 임금 正祖大王·정조대왕을 어떻게 하였을 것인가? 독자 여러분은 상상하여 보시고, 백성을 사랑하시던 임금님이 방년 48세의 나이에 毒殺·독살, 暗殺·암살당하셨다는 말· 說·설은 어떻게 생각하십니까? 그 후, 프랑스인들은 조선 정부를 위협하여 강제로 부지를 할양하여, 용산 신학교와 明洞·명동 聖堂·성당을 짓고 여기에서 우리 민족 일부 사람들의 종교화가 되었음. 독자 여러분은 聖堂·성당과 敎會·교회가 현실적으로 어떤 큰 역할을 하는지 살펴보아야 할 것입니다. 좋은 건물, 좋은 시설 예배당과 장례식장, 결혼식장 만들어 우리나라에 세금 한 푼 내지 아니한다. 서양 종교로 우리 민족을 끌어 들이기 위한 술책인가? 십일조 등 헌금을 해당 성당, 교회에서 쓰고 남긴 가처분 소득은 어디로 보내지고 있는가? 아마 서양 교황청이나 서양에 있는 기타 예수교 본부로 갔을 것임. 우리 민족 입장에서 당연한 일인가? 다만, 우리 종교인 儒敎·유교와 佛敎·불교는 향교나 개인의 가정집과 멀리 떨어져 있는 산속의 절간에서 정규 예배 시간도 없이 마음 가는 대로 하고 있다. 지금 우리 민족은 조상 기일, 명절날에 가정에서 조상님들께 예배를 드리는, 다시 옛날처럼 우리 國敎·국교를 儒敎·유교로 하는 宗敎改革·종교개혁을 하여야 한다. 추기경, 神父·신부들, 牧師·목사들은 평생을 우리나라에 대한 근로소득세 등을 한 푼도 내지 않은 놈들이며, 야회와 예수의 行蹟·행적, 평전을 神學·신학이라며 평생을 연구한 者·놈들이라 쌀 한 톨 생산한 일이 없으며, 운동화 한 켤레 기워낸 적이 없고, 우리 민족이 낸 십일조로 평생을 먹고 살면서 종교 권위를 행사하는 그들은 우리 민족의 기생충인가? 또, 그들은 우리 조상들에게 제사 드리는 것을 偶像崇拜·우상숭배라고 배척하고 있는 자들이고 政敎·정교 분리된 현 시대에 그놈들은 하라는 종교는 아니하고 사사건건 우리 政治·정치에 끼어들어 간섭하고 데모하며, 우리 민족의 발전 지향적 정치에 반역자 짓을 계속 하고 있음. 그놈들의 종교를 대원군 시대에, 우리 민족정신을 소유한 儒·선비들에 의하여 만들어진 商者·쌍놈이라고 비판하였던 욕으로 비판하면, 좆도 모르는기(其·幼少年·유소년을 뜻하는 상형문자) 마구간 말구유에 兒·아를 낳는 O년(雜年)이 성모마리아(聖母·聖女?·Maria)이다. 아무리 인생 삶은 氏·씨가 따로 없다고 하나 그 자식이 예수이고 그 애비가 약혼자 요셉(Joseph)의 氏·씨가 아닌 그 여자의 媤父·시부 격인 시애비 야훼(YAWEY·如乎我·여호아. 내가 곧 너다? 혹은 내가 곧 너, 尼·니의 하나님이다?)의 것이라고 하는데, 지금 우리 민족들은 그 말을 하는 지금의 서양 놈들의 뜻을 모르는 바도 아닌데 구태여, 西洋人·서양인들의 祖上·조상을 꿔다 와 믿고 따르고 찬송하며 경배하고 있다. 우리 민족혼(魂·얼) 이 빠진 놈들이다. 우리 민족은 우리 최상대 단군 임금님의 弘益人間·홍익인간 사상을 믿고 따르고 찬송 찬양하여야 하는데도 말이다. 독자들은 필자의 욕설 같은 이 글은 그 뜻을 충분하게 전달하기 위함이라고 이해하여 주시기 바랍니다. 이 글의 앞뒤에 있는 욕설 같은 것도 마찬가지입니다. 를 통하여 서양의 발전된 자연과학(自然科學)의 개념을 이해하고 받아들였다.

거중기(擧重機) 지금의 起重機·기중기. 를 만들어 수원성(水原城) 축조와 성제(城制)에 공헌한 공로로 병조참의(兵曹參議) 지금의 국방부 차관보급. 를 제수 받고 정조대왕(正祖大王) 큰 뜻을 가지셨다고 생각되나 48세에 돌아가셨으며, 누구에게 毒殺·독살 당했다는 말이 있음. 의 총애를 받았다.

유교(儒敎) 선비의 가르침. 가 국교(國敎)이던 그 당시에 그는 서양교인(西洋敎人)이라 하여 정조대왕이 죽은 후 공서파(功西派)의 탄핵을 받아 전라남도 강진(康津)에 유배되었었다.

그는 복직하여 규장각(規章閣) 제학(提學) 大提學·대제학이 아닌 지금의 국립도서관장이나 혹은 국립서울대학교의 단과대학 학장 격임. 으로 좌천되어 근무하였으며, 『목민심서(牧民心書)』, 『흠흠신서(欽欽新書)』, 『춘추고징(春秋考徵)』, 『경세유표(經世遺表)』 등 많은 저술을 하였으며 암행어사로도 활동한 사람이다.

그의 학문(學問)과 사상(思想)은 서양의 과학적인 사고방식(思考方式)과 청나라로부터 들어 온 북학파(北學派) 박지원(朴趾源)의 기술(技術) 개념을 도입하여 실학(實學)을 집대성(集大成)한 것이었다.

그는 곡산부사(谷山府使)로도 재직하였으며, 조선 말기의 피폐되고 흉흉한 세풍(世風) 속에서 유교적 윤리(倫理)에 맞서 양반 사회의 부정(不正) 바르지 못함. 을 반대하는 반봉건적 즉, 봉건군주(封建君主)들에게 반대하는 당시로 보아서는 혁명적 사상으로 신분의 적서제(嫡庶制) 서얼차대법·둘째

부인 또는 첩이 출산한 庶子·서자, 孽子·얼치기를 嫡子·적자와 구분하는 제도, 노비제(奴婢制) 어머니가 노비인 경우 자식들도 대대로 노비였음. 도 반대한 사람이다.

토지의 균점(均占)을 통한 산물(産物) 농산물 등 생산품. 의 공평 분배(分配)를 주장한 사회주의적(社會主義·Socialism的) 사상을 가져 당시의 국가주의 군주(君主), 사대부(士大夫), 양반(兩班)들에게는 눈엣가시처럼 인식되었을 것이며, 서민(庶民) 백성(百姓)들에게는 가히 천사(天使)같이 인식되었을 것이다.

다만, 이 실학(實學)은 현대와 같이 발전된 대중전달(大衆傳達· Mass Communication) 수단이 부족하여 온 백성들이 이를 알고 치용(致用)하여 실용화(實用化)하는데 시간과 세월(歲月)이 필요하였을 것이다.

이 실용과학(實用科學)을 우리 온 민족들은 미처 실용화하기 전에, 우리 민족의 유교(儒敎)는 서양종교(西洋宗敎)로 바뀌고 그들의 자연과학(自然科學)을 바탕으로 한 제국주의(帝國主義) 일본의 무력(武力) 침략을 받아 우리 민족이 왜놈들에게 병탄(倂呑)을 당한 것이라고 나는 생각하고 있다.

5
외세外勢의
우리나라
침투과정 및
우리 사상思想의
전파과정傳派過程과
우리 민족사상의
혼둔混遁

외세의 우리나라 침투과정 및
우리 사상의 전파과정과 우리 민족사상의 혼돈

나는 우리 민족이, 탄생하고 인간(人間) 남 사람과 여 사람이 婚姻·혼인으로 결합하여 자식을 낳아 피·細胞·세포와 靈魂·영혼을 물려주면서 길러주시었고 幼年期·유년기 어릴 적의 자식들의 오직 하나 뿐인 하나님(一任)이시었던 이제는 늙으신 부모님을 잘 모셔야 하는 成人·성인 男·남과 女·여의 결합체가 최초의 인간 單位·단위임. 複合單數名詞·복합단수명사. 서양종교는 우리들을 키워주시고 길러주시고 성장시켜 주신 후 돌아가신 오직 하나 뿐인 어버이 부모님을 그들의 여호아·예수 하나님 아버지라고 거짓말하고 있으며, 우리 儒敎·유교의, 돌아가신 부모님을 숭상하는 祭祠·제사를 우상숭배라고 한다. 이것을 믿는 우리 민족정신·얼빠진 자들이 다수 있다. 으로 자립하여 주체성을 가지고 자연만물(自然萬物)의 영장(靈長)이 된 이후 즉, 단군 할아버지 시대를 거치며 황하(黃河) 강변·산동반도(山東半島)·요동반도·만주·시베리아·연해주 지방에서 의식주(衣食住)를 해결하며, 삶을 영위한 때부터 지금까지 살아온 역사(歷史)를 기술한 것이다.

지금도 우리는 삶을 위해 즉, 의식주를 위하여 모두 심신을 바쳐 노력하며 자연과 타인(他人)들과 생존경쟁에 또는 생존투쟁에 매진하고 있는 중이다.

이 의식주의 모든 것은 자연(自然)으로부터 산출(産出)되는 것이며, 이 것은 우리의 두뇌(頭腦)로부터 표출되는 정신(精神) 즉, 사상(思想)인 생 각(生覺)으로 근로활동(事·業) 일·Job·직업을 가짐. 을 통하여 모든 것이 구 (求)하여지고 얻어지는 것이다. 물론 식(食) 먹는 것. 에는 거의 무가재(無價 財)인, 인간 삶에 가장 주요한 물과 공기(空氣) 대기·air. 도 있다.

그러므로, 인간 삶의 모든 것은 일체유심조(一切唯心造) 모든 것이 마음으 로부터 이루어짐. 이며, 사람의 삶은 의식주(衣食住)가 우선이 아닌 뜻이 먼 저인 지식의주(志食衣住)인 것이며, 의식주(衣食住)는 유물론(唯物論· Materialsm)이다.

의식(意識) 즉, 생각이 부족하여 거의 금수에 가까운 과거의 인류학(人 類學)이라든가 역사(歷史)는 아무런 의미가 없는 것이며, 사람이 진정한 사람이라는 의식을 가지고 만물의 영장(靈長)이 된 이후의 단(檀) 임금님 의 고조선(高朝鮮) 나라 '홍익인간(弘益人間)'의 정치이념(政治理念)과 우리말과 글(言·文)이 있었던 유사(有史) 이래 우리 역사가 가치 있는 것이다.

임진왜란(壬辰倭亂) 전에 왜놈 첩자가 승려로 가장하여 침략로(侵略 路)인 금정산성(金井山城)의 자성대(子城臺) 임진왜란시 왜군의 상륙지점. 금 정산성의 아들 성인 子城·자성의 누각이 부산항 제5부두인 자성대부두 부근에 현재 남아 있음. 부산진 첨사 鄭發·정발 장군 참조. 부근 왜놈들의 왜관이 있었음. 에서 동래, 언양, 영천, 경산, 대구, 왜관, 문경새재, 충주(탄금대), 경기도 이천, 광주, 남한산성, 옛날 천호대교 옆에 있던 토성(土城) 백제 시대의 것이라고 하고 있으나 그 보다 앞선 우리 조상님들의 漢水邊·한수변에서 삶을 시작하게 된 韓 ·한시대의 것임. 그 이후 우리 민족은 漢·한시대가 되었음. 城·성이라는 한자를 파자로 풀이하면, 흙, 土·토를 쌓아 이룬 것(成·이룰 성)이 城·성이다. 이 토성을 만든 시기를 전후하여 둑을 쌓아 외부의 적을 방어하던 개념을 가진 城·성이라는 한자가 성립되었다고 생각됨. 전설처럼 전하여져 내려오는 삼천갑자 동박삭이, 숯을 희게 만들기 위하여 강물에 씻던 麻姑·마고할머니를 보고 내가 삼천갑자 즉, 삼만 년을 살았지만 炭·숯을 씻는 사람을 처음 보았다고 하였던 지금의 炭川·탄천(숯내)과 城南市·성남시 참조. 한강(漢江) 나루터, 워커힐 호텔 부근, 숭례문(崇禮門), 한양(漢陽)으로 이르는 길을 기차례 7~8회? 왕복하면서 지형을 익혀 도요토미(豊臣秀吉)의 원정대장(遠征隊將) 가토 기요마사(加藤淸正) 도요토미의 6촌 동생. 의 길잡이 역할을 하였었다.

과거 경상도(慶尙道) 지방의 말로 노래하던 '괴기(魚) 고기. 가 칭칭(靑靑) 많이 多數·다수. 나네'의 우리나라 민요(民謠)를 "쾌(快)지나 청정(淸正) 가네. 가등청정이 물러가네. 오호 통재(痛哉) 아프도다. 라, 오호 애재(哀哉) 슬프도다. 라. 왜놈 청정(淸正)이 물러가네. 아, 쾌(快) 유쾌하다. 지나 청정 가네"로 가사(歌詞)를 바꾸어서 임진 정유난에서 패(敗)하여 도망가는 가등청정을 놀리며, 놀라게 하고 겁을 주려고 불렀던 우리 민요 '쾌지나 칭칭나네'가 되었었다.

왜놈들은 그놈들의 천황가(天皇家)의 천황(天皇)이 우리 백제(百濟)의 유민(流民) 즉, 우리 민족인이었는데도 불구하고 도요토미, 풍신수길(豊信秀吉)이가 군대를 동원하여 우리나라를 침략하였던 것이다.

지방별(地方別) 토호(土濠) 大名·다이묘 세력들로 나뉘어져 서로 싸움만을 하던 왜놈 나라를 통일(統一) 물론, 오와리국, 지금의 愛知懸·애지현 太守·태수 織田信長·오다나부가(1534~1582)가 거의 완성한 것임. 추운 겨울 이 자의 짚신을 가슴에 품에 품고 기다리던 놈이 풍신수길임. 한 쥐 눈같이 작고 반들거리는 눈, 원숭이 같이 못 생긴 긴 꾀 많은 풍신수길(豊信秀吉)은 통일 일본(統一日本) 나라에 공치사(功致辭) 우리 李朝時代·이조시대에도 수많은 개국공신, 靖國·정국공신들이 私兵·사병을 기르며 王統·왕통의 正統性·정통성에 도전하는 횡포 부린 적이 많음. 로 걸림돌이 될 사무라이, 무사(武士)들을 명(明)나라를 치기 위해 길을 빌려달라는 할 말 없는 명분으로 우리나라로 몰아내어 이순신(李舜臣, 1545~1598), 권율(權慄, 1537~1599) 장군 등과의 육해전에서 다 때려 죽여 버린 것이다. 속칭 팽(烹)한 것이다.

그놈의 입장에서 보면 이이제이(俀以制俀)한 것이며, 첩에서 난 아들이 죽어버려 성정(性情)을 잃고 실망하여 병(病) 그 당시 왜놈 쇼군 즉, 중앙통치자 將軍·장군은 땅굴 파서 앉아 있던 돗자리 밑으로 창에 찔려 당하는 암살을 방지하기 위하여 일본 메트(유도 등 도장에서 까는 두터운 자리) 12장씩 포개어 앉아 있었음. 들어 죽고 땅을 파는 너구리같이 때를 기다리던 도쿠가와 이에야스(德川家康)에게 거의 공짜로 정권을 넘겨주게 되었으며, 지금 왜놈들이 너구리라고 부르고 있는 덕천가강(德川家康)은 에도시대(江戶時代)를 외치며 미리 계획된 도시 동경(東京)으로 천도하고 지방 토호들의 장자(長者)들을 동경, 강호(江戶)에 인질(人質·Hostage)로 묶어두고 지방 토호들을 통제하면서 전 일본을 통치하기 시작하였었다.

볼모로 잡힌 그 자제(子弟)들과 지방세력자 토호(土豪)가 번갈아 지방 영지로 내왕하면서 용간(用間) 간첩. 행위를 하는 것을 방지하기 위해서 우리나라 추풍령, 문경 새재·조령, 수원성 같은 곳에 세끼소(關所) 관소 지금의 稅關·세관 같은 곳. 를 설치하고 통과할 때마다 세금(稅金) 관세, 물품세 ·볼모로 잡힌 지방 토호나 자제들의 의식주에 관한 각종 물품의 물품세, 통과세와 人稅 ·인세·사람이 통과할 때마다 통과세. 즉, 人頭稅·인두세. 을 받고, 남녀불문(男女不問) 일부 여성 사무라이 武士·무사도 있었음. 머리카락 속, 음부(陰部) 속까지 신변 수색을 철저히 하고 이 검열을 회피하거나 각종 세금을 내지 아니하는 위반자는 거열형(車列刑) 사람의 사지를 말이 끄는 수레에 매달아 찢어 죽임. 으로 다스린 것이다.

그러나 어쨌든, 일본 내의 그들 민족내부전쟁(民族內部戰爭)을 종식시키었으며 성인 남성들이 전쟁 나가 죽어 남성 수가 모자라던 왜놈들의 형수취처(兄嫂娶妻)제도가 없어지게 만든 것이다.

통과로(通過路)가 정비되면서 도로 주변에 숙박업소와 상점(商店)들이 생겼으며 이 동경천도(東京遷都)로 인하여 왜놈들의 자본주의(資本主義)가 성장(盛張)하게 되었었다.

조선(朝鮮) 말기에 또 다시 그놈들은 영국(英國)을 본받아 즉시 영일동맹(英日東盟)을 맺었으며, 메이지유신(明治維新)으로 천황(天皇)을 중심(中心)으로 뭉치고 천황에게 충성하도록 모든 제도를 정비하여 강성(强盛)하게 되자, 미국(美國)과 밀약(密約) 가쓰라 태프트 밀약. 미국은 필리핀을, 일본은 조선을 차지하는 것을 서로 양해한다는 각서를 교환한 조약. 을 맺고 우리 조선 영토(領土)와 영해(領海) 내부에서 청일전쟁(淸日戰爭)·노일전쟁(露日戰爭)에서 승리하여 옛 과거 우리 최상대 단(檀) 임금님의 고조선민족(高朝鮮民族) 땅 전체이며, 그 후대 한(韓)민족이며 또, 그 우리 민족의 차세대(次世代)이었던 고구려(高句麗)·백제(百濟)·신라(新羅) 즉, 삼한민족(三漢民族) 땅 전체인 우리나라를 병탄(倂呑) 모든 것을 한데 아울러 집어삼킴. 하였던 것이다.

왜놈들의 조선철도국(朝鮮鐵道局)은 호남선·경부선·경의선 철도를 만주(滿州)와 연결시켰고, 호남선·경부선·경원선·함경선은 연해주(延海州)를 동청철로(東淸鐵路)로 지금 극동러시아와 시베리아 횡단철도를 연결시킨 것이다. 왜놈이 세운 평안북도 압록강 수풍발전소와 함경남도 흥남(興南) 질소비료(質素肥料) 공장은 무엇을 뜻하는 것인가?

일제(日帝)는 서양놈들의 제국주의(帝國主義)와 합세하여 우리 옛 영토인 만주·연해주와 시베리아까지 빼앗아가고 대한제국(大韓帝國)까지 합방(合邦)하여 그놈들의 뜻대로 경영을 도모(圖謀)하였던 것이다.

왜놈들의 과도한 꿈은 러시아제국(Russia帝國)과 청국(淸國)의 저항을 받았으나 우리는 강성하지 못하여 옛 우리 영토였던 만주 땅에 왜놈들의 괴뢰정부인 만주국(滿州國) 그 왕이 청나라 마지막 황제 溥儀·부의이었음. 을 세웠던 것이며, 고종황제(高宗皇帝)의 대한제국(大韓帝國)과 청나라와의 종주관계

(宗主關係) 즉, 연방관계(聯邦關係)를 분리시켜 그놈들에게 복속하게 하고, 이것을 그놈들의 대동아공영권(大東亞共營圈)이라 하였던 것이다.

그 후 그들 왜놈민족(倭民族)의 본래(本來) 태생지인 인도네시아 자바 (Jaba) 섬까지 침공하고 말레이반도 남단 싱가포르까지 점령하고, 약 천삼 백만 명의 떼놈을 남경(南京)에서 대학살하고 떼놈들의 대륙(大陸)까지도 침공(侵攻)하였던 놈들이다.

여기서 참고로 일제(日帝)가 세웠던 괴뢰정부 만주국의 국왕(國王)이 되었던 애신각라 부의(愛新覺羅 溥議, 1906~1967) 부의의 성이 애신각라임. 는 신라김씨(新羅金氏)들과 우리 민족의 갈래인인 여진(女眞)인들이 합하여 즉, 한민족(漢民族)이 최후로 중화족(仲華族) 그들의 古代·고대는 夏華族·하화 족이며 지금도 淸明·청명일(4. 5경) 그들의 始祖·시조 黃帝·황제에게 제사지내고 있음. 떼놈들을 지배하였던 청국(淸國)의 마지막 황제(皇帝)이었던 선통제(宣統 帝, 재위 1908~1912)이다.

떼놈, 하화족(夏華族) 자기 민족의 밧줄·줄기를 새롭게 한다는 즉, 그 들 민족 뿌리 찾기인 유신(維新)운동으로 일어난 신해혁명(辛亥革命, 1911)으로 강제 퇴위되어 조계(租界) 조차지. 천진(天津)의 일본영사관에 한거(閑居)하다가 만주사변(滿州事變) 왜놈이 일으킨 청국 침략 전쟁의 시작이 며, 만주를 점령 합병하여 청국의 본거지(本居地)를 빼앗은 것임. 후에 일본 헌병대 (憲兵隊)에 끌려가 왜놈들의 괴뢰정권인 만주국 왕(재위 1934~1945)이 되었었다.

왜놈들이 태평양전쟁에서 패망한 후 공산 소련군에 체포되어 끌려가서 전후(戰後) 미국과 소련이 주도하던 극동군사재판소(極東軍事裁判所) 재 판에 회부되었다가 다시 소련군에 의해 연금된 후, 1950년에 국제공산주 의(國際共産主義·The Comintern 1919~43)에 가입하였던 모택동(毛澤東) 정권의 떼놈 인민공화국(人民共和國)으로 인계되어 수감 중 일제(日帝) 일본 황제놈과 그 추종 세력. 에게 충성하게 되었던 이유와 만주국의 백성, 만민(萬民)을 공산주의(共産主義) 인민노동당적(人民勞動黨的) 이념(理念) 즉, 人民共産主義·인민공산주의·proletalia communism. 에 따라 인민민주적(人民民主的)으로 인민(人民·People)들을 평등하게 통치하지 아니하고 봉건군주(封建君主)처럼 군림하였던 이유를 혹독하게 추궁 받은 후에 특사로 풀려나 식물원(植物園) 정원사로 일하다 죽었다.

한편, 그는 조사당하던 중 조사 문초 관리에게 애신각라(愛新覺羅)라는 성(姓)이 희한(稀罕) 매우 드문, 아름답고 좋은 일에 흔히 쓰이는 말임. 하다는 말을 들었으나 분명히 그의 성(姓)은 애신각라라고 하였었다.

그의 저서(著書) 『나의 반생(半生)』이 있으며, 우리에게 영화(映畵) <마지막 황제>로 소개되어 우리의 흉금(胸襟) 속마음. 을 울렸던 사람이다.

이상과 같은 사실과 만주가 우리나라 땅이라는 것을 감추기 위하여 지금 떼놈 중화인(仲華人)들은 관광지(觀光地)인 만리장성(萬里長城) 또는 여산(盧山)·상해(上海)·서안(西安) 역사적으로 떼놈들이 가장 强盛·강성하였던 시절, 시대인 唐·당나라의 수도 長安·장안. 산동반도의 태산(泰山) 등지로 관광 여행하는 우리나라 사람들에게 과거 우리 땅이고 우리 민족의 갈래인들이 살고 있는 땅을 만주(滿州)라고 부르지 못하게 할 뿐만 아니라, 그들 동족(同族)인 떼놈들에게도 만주(滿州)라고 일컫는 것을 금기시하고 그들의 둥베이(東北) 동북. 지역이라고 부를 것을 강제(强制)하고 있다.

만주는 우리 고조선(高朝鮮)시대부터 우리 선대(先代)님들이 사셨던 우리 땅이다. 만(滿) 자의 삼수변은 우수리강·흑룡강·요하강 등의 물을 뜻하며, 초두(草頭)는 만주의 넓은 초원(草原)의 수풀인 풀밭을 의미한다.

예전에는 이 만(滿) 자의 마지막 부분에 쓰인 량(兩)자는 고기 즉, 생선 한 손(一手)과 한 근(斤) 가량의 약 600g 우리 민족은 이 600g 정도의 무게를 全斤

· 전근이라 하였음. 의 짐승 고기, 육(肉)을 뜻하였다.

이 량(兩)은 과거에 화폐단위(貨幣單位)로도 쓰인 적이 있으며, 량 단위 (兩單位)의 화폐가 만들어지기 이전(以前)에는 생선 한 손(手) 수·생선 내장 을 뽑아내고 소금으로 염장하거나 피득피득하게 鮑·포로 말려 포개어 묶은 두 마리의 생선 과 염소나 양·사슴 등의 육고기 한 근(一斤) 약 600g 정도 은 어떤 교환 가치가 있는 물물교환단위(物物交換單位)로 쓰였음을 지금 우리는 알 수 있는 것이다.

지금 전 세계가 금본위(金本位) 화폐를 쓰고 있다. 이것보다 사람이 삶 의 근본인 식량(食糧)을 단위(單位)로 한 화폐본위(貨幣本位)로 하였던 것 이 현실적(現實的)이었다고 생각된다. 앞으로는 금본위(金本位)보다 사람 삶의 근본(根本) 삶 단위인 식량단위(食量單位)의 화폐단위가 타당(妥當) 할 것이다. 즉, 쌀 한 되, 쌀 한 말, 한 섬 단위의 화폐단위가 타당할 것이며, 태환화폐(兌換貨幣) 현물과 돈을 1:1로 교환 할 수 있는 것. 를 사용하여야만 지 금의 자본주의(資本主義·Copitalism)에 의한 거품경제(Bubble Ecomomics) 의 피해가 적어질 것으로 생각된다.

지금 우리는 현대의 인본주의(人本主義)가 아닌 유물론(唯物論)적인 선 물시장, 주식시장 등의 투기장(投機場)화 되어 있는 이 윤리(倫理)가 없는 돈 장사를 하는 놈들의 행태를 제한(制限)하는 법(法·法律)을 만들어야 하며, 이놈들은 우리 조상님들이 사농공상(士農工商)의 인생(人生) 계급으 로 나누어 그 최하위의 쌍놈(商者)이라고 하였던 놈들이다.

맑은 물에 물고기가 많고 초원에 수풀들이 가득 차고, 산양(羊)·염소 ·사슴·순록 등 야생의 동물들이 초원을 가득 메운 만주 땅의 이름이 가득 할 만(滿) 자를 쓰는 만주(滿州) 고을이었다.

그러므로, 지금 떼놈들은 우리나라의 고구려(高句麗)나 발해(渤海) 역사 를 자기들의 역사로 편입을 획책(劃策)하면서 만주공정(滿州工程)이라

하지 아니하고 동북공정(東北工程·攻征)이라 말하는 것이다.

왜놈들은 우리나라를 침략하면서 철도(鐵道)를 부설할 때 우리나라의 모든 문물(文物)과 그 당시 우리 민족정서(民族情序)를 철저하게 연구하여 약탈하였던 것이다.

왜놈들은 조선철도국(朝鮮鐵道局)을 동경제국대학(東京帝國大學) 영내(營內)에 위치시키고, 우리 고대사(古代史)와 당시의 우리 민족정서(民族情緒)를 학문적(學問的)으로 철저하게 연구하고 파악하여 우리 역사(歷史)를 왜곡하고, 철도를 부설하면서 우리 조선 사람들이 많이 모여 사는 도시(都市)에서 1~2㎞ 떨어진 곳에 정차 역청사(驛廳舍)를 세웠었다.

이미 동양척식회사가 측량하여 조선총독부에 귀속된 땅 우리나라의 태평스럽던 인심으로 자기 땅임을 신고하지 아니한 땅을 그놈들의 국유화로 하였음. 4장에서 언급하였음. 에 정거장을 세우고, 이른바 역 주변의 노른자위 땅을 왜놈들에게만 분양하여 왜놈들을 우리 땅에 심는 즉, 식민(植民)을 하고 우리 민족인들의 상권(商權)을 무력화시켰던 것이다.

우리 민족은 지금 무엇을 하고 있는가? 우리는 우리끼리 노사(勞使)로 나뉘어 그 분규(憤叫)로 삶의 터전이며 생명줄인 공장(工場)을 부수고 있으며, 과거 우리 민족에게 잘못한 왜놈들은 징계하지 못하고, 과거사규명법(過去事糾明法)으로 나라를 팔아먹은 을사오적(乙巳五賊) 대한제국(국왕·고종황제)의 장관들 즉, 外務大臣·외무대신 李完用·이완용 등 5명. 이놈들은 國務會議·국무회의에서 우리나라가 외교권이 없도록 왜놈 주한 公使·공사와 을사보호조약이라고 알려져 있는 을사늑약, 즉, 國際協約·국제협약을 체결한 놈들임. 은 세월이 지난 관계로 징계하지 못하면서 어찌할 수 없이 일제 치하에서 핍박받으며 왜놈들에게 배우면서, 어려운 삶을 이어왔던 우리 민족, 우리 친척, 우리 조상(祖上) 아버지, 할아버지 세대 들을 욕보이고 있는 것이며, 그 후손들인 우리들이 또 다시 감정싸움만 하게 만들고 있으며, 이것이 지금 우리 백성들에게 무슨 실익(實益)이 있는 것인가?

인문학을 연구하고 공부하는 우리 민족의 스승으로 자부하고 있는 국립대학교수(國立大學敎授)들은 지금 무엇을 하고 있는가? 우선, 자기 삶을 위하여 눈앞의 자기 이익만을 쫓아서 권력 있고 재물 있는 특정 정치 파벌이나 상대적 무산인민(無産人民·Proletalia)들의 속세인심(俗世人心)만을 살피며, 이것이 천심(天心)이라고 생각하고 위안 받고 자기 합리화를 하고 있는 것인가?

비겁한 문약자(文弱者)들인가? 권력(權力)이 그렇게도 무서운 것인가? 혹은, 무산인민주의이념(無産人民主義理念·Proletalia Populism)을 가진 학생들이 보수골통교수(保守骨桶敎授)라는 비판이 두려워서인가? 학점(學点) 잘 주어 수강신청 학생 숫자만 늘릴 생각인가? 공부(工夫)와 관계없는 무산자인민주의(無産者人民主義) 정치운동, 노동운동, 남녀관계사(男女關係事) 속칭 연애. 에만 정신 팔린 학생들에게는 낙제점을 주어야 교수권위(敎授權威)가 높아지고 학생들이 열심히 공부하게 된다. 공부(工夫)를 시키는 방법도 모르는 이 철밥통들아!

하긴, 빨갱이적 저질 인민민주(人民民主)·평등(平等) 이론을 내세워 좌익정권에 아첨하여야만 연구비(硏究費)주니 할 수 없는 일인가?

또, 옛날 일제 치하 때 친일(親日)하였으나 우리나라 건국 초기 무렵의 빨갱이적인 좌익 무산인민주의 활동을 한 자들은 왜? 친일파에는 포함시키지 아니하고 있는가?

우리 민족(民族)의 앞날을 망치는 이 반역자 놈들아! 해당되지 아니하는 교수님들에게는 미안하게 생각합니다.

우선 먹고 살기 힘든 자신의 삶의 무게 즉, 자기 짐에 취하여 우물 안 개구리격인 필자 자신을 포함한 모든 대한의 아들들은 미래를 내다보며 우선 우리 고대사(古代史)부터 또, 세계인들의 삶을 연구하여 우리 민족을 강성화(强盛化)시키는데 힘쓰고, 세계를 이끌어나갈 수 있는 바탕을 마련하여야 하는 것이 지금 우리 민족 노장년층(老壯年層), 보수식자(保守識者)들이 하여야 할 일이다.

지금 우리의 연간 평균소득(平均所得)은 절대생존소득(絶對生存所得)을 상회하고 있다. 그러므로, 상대적 무산인민들이 우선 눈앞에 닥친 자기 삶을 위하여 보수 부자(保守富者)들과 평등(平等)한 삶을 다투는 것은 각자(各者)가 하여야 할 일을 망각(忙覺)하는 것은 누추한 짓이다.

지금의 우리 민족들의 행태(行態)들은 우리들과 미래의 후손들에게 아무런 보탬이 되지 않는 것이며, 우리 민족의 앞날이 어둡기만 하다.

또한, 현재의 위정자들은 일제 치하(日帝治下)에서 살아오지 않은 조상들을 두었는지? 일제치하의 과거사를 문제 삼는 그놈(者)들은 지금 국민 전체를 위하는 정통성 있는 우리 민족세력(民族勢力)이라고 말할 자격 있는 놈들인지? 학문적으로 비판하고 교훈(敎訓)을 얻어야 할 문제이지 이미 지나간 일들을 아무런 실익이 없이 현재의 우리 민족인들 화만 돋우는 작태를 연출하며 심판만하고 처벌만하는 고위 정치인들의 정신 자세를 나는 규탄하고 있다. 또, 진보적 학자(進步的學者)라는 놈들은 무산인민주의(無産人民主義) 정치 권력을 잡은 놈들의 입맛에 맞는 무산인민주의(無産人民主義·Proletalia Populism) 저질의 사회학 이론(社會學理論)을 들이대고 있는데 이놈들의 학자 양심(學者良心)은 어디에 두고 있는가?

과연 지금, 그놈들이 말하고 있는 민주정통성(民主正統性) 사실은 인민민주 전통임. 은 누구를 위한 것인지? 참다운 민주정치(民主政治)가 무엇인지 나는 묻고 싶은 것이다.

지금 우리 시대의 시대정신(時代精神)은 무엇인가? 빨강이 無産者人民·무산자인민 Proletalia. 가 빨강이 proletalia populist. 들의 생각으로 무산인민적(無産人民的)적 작위(作爲)만 하고 있는 것이 아닌가? 그 정치(政治)의 결과(結果)는 결국 어떻게? 누구에게? 돌아오겠는가? 국민 여러분의 몫으로 세금(稅金) 세금이 호랑이보다 더 무서워 산 속으로 도망갔던 林巨正·임꺽정 참조 이 되어 돌아올 것이며, 우리나라는 빈곤하고 불쌍한 무산인민주의(無産人民主義· Proletalia Populism) 나라 즉, 인민공산주의(人民共産主義· Communism)에 가까운 나라로 급속(急速)히 진행되어 갈 것이다. 안 될 말이다.

민주주의(民主主義· Democracy)는 국가(國家· Nation)의 주권(主權)이 국민에게 있으며, 국민을 위하여 정치를 행(行)한다는 서양으로부터 전파되어 온 제도(制度)이기도 하다. 또는 이러한 정치(政治)를 지향(指向)하는 이념(理念· Ideology)을 주장(主張)하는 것을 말한다.

이 Democracy라는 말의 어원(語源)은 그리스(Greece)의 말 言語· 언어. Demokratos에서도 나온 것이며, 데모· Demo는 온 국민 people· 萬國民· 온 백성. 이라는 뜻이며, 크라토스· Kratos는 지배(支配)한다는 뜻이다.

미국 16대 대통령인 링컨(Lincoln Abraham, 1809~1865)의 "인민의(of the people), 인민에 의한(by the people), 인민을 위한(for the people)"이라는 연설에서 보다시피, 참여(參與)하는 모든 인민들에 의한 정치를 하는 것이다.

민주정치(民主政治)라는 것은 온 국민을 위한 즉, 그 정치(政治)의 목적(目的)이 백성, 모든 사람을 행복하게 잘 살도록 하는 것임을 지금의 좌익 정치인(左翼政治人)들과 좌익적 진보학자(左翼的進步學者)들이라는 자들 모두가 명심(銘心)하고, 국민 모두가 각자의 삶을, 자기 노력(自己努力)으로 향상(向上)시켜야 한다는 것을 명심시켜야 한다.

한편, 링컨이 쓴 이 인민(人民· People)이라는 말을 국민의 책임과 의무를 다하는 즉, 국민으로써 구실을 다하는 만백성(萬百姓· Cityzen)으로 할 것이었으며 어쨌든, 국민 모두가 굶주리지 아니하게 잘 먹고 잘 살게 만들었던 박정희 정권과 전두환 5공 정권을 군부독재라고 비판만하면서 민족성장에 방해만 하였었고 소란스러운 노사분규, 광주사태, 수많은 데모 스트라이크 등을 선동하였으며, 나라 발전을 방해한 놈(者)들이 우리나라 지난 20년간 우리 민족의 대권(大權)을 잡았던 YS· DJ· NH 등, 마음까지도 가난하고 불쌍한 그들의 패거리, 당(党) 놈들이 지금도 외치고 있는 민주

(民主)라는 구호(口號)는 국민을 기만하는 구호에 그친 것이었을 뿐, 이것을 비판 없이 받아들이고 정의(正義)라고 여겼던 우리 전 국민들과 그 나물에 그 밥이 되어 지난2~30년을 지나온 것이며, 그들이 외쳤던 민주주의(民主主義)는 무산인민주의(無産人民主義)이었던 것이다.

보라! 그 당시 우리를 두렵게 보며, 우리에게 교훈(教訓)을 얻어 1989. 6. 4. 천안문(天安門) 인민민주화(人民民主化) 때놈들의 유신, 뿌리 찾기 개혁운동인 5·4운동 70주년이 되는 해이며, 프랑스 인민혁명 200주년이었음. 데모대를 탱크와 기관총으로 쓸어버리고 자본주의(資本主義) 시장경제(市場經濟)를 시작하여 중국인들에게 "거짓말은 이제 그만!", "리펑(李朋)은 물러가라!", "안녕(安寧) 덩샤오핑(鄧小平)! 고마웠소"라는 말을 들으면서 자국의 성장을 도모하였던 등소평의 중국이 벌써 세계 제1의 경제대국(經濟大國)이 되어 가고 있다. 어쩌면 살아있는 생물(生物)인 정치(政治)는 무서운 것이다. 역사(歷史)의 심판을 받는다. 지난 2~30년 동안 우리는 허송세월로 때놈들에게 추월당하고 있는 것이다.

지금 우리는 국민으로서 부족한 아직도 배우면서 성장하면서 근로(勤勞) 의무·병역(兵力) 國防·국방. 의무·납세(納稅) 의무 나라를 이끌어가는 데 필요한 자금·돈 즉, 세금납부. 국민교육(國民教育)의 의무 등을 충실히 이행하지 아니한 미성숙한 사람들을 주로, 많이 정치(政治)에 참여(參與)시키고 있다.

소위 386세대 정치인들과 과거 인혁당·민청련 사건 등 시국(時局) 사범들을 사면 복권시켜 정치에 참여하게 하여 인민주의를 선동하고 있는 자들과 노동운동을 일삼던 노동당 출신(勞動黨出身) 위정자들을 말한다.

또, 그 자들의 선동에 매혹되어 근로(勤勞)는 아니하고 각자의 자율성 없이 부역 같이 일하는 것 즉, 노동(勞動)을 하는 자들이 인민(人民·People)인 것이며, 지금 우리나라 국민들이 열정적으로 삶을 창조하는 데는 참여하지 아니하고 불평등(不平等)하다고 불평만하고 '놀자'판·'먹고 즐기자'판으로 만들어 불행한 미래를 만들어가도록 하는 놈(者)들 즉, 좌익세력

(左翼勢力)들이다.

메기 같은 큰 주둥이를 미끄럽게 놀리다가 "입닥쳐"라는 말을 들은 인민민주주의자 베네수엘라 차베스 대통령 꼴이 될 놈(者)들이다.

국가와 민족에게는 아무런 의무수행을 아니하고, 새로운 요구만 하는 자들이거나 잘하고 있는 정치인(政治人)들에게, 경부고속도로 건설을 농민들의 땅을 빼앗는다고 데모하였고 또, 포항·울산·광양·구미 등 공단 공장건설을 위한 외자도입을 매판자본 도입이라 비판만 하였었고, 서울올림픽 개최를 1936년 히틀러가 베를린올림픽을 개최하여 독재 강화한 것과 같은 수법과 동일한 것이라고 국민들을 선동하여 데모(Demonstration)케 하고, 훼방만 하던 놈들이 우리 민족의 주체세력(主體勢力)으로 둔갑하여 그들만의 인민민주정통성(人民民主正統性)을 주장하며, 자신들을 현 시대에 맞는 진보세력(進步勢力)들이라고 하고 있다.

필자가 볼 때에는 그들은 진보민주세력이 아닌 인민민주세력(人民民主勢力)들이며 퇴보(退步), 앞으로 우리 민족들의 삶을 하향평준화(下向平準化)시켜 우리나라의 성장(盛長)을 방해하여 망하게 할 세력들이다.

지금 그들은 모든 유약자(幼弱者) 학생들처럼 어리고 약하거나 늙어 쇠약한 노인들을 포함. 즉, 어린이·청소년·젊은이·부녀자·장애인·가난한 노인들 즉, 상대적 좌익인민(左翼人民)들에게 평등(平等)을 선동하여 그들을 정치세력화(政治勢力化)시키고, 그들의 기호에 맞는 정치(政治)를 자행(刺行) 찌르듯이 정확하게 행함. 하고 있는 것이다.

이것은 박애(博愛) 혹은 사람의 정(情) 人情·인정. 이라는 점에서는 거론의 여지가 없다고 생각되나, 자신들은 어리고 약하여 강자로부터 부당하게 억압 또는 핍박받고 있다는 생각을 하도록 선동하여 노동자(勞動者)·농민(農民)들까지 가세시켜 물질적으로 있는 자(者) 富者·부자·資本家·자본가·企業主·기업주 등. 와 정신적(精神的)·지적(知的)으로 있는 자(者) 知識人·지식인. 들과 육체적(肉體的)으로 강자들인 남자(男子)들 즉, 모든 강자들을 상대로 광란투쟁(狂亂鬪爭)을 하게 하고, 권위(權威)와 기득권(旣得權)을 철폐하는 것을 민주개혁(民主改革)이라는 듣기 좋은 이름을 붙여 민족 내부(民族內部)에서 누추하고 지독한 생존 경쟁심(生存競爭心)을 폭발시키고, 젊은 자식 세대와 기득노장층(旣得老壯層)인 부모 세대들 간에 싸우게 만들어 민족 전체가 고요(高堯)하지 못하고 쌍놈(常者)들의 세상이 되고 민족 융성(民族隆盛)이 말살되고 있는 것이다.

보십시오. 광주민주화운동이라는 우리나라 인민민주화(人民民主化)의 결과(結果)인 현실상(現實狀)을! 얼마나 서로 피 흘리며 서로 때려죽이고 맞아 죽은 광란인민폭동(狂亂人民暴動)이 아니었던가요?

지금 이 시대의 개혁(改革), 진보(進步)라는 모든 것을 우리 민족 외부에서 객관적으로 본다면, 모두가 망할 오히려 퇴보적인 것들이다. 진정한 개혁(改革)의 결과(結果)를 따 먹어야 할 우리 국민이 있다는 것을 지금의 이 인민민주정치인(人民民主政治人)들은 명심하여야 한다.

지금 우리 민족 전체는 물질적 절대 빈곤 속에 있지 아니하므로, 다른 각도로 다시 말하면, 정신적으로 헐벗어, 가난하여, 불쌍한, 누추한, 남이 과거에, 전생(前生)에 열심히 공부(工夫)하고 부지런히 일하여 잘된 타인(他人)들을 보고 배 아파하며 자신이 노력할 줄 모르는 비겁한 빨강이적 마음을 가진 자들에게 인민민주(人民民主)와 인민평등(人民平等)을 선동(煽動)하여 정권(政權)을 획득하고, 빨강이(無産者·Proletalia)들만을 위한 정치(政治)를 하고 있는 것이다.

과연 그 정치 결과(政治結果)는 모든 국민이 정신적으로 마음속에 인간다운 윤리(倫理)·도덕(道德)·예(禮)·의(義)를 가지겠으며 물질적으로도 풍족(豊足)하게 잘 살게 되겠는가?

광주(光州)사태, IMF사태(事態) 외환부족으로 국가부도상태. 등으로 피바다가 되고 온 나라가 시끄러웠으며, 민족내부평화(民族內部平和)가 없었다.

그 원인이 어디에 있었던가? 광주폭동(光州暴動)은 광주 인민들이 열심히 일하면서 살아가고 있는데 국가 계엄하의 최후의 공권력(公權力)인 우리 국군의 최정예 부대인 공수부대(空輸部隊)를 투입하였던 것인가? 민주주의를 성취하려고 예비군 무기고를 털어 궐기하였던 것이었던가?

이것은 무산인민 빨갱이들의 무리, 당(党)의 폭동인 것이며, 자유민주공화국(自由民主共和國)인 우리나라 국체(國体)를 무너뜨리는 국가 반역이었던 것이다. 1997년 말의 IMF사태는 우리 국민 모두가 열심히 일하여 수출입국(輸出立國) 수출로 나라를 일으켜 세움. 이것은 과거 영국에서 인도주의 인민 법령을 제정하는데 반대 의견으로 많이 제시되었고, 다시 신흥 자본가들의 생각이었던 아담 스미스(Adam Smith, 1723~1790)가 『國富論·국부론』(The Wealth of Natims, 1776)에서 말한 貿易差額·무역 차액의 실체임. 하였었는데, 그와 같은 나라 망한 일이 왜 일어났겠는가?

숫자 많은 무산인민들의 인기만을 의식한 당시의 인민 인기영합주의자인 위정자(爲政者) YS의 소비정책(消費政策)이 우리나라를 외환(外換) 부도나게 한 것이었다. 또, 부도난 우리 민족의 기둥 기업 중의 하나이었던 대우법인(大宇法人)에 국민의 세금인 공적자금(公的資金)을 투입하였더라면 아직도 우리 민족에게 일터를 제공하고 먹여 살리는 우리 민족의 기업으로 지금 세계에 우뚝 서 있을 것이다.

그런데 지금, 그 공적자금을 와리(리베이트·Rebate) 뇌물. 처먹고 엉뚱한데 쓴 나쁜 정치인 놈들과, 이자 많이 받고 대출 뇌물 받아 회사에 납부하지 아니하고 개인적으로 처먹은 은행법인 이사 놈들이 사기 대출받았다고 하고 있다. 개인 ×우중(宇重)이만 불쌍하게 된 것이다. 과거, 법인대우(法人大宇)는 사기대출 받은 것인가? 그렇다면 은행이사(銀行理事) 놈들은 왜 그때, 돈 빌려줄 때 회계심사(會計審査)는 아니하고 돈 빌려주고 지금 일 터지고 나니 사기 대출받았다고 하느냐? 법인 대우(法人 大宇) 그룹의 부도는 IMF사태(外換不足事態)를 유발케 한 문민정부 YS의 인민주의 경제정책의 실패 때문이었다.

지금의 우리나라 국회(國會) 정치권(政治圈)은 국민(國民)들의 눈치를 살피지 아니하는 수많은 인민민주법(人民民主法·法律)을 만들어내어 친기업적 법률 집행(親企業的法律執行)은 아니하고 귀에 걸면 귀걸이, 코에 걸면 코걸이 식의 법(法·法律) 집행으로 국민기업(國民企業)들을 옭아매어 수많은 실업자(失業者)와 범법자(犯法者)를 만들어내고 있다. 쓸데없는 법률(法律)과 그 집행(執行)이 없었더라면 수많은 실업자와 범법자도 생기지 아니하였을 것이다.

이것이 무릉도원에서 선인(仙人)처럼 사시며 우리 민족을 도(道)·덕(德)·윤리(倫理)·질서(秩序)로 통솔하시던 단군(檀君)님의 선비정신(士·儒精神)에 의한 정치(政治)를 이어 받은 것이었던가? 우리 민족 모두는 고요(高堯) 빼어나고 높음. 한 뜻(志)으로 살아가야 한다.

우리 민족의 최상대 조상신(祖上神)이신 단군(檀君) 할아버지와 여러 우리 조상신(祖上神)들께서 하늘에서 내려다보시는데 지금 우리는 무엇을 하고 있는가?

유약자들은 막연한 무산인민민주(無産人民民主·Proletalia Populism) 이념에만 골몰하여 자기 노력(自己努力)은 아니하고 비겁(卑怯)하게 인간다운 평등(平等)한 대우를 타인들에게 요구하고 외치며 같은 우리 민족인 기성세대 강자(既成世代強者)들에게 달려들어 민족 내집합(內集合)끼리 싸움으로 민족 내부 힘(民族內部 Energy)만 소모시키고 있는 것이다.

이와 같은 때와 시기에 소모되었던 지난 2~30년간의 내부 에너지를 바로 썼을 경우, 그때의 우리 민족의 미래(未來)이었던 지금은 온 국민들이 그 결과실(結課實)을 따 먹으며 행복을 구가할 수 있을 것이었으며 이미, 세계일류국가(世界一流國家)로 성장(盛長)되어 있을 것이다.

인간다운 대우(待遇) 예의를 갖추어서 신분에 맞게 대접함. 는 이미 죽어버린 귀신(鬼神) 서양 종교의 야회(yawhey·여호아·如乎我), 흘러간 流靈·유령 같은 마귀를 말함. 이 해주는 것이 아니다. 아무리 어리거나 유약하더라도 어린이는 어린이답게 쑥쑥 자라나며 씩씩하게 커야 하는 것이며 또, 늙어 쇠약하여 다시 여린, 유약한 마음을 가지는 노인들도 신(神)이나 정부(政府)에 자신의 삶을 의탁할 것이 아니라 자신의 남은 생(生)을 위하여 열심히 일하며, 인생(人生)의 경험을 젊은 자식들에게 가르치고 깨우쳐주며, 미래에 대한 용기와 희망을 가지고 열심히 삶을 살아갈 때 각자는 다른 사람, 타인들로부터 인간다운 대우를 받게 되어 복(福)받는 삶이 될 것이다.

은퇴라는 개념은 노인들의 희망과 삶의 의욕을 없애는 것이다. 육체적으로 건강하고 힘이 있는 노인들이 은퇴하여 아무렇게 먹고 놀면서 정부(政府)에 대하여 부끄러움 없이 철면피하게 또, 비굴하고 추접하게 노인복지 향상을 요구하며, 과거 자신들이 벌어놓은 재산만 축내는 자기 인생(人生), 삶의 크기를 키울 줄 모르는 가치(價値) 없는 인생살이로 전락하여 결말(結末) 짓고 있는 것이다.

이러할 경우 지금 정부의 기초생활수급자(基礎生活受給者)들 2008. 9. 25 현재 약 150만 명, YTN 방송 참조 과 같은 노인들은 가정과 사회와 국가에 기생충처럼 되는 것이며 자식 세대들에게 부담만 지우게 되는 것이다. 그들의 장년층(壯年層) 자식(子息)놈들은 지금 어디서? 무엇을? 하고 있는가? 우리 민족의 전통 가부장 가족제도(傳統家夫長家族制度)와 족벌주의(族閥主義)는 어디로 사라져버린 것인가?

시골의 촌로(村老)들을 보면 그분들은 돌아가실 때까지 채전(菜田)을 가꾸거나 마당을 쓸고 집안을 청소하면서 살아가신다. 자식(子息)들은 이것이 안타까워 또는 자기들의 체면이 손상된다고 가만히 쉬시라고 한다.

이것은 그분들의 건강(健康)과 삶의 의욕을 없애는 것이며, 이른바 현대판 고려장(高麗葬)이라는 실버타운(Silver Town)으로 내쫓는 것과 같은 것이다. 정신 나간 일부의 부유(富裕)한 노년층들은 스스로 그곳을 찾으며, 그곳으로 가고 있다. 과연 그들은 그곳에서 진정한 행복(幸福)을 찾을 수 있을까? 곰곰이 생각하여 보십시오.

추석 명절, 설날, 생신일 등 축제일마저도 손자(孫子)들을 데리고 자식들이 효도하러 그곳에 올까요? 우선은 편안할 것 같지만 그곳은 노인 여러분의 생(生)의 마지막, 고려장(高麗葬)을 당하는 감옥이 될 것이다.

한편, 자식 없이 홀로 사는 늙은 부모님들을 사회봉사자(社會奉仕者)라는 국민들이 낸 세금으로 국가에서 봉급 받는 복지사(福祉士)들의 부역(賦役)같은 사무(事務)로 도움 받는 그 노인들은 과연 행복(幸福)할까요? 아마 그분들은 자식들의 손길을 기다릴 것이다.

늙은이, 젊은이, 어린이 할 것 없이 인생(人生)은 섞여 살며 지지고 볶아야 재미(才味·財味)가 있다는 것을 알아야 하며 특히, 과도한 자유(自由)·민주(民主)·평등(平等) 개념으로 정신 무장된 가정의 중년부인(中年婦人)들도 자신들의 미래, 노년(老年)을 생각하면서 자신과 피가 섞이지 않은 시부모(媤父母)를 포함한 노인들을 보살피는 마음을 깊이 있게 진(眞)하게 가져야 할 것이다. 여성평등·해방(女性平等·解放)이라는 막연(莫然)아무것도 없이 그러함. 한 생각은 버려야 한다.

친정의 노년 친부모(親父母) 공양은 올케 친정의 오빠나 동생의 부인. 에게 분업(分業)하는 식(式)으로 맡겨두어야 하며, 자신의 피를 이어받은 자식들만 일방적으로 보살피지만 말고, 시부모의 핏줄인 남편과 함께 섞은 피가 자식들이라는 생각을 가지고 가부장(家夫長)제도 하의 호적법(戶籍法)이나 민법(民法) 등을 참고(參考)하고 늙은 시부모를 잘 잡수실 수 있게 공양(供養)하고 잘 모셔야 한다.

노동자들도 능력(能力)을 키우고 직장(職場)에서 열심히 근로(勤勞)한다면 아무리 그릇된 회사라 할지라도 상응하는 대우를 받을 수 있을 것이다. 이것이 바로 노동시장(勞動市場)이며 시장경제(市場經濟)인 것이다.

지금 현대 우리 여성들은 자기들의 짝(配匹) 배필. 이며 남편(男便)인 남성(男性)들을 상대로 여성해방(女性解放)운동을 하고 있다. 그 결과로 여편네들은 여편네대로 또, 남편네들은 남편네대로 각자 제 갈 길로만 간다. 무엇이 부족한 것인가? 짜증만 낸다. 이혼이 많다. 서로 간에 예·의(禮·義) 본바와 옳음. 가 없다. 자식 버리고 남편 버리고 조강지처(糟糠之妻) 버리고, 금수(禽獸)보다 못한 인간(人間) 사람 사이·사람 간. 이 되어 가고 있다.

지금 우리나라 정부의 여성부(女性部)는 무엇을 하는 부서인가? 남성부(男性部)도 만들든지? 없애야 할 장관급 부서이다. 그 부서 공무원들은 국민들의 피와 같은 세금(稅金)만 빨아먹고 있다.

기업체 근로인(勤勞人)들인 노동자(勞動者)들은 근로(勤勞)는커녕 자율성이 없고 능률성이 없는 피동적인 노동(勞動)만을 일삼고, 유약자(幼弱者)들은 자기들의 절대 인권(絶對人權)을 요구하고 있는 것이다. 각자가 절대 인권을 요구한다면, 사람과 사람 간의 무한정한 이 인권을 누가? 정부가? 보장할 수 있겠는가? 모두들 예·의(禮·義)를 갖추어서 서로 상응하게 대우(待遇)하려는 뜻(志) 선비의 마음. 을 가져야 한다.

우리 민족 각자는 우리들의 제일 큰 집인 나라, 국가(國家)를 위하여 책임(責任)과 의무(義務)를 다하여야 한다. 어려울 때 나라가 도와줄 것이다.

이상과 같은 온 우리 백성들의 자기이념(自己利念)적 생존투쟁은 어쩌면 필요한 것이나 각 개인의 절대자유(絶對自由)나 절대평등(絶對平等)은 여러 사람들이 모여 사는 공공(公共)의 사회에서 가정·회사·국가라는 공공단체(公共團体)의 공동이익(共同利益)을 위하여 제한(制限)되어야 하는 것이 현실 세계인(現實世界人)들의 삶인 것이다.

이 꿈과 같은 절대적이고 무한정한 개인 자유·민주·평등관념(個人自由·民主·平等觀念)을 개인들이 가질 경우에는 모든 가정과 직장과 사회(社會)는 싸움바닥이 되고, 분열되고 파괴되어 우리 국가(國家)와 민족(民族) 모두에게 불행한 결과를 초래하게 될 것이다.

정치인(政治人)들은 이와 같은 무산인민들의 주의주장(無産人民主義主

張·Proletalia Populism)을 비겁하게 이용하여 젊은이들, 노동자·여성·노인들을 포함한 모든 유약자들 소위, 빨갱이, 마음까지도 삐뚤어지고 찌들고 발가벗은 무산인민(無産人民·Proletalia)들에게 자유와 평등을 쟁취하라는 뜻으로 선동(煽動) 부추기거나 부채질하여 움직이게 함. 하여 당선(當選)되고 나서 하고 있는 일은 무엇이던가?

새 천년이 도래한 지금의 우리나라 정치는 온 국민들이 잘 먹고 행복하게 하고 잘 살게 하는 참민주정치(眞民主政治)의 결과 실체(結果實體)는 없고, 인민인기영합주의 정치인들의 여러 계층의 어리고 약한 유약자(幼弱者)들을 부추기는 선동(煽動)만이 존재하고 있으며, 정권 재창출 도모(政權再創出圖謀)만 있게 되어, 자신들이 소속된 자기 정당이념(自己政黨理念)을 따르는 정치(政治)와 치국(治國) 나라를 통치하는 것. 만하고 있는 것이며, 국민들과 힘을 합하여 나라를 경영하고 경제입국(經濟立國)에 힘을 모아 민생(民生)을 풍요롭게 하고 민족 전체의 삶을 융성(隆盛)하게 하는 미래지향적인 경국의 정치(經國政治)는 아니하고 있는 것이다.

정치인(政治人)들은 경국(經國)의 정치(政治)를 하면 국민들 스스로 자신들의 삶의 질·량(質·量)을 높이게 되며, 국방(國防)도 국민 스스로의 힘으로 잘하게 된다는 것을 모르는 쉬근 머리 없는 자(者)들이다.

이와 같이 한편으로 좌익(左翼)으로 치우친 생각을 가지고 자기주체성(自己主體性)과 자존심(自尊心)이 없는 무산인민들을 매혹시키는 정치는 과거 19세기 초(初)의 인민공산주의(人民共産主義·Proletalia Communism)와 비슷한 것이며, 우리는 이 이념을 실현시키고 있는 정당을 좌익정당(左翼政黨)이라고 하는 것이며, 그들이 획득한 정권을 좌파정권(左派政權)이라고 한다는 것을 우리는 잊지 말아야 할 것이다.

중국 공산당 마오쩌둥(毛澤東, 1893~1976)의 후계자였던 덩샤오핑(鄧小平, 1904~1997)은 '정권(政權)은 총구(銃口)로부터 나온다'는 마오쩌둥의 말과 같이 중국공산당 국방위원장의 힘(力) 모든 人間關係·인간관계. 모든 世界·세계는 이 "힘"이 바른 뜻, 正義·정의로 통용되며, 모든 사람 각자는 자기의 절대 권력(絕對權力)을 추구한다. 즉 무엇이든 자기(自己)가 第一·제일이어야 한다는 말. 을 사용하여 천안문시위(天安門施威·1987)로 인민민주(人民民主)를 외치던 수천명의 젊은 민중들을 탱크와 기관총으로 제압하여 버리고, 흑묘백묘론(黑猫白猫論) 흰 고양이든 검은 고양이든 쥐만 잘 잡으면 된다는 이론 즉, 어떤 이념의 정치적 체제이든 백성들이 잘 살게 된다면 가능하다는 것. 로 자본주의(資本主義) 시장경제(市場經濟)를 시작하였었다.

그가 죽은 후인 지금도 후진타오(胡錦濤) 중화인민공화국의 국가주석(主席)으로부터 "과(過) 공산주의 노동당 활동. 는 3이요 공(功) 시장경제 체제로 바꾼 것 은 7이다"라는 찬사와 지지를 받고 있으며, 모든 중국 인민(人民)들로부터 존경을 받고 있다.

덩샤오핑은 일생동안 공산주의(共産主義)를 신봉하며 실행하여 왔으나 말년에 그의 인생철학(人生哲學)을 바꾼 것이다. 그는 서양 종교사상(西洋宗敎思想)이며 인민주의사상(人民主義思想·Proletalia Populism)의 한 갈래인 수평적 평등(水平的平等)만을 강조하며, 공공사회(公共社會)라는 상대적 생각은 아니하고 우선의 눈앞에 있는 다수(多數)의 무산인민(無産人民)들의 기호(嗜好)에 맞는 수평적 평등만 추구하여, 구성원 각자가 송무백열(松茂柏悅)을 망각하게 하는 정치 즉, 무산인민주의(無産人民主義)를 민주주의(民主主義)로 착각하고 있었던 것이다.

덩샤오핑은 수직적평등(垂直的平等) 개념인 노동(勞動)의 시장경제(市場經濟) 제도가 인민들의 삶에서 효율적이라는 것을 그의 말년(末年)에 알았으며, 이를 실천에 옮겨 시행(施行)한 것이다. 지금 우리 정치인들은 마음속으로 육도(六道) 벼슬할 생각만 있어 무산인민들에게 솔깃한 말만을 번지르르하게 달콤하게 하고 있는데, 나라 전체를 위하는 정책(政策)을 실천하지 아니하는 정치인(政治人)은 아무런 쓸모가 없는 것이다. 다소(多

少)의 희생이 있더라도 대의(大義)를 위하는 실천력이 있는 위정자(爲政者)를 우리는 원하고 있다.

우리 젊은이, 노동자 여러분! 열심히 개인의 능력을 키우고 발휘하십시오 열정적으로 근로(勤勞)하지 아니하고 부역(賦役)하는 심정(心情)으로 나태하게 노동(勞動)하면서 평등만을 요구하고 인간다운 대우만을 나라(國家) 국가. 와 사회(社會)와 기업(企業)에 요구하며 많은 분배(分配) 만을 바라는 비겁한 생각을 가질 것인가요?

동포 여러분! 자신이 노동자(勞動者)라고 생각하지 아니하고 근로자(勤勞者)로, 생각하고, 근로(勤勞)가 낙(樂)이라고 생각하는 것이 바른 길, 정도(正道)라고 생각되지 아니하십니까?

또, 자유계약(自由契約) 입사(入社)시 열심히 근로하겠다던 근로자들이 어느 듯 부역(負役) 자신이 손해본다는 생각을 하며 어떤 역할을 함. 하는 노동자(勞動者)들이 되어 공장가동(工場稼動)을 중지시키면서 놀고먹는 노동조합 소속 노동자들을 해고하는 자유(解雇自由)는 우리 정치(政治)는 왜? 기업(企業)에 보장하지 아니하는가? 취직 못한 젊은이들을 위하고 나라의 경제(經濟)를 위하여 근로(勤勞)하지 아니하고 부역같이 노동하는 놈(者)들을 해고시킬 수 있도록 법(法 · 法律)을 고쳐야 한다. 또한, 우리 민족경제(民族經濟)에 걸림돌이 되고 있는 노동조합(勞動組合)을 폐지하는 법률(法律)을 만들어야 하고, 이를 위반하는 자들은 국가보안법(國家保安法)으로 처벌하여야 할 것이다.

현재의 우리나라 위정자(爲政者)들은 그 자신들의 과거 성향(性向)이 어떠하든 간에 우익(右翼)인 자본가, 기업, 있는 자 또는, 육체적 · 정신적 강자들에 대해서도 동시에 관심과 지원을 아끼지 아니하는 중용지도(中庸之道) 떳떳한 바른 길. 로 우리 민족을 이끌어가야 할 것이다.

그 위정자(爲政者)가 명심하여야 할 것은 자신도 이미 권력을 가진 강자

(强者)이며 권위자(權威者)이며 기득권자(旣得權者)라는 점이다.

그런데, 최고의 권위(權位·權威)와 기득권(旣得權)을 가진 대통령(N·H)이 젊은 청년 학생들과 텔레비전 방송에서 권위와 기득권을 타파(打破)하고 민주개혁(民主改革)을 위하여 토의(討議)를 하였었다! 정말 정신 나간 놈(者)이었었다.

그 자는 무엇을 노렸던 것일까? 그렇게도 할 일이 없었던가? 권위가 있어야 할 사람이 스스로 자기 권리(自己權利)와 자기 권위(自己權威)를 타파한 것이고 자기 기득권(自己旣得權)을 철폐한 짓거리를 한 것이었다.

철이 없고 순백한 젊은이들을 끌어들여 뒤틀린 생각을 하도록 무산인민주의(無産人民主義)적 정치이념을 불어넣고, 인생 삶에서 존재하지 아니하는 무한정의 절대자유·민주평등(絶對自由·民主平等)을 선동(煽動)하여 투쟁하게 하고, 본분인 공부(工夫) Study. 는 게을리 하게 하며, 인민들의 점수 따서 민족의 대권(大權) 연장과 인민정권(人民政權) 재창출(再創出)을 위한 목적(目的)이 아니었던가요?

인재양성소인 국립 서울대학을 없애는 것이 기득권과 권위주의를 타파하고 평등한 세상이 되는 것인가? 청소년 누구나 열심히 공부하고 성장하면 좋은 학교에서 교육받을 기회(機會)와 권리(權利)가 주어진다. 모든 국민들에게도 직업선택과 거주이전자유(居住移轉自由)가 보장되어 있다.

순진하고 백지 같았던 이 젊은이들은 자기 인생 삶을 위하여 무엇을 하고 있었던 것인가? 찬찬히, 가만히 생각하여 보면, 타인들과의 공조(共助)는 아니하고, 자기 자신의 가치(價値)를 높여서 기득권과 권위를 얻기 위한 노력은 아니하고, 잘 된 남을 비판하고 헐뜯는 누추한, 자신이 되고 있었음을 언젠가는 깨달을 수 있을 것이다.

정치인(政治人)들은 인생을 게으르고 나태하게 살아가는 젊은이들에게 공연히 평등(平等)을 요구하고 인권 타령을 하면서 생존권(生存權)을 요구하며 분탕질 치도록 선동하고 있다. 진정한 민주주의(民主主義)는 교육,

거주 이전, 직업 선택 등등의 인간권리(人間權利)를 보장(保章)하는 모든 기회(機會)의 평등(平等)을 보장(保章)하는 것이다.

헌법상 대통령 권한을 헌법 개정 없이 자기 마음대로 이양하여도 되는 것인가? 이런 말을 하였던 NH는 법치국가(法治國家)인 우리나라의 명백한 탄핵 대상(彈核對象) 대통령(大統領)이었었다.

우리나라의 모든 젊은이들과 유약자(幼弱者)들에게 자존심(自尊心)과 주체성(主體性)을 가지도록 가르치고, 창의성과 열정을 가지고 열심히 자기 삶을 영위하도록 격려하여 기득권(旣得權)과 권위(權位), 권력을 가진 높은 지위를 추구하도록 젊은이들을 독려함이 마땅하였던 것이었다.

오랜 인간의 삶을 겪지 아니하여 아직 정신적으로 미성숙(未成熟)한 유약한 젊은이들도 본인들의 책임으로 자기의 삶을 개척하여 나가는 것이 참다운 개인의 주체성(個人主體性)을 갖게 되는 것이며 정직(正直)한 것임을 깨달아야 한다. 노력하고 늙은 후에 자신의 삶이 극히 부족할 때에는 키워준 자식(子息)들이 노인이 된 자신들의 사람다운 삶을 보장하는 몫을 담당토록 하여야 한다. 이것이 자식들의 효도(孝道)이며 원만한 가족제도(家族制度)의 혜택인 것이다.

그래야만! 가족제도가 유지된다. 우리 민족의 전통적인 가부장가족제도(家夫長家族制度)를 유지 계승 발전시키는 것이 우리 정부(政府)의 책임이며 정책(政策)이 되어야 하고 보수노장층(保守老壯層)의 책임(責任)과 의무(義務)인 것이다. 남성들의 정자(精子)가 곧, 씨(氏)이며 여성들의 난자(卵子)는 밭(田)이라는 우리 옛 조상님들의 말씀이 타당한 것이다.

지금 우리 정치(政治)는 이를 역시행(逆施行)하여 전 국민들이 낸 세금으로 복지(福祉)라는 명목으로 얼마 되지 아니하는 우선은 달콤한 엿 같은 금품을 인민노인(人民老人)들에게 지급하면서 지지를 얻고, 젊은 자식들이 효도(孝道)를 망각(忘覺) 少壯層·소장층들이 자기 먹고 살기에 바쁘고 자기 짐에 취하여 정신이 흐트러져 잊어버림. 하게 되고, 가족주의(家族主義)가 파괴되고 있다. 노인들에게 지급하는 이 돈은 결국, 온 국민들이 낸 세금(稅金)이다.

여타의, 국민연금제도(國民年金制度) 국가가 젊은 국민들의 세금을 받아 늙은 후의 삶을 책임져준다는 제도이며 고용주가 노동자의 노후 책임의 1/2을 부담하는 제도 고용보험(雇傭保險) 고용주의 돈으로 인민 퇴직자를 부랑·浮浪토록 하는 저급 하위 기업 종업원의 직장 이탈 장려제도. 산재보험(産災保險) 이것은 의료보험과 중복되며, 기업주의 돈으로 조심성 없는 노동자의 산업재해를 1/2 책임지는 제도. 국민의료보험(國民醫料保險) 상대적 보수 노장층들이 무산인민들과의 보건을 수평적으로 공평하게 되도록 의료부담금을 많이 내는, 무산자들이 자기 책임을 지지 아니하는 빨갱이들을 위한 제도이며 노동자들의 의료비 1/2을 고용자가 부담하는 제도이며 國家·국가가 온 국민들의 보건과 건강문제를 틀어쥐고 약사·의사들을 복지공단 심사평가원 직원이 감독하며 틀어쥐는 專裁人民主義·전재인민주의제도 등등의 모든 우리나라의 모든 국민 복지제도는 국민 개인(個人)들의 주체성(主體性)과 자유(自由)를 국가(國家)가 일일이 간섭하고 제한(制限)하며 공단(工團) 간부, 직원들은 국가공무원(國家公務員)보다 2~3배의 국민들의 혈세(血稅)같은 보험금을 아무런 부가가치 창출은 아니하며 급료로 뜯어먹게 하고 친기업(親企業)적이 아닌 즉, 정부가 온 국민들과 기업(企業)을 틀어쥐고 통제(統制)만 하는 전형(典形)적인 헐벗은 마음을 가진 빨갱이들의 무산인민주의제도(無産人民主義制度)인 것이다.

모든 국민들도 이 약자들을 도운다는 점에는 동의할 것이나, 각자가 스스로 인정(人情)으로 약자에 대한 지원을 하여야 하는 것이다. 이것이 있는 자, 부자(富者)·식자(識者)들의 아량(雅量) 어질고 착한 大將·대장이 깃발을 세우는 마음과 같은 布施·보시·팁·tip. 이라는 것이고, 국가가 좌익적인 법률(左翼的法律)을 만들어 전제(專制) 오로지 통제만 함. 하는 우리 정부는 자유자민주국가(自由者民主國家)가 아닌 전제주의 인민독재국가(專制主義 人民獨裁國家) 형태인 것이며, DJ·NH 정부가 이를 자행(刺行)하였던 것이다.

한편, 우리 국민 모두는 스스로 모든 일에 호기심과 예살을 가지고 적극적으로 참여하고 삼라만상(森羅萬象) 즉, 인간을 포함한 모든 자연(自然)을 파악하여야 하며 사람에 대하여 예·의(禮·義)가 있고 삼라만상(森羅萬象)에 대하여도 예살이(禮生) 예쌍. 있는 사람다운 삶을 살아가야 한다.

인간 삶에서 또는 모든 삼라만상 속에서 살아가는 인생에서, 예(禮)는 서로 상대방을 존중하고 나이가 많거나 적거나 또는 남녀, 노소(老少) 등등의 신분(身分)에 따라 또는 삼라만상의 이치(理致)에 따라 바르고 곧게, 정직(正直)하게 서로서로 상응하게 경우에 따라 대우(待遇)하는 것이 옳은 것이며 이것이 곧, 예·의(禮·義)가 있는 인생 삶이 된다.

또 다시 말하건대, 이상에서 기술한 예(禮)가 사람에 대하여 옳다는 뜻(義)이 예·의(禮·義)라는 것을 말해두는 바이며, 사람 간의 예의(禮義)는 예의(禮儀)라고도 하는 것이다.

우리는 그 옛날 과거처럼 예의군자지국(禮義君子之國)으로 돌아가야 한다. 이것은 골통보수(骨桶保守)가 아닌 새로운 참진보(眞進步)인 것이다.

과거 8·15광복(光復) 이후 헐벗고 굶주리며 가난할 때 민족 전체가 공동으로 화합(和合)하자는 이념(理念)을 가졌던 공화당(共和黨) 정권의 5·16혁명(革命)과 10월유신(十月維新)은 우리 민족의 뿌리 찾아 잇기이었으며, 반공(反共)을 국시(國是)의 제일로 삼고 근면(勤勉)·자조(自助)·협동(協同)의 가치 아래 외국으로부터 빌린 돈, 외자(外資) 외국 자본 으로 구미·포항·울산·마산·여수·광양·서울 구로·반월 등에 공장(工場)을 세워서 거의 농업(農業)뿐인 1차 산업국가에서 부가가치를 많이 창출하고 직장(職場)을 많이 만들어낸 2차 산업으로 산업혁명(産業革命)을 이룩하고 한강(漢江)의 기적을 일구어 내어 단군 이래 가장 헐벗지 아니하는 세월을 창조하였었다.

그러나 우리는 서양 유럽의 19세기 초의 산업혁명 완료와 더불어 발생되었던 무산인민공산주의(無産人民共産主義) proletalia populist communism 의 발생 위험을 방지(防止)하지 못한 것이 큰 잘못이며, 이것은 앞으로 신속히 개선하여 나간다면 문제가 없을 것이나 늦추면, 우리 민족(民族)들은 돌이킬 수 없는 예의·윤리·도덕 등 인간 삶의 형이상학(形而上學)적 모든 보수가치(保守價値) 지켜야 할(정신적)가치. 를 상실하게 되고 물질적으로도 궁핍하고 불쌍한 삼류국가 이하로 떨어질 것이다.

아마, 남미(南美)의 땅이 넓고 부자 나라이었던 아르젠티나(Argentima)·볼리비아(Bolivia)·콜럼비아(Columbia) 꼴이 될 것이다. 여기서 우리 민족들이 눈여겨 볼 것은 이들 나라가 우리와는 비교되지 아니하게 토지가 넓고 수산자원과 석유(石油) 등 지하자원이 풍부하다는 것이다.

과거 선각자(先覺者)이고 실천력(實踐力)이 있었던 이순신(李舜臣) 장군의 유적(遺跡) 세종로의 동상, 한려수도 한산대첩기념비 등. 을 정비하고, 이퇴계(李退溪)의 유적 안동의 도산서원, 권율(權慄) 장군의 유적 행주산성. 등등을 정비하여 민족의 선열(先烈)들의 뜻을 기리고 민족정신을 고양하였던 것이고, 초등학교마다 우리 민족 최고조상신(民族最古祖上神·崔高祖上神) 우리 민족의 가장 오래되고 높으시고 빼어나신 신. 이시며 절대신(絶對神·The God)이신 단군(檀君) 임금님의 상을 세웠던 것 아마 이것은 서양으로부터 전파되어 온 천주교·기독교인들의 본능적인 심리적 저항과 미움을 받았을 것임. 과연 천주교·기독교를 믿는 그들의 마음가짐은 누구의 신(神)을 향하여 있는 것이며, 우리 민족 전부에 대하여 그들은 當爲性·당위성, 普遍性·보편성이 있는 우리 民族性·민족성을 가지고 있는 것인가? 이며, 국민교육헌장(國民敎育憲章) 지금 우리 민족 스승인 대학 교수님들과 일반 교사님들도 반드시 精讀·정독하여야 할 것이며, 온 민족이 알아야 할 것임. 을 제정 공포하고, 서울에 어린이대공원(大公園)을 설치하고, 지방(地方) 대구·부산 등지에도 있음. 에도 설치하여 자라나는 꿈나무를 키웠던 것이다.

새마을운동 이 운동은 동남아 말레이시아·싱가포르 등의 나라에서 이를 본받아 갔으며, 지금 중화인민공화국의 시골 지방에서 한창 벌리고 있는 운동임. 또, 지금의 우리나라도 하천 정비, 등산로 청소, 슬럼화 되고 있는 도시 뒷골목 도시 재개발, 거리 청소, 도로 철로변 바닷가 낚시터 정비 청소, 산림가지치기 등을 계속 추진하여야 할 것임. 통하여 우리 삶터를 깨끗이 하고 정리정돈하며, 황무지가 되었던 산천에 나무를 심어 사방공사(沙防工事)를 하여 홍수(洪水)를 방지하며, 소양강·팔당·안동 등등에 댐을 건설하여 가뭄의 피해를 방지하고 식수(食水)와 농업용수(農業用水)·공업용수(工業用水)를 공급하였다. 이때 지역민(地域民)들에게 부역(賦役)토록 하여 산주(山主)가 누구이던 간에 관계없이 심은 나무들이 지금 우리나라의 사회간접자본(社會間接資本)이 되어 사태(沙汰)와 홍수(洪水)를 방지하며 사람의 폐(肺) 역할을 하고 있다.

물론 지방(地方)마다 또 젊고 늙음의 세대(世代)마다 또는 남녀구분(男女區分)에 따라 고르고 균등하게 정치 혜택(政治惠澤)을 누려야 할 것이나, 지금과 같이 완전한 자유·민주·평등(自由·民主·平等) 개념에 가까운 혜택을 모두 누릴 수는 없었다. 하긴, 인간 삶에서 완전한 자유·민주·평등은 존재하지 아니하는 인간들의 꿈이고 희망일 뿐이다.

또, 그러한 정책을 수행하면서 주도적인 간성(干城) 역할을 하던 중간관리인 공무원들도 속인(俗人)들이었던 만큼 과거 봉건조선왕조(封建朝鮮王朝) 시대의 정신적 유산인 관료주의(官僚主義)로 부정(不正)·부패(腐敗) 또는 과잉충성, 끼리들 간의 이권이나 주도권 쟁탈의 싸움 같은 시행착오와 비리가 속출하였던 것이다.

신흥재벌(新興財閥)들도 철저한 노린내 나는 지독한 자본주의(資本主義)만을 고집(固執)하며, 전 국민들에게 하여야 할 서비스, 봉사(奉仕) 즉, 인본주의(人本主義)적인 책임과 임무에 소홀하였었다고 생각된다.

이 유물론(唯物論)적인 자본주의(資本主義·Capitalism) 이론은 우리 민족의 과거, 옛 생각이었던 홍익인간 인본주의(人本主義)로 바꾸어야 한다. 즉, 기업(企業)의 목적이 이윤창출(利潤創出)이라는 유물론적인 자본주의 경제원론(經濟元論)을 인류의 행복(幸福) 창출로 하여야 한다는 뜻이다.

창공의 태양빛도 그늘이 생기고 양지(陽地)가 생긴다. 우리 민족 각자는 스스로 양지를 찾아가며 노력하는 슬기(智慧) 지혜. 를 발휘하여야 한다.

인사(人事)는 만사(萬事)임이 틀림없으며, 위정자(爲政者)들은 인재(人才)를 고루 등용하여 중앙(中央)과 지방(地方)의 지역적인 편차 없이 균형 발전(發展)시켜야 할 의무(義務)가 있는 것이며, 사람이 하여야 할 마땅한 일다운 일을 할 수 있는 인재(人才)를 양성하고 등용시켜야 한다.

우리나라의 수도(首都) 서울의 이전은 통일 후에 해야 하는 것이 타당하지 아니한가? 헌법재판소(憲法裁判所)의 판결이 불문관습헌법(不文慣習憲法)에 위배된다는 판결이 있었는데도 불구하고 국회(國會)에서 특별법(特別法)을 만들어 계속 행정수도(行政首都)를 옮기는 헌법 위반 행위를 정부(政府)가 강행하고 있다. 법치국가(法治國家)인가? 인치국가(人治國家)인가? 또 그 경비(經費)를 충당할 세금(稅金)을 누가 내고 부담할 것인가? 전 국토(國土)가 부동산 투기장이 되어 거품경제(Bubble Economics)가 난무하여 서민(庶民)들의 삶만 쪼그라들게 하여 지금 우리나라 빈부격차(貧富格差), 양극화현상(兩極化現狀)의 주범(主犯)이 되고 있다.

국회에서 만든 특별법이 헌법(憲法)보다 우선한다는 말인가? 법치(法治)국가에서 무슨 해괴망측한 일인가? 법이 없다는 말인가? 법질서(法秩序), 법체계(法體系)가 없는 인치국가(人治國家)인 것인가?

나라의 빚 2007년 현재 약 300조 원이라고 함. 이 많은 상태에서 정치인들은 충청도 인심(忠淸道人心)을 사서 인기(人氣)를 얻고 정권 재창출(政權再創出) 도모(圖謀)에 니전투구(泥田鬪狗)를 하고 있는 것이다.

충청도의 부동산지가(不動産地價) 상승을 담보하여 충청도 인심(人心)을 사기 위한 추악한 정치적 음모(政治的陰謀)를 꾸민 것이었으며, 새로운 지역감정(地域感情) 지금(2008)은 엉뚱한 정치세력이 충청도를 깔고 앉아 있다. 을 유발시켜 민족 전체를 또 다시 싸우게 만든 것이었다. 그 이전의 6공(六共) 시절에 제주도민 전체가 반대하였던 제주도개발특별법(濟州道開發特別 法)은 DJ정권(政權) 시절에 어떻게 제주도민을 설득(說得)하였는지? 제주 도(濟州道)가 좌파들의 수중으로 떨어진지 오래이며, 지금 제주도민이 누 리고 있는 내국인들에게 파는 외국물품 면세(免稅)제도는 지금 우리나라 의 합법밀수(合法密輸)의 온상이 되고 있으며, 새로운 외환부족상태를 우 려하지 아니할 수 없게 하고 있다.

조국 통일 후 인구가 적고 상대적으로 낙후한 개성(開城)이나 평양(平 壤)으로 수도가 이전되어야만 우리의 옛 영토인 만주·시베리아·연해주 로 진출(進出)을 도모하는데 유익할 것이다.

또한, 정부 시설이나 공공기관을 옮기는 혁신도시(革新都市)라는 듣기 좋은 이름의 전국평준화(全國平準化)정책을 수행하는데 드는 비용은 누 가 부담할 것이며 각 지역에서 발생하는 부동산 특히, 땅값 상승은 고액권 (高額券) 지폐 발행과 같이 거품경제(Bubble Economics)만 조장하여 돈(화 폐)의 실질가치(實質價値)를 저하(低下) inflation·인플레이션, 통화 팽창. 시켜 서민들의 삶만 쪼그라들게 하는 우리 민족 전체의 미래가 없는 작태인 것이다.

한편, 이것이 지난 2~30년, YS·DJ·NH 정권과 그 추종 386세대들 새천년 이 시작된 지금(2008)은 그들은 486세대가 되었음. 과 서양 귀신을 믿고 따르는 놈 (者)들이 이루어놓은 우리 정치의 결과이며, 온 나라가 시끄럽고 싸움 바닥 이 된 좌익무산인민사회주의(佐翼無産人民社會主義·Proletalia Socialism)의 우리나라가 된 것이다. 이러한 정치 작태(政治作態)를 좌익인민민주주의 자 NH 대통령이 "재미 좀 봤습니다"라고 하였던 것이다.

2007년 대선과 2008년 국회의원 총선에서 민족의 대권을 잡을 새 정부 에서 이러한 모든 좌익제도를 개혁하지 아니한다면 보수정권(保守政權) 이 아닌 그야말로 무늬만 보수인 동일한 좌익인민주의(左翼人民主義)나라 형태가 계속 될 것이다.

부동산 투기는 원천적으로 막아야 한다. 농촌의 땅값이 올라 통행인이 많은 도로에 인접한 농지는 평당(坪當) 수백만 원을 넘는 곳이 많다.

대체로 사과나무 한 그루가 한 평의 땅에 심어진다. 수백만 원씩 하는 한 평의 땅에서 한 그루 사과나무에서 열리는 사과는 개당 수만(數萬) 원 이상의 가격대를 형성하여야만 농촌 후계자도 생기게 되고 농민(農民)들이 도시인들과 평등(平等)하게 살 수 있는 것이다.

농민들에게 도시인들은 땅을 양보하여야 한다. 부동산 가격의 상승은 이른바 거품경제(Bubble economics)이다. 아무런 부가가치를 더하는 일이나 노력은 하지 아니하고 부동산에 투기(投機)하여 돈을 벌고, 어떠한 노동(勞動)이나 근로(勤勞)없이 사치스럽게 먹고 사는 사람들의 국민윤리(國民倫理)에 어긋나는 부당한 이익은 국가(國家)가 세금(稅金)을 올려 전량을 회수하여야 한다. 땅 투기하는 자는 망하게 하여야 한다.

우루과이라운드로 국토가 넓은 선진국들은 식량자급률이 30%를 밑도는 우리 민족에게 생존권을 담보하여 자유무역(自由貿易)을 요구하고 있다.

토지가 넓은 나라에서 수입하는 농산물 수입관세(關稅)는 가능한 한 국내 농산물과 경쟁이 가능하도록 대폭 올리는 것이 자주독립국가(自主獨立國家)의 체면(體面)이다. 고급 자동차나 고급 양주 등 사치성 고급 외국산 소비재는 국민 모두가 합심하여 소비하지 아니하면 그만이다.

피땀 흘려 수출하여 벌어들인 달러를 수억 원씩 주고 고급 외제차를 사는 부자들은 내수경기가 살아나지 아니한다고 말할 자격이 없는 매국노와 같은 놈들이다. 지금 우리는 검소하여야 하며 국산품을 애용하여야 한다.

공산품(工産品)을 수출(輸出)하여 벌어들인 돈 수출하여 벌어들이는 이 돈은 國富·국부를 폭발적으로 향상시킨다. 내수 경기를 활성화 시켜 돈을 버는 우리 국민들은 제 떡 제 돈 주고 사먹는 결과를 가져오는 것이므로, 國富·국부에는 큰 영향을 미치지 아니한다. 으로 땅 넓은 나라의 토지를 구매하여 또는 장기 임대하여 우리 민족이 자체적으로 식량을 자급자족(自給自足)하며 먹고 살 수 있도록 식량 안전 보장을 시급히 하여야 할 것이다. 사람은 먹어야 살 수 있으며, 제 것을 먹고 살아야만 주체성(主體性)이 확보된다.

우리 모두는 과거의 헐벗고 먹지 못하여 죽기까지 하였던 기아상태(飢餓狀態)를 망각(忘覺) 바쁠 망·busy·빠를 망·애탈 망·잊을 망, 깨달을 각·잠에서 깰 각 즉, 各者·각자는 먹고 살기에 바쁜 관계로 잊어버림. 하여 공연(空然)히 같은 핏줄인 가까운 남을 헐뜯고 위해(危害)하며 자기만이 풍성하고 기름진 생존(生存)을 기도하는 막연(莫然) 없을 막·그럴 연 즉, 아무것도 없이 그러함. 하고 졸렬한 사고방식은 모두 버리고 모두가 열성(熱誠)을 바쳐 가족과 사회와 국가를 위하여 또 자기 자신의 미래를 위하여 열심히 근로(勤勞)하며 모든 일에 노력을 배가할 때이다. 또한 시간(時間)을 아껴 쓰고 활용하여야 한다. 시간이 돈 가치 있는 것이며, ·金·금·Gold이고, 곧 能率·능률. 이다.

천층만층구만층(千層萬層九萬層)이라는 말처럼, 인간의 삶은 각자 열정(熱情)의 결과에 따라 각자의 노력 여하에 따라 보이지 아니하는 계급이 생기게 되며, 젊은이들은 이것에 도전하고 성취하는 재미(財味·才味) 느껴야 하며, 인간의 삶은 적으면 적은 대로 국가에서 매기는 소득세(所得稅)도 적고 깨끗하고 아담한 행복이 있다. 직업에는 귀천(貴賤)이 없다.

반복되는 말이지만, 지금 우리나라의 국민소득이 대체로 2만 달러가 된다. 절대생존(絕對生存)에는 지장(支障)이 없는 것이 아닌가?

태평양전쟁이 끝나고 우리 민족이 부분적인 독립(獨立)을 성취하여 살아가고 있는 지금은 비록 남한만이라고 할지라도 그 동안 인류가 발전시킨 자연과학문명(自然科學文明)의 혜택과 1960~80년대까지의 새마을운동, 수차례의 5개년 국가경제계획, 시월유신(十月維新) 등으로 단군 이래 가장 풍요로운 삶을 살고 있음을 우리는 자각(自覺)하여야 한다.

이것은 과거 쌍팔년도 단기 4288년. 서력기원으로 계산하면 1955년이 됨. 즉 1950 년대부터 우리 민족의 인구(人口)가 폭발적으로 늘어난 것을 본다면 알 수 있는 것이다.

먹고 살기 힘들었던 과거 쌍팔년도 1950년대 이전에는 거의 외동 또는 두세 명의 자녀들만을 두었으며, 큰집으로 양자(養子)를 많이 들였으며 씨받이를 데려온 적이 있었다.

그 이전의 세월에는 한 가정에 7, 8남매를 둔 적이 없었고, 지금 우리 민족의 인구(人口)는 남북한을 합하여 7000만 명 정도가 된다.

폭발적으로 늘어나는 인구(人口)를 먹여 살릴 수 있었던 것은 우리 배달 민족(倍達民族) 떼놈들이나 왜놈들, 로스케보다 모든 일을 곱으로 달성하는 훌륭한 우리 민족. 모두가 근면하고 부지런한 면이 있었고 일제(日帝) 압제의 설움 에서 벗어나 우리 민족의 삶은 자주적으로 모든 것을 해결할 수 있었으며, 지금은 군사독재정권(軍事獨裁政權)이라고 비판 받고 있는 과거의 공화 당(共和黨) 시절에 시월유신(十月維新) 우리 민족의 정신적 밧줄인 뿌리, 근본을 새롭게 함. 하여, 우리 민족 모두가 한 덩어리가 되어 민족자강(民族自强) 운동을 한 덕분이라고 나는 생각하고 있다.

지금 우리 민족은 굶지 않고 헐벗지 아니하니 딴 생각을 하고 있는 측면 이 있다. 여유가 조금 생기니까 허황된 것을 희망하고 요구하며, 남을 헐 뜯는다. 개인적으로 먹고 살기 급하면 시위나 하고 승용차를 타고 와서 노동 투쟁할 시간이 있겠는가?

낡은 무산인민주의사상(無産人民主義思想)을 가졌던 지난 2~30년간의 위정자들은 그 시대를 모르는 젊은이들에게 군사독재정권이라고 선동하 고, 문민(文民)에 의한 정치를 하여야만 진정(眞正)한 민주(民主) 정치라고 하여, 젊은 문민대학(文民大學) 좌익운동권 출신(左翼運動圈出身) 젊은이 들을 끌어들였으며, 국가를 영위하는데 필요한 세금(稅金) 한 푼 내지 아 니하고 부모(父母)들로부터 학비를 받아 공부하고, 자신의 입지(立志)를 위하면서 육체적으로 성인(成人)이 되었으나 인생의 단맛 쓴맛을 아직 경험하지 못한 참 인생으로 성숙되지 아니한 무지(無志)한 젊은이들을 포함한 무산인민(無産人民) proletarian, 재화를 생산하지 못하거나 생산능력이 없으며 생산할 수 있는 시간을 工夫·공부하는데 쓰고 있으므로 재산이 없으며, 부모들을 포함한 있는 자들에게 자기 삶에 대한 요구만 하는 어쩌면 경멸받을 생각을 하는 젊은 고등학교·대학생층까지 포함. 부류계층(浮流階層)을 규합하여 이를 정치 세력화하여 우리 민족의 대권(大權)을 잡고 그 패거리 졸개들이 국회의원에 당선되고 여당(與黨)이라고 자부하며 우리 민족의 대권을 잡았던 것이었다.

지금도 젊은 학생들은 본분이고 본업(本業)인 공부는 아니 하고, 좌익학생운동·노동운동·촛불시위 등, 인민민주정치에 정신을 팔고 있다.

또한, 이와 같은 것은, 민주노총, 전교조 등에 가입한 놈(者)들이, 어떻게 하면 근로생산성을 높이고 근로조건을 향상시킬 것인가? 우리 어린 자식들에게 어떻게 무엇을? 그들의 미래 삶에 도움을 주는 가르침을 줄 것인가? 연구하고 실천하여야 하는데도 불구하고 또, 종교활동을 어떻게 참되게 하여야 될 것인가? 하고 연구 추진하여야 할 소위 정의구현사제단(正義具現師祭團) 등에 소속된 신부(神父)·목사(牧師)를 포함한 놈(者)들과 함께 자신들의 참 본분은 수행하지 아니하고 엉뚱하게 우리 정치(政治)에 간여하고, 인민들에게 평등(平等·Equality)을 선동하며 분탕질 치고 있어 온 나라가 고요(高堯)하지 못하고 시끄럽고 소란스럽게 되고 있는 것이다.

정치인들은 정치에 참여할 수 있는 선거권 부여 연령을 고등학생까지 낮추었었다. 그 연령대의 학생들이 무슨 정치적 식견(識見)과 무슨 인생 삶에 대한 쉬근(心根)이 있겠으며, 무슨 부가가치를 생산하였으며, 국가에 대하여 납세·근로·병역·교육 등의 의무를 얼마나 수행하였는가?

나는 심한 비판을 받을 상황에 처해 있다. 그러나, 나는 인민들의 권리(權利)와 사상(思想)과 자유(自由)를 침범한 것이 아니며, 다만, 현실(現實)

이 그러하다는 것이다. 모든 우리 민족 모두가 생각을 바꾸어 찬찬히 생각하여 보면 나의 말이 참(眞)일 것이다.

젊은 인민들은 아직 더 배워서 무지(無志)하지 아니하고 국민 된 도리를 충분히 다할 수 있을 때 의무 군복무를 마치고 대학을 졸업하여 일반 학생들이 취직한 시기인 25~28세 정도? 부터 투표(投票)하도록 하여 정치에 참여시켜야 한다.

지금 우리나라 위정자(爲政者)들인 국회의원(國會議員)·행정부의 책임자장관(責任者長官) 중 상당수가 그들이 젊었던 학생시절에 외자(外資) 유치와 대일청구권(對日請求權) 자금 등으로 여러 지방에 공단(工團)을 조성하고, 사회간접자본(社會間接資本) 즉, 온 국민이 함께 쓰며 혜택을 누릴 수 있는 도로·댐 같은 것을 건설하는 것을 신식민지경제(新植民地經濟)라고 데모하고 비판하였던 자들이거나 그 아류놈(亞流者)들이다.

또한, 공장(工場)을 세우기 위한 외국자본 유치를 매판자본(買辦資本)으로 몰아붙였던 자들이거나, 열심히 근로(勤勞)하던 공장 근로자들과 농민(農民)을 무산자(無産者·Proletarian)들의 천국(天國·Utopia) 또는 노동자·농민의 이상향(理想鄕)을 만들자고 하는 좌익정치사상(左翼政治思想)을 불어넣고 투쟁토록 부추기며 참여하다가 국가보안법(國家保安法)으로 처벌된 자들이 상당하다.

지금, 그들은 자신들이 민주투사(民主鬪士)이었다고, 생존을 위하여 투쟁한 죄 없는 양심수(良心囚)들이었다고 자기합리화하고 있으며, 지금 현재 대한민국의 대다수 젊은이들은 이와 같은 말을 참(眞)으로 받아들이고 있다. 어떻게 된 것인가?

우리 민족 모두가 가난(家難)하여 민족자본(民族資本)이 형성되지 아니하였던 그 당시에 무슨 정치자금(政治資金)을 갹출(醵出)하여 정치를 할 수 있었겠으며, 많은 인구에 비하여 국토가 좁아 농업·광업·연안어업뿐이었던 일차산업(一次産業) 국가(國家)에서 이차산업(二次産業)으로 공업

입국(工業立國)한 수많은 공장(工場)들과 고속도로·댐 등 사회간접자본 (社會間接資本) 건설 자금은 무슨 수로 조달하였겠는가?

우리는 그때 빌려온 돈 외자(外資)를 열심히 일하여 모두 갚았으며, 이제 우리 것이 된 그 공장, 그 간접자본으로 지금도 그 자체(自体)를 성장시키면서 생기는 이윤으로 먹고 살고 있으며, 그때의 20~30년간 우리 민족은 열심히 살았고 중진공업국으로 성장하였던 것이다.

1950~60년대의 어떤 정치인(政治人)들은 조선왕가(朝鮮王家)나 태평양전쟁에서 패망한 왜놈 군주천황(軍主天皇)의 군주주권(君主主權) 제도가 이미 무너지고, 1948년 국민총선거로 국회의원을 선출하고 국회에서 대통령을 선출하여 민주정치(民主政治)를 시작(始作)하여, 백성주권시대 (百姓主權時代) 즉, 민주시대(民主時代)가 도래하였던 그 마당에 민주당 (民主黨) 백성이 주가 되는 당. 이라는 좌익이념(左翼理念)을 가진 시대착오 (時代着誤)적인 그럴듯한 이름으로 정당(政黨·Political Party)을 만들어서 순진하고 패기에 넘쳐야 할 그 당시의 민족 지성인(知性人)들이었던 대학생(大學生)들에게 잘못된 인민민주의식(人民民主意識)과 인간 세상에 존재할 수 없는 무한정한 자유·평등(自由·平等) 개념을 민주주의(民主主義)라는 듣기 좋은 가면(假面)을 쓰고 젊은이들의 마음속으로 불어넣으면서 젊은이들을 선동(煽動)하였었다.

당시에 먹고 사는 방도(方道)인 직업이라고는 농업(農業) 밖에 없었던 농촌의 먹고 살기 힘든 부모들이 소 팔고 땅 팔아 서울로 유학 온 지능지수(知能指數)가 높은, 정신상태가 가난(家難·Poor)으로 꼬인, 뒤틀린 무산인민(無産人民·Proletalia)들, 이른바 지능지수 높은 그러나, 덕성(德性) 세상을 크게 볼 줄 아는 성격. 이 부족한 일류대학 좌익이념을 가진 학생들을 불러내어 수평적인민평등(水平的人民平等) 사상을 고취히여 소위, 없는 자의 서러움 즉, 그들이 무엇 때문에 불쌍한지, 무엇 때문에 가난한지를 모르며 한풀이 데모를 하게 하고 정부를 규탄하도록 부추기었던 것이다.

5·16혁명(革命)이나, 비록 시간이 1년여가 걸렸으나 12·12군사활동(軍事活動)으로 어쨌든 군출신 보수(軍出身保守) 정치인들이 정권(政權)을 잡았던 것이다. 그 당시의 민주세력(民主勢力)이라고 스스로 일컫던 놈(者)들은 이 군사혁명(軍事革命)을 쿠데타로 격하시키고, 이 정치적 통치 행위(政治的 統治行爲)인 혁명(革命·Revolution)을, 법이론(法理論)적, 법학문(法學問)적으로도 처벌이 불가능한 것 즉, 이 과거사(過去事)를 소급입법(遡及立法)조치도 없이 자기가 임명한 검사(檢事)들을 시켜 기소하고 사법부(司法府) 판사(判事)들의 판결로 처벌하는 작태를 1995년 YS가 연출하였었다. 그놈(者)은 2008. 8 YTN TV 방송에 나와 전XX라는 놈(者)을 "내가 안 잡아넣었나? 광복절 행사에 그것도 전직 대통령이라며 내 앞에 앉을 텐데 말이야?"라고 한 철학(哲學)도 없고, 법(法)도 모르는 또, 사람으로서 품격(品格)도 없는 놈(者)이다.

그 당시 판결을 담당하였던 사법부(司法府)도 삼권분립(三權分立)의 원칙(原則)을 지켰더라면 그 기소(起訴)는 마땅히 기각(棄却)하였어야 마땅하였던 것이었다.

그 판결을 담당하였던 판사놈(者)들, 그 후의 인민정권(人民政權)이었던 DJ시대에 성장하고 NH정권에게 임명(任命)되어 2008년 현재 대법원장(大法院長)하는 놈(者), 이모(李謀)가 그 판결을 그놈들의 12대(大) 판결(判決)이라면서 대법원 공보관(公報官)을 시켜 발표하였다가 슬그머니 집어넣었다. 과거 2~30년간 그놈들은 법(法·法律)에도 없는 판결만을 업(業)으로 삼던 인민주의(人民主義·Proletalism)적 판결만 한 놈(者)들이다.

한편, 헌법재판소 남녀성평등 판결은, 영화배우 최진실(崔眞實) 자살사건을 보면 그 여자의 성(姓)으로 바꾼 자식들은 어떻게 되겠는가? 애비 없는 호로자식! 인간 세상을 개판(犬板)으로 만든 X새끼 같은 놈(者)들의 판결이었었다. 2008. 10.

또 지금도, 과거사규명법으로 우리 민족 전체가 일본제국주의에 합병 당한 후에 있었던 민족 내부의 과거사를 계속하여 문제 삼고 있는 것이므로 온 민족이 고요(高堯)하지 못하고 온 나라가 시끄럽고 미래가 없는 방향으로 떠내려가고 있는 것이다.

법학자(法學者)들은 현 사태에 동조하고 있는 것인가? 방관(傍觀)만하면서 시류(時流)에 몸을 의탁하는 것이 민심(民心)·천심(天心)에 역행하지 아니하는 '순천자흥 역천자망(順天者興 逆天者亡)'이라는 막연한 마음에 사로잡힌 문약(文弱)하고 나약(奈弱)한, 비겁(卑怯)한 지식인들인가?

당시 젊은 학생(學生)들은 열심히 배우고 개인 능력을 향상시켜 부지런히 일하며, 인생을 열심히 살아갈 때에 개인 간에 빈부차이(貧富差異)가 나고 인생이 천층만층구만층(千層萬層九萬層)이 되고, 이것은 곧 인생의 계급(人生階級)이 되는 것을 깨닫지 못하고 있었던 것이며, 이것은 개인의 자유민주주의(自由民主主義)이며, 인생 삶에서는 평등(平等·Equality)은 없게 되는 것이 자연(自然)인 것이다.

얼마 전에도, 인민민주이념(人民民主理念)을 가진 낡은 쓰레기 같은 위정자(爲政者 NH) 놈이 부지런히 열정을 가지고 살아온 인생(人生)의 보이지 않는 계급(階級)인 노장층(老壯層)들의 권위(權威·權位)를 타파하자고 젊은이들을 선동(煽動)하여 자신도 스스로 권위 없는 인간쓰레기 같은 인간이 되고 있었다. 이와 같은 메기 같이 크고 미끄러운 주둥이로 떠들었던 언변(言辯)은 인민(人民)들의 행복(幸福)하고 풍요(豊堯)로운 삶을 창출(創出)해낼 수 있었던 것이었던가? 인민들에게 희망(希望)과 꿈(夢·Dream)을 주는 것이었던가? 권위와 계급을 타파하자는 그놈의 말은 사람의 품격(品格)과 삶(人生) 인생. 의 가치(價値)만 떨어뜨렸다. 누구의 인심(人心)만을 얻기 위한 기만(欺瞞) 남을 그를 듯하게 속여 넘김. 이었던 것인가?

과거 우리나라 인민주의 정치인들은 서방제국주의자(西邦帝國主義者)

들이 3C정책, 3B정책 등으로 아프리카를 점령하면서 코끼리를 잡아끊어 낸 상아(象牙)로 담배파이프와 장식품으로 팔아 그들의 자녀(子女)들을 공부시키고 훈련시켰던 대학(大學) 즉, 상아탑(象牙塔)을 우리나라에서는 우골탑(牛骨塔)으로 만든 장본인들이었었다.

그놈들은, 자신들이 당선(當選)되기 위한 인민민주(人民民主) 개념만 부풀리고 있었으며, 당선된 후 송무백열(松茂栢悅)의 성장(成長)이 먼저인 백성들이 잘 살도록 하기 위한 백성, 민(民)을 위한 참민주정치(眞民主政治)는 아니하였다. 즉, 모든 국민이 잘 살게 하는 민주정치(民主政治)는 실현(實現)시키지 아니한 것이었다. 국가를 경영함에 있어서 우선 제 먹기에 급급한 인민(人民)들을 선동하여 인심(人心)만 얻고, 이것을 천심(天心)이라며 성장(盛長)없는 우선 분배위주정책(于先分配爲主政策)을 자행(剌行)하여, 놈팡이같이 비굴하고 천하게 남을 뜯어 먹고 사는 무산인민들을 위한 치국(治國)만을 도모(圖謀)한 것이었으며, 나라를 경영하는 경국(經國)의 정치(政治)는 하지 아니하였던 것이다.

이와 같은 우리 민족 정치 진행 과정에서, 국민복지정책 일환으로 평등(平等)하게 의료 혜택을, 지금 우리 국가의료공단(國家醫療公團)으로부터 분배받는 것과 같은, 정부(政府)의 정치 결과실(政治結果實)을 우리 조상님들은 "엿" 같은, 것이라고 욕하시었던 것이다. 보채는 어린아이 달래듯 나누어주는 과자(菓子)같은 이 "엿"은 우선은 달콤하나 사람은 먹을 가치가 있는 자기 밥을 먹어야 산다. 정부에서 분배하는 것만 달다고 하며, 제 밥 제 벌어먹고 자기 보건(保健)할 생각을 아니하는 것은 국민(國民) citizen. 이 아닌 비겁한 무산인민(無産人民·Proletalia)들의 짓이다. 제발 우리 정치는 우리 국민들에게 엿 먹이지 말아야 한다.

물론, 가난한 부모를 둔 당시(當時) 60~80년대. 의 학생들은 무엇 때문에 가난(家難)한 것인지 모르고 그것은 열심히 공부하여 自己價値·자기가치를 높이지 아니하였으며 또, 열심히 일할 직장도 없었기 때문이다. 시골에서 피땀 흘리며 농사

지어 보내 준 학비로 공부하는 고달픈 생활의 연속이었을 것이며, 현실적으로 사람다운 대우를 받지 못하는 그들의 가난한 부모들을 위하여 자신들의 처지를 분출시키고 폭발시킬 마땅한 대상목적(對象目的)이 보이지 아니하였고, 졸업 후에도 말단 공무원, 은행 직원, 한전 직원 등 몇몇의 직장을 제외하면 마땅한 취직자리가 없을 때이었으므로 그들의 포부와 꿈은 크고 현실은 어려웠을 것이다.

따라서, 평등하고 행복하게 잘 살 수 있다는 인민공산주의(人民共産主義·Communism) 즉, 독일인들에게 핍박만 받고 있다고 생각한 칼 마르크스(Karl Marx, 1818~1883·유대인·Jews)라는 서양백인의 생각(生覺)에 가까운 정신생활(精神生活)로 빠져든 것으로 생각된다.

어린 젖먹이 손자와 할아버지의 아침 밥상이 같을 수는 없지 아니한가? 사람은 각자 상대에게 상응하는 대우를 하는 것이 예(禮)이며, 이것이 인간관계에서 수직적 평등(垂直的平等)인 것이다. 인간(人間)들 간의 수평적 평등(水平的平等)은 인간들의 삶에는 존재(存在)할 수 없는 것이다.

상대적으로 능력(能力)과 열정이 부족하고 노력과 성과가 없으면서 평등투쟁(平等鬪爭)을 하는, 근로생산성이 없는 비겁한 노동자에게는 상대적으로 급료가 적어야 하는 것이 수직적으로 평등(垂直的平等)한 것이다.

대체로, 평등(平等)을 요구하는 자(者)들은 노력과 정진(精進)은 아니하며, 남이 가진 부(富)를 탐하는 비겁한 양심(良心)이 없는 자들이며 곧지 아니하고 올바르지 못한 즉, 정직(正直)하지 못한 자들이다.

따라서, 이와 비슷한 생각을 하는 무산인민공산주의사상(無産人民共産主義思想·Proletalia Populist Communism)은, 사람의 본성(本性) 즉, 자신의 생(生)을 위하여 필요한 의식주(衣食住)를 비롯한 모든 재물(財物)과 지식(知識)을 비축하여 현재의 자신뿐만 아니라 자신과 자손들의 미래를 걱정하는 개인 사유재산(私有財産)을 인정하지 아니하며, 이 인간 본성을 무시하고 오직 남이 노력하여 모은 재물을 국가공권력(國家公權力)으로 평등

(平等)하게 분배하여 자신들의 삶을 우선 해결하려는 각 개인의 미래가 없고 개인적 희망(希望)이 없는 유물론(唯物論・Materialism)적인 비겁한 주의주장(主義主張)인 것이다.

우선은 그럴 듯하게 들리지만, 인민공산주의(人民共産主義)가 진행되는 동안 아무리 의식교육(意識敎育)을 시키고 독려한들 이 제도는 개개인 각자의 희망과 열정(熱情)이 부족하게 되거나 발현(發現)되지 아니하는 것이며, 능률성(能率性)이 없고 근로생산성(勤勞生産性)이 발휘되지 아니하고, 창조성(創造性)이 발휘되지 아니하는 정치제도(政治制度)인 것이다.

참민주주의(眞民主主義) 정치는 국민 개인들에게 모든 기회(機會)의 공평한 제공(提供)과 모든 선택(選擇)의 자유(自由)를 보장(保障)하는 국가(國家)를 성립(成立)시키고, 각 개인에게 의욕(意慾)을 북돋아주는 것이라야 한다.

과거 토지가 많고 부자였던 로스케와 떼놈들도 이 공산주의는 개인 각자들의 꿈과 희망이 없는 주의주장(主義主張)이라는 것을 이미 50~60년간 경험한 후, 자본주의 시장경제제도(資本主義 市場經濟制度) 이 극명한 실체의 하나가 E-Mart, Outlet・아울렛 같은 신개념의 市場・시장임. 이 시장 즉, 생산자의 생산품의 품질을 향상과 생산단가를 소비자의 invisible hand・보이지 아니하는 손에 의하여 낮추는 제도 로 바꾼 구시대적인 낡은 제도(制度)인 것이다.

북한(北韓・漢)은 이와 같은 인민공산(人民共産)제도로 일제(日帝)로부터 광복(光復)한 후 지금까지 살아왔기 때문에 우리 남한(南韓・漢)보다 가난하고 불쌍한 생활을 면치 못하고 있는 것이다.

젊은이들은 각자(各者)가 마음을 열고 열심히 공부하고 체력과 능력을 키우고 발휘하여 부강한 우리 조국(祖國) 대한민국을 만들어야 한다. 인간다운 행복(幸福)한 삶은 신(神)이나 정부(政府)가 주는 것이 아니다.

자신의 노력(努力) 여하에 따라 또 자신의 순간순간의 현명한 선택에 따라 직업이 결정되고 일생이 결정되는 것이며 또, 순간순간 열심히 일하여야만 티끌 모아 부자(富者)가 되고 행운(幸運)을 잡을 수 있으며, 풍요로운 미래를 보장받을 수 있으며, 희망(希望)이 있는 것이다.

모든 것의 티끌 모아 태산(泰山)이 되며, 촌음(寸陰)을 아껴 쓰고 노력한다면 지금 젊은이들이 막연(莫然)히 지탄하고 있는, 척결하여야 한다고 생각하고 있는 기득권자(旣得權者) 지식인(知識人) 즉, 보수(保守)인 여러분의 부모세대(父母世代), 기득노장층(旣得老壯層)이 되는 것이다.

우리나라의 대표적인 현대(現代) 그룹의 창업자도 젊은 시절에는 쌀(米)장사를 하였고, 한진(韓進)그룹의 조 씨도 미군 트럭운전사 출신이다.

그분들은 "젊어 고생은 사서도 한다"는 말이 있듯이, 지금은 과거의 고생을 지금은 영화(榮華)의 빛 즉, 영광(榮光)으로 생각하고 있을 것이다.

그러나 그들은 열심히 일하며 열정적인 삶을 살아온 것은 간 곳 없고 현재 이유 없이 타도되어야 할 수구 보수(守舊保守) 도둑놈으로 몰리고 있으며, 그들의 재산(財産)이며 종업원들의 삶터인 사업체가 외국인(外國人)의 수중(手中)으로 넘어갈 지경에 이르렀다.

자본의 국제화 · 글로벌화(Golbalism · 全地球化)를 추구하는 서방(西邦)의 자본인(大資本人)들에게, 때마침 1977년 우리나라의 외환위기는 그놈들에게 기회를 준 것이며, 지금 우리는 실익 없는 허망(虛妄) 아무것도 없는 참이 아닌 거짓. 된 세계화라는 시대 조류 추세 속으로 말려들어 가고 있다.

부도난 우리 경제에 외국의 투기자본(投機資本)이 들이닥쳐 우리의 알짜 기업인 삼성 · 현대 · 포항제철 · SK텔레콤 · 한국전력 등등까지의 주식 과반수이상을 그들이 매입하여 주식배당 이윤을 가져가고 있으며 우리 민족인들의 경영권(經營權)마저 빼앗아 갈 위험성이 잠재되어 있다.

회계연도 연말결산(年末決算)시에는 한 해 동안 피땀 흘려 이루어놓은 이윤(利潤)을 그놈들이 과반수이상을 가져가고 있으니, 이것이야말로 신식민지 경제이며, 매판자본이 국내유입(國內流入)되어 지금 우리나라는 껍데기만 남아 있는 것이다.

자본(資本)의 국제화(國際化)라는 말은 일응 그럴 듯하게 들리지만 우리 주도로, 우리 자본으로 국제화를 하여야 하는 것이며, 외국투기자본가(外國投機資本家)들이 우리 기업의 주식을 사 가는 자본국제화(資本國際化)는 우리 경제가 그들에게 종속(從屬)되는 결과를 가져오게 되는 것이다. 돈 장사 하는 그놈들을 욕하는 우리 옛 조상님들의 말은 "쌍놈(商者)들"이었다. 칠년대한(七年大旱)에 보리쌀 2되(升) 주고 논 한 마지기 빼앗아 간 임진왜란(壬辰倭亂) 당시의 우리나라 사대부(士大夫)라는 쌍놈(商者)들의 작태로 인하여 찌들어갔던 우리 민족의 삶을 연상하게 된다.

지금도 원금(元金)을 보장하지 아니하는 수많은 펀드(Fund)운용자들은 주식이나 채권 등의 파생상품에 위험을 무릅쓰고 투자하여 투자자가 손해 봐도 그 뿐, 거품경제에 투기하여 그놈들이 돈만 벌면 그 뿐, 선량한 우리 국민들을 속이는 허망한 이놈들의 도덕적해이(道德的解弛·Moral Hazard)는 우리 법(法·法律)으로 제한 통치하여야 한다. 선물거래소(先物去來所)도 마찬가지이다.

박정희 대통령의 8·3사채동결정책도 우리는 교훈으로 삼아야 하며, 돈 빌려주고 법정(法定) 이자 이상으로 받아 쳐 먹고사는 수전노 사채업자를 처벌하는 법률(法律)도 만들어야 한다.

서양인들의 달러($)는 우리 기업(企業)에게 환율(換率)이라는 불확실성과 위험을 준다. 세계 화폐(世界貨幣)를 만들어야만 진정한 경제(經濟)의 국제화(國際化)에 기여할 수 있을 것으로 나는 생각하고 있다.

세계 경제의 주축 통화(主軸通貨)를 이루고 있는 미국의 달러(弗)는, 세계 경제가 성장함에 따라 미국은 연간 약 300억 달러의 화폐를 추가 발행하여 화폐발행차익(貨幣發行差益) 발행한 화폐의 교환가치－발행비용. 을 공짜로 미국(美國)에 제공(提供) 양태호 박사 학위 논문 참조. 하고 있으며, 철저한 자본투기가(資本投機家)들 뉴요커·New Yorker, 영국 Yarkers·요크스 지방에서 미국으로 이주한 사람들. 주로 유태인·Jews, 유태인 같은 부자·as rich as Jews라는 서양 말 참조.
에 의하여 우리나라의 외환위기로 부도난 기업(企業) 예: 외환은행·삼성자동
차. 또, 과도한 임금 상승을 주도한 노조(勞組)로 인한 부실기업(不實企業)
예, 대우자동차·한보철강 등. 등등의 우리 내국 기업이 합병(合倂·M&A)되어
거의 공짜로 헐값에 팔려 외국인들이 가져 간 것이다.

이것 또한, 정부에서 지급을 보장하면 될 것인데 주거래 은행(銀行)의
BIS비율(比率) 지급준비율. 을 조작하고 이상한 저급 이론을 들이대어 외국
자본에 헐값으로 팔게 한 우리 민족주체성(民族主體性)이 없었던 그 당시
의 정부 재경 당국과 경제학자(經濟學者)들이 책임져야 할 것이다.

또, 주식시장이나 선물거래소의 2차 파생상품 등에 그들은 큰 규모의
투기 자본을 투입시켜 우리 내국인(內國人)들과 이익과 손실의 합이 영
(零)이 되는 제로섬게임(Zero-sum-game)을 하여 이익을 휩쓸어가고 있다.

일본은 가까운 과거에 이와 같은 선물거래소나 주식시장 같은 고도의
거품경제(Bubble Economics)제도를 시행하다 망한 적이 있었는데, 우리나
라는 세계 제2의 선물거래 실적이 있는 나라라고 선전하며 열 올리고
있다.

강자(强者)만이 살아남고 미래를 예측할 수 있는 능력이 있고 정보(情
報)가 있는 대자본(大資本)이 많은 이익을 얻을 수 있는 투기성자본의 국
내 유입은 철저히 차단하여야 한다.

부동산 투기 수법(手法)과 같은 방법으로 이미 그들에게 거의 공짜로
팔려간 우리 기업(企業) 즉, 그들의 이익, 부(富)에 대한 우리나라 조세권
(租稅權) 확보가 요청되는 시점이다.

또한, 경마(競馬)나 강원랜드 카지노 같이 참여하는 사람들이 아무런
부가가치를 생산하지 아니하고, 놀고먹으며 자기 자신과 남을 망하게 하
고, 이것이 인생의 참맛이라는 인민들의 노름공화국(共和國) 작태는 제한
되어야 한다.

이것을 강원도 탄광지역의 경제회생정책으로 하여 지방민들의 인기만 얻고 이때까지 모은 재산 즉, 인민들이 집 팔고 돈 빌려 노름하게 하여 자신(自身)을 버리고 가족을 버리며 불쌍한 거지가 되는 사회적 도덕·윤리(道德·倫理) 질서(秩序)가 없는 가치 없는 삶을 사는 인민들의 우리나라가 되어 가고 있는 것이다. 우리 정부(政府)는 출입자에게 고율의 유흥장 출입 세금을 부과하여 그 출입을 통제(統制)하여야 한다.

이제 외국자본(外國資本)의 국내 유치(國內留置)는 중단하여야 하며, 국민주식(國民株式)을 우리나라 원화로 공모하여 부동산으로 몰리고 있는 돈을 민족 자본으로 형성시키면서, 지금 한국은행에 보관 중인 약 2000억 달러를 기간산업이나 사회간접자본을 형성시키는 등으로 써야 할 것이다.

지금도 외자 유치를 한다고 야단들인데 외화(外貨)는 정부가 친기업정 책을 추진하고 우리 국민 모두가 시위와 투쟁을 중단하고 본업(本業)으로 출근(出勤)하여 열심히 근로(勤勞)하고, 우리 기업이 수출(輸出)로 벌여 들여 충당하고 우리는 우리 힘으로 살아가야 한다.

지금(2008), 석유가(石油價)·곡물가(穀物價)·철광석(鐵鑛石)을 비롯한 원자재가(原資材價) 상승은 모든 세계인들이 겪고 있는 고통이다. 배달민족(倍達民族)인 우리가 이겨내지 못할 것인가? 놀자판의 우리나라를 열심히 공부하고 일하는 풍토로 개선하면 우리 경제는 무조건 살아난다. 우리 민족이 명심하여야 할 것이 위정자들은 환율(換率)이 오르는 것을 문제 삼을 것이 아니라 물가상승 걱정을 접어버리고 우리 백성들 모두가 아끼고 절약하며, 열심히 일하여 돈을 벌어들이도록 독려하면서 수출입국(輸出立國)정책을 밀어붙여야 하며 747정책목표(政策目標)를 수정하면 아니 된다. 우리 정치는 상대적 무산인민(無産人民·Praletalia)들에게 삶(人生)이 엄숙하고 무서운 것이 되도록 하여야 하는 통솔력(統率力·Lead Ship)을 발휘하여야 한다.

왜놈들은 1997년 초 우리나라 외환부도사태(IMF) 직전에 그들의 단기 자금을 무자비하게 회수해 가 더욱 더 우리나라 외환부족사태를 심화시켰으며, 우리나라 경제를 부도나게 한 종범(從犯)이다.

종전의 문민정부(文民政府)라고 칭하던 정권은 뭣 모르고 해외여행시 국민 1인 당 만 달러(萬弗)까지 한국은행장의 허가없이 해외로 반출할 수 있도록 하고 소비가 미덕이라는 그릇된 생각 즉, 소비하면 공급이 확대되고 내수경기가 살아난다는, 세계 경제(世界經濟) 속의 국토가 넓고 자원(資源)과 선진기술(先進技術)이 있는 큰 선진국(大先進國)에서나 있음직한 소비정책(消費政策)을 중진국 대열에 있는 우리나라에 적용 시행함으로써 더욱 더 내수경기가 침체되고 외환이 부족하여 국가외환부도사태를 가져왔던 것이다.

어떻게 보면 우리가 자청(自請)한 것이며, 문민정부(文民政府) YS 시절에는 그동안 전 국민이 협동하고 노력한 고생(苦生)의 결과로 쌓은 무역흑자를, 국민들을 향하여 그 동안 군사독재치하(軍事獨裁治下)에서 고생하였으니 이제 문민 민주화 된 지금 국민 여러분들이 행복하게 잘 먹고 잘 입고 해외여행과 유학(留學)의 자유를 누리도록 하여야 한다는 정책 즉, 국민 인기(國民人氣)만을 의식한 외환자유화(外換自由化) 및 소비정책(消費政策)을 약 5년간에 걸쳐 시행한 결과로 외국환(外國換) 즉, 달러 부족으로 온 나라가 부도가 난 것이었다.

지금 우리나라는 국토가 좁고 모든 자원이 부족하고 인구(人口)가 많은 관계로 원자재를 수입하여 제품을 만들어 부가가치를 높여 수출하는, 무역에 많이 의존하는 나라이다. 전 국민이 근로자가 아닌 인민 노동자가 되어 수많은 데모와 시위를 하며 생산성을 높히지 아니하였었고, 이른바 있는 자(富者)들이 소비한 고급 외제 소비 생활용품이 많이 수입되었으며, 국내 기업에서 생산되는 중저가 국산품(國産品)은 상대적으로 적게 소비되었던 것이었었다.

이 소비정책(消費政策)으로 선진국의 고급 브랜드 소비용품이 상대적으로 많이 수입되어 무역적자로 국가부도상태로 된 것이었다.

그 후 국민의정부(國民政府) DJ 시절에는, 없는 자(無産者·Proletalia) 인민들은 처음부터 소비할 돈이 없으며, 외상으로 돈을 꾸어 쓰고 이자를 갚아야 하는 신용카드의 무분별한 발급으로 신용불량 인민들이 양산되었었고, 사치스럽게 소비하며 먹고 입고 사는 부자(富者)들에 대해서 반감과 혐오감만 느끼는, 사회적 불만시대(社會的不滿時代)가 된 것이었다.

이와 같은 소비정책(消費政策)을 검소하고 알뜰한 삶을 미덕(美德)으로 하던 우리 민족에게 최초로 시행한 위정자(爲政者)는 인민민주와 문민정부(文民政府)임을 외치던 김영삼정권(金泳三 政權)과 그 시절 재경부총리였던, 현재 열린우리당 정책위의장 홍모(洪謀)이며, 그도 서학(西學) 서양 종교와 함께 들어온 서양의 자연과학을 비롯한 경제학 등 인문과학. 을 신봉하고 맹종하는 쓸개 빠진, 우리 민족주체성(民族主體性)이 없는 놈(者)이었다.

그들의 정치세력은 나라의 국방 근간(國防根幹)인 군(軍)을 철저히 배제하였고, 상대적으로 일반기업(一般企業)이나 국가공기업(國家公企業)의 직원들보다 상대적으로 대우는 시원치 아니하게 하는 국가공무원(國家公務員)들을 민주라는 명분으로 사정(司正)만을 일삼아 즉, 소아적인 인민기호정책(人民嗜好政策)을 시행하여 인민 대중들의 인기만을 도모하던 문민인민민주주의(文民人民民主主義)적 정치세력들이었다.

더욱 한심한 것은 이 지경이 된 국가 경제를 보고 외환위기를 극복하였다고 선전하고, 일반 국민들은 이를 믿고 있으며, 이를 계속하여 시행하고 방관 내지 조장하는 측면의 정책은 누가 계속 추진하였으며 지금도 계속 시행하고 있었는가? 국민의정부라고 이름 붙였던 DJ정권이었었다.

이들은 서양인들의 사상인 서양종교와 무산인민공산주의(無産人民共産主義·Proletalia Populist Communism)를 맹목적으로 믿으며, 우리 백성들을 길 잃은 양떼들이라면서 사랑으로 천국(天國)으로 인도한다고 설교하며, 여호아(如乎我·YAWHY)라는 잡신을 맹목적으로 연구하고, 믿으며, 찬양하며 현실 인간 삶에는 존재할 수도 없는 그놈들의 하나님 절대신(一任絶對神·The One of God) 앞에 만민 평등하다는 달콤한 엿만 우리 민족들에게 먹이고, 맹목적으로 그 잡귀를 따르는 서양개(西洋犬)들이었던 것이다.

하라는 참다운 우리 민족 종교(民族宗教)인 유교(儒教)는 도외시하고 서양백인들의 중조(中祖)인 예수 사상(思想)을 우리 민족들에게 팔아먹고 살며, 십일조(十一條)로 우리 민족에게 피 빨듯이 속여 빨아 배불리 먹고 종교 권위를 행사하며 우리나라에서 필요 경비를 쓰고 남은 가처분소득(可處分所得)을 바티칸 로마교황청에 유령처럼 살고 있는 야회 귀신에게 갖다 바치는 서양개들, 서양인들만 살찌우는 정의사회구현사제단(正義社會究現祠祭団)이라는 신부(神父)들을 포함한 1980년 초 민주추진협의회(民主推進協議會·민추협)에 소속되었던 YS·DJ와 문 모 목사 형제 등의 예수쟁이들 예수를 팔아먹고 사는 놈들. 이었다.

서양종교(西洋宗教)가 우리 민족들의 삶에 무슨 현실적인 보탬을 주었는가? 세계의 어느 민족이 자신들의 조상신(祖上神)이 아닌 잡신(雜神)을 절대신으로 지금 우리 민족들처럼 많이 믿고 있을까?

그들은 우리 민족으로써 민족주체성(民族主體性)이 없는 놈(者)들이며, 우리 전통과 민족정신을 흐리게 하면서 조상님들의 가르침을 기리고, 또 돌아가신 조상님께 복 주시기를 기원하며 기도드리는 제사(祭祀)를 그들의 종교(宗教)는 우상숭배(偶像崇拜)라고 금기(禁忌·Taboo)시 하고 고래(古來)의 우리 민족 전통 유교(傳統儒教)와 미풍양속(美風養俗)을 해치고 있다. 우리는 예수(Jesus Christ)와 여호아(如乎我·Yawhey)의 가르침이 무엇인지를 벌써 익히 알고 있는 바이다.

또, 도덕적 해이(道德的解弛·Moral hazard)가 없는 선에서 의무감 없는 인민들의 신용카드 빚을 국가가 갚아준다고 한다. 이것은 무슨 뜻인가?

신용불량자는 엄격히 다스려야 한다. 소득이 없으면서 무책임하게 신용카드로 쓴 외상 빚을 정부가 갚아준다니 어느 나라에서 이런 일이 있는가? 공부(工夫)하거나 아직 취직하지 아니하여 부모들에게 돈을 얻어 쓰면서 신용카드를 발급받아 무분별하게 사용하고 갚지 아니하는, 자칭 성인(成人)이라고 하는 인민 젊은이들의 무책임하고 비겁한 행위를 조장한 것이었으며, 참다운 신용자본주의(信用資本主義)를 말살시켰던 것이다.

이것이 민주(民主)인가? 평등(平等)인가? 어느 인민정당(人民政黨)의 입지를 강화, 상향시키는 인민주의(人民主義)인가? 그 인민 자신들과 그 부모(父母)들이 갚지 못하는 빚을 온 국민들이 세금으로 부담하게 하여 나라를 인민전제전체주의(人民專制全體主義)화 시켰던 것이다.

정치인들은, 농민(農民)들의 삶도 현실적으로 어렵지만 그들의 빚을 온 국민이 낸 세금인 공적자금(公的資金)으로 갚아주는 식으로 또는, 노동자 인민들의 빚을 갚아주는 정책(政策)을 시행하여서는 아니 되며, 각자(各者)들의 신용사회(信用社會)가 되도록 국가를 경제(經濟) 경영하고 구제함. 하는 정치를 하여야 하며, 정권을 잡기 위하여 국민들을 선동하고 인기(人氣)만 얻어 당선되어 통치(統治)만 의도하는 허망(虛妄) 거짓이 많고 근거가 없음. 한 정치를 하여서는 아니 된다. 국민 전체가 스스로 도덕·윤리를 가지고 열심히 일하도록 독려하여 부강한 미래(未來)가 있고 결과(結果)가 있고 목적(目的)이 있는, 국민 전체를 위한, 참민주정치(眞民主政治)를 하여야 한다.

이상(以上)의 글에서도, 나는 나의 주관적인 생각을 기술하였을 뿐, 나의 비판 대상(對象)인 모든 사람들에게 나는 양심과 표현과 출판과 언론의 자유가 있다는 것을 천명하고 있는 것이며 또한, 그 자들에게 아무런 현실적인 위해(危害)를 가하는 것이 아니므로 독자 여러분의 양해 있으시기를 바라는 바이며, 우리 민족이 아닌 외국인(外國人)들에게 이 글이 읽히지 아니할 것을 희망하는 바이다.

한편, 이와 같은 우리 민족(民族) 내부의 일들은 이미 지나간 세월의 것인 만큼 다시 문제 삼고 그 잘못을 탓하여 질책하고 처벌한들 무슨 소용(所用)이 있겠는가? 국력(國力)만 낭비하고 또 다른 분란과 싸움에만 휩싸일 것이다. 다만, 나의 말이 진실이라면 앞으로 각자가 반성하고 고쳐 나간다면 아무런 문제가 없을 것이다. 앞으로 쓰는 모든 내용에 대한 것도 또한 마찬가지이다.

근세조선(朝鮮) 중·후대(中後代)부터 우리 민족의 식자(識者)들인 지배계층은 이미 언급한 바처럼 명분(明分)과 공리(空理)로 서로 자기의 실익(實益)을 위한 싸움을 연속하였고, 과학(科學)과 기술(技術)이 지금보다 미개(未開)하여 피지배계층(彼支配階層)들인 서민(庶民)들과 온 백성들은 그들의 삶(人生) life. 을 위하여 자연(自然)과 힘겨운 싸움을 계속하며 동시에 헐벗음과 굶주림의 연속이었다. 동시에 백성 서민들은 지금의 북한 인민들처럼 지배계층에게 달려들 생각조차 하지 못하였을 것으로 생각된다.

이때, 앞에서 언급한 바와 같이 정약용과 같은 인물들이 서학(西學), 즉 천주교(天主敎·Catholicism) 세례(洗禮·christening)를 받은 실학자(實學者)가 등장하게 되었었다.

이 천주교를 우리 민족에게 전파하고 포교(布敎)한 최초의 신부(神父)는 김대건(金大建, 1822~1846) 충남 당진 출신? 경남 김해? 아명이 재복(再福)이다.

그는 1925년 로마 교황 비오 2세에 의해 성인(聖人)으로 시복(施福)되었고 또다시, 1984년 7월 5일에 바오로 2세로부터 성인품(聖人品)으로 추서받은 사람이며, 조선 후기의 정치·사회적으로 혼란하고 삶이 어려운 시기에 서양인들의 조차지(租借地)인 식민지(植民地), 지금의 중국 마카오로 건너가서 신부수업(神父修業) 세례명 안드레아. 을 받고 만주(滿州)로 들어와 프랑스인(人) 페레올 신부의 도움과 150냥의 돈을 받아 국내로 잠입을 시도하였으나 풍랑을 만나 백령도 등을 떠돌다가 많은 고생을 한 후 쇄국정책을 시행하던 대원군(大院君) 이하응 시대의 경비가 삼엄한 강경나루터로 건너와서 서울로 잠입(1845. 1. 15)하였었다.

그 시절에는 지금의 서울 한강에 있는 절두산 천주교 순교기념관 앞에서 우리나라의 쇄국정책(鎖國政策) 비인간적인 서양 풍속과 문물이 우리나라로 들어오는 것을 자물쇠로 잠그는 정책. 왜놈 덕천가강(德川家康·도쿠가와 이에야스)도 풍랑이든, 물을 구하기 위한 것이든, 조난당하였던 것이든 서양 예수쟁이들을 잡아 죽였으며 그 전의 포르투칼인들을 물리치고 네델란드인들과만 交易·교역하였음. 의 일환으로 천주교인들의 목이 잘리는 처형이 계속되고 있었다. 김대건(金大建)은 위축되는 교세 확장을 도모하기 위하여 외국 선교사의 입국과 선교부와의 연락을 위하여 비밀항로 개척을 위하여 백령도 부근을 답사하다가 체포, 처형되어 새남터라는 곳의 모래바닥에 가매장되었다고 한다.

칼춤을 추는 망나니들과 포졸들의 눈을 피하여 그를 따르던 천주교인들이 머리는 수의에 싸서 들고 동체(胴體)는 걸빵하여 짊어지고 가서 경기도 용인 내사면(內沙面) 미리내에 안장하였다고 한다.

이때, 그 이전에도 1839, 己亥迫害·기해박해 등 많은 처형 처벌이 있었음. 수천 명의 서학인(西學人) 천주교인. 들이 잡혀 와서 목이 잘리거나 절두산 절벽에 떠밀려서 처형을 당하였으며, "양이(洋侇) 서양 惡浪犬·오랑캐. 로 더럽혀진 한강(漢江)을 서학(西學)쟁이들 예수쟁이들. 의 피로 씻어라"는 깃발과 구호 아래 앵베르 주교(Imbert, Lurent Johseph·范世亨·범세형 主敎)와 프랑스 파리 외방전교회 소속 모방 신부(Maubant, 羅·라 神父)가 목이 잘렸던 이 절두산의 옛 이름은 누에머리를 뜻하는 잠두봉이었다고 한다.

이곳에는 이상과 같은 천주교도 처형을 이유로 우리나라를 침략한 프랑스 놈들의 병인양요(丙寅洋擾, 1866) 당시, 조선 조정의 외규장각(外奎章閣) 강화서고(江華書庫)에서 『직지심경(直指心經)』 등 국보급문화재를 약탈하여 간 그 프랑스 함대가 정박하였으며, 미국(美國) 함대도 건너편 여의도와 밤섬 사이에 정박하였었다(1871)고 한다.

그 당시 이곳에서 칼춤은 6년간 계속되었다고 하니 그 처형의 규모와 시간을 독자들은 이해할 수 있을 것이다.

한편, 경기도 용인 땅 미리내 모래바닥에 가매장되었던 김대건 신부와 앵베르 주교, 모방 신부 등의 시신은 지금 서강대학교 내 산부지에 이장하였다가 1943년 영동의 삼성산으로 이장된 후 명동성당(明洞聖堂)에 안치하였다고 나는 알고 있으나 그 정확한 시기와 장소와 사람은 알지 못한다.

이 명동성당의 부지는 앞에서 말한 병인양요 후 한불(韓佛)수호조약을 맺은 이듬해 프랑스 놈들이 조선 정부에 압력을 넣어 파리 외방전교회가 구입하였고, 고딕식 건물인 서울 용산신학교 건물과 함께 프랑스의 고스트 신부가 설계 감리하였고, 푸와넬이라는 신부(神父)가 1896년에 완공(完工)하였던 것이다.

이곳은 과거 우리 민족의 조국근대화(祖國近代化) 시대인 유신시대(維新時代) 이전부터 5공, 6공 시대까지 많은 시국사범들이 데모하고 은신하면서 서양 사꾸라 같은 신부(神父)놈들로부터 정신적인 위안과 지원을 받으며 무한정한 자유(自由)와 평등(平等), 인민민주주의(人民民主主義)를 외친 곳이다.

그 당시에 이곳은 프롤레타리아 무산자(Proletalia · 無産者) 재산이나 부를 가지지 아니하였거나 상대적으로 많이 생산할 수 없는 자, 직업 선택의 자유가 보장되고 機會 · 기회가 평등하게 주어지고 의무교육을 포함한 교육의 기회가 주어진 민주주의 사회에서 그들은 불평이나 불만만을 하고 게으르고 열정적이지 못한 자들이었을 것임. 들과 공산주의 유물론자(Communism 唯物論者)들과 정신적인 근본(根本)이 완전히 다른, 정반대(正反對)적인 유신론자(唯神論者)들 혹은 관념론(觀念論)적인 서양 백인들의 종교(宗教)를 신봉하는 왕사꾸라 벚꽃 즉, 왜놈들과 같은 놈. 같은 신부(神父 · God father) 놈들이 신(神) 앞의 만민(萬民)이 평등(平等)하다는 사상(思想)과 인민애(人民愛)라는 가면(假面)을 쓰고 정신적으로 순백하고 순진한 젊은 학생들을 꼬드긴 곳이다.

종교인(宗敎人)이라고 하는 놈들이 하라는 종교(宗敎)는 아니하고 정치(政治)에 관여하고, 건방지게도 우리 민족들을 길 잃은 양(羊)들이라며 이를 돌봐주는 스승이며 목자(牧者) 먹이는 자. 인 목사(牧師) 먹이는 스승. 라고 한다. 우리 민족의 정치(政治)와 국가안전기획부(國家安全企劃部)는 중구난방의 이런 자들을 통제(統制)하여야 하며, 이들로부터 우리나라를 위하고 경국하기 위한 세금(稅金)도 받아내어야 한다. 그들은 우리 민족인(民族人)들이 아닌가?

우리 민족 동포, 독자 여러분. 서양인들의 『구약(舊約·Bible)』「신명기」에 있는 구절 즉, "너희 품안의 아내와 자식, 벗(友)들 가운데 너희들의 조상(祖上)이 일찍이 알지 못하였던 다른 신(神)을 섬기러 가자고 가만히 꾀는 경우가 있을 것이다. 애처롭게 보지 말고, 감싸줄 생각을 말고 반드시 죽여야 한다. 네가 맨 먼저 돌로 쳐 죽여라"는 것을 우리 민족의 입장에서 역지사지(易地思之)로 음미해 보시기를 바라는 바이다.

또한, 당시 우리나라 정치인이었거나 우리 민족의 최고가치(最高價値)가 인민평등(人民平等)이라고 한 잘못된 정치 활동의 우두머리이었던 자들이 이른 바 3김(三金) 중의 2김(金)이며, 그 중 한 사람은 기독교인이며, 기독교는 천주교의 아류(亞流)라고 나는 생각하고 있다.

서양종교(西洋宗敎)가 그들과 이념(理念·Ideology)이 다른 자들을 길 잃은 불쌍한 양(羊)들이라 하여 보호해주고, 인민공산주의 활동을 하는 식자(識者·Elite) 레닌·Lenin의 「엘리트혁명론」 참조 라고 자부하고 착각하도록 하여, 국가공권력(國家公權力)에 도전하는 그릇된 행동을 하는 젊은이들을 감싸주는 형국으로 되고, 서양 종교인 놈들은 반정부 활동의 기수(旗手)가 되었던 것이었다.

나는, 우리 민족이 서양인의 중조(中祖)인 예수의 가르침을 종교(宗敎)

인생, 삶의 마루(으뜸) 가르침. 로 받아들이고, 서양 백인들의 의식 세계로 빨려 들어 가는 사상침략(思想侵略)을 받아 이것을 종교의 자유(宗敎自由)라고 하며, 우리가 한민족이라는 민족주체성(民族主體性)을 잃고, 민족(民族) 내부 힘만 소모하며 우리끼리 싸우는 대중(大衆)들을 이해할 수가 없다.

우리 민족의 종교는 각 가정에서 조상신(祖上神)을 섬기는 유교(儒敎) 선비교 와 우리 조상들과 오랜 세월을 함께 하며 우리 민족의 삶을 성립시 켜 온 대승불교(大乘佛敎)도 있는데도 말이다. 다만, 가깝고 편리한 곳에 서양 종교처럼 교회(敎會)나 성당(聖堂) 같은 장소가 없을 뿐인 것이다.

서양인들의 신(神)을 믿는 우리 민족 신도(信徒)들은 우리 민족(民族)에 대하여 그들의 종교 자유(宗敎自由)가 있다고 할 수 있는가?

지금, 우리나라에서는 영호남 지역 갈등만 있는 게 아니라 종교 갈등도 대단히 크다. 그들만의 신우(神友)이며 그들만의 패거리를 짓고 있는, 그 놈(者)들의 종교사회주의(宗敎社會主義·Raligion Socialism) 본산(本山)인 성당·교회는 점차적으로 없애야 한다.

이렇게 하면 단군의 홍익인간(弘益人間) 가르침으로 살아온 우리 민족 내부에는 별 문제가 없을 것이나, 야훼·예수를 그들의 절대 신으로 믿고 있는 서양인들과 지금의 팔레스타인 전쟁, 이라크 전쟁, 아프가니스탄 전 쟁, 파키스탄 전쟁 등과 세계 각지의 테러전(Terror戰·恐怖戰) 등 아랍 (Arab)인들과 같은 종교전쟁(宗敎戰爭)이 일어날지도 모른다.

우리 민족의 하느님이나 백인들의 하나님은 한 분 뿐인 동일한 하느님 인 것이며 다만, 서양에서 전파되어 온 서학(西學)인 서양종교(西洋宗敎) 는 우리 의식이 서양인들의 의식 속으로 빨려들어 가서 우리 의식이나 생각(生覺)이 서양 백인들에게 종속(從屬)되는 것이다.

또, 이 서양으로부터 들어온 이 종교(宗敎)의 지도자(指導者)들이라는 신부(神父), 목사(牧師)라는 놈들은 우리 민족 신도(信徒)들을 불쌍한 어 리고 약한 유약자들이라며, 신도들의 편에 서서 무한정(無限定)한 민주(民

主)와 자유(自由)·평등(平等)을 요구하고 외치도록 순박(順朴)한 우리 민족들을 선동(煽動)하는 놈들이다.

나라에 유기체(有機体)적으로 참여하는 각 개인, 단체들의 이 무한정한 자유·평등·민주는 인간들의 현실(現實) 삶에는 존재할 수 없는 것들이며 유기체(有機體)적인 우리나라, 국가에 대하여 이 서양종교인 서학(西學)의 평등이념(平等理念·Equality Ideology)은 우리 민족, 우리나라에 늘상, 항상 반역작용을 하고 있다. 다만, 무한정의 자유와 완전한 평등은 인간 각자의 꿈, 희망일 뿐, 현실 인간 세상에는 없는 것인데도 말이다.

그들의 신(神)이 우리 민족이 잘 살고 융성(隆盛)하는데 무엇을 더하여 주고 도움을 주었는가? 길 잃은 양들인 우리 유청년(幼靑年)들은 어버이들에게 자유(自由)와 평등(平等)을 요구하며 달려들게만 만들고, 어버이들은 사랑과 박애에만 매달려 더더욱 우리 민족인들을 곤란하게 핍박하여 우리 민족을 병탄(倂呑)하기 쉽도록 만드는 굶주린 이리떼와 같은 서양 이민족(西洋異民族)들의 마귀 귀신(魔鬼鬼神)인 것이다.

왜? 그들의 종교(宗敎)는 우리 청소년 젊은이들에게 우리 민족정신(民族精神)·자긍심(自矜心)·주체성(主体性)·의욕(意慾)·열정(熱情)·희망(希望)은 고취하지 아니하는가? 추기경·교구장·신부(神父)·목사(牧師)들에게는, 홍익인간(弘益人間)을 가르쳐주신 우리 절대단군신(絶對檀君神)은 그들에게는 우상(偶像)이며 금기(禁忌·Taboo)이기 때문이다. 죽은 귀신 제갈량이 산 사마중달(司馬仲達)을 때려잡는 격이다.

위정자들은 국민 모두가 잘 살 수 있는 정치(政治)를 하여야 하며, 어리고 약한 유약자(幼弱者)들만 보호(保護)하는 치중된 정치는 민족 전체의 발전과 융성(隆盛)을 저해하는 것이다. 유약자들 보호는 우선 그 가정(家庭), 가족(家族)에게 책임(責任)지우고 맡겨야 한다.

서양종교인 중에는 문 모 목사 종교는 인민의 아편이라고 비판하던 공산주의자이며, 북한 최고통수권자인 김일성을 만났음. 이 자가 목사 짓을 한 것입니까? 북한 인민공산주의 정치에 관심을 가지며 우리 남한 정치에 간여하고 그 반역행위를 한 것이 아닙니까? 북한에는 이 종교가 없음. 등 많은 교인들과 대학생이었던 임수경 양의 방북시에 동행하여 판문점으로 입국하였던 모 신부 등 시국사건과 관련된 많은 신부(神父)들이 있으며, 영화배우 문 모는 그 문씨 집안의 아들이며, 그는 노사모 회원(會員)으로 상당한 영향력을 행사하였다. 그들은 종교(宗敎)의 가면을 쓴 북한 인민노동당과 유대인(猶帶人)들의 우리 민족정치(民族政治)에 대한 프락치들이 아닐까 의심스러운 것이다.

지금 우리 시대에는 위정자(爲政者)들과 직업 공무원(公務員), 직업 군인(軍人)들을 제외하면 서민 국민들 모두는 민(民) 백성. 이다. 이 시대(時代)까지 서양종교(西洋宗敎)인들이 우리 백성들에게 십일조(十一條) 세금을 법(法)도 없이 그들이 받아들이고 국가세금(國家稅金)은 내지 아니하면서, 그들의 종교사회주의(宗敎社會主義·religion Socialism)로 하는 사회복지(社會福祉) 활동을 그들의 정당성 무기로 삼았었고, 인민민주선동정치인(人民民主煽動政治人)들이 부풀려놓은 과도한 인민민주(人民民主·Proletalia Populism)의 평등이념(平等理念·Equality Ideolgy)은 우리 국민들 전체가 서로 간에 예·의(禮·義)가 없게 하고 나라의 근간(根幹)인 군(軍)과 경찰을 포함한 공무원(公務員)들에게 달려들게 하고 있어 우리 정치의 국가주의(國家主義·Nationalism)와 우리 백성(百姓)들의 가족주의(家族主義)를 황폐화시키고 있다.

지금 우리나라의 정치는 모든 유약자들 즉, 서양종교에서 말하는 어리고 약하고 불쌍한 양(羊)들만을 위하는 무산인민주의정치(無産人民主義政治)를 자행(刺行)하고 있는 것이다. 우리 정치는 어린, 유약자적인 이 인민들이 자존심과 능력을 갖출 수 있도록 독려하고 각 개인이나 그 가족이 족벌주체성(族閥主體性) 있는 삶을 살도록 하여야 하는 것이다.

서양 종교(宗敎)는 우리 정치(政治)에 의한 통제(統制)와 통치(統治)가 되어야 한다. 그들의 교회와 성당은 세금(稅金)을 내어야 하며, 우리 민족의 뜻에 따라야 하고, 그들의 종교 자유(宗敎自由)는 누구를 위한 것인지 짚고 넘어가야 할 문제인 것이다.

나는 여기서 다시 한 번 더 우리 민족 독자 여러분들에게 질문(質問)한다. 과연(過然) 서양의 백인들, 그들은 무엇 때문에 우리들을 불쌍하다고 하며 우리들에게 그들의 천주, 그들의 여호와 예수신(神)을 믿으라고 사서 고생하면서 포교(布敎)활동을 하고 있는가?

우리들에게는 과거부터 우리의 신(神) 즉, 우리 아버지로부터 할아버지·증조할아버지, 그 윗대 최고 윗대 단군신(檀君神)까지 이르는 조상신(祖上神)이 있으며, 홍익인간(弘益人間)이라는 큰 가르침을 주는 건국이념(建國理念) 아래 대대로 살아온 우리 민족국가(民族國家)가 있으며, 사람 뿐만 아니라 금수(禽獸)와 모든 식물(植物)들과 모든 삼라만상의 자연(自然)과 시간(時間)까지도 아끼고 보호하여야만 사람이 대대로 영원히 사람다운 삶을 누릴 수 있다는 불법(佛法)과 부처님 사상(思想)과 진정(眞正)한 우리 인생 삶의 철학(人生哲學) 인생철학. 인 우리 유교(儒敎) 선비교 즉, 선비의 가르침을 믿고 따르는 것. 가 있는데도 말이다.

백인(白人)들은 그들의 정신세계(精神世界)로 우리들을 끌어들이고 있는 것이다. 우리는 그들의 절대신(絶對神·The God)인 예수를 믿고 따르며 찬송하고, 우리 민족정신(民族精神)을 잊고 그들의 신을 믿으라는 백인들의 종교적 술책(宗敎的術策)에 민족의 전통(傳統)과 민족 주체성(民族主體性)을 망각하고 우리 조상신(祖上神)과 조상님들의 가르침과 잊고 서양인들의 생각(生覺) 生覺·생각과 思想·사상은 같은 것이다. 으로 함몰되어 가고 있는 것이다.

백인들의 종교는 우리 민족의 모든 정신·관념(精神·觀念)을 블랙홀(Black Hole)처럼 그들의 정신세계로 빨아들여 우리 민족인들의 정신(精神)과 행동(行動)이 그들과 같아지게 하여 그들에게 유리작용(有利作用)토록 하는 그들을 위한 사상(思想) 즉, 그들의 생각인 것이다.

이상과 같은 모든 것 또한, 나의 주관적인 생각을 기술한 것일 뿐, 타인들을 위해하거나 음해할 아무런 행동을 나는 하지 않은 것이며, 외세(外勢)의 힘으로 들어온 정신사상(精神思想)인 서양 종교(西洋宗教)를 정신적 지주(持主)로 삼아 그 종교(宗教)를 믿는 자유(自由)를 외치며, 종교 생활을 하는 모든 우리 민족, 서양 종교 신자(信者)들에게도, 서양 교황청이나 기독교인·천주교인들에게도, 나의 생각이 그저 그렇다는 것이므로, 서로를 음해하거나 위해하지 아니할 것을 천명하는 바이며, 양심과 언론, 출판의 자유가 있음을 상호간에 이해할 것임을 말하여 두는 바이다.

나는 본래 신(神)은 없다고 생각한다. 서양인 니체(Nietzsche, 1844~1900)는 "생명력(生命力) 있는 모든 생물(生物)들은 자기절대권력(自己絶對權力)에 대한 집착을 가진다. 이 권력(權力)이 신(神·God)이다"라고 하였으며, 이 신(神)은 이미 죽었다라고 말하였다.

이 과학문명(科學文明) 개명천지(開明天地)에 하나님이 무슨 얼어 죽을 서양 귀신인가? 어쩌면 나는 무신론자(無神論者)이다. 그러나, 이 신(神)의 개념은 우리 인식 속에 있으며, 삶이 힘들고 모든 자연(自然)이 두렵고 미래가 보이지 않는 인간들에게 용기와 희망을 주는 것이 종교와 신앙이며, 인간들은 그 믿음에 의지하여 살아가고 있다고 나는 생각하고 있다.

나는 나를 창조(創造)하시고 성장(盛長)시켜 주시면서 나의 인권(人權)을 확보하여 주시던 부모님 슬하에서 나의 모든 것을 해결하고 자라 왔다. 어머니는 먹이고 입혀주셨으며, 아버지는 어머니와 나의 형제들이 먹고살기 위한 모든 것들을 준비하고 구하여 주셨다.

그러므로, 나는 어머니보다 아버지가 더 무섭고 두려웠으며, 한편으로 나의 장래까지도 염려해주시고 학비를 내어주시었으므로, 나의 유년기

(幼年期)에는 아버지가 나의 주(主), 하나님(一任)이셨던 것이다. 성장한 후인 지금도 아버지의 뜻(志)을 곰곰이 새기며, 나는 나 자신(自身)을 믿고 정직(正直)하게 '나의 삶'을 살아가고 있다.

나에게는 나의 아버님이 나의 주(主)이며, 신(神)이며 나의 하나님(一任)이다. 이와 같은 것이 지금 모든 우리 민족이 믿고 있는 유교(儒敎)이며 조상숭배(祖上崇拜) 정신이다.

또한, 일체유심조(一切唯心造), 모든 것은 마음이 만든다는 것. 시시시조미통음(時示時鳥未通音) 때를 아는 새가 소리를 통하지 못하여 즉, 뜻을 통하지 못함. 이라든가 유방·한신의 이야기이며 옛날, 못 먹고 못 입고 가난(家難)하던 시절의 고려장(高麗葬) 시대에 "코끼리 무게(重量)를 달면 몇 근(斤)이나 되느냐"라는, 지혜로운 사람이 고려국에 있는지를 시험하는 원(元)나라 사람들의 질문에 코끼리를 배에 실어 그 수위(水位)를 표시하고 다시 그 배에 돌을 채웠다가 다시 각개(各個)의 돌의 무게를 달아 더함으로써 코끼리 무게를 알았다. 네모난 목재(木材)의 뿌리(根) 쪽은 어디인가? 물에 띄워 기울어지는 쪽이다 . 즉, 아르키메데스의 유레카(ureka!) 원리를 알려주신 나이 많으신 모친(母親)의 말씀을 듣고 원나라 사람을 돌려보낸 후 고려장 풍습이 없앴다는 이야기 등 "늙은 쥐가 독 뚫는다"는 우리 箴言·잠언이 있음. 많고 많은 나의 정신적 성장에 도움을 주신 나의 아버님의 가르침을 지금도 나는 생생하게 기억하고 있다.

과거 우리 땅 북만주 지방에 유민(遺民)으로 남아 있던 사람들 즉, 부여인(夫餘人)지아비 부·남길 여. 고구려 瑠璃王·유리왕·?~18 참조 들이 고려초(高麗初)에 우리 북한(北漢) 땅에서 글안(契丹) 서북 만주지방, 지금의 몽골지방과 요하강 상류지방에 살던 사람들. 徐熙將軍·서희장군의 활약상 참조 그 당시의 떼놈들은 송나라 南宋·남송이었음., 여진(女眞) 지금의 동만주 남시베리아 흑룡강 주위의 연해주 지방에 살던 사람들 즉, 黑水靺鞨·흑수말갈족의 후예들임. 으로 분열되어 있었으며,

그 후 이름조차 으뜸이라고 지었던 고조선(高朝鮮)의 끝갈래 선비족(鮮卑族)의 후예들인 원(元)나라가 단군의 빼어난 우리 민족의 본손(本孫)들인 고려(高麗)에 부린 횡포는 수없이 많았었다.

우리 고조선 민족(高朝鮮民族)의 갈래인 선비족(鮮卑族)의 후예들인 그들은 왜놈 정벌(倭征伐)을 위하여 고려 말 충렬왕 때 합포(合浦) 지금의 경남 마산. 에 정동행성(征東行省)을 설치하고, 병선(兵船)을 마련케 하고, 고려군(高麗軍)과 같이 대마도(對馬島)와 하까다 큐슈지방. 까지 점령하였으나 태풍(颱風·typhoon) 바람이 몹시 불어 실패하였었다. 이때, 군선(軍船)이 900척이 넘었다고 한다. 당시에 판 우물, 몽골정(夢古井)이 일제강점기 왜놈들이 보수하여 아직 경남 마산(馬山)에 남아 있다.

한편, 나는 나의 아버지를 믿고 의지하고 두려워했으나 지금은 돌아가시고 기일(忌日)이나 명절(名節)에 어머님과 함께 제사(祭祀)올리고 기도(祈禱)드린다. 지루한 이야기지만, 이와 같은 생각이 모든 우리 민족 백성(百姓)들의 공통된 생각이 조상숭배(祖上崇拜)이며 우리 민족정신일 것이다.

나는 이것이 앞에서 말했던 효행(孝行)이고, 효(孝)는 옥상황제(屋上皇帝) 고구려인들의 고각(高閣) 참조, 천황신(天皇神) 北極星神·북극성신. 이신 단군 할아버지 하느님 우리 조상신(祖上神)으로 귀착, 수렴(收斂)된다고 나는 생각하고 있다.

조상숭배(祖上崇拜)는 당연한 것이며, 조상을 소중하게 여겨 숭상(崇尙)하는 것은 돌아가신 조상이나 산 조상에 구분이 없으며, 우리 백성들은 서로 혼인하여 같은 피를 섞어 이어왔으므로, 우리 최상고대(最上古代) 아버지 하느님이신 단군(檀君)님의 '홍익인간(弘益人間)' 사람 간을 크게 더함. 뜻을 받들고, 우리 민족의 절대신(絶對神)으로 하여 종교화(宗敎化)하고 이화세계(理化世界) 이상적인 인간세상을 만듦. 화 하는 것이 우리 민족의 번영한 먼 후대(後代)를 기약할 수 있을 것으로 나는 생각하고 있다.

우리에게는 우리 조상신 단군(檀君)님의 가르침 즉, '홍익인간(弘益人間) 크게 더하는 사람 사이. 사상과 상대(上代) 조상님들의 우리 민족들에 대한 큰 가르침 즉, 신라 화랑의 세속5계(世俗五戒) 등의 수많은 우리 인생 계율(人生戒律)이 있다.

유교(儒敎)를 믿는 가정(家庭)에서 족벌단위(族閥單位)로 제사시에 조상신께 드리는 기도와 복을 기원하는 것은 서양 종교의 그 예배와 같은 맥락이다.

이 우리 최상대 단군님의 홍익인간(弘益人間) 이념은 서양 종교의 사랑(愛)·희생(犧牲)·봉사(奉仕)라는 모든 이념을 포괄하고 총괄할 수 있으며, 불교의 자비(慈悲)에 의한 보시(布施) 개념까지도 포월(包越)할 수 있는 개념이라고 나는 생각하고 있다.

우리 민족들의 종교(宗敎)는 서양인들의 최상대 야훼(如乎我·Yawhey)가 아니라, 우리 단군(檀君)님을 하느님으로 하며 홍익인간(弘益人間)의 이념을 펼치는 우리 민족종교(民族宗敎)가 되어야 한다.

다시 말하면, 지금 우리는 서양종교(西洋宗敎)나 불교(佛敎)의 이념(理念), 사상(思想)을 모두 포월(包越)하는, 싸잡아 뛰어넘는 단군신앙(檀君信仰) 즉, 홍익인간사상으로 인간세상(人間世上)을 이화세계(理化世界)화 하여야 하는 시점과 환경에 다다른 것이라고 나는 생각하고 있다.

서양 백인(白人)들이 그들의 최상대(最上代) 야훼와 중조(中祖)인 예수의 가르침(敎)을 합일(合一)시켜 이것을 대본(大本)으로 삼아 종교화(宗敎化)한 그리스도교는 서양 백인(西洋白人)들의 것이다.

서양인(西洋人)들은 병인양요 이후부터 본격적으로 우리 민족에게 그들 조상의 가르침을 종교화(宗敎化)한 그 사상(思想)을 믿도록 강제(强制)하였으며, 또, 조선 정부에 포교(布敎) 압력을 가하였던 것이다. 그들은, 그들 조상의 가르침을 사상(思想)화 하고 현실세계에서 종교화(宗敎化)하여 우리 민족에게 그들의 사상(思想)을 팔러온 씨팔놈(氏賣者) 뜻을 팔려고 온 자. 들인 것이다.

서양 교인(西洋敎人)들은 일요일에 성당교회에서 예수 찬송가를 부르며 시간을 보내고 있는 휴일 동안, 우리 백성 서민들은 삶을 꾸려가기 위하여 시장이나 들판에서 장사를 하거나 땀 흘리며 열심히 농사짓고 있다.

십일조(十一條)로 헌금(獻金)한 돈은 어디에 쓰이고 있으며, 교회는 그 세금(稅金)을 내고 있는가? 우리 정치는 이 점에 착안하여야 할 것이다.

한편, 독일의 노벨문학상 수상자 헤르만 헤세(Herman Hesse, 1877~1962)는 전 인류사회를 합일할 수 있는 사상(思想)은 불교(佛敎)뿐이라고 하였으며, 노벨상 수상자 아놀드 토인비(Arnold Toynbee, 1889~1975)도 전 인류가 공존공영(共存共榮)할 수 있는 길은 대승불교(大乘佛敎)밖에 없다고 하였다. 석능가 불교 성전 참조.

그러나, 그들의 말은 틀린 것이며 나는, 온 전 세계인들이 우리 최상대 조상 단군(檀君)님의 홍익인간(弘益人間) 사람 간을 널리, 크게 더함. 의 이념(理念) 이상적인 생각. 으로 살아가야 한다고 나는 생각하고 있다.

앞에서 나는 새로운 개념의 신라 불교(新羅佛敎) 즉, 사상(思想)이 서역·서방(西邦)으로 전파된 것이라고 말한 바 있으며, 그 당시의 우수한 선진 철기문명과 의복문화(衣服文化)를 가진 우리 조상들이 그 사상과 문물을 이민족(異民族)들에게 전했으리라는 것 또한 이미 한 바와 같다.

그 하나의 예를 들면, 『김지장구화수적도(金地藏九華垂迹圖)』에, 지금 불교(佛敎)에서 말하고 있는 지옥에 빠진 중생들을 구원해주시는 지장보살(地藏菩薩)님은 699년 신라 계림(鷄林)에서 태어난 성덕대왕(聖德大王) 에밀레종을 만든 임금. 의 아들(子) 初名·초명은 喬覺·교각, 學名·학명은 守忠·수충. 이었다는 기록(記錄)이 있다.

그는 태어날 때부터 풍모가 기이(奇異)하고 총명(聰明)하였으며, 인간의 길(道)을 깨달았으나 다른 형제와 달리 교만하지 아니하였고 성실하였으며, 불학(佛學)·천문(天文)·지리(地理)·예의(禮義) 등 자기만의 독특한 학문과 견해(見解)를 가지고 있었으며, 때놈 당나라 현종(玄宗)을 접견하고 하남성(河南省)의 숭산(嵩山) 소림사(少林寺)를 찾아 달마선실(達磨禪室)을 참관하는 등 대륙 각지를 견문하고 일시 귀국하였다가 신라 왕실의 암투로 부친 성덕대왕(聖德大王)과 모친 성덕왕후(聖德王后)가 폐하게 되어 성정(性情)을 잃고 헤매다가 다시 당(唐)나라로 재유학(再留學)하여 불법에 귀의(歸依), 참선(禪)하여 해탈(解脫)하고 자신의 신체(身體)를 부처님 반열에 올리신 등신불(等身佛) 해탈하여 가죽과 뼈만 남은 시신에 옻칠하여 그 위에 金箔·금박을 입힌 佛像·불상. 이 되었다고 한다.

이 김지장의 유적(遺蹟)이 지금 상해(上海) 부근 황산(黃山)지방 구화산(九華山)에 현존(現存)하고 있다.

그는 구화산(九華山)에 금지차(金地茶) 金城·금성 즉, 지금의 경주 땅 金地·금지에서 나던 녹차. 그 전부터 중화인들은 우리나라(三漢·삼한)에서 가공한 차를 마셨던 것으로 생각됨. 삼국지연의에서 유비(劉備, 劉皇叔·유황숙 즉, 劉邦·유방 한나라의 마지막 中山靖王·중산정왕의 숙부뻘이 된다고 함. 즉, 유방의 후손임) 가 모친을 위하여 강가 선착장으로 茶·차를 사러 나간 것 참조. 또, 우리 漢水·한수변에 살던 우리 민족의 갈래인 (丫人·아인)이었던 劉邦·유방의 후손인 劉備·유비(161~223)는 서촉(西蜀·스촨분지) 땅에서 중국의 위·촉·오 삼국시대에 그 선대 유방의 漢·한나라의 뒤를 이은 나라 後漢·후한, 蜀漢·촉한이라 하였음. 인하대 한국학연구소는 조선 선조 2년(1569)에 성리학자 西人·서인 奇大昇·기대승이 삼국지가 널리 많이 읽혀 壞亂·괴란(무너지는 난리)이 우려된다는 상소문을 올렸다고 한다. 필자는 이 상소문은 잘못된 것이었다고 나는 생각하며, 이 삼국지는 승자인 때놈 조조 위주의 역사가 아니고 우리 민족인이었던 유비를 높이고 숭상하였던 소설인 것으로 생각하고 있음. 를 심어 중화 녹차문화를 탄생시킨 것이다. 또한 땅을 개간하고 당나라 정원왕(貞元王) 10년(794), 지장(地藏)은 99세의 나이로, 지금 불교 스님들이 말하고 있는 용맹정진(勇盟精進) 하안거(夏安居)가 끝난 그해 7월 30일 대중(大衆)들을 불러 모아놓고 홀연히 세상을 떠나시었다고 한다.

우리나라 불교 신도들이 불교 성지를 순례할 때 떼놈들은 이 등신불(等身佛)은 수리중(修理中)이라는 이유로 보여주지 아니하고 다만, 지장보살님의 큰 신발 삼베·麻·마 같은 것으로 꼬아 만든 짚신같이 생기고 끈이 달림. 만을 보여주는 이유(理由)는 무엇인가? 그들의 동북공정(東北工程·攻征)공격하고 정벌하는 것. 문제와 앞으로 우리 민족사연구발전(民族史硏究發展)과 관련이 된다고 생각된다.

김지장(金地藏)은 7척(尺) 장신이었으며, 흰색의 개(白狗) 백구. 고구려의 狗·개, 시베리아 늑대개와 지금 북한 지방의 풍산개 참조. 개의 이름은 遲滯·지체. 를 데리고 다녔으며, 논(水畓) 수답. 을 만들어 벼(黃粒稻) 황립도 를 심고 방생지(放生池)를 건설하였으며, 새들도 보살피고 녹차밭을 가꾸었는데, 이 차(茶)와 볍씨는 금지(金地) 금지 즉, 신라의 수도 金城·금성 땅. 에서 가져간 것이라고 한다.

나중에 부처가 되고 보살(菩薩)이 되었던 신라인(新羅人) 김지장(金地藏)은 수도(修道) 여행중 어린 소년(少年)을 물고 가는 호랑이를 만나자, 그가 데리고 다니던 개 지체(遲滯)가 지체 없이 호랑이에게 달려들고 김지장도 그가 들고 다니던 지팡이 창(槍·戈)과 같이 끝이 뾰족하게 생긴 야생 짐승이나 부랑인을 물리칠 때 쓰는 긴 막대기. 을 휘둘러 구한 그 소년을 동자(童子) 어린 弟子·제자. 로 데리고 다녔다고 한다.

당나라 시인 이백(李白)도 「지장보살찬(地藏菩薩贊)」이라는 시를 지어주었다고 하며 그때, 구화산에는 여러 개의 절(寺) 절 사·중들의 거처이며 수도처. 이 세워졌으며, 지금 떼놈들의 국보급에 해당하는 사찰들이 아직도 불교 도량으로 남아 있다.

한편, 인민공산주의 유물론을 따르는 지금의 떼놈들은 종교가 없으며, 공맹(孔孟)들의 사상인 즉, 지금 우리나라의 유교(儒·儒敎) 같은 종교가 말살되고 없다. 한편, 우리 중대(中代)에 왜놈들에게 가르쳐주고 전파시켰던 왜놈들의 불교(佛敎)는 이미 역사적 유물(遺物)로만 남아 있으며, 선진사상(先進思想)을 가지고 있는 그들의 승려(僧侶)들은 정국사(靖國寺)에서 그들의 조상신(祖上神)인 대화신(大和神) 東條英機, 1884~1948·도죠히데끼 등 그들 민족의 선구자를 合一·합일한 신. 을 모시면서 우리 고대 신라시대의 주역(周易) 즉, 천문학(天文學)을 연구하고 풀이 해석하던 천관(天官) 풍수지리설에 의한 地官·지관 참조 들이나 천관녀(天官女)들 같은 삶을 살고 있다고 나는 생각된다.

또 하나의 예를 들면, 고려시대(高麗時代)의 불교 천태종(天台宗)을 개종(開宗)한 사람이 대각국사(大覺國師) 의천(義天, 1055~1101)님이시다. 그는 고려 문종 인효왕(文宗 仁孝王)의 넷째 왕자(王子)로 태어났으며, 당시의 고려 불교는 이론적(理論的)인 가르침에 기울어진 교종(敎宗)과 선(禪) 소위 스님들이 冬安居·동안거, 夏安居·하안거하면서 禪·선을 勇猛精進·용맹정진하는 것과 같음. 을 통하여 깨달음에 도달할 수 있다는 선종(禪宗)으로 나뉘어 있었다고 한다. 이 선종 또한 구산선문(九山禪門) 海印寺·해인사, 華嚴寺·화엄사는 그 禪門·선문 중의 하나이었을 것임. 으로 화엄종(華嚴宗)·율종(律宗)·법상종(法祥宗) 등등으로 나뉘어 있었다고 한다.

이러한 고려 불교(高麗佛敎)를 천태종(天台宗)으로, 선(禪)과 교(敎)를 합친 사람이 대각국사 의천대사(大覺國師義天大師)이며 지금, 이 천태종의 우리나라 본산(本山)은 구인사(救仁寺)이다.

충북 단양 소백산 기슭에 있는 지금의 천태종 총본산(總本山)인 이 절을 세운 사람은 박준동(朴準東) 上月·상월·圓覺大祖師·원각조대사. 님이시며, 지금 중국 대륙(大陸) 땅 천태산(天台山)에 있는 국청사(國淸寺)에서 수도한 바 있었다고 한다.

의천대사(義天大師)는 아버지 고려 문종(文宗)의 반대를 무릅쓰고 각지로 다니면서 수도(修道)하기 위하여 미복(微服) 아마 가볍고 주름지는 비단옷이 었을 것임. 을 하고, 상선(商船) 海上·해상 실크로드(비단길)와 지금 우리나라의 신안 ·당진·태안 해저도자기·고선박 유물 발견 참조. 을 타고 산동반도(山東半島)에 상 륙하여 당시 송(宋)나라 임금 철종(哲宗)의 영접과 환대를 받았다고 한다.

그 후에 의천대사는 선인(仙人)처럼 세상을 유람하시다가 지금 중국 항주(杭州) 땅 구화산(九華山)에 천태사(天台寺)를 짓고 붙박이처럼 들어 앉아 포교(布敎)하셨다고 한다.

훗날 우리 한민족 갈래인(漢民族丫人)인 청나라 4대 황제 강희제(康熙 帝, 1654~1722) 재위 1661~1722년. 가 '구화성경(九華聖境)'이라는 편액을, 6대 황제 건륭제(乾隆帝, 1719~1799) 재위 1735~1795년. 도 '분타보교(分陀普敎)' 라는 편액을 천태사(天台寺)에 내렸다고 하며, 이 사찰(寺刹)은 현존하고 있다.

이와 같이, 우리 전대(前代)의 고대사상(古代思想) 우리 단군님의 이념 인 홍익인간 사상과 우주 과학인 주역(周易)과 초기의 불교사상(佛敎思想) 을 비롯한 우리 문물과 우리 세력이 계속하여 서진하면서 인도(印度) 북방 ·서역(西域)을 거쳐 지금의 중동지방 즉, 메소포타미아 평원의 아랍(Arab) 민족들에게 전파되고, 아랍인들의 의해 시대가 흐르면서 지금의 팔레스 타인, 이스라엘지방과 터키반도까지 전해지면서 아랍인들의 세력권(勢力 圈)으로 뻗어갔을 것으로 나는 생각하고 상상하며 말(說)하고 있다.

이 백인 아랍(Arab)인들과 서양 백인(西洋白人)들과의 싸움이 희랍신화 를 중심(中心)으로 한 호머(Homeros)의 서사시(敍事詩)인 「일리아스(Ilias)」 와 트로이전쟁 등이 서술된 「오디세이아(Odysseia)」일 것이다.

지금의 메소포타미아 이라크 지방. 요르단지방에서 아브라함과 그의 후 손들이 아랍인들에 의해 쫓겨 흩어져서 애급(Egypt) 이집트 에서 종살이를 한 후 모세가 그 무리들을 이끌고 출애굽 이집트에서 탈출 하여 모세의 기적 이라는 밀물과 썰물로 홍해 바닥이 갈라지고, 우리나라 珍島·진도에서 바닷물이 갈라지는 현상도 있음. 그들이 본래 살던 땅이었던 그들의 젖과 꿀이 흐른다는 가나안 땅이라고 하는 지금의 팔레스타인 땅 시리아, 요르단 땅 포함. 으로 돌아온 사람 중에 요셉이라는 목수(木手)와 약혼(約婚)한 마리아가 낳은 어린이가 지금 서양종교(西洋宗敎)에서 말하는 예수 그리스도(Jesus Christ, BC 4~AD 30)인 것이다.

서양 백인들은 히브리 어(Hebrew語) 이스라엘 古語·고어. 로 하나님(야훼·여호아·YAWH·YAWHEY) 정확한 발음은 알려지지 아니하는 것은 유대인들이 그들의 거룩한 지존자의 칭호를 함부로 입에 담지 못하도록 금지하였기 때문임. 지금 "내가 곧 너희니라"라고 말하는 如乎我·여호아 하나님을 말하는 것임. 의 아들이 예수 그리스도(Jesus Christ, BC 4~AD 30)라는 것이다.

마리아가 합방(合房)하지 아니하고 낳은 예수는 성(聖)스러운 성령으로 잉태한 것이라고 말하고 있으나 이는 우리나라 삼국시대(三國時代) 초기에 해당되는 시점의 일이며, 이것이 가능한 과학(科學)은 없는 것이다.

다만 예수는 개종(開宗) 宗家·종가와 宗敎·종교를 염. 한 것이며, 그는 한족(漢族)이라는 말(說)이 있다. 자기 민족만을 사랑해야 하는 그는 이민족(異民族)을 도와준다는 동족(同族)들의 밀고로 로마 군인들에게 체포되었었고, 당시 로마 정치에 협조 참여하지 아니하고 수많은 인민들을 불러 내어 설교(說敎)하여, 지금의 서울역 광장 포교 집회 같은 또는, 여의도 광장의 어떤 목사의 강연회 같이 부랑인(浮浪人)들의 새로운 정치적 집단을 만드는 이단자(異端者)라는 이유로 처형이 된 것이다. 지금도 이 서양 종교는, 우리 민족정치(民族政治)에도 분명한 암적 존재이다.

한문(漢文)에서 이(異) 자는 얼굴의 생김새가 우리 민족의 보통 사람과 다르게 생긴 사람의 모양을 나타내는 글자 즉, 상형문자(象形文字)이다. 옥편(玉篇)에서 전서(篆書) 도장이나 인감을 새길 때의 글자 형태이며, 초기 한자의 상형문자 형태. 를 찾아보면 독자 여러분은 아실 수 있을 것이다.

예수가 속(屬)하였던 민족은 수미르 지방(Sumer 地方) 중동의 유프라테스

강·그 지방에 살던 사람들을 수메리안·Sumerian이라고 하였음. 주변에서 살았다고 하며, 수미르인(人)은 고도의 문명(文明)과 문화(文化)를 가진 동방(東方) 예수가 태어날 때 하늘의 별을 본 東方博士·동방박사 참조. 그들은 누구이었던가? 또, 수미르라는 말은 순수한 우리말로 물(水)과 龍·용·Dragon이 어우러져 노니는 水邊公園·수변공원·Park를 말하는 것(지금 부산 절영도 앞 영도다리 옆에 있는 부산 연안부두 선착장이 수미르공원임)이므로 즉, 어떤 浦·포나 沿岸埠頭·연안부두 선착장 같은 곳을 말한다. 이순신 장군의 龍頭·용두 거북선과 지금 부산의 용두산공원 참조. 옛날 배(船)를 타고 해상 실크로드로 가서 중동지역에 살던 우리 조상님들이 아니었을까? 또 12월 25일 눈 오는 날 산타는 크로스·cross와 馴鹿·순록 루돌프 썰매를 타고 간 사람은 누구인가? 이스라엘지방에 겨울철에 눈이 오는가? 에서 왔다고 하며, 남만주(南滿州) 요동반도에서 살던 소호천 김씨족(少昊天 金氏族)들의 한 갈래라는 말(說)이 있다.

김씨(金氏)는 고대 가야국의 김해(金海)와 신라의 도읍(都邑)인 금성(金城) 지금의 경주. 경주시 교동 鷄林·계림. 을 본관(本貫)으로 하고 있다. 지금의 만주(滿州)나 중국에는 본래부터 김씨 성(姓)을 가진 사람이 없으므로, 수메르라는 지방은 우리 민족인들의 삼국시대 즉, 삼한(三漢)시대 초기의 어떤 해변(海邊)이나 바닷가 수변(水邊) 지방이었을 것으로 생각된다.

이상과 이후에 쓰는 나의 글 또한 앞에서 여러 차례 말한 바와 같이 우리 최상대 단군조상신(最上代 檀君祖上神)과 그의 가르침인 홍익인간 (弘益人間) 사상(思想)과 우리 종교인 불교(佛敎)와 부처(佛)님조차도 우상 (偶像)이라고 하는 서양인(西洋人·Cro-magnon人)들에게, 다시 한 번 나는 나에게 양심과 언론의 자유(自由)가 있으며, 기분을 상하게 하거나 현실적 으로 위해(危害)할 생각과 행동이 없음을 말하며, 그들도 그들의 양심으로 표현하고 언론할 것을 천명하는 바이다. 이 글을 읽는 모든 우리 민족 독자들은 이민족(異民族)들이나 외국인에게 이 글이 읽히지 아니하도록 하여 주시기를 갈망하는 바이다.

우상(偶像)이라는 말은 나무나 흙·쇠붙이 등으로 사람의 형상(形像)을 만든 것을 말한다. 독자 여러분, 예수상이나 마리아상은 우상이 아닌가요? 나는 분명히 말한다. 서학(西學)의 신(神) 여호와(Yahwy)는 유대 민족이 아닌 이방인(異邦人)들에게는 사랑(愛)과 자비(慈悲)의 신이 아닌 잔인한 신, 전쟁의 신, 살인(殺人)의 신이다. 이와 관련된 그들의 『구약』 Bible. 구 절 중 몇 가지 예를 들어본다.

너희 품안의 아내와 자식, 벗(友)들 가운데 너희 조상(祖上)들이 일 찍이 알지 못했던 다른 신(神)을 섬기러 가자고 가만히 꾀는 경우가 있을 것이다. 애처롭게 보지 말고, 가엾게 보지 말며, 감싸줄 생각을 말고 반드시 죽여야 한다. 맨 먼저 네가 돌(石)로 쳐 죽여라.

— 「신명기」 19:1. 「신명기」 13 : 7〜11

유대인이 아닌 모든 이방인 남자(異邦人男子)는 모두 죽이고 여자 (女子)와 재물(財物)은 약탈하라.

— 「신명기」 20 : 13〜17

눈에는 눈, 이에는 이로, 손에는 손, 발에는 발로, 화상(火傷)은 화상 으로, 상처(傷處)는 상처로, 멍은 멍으로 갚아야 한다.

— 「출애굽기」 21 : 24〜25

파라오(Pharaoh) 정치적·종교적 성격이 통합된 이집트의 王·왕. 가 쫓아오 고 유대인을 놓아주지 아니하면 어른, 어린이 할 것 없이 모든 이를 역병(疫病)으로 죽여 버려라.

— 「출애굽기」 11〜14장

이상 몇 가지 예를 보아도 서양백인들의 최상대신(最上代神) 야훼 如乎我·여호아. 는 화해(和解)와 용서가 아닌 자신(自身)들에게 거역하면 역병(疫病)이나 전쟁(戰爭)으로 다른 민족들을 휩쓸어버리는 지독한 자기 민족주의 자기애(自己愛·Egoism)적인 야훼(YAWHY·여호아)인 것이다.

또 다시, 나는 여기서 무서운 나의 상상(想想)을 이야기하려고 한다.
근세조선(近世朝鮮) 후기와 대한제국(大韓帝國) 고종황제 시절부터 창궐하였던 나병과 천연두(天然痘) 지석영의 종두법 참조. 등은 서양인들이 고의적(故意的)으로 전염(傳染)시킨 병(病)이었다고 생각하고 있다.
조선 후기의 지방관리(官吏)들, 이방이라고 불리던 하급관리들과 토호(土壕) 지방의 양반 혹은 세력자. 들의 가렴주구의 정치치국(政治治國) 상황에 서민 만백성(庶民萬百姓)들은 그야말로 지칠 대로 지치고 가난하여 죽지 못할 삶을 꾸려가고 있었는데도 불구하고 서양의 이방인(異邦人)들이 역병(疫病)을 우리 민족에 옮겨 더욱 더 우리 민족의 삶을 피폐하게 만든 후에 사랑(愛·Love)이라는 이름으로 종두법(種痘法) 마마 부스럼 치료법. 을 가르쳐주며, 기타의 양약(洋藥)을 나누어주며 박애(博愛)라는 명목으로 가루우유·초콜릿 등으로 인심(人心)을 얻어 그들의 신(神) 예수와 여호아(如乎我·YAHEY)를 믿고 따르도록 하면서 우리 민족 개인들의 자기정신(自己精神)과 민족정신(民族精神)을 없애며, 서양 백인 그들에게 우리 정신(精神)까지도 종속(從屬)되게 만든 것으로 나는 생각하고 있다.
옛날 조선 초기나 고려시대 이전 우리 금수강산에는 이러한 역병이 없었다. 아무리 우리 국사(國史)로 읽어보아도 나는 발견하지 못하였다. 다만, 서양의 예수시대의 <벤허> 영화 내용처럼 문둥병과 중세기 초(中世紀初)에 페스트 등, 서양에서만 창궐하였던 역병(疫病)인 것이다.
북아메리카 대륙에서 인디언들을 도륙하고 라틴아메리카에서 아즈텍, 잉카 문명인들을 천연두(天然痘), 매독과, 인플루엔자 독감(毒感)으로 몰

살시켰으며, 인도인(印度人)들에게 소금 생산을 못하게 하였었고, 청국인
(淸國人)들에게 마약인 정제(精製)된 아편(楊貴妃) 양귀비. 을 팔아먹기 위
하여 전쟁(戰爭)을 일으킨 그들이 무슨 사랑이며 박애(博愛)인가?

현재에도 그들은 중동(中東)의 석유(石油)를 빼앗고, 아랍민족들이 그
들의 신 예언자 마호멧과 알라신(神)을 믿는 이슬람주의 국가들이 강성
(强盛)하여지는 것을 막기 위하여 1967년 6일전쟁(六日戰爭) 그 이전에
1948. 1차 아랍대 이스라엘전쟁도 있었음. 이스라엘 대 아랍권 당시 아랍권의 주도자가
이집트의 낫세르 대통령(수에즈운하 국유화 한 사람)과 그 후임 사다트 대통령이었음.
소련의 지원이 있자 닉슨 대통령은 이스라엘을 지원하기 위하여 미 6함대를 파견하였음.
과 2차에 걸친 대이라크 중동전쟁(中東戰爭) 걸프전·Gulf전과 대 후세인전
포함. 과 아프카니스탄 전쟁, 팔레스타인 전쟁 등 수많은 살생과 파괴를
자행하고도 사람을 아끼고 사랑한다는 뜻으로 포로인권(捕虜人權)을 문
제화(問題·Issue化)하여 그들이 저지른 그 전쟁(戰爭)의 본질(本質)을 감
췄던 것이다.

세상(世上)의 모든 인류들은 그 절반씩 성(性·Sex)을 달리한다. 따라서
모든 인간들은 철(綴)이 들고, 심근(心根)이 들고, 자아(自我)를 형성하게
되는 사춘기(思春期)를 지나게 되면 모든 사람들은 종족보존본능(種族保
存本能)인 사랑이라는 육정(肉情), 이 사람의 일 즉, 남녀관계사(男女關係
事)가 거의 만사(萬事)가 되며, 배만 부르면 딴 짓을 하거나 연상(連想) 또
는 상상(想想)하게 되는 것이며, 이것은 종족(種族)을 유지시키고 인류를
멸망치 아니하게 하는 것이다.

이처럼 사람이 이성(異性) 사람을 사랑한다는 이 정신적 관념(觀念)의
조선(朝鮮)시대 말 즉, 우리 고어(古語)는 '괴다'이다.

이것은 인간의 정(情) 중에 하나인 성인 남자(男子)의 괴춤 즉, 허리띠
아래의 육체적인 행위에 수반되는 감정(感情)이다.

과거 우리 선비(士·儒)들은 인간의 정(情)을 4단(四端) 7정(七情)으로 분류하였으며, 칠정 중의 하나가 사랑이다. 하긴, 서양인들도 사랑을 정신적인 우정(友情) platonic love. 과 헌신(獻身) agape love. 과 육정(肉情) eros love, 육체적·동물적 사랑. 으로 나누나 이를 합한, 복합사랑 개념 속에 우리 민족은 '괴다'라는 말의 뜻을 혼용(混用), 혼동하고 있으며, 서양인들이 말하는 사랑은 사람 간의 육정(肉情)인 것이며 의지(義志) 옳은 뜻. 가 아니다.

우리나라는 각 가정(家庭)에서 또는, 서당(書堂), 서원(書院), 향교(鄕校) 활동으로 유교(儒敎) 선비를 본받고 선비가 되도록 가르침. 즉, 선비교 가 융성했던 조선 초·중기 이후부터 선비, 사대부(士大夫)들은 이 인간의 육정(肉情)을 엄격하게 다스렸으며, 서양 종교인들인 신부나 목사, 일본의 무사(武士) 사무라이. 우리 百濟·백제시대의 싸울아비. 들보다 더 금욕적인 생활을 하였으며, 곧고 바른 마음을 가지고 남녀칠세부동석(男女七歲不同席), 부부유별(夫婦有別)이라는 이념(理念·Ideology) 자기 자신의 理想·이상에 맞는 생각. 으로 올바르고 곧은 정직(正直)하고 깨끗한 몸과 마음으로 성생활(性生活)을 하였었다. 신혼(新婚)인 젊은 선비들은 서방(書房) 지금의 서재. 에 거처(居處)하였으며, 집안의 어르신께서 길일(吉日)을 택하여 허가할 경우에만 내당(內堂)으로 들어가 잠을 잘 수 있었다.

즉, 혼인한 성인(成人)들이라 할지라도 안채와 사랑채를 따로 두고 엄격하게 선(仙)처럼 금욕생활을 한 것이다. 지금도 회교국가에서는 사춘기(思春期)에 다다른 소녀(少女)들의 감쇙이(感性) 감성 즉, 클리토리스·clitoris·空關·공알. 를 할례(割禮) 남성은 포경수술. 하고 여성 성인들은 몸의 중요 부분을 히잡이나 차드로로 가리고 생활(生活) 과거 조선시대까지 우리 여성들도 그러하였음. 하고 있다.

지금 우리나라에서는 이 그릇되고 포괄적인 사랑 개념(Love 槪念) 때문에 모든 청춘남녀들이 육욕(肉慾) 사랑이 인생의 전부인 양 착각하며, 공부(工夫)를 게을리 하고 길거리를 배회하고 있으며, 성교(性交)를 통한 극락(極樂)을 추구하는 것이 행복(幸福)이라 하고 있다.

텔레비전에는 사랑 타령, 심야에는 남녀교접 성교(性交) 행위 방영에 거의 모든 시간을 할애하며, 젊은이들이 공부하고 열심히 근로하는 것이 참된 인생(人生)이라는 것을 모르게 하고, 쾌락주의(快樂主義)로 온 국민들을 끌고 가는 이 심야 텔레비전 방송, 일간·주간·월간 잡지(雜紙), 공영방송인 KBS·MBC 등이다. 이 대중전달매체(大衆傳達媒體)는 정상인(正常人)들의 삶에 방해된다는 비판을 받아야 함이 마땅한 것이다.

한편, 앞에서 내가 썼던 근세조선(近世朝鮮) 초기(初期)의 유학(儒學)과 조선 중후기의 선비사상(士思想) 즉, 유학(儒學)은 발음은 같으나 그 뜻이 조금 다르며, 유학(儒學) 선비학. 의 큰 테두리 속으로 유학(儒學) 性理學· 성리학·朱子學·주자학. 이 흡수된 것이라고 생각된다.

유학(儒學)은 주자학(朱子學)이나 성리학(性理學)을 말하는 것이고, 군신유의(君臣有義) 임금과 신하가 서로 올바름, 붕우유신(朋友有信) 친구와 벗들 서로 간에 믿음이 있음, 부부유별(夫婦有別) 서로의 짝이며 배필인 부부간에도 서로 다른 특징과 서로 다른 임무와 할 일이 있다는 뜻. 의 삼강오륜(三綱五倫)에서의 남녀(男女)가 서로 달린, 서로 상응하는 관계를 말하는 것이다.

그리고 유학(儒學)의 유(儒)는 선비(士)를 뜻한다. 이 선비, 유(儒)라는 사람은 바른, 꼿꼿한 정직(正直)한, 정신(精神)을 소유한 사람을 말하며, 이 꼿꼿하고 곧은 정신을 배우는 것이 유학이며, '선비'라는 조선시대(朝鮮時代)의 정신적인 개념의 현실체(現實體)가 사대부(士大夫)이었던 것이다.

대(大) 자는 다 자란 어른을 뜻하는 문자(文字)이다는 이야기를 나는 앞에서 하였다. 조선(朝鮮)시대 양반가(兩班家)의 지아비(夫)들은 이와 같이 올바르고 곧은 선비들이었으며, 이 사대부(士大夫) 어른인 지아비 선비. 들은 그에 딸린 식구인 그들의 처(妻)와 자식(子息)들과 노부모(老父母)를 돌보기에 여념이 없었던 것이다.

한편, 짝을 짓지 아니한 성인들은 비록 육체적으로 성인이 되었을지라도, 짝인 배필(配匹) 인생의 세트·set. 을 만나 혼인하여 부부(夫婦)가 되어 자식을 낳아 잘 키우며, 대(代)를 잇고, 부모님을 잘 공양하며 인간의 도리를 다할 수 있는 참다운 사람 행사(行使)를 할 수 없을 것이다.

그러하였으므로, 아무리 나이가 많은 떠꺼머리 총각(總角) 머리카락을 길러 두 갈래나 세 갈래로 나누어 큰 한 가닥으로 땋은 머리. 마치 뿔(角)처럼 보이는 모양에서 따온 形容名詞·형용명사. 혼인을 하지 아니하여 상투를 틀지 못한 남자는 어린애와 마찬가지로 여겨, 성인 남자 대우를 받지 못하였던 靑年·청년. 현대의 미혼 청년을 뜻함. 이나 긴 머리의 처녀(處女)라 할지라도, 혼례(婚禮)하여 머리를 올리고 또, 상투를 틀어 올리고, 배필(配匹)인 지어미(婦·부)를 맞아들여 긴 머리를 올려 비녀(婢女)를 꽂고 또, 꽂아주지 아니한 처녀·총각(處女·總角)일 경우에는 동년배들에게 어른(成人) 성인·大人·대인. 취급을 받지 못하였으며 하대(下對)받았었다.

한편, 벼슬(官)하는 사람처럼 딱 버티던 족두리, 화관(花冠)을 쓴 가시나이(갓 쓴 이)는 간밤에 자기가 만든 새 사나이, 신랑(新郞) 대장부(大丈夫)에게 씨(氏)를 받고 그 뜻(志)을 보지(保志)하면서 즉, 성인사(成人事)를 치루고 사내·대장부·사대부(漢·大丈夫·士大夫)에게 소속되는 상징(象徵·Symbol)인 비녀(婢女)를 꽂고 행복해 하며 새 지어미, 신부(新婦)는 부엌으로 들어가 시부모(媤父母)와 그 식솔(食率)들을 봉양하기 시작하였던 것이다.

이 혼인한 성인 어른 선비 사대부(士大夫)들은 중앙과 지방(地方)에서 어떤 규모의 세(勢)를 형성하였었는데, 그 지방세력(地方勢力)들은 토호(土濠)라는 이름으로 존재(存在)하였었다. 이들은 중앙 정권(政權)인 왕통(王統)의 군주정치(君主政治)와는 마찰과 갈등이 많았었으며, 조선시대 중·후기의 이 식자(識者)들은 왕통(王統)을 도피하여 초야(草野) 즉, 은둔하여 정신수양(精神修養)만 하고 있었을 뿐, 과거에 급제(及第)하지 못하여 정치(政治)에 참여할 수 없었으며 경제(經濟) 등 인문과학(人文科學)과 모든 자연과학(自然科學)의 발전과 그 치용(致用)에는 아무런 전진(前進)을 시키지 아니하였던 것이다.

다시 말하면, 우리 조상 선비님들은 정신적 삶만을 도모한 측면이 컸으며 물질적(物質的)인 삶의 크기를 키울 줄 몰랐던 즉, 보수(保守)옛날의 정신적·물질적 모든 것을 지킴. 측면이 큰 것이었다. 이율곡(李栗谷 ·珥, 1536~1584)과 이퇴계(李退溪·滉, 1501~1570)의 이(理)가 먼저냐? 기(氣)가 먼저냐? 하는 것의 결론의 이기일원론(理氣一元論) 즉, 물질(物質)이 먼저이냐? 정신(精神)이 먼저이냐? 하는 것은 그들의 생각 즉, 사상만을 논의한 것이었을 뿐, 이(理)적인 것을 현실에 치용(致用)하는 것 즉, 자연과학(自然科學)을 발전시킬 줄 몰랐던 것이다.

한편 이 말은, 지금 우리나라 교육 담당자들과 대학교수, 우리 민족의 스승들은 백성들을 열심히 가르치고 그가 가르친 모든 지식을 우리 국민들의 생활에까지 어떻게 치용(致用)되는지까지 살펴보고, 그 시행 결과까지의 윤리적 책임을 지는 것까지도 감당해야 한다는 말이며, 지금 우리들의 삶은 일체유심초(一切唯心造)이라는 것을 우리 모두는 명심하여야 한다.

현대(現代)의 서양 자연과학문명(自然科學文明)은 지나칠 정도로 발전하여 그 위험이 우리 민족에게도 들이닥치고 있다.

원자탄(原子彈·Nuclear Weapon)을 만들어 온 인류와 세계를 도륙(屠戮)할 수 있고 지구 인류를 멸망케 할 수 있으며, 유전자(遺傳子) 변형 식품(食品)을 사람에게 먹여 사람을 사람이 아닌 어떤 괴물같이 되게 할 위험, 인공위성으로 지구인(地球人)이 아닌 우주인(宇宙人)을 만들고, 지구(地球)의 질량(質量)을 감소시켜, 태양(太陽)과의 거리가 멀어지게 하여 새로운 지구빙하기(地球氷河期)가 도래(到來)할 위험 등등이다.

고전물리학(古典物理學)에 따르면 만유인력(萬有引力)은 질량(質量)에 비례하며 거리 자승(自乘) 제곱. 에 반비례한다. 이 윤리(倫理) 큰 이치. 가 없는 자연과학은 UN(國際聯合)에서 전 세계가 이를 제한시켜야 한다.

우리는 우리 정치인(政治人)들과 함께 홍익인간(弘益人間)의 민족정신을 세계인들에게 가르치고 확장시켜 온 인류가 평화롭게 행복하게 영원히 사람다운 삶을 살아갈 수 있도록 홍익인간적(弘益人間的)인 인본주의 세계정책(人本主義世界政策)을 세계인들에게 가르치고 또, 펼쳐나가야 할 것이다.

다시 앞으로 돌아가서, 과거 우리나라 금수강산(錦繡江山)의 지방 토호(地方土濠)들은 성씨(姓氏·姓)를 가지고 있었으며 성이 없는 즉, 이름만 있는 하인(下人)들을 종으로 부리면서 살았었다. 이 하인들의 입장에서 역(逆·易)으로 보면 양반들의 삶은 종(從)들에게 달려 있었던 것이다. 이것은 미국의 흑인 노예제도와 같은 것이었으며, 지금도 인도(印度) 나라에서는 신분계급제도(身分階級制度)가 아직도 남아 있다. 그러나, 그들의 행복지수는 세계 제일이라고 한다.

시대가 흐르면서 이 종들도 성(姓)을 가지게 되었으며 이른바 붓끝 양반 즉, 일정 재산이나 어떤 대가를 양반 토호들에게 헌납하고 양반 사대부들의 족보(族譜) 끝에 성과 이름을 등재하고 성이 있는 양반으로 바꾸면서 교육받을 권리와 과거(科擧)에 참여할 기회를 얻고, 사람다운 대우를 받으며 살아왔던 것이다.

이런 과정의 소용돌이 와중에 양반사대부(兩班士大夫)들의 수탈은 자행(刺行)되었고 서민(庶民)들 즉, 백정·망나니·광대·도자기공·죽세공인(竹細工人) 등등의 생산인(生産人)들인 소위, 현대판 공돌이(工乭伊) 공순이(工順伊) 서민들은 핍박받으면서 근근이 그들의 삶을 꾸려왔던 것이다. 이와 같은 것은 서양 백인들이나 떼놈·하화족(中華·夏華族), 왜놈(倭者) 德川家康· 덕천가강 시대부터, 왜놈들도 사무라이들이 관료화되었던 使·사, 농민의 農·농, 무엇을 만드는 자들의 工·공, 제일 하위계급의 물건을 사고파는 거간꾼 商·상의 계급으로 나뉘어 있었음. 들도 마찬가지이었다.

과거 우리나라는 삼(麻) 마·삼베. 이나 앵속(楊貴妃) 양귀비. 을 재배하였으나, 앞에서 말하였던 선비사상으로 정신 자세가 곧고 올바르던 우리 민족은 옷감, 밧줄이나 약용(藥用)으로만 사용하여, 한 사람의 중독자도 없었으며, 오히려 서양인들이 이를 정제하고 상품화하여 동방인들에게 그 판로 문제로 아편전쟁을 일으키고, 이를 마약(痲藥)으로 사용하여 식자(識者)들의 정신을 마비(痲痺)시키면서 동방침략(東方侵略)을 개시하였던 것이다.

또, 영국인들은 인도를 침략할 때 인도인들이 소금 생산을 못하도록 하였고, 네루(Nehru, Pandit Jawaharlal, 1889~1964) 인도 독립 후 首相·수상을 지냄. 를 포함한 인도인들의 비폭력적인 데모로 소금 생산을 승인한 후 다시 무력(武力)으로 인도인들을 제압해 소금 생산과 판매권을 독점전매(獨占專賣)하여 부를 챙기면서 인도인을 핍박하고 약탈하였던 것이다.

일본 제국주의자 놈들도 우리나라를 침략할 때, 앞에서 말한 바와 같이 그들의 식민지화사관(植民地化史觀)을 우리 민족에게 강제로 주입시키고 담배(Tobacco), 소금, 인삼 전매(專賣)를 통하여 그놈들의 국부(國富)를 챙기고 식자(識者)들에게 화투(花鬪·Card) 놀음과 마약인 아편을 투약시켜 왜년 게이샤(妓生) 기생. 즉, 몸 바치고 어떤 뜻을 가진 음모(陰謀)를 낚아 수집하는 씨살녀(氏買女) 소위 妖亭·요정 등의 술집 마담·madam 문화. 들에 의한 화냥년(化洋年)문화를 주입시키면서 우리나라를 침략하였던 것이다.

우리 민족 사대부(士大夫)들과 서민들은 이 모든 반인본적인 서양 문물(西洋文物)과 서양사상(西洋思想)으로 서양화되는 화양년(化洋年)의 세월(歲月)을 보내면서 민족철학(民族哲學)이 없는 삶을 살아왔던 측면이 큰 것이다.

　서방 백인(西邦白人)들의 제국주의(帝國主義) 침략은 최초로 아프리카
·북남미 아메리카였고, 북미(北美)는 영국과 프랑스가, 남미(南美)는 라
틴계(系)의 에스파냐인들이 하였으며, 이때 앞 장에서 언급하였던 천연
두(天然痘), 매독, 독감 같은 전염병으로 인디언들을 몰살시키거나 무자
비한 신식무기로 공격하여 땅과 그 땅에서 나는 모든 산물(産物)을 빼앗
았던 것이다.

　이 인본주의(人本主義)가 아닌 과학문명(科學文明)에 의한 무기, 무력
(武器, 武力)을 앞세워 돈(貨幣) 화폐. 을 매개로한 유물론(唯物論)적인 자본
주의(資本主義)에 의한 그들의 논리(論理)는 아담 스미스(Adam Smith,
1723~1790)의 국부론(國富論·The Wealth of Nation)으로 귀착되어 해석(解
釋)되었었고, 지금도 계속 시도(施圖)되고 있다고 필자는 생각하고 있다.

　그러므로 이것은, 서양백인(西洋白人)들과 로스케, 왜놈, 떼놈들은 자신
들에게 보시(布施)의 개념을 축소(縮小)하여, 타민족(他民族)과 두루, 영원
히 잘, 행복하게 살아가자는 불교정신(佛教精神)과 홍익인간(弘益人間)의
이상적인 생각 즉, 이념(理念·Ideology)은 태초부터 가지고 있지 아니하였
던 것을 말하는 것이다. 즉, 그놈들은 자기 각자(自己各者)의 자기주의(自
己主義·Egoism)만 있었다는 말이다.

　아프리카 침략은 3C 정책(政策) 카이로-이집트·케이프타운-남아프리카·캘커
타-인도를 잇는 정책. 등으로 주로 영국이 하였으며 아랍(Arab)민족에 대한
침략은 독일의 3B 정책(政策) 베를린·비잔티움-지금의 터키 이스탄불·바그다드를
잇는 정책. 으로, 인도와 함께 동남아는 영국이, 일부는 프랑스가 하였던
것이다.

　남아메리카(南美)는 무적함대(無敵艦隊)가 영국인들에 의해 격파되기
전에 스페인 에스파냐인들이 송두리째 삼킨 것이다.

서방인들이 동양 3국(東洋三國) 아세아(亞世亞)를 보아온 태도는, 떼놈들을 차이나(China)라 하여 도자기(陶磁器) 즉, 질그릇이라고 불렀으며, 왜놈들을 재팬(Japan)이라 하여 칠기(漆器) 즉, 옻칠한 나무그릇이라고 불렀고, 우리를 고려(高麗) Korea·영국계, corea·라틴계. 로, 우리 민족 이름을 빼어나고 고운 나라라고 불러왔다.

그 당시에는 그만큼 우리의 민족정신(民族精神)이 뚜렷이 서 있었으므로, 우리가 문명문화(文明文化) 민족으로 대우받았던 것이며, 서양인들은 삶의 철학(人生哲學)이 있는 우리 민족을 두려워하고 경외시(敬畏視)한 것이다. 그 당시의 서양인들은 떼놈들·왜놈들을 무슨 물건(物件)같이 취급하였던 것이며, 우리 민족에게는 사람 대우를 한 것이다.

그러나, 홍익인간(弘益人間) 정신, 주역사상(周易思想)과 불교(佛敎), 유교(儒敎)까지도 이민족들에게 가르치며 평화(平和)를 사랑하여 방어(防禦) 어떤 쪽. 方·방으로 둑(阝·좌부방 변, 지형의 둑이나 단층을 뜻함)을 쌓아놓고 임금(御 ·임금 어)처럼 보고(示·볼 시)만 있음. 만 하던 우리 민족을, 그들의 잡다(雜多)한 사상(思想)과 그들이 먼저 발전시킨 자연과학문명(自然科學文明)으로 지금 온 우리 민족의 삶을 그놈들이 좌지우지하고 있는 것이다.

근세(近世)에 와서 서양 백인들의 사상인 그들의 종교(宗敎)와 자본주의(資本主義·Copitalism)·제국주의(帝國主義·Imperialism)·자연과학(自然科學)을 합치(合致)한 일제(日帝)와 영국(英國)의 선진 자연 과학문명(科學文明)에 의한 무력(武力) 침략으로 인하여 우리와 같은 처지가 되었던 인도의 타고르(Tagore, 1861~1941) 1913년 노벨문학상 수상. 는 「동방의 등불」, 「패자의 노래」 등으로 우리 민족의 처참함을 시(詩)로 노래하여 주었었다.

그 중, 동아일보(東亞日報) 주요한 기자(朱耀翰 記者, 1900~79)가 일본에 들러, 일본을 방문하고 있는 타고르를 우리나라로 초청하였으나, 당시의 국제정치상황(國際政治狀況) 영일동맹. 으로 방문 요청에 응하지 못함을 미안해하면서 동아일보에 기고(寄稿)한 시(詩) 「동방의 등불」을 소개한다.

　일찍이 아시아의 황금시대에, 빛나던 등촉의 하나인 코리아.
　그 등불이 다시 한 번 켜지는 날에는, 너는 동방의 빛이 되리라.
　마음엔 두려움이 없고, 머리는 높이 쳐들린 곳.
　지식은 자유스럽고, 좁다란 담 벽으로 세계가 조각조각 갈라지지 아니하는 곳.
　끊임없는 노력이 완성을 향해 팔 벌리는 곳. 무한히 퍼져나가는 생각과 행동으로 우리의 마음이 인도되는 곳.
　이러한 자유의 천당으로, 나의 마음 조국 코리아여 깨어나소서.

—1929. 4. 朱耀翰(주요한, 1900~1979) 옮김

6

백인白人, Cro-magnon들의
사상 변천思想變遷과
고래古來의
우리 민족사상民族思想
『주역周易』

백인들의 사상 변천과
고래의 우리 민족사상 『주역』

　　　　　　나는 앞 절에서, 서양에서 먼저 발전
시킨 자연과학(自然科學)에 의한 물질문명(物質文明) 즉, 무력(武力)에 의
한 서양(西洋)의 백인세력(白人勢力)이 동양(東洋)의 우리나라 고요(高堯)
한 정신문화(精神文化)를 깨뜨리고 차츰 동점(東漸)하여 왔으며, 왜인(倭
人)들은 그 서양 선진 자연과학의 물질문명을 일찍 받아들여 에도막부(江
戶幕府) 도쿠가와 이에야스·德川家康의 무신정권. 를 설치하였던 것이며, 도쿄
(東京)로 천도하기 이전에 개국(開國) 개화하여 조총(鳥銃)으로 무장한 도
요토미의 군대(軍隊)가 우리나라를 침략하였고, 또 다시 19세기 말부터
일본제국(日本帝國)이 서양 백인들이 대영제국(大英帝國)이라 하였던 영
국과 영일동맹(英日同盟), 미국(美國)과 가쓰라태프트밀약(桂太郞·Taft 密
約)을 맺고, 우리나라를 침략한 것은 서양인들의 세력이 서세동점(西勢東
漸)한 것의 아류(亞流)이었다라는 말을 한 것이다.

　　또한, 서방(西方)의 고대(古代) 크로마뇽 백인(白人)들과는, 동방(東方)
의 우리나라 주역사상(周易思想) 天文學·천문학. 과 선진 철기문명(鐵器文

明)과 의복문화(衣服文化), 홍익인간정신(弘益人間精神), 불교정신문화(佛教精神文化)가 해상 비단길(해상(海上. Silk Road)과 천산남북로(天山南北路)의 두 비단길(羅道) 라도·silk road. 을 통하여 고대 범어(梵語) 사용 지역을 거쳐 인도(印度) 아랍제국 메소포타미아·이라크 등지를 거쳐서 지금의 팔레스타인지방 요르단·이스라엘 포함 지역. 에서 문화문명충돌(文化文明衝突)을 하였다는 말(說)을 나는 한 것이다.

지금 유대인들의 잠언(箴言) 『탈무드』에 "철(鐵)이 이 세상에 등장했을 때 모든 나무들은 떨었다. 그러나 여호와 (YAWHEY·如乎我)는 근심하지 말라 하셨다", "철(鐵)은 너희들이 손잡이를 제공하지 아니하면 너희들을 해칠 수 없느니라"는 것이 있다.

이것은 우리나라 삼국시대 이전의 서방백인(西方白人)들의 삶은 그들 나름대로 이합집산과 그들끼리의 생존경쟁(生存競爭)으로 날을 지새우면서, 우리나라 상고대(上古代)에 해당하는 시대를 지나오면서 우리 동방에서 전파되어 간 그 당시의 선진 철기문명(鐵器文明)에 대한 두려움을 극복하였던 것이라고 생각된다.

동방(東邦)의 우리나라 문화문명(文化文明)과 충돌(衝突)한 최초의 백인(百人)들의 한 갈래가 유대민족이라고 생각된다. 그들은 뿔뿔이 흩어졌다가 다시 그들의 옛 땅인 가나안으로 돌아와 동방인(東邦人)의 수혈(受血)을 받아 개종(開宗) 宗家·종가를 열고 宗敎·종교를 폄. 하고 개조(開祖) 즉, 창씨(創氏)하였던 것이다.

지금 현대인들이 말하고 있는 그리스도교(敎)를 개종(開宗) 宗敎·종교를 엶. 한 사람이 예수 그리스도(Jesus Christ, BC 4~30)이며, 그 이전의 백인들의 상대(上代)는 야훼(YAWHY·여호와)의 가르침인 『구약(舊約)』을 그들의 바이블(Bible) 이 Bible을 성스러운 경전 즉, 聖經·성경으로 번역한 놈은 누구인가? 또, 성경으로 믿고 있는 우리 민족얼 빠진 놈들이 다수 있다. 로 믿고 따랐을 것이다.

이것 또한, 신성 모독이라고 나는 비판받을 것이다. 그러나 이것은 또한 나의 주관적인 견해이고 보편화(普遍化) 되지 아니한 가설(假說·Fiction)이라고 말할 수 있을 것이며, 나는 그들, 서양인들 특히 유대인들의 신성을 모독할 아무런 이유가 없으므로 독자 여러분의 혜량이 있으시길 바라는 바이다.

동방(東邦)인 우리나라의 문명문화유산(文明文化遺産)은 과거 서양인들이 자연(自然)과 악전고투하는 사막지방과 거친, 비옥하지 아니한 땅인 지중해(地中海·Mediterranean Sea) 주로 로마시대의 이탈리아 지방과 유럽으로 서점(西漸)하면서 동·서로마시대(東·西Rome時代)를 거치고, 구주시대(歐洲·Europe時代)와 영국시대(英國時代) 백인들은 영국을 대영제국이라고 하였음. 의 시대를 거치고, 북아메리카 미국시대(美國時代)의 시대로 옮겨간 것이다. 이 시대는 우리 민족의 고려(高麗), 조선(朝鮮)시대에 해당된다.

이와 같은 고대(古代) 물질문명과 정신문화의 이동(移動)과 변천(變遷)은 영국의 토인비(Toynbee Arnold Joseph, 1889~1975) 옥스퍼드대학 古典古代學·고전고대학 전공. 가 말한 윤회(輪廻)와 생멸(生滅)의 문명사관(文明史觀)이다.

그는 우리 고대 단군의 홍익인간(弘益人間)의 정신문화(精神文化)에 대한 것은 언급하지 아니하였다. 토인비가 말한 것은 우리 조상들의 자연철학(自然哲學) 자연 즉, 지구·우주의 큰 틀·큰 장·場을 배움. 인 우주지구자연과학(宇宙地球自然科學) 즉, 우리 민족 고래 고대천문학(古來 古代天文學)인 주역(周易)만을 말한 것이다.

이와 같은 인간 삶에 대한 세계관(世界觀)은 서구(西歐)의 여러 철학자(哲學者)들은 해당 민족의 갈래와 시대 흐름에 따라 자기 나름대로 해석하고 설명하였었다.

프랑스의 볼테르(Francois-de Voltaire, 1694~1778) 는 암흑(暗黑)에서 광

명(光明)으로 직선(直線)적으로 인간의 역사(歷史)는 변천한다고 하였고,

독일의 칸트(Kant Immanuel, 1724~1804)는 단지 한 사람의 동양인인 자유인(自由人)의 사상(思想·Ideology) 檀君·단군의 周易·주역과 弘益人間·홍익인간의 理念·이념이라고 생각됨. 에서 몇몇 사람의 그리스·로마(Greece·Rome)인의 세계로 또, 앞으로는 모든 자유 게르만 민족(自由·German民族)의 세계(世界)로 발전된다고 하였다. 이 사상은 각 지방에 土濠 名門家·토호 명문가들로 흩어져 살던 게르만민족들이 프로이센의 참모총장 元帥·원수 몰트케(Moltke, 1800~1891)와 首相·수상 비스마르크(Bismark, 1815~1895)의 독일 통일의 사상적 배경이 되었다고 생각됨. 또, 1차대전, 2차대전을 일으킨 게르만 민족주의의 정신적 지주가 되었다고 생각됨.

독일의 헤겔(Hegel Georg, 1770~1831)은 인간의 사고관념(思考觀念)이 변증법 즉, 어떤 명제(命題)인 정(正)이 그 대치 명제인 반(反)과 서로 작용하여 새로운 다른 어떤 결론(結論)인 합(合)으로 발전되고, 이것이 반복된다고 하였으며, 역사는 절대신(絶對神)의 점차적 자기실현이며, 인간의 노력은 절대 신이 나아가는 방향과 일치(一致)하지 아니할 경우 아무런 실현(實現)이 되지 아니한다고 하였었다. 이것이 헤겔의 관념변증법(觀念辨證法·Idealistic dialectics)이며 이것은 그 역방향의 좌익사상인 칼 마르크스 변증법적유물론(辨證法的唯物論)과 유물사관(唯物史觀)의 싹(萠)이 되었었다.

독일의 칼 마르크스(Karl Marx, 1818~1883) 공산주의 이론의 창시자. 唯物論·유물론인, 構造論·구조론, 인간 삶의 하부구조는 物質·물질로 되어 있고 그 物質·물질들의 上部構造·상부구조가 형성되며, 상부구조인 정치·경제·사회·문화 등의 모든 形而上學·형이상학적인 것은 그 하부구조인 물질에 의해 결정된다는 것. 인간의 생각 즉, 정신을 무시한 이론임. 자동기계 등은 인간의 생각으로 만들어지며 모든 思想·사상, 主義·주의, 主張·주장은 사람의 生覺·생각으로부터 만들어지는 것이며 모든 것은 一切唯心造·일체유심조임. 資本論·자본론의 저자·유대민족·Jews인. 는 모든 문명문

화의 발전은 인간들의 정신(精神)이 아닌 물질(物質)이 변증법적으로 발전해 나아가고 변천하여 가는 것 辨證法的唯物論·변증법적유물론·唯物辨證法·유물변증법·dialectic materialism. 이라고 하였었다.

필자는 파리 빈민굴에 살던 지능지수 높은 유대인이 그의 삶을 열심히 일하고 공부하여 識者富者·식자부자가 되고 잘 살게 되는 방법을 연구하지 아니하고 무산자 엘리트 인생계급에 해당되는 20대 전후의 청년들을 識者·식자·Elite라고 부추겨 老壯旣得權者·노장기득권자들을 폭력혁명으로 뒤집어엎어야 살기 좋은 평등한 세상이 된다고 煽動·선동한 階級鬪爭論·계급투쟁론을 내세워 그의 불쌍한 가난뱅이 인생의 한풀이를 한 것으로 보고 있다.

이러한 등등의 사상(思想)이나 세계관(世界觀)을 가진 인간세계(人間世界)는 인간의 의지(義志)와는 무관하게 절대신(絶對神·The God) 이 절대신은 지금 우리에게 누구인가? 지금 우리 민족들의 교회·성당에서는 야훼와 예수로 되어 있다. 의 의지에 따라 결정되고, 인간은 자연과학(自然科學)이나 생물학(生物學)적으로 진화(進化)가 되어간다는 즉, 어떤 유기체(有機體)적인 관계를 이루면서 인류의 모든 삶이 발전되어 간다는 것이다.

이상에서, 서방백인(西邦白人)들은 이와 같이 각자(各者)들의 생각(生覺)인 사상(思想)을 가지고, 십자군전쟁(十字軍戰爭) 전 유럽 대 아랍권, 나폴레옹 전쟁 프랑스 대 전 유럽, 게르만 민족주의 전쟁 1차대전, 독일 대 전 유럽. 과 파시즘(Facism) 國粹主義·국수주의·權威主義·권위주의·反共産主義·반공산주의를 이념으로 한 무솔리니의 파시 政黨·정당의 思想·사상. 의 이탈리아와 게르만 민족주의인 나치즘(Nazism) 히틀러가 黨首·당수가 되어 정권을 장악하여 이탈리아의 파시즘·Facism과 비슷한 이념으로 한 히틀러의 나치 政黨·정당의 정치 思想·사상. 이 연맹(聯盟)한 세력(勢力)과 여타의 서구 백인들은 2차대전(World War II)을 치렀었다.

이 시기에 동방의 왜놈들은, 천황사상(天皇思想)으로 뭉쳐 그들의 대동아공영권(大東亞共營權)을 내세우며 아세아(亞世亞)에서 세력을 확장하고 있었고, 1차대전(一次大戰, World War Ⅰ)시에 미국은, 대유럽 고립주의 (孤立主義) 5대 먼로 대통령의 고립주의 참조. 를 유지하다가 2차대전(二次大戰, World War Ⅱ) 대유럽 독일 히틀러와 이탈리아 무솔리니의 전쟁. 에 참여하여 전쟁 을 주도하였으며, 대일본전쟁(對日本戰爭) 태평양 전쟁. 을 승리로 이끈 후 지금 세계(世界)를 주도하고 있는 것이다.

이와 같이 서양의 인류역사(人類歷史)에 고대 우리나라를 포함한 동방 으로부터 전하여진 즉, 인간을 포함한 모든 삼라만상(森羅萬象)에 인정(人 情)과 예(禮)로 대하는 단군의 홍익인간(弘益人間) 사상과 불교(佛敎)적인 정신문화가 지독한 백인 각자 민족(白人各自民族)들의 자기애(自己愛 · Egoism)적인 그들 각자 생각(各者生覺)의 집합체(集合體)인 사상(思想)으 로 변천되고 이를 각자 민족의 종교화(各自民族宗敎化)하여 그 의식(意 識), 그 정신(精神)으로 무장(武裝) 군세게 정신적인 장비를 사람들에게 갖춤. 하여 서방의 구라파(歐羅巴) 지역에 살던 백인(白人)들의 의식주(衣食住)와 삶 을 지배(支配)하여 왔던 것이다.

병인양요(丙寅洋擾 · 1866)를 전후한 근세(近世)에 와서 우리 민족에게 도 백인들의 그 의식(意識)과 정신사상(精神思想)인 그들의 종교(宗敎), 천 주교(天主敎)와 각 파의 그리스도교(敎)를 우리 민족들에게 강요하고 포교 (布敎)하며, 그들의 정신사상(精神思想)이 우리 민족 전체의 삶과 우리 땅 우리 영토(領土), 우리나라 우리 민족들의 사상(民族思想)까지 점유, 훼손 하고 있는 것이다.

또, 2차대전 태평양전쟁 이후에는 그나마 남아있던 우리나라를 북위 38도선으로 갈라놓아, 공산주의(共産主義)와 서방자유민주주의(西邦自 由民主主義) 양 진영으로 분리시켜 우리 민족 전체를 힘 못쓰도록 만든 것이다.

즉, 지금 우리는 남북 간의 사상(思想 · Ideology)으로 이념 분쟁중(理念

分爭中)이라는 말이며 즉, 민족 내부 간의 사상전쟁(思想戰爭·Ideology War)을 하고 있다는 말이다. 새천년이 시작된 지금, 이념(理念·Ideology)의 시대는 지나갔다는 항간의 말은 틀린 것이다. 이것은 좌익세력(左翼勢力) 들이 자기합리화(自己合理化)하기 위한 말이며 우익세력(右翼勢力)들의 입을 틀어막는 말이다.

국내에서는 3·1운동, 순종(純宗) 장례일의 6·10만세운동, 1929년의 광주(光州)학생운동 등의 독립운동과 대륙·만주·시베리아 등지에서 독립군 혹은 광복군을 편성하여 태평양전쟁에 참여하고 승리하여 광복(光復)한 우리 민족을 무엇 때문에 서방 백인들 소련 군인들과 미국 군인들 은 우리나라를 반분(半分)하였던 것인가? 미국과 러시아 舊蘇聯·구소련. 는 우리나라 땅을 반분하기 위한 점령군(占領軍)들이었다. 통일(統一)은 우리 민족의 염원이고 숙명(宿命)이다.

이와 같이, 서양 백인들의 종교(宗敎)는 앞 절에서 언급한 바와 같이 백인들의 지독한 자기애(自己愛·Egoism)적인 그들 종족 조상(種族祖上) 들의 여러 가지, 잡다(雜多)한 가르침을 모은 책(冊)『舊約·구약·Bible』으로부터 출발한 것이며, 마태·누가복음(福音)이라고 이름 지어진 『신약』도 자기들의 중조(中祖)인 예수(Jesus Christ, BC 4~30)의 가르침을 적어 이를 읽고 따르도록 한 지독(至毒)한 백인 자기 종족애(白人自己種族愛)적인 것이며, 사실(事實)은 우리 민족들에게 그것은 복음(福音)도 아니며, 성경(聖經)이 아닌 허망(虛妄) 거짓이 많고 근거가 없음. 된 책(冊·Book)인 것일 뿐이다.

여기서 約·약은 신을 믿고 따른다면 求願·구원을 신이 約束·약속한다는 의미로 쓰여지고 있다.

칼뱅(John Calvin, 1509~1564)의 예정설에 의하면, 그들의 하나님 여호아(一仟如呼我)를 믿지 아니하는 이방인(異邦人)은 육체(肉體)도 존재(存在)하지 아니한다는 것이다. 독자들은 이 칼뱅파를 비롯한 서양 종교인(宗敎

人)들의 만행인 자기들의 생각(生覺)처럼 그들의 절대신(絕對神·The God)을 믿지 아니하는 자들은 어떠한 수단, 방법을 동원하더라도 짓이겨 죽여 버렸던 중세 서방(中世西邦)에서 벌어졌던 마녀(魔女)사냥을 어떻게 생각 하십니까?

서양 백인들은 그들이 믿는 절대신 하나님을 반드시 믿고 따라야 하며 그 절대신의 절대적인 선택(選擇)으로 그들의 구원(求願)은 미리 정하여져 있으며, 그들만이 선택되어 미래(未來)의 행복이 예정된다는 것이었다.

한편, 서방 백인들은 그들의 종교(宗敎)에 만취하여 서로 죽이며 또, 수많은 분파로 개혁(改革)이라는 과정을 거쳐 종교개혁(宗敎改革)하면서 지옥 같은 세상을 살아왔던 것이다. 이것이 서양의 중세암흑기(中世暗黑期)이다.

칼뱅이 예정설(豫定說·Doctrine of Predestination)을 말하였던 그 당시(當時)에는 우리 민족은 불교가 퇴화(退化)하고 있었으며, 유학(儒學) 性理學·성리학·朱子學·주자학. 의 절정기가 지나고 유학(儒學) 선비를 배움. 이 종교화(宗敎化)되어 우리 민족의 각 가정(家庭)에 유교(儒敎)가 정착(定着)되던 조선 중기 무렵이었다.

이성계(李成桂)가 조선(朝鮮)을 건국(建國)하여 국교(國敎)를 불교(佛敎)에서 유교(儒敎)로 종교개혁(宗敎改革)을 할 때에도, 우리 민족의 속마음 정신(精神) 속에 잠재적 본능(潛在的本能)으로 간직하고 있던 단군(檀君)님의 홍익인간(弘益人間) 정신이 살아 있었기 때문에 큰 불상사(不常事)없이 지나 온 것으로 나는 생각하고 있다.

한편, 슈펭글러(Spengler Oswald, 1880~1936)는 동방(東方·邦)은 하늘의 뜻을 가진 한 사람의 뜻(志)인 『주역(周易)의 원리(原理)』 이것은 곧 宇宙·우주 하느님이며, 우리 최상의 윗대 단군 임금님의 건국이념인 弘益人間·홍익인간의 이

넘을 합한 것이라고 생각됨. 추후 『주역』의 原理·원리가 어떤 것인가 이야기할 것임. 에 따라 발전 변천되어 가며 또, 서방국(西邦國) 유럽 열강제국. 은 그들의 절대자인 하나님(一任) 일님 예수·如乎我·YAHY·아훼 의 의지(義志)에 따라 발전 변천되어 간다고 하였다.

이와 같은 그들의 하나(Only One)님 一任·일님. 의 의지(義志) 바른, 옳은 뜻 즉, 있는 자와 없는 자 간, 흑인·백인·황인종 간의 人權·인권 같은 서로 보호하여야 할 세상의 모든 倫理·윤리, 道德·도덕, 禮義·예의, 秩序·질서 등의 形而上學·형이상학적 모든 價値·가치. 의 불평등(不平等)은 지속되고 사회적·국가적 개선 노력(改善努力)이 없어지며, 비판적사고(批判的思考)가 줄어들며, 정신(精神)적 핵심 실질 내용(核心實質內容)은 사라지고 저급의 정신수준(精神水準)으로 된다고 하였다.

이것은, 오직 하나(Only One) 뿐인 절대신(絶對神·The God)을 믿고 따르는 서양인들의 결과(結果)와 유물론(唯物論)을 신봉(信奉)하는 인민절대자(人民絶對者) 김일성이 다스리는 지금의 북한 인민공산주의(人民共産主義)의 결과(結果)와 그 효과(效果)가 같아지는 것 즉, 모든 사람들이 각자의 주체성과 자율성이 없어지고 절대자에게 의존하게 되어 인민화(人民化) 되어 열정(熱情)과 희망(希望)이 없이 각 개인(各個人)들의 전체 삶은 쪼그라들게 되고 있는 것과 같이 된다고 필자는 생각하고 있다. 그 극명한 실례(實例)가 지금 북한의 실제 상황인 것이다.

그들, 예수의 사상(思想)을 종교화(宗敎化)하여 절대신으로 믿고 있는 서양 백인들은 "미국은 항상 옳다(America is always right)", "절대신은 미국에게 은총(恩寵)을 내린다(God bless America)"라고 하고 있으며, 그들 나라의 외교(外交) 일을 그들의 국무(國務)라고 하고 있으며, 야구 등 체육(體育) 경기도 월드시리즈(World Series)라고 한다. 그 나머지 약소민족국가(弱小民族國家)들은 어떻게 되겠는가? 한없이 마음이 쪼그라들고 비참해질

뿐이다.

이와 같은 것은, 현재 미국(美國)의 기독교 신보수원리주의자(新保守原理主義者·Neoconservativers)들을 보면, 그 참상을 독자 여러분들은 더 명확히 잘 알 수 있을 것이다.

그들은 지금도 인민공산주의(人民共産主義) 체제가 우월하다는 북한 공산주의자들로부터 우리 대한민국을 방호(防護)하는 데는 도움을 주고 있는 것은 사실(事實)이다.

그러나, 그들은 우리나라 경제(經濟)의 부도사태(不渡事態) 1997년의 외환위기사태. 를 기회로 하여 그들의 대자본(大資本)을 국제화(國際化) globalism · 지구화. 국제화는 잘못 번역된 것으로 생각됨. 라는 이름으로 우리나라에 투입하여 결국 우리나라 일류 상장기업의 주식 과반수이상을 구매하여 그 이윤(利潤)을 배당 명목으로 빼앗아가고 있는 것이다.

또한, 그들은 그들이 저질렀던 팔레스타인전쟁, 2차에 걸친 대 아랍전쟁, 아프가니스탄전쟁, 파키스탄전쟁 등은 안중에 없이 세계무역센터 테러를 빙자하여 아랍민족에게 수백 배의 폭력전쟁으로 되갚고, 그들과 이념(理念·Ideology)이 다른 종교(宗敎)를 믿는 아랍(Arab)민족과 전쟁을 개시하여 수십만 명의 아랍인을 최신식무기로 정조준하여 쏘아 죽이고, 에너지(石油) 석유·crude oil. 를 빼앗고 있는 것이며, 이것이 당연한 옳은 일을 한 것처럼 국제사회에서 행동하고 있으며, 포로학대를 문제화(問題·Issue 化)하여 인권(人權)을 존중한다는 뜻을 앞세워서 그 전쟁(戰爭)의 본질(本質)을 감추고 있다.

지금의 팔레스타인전쟁, 아프가니스탄전쟁, 인도네시아 회교도폭동, 파키스탄전쟁도 마찬가지로 종교전쟁(宗敎戰爭)이다. 테러전도 민족 간의 전쟁이며, 테러전(Terror戰)은 우리말로 공포전(恐怖戰)이라고 번역할 수 있다. 현대에는 국경선(國境線)이 없는 전쟁을 하고 있는 것이다.

그들은 과거 왜놈들이 주창한 대동아공영권(大東亞共營權)을 부수기 위한 태평양전쟁(太平洋戰爭) 초에는 유인피습(誘引被襲)적인 진주만 폭격을 이유로 전쟁을 개시하고, 왜놈들에게 원자탄(原子彈)을 투하한 일이 있다. 원자탄의 사용은 인간계(人間界)뿐만 아니라 모든 생물계(生物界), 무생물계(無生物界)까지도 궤멸시키는 즉, 인륜(人倫)과 천륜(天倫)을 저버리는 극악한 전쟁 범죄이다.

이미, 각자 민족으로 소련이 붕괴되어 성립된 러시아(Russia)도 체첸전쟁, 우크라이나 대통령 선거 개입(介入) 반러시아적인 야당 후보에 대한 毒殺·독살 기도 등과 대 그루지아 전쟁. 등으로 흑해·카스피 해 근방의 약소 민족국가의 독립(獨立)을 방해하고, 반러시아 정권수립(反Russia 政權樹立)을 방해하며, 석유(石油·Crude oil)와 천연가스(天然GAS) 독점을 기도하고 있으며, 그 대가로 그들도 테러(Terror)당하고 있다. 그들은 지금 과거의 십자군전쟁(十字軍戰爭)과 같은 민족 간의 종교이념전쟁(宗敎理念戰爭)을 하고 있는 중이라고 필자는 생각하고 있다.

한편, 우리나라는 에너지(石油) crude oil. 확보를 위하여 또, 이라크 전후 복구를 위하여 군대(軍隊)를 파견하고 있다. 에너지는 지금 지구상의 모든 인류(人類)들의 생명줄이다.

전쟁(戰爭)은 민족국가(民族國家)나 연방국가(聯邦國家) 간의 생존경쟁의 한 형태(形態)이다. 이 지구(地球)의 자연 환경은 모든 인류(全人類)들에게 풍족(豊足)한 의식주(衣食住)를 해결(解決)하여 줄 수가 없으므로, 상대방의 삼라만상(森羅萬象)을 빼앗아야만 승자(勝者)들의 삶이 편(便)해지는 것이다.

세상(世上)에서 즉, 이 지구(地球)에서 가장 무섭고 두려운 것은 서양인들이 말하는 그들의 신(神)이며, 종교(宗敎)인 야훼(YAWHY)와 예수(Jesus)의 가르침이 아니다. 그것은 이 야훼(如乎我·여호아)라는 그들의 절대신(絶對神·The God)을 믿고 따르는 지금의 서양인들의 마음가짐이다.

더욱 더 지독(至毒)해지고 더욱 더 추접(醜接)하고 더러운 것이 그들의 마음, 백인 우월주의(白人優越主義) K.K.K단(團) 같은 백인들, 자기들만 사랑하는 지독한 백인들의 자기애(自己愛·Egoism)인 것이다.

인류(人類) 즉, 사람은 무의식적인 본능(本能)에 의한 삶을 살지 아니하고 정신(精神)으로부터 표출(表出)되는 생각(生覺)대로 행동(行動)하여 의식주(衣食住)를 취하며 행복(幸福)을 느끼며 살고 있는 것이다. 서방 백인들은 자기들의 만족(滿足)을 위하여 자신들의 신(神)을 믿지 아니하는 상대 민족(相對民族)을 전쟁(戰爭)으로 말살시키고 있는 것이다.

위대한 우리 민족 조상님들께서는 대대로 살아 내려오시면서 삼라만상(森羅萬象)에게 예(禮)로 대하며, 그들을 아끼고 인정(人情)으로 대하셨으며, 이민족(異民族)들을 전쟁(戰爭)으로 몰살시키고 그들의 땅이나 땅에서 나는 산물(産物)을 빼앗은 적이 없다.

이것은 우리 민족이 단군의 인본주의(人本主義) 홍익인간정신(弘益人間精神)으로 모든 것이 부족하더라도 참고 견디며 서로 양보하고 예의(禮義), 윤리(倫理), 도덕(道德), 질서(秩序)를 지키는 선비정신(士·儒精神)으로 살아 왔으며, 자신(自身)에게 보시(布施)를 축소, 적게 하고 자기 자신이 절약하는 부처님 마음과 같은 불심(佛心)으로 살아왔기 때문이다.

우리 민족은 방어(防禦) 즉, 적의 내습(來襲)만을 막아 온 것이다. 그러므로 우리 민족은 평화민족(平和民族)이다. 지금도 마을 어귀에 서 있는 천하대장군과 지하여장군 장승들은 무엇을 말하고 있는 것인가?

서방 백인(西邦白人)들은 수만 발(數萬發)의 핵무기(核武器·Nuclear Weapon)를 보유(保有)하여 실전(實戰) 배치하고 있으면서도 그들이 주도(主導)하는 국제원자력기구(IAEA)는 우리나라 대덕 핵물질연구단지를 사찰하고 문제(問題) 삼고 있으며, 우리의 무기(武器) 운반수단(運搬手段)도 백인들 것보다 원시적(原始的)이다.

북한은 이를 해결하기 위하여 동해(東海) 등지로 미사일 발사 실험을 하고 있는 것이다. 소수 원시적(小數原始的)인 북한 핵무기(核武器)를 서양인들이 문제 삼고 있는 것이다.

이것은 지금 국제연합(國際聯合·UN)에 가입되어 있는 북한 정권에 대한 명백(明白)한 내정(內政) 간섭이다.

2004년 11월의 미국 대통령 선거에서, 낙선자(落選者)는 텔레비전 낙선 고별연설 마지막에 "신(神·The God)이여, 미국(美國)을 보호하소서"라고 하였으며, 당선자(當選者)는 당선사례(謝禮) 연설에서 "나는 미국을 위해서는 무엇이든지 하겠다"라고 말하였다.

이것은 무엇을 의미하는 것인가? 그들은 그들의 신(神·The God) 하나뿐인 그들의 절대신. 인 그들의 조상신(祖上神) 야훼와 예수에게 그들의 미래(未來)를 구원(求願)하고 기원(祈願)한 것이며, 그들의 신(神)을 앞세우고 그 신(神)의 의지(意志)에 따라 그들 종족(種族)인 백인(白人) 미국인들을 위하여 전쟁(戰爭) 이상의 그 무엇도 해치울 수 있고 저지를 수도 있다는 말을 한 것이다.

한편, 1절에서 태극(太極)의 음양 이치를, 2절에서는 천간(天干)인 10간(干)과 지간(地干)인 12지(支)와 단군 할아버지에 관한 이야기를, 이 절에서는 슈펭글러가 말했던 동방(東方)의 『주역(周易)의 원리(原理)』라는 것은, 우리 민족 고래(古來)의 우주관(宇宙觀)을 말하며, 이것은 우주(宇宙)의 모든 삼라만상(森羅萬象)이 두루(周) 두루 주. 바뀌어(易) 바뀔 역. 나아간다는 것이다.

사람은 태어나서 숨을 쉬면서 대기(大氣)를 빨아들이고 폐(肺)에서 몸속에 있던 공기 CO_2, 탄산가스 포함. 를 뱉는, 순환시켜 바꾸어가며, 하루는 아침·낮·저녁·밤의 순환이 반복되고 계속되며 봄(春)·여름(夏)·가을(秋)·겨울(冬) 일년(一年)의 태양년기(太陽年期)가 되고, 이것이 반복 계속

되면 우주년기(宇宙年期·Cosmic Year)를 만든다.

인류(人類) 각자들의 삶이 쌓여서 역사(歷史)와 문명(文明), 문화(文化)를 만드는 것이 세계주기(世界週期·World cycle)이다. 세계주기는 반복되어 우주기(宇宙期) 태양계가 北極星·북극성 주위를 한 바퀴 도는 시간. 가 된다.

이 태양계(太陽界)가 북극성(北極星)의 주위를 한 바퀴 도는 대주기(大週期)는 우주의 1년(年·Cosmic Year) 약 12만 9600년. 이 된다.

과학자(科學者)들은 약 10만년 내지 13만년을 주기로 지구(地球)에 빙하기(氷河期)가 온다고 하는데, 이 빙하기는 태양계(太陽界)가 속한 소우주(小宇宙) 지구를 포함한 太陽系·태양계. 의 겨울, 동기(冬期)이다.

인류문명(人類文明)은 탄생하고 성장하고 소멸하는 것이며, 선천문명(先天文明)이 있으며, 다시 탄생하는 봄과 생장(生長)하는 여름 문명(文明)이 있으며, 가을에 알곡을 거두고 추수하듯이 인류 문명(人類文明)을 거두어들이는 즉, 염(斂)을 하는 우주(宇宙)의 가을과 인류 문명이 장(藏) 갈출 장. 되는 태양계(太陽界)의 겨울 즉, 빙하기(氷河期)가 있어 생장염장(生長斂藏)의 대순환이 계속되는 것이다.

다시 한 번 이상의 주역(周易)을 짝지어 설명하면, 아침·봄·인생의 소년기·우주의 봄→낮, 여름·인생의 청년기·우주의 여름→저녁, 가을·인생의 장년기·우주의 가을→밤, 겨울·인생의 노년기(老年期)·우주의 겨울로 순환 변동되며, 이것은 모든 삼라만상(森羅萬象)에 적용되는 동일(同一)한 주역원리(周易原理)이다.

이상에서 말한 『주역(周易)』은 이 글의 3절에서 언급하였던 북두칠성(北斗七星)과 신라 첨성대와 연결되고, 조선시대의 선비들이 만들었던 혼천의(渾天儀)와 누가 언제 창제(創制)한 것인지도 모르는 음력으로 된 달력(月曆·음력·Calender)은 주역으로부터 만들어졌으며 지금 우리들은 서양으로부터 우리에게 전파된 태양력(太陽曆·양력)과 병행하여 쓰고 있다.

주역(周易)은 시간(時間)의 흐름을 뜻하는 우리 옛 조상 단군시대(檀君時代)로부터 면면히 이어져 내려온 우리 민족(民族)의 뜻이며 우주관(宇宙觀)이며 대자연(大自然)의 우주(宇宙), 그 자체(自体)가 우리 민족(民族)들의 자연(自然) 스스로 그러함. 하느님인 것이다.

지구의 위성인 달의 자전(自轉)과 지구 주위를 공전(空轉)하면서 만유인력(萬有引力)에 의하여 바닷물이 계속 반복하여 밀물과 썰물을 이루어내고 있다.

태양(太陽)을 중심으로 하여 지구는 타원으로 공전(空轉)하면서 초자연현상(超自然現狀) 즉, 자전(自轉)하는 지구의 축(軸)이 23.5도 기울어져 24시간을 주기(週期)로 자전(自轉)하고 있어 태양빛을 받아들이는 강도(强度)·양(量)·시간(時間)에 따라 지구표면의 기온(氣溫) 차이로 춘하추동(春夏秋冬) 사계절이 일어나게 된다.

달이 지구를 한 바퀴 도는 시간 즉, 우리 조상님들이 만든 음력의 한 달은 29~30일이 되고, 서양인들은 지구의 태양 주위 1회 공전시간(空轉時間)을 12등분(十二等分)한 한 달이 28~31일로 하는 태양력(太陽曆)을 만든 것이며, 달의 지구 공전시간과 지구의 태양 공전시간의 주기를 맞추기 위하여 고래의 우리 달력(月曆·음력)과 태양력·양력(陽曆)에는 윤월, 윤일, 윤초가 있는 것이다.

그러므로 '주역(周易)'은 생장염장(生長斂藏)의 4단계로, 크게 둘로 나누어 볼 때는 음(陰)과 양(陽)의 순환을 거쳐 가며 삼라만상(森羅萬象)이 시간(時間)과 함께 흘러가며 변화 진화(變化進化)되어 가는 것을 뜻하는 것이다.

한편, 우리 인생살이에서 덕(德)이라는, "크다"라는 개념(槪念)은 북극성(北極星)이 자신을 중심(中心)으로 우주계(宇宙界)의 많은 항성(恒星)들을 거느리고 마찰 없이 유유히 변화시켜 나아가는 주역개념(周易槪念)과 같이 또, 태양(太陽)이 수성(水星)·금성(金星)·지구(地球)·화성(火星)·목성(木星)·토성(土星)·천왕성(天王星)·해왕성(海王星)과 등 여러 행성(行星)들과 그에 딸린 위성들에게도 따뜻하고 밝은 빛을 대가없이 보내주며, 소속 개체들과 마찰 없이, 싸움 없이, 이탈 없이 평화스럽게 태양 자신(太陽自身)의 계(界) 즉, 장(場)을 유유히 이끌어가는 것과 같은 뜻의 개념을 가지고 있다.

덕(德) 있는 우리 민족의 지도자가 언제 탄생하여 우리 민족을 통일하고, 옛날의 우리 북방, 만주 시베리아·연해주 땅을 다시 찾아 우리 민족을 유유히 잘 다스리는 세월이 언제 올 것인가? 우리는 희망(希望)을 먹고 살아가야 한다.

그리고, 우리 민족과 여타 인류의 탄생 기원(紀元)은 『환단고기(桓檀古記)』에 따르면, 세계 인종(世界人種)은 아세아의 황인(黃人), 아프리카의 흑인(黑人), 유럽의 백인(白人), 멜라네시아 호주 동북부의 섬. 인도네시아 자바 섬이라는 說·설도 있음. 의 적인(赤人), 아메리카의 청인(靑人) 등의 5색인(五色人)으로 나눌 수 있다고 하였다. 이 다섯 인종별(人種別) 색깔은 근대 올림픽 오륜기의 테두리 색깔 白色·백색을 바탕으로 하여 청, 흑, 적, 황, 록으로 綠色·녹색을 추가하였음. 이것은 백인 우월주의자들의 짓이다. 로 쓰이고 있다.

우리 민족은 황인(黃人)으로 조상은 나반(那般) 男性·남성. 과 아만(阿曼) 女性·여성. 서양 종교의 同意·동의한다. 신뢰한다. 이루어지기를 희망한다라는 뜻의 amen ·아멘 참조. 이며, 바이칼호수(Lake Baikal 湖水) 오염되지 아니한 自然原水·자연원수 상태의 담수호. 세계문화유산으로 지정되어 있음. 지금 이 바이칼·Baikal 호수 인근에 소수민족인 延邊其族?·옌벤키족이 살고 있는데 그들은 아리랑('맞이하다'라는 뜻), 쓰리랑('느껴서 알다'라는 뜻)이라는 單語·단어를 쓰고 있다(부산일보 2008. 7.31일자 26면 참조). 또, 바이칼 주변에 살던 어떤 노인의 맏딸 '앙가라(安家那?·안 가느냐?)'가 노인의 의사를 무시하고 어떤 勇士·용사 '예니세이(禮尼世尼?)와 결혼하여 도망가게 되어 이 호수의 神·신이 노하여 폭풍을 일으켰으며, 이를 防止·방지하지 못한 주위의 漁夫·어부들과 항해

자를 잡아와서 裁判·재판하였다는 傳說·전설이 이 지방에 전해져 내려오고 있다. 서쪽과 동쪽에서 각각 떨어져 살았으나, 환인(桓因) 하늘로 인함. 이 두 남녀를 부부(夫婦)로 짝지어 자손(子孫)을 낳아 환국(桓國) 하늘나라. 을 건설하시게 된 것이다.

여기에 고려시대의 승려(僧侶) 일연대사(一然大師)의 삼국유사(三國遺史)에 따르면, 환인(桓因) 桓·환 자의 형태를 보면, 나무(木器·목기시대와 神壇樹·신단수 참조)가 있고, 하늘(一·한 일)이 있고, 태양(日·날 일)이 있고, 땅(두 二·이 자의 아래쪽의 한글의 모음 'ㅡ'가 땅을 의미함)이 있음. 즉, 自然·자연으로 인하여. 의 아들 환웅(桓雄)과 웅녀(熊女) 사이에서 태어나신 단(檀) 임금님이 조선(朝鮮) 나라를 건국(建國)하셨다고 한다.

이것은 서양인들이 말하는 그들의 『구약(舊約)』 내용의 아담(Adam)과 이브(Eve)는 이 우리나라 고대(古代), 아만(阿曼)과 나반(那般)을 본(本·Model)보아 말하고 있는 것으로 생각되며, 앞에서 언급하였던 서양 백인들의 종교(宗敎)는 그들의 윗대(上代) 꼭대기 마루 조상종중(祖上宗中)을 개조(開祖)하고 그 가르침을 대본(大本)으로 한 여호아 사상(如乎我思想)을 그리스도교(敎) 로마시대의 천주교·catholicism. 로 개종(開宗)한 사람이 한민족(漢民族)의 수혈(受血)을 받아 태어난 예수 그리스도(Jesus Christ, BC 4~30)라고 나는 생각하고 있다.

7

백인白人 · Cro-Magnon 들과
왜인倭人 들의
우리나라 침략과
우리 민족정신民族精神의
분열分裂

백인들과 왜인들의 우리나라 침략과
우리 민족정신의 분열

앞 절에서, 말하였던 백인들의 서양종교 (西洋宗教·西學·서학)는, 백인 야훼(YAWHEY)로부터 시작되고 그의 아들 즉, 서양 백인들의 중조(中祖)인 예수(Jesus Christ)를 절대신(絕對神·The God)으로 삼고 그 후손들인 서양인들은 그들의 유일신(唯一神)이라는 예수를 믿고 따른다면 영생(永生)할 수 있고 미래(未來)에도 행복(幸福)한 삶(人生) 인생·Life. 을 보장(保障)받을 수 있다는 것이다.

우리는 이 말을 아무런 저항 없이, 비판 없이 믿고 그 신을 대신(代身)한 신부(神父), 목사(牧師)들에게 고해성사하면서 서양인들의 의식 세계로 우리 정신(精神)이 빨려들어 가고 있다.

이와 같이 그들의 좋은 절대신(絕對神)이며, 그들만을 사랑하고 선택하여 구원(求願)해주는 그들의 유일신(唯一神)을 무엇 때문에 우리 민족이 믿고 따르도록 백인들은 우리 민족에게 선교(宣教) 포교(布教)하고 있을까?

그들 서양 백인들은 우리 민족의식(民族意識)을 그들에게 끌어들여 우리 민족을 그들의 뜻대로 이용(利用)하기 위함인 것이다.

그리하여, 그들의 철(哲)학자·신(神)학자·역사(歷史)학자들이 그들의 기원(紀元) 이후 줄곧 말해왔던 그들만의 절대신, 유일신을 우리가 믿고 따르도록 19세기 후반 무력(武力)으로 병인양요(丙寅洋擾, 1886)를 일으키고, 대원군(大院君)의 조선 정부를 위협하여 프랑스 신부(神父)들이 주축이 되어 수도인 한양(漢陽) 땅에 명동성당(明洞聖堂)이라는 백인들의 조상사당(白人祖上祠堂)을 짓고 또, 용산신학교(龍山神學校)를 지어 우리 민족에게 대대적인 그들의 사상교육(思想敎育) 즉, 포교(布敎)를 시작한 것이다.

프랑스는 우리나라를 본격적으로 무력 침략하기 전에 종교(宗敎)를 통하여 우리 의식 우리 정신(精神·얼)을 침략한 것이며, 우리 민족정신(民族精神)을 없애고 그들의 의식(意識)과 사상(思想)을 우리에게 심은 것이다.

그러나 프랑스는 일본과 영일동맹, 가쓰라태프트밀약을 맺은 영국·미국·일본 삼국(三國)에 견제당하고 인도차이나반도 점령으로 만족하여야만 하였던 것이다. 한편, 이때의 제정 러시아(帝政 Russia)의 부동항(不凍港)을 구하기 위한 남하정책(南下政策)도 이 세 나라의 삼국동맹에 의하여 일부(一部) 견제 당하였던 것이었다.

나는 4절에서, 서양의 선진 과학문명에 의한 무력(武力)을 앞세운 서방제국주의(西邦帝國主義·Imperialism)가 세계 즉, 온 지구 세상(地球世上), 인간계(人間界)를 침략하여 차츰차츰 동점(東漸)하면서 가장 마지막에 우리나라를, 우리 민족 침략을 시도(始圖)하였다는 것을 앞에서 한 것이다.

제정 러시아(帝政 Russia)는 우랄 산맥을 넘어서 시베리아 알래스카까지 손쉽게 점령하고 부동항(不凍港)을 구(求)한다는 명목(名目)으로 계속 남진(南進)하여 우리나라의 저항(抵抗) 조선 초·중기의 나선정벌 참조 을 받으면서 우리 연해주(延海州)에 부동항(不凍港) 블라디보스토크까지 만들어 그들의 세력(勢力)을 확장하였던 것이다.

러시아는 황실 재정부족(皇室財政不足)으로 알래스카를 미국(美國)에 720만 달러를 받고 팔았다. 누가? 누구에게 누구의 땅을 판 것인가? 또,

언제부터 우리 땅이었던 시베리아 연해주와 그 부속 도서, 캄차카 반도 사할린 섬, 알래스카와 주변 해역까지 점유하고 수산물(水産物)까지 차지 하면서 부동항인 블라디보스토크까지 건설하였던가? 로스케들은 우리 근 대(近代)부터 우리 땅, 우리 영역을 차츰차츰 동남점(東南漸)한 것이다.

양키(Yankee) 미국인들은 영국인들이 버지니아 주에서 출발하여 개척 정신(開拓精神·New-frontism)으로 서부(西部)까지 개척하고, 대 멕시코전 쟁으로 아즈텍문명권인 캘리포니아(California)를 차지하였으며, 러시아로 부터 알래스카를 사 들이고 난 후 또 다시, 필리핀(Philippine)을 차지하기 위하여 가쓰라태프트밀약을 맺고 왜놈들에게 우리나라 독점(獨占)에 대 한 우선권을 양해한 것이다. 그리하여, 메이지유신(明治維新)으로 자강(自 强)한 근세 왜놈들은 그들의 대동아(大東亞)를 의도하면서 우리나라 땅에 왜놈들을 식민(植民)하였었고, 일본 황제(日帝) 일제. 의 무력군(武力軍)이 침입하여 우리나라가 병탄(倂呑)당하였던 것이다.

2차대전(二次大戰·Word War Ⅱ)과 태평양전쟁(太平洋戰爭) 일본 대 미국 전쟁. 후 우리나라 북위 38도선 이남은 친미(親美)정권인 이승만(李承晚, 1875~1965) 미국 프린스턴대학 정치학 박사. 1919년 상해임시정부 대통령. 1948년 제헌 국회의장. 제 1, 2, 3대 대통령. 황해도 平山·평산 출신. 이 정권을 잡은 것이다.

북위 38도선 이북은 김일성(金日成) 본명 金成柱·김성주, 아버지 金亨稷·김형 직, 어머니 姜盤石·강반석. 만주 吉林省·길림성 육문중학 중퇴. 그 뒤 소련 특무공작원 훈련을 받은 후 소련군 小佐·소좌. 가명 金英煥·김영환을 쓰다가 1945년 10월 14일 평양 군중대회에서 소련군 북한 점령군 사령관 로마넹코가 소련군 제6사단장이며 제2방면군 사령관이었던 金日城·김일성 장군이라고 거짓 소개함. 실존인물이 따로 있었음. 중국 延 安·연안파와 남조선 노동당 朴憲永·박헌영 일파를 숙청하고 북조선 책임비서. 북한 인민 군최고사령관. 원수, 대원수 칭호까지 사용함. 이 소련군의 지원을 받아 공산 정권 을 세우게 되었다.

2차대전 말기 카이로회담(Cairo Conference, 1943. 11)에서 영국 수상 처칠(Winston L. Spence Churchill, 1874~1965)은 독일 공격 방향을 이탈리아 및 동구 쪽으로, 미국의 루스벨트(Franklin Roosevelt, 1882~1945) 미국 32대 대통령. 猶帶人·유대인. 는 프랑스 해안으로 상륙할 것 미국·영국 두 나라가 각자 자기들의 국제 정치나 군사·외교적으로 유리한 지역으로 군대를 진출시키려는 고도의 정치 戰略·전략 술수이었음. 을 주장하여 합의하지 못하였으나 결국 미군은 The Longest Day(1944. 6. 6)에 프랑스 노르망디 해안으로 상륙작전(上陸作戰)을 감행하였던 것이다.

미얀마를 포함한 인도차이나 반도에 대한 연합군의 공격(攻擊) 대동아 일본에 대한 미·영·소 연합국의 공격. 은 과거 영일동맹(英日東盟) 관계에 있었던 처칠의 반대로 회담은 실패하였으며, 떼놈들은 모택동(毛澤東, 1893~1976)과 장개석(蔣介石, 1887~1975) 그의 처인 송미령 여형제들은 철저한 미국통이었으며 서양 종교 신자들이었음. 이 그들 중화인들끼리 민족 내부(民族內部) 이념전쟁(理念戰爭·Ideology War) 중이었으며, 장개석은 아무런 의사 관철을 한 것이 없었으며, 전쟁 종료 후의 일제(日帝)의 떼놈들 침략에 대한 보상 문제 등에 관한 기록(記錄)은 전해지지 아니한다.

우크라이나 얄타 리바디아궁전(宮殿)에서 처칠 영국 수상(首相), 소련공산연방인민공화국의 프로레타리아(Proletalia·無産人民)들의 독재를 수행하던 독재자 스탈린, 유대인(Jews) 플랭클린 루스벨트 미국대통령이 얄타회담(Yalta Conference, 1945. 2. 4)은, 독일은 분할 점령하며 비무장화하고, 폴란드에 있던 소련의 괴뢰정권 두블린 정권. 을 인정하며, 전범자(戰犯者) 독일인, 왜놈들. 를 조치한다는 것이었다.

아마, 이때 그놈들은 우리나라를 북위 38도 선으로 반분하고 분할 점령하여 그들 각자 즉, 소련과 미국이 각각 차지함으로써 일본제국주의(日本帝國主義)에서 벗어나는 우리 민족을 과거 조선(朝鮮)시대나 고려(高麗) 또는 그 상대(上代)인 고구려(高句麗)시대나 고조선(高朝鮮)시대의 우리 민족의 삶처럼, 새로운 강대민족국가(强大民族國家)가 성립(成立)되는 것을 방지하기 위한 북위 38도선으로 분할하는 사전음모(事前陰謀)를 그들은 꾸미지 아니하였을까? 나는 그렇게 생각하고 있다.

미국과 영국은 전쟁 종료 후 냉전선(冷戰線·Cold War Line)을 그으면서, 세계 삼대 강국 중의 하나이었던 소련과 미래의 강자가 될 떼놈들이 강성해지는 것을 방지하기 위하여 능률성 없는 공산주의 체제인 소련과, 그때의 모택동(毛澤東)의 중화인민공산주의화(中華人民共産主義化)를 위한 장개석(蔣介石)과의 내전(內戰)을 방관 방조한 것이라고 나는 생각하고 있으며, 미국은 대일본 전쟁 마지막 당시에 힘이 없던 소련을 참여시켜, 과거 우리 땅이었던 동부 시베리아와 캄차카반도 사할린 섬 등 북태평양 어장(漁場)을 포함한 연해주(延海州)를 일본으로부터 빼앗아 되돌려주고 북한까지도 점령토록 방조(放助)한 것이었다.

이상의 것들을 거의 주도한 미국 프랭클린 루스벨트(Flankline Rosevelt, 1882~1945) 시오도 루스벨트(Theodore Rosevelt, 1858~1919)가 아님. 그에게 보낸 아이슈타인의 편지 내용, "나는 평화주의자다. 호전적인 평화주의자다. 나는 평화를 위하여 기꺼이 싸울 것이다. 사람들이 전쟁을 스스로 멈추지 아니하는 한, 그 어느 것도 전쟁을 멈추지 못할 것이다. 내 삶의 수수하고 겸손한 태도가 나의 신체와 마음 양쪽 모두에게 삶을 살아가는 최선임을 나는 믿는다.", "모든 예술과 과학들은, 같은 나무에서 자란 가지들이다.", "인간사회의 발전은 각각의 개인 발전을 위한 기회 균등일 뿐이다.", "나는 나로써 존재하는가? 미치광이일 뿐인가?", "사람을 행복하게 하는 것은 탁자, 과일 쟁반, 바이올린, 그밖에 사람의 행복을 위하여 필요한 것이 있는가?", "인간의 삶은 目標·목표를 위하여 살아가는 것이 아니라 삶의 목표를 찾아가기 위하여 살아간다.", "배고픔(가난·Poor)은 훌륭한 政治·정치 조언자가 아니다.", "노여움은 오직 바보들의 가슴에만 머문다.", "바보들은 일을 더 크게 더 복잡하게 더 폭력적으로 만들려고 한다. 그들은 대단한 용기로 반대 방향으로 움직임으로써 천재가 되는 비범한 재능을 움켜쥘 수 있을 것이다." 등등 참조. 대통령과 아이젠하워(Eisenhower, 1890~1969) 노르만디 상륙작전을 지휘한 구주사령관·원수·34대 미 대통령, 6·25 한국전 휴전조약 성립. 가 지독(至毒)한 유태인(Terrble Jewish·猶帶人)이라는 것을 독자 여러분은 염두에 두셔야 할 것입니다.

미국은 2차세계대전 전후(戰後) 처리시 아랍민족의 팔레스타인 땅 약 3만 평방킬로미터를 강제 점령하여 세계에 흩어져 있던 유대민족을 모아 하이파이항(港)에 상륙시켜 팔레스타인 즉, 아랍인들이 살고 있던 땅을 도로 빼앗아 과거 십자군전쟁(十字軍戰爭) 이전의 예루살렘왕국(Kingdom of Jerusalem) 같은 이스라엘 나라를 만들어 주었었다(1948, 5, 14). 그 후 수많은 이스라엘, 유대민족과 아랍민족 간의 종교이념 전쟁(宗敎理念戰爭)이 끊임없이 일어났었다.

어쨌든, 이승만(李承晩)과 김일성(金日成) 그 두 사람은 각각 미군(美軍) 남한 점령군 사령관 콜드 웰. 과 소련군(蘇聯軍) 점령군 사령관 로마넹코 의 지원으로 각각 친미정권(親美政權)과 친소정권(親蘇政權)을 세웠으며, 그들은 개인(個人) 권력욕(權力慾)으로 자기영달(自己榮達)만을 취하고 과거 대일(對日) 민족독립(民族獨立)운동의 뜻 즉, 우리 민족정신(民族精神)을 망각(忘覺) 자기 인생살이에 마음이 바쁜 관계로 잊어버리고 내쳐버림. 하고 우리 민족정통성(民族正統性) 있는 상해임시정부 주석(主席) 김구(金九) 정권을 인정(認定)하지 아니하고 각자(各者)의 정권을 수립한 것이었다.

나는 이승만의 자유당정권(自由黨政權)이 참다운 우리 민족정신(民族精神)을 가졌던 백범 김구(白凡 金九, 1876~1949. 6. 26)를 미군(美軍)과 방관적 묵계(默計)하에 그들의 하수인(下手人)이었던 육군 소위 안두희(安斗熙)를 시켜 암살한 것이라고 생각하고 있다.

재판 과정에서 안두희는 김구 암살 일주일 전에 대통령 이승만을 만났다는 진술을 하였었다. 과연 육군 소위가 어떻게 대통령을 만날 수 있었으며, 김구 암살시 사용하였던 권총과 실탄은 어떻게 휴대하였을까?

그놈은 육군 포병사령관 장은산(張殷山)과의 관계도 있었다고 하며, 출소 후 강원도에서 자동차 부속품 판매업, 군납업(軍納業)으로 상당한 부(富)를 축적하였다고 한다. 김구 암살은 "한국독립당(韓國獨立黨) 총재 김구(總裁 金九)의 비밀요원(秘密要員)인 안두희가 우발적으로 살해하였다"고 하는 판결이 있었다.

백범 김구는 황해도 해주 출신으로 1893년 동학(東學)에 입교(入敎)하여 접주(接主) 동학인들의 소집단 우두머리. 가 되어 1894년, 황해도 해주 팔봉도소 접주(八峯都所接主)에 임명되었었고 동학농민운동(東學農民運動) 이때 우리나라의 산업은 거의 농업뿐이었음. 을 하다가 일본군(日本軍)에 쫓겨 만주로 피신하여 김이언(金利彦)의 대일투쟁 의병단(義兵團)에 가입하였었다.

1895년에 왜놈들의 대 대한제국정책에 반대하다가 왜놈 낭인(倭者浪人) 불한당에게 시해당한 명성황후(明成皇后)의 원수를 갚았었다.

주점(酒店)에서 술을 마시면서 명성황후를 시해한 것을 자랑삼아 지껄이던 왜놈군 중위 쓰치다(土田壤亮) 놈을 잡아 죽이고 체포되어 사형이 확정되었으나 고종(高宗)의 특사로 감형되었다가 탈옥(1898)하여 충남 공주에 있는 마곡사(麻谷寺)에 숨어 살았었다.

1909년에 신민회(新民會)에 참여하고, 1928년 이시영(李始榮)·이동녕(李東寧) 등과 한국독립당(韓國獨立黨)을 조직하여 총재(總裁)가 되었었다. 이 한독당(韓獨黨)은 우리 한민족(民族)의 독립(獨立)을 이념(理念)으로 한 우리나라 최초의 정당(政黨·Political Party)이었다.

그는 결사단체(決死團體) 죽기를 각오하고 왜놈들에게 대항하였던 우리 민족단체. 인 항일애국단을 조직하여 항일 무력 활동을 지휘하였으며, 상하이(上海) 홍구공원의 왜놈 황제 생일(生日) 축하연 폭탄 투척과 왜황에 대한 사쿠라다몬(櫻田門)의 저격미수 의거(義擧)인 이봉창과 윤봉길 의사의 대일투쟁, 하얼빈에서 일제(日帝)의 총리대신(總理大臣) 이등박문(伊藤博文) 이토 히로부미. 을 육혈포(六穴砲)로 쏘아 죽인 안중근(安中根) 의사(義士)의

의거(義擧)를 지원하였으며, 이로 인하여 일제(日帝)로부터 수감생활도 하였었다.

이등박문(伊藤博文, 1841~1909. 10. 26)은 이토가(伊藤家)로 양자(養子) 간 놈이며, 본래의 성(姓)은 농사를 짓는 가난한 집의 자제(子弟)였던 임씨(林氏)이었으며, 그는 왜놈이 아닌 우리 핏줄이 아니었던가?

그놈은 일본 천황(天皇) 메이지 정권(明治政權)의 최고책임자인 총리대신(總理大臣)으로 군림하다가 러일전쟁 후 조선독점권(朝鮮獨占權)을 미국으로부터 양해 받아 조선에 통감부(統監府)를 설치(1905)하고 초대통감(初代統監)으로 부임하여 우리나라 병탄(倂呑) 합병하여 삼켜먹음. 을 완성한 놈이며, 일본의 명치헌법(明治憲法)을 초안 작성(初案作成, 1899)한 놈이다.

이미 러일전쟁에서 이겨 임자 없이 방치되어 있던 만주(滿州)에 시찰을 겸하여 러시아 재무장관(財務長官)을 불러 회담차 만주 하얼빈(哈爾賓)역에 도착하였으나 우리 안중근(安仲根) 의사의 총에 맞아 죽었다. 이때 러시아 재무장관도 죽였더라면 만주(滿洲)는 어떻게 되었을까?

독립운동가 김좌진(金佐鎭) 장군의 아들 김두한(金斗漢, 1918~1972)은 백범 김구(金九)의 한독당(韓獨黨) 재정(財政)위원, 반탁운동(反託運動) 모스크바 삼상회의에서 결정한 우리나라 신탁통치에 반대한 운동. 을 하였으나 대한민주청년연맹부위원장, 대한노총(大韓勞總)연합회 최고위원 등 인민주의적(人民主義的)인 노동운동(勞動運動)에 참여(參與)하였으며, 1965년 삼성(三星)그룹 울산 한국비료 공장 건설시에 밀수(密輸)한 '사카린 밀수사건'에 분노하여 국회에 출석중인 정일권 총리, 장기영 경제기획원 부총리 등에게 오물을 투척한 사람이다.

김두한(金斗漢)은 젊은 청년시절 서울 종로상권(鐘路商權) 문제로 왜놈 하야시, 임파(林派)에 대항한 협객으로 활동하여 우미관 주위 종로(鐘路) 한인들의 정신적인 짝인 우상(偶像)이 되어 우리 민족정신(民族精神)을 고취한 적이 있었는데, 그 상대(相對)는 임권조(林權助, 1860~1939) 왜놈 이름은 하야시 곤스케. 놈의 졸개 부랑(浮浪) 정치깡패, 패거리 놈들이었다.

그놈은 동경제국대학(東京帝國大學)을 졸업(1887)하고, 인천(仁川) 주재 부영사(1889), 왜본국 통상국장(通商局長)을 거쳐 주한공사(公使)로 재부임하였으며, 공사 재임기간중(1904년 2월)에 매국노 이완용(李完用) 무리들과 함께 '한일의정서(韓日議政書)'를 성립시키고, 그해 6월 한일협약(韓日協約) 체결, 1905년에 을사늑약 체결 등 우리나라 국권(國權)을 침탈한 일제(日帝)의 앞잡이 노릇을 하였다.

왜놈 천황(天皇)으로부터 남작(男爵)의 귀족 벼슬을 제수(1906)받았으며, 주이탈리아 대사(1907), 주중국 대사(1916)를 지냈다.

칼잡이 왜놈 건달 하야시파와 격투를 벌였다는 김두한(金斗漢)의 무용담은 지금 우리들에게 잘못 알려져 있는 것이라고 생각된다.

이 임파(林派) 하야시파. 는 일제(日帝) 왜 황제의 제국주의. 의 앞잡이 이등박문(伊藤博文) 양자 가서 지은 왜놈 이름, 이토 히로부미. 과 임권조(林權助) 왜놈 이름, 하야시 곤스케. 의 하수인, 정치건달 패거리들이었던 것이다.

한편, 김두한(金斗漢)은 서울 종로에서 민의원(民議院) 국회의원. 에 당선(1962)되었고, 대통령·국회의원 선거 관련 소송관련 문제를 다루면서, 한국독립당(韓獨黨)의 활동을 내란음모라고 하며, 이런 ×새끼보다 못한 이놈들이 이 관련 사항을 문제(問題)삼는 국회(國會)에서 정일권(丁一權) 총리와 장기영(張基榮) 경제기획원 부총리 등에게 삼성(三星)그룹 울산 한국비료공장의 사카린 밀수사건에 대한 분풀이 또는, 시쳇말로 한 건 하기 위하여 오물통을 집어던지는 일을 저지르게 되었던 것(1965)이다.

이 사카린 밀수(密輸)사건은 지금 삼성그룹 이건희(李建熙) 회장의 윗대 호암(湖巖) 이병철(李秉喆) 와세다대학 정경학부 졸업, 경남 의령 출신. 사장이 울산에 한국비료공장을 건설하면서 공화당 정부의 경제기획원부총리 장기영과 함께 우리나라 침략 병탄에 대한 대일청구권(對日請求權)

자금의 일부인 4200만 달러의 돈으로 미쓰이사(社)로부터 공장건설용(工場建設用) 현물기자재(現物機資材)를 수입하여 들여오면서 이 미쓰이사로부터 받은 뇌물 성격의 돈 리베이트·下請·하청 뇌물. 100만 달러로부터 시작되었다.

이 현금, 청구권 자금 4200만 달러로 미쓰이사(社)로부터 비료공장 건설용 물품을 현물(現物)로 구매하는데 대한 뇌물 성격의 돈 100만 달러의 사용 방법을 삼성 이병철 사장이 박정희(朴正熙) 대통령과 상의하게 되었는데, 그 당시 우리나라에서는 생산할 수 없었던 건설장비(建設場備) 불도저·포클레인·지게차 등등. 와 공작기계(工作機械) 선반·절단기 등 금속가공용 기계. 를 수입하여 사용할 것으로 결정하였다고 한다.

이것을 시행하라는 지시를 받은 이병철 씨의 장남 이맹희(李孟熙)는 건설장비와 공작기계를 수입하면서 에어컨·텔레비전 등 당시 국내에서 생산하지 못하던 또, 당시로 보아서는 사치성 소비용품(消費用品)과 '사카린' 2259부대 약 55톤. 를 건설기자재로 위장 수입하였던 것이었다.

일제로부터 겨우 광복(光復)한 1960년 초 궁핍하고 기아에 허덕이던 우리 국민들은 밀기울 밀가루를 빻고 남은 밀의 껍질 과 보릿가루 보리를 정미소에서 찧을 때 보리쌀이 되기 이전에 생기는 보리껍질 가루. 를 반죽하여 보리가루떡·밀기울떡을 쪄서 먹고 배고픔을 잊고 삶을 이어가는 백성들이 많았었는데, 그 맛없는 개떡에 넣어 단맛을 내었던, 설탕 대용품(代用品)이 사카린(Saccharin·$C_7H_5NO_3S$)이었다. 국을 끓이고 찬을 만들 때도 사용했던 이 합성감미료는 3만 배의 물로 희석하여도 단맛을 느낄 수 있는 강력한 감미료(甘味料)이며, 당뇨병 환자의 음식에도 사용된 적이 있으며, 지금은 그 유해성 때문에 사용이 제한되고 있다.

어쨌든, 김두한 의원의 오물통 똥오줌, 대소변을 큰 깡통에 담은 것 투척 사건으로 정일권 총리, 경제기획원 부총리 장기영이 반발하여 대통령에게 사표를 제출하였고, 법무장관 민복기, 재무장관 김정렴이 해임되었었다.

사카린 밀수사건의 시행자인 이맹희는 이 밀수사건의 배경에 공화당(共和黨)의 정치자금 모금과 관련 있다는 말(說)을 유포시켰다는 이유로 아버지 이병철로부터 버림받았으며, 차남 이창희(李昌熙)가 대신 구속되었다고 한다.

한편, 공화당 정권(共和黨政權)의 제2인자였던 김종필(金鍾泌)의 독주를 견제하기 위하여 당시 중앙정보부장이었던 김형욱(金炯旭)이 대통령에게 보고하기를, "김두한(金斗漢)의 오물투척 사건은 김종필의 사주를 받은 김용태(金龍泰) 의원이 경향신문(京鄉新聞)에 이 사카린 밀수사건 정보(情報)를 흘려주었기 때문에 세상에 폭로(暴露)된 것이며 또, 오물을 투척하여 구속되어 서대문 구치소에 수감된 김두한 의원에게 김종필 계열인 김택수(金澤壽) 당시 마산 한일합섬 사장, 공화당 재정부장. 의원이 당시 돈 5만 원짜리 수표를 영치금으로 넣어주었다는 사실만으로도 김종필이 사주하였음을 증명할 수 있는 것"이라고 한 것이다.

이미 부산세관(釜山稅關)에서 밀수가 적발되어 팔다 남은 잔여 사카린 1059포대를 압수당하고, 벌금 2000여 만 원 당시로 보아서는 대단히 큰 돈임. 이 부과된 이 사건을 수습하기 위하여 보고하러 청와대에 들어간 장기영(張基榮) 경제기획원 부총리의 한국비료 주식 50%를 국가에 헌납하겠다는 삼성 측의 당초 약속과는 다르게, 이병철 씨 개인 소유의 한국비료 주식 50%를 국가에 헌납토록 되어 있는 결재 요청한 서류를 보고 대통령은 노발대발하였다고 하며, 결국 한국비료 주식 전부를 국가에 헌납하게 되고 한국비료는 국유화(國有化)되었던 것이다.

이러한 큰일이 벌어진 사실(事實)을 아는 이만섭(李萬燮) 동아일보(東亞日報) 기자(記者)가 박정희 대통령에게 말하기를, 본래 김택수 의원은 인정이 많은 사람이라 그랬을 것 서대문구치소에 수감중인 김두한 의원에게 5만 원의 수표 영치금을 넣어준 것 이고, 김종필 계열의 김용태 의원이 경향신문에 정보를 흘렸다는 사카린 밀수 폭로기사는 경향신문 울산지국(蔚山支局)

에서 송부된 기사이었으므로, 김형욱이 대통령에게 보고한 내용과는 다르다는 취지의 직간을 하였다고 한다.

이만섭은 동아일보(東亞日報) 기자 출신이며, 대구 대륜(大倫)고등학교 학생 시절에는 당시 진보사상(進步思想)이라고 유행(流行)하던 무산인민공산주의자(無産人民共産主義者·Proletalia Populism Communist)에 의한 시위(施威) 데몬스트라이크·demonstrike. 에 반대하여 우익활동(右翼活動)을 하면서 지금의 전교조(全教組)와 같은 좌익 활동을 하던 교사(教師)를 대구(大邱) 삼덕동 교외(郊外) 연밭(蓮田) 시궁창에 처박았던 학생우익활동(學生右翼活動)의 기수(旗手)이었으며, 변절하여 좌익이념(左翼理念)을 가진 국민의 정부로 이름을 붙였던 김대중 대통령 정권 시절 민주당 대표(民主黨代表), 국회의장(國會議長)을 역임하였던 사람이다.

어쨌든, 공화당(共和黨)을 창당하였던 김종필은 쫓기어 미국으로 한동안 외유하였으며, 공화당 신파들인 비서실장 이후락(李厚洛), 경호실장 박종규(朴鍾圭) 등이 견제한 것은 사실인 것 같으며, 김종필을 견제하려던 중앙정보부장 김형욱(金炯旭)도 해임되어 미국으로 망명(亡命)한 후 우리나라에 대한 반정부운동(反政府運動)을 하다가 유럽의 어떤 나라에서 죽었으며 행방불명? 잡혀와서 정부 고위 관청의 지하 사격장에서 죽임을 당했다는 설도 있음. 김종필도 축재한 충남 서산농장과 제주도 귤밭도 제5공화국 정부(第五共和國政府)에 몰수되어 국가에 헌납되었었다.

1972년 10월, 박정희 대통령은 계엄령을 선포하고 유신헌법(維新憲法)을 국민투표(國民投票)로 그 당시 국민들의 압도적 지지로 승인을 받아 공포(公布)하고 3선 개헌(三選改憲)을 하였으며, 심복이었던 김재규(金在圭)와 차지철의 부마(釜馬)사태 수습 방안에 대한 의견 차이에 따른 다툼 속에 궁정동 안가(安家)에서 암살(1979)당하자 민주화추진협의회(民主化推進協議會) 속칭, 민추협(民推協)이라는 2김(二金) 정치 세력이 사이비 종교인(宗教人) 참다운 종교활동은 아니하고 프롤레탈리즘·Proletalism· 無産者主義·

무산자주의와 코뮤니즘·Communism·공산주의·共産主義, populism·人民主義·인민주의 左翼政治理念·좌익정치이념을 가지고 아무런 직책없이 속칭 在野·재야에서 정치활동을 하던 건달들, 들과 이러한 그 당시의 정치(政治)에 끼이지도 못하였던 무산인민주의자(無産人民主義者·Proletalia Populist)들 속칭, 재야건달(在野乾達)들과 합세하여 지방색(地方色)을 띄면서 이른바 '서울의 봄'을 외쳤었고, 그 무리들이 미래를 도모하던 중에 구공화당 정권의 일익이었던 일김(一金), JP가 충청도 세력을 등에 업고 다시 등장하여 전라도·충청도·경상도의 지역주의(地域主義)와 지역감정(地域感情)을 볼모로 하여 대한민국의 정치를 지역주의화(地域主義化), 인민주의화(人民主義化) 시킨 이른바 3김 정치(三金政治)의 혼동 속에 순박한 우리 민족들은 우왕좌왕하고 있었던 것이다. 그 3김(三金)은 과연 어느 지역 출신(出身)인가? 또, 그놈(者)들은 그때 무슨 수작을 꾸몄으며 또, 무엇을 도모(圖謀)하고 있었던가?

그해 12월 12일, 신군부(新軍部)가 이 혼란한 정치 시국을 바로잡기 위한 조치를 취한 것이다. 그 당시 정치·사회적인 혼란을 틈탄 사회적 불순분자인 깡패들과 사이비 중구난방(衆口難謗), 인민주의 언론(人民主義言論)의 불평불만 기자(記者)들은 청송감호소에서 참인간이 되도록 교육을 받았었다. 경제성(經濟性) 없이 난립한 신문사나 언론사의 봉급 없는 기자(記者)들과 기자 신분증을 위조(僞造)하여 소지한 기자들 이른바, 마당기자 행세(行勢) 관공서나 기업체의 마당에서 서성거림. 를 하며 관공서의 부정(不正)이나 일반기업회사(一般企業會社)들의 무질서를 꼬투리 잡아 공갈쳐서, 공무원(公務員)·기업(企業)·서민(庶民)들을 등치던 언론들의 행태를 바로잡기 위하여 언론 통폐합을 하였었고, 이러한 사이비 기자(記者)와 언론인(言論人)을 해직(解職)시켰던 것이다.

그 당시 국민들은 열심히 일하여 나라 경제가 성장하고 물가가 안정(安定) 당시에는 固定換率·고정환율정책의 기조를 유지하였고, 貿易·무역수지가 우리나라 건국 이래 최초의 무역흑자가 났음. 되어 먹고 살기 좋았으나 감호소 출소 이후 그놈들은 낡은 좌파 인민들의 정당들이었던 잡민주당(雜民主黨)들의 수구 잔류 세력, 사이비 인민 종교지도자·인민 계급투쟁을 업(業)으로 하던 자들 소위, 학생운동을 하던 대학생·민추협 참여자 등 속칭 신민주세력 (新民主勢力) 사실은 신인민 민주세력이라고 해야 할 것임. 들과 합세하여, 당시 좌파 신문·언론(左派新聞·言論)으로 복직하여 전두환 정권(全斗煥政權) 을 민주라는 명분으로 짓밟았으며, 언론을 탄압한 군부독재(軍部獨裁)라 고 국민들에게 선전(宣傳)·선동(煽動)하였었다.

지금 온 국민들은 무엇을 생각하고 있는지 나는 알 수 없다. 우리 국민 들은 먹고 살기에 바쁜 관계로 과거에 일어났던 나와 직접적인 관련 없고 이해관계(利害關係)가 없는 모든 것들은 시간이 지나 갔으며, 먹고 살기 바빠 잊어버리는 세월(歲月)의 망각(忘覺) 속에 있는 것인가?

김재규(金在圭)는 대통령을 시해한 그 어마어마한 일을 무슨 배경으로 준비하고 저질렀을까? 아마 우리나라의 괄목할만한 성장을 방해하려는 외세(外勢)의 작용이 있지 않았을까? 혁명(革命)은 아무나 하는 것이 아니 라고 생각되며, 석두(石頭) 같은 김재규는 과연 우리 민족정신(民族精神) 을 살리고 우리 민족의 미래를 도모하는 정보기관의 총책이었던가? 민주 열사(民主烈士)이었던가?

미국 정보기관의 하나인 CIA는 그 요원(要員)들이 누구인지조차도 알 수 없도록 되어 있다. 또 그들이 언제, 어디서, 무슨 일을 하는지 알 수 없도록 하고 있다. 얼마 전 미국 정부 고위 비서실장은 CIA 요원의 신분을 노출시켰다는 이유로 처벌 파직된 적이 있었다.

부시 부자(Bush 父子)의 아버지는 미국 정보 총책을 한 후 대통령을 하 였다. 우리는 그들 부자(父子)가 어떤 미국 정신(American 精神)을 가지고 있는지 우리는 짐작할 수 있다. 푸틴(Putin) 로스케들의 대통령도 KGB총책이었었다. 또한 왜놈들의 고이즈미 총리수상(總理首相)도 그들의 조상신사(祖上神寺)인 야스꾸니신사, 정국사(靖國寺)에 참배하는 철저한 극우(極右)의 자기 민족 국수주의자(國粹主義者)이었다.

그러나, 우리 정치인들과 언론들은 무책임하게 우리 정보기관의 정보수집을 까발리고 있었다. 또, 현재의 우리 정보기관 요원들은 저만 잘났다고 떠들어대는 자기만의 인민민주이념(人民民主理念)을 가지고 우리 민족의 장래와 성장을 도모하는 임무를 수행하고 있는 놈(者) 1990년경 YS 대통령은 국군보안사령관을 그의 입맛에 맞는 아무런 민족의식이 없는 인물로 즉, 그에 대하여는 몰랑한 찹쌀떡 같은 놈(者)으로 교체하였으며, 1995년경 DJ 대통령은 직속 안기부 직원을 그의 이념에 맞는 자들 소위 코드·Code에 맞는 자들로 거의 전부를 교체하였음. 그와 코드(code) 즉, 이념(理念·Ideology)이 맞는 자들로! 들인가?

철저한 우리 민족국수주의(民族國粹主義)를 하여야 하는 안기부(安企部), 보안사(保安司), 검찰공안부(檢察公安部), 경찰정보국(警察情報局)은 무서운 곳이어야 한다. 민족의 장래를 위하여 허위 거짓, 망할 사상(思想·Ideology)을 가진 놈(者)들은 국가보안법(國家保安法)으로 솎아내어야 한다.

지금 전자통신화 되어 있고 디지털(Digital)화·속도화(速度化) 되어 언제 어디서나 편리하게 잘 살(Well Being) 수 있는 정보화시대(情報化時代)를 창조하기 위한 전자통신산업(電子通信産業)과 고속통신로(高速通信路), 한국고속전철(韓國高速電鐵·KTX, 영종도 인천국제공항) 등을 설계하거나 성립(成立)시킨 사람이 누구인가? 그는 지금 우리 민족, 우리 국민(國民)들과 함께 누추한 인민민주주의정치(人民民主主義政治) 놀음에 압사당하고 있다.

전자통신과 그 속도(速度)와 온 국민들이 지식과 정보 공유(共有), 활용(活用)을 가능케 한 광섬유케이블(光纖維 Cable)을 전국의 도로변이나 고압선 꼭대기에 매설하고 미래 통신을 가능하게 하였던 체신부 우체국(현재 KT, 한국통신) 건물(建物)과 장비(裝備) 선로(線路)를 현대화 한 사람이 오명(吳明)이라는 선견지명(先見之明)이 있고 뜻이 있었던 속칭, 물태우 정권 체신부장관(長官)이었다. 노태우(盧泰愚)는 물태우가 아니었다.

그 당시 여소야대(與小野大) 시절의 인민주의 신봉(信俸) 국회의원들 즉, 인민민주정치를 기도하던 우리 민족의 미래를 내다보지 아니하던 당시의 못난 정치인들이 인민들의 점수 따기나, 이를 위한 무산인민주의(無産人民主義·Proletalia Populism) 사이비 인민언론(人民言論)들이 합작품으로 만들어 낸 이름이었었고, 누추한 생각을 하는 대량언론매체(大量言論媒體·Mass Media) 사업자들과 인민층에 해당되는 보통 사람 즉, 선비답지 아니한 쌍놈(常者)들의 동조와 환영을 받았을 따름인 것이다.

그 이후, 이 인민 세력을 등에 업고 대통령이 되었던 세 사람의 정치치적(政治治積)은 무엇인가? 민주화(民主化)인가? 그들의 정치 결과(政治結果) 실체(實体)는? 노동시위대, 부마사태, 광주사태? 민족 내부 싸움? 노벨평화상? 외환위기 발생(發生) IMF·국제금융 救濟·구제. 인가?

이것들로 인한 많은 우리 민족 기업의 도산? 또는, 우리 민족의 알짜 기업의 주식 과반수이상을 외국인들에게 자본의 국제화라는 듣기 좋은 그럴 듯한 이름으로 팔아먹게 만든 매국노 행위(賣國奴行爲)이었던 것인가?

이러한 것들이 우리 온 국민들에게 무슨 뜻과 실익(實益)이 있었던 것인가? 지방자치제(地方自治制)? 혁신도시(革新都市)라는 전국 평준화 이념을 성취하기 위한 큰 건물 짓고 공무원 수만 늘리고 지방자치단체 의회(議會)가 헌법(憲法)과 법률(法律)에 없는, 근거하지 아니한 이상한 조례(條例)를 수없이 만들어 주민들을 옭아매어 자유와 권리를 제한하며 군민(郡民) 구민(區民)들이 낸 세금 즉, 피만 빨아먹는, 주민들이 피곤하고 짜증만 나게 하고 있는 것인가?

지방의회 의원 공천권까지 중앙 정당 사이비 정치인들 틀어쥐고 있다. 이것이 민주화의 결과인가? 권위주의를 탈피한 것인가? 국민들의 삶에 무었을? 보태(保台)주고 있는 것인가? 전쟁 중인 우리나라 대통령 중심제를 각 지방별로 쪼개어 흩어지게 하여 콩가루 집안으로 만들 작정(作定)인가? 그렇잖아도, 영호남 간의 지역주의, 종교 간의 종교 갈등 등 우리 민족의 분열 요소가 많은 데도 말이다.

우리 민족의 대통령, 각부 장관(各部長官), 보수노장층(保守老壯層) 등은 누구나 반드시 권위가 있어야 하고, 그들의 젊었던 전생(前生) 동안 쌓아온 기득권(旣得權)을 가지고 있어야 하는 것이 가당(可當)한 것이다. 이와 같이 그들이 이미 가지고 있는 권위(權威)와 기득권(旣得權)은 우리 민족 젊은 청년들 모두가 추구하여야 할, 앞으로 올 인생제일(來人生第一)의 가치(價値)이다. 대통령직을 담당하고 있었던 놈(者·NH)이 TV토론회에서 남녀 젊은이들을 모아놓고 권위주의를 탈피하자, 기득권(旣得權)을 타파하자고 하였다. 무슨 짓거리를 하고 있었던 것인가?

다시 본론으로 돌아가서, 김구(金九)는 일제의 중국 침략이 강하여지자 임시정부를 상해에서 중경(重慶)으로 옮기고(1940), 지청천(池靑天)을 광복군 총사령관에 임명하고, 대한민국 임시정부 주석(主席)에 선임되었다.

대한민국(大韓民國) 이름으로 왜놈 선전포고(宣傳布告, 1945. 4)를 하고, 8·15광복(光復) 후 귀국하였는데 미 군정청(美軍政廳)은 김구를 대한민국 정부의 주석(主席)으로 인정하지 아니하였고, 광복군(光復軍)도 편제(編制)를 해산하여 개인(個人) 자격으로 입국토록 하였었다.

김구(金九)는 귀국하여 한국독립당(韓國獨立黨) 위원장으로서 모스크바 삼상회의(Moscow Agreement) 1945. 12. 16~12. 25. 10일간 미·영·소의 외무장관 회의로 2차대전 전후 처리에 관한 협정. 의 우리나라 신탁통치(信託統治) 세계인들이 미국과 소련을 믿고 우리나라를 남북으로 양분하여 통치하게 한다는 것. 를 반대하였고, 북한으로 가서 김일성과 남북 통일정부수립(統一政府樹立)을 위한 정치회담(政治會談)을 열었으나 실패하였었다.

우리 민족을 신탁통치(信託統治)한다는 모스크바 미·영·소 삼상(三相) 회의 결과 내용은 다음과 같이 발표되었었다.

신탁기간은 미국, 소련이 협의한다. 한국에 미소공동위원회 德壽宮· 덕수궁에 그 사무소를 두었음. 를 둔다. 11개국으로 된 대일본정책의결기 관으로 극동위원회(極東委員會)를 설치한다.
떼놈들의 내전(內戰) 장개석의 민주주의 대 모택동의 공산주의 간의 이념전 쟁인 내전. 을 간섭하지 아니하고 통일을 촉진한다.
원자력의 국제관리를 위하여 원자력위원회(IAEA)를 국제연합(UN) 에 설치한다.

이미, 남북한을 갈라놓기로 작정(作定)하고 각각 북한과 남한에 소련군 과 미군을 진주(進駐)시킨 백인들이 우리나라 망명정부의 주석(主席)인 김 구를 인정할 리 없었었고, 인민공산주의 소련의 주구(走狗)인 김일성 집단 과 남한의 친미적(親美的)인 이승만 세력도 대한민국임시정부(大韓民國 臨時政府) 수반(首班) 김구(金九)를 인정할 리 없었다.
타산지석(他山之石)으로, 독일의 괴뢰정권이었던 프랑스 비시(Vichy) 정부의 페탱 원수(元帥)로부터 아프리카 북부 알제리로 도피하여 프랑스 국민해방위원장에 취임한 후 망명정부로 대독항쟁을 이끌며 2차대전 종 료 후 파리로 복귀하여 프랑스의 대통령이 되고, 1969년의 지방선거와 상원개혁(上院改革)에 대한 국민투표가 실패하자 대통령직을 사임하였 던 드골(Charles Joseph De Gaulle, 1890~1970)과 김구(金九)는 어떻게 비교 되는가?
또, 여기서 한 번 더 언급하여야 하는 것은 영국·미국 등 서양의 백인들 이 2차대전 후 유대민족(猶帶民族) 이스라엘이 수천 년간 잃었던 땅 팔레 스타인 땅에 세계 각 지역에 거주하던 수십만 명의 유대인을 하이파이

항(港)에 하선 시켜 이스라엘 나라를 세울 땅을 팔레스타인 즉, 아랍 민족
으로부터 빼앗아 새로운 이스라엘 나라를 세워주었던 이유는 무엇이었으
며, 이는 우리나라와는 어떻게 비교되는 것인가? 독자 여러분의 깊은 고려
(考慮)를 바랍니다.

우리는 4000년 전부터의 우리 땅인 만주·시베리아·연해주·알래스카
땅까지 다시 찾아야 한다. 또한 나라를 조각 내 두 개의 정부(政府)를 만들
어서 이념전쟁(理念戰爭), 민족내부전쟁(民族內部戰爭)인 내전(內戰) 6·25
사변. 이 일어나서 나라가 풍비박산 되었었다. 떼놈 공산당 마오쩌둥(毛澤
東)이 인해전술(人海戰術)로 우리 민족 내부 전쟁에 개입하여 통일되지
못하게 한 것과 그전의 만주·연해주 땅을 이유없이 떼놈, 로스케놈들이
그들의 영토로 깔고 앉은 행위(行爲)에 대한 떼놈·로스케에게도 합당한
책임을 물어야 하는 것이다.

박정희 국가재건최고회의 의장(國家再建最高會議 議長)의 미국 방문
후 미국의 압력으로 왜놈들에게 받았던 5억 달러의 청구권 자금은 당시
국민소득이 형편없었던 당시에는 큰돈이었다. 우리나라가 힘이 형편없던
당시로는 어쩔 수 없이 받았을 것이라고 생각되나 그 액수는 턱없이 적다.
이것은 재차 협상하여 북한 몫을 합하여 받아내어야 할 것이다.

1948년에 김구(金九)는 남한 단독총선거(單獨總選擧)를 실시한다는 국
제연합의 결의에 반대하면서, 남북통합협상(南北統合協商)을 위하여 북
한으로 들어가서 김일성과 정치회담(政治會談)을 열었으나 실패하였다.

그 후 그는 남한 단독정부수립(單獨政府樹立)에 참여치 아니하다가 경
교장(京橋莊) 김구의 사택, 서울 중구 소재. 에서 육군 소위 안두희(安斗熙)에게
암살당하고, 국민장(國民葬)으로 효창공원(公園)에 안장되었었다.

연잎 사이로 흘러간 바람은

어느 보살(菩薩)의 눈빛이 되어 어두운 인간의 마음을 밝힐까?
　　바람에 흩날리는 만다라 꽃은
다비(茶毘)에 춤추고 단경에 향(香)을 사룬 한마음 피우네.
　　바람 사이로 스쳐간 빛(光)살은
누가 밝힌 인등(因燈)일까? 아슴하게 퍼져가는 새벽이여.
　　　　　　　　　　　　　　　　　　— 「佛子·불자들의 노래」 중에서

김구(金九)는 우리 민족의 위대한 지도자이었다. 사람들은 다 자라 철(綴)이 들고 쉬근이 들면서 자기 마음대로 생각하고, 이에 따라 행동(行動)하며 자신의 생존(生存)과 행복만을 추구하며, 남의 뜻에 관심이 적고 과거와 미래를 생각할 겨를 없이 직면(直面)한 눈앞의 자기 입장만을 고집(固執)하는 것이다.

우리 담장·테·fence. 라는 우리 민족의식(民族意識)의 공통분모(共通分母)가 없을 경우에 어떤 무리 衆黨·중당·朋黨·붕당·組合·조합·政党·정당 등등. 나 단체라 할지라도, 심지어 우리나라까지도 그 힘을 잃고 사그라지게 된다.

김일성(金日成)은 우리 민족 전체라는 민족의식이 부족하였었고, 자기 취향의 생각과 자기관념(自己觀念)에 따라 소련 군부(軍部)의 하수인이 되어 공산정권을 세우고 자식에게까지 물려주었던 것이며, 북한의 백성들을 아직까지 독재(獨裁)와 굶주림에 허덕이게 하고 있다.

지도자를 잘못 만나고, 노동당(勞動黨)의 무산인민민주 정치이념(無産人民政治理念)에 정신이 함몰되어 중(衆)이 제 머리 못 깎는 식의 삶을 살고 있는 가난하고 불쌍한 북한 땅의 우리 동포, 우리 민족들이 불쌍하기만 하다.

상해(上海) 망명정부의 대통령이던 이승만(李承晩)은 미국에 가서 교육받고 정치학 박사가 되어 광복 후 돌아와서 자유당(自由黨)을 창당하였다. 그는 서양 종교를 믿으며 부인(夫人)까지 외국인으로 두었었다.

박마리아라는 영어(英語) 잘 구사하는 예수(Jesus Christ)를 믿는 민족 철학(民族哲學)이 없는 여인의 남편, 이기붕(李起鵬)을 참모(參謀)로 삼아 자기 일생(一生)의 영달을 위하여 우리 민족 전체를 도외시한 측면이 큰 것이다.

이승만이 1919년 상해임시정부 대통령으로 취임하였다가 그만두고, 1945년 우리 민족의 광복(光復)까지 어디서 무엇을 하고 살았는지 나는 잘 알지 못한다.

위정자(爲政者) 지금 민주적제도로 선출되어 우리 민족의 大權·대권을 잡은 대통령이나 과거 君主·군주제도의 血脈·혈맥이나 행운으로 王權·왕권을 잡은 군주를 포함. 는 우리 민족정신(民族精神)을 뚜렷이 가졌어야 할 것이었으며, 또 앞으로 마땅히 가지고 있어야 할 것이다.

우리 대한민국의 가까운 과거, 조선(朝鮮) 시대에 조상들이 가지고 있었던 중심(中心) 사상 즉, 온 민족이 지도자를 중심으로 스스로 몰려들면서 열심히 각자의 삶을 꾸려가는 충(忠)의 개념과 조상(祖上)의 은덕(恩德)을 기리며 숭상(崇尙)하고, 윗대는 아랫대인 젊은 자식들과 함께 곧고 바른 정직(正直)한 마음으로 맡은 소임(所任)을 상호간에 다하는 효자(孝子)사상이 무엇이 어떻게 잘못 적용되었던 것인가?

효(孝) 자는 상제(上帝) 즉, 윗대 어른을 뜻하는 우리 조상 하느님의 뜻이라는 문자(文字)이다. 아들(子)은 아버지 조상의 뜻을 이어 건강하게 잘 자라주고, 어른(大人)이 되고 나면 또 다시 자기 인생(人生)의 소임(所任) 자식을 잘 키우고 늙으신 부모님과 윗대를 잘 모심. 을 다한다는 생각이 어떻게 잘못 적용(適用)되어 왔는가?

다시 말하면, 가운데로 몰려들고 조상을 섬기는 사상 즉, 충효(忠孝)사상은 과학문명이 미개하고 개방되지 아니하였던 과거 먹고 살기 힘들었던 그 시대에는 강자(强者)의 방향(方向)으로 편중되고 유약자(幼弱者)들에게는 혜택을 골고루 주지 못한 것이다. 힘이 정의(正義)라고 생각하는 소위 칼자루 쥔 자들의 힘이 너무 크게 작용(作用)되었던 것이다.

중간계층의 군소(群小) 위정자들이나 식자(識者)들도 자기 개인의 영달만을 추구하고, 국가와 국민 전체를 도외시하는 봉건군주 시대의 정신적 유산인 관료주의(官僚主義) 文民·문민 벼슬아치들과 軍人將首幕僚·군인장수 막료들의 自己主義的·자기주의적 思考·사고와 行動方式·행동방식. 때문이었을 것이다.

한편, 지금 현재의 기업(企業)이나 학교(學校) 같은 모든 사회 조직체 내부(內部)에서도 올바르고 곧지 못한 마음(不正直心) 부정직심. 으로 부정(不正)을 저지르고 있다. 바르지 못한 마음을 가지면 언젠가는 자라지 못하고 썩는 것이다. 부정부패의 추방은 우리 모든 민족 모두의 임무(任務)이고 계속하여 성취하고 성립시켜야 할 명제(命題)이다.

통일(統一)은 우리 염원(念願)이고 숙명(宿命)이고 숙제(宿題)이다. 우리는 자기만을 위한 생존경쟁(生存競爭)으로, 꼬인 누추한 마음으로, 바르지 못한 행동으로 과도한 시위와 공장 점거 등의 노사분규(勞使紛糾)를 하면, 우리 민족 전체를 멍들게 하고 망(亡)하게 하는 것임을 자각하여야 한다.

상대적 유약자(幼弱者)들인 노동자(勞動者)·농민(農民)·병자(病者)·어린이·부녀자(婦女子)·노인 모두들도 각자의 능력으로 자기의 삶(人生)을 꾸려가야겠다는 각자의 의지(意志)와 희망(希望)과 꿈(夢) dream 을 가져야 하는 것이며, 막연(莫然)히 투쟁하고 막연히 인간(人間)다운 삶을 언제까지 누구에게 요구할 것인가?

육체(肉體)적으로 다 자란 성인이 된 젊은이들도 인간(人間)의 삶을 오래 살아 재산도 모으고, 지식(知識)을 쌓아 지혜(智慧)로운 삶을 살아가는 부모세대(父母世代)를 막연(莫然)하게 보수(保守)다, 기득권자(旣得權者)다, 있는 자(富者)라 하여 척결 제거되어야 할 골통보수집단(骨桶保守集團)으로 보면 아니 된다. 젊은이 당신들이 곧 부모세대가 될 터이니까.

유약자(幼弱者) 대 강자(强者), 없는 자 대 있는 자, 젊은이 대 늙은이, 여성 대 남성 등등으로 이분하는 사고방식은 우리 동포들끼리 하늘에 해

박힌 하고 많은 날에 투구 벗을 날이 없는 다툼과 싸움으로 해를 지새우게 되며, 민족의 자강융성(自强隆盛)을 방해하는 것이고, 민족 전체의 삶에 아무런 보탬이 되지 아니한다. 서로 진실한 마음으로, 대화로써 대책을 강구하여야 하며 물리력을 동원한 시위대 활동 등은 안 될 말이다.

지금, 무산인민주의(無産人民主義·Proetalia populism) 사상을 가진 우리 민족들의 정치(民族政治)를 대의(代議)하는 국회의원(國會議員)놈들은 우리 민족 전체 삶은 도외시한 채 온 국민들이 낸 세금으로 배불리 처먹으면서 우리 민족이 잘 살 수 있는 미래지향적인 법률은 만들지 아니하고, 소위 있는 자들을 우려내어 갈라 먹이기 식의 인민 인기영합적 법률(人民人氣迎合的法律) 예, 국민의료보험법, 국민을 가만히 두어도 자기가 번 돈으로 치료 보건 할 수 있는 것을 法·법으로 만들어 인민 통치하는 제도 상해보험법, 종업원의 상해 보험금적을 기업주가 부담하고 보험공단 직원들만 배불리 먹이는 인민민주법. 고용보험법·기업으로부터 퇴직하는 자에게 기업가가 6개월간 생활비를 주어 먹고 놀게 하는 퇴직 장려제도이며, 보험공단 직원들만 먹여 살리는 인민민주법(法)제도. 국민연금법, 국민을 가만히 두어도 늙어서도 먹고 살 돈을 비축할 것인데 정부가 미리 돈을 받아 정부 공단이 다 뜯어 먹어버리고 65세 이상에게 쥐꼬리만 한 혜택을 돌려주는 늑대 같은 정부. 최저임금법, 아무 일도 하지 아니하는데 무조건 많은 임금을 주어야 하는 무산인민인기영합적제도. 자본주의 시장경제제도인 자유계약제도를 파괴하는 법. 사외이사법·무산인민민주평등주의에 충실한 자를 기업이나 회사, 사립학교에 보내 理事長·이사장 개인의 재산을 빼앗고 政權·정권 마음대로 학교와 기업을 통치하는 제도. 새로 이사로 들어온 者·놈이 더 도둑놈이 된다. 토요휴무제, 노농시간단축제, 비정규직보호법, 땅 좁고 자원 없고, 자동기계화문명으로 취직자리 일터가 없어져 가는 세월속의 우리나라 사람들이 저임금 직장일지라도 열심히 일하여야 하는데 인민인기영합주의 노동법만을 덜렁 만들어 인민들의 인기만 얻고 표 계산만 하고 있으며 뒷일 즉, 추후에 일어날 역작용은 염두에 없어 나라 망해가는 줄 모르는 제도. 다시 말하면, 국회의원들이 인민들의 인기만을 위하여 만들어낸 法律·법률로 行政府·행정부가 국민들에게 자율성은 고취하지 아니하고 국민들의 모든 삶을 일일이 간섭하고 統制·통제하고, 이 법으로 생긴 각 조직집단간의 이해 문제 재판을 좌익 무산인민들의 눈치만 보며 인민민주적인 판결을 내리는 專制人民獨裁政府·전제인 민독재정부—무산인민들의 좌익의 뜻으로 오로지 국민들을 통제만 하는 독재정부—가 된 것이다. 이것을 문민정부(YS)정권, 국민의정부(DJ정권), 참여정부(NH정권)의 지난 20년 간 세월의 治積·치적이라 하고 있음. 을 계속 만들어내고, 힘에 겨운 온 국민들, 이 법을 지키지 아니하는 우리 국민들을 옭아매어 때려잡기만 한다. 지금 은 이 대못질 되어 있는 이러한 제도를 고치는 것이 지금 우리나라 진정한 개혁(改革)인 것이다.

보건복지부(保健福祉部)·노동부(勞動部)는 무엇을 하는 정부기관(政府機關)인가? 지금 우리 국민 모두는 자신의 보건과 복지를 스스로 책임 질 수 있는 고등교육 이상을 받은 국민들이다. 국가가 만든 공단(公團) 직원들은 암 등 중병(重病)든, 국민들의 진정 필요한 의료보험은 없고 감 기 등 사소한 국민 각 개인의 보건과 복지에 일일이 간섭하며, 개인의 의료비, 개인 각자의 자율성으로 자기 미래를 준비 해결하여야 할 노후복 지금 등등을 법률(法律)로 강제 징수하여 자유민(自由民)들을 뜯어먹고 살고 있다.

노동부는 노사문제를 개별기업과 종업원들이 서로 해결하도록 하는 자 율(自律)은 보장하지 아니하고 노동부(勞動部)의 근로감독관들과 노사정 위원회(勞使政委員會)가 끼어들어 무엇을 하고 있는 것인가? 정부조직법 을 개정하면서 없애야 할 부서이다. 그들은 얼쩡거리면서 아무 소득 나는 일은 아니하고 건달(乾達) 패거리들처럼 국민의 세금(稅金)만 축내는 기생 충이다.

또한 교육인적자원부도 국민의 의무교육인 중학교(中學校)까지만 통제 하여야만 하며, 그 이상의 국민 교육은 학생 자신들과 학부모와 고등, 대 학(大學)에 자율적으로 맡겨야 한다. 지금 그 학부형들과 학생본인들이 책임져야 할 사립학교 운영비와 점심식사까지도 나라(國家)가 국민의 세금으로 일부 부담하여 정부가 일일이 간섭하고 통제(統制)하고 있다.

사립학원(私立學院) 교육도 청소년들이 가정(家庭)으로 돌아와야 하는 시간을 감안하여 21시(時) 정도까지로 제한(制限)하여 그 부모들과 함께 하는 가정생활을 충실히 하도록 하여야만 한다고 필자는 생각하고 있다.

기업(企業)이 장사를 잘하도록 친기업정책(親企業政策)으로 지원하면 고용(雇傭)이 증대되어 소속 종업원들이 부족하더라도 먹고 살 수 있게 되며, 법인세율(法人稅率) 높이지 아니하여도 들어오는 세금(稅金)으로 국방(國防), 국민의무교육(國民義務敎育) 등을 수행함으로써 나라를 경영할 수 있을 것이다.

국회의원(國會議員)놈들은 하라는 국정감사(國政監査)는 아니하고 무산인민 민주적(無産人民民主的) 이념(理念·Ideology)을 가진 놈(者)에게 우리 민족의 대권(大權)을 맡기자고 지랄하며 벌써부터 당선될 놈에게 줄달아 매고 있었었다. 2007 末.

이렇게 하면, 우리 온 민족(民族)은 송무백열(松茂栢悅)의 서로 관계(相互關係)를 가지면서 선의의 경쟁으로 성장해가는 우리 민족 단군으로부터 면면히 전해 내려오는 홍익인간(弘益人間)이라는 민족정신(民族精神)이 말살되고, 온 국민들의 정신생활(精神生活)이 서로 간에 투쟁 일변도로 변하여, 사람으로써의 도덕(道德)·윤리(倫理)·예(禮)·의(義) 등의 모든 형이상학(形而上學)적 가치(價値)가 저하되며, 이때까지 이룩한 모든 물질적인 문명(文明)의 혜택도 평준하향적(平準下向的)으로 축소시키는 결과(結果)과 되어 지금 북한과 같이 모든 것이 국유화(國有化) 될 것이며 온 우리 민족들의 삶은 가난하고 불쌍하여질 것이다.

북한은 지금 일반기업이 없다. 김정일이 사장(社長)으로 되어 있는 인민공화국회사 하나뿐이다. 김정일 혼자서 아무리 뛰어봐야 노동(勞動)만 하는 국유집단농공장(國有集團農工場)에서 일하는 인민들은 창의성과 능률성 없이 생산하는, 저품종 저급질(質)의 농산물로써는 배급할 양식

(糧食)이 부족할 것이며, 인민 집단공장(集團工場)에서 생산되는 저급의 생필품(生必品)을 비롯한 모든 재화가 부족할 것이다. 북한 인민들은 김정일 정권이 배급하는 우선은 달콤한 엿 같은 분배(分配)를 인민공산주의의 결과실(結果實)이라고 먹고살며, 그놈을 수령이라 부르며 노동자농민 즉, 인민들의 천국이라 하고 있다. 우리 온 국민들은 이러한 점을 명심하여야 한다.

젊은이들은 바른 방향으로 열정적인 노력을 하여야 한다. 힘을 합하여 발전은 도모하지 아니하고 갈라 먹기 식의 싸움질만 하는 지금의 우리 정치 역방향은 너희들에게 행복의 진보(進步)는커녕 오직 퇴보만 가져다 줄 것이며, 너희들이 노사모 활동, 노동집회, 촛불시위에 참여 즉, 인민정치 활동에 참여하고 동조하는 것은 곧, 앞으로의 우리나라 전체가 망하여 가는 길이다. 명심하여야 한다.

각자는 상대(相對)에게 상응하는 예(禮)로써 대하는 것이 옳은 것이며, 능력(能力)을 키우고 열심히 각자 맡은 일을 할 경우 상대방은 응당한 대우를 해주는 것이 예(禮)이다.

강자(强者), 있는 자(富者), 권력자(權力者), 식자(識者) 지식인. 들도 그 반대편인 상대적 유약자(幼弱者)들에게 선견지명(先見之明)을 발휘하고, 아량과 포용을 도모하여야만 하는 것이 예(禮)이다. 과거의 모든 강자(强者)들은 육도(六道) 벼슬만 하고, 육두문자(肉頭文字) 男根·남근 문자. 로 약관(弱冠)들을 질책만 뼈에 사무치도록 하여 반발심만 샀으며 미래지향적인 발전적 태도와 언행은 거의 없었던 것이 우리의 실재(實在)이다.

1차대전이 끝나고 2차대전이 시작될 당시의 나치 독일(獨逸)과 ,1960년대의 우리나라 공화당(共和黨) 시절을 회상하여 보면, 지금부터라도 약 30년 즉, 한 세대(一世代)의 시간 동안만이라도 온 민족이 단결하여 열심히 일한다면 서양 백인들이나 왜놈들이 부럽지 아니한 우리 민족의 삶을 이룩할 수 있을 것이다.

독일(獨逸)은 2차대전 패망 후 또다시 약 30년 한세대(一世代) 기간에 라인강의 기적(奇蹟)을 일구어내었으며, 일본(日本)은 태평양전쟁 패망국 (敗亡國)에서 경제대국(經濟大國), 경제동물(經濟動物)의 나라로 발전하였고 우리는 한강(漢江)의 기적을 일구었던 것이다.

지금 우리의 쓸데없는 투쟁과 싸움 즉, 여성평등해방운동, 과도한 노사분규, 과도한 임금 요구, 과도한 대우 요구 등 이것이 곧 빨갱이들의 짓이라고 우리 조상님들이 말씀하시던 것이다. 은 아무도 해결할 수 없는 것이며, 온 우리 민족, 우리나라 전체가 내려앉고 사그라지는 것이다.

스스로 자기 맡은 일을 완수하고 능력을 발휘하여야만 상대로부터 대우(待遇) 예우를 갖추어서 신분과 능력에 따라 대접함. 받을 수 있게 되는 것을 우리 각자가 자각(自覺)함으로써 해결(解決)할 수 있는 명제(命題)인 것이다.

정치인들은 이와 같은 이분법적으로 사고(思考)하는 국민들의 상태를 양극화현상(兩極化現狀)이라고 부각시켜 선동하여, 비겁하고 누추한 숫자 많은 상대적 무산인민들의 인기를 얻어 당선(當選)만을 획책하고, 국민들은 진보(進步)다, 보수(保守)다 하며 자기이념(利念·Ideology) 각자의 이익에 맞는 각자의 생각. 으로 싸움질만하여 허송세월하고 우리나라 전체 삶에는 아무런 보탬이 되지 아니하고, 나라 망해가는 줄 모르고 있는 것이다.

지금(2007) 열린우리당(黨)과 자생 386세대 정치인들을 통칭하는 진보(進步)라고 하는 세력들은 구 로스케 레닌의 소비에트연방. 구 떼놈들 모택동의 중화인민공화국. 같은 역방향으로 나라를 끌고 가고 있다.

이렇게 계속 진행하게 되면, 열심히 공부하고 열정적으로 일하여 사회 지도층이 된 사람들과 그렇게 아니하는 상놈(常者)들 간의 빈부 격차가 더욱 벌어지게 되고, 인민들의 삶은 축소되고 예·의(禮·義), 윤리(倫理),

도덕(道德), 질서(秩序)가 없고 다만, 동무동지(同務同志) 같은 뜻, 같은 일을 함. 라는 인간관계에서 예의 없는 호칭만 무성한 불쌍하고 가난(家難)한 쌍놈(常者·商者)들의 나라가 될 것이다.

지금부터 우리 모두는 우리 피가 서로 섞인 우리, "우리 민족"이라는 개념으로 마음을 크게 열고, 우리 민족정신(民族精神)을 가지고 열정(熱情)적인 삶을 살아나간다면 약 30년 한 세대. 이내의 세월이 흐른 후에는 민족통일(民族統一)을 완수하게 되고 세계(世界) 속의 강국(强國)이 되어 옛 과거의 우리 땅, 우리 민족의 삶터였던 만주·연해주·몽골(蒙古) 서방까지, 시베리아·알래스카까지도 돌려받을 수 있을 것이다. 누구에게서?

이런 말은 외국인(外國人)이나 이민족(異民族) 누구에게나 관계없이 지금 우리가 할 수 있는 말인가? 할 수 있을 것이다. 온 우리 민족이 과거 60년대~70년대처럼 젊은이들과 함께 우리 민족 역사의식(歷史意識)을 가지고 열심히 공부하고 서로 돕고 협동하여 근로(勤勞)하면서 검소(儉素) 과소비 하지 아니하고 사치하지 아니하고 수수함. 하게 산다면!

우리는 배달민족(倍達民族)이다. 우리 스스로의 능력(能力)을 과소평가 하면 아니 된다.

8

서양의
백인 제국주의帝國主義
혈맥역사血脈歷史와
인민공산주의
人民共産主義·Communism

서양의 백인 제국주의
혈맥역사와 인민공산주의

           나는 앞에서, 동방(東邦)의 우리나라 물
질문명(物質文明)과 특히, 정신문화(精神文化)가 범어(梵語) 지역, 인도(印
度), 메소포타미아 아랍민족 거주 지역. 를 거치면서 가나안 땅 지금의 요르단
·시리아 지방과 팔레스타인 땅 즉, 그 옛날 태초에 이스라엘, 유대인들이 살던 곳. 에서
문명 문화의 충돌(文化·文明衝突)을 일으켰다는 말을 한 것이다.

    그 결과 유대민족(猶帶民族)은 유럽 각지로 흩어지고, 그 주력인들은
애급(Egypt)으로 흩어져서 파라오(Pharaoh) 이집트의 왕. 에게 종살이 한 후
출애굽 하여 옛날 자기들이 살던 꿀과 젖이 흐른다는 가나안 땅으로 돌아
와서 그들 육신(肉身)의 중조(中祖)인 예수가 태어났고, 예수는 서양인들
의 옛 종교(宗敎)를, 예수 그리스도교(敎)로 또, 그 가문 종중(家門宗中)을
개조, 개종가(開祖, 開宗家)하였다는 말을 지루하게 이야기한 바 있다.

    물론, 그들의 종교(宗敎)인 카톨릭(Catholic) 傳統· 전통 古典· 고전 예수교 은
로마 라틴 민족, 구주 유럽의 게르만민족과 영국(英國)민족을 거치면서
변혁되고 개종(改宗)되어 유럽 각 지역에 그리스정교(正敎), 러시아정교
(正敎) 또는 여타의 신교(新敎)인 칼빈·루터파 장로교 등등의 예수교나

기독교(基督教)로 분파되었으며, 신대륙이라는 미국(美國)과 남미(南美)·
아프리카·오세아니아 그리고 동양의 우리나라에까지 포교(布敎) 전파되
어 온 것이다.

시대를 거치는 동안 그들의 종교(宗敎)는 그들의 최상대(最上代)인 여
호아(YAWEY·如乎我)의 가르침을 믿고, 그들의 중조(中祖)인 예수 그리
스도(Jesus Christ, BC 4~30)의 사상(思想)을 발전시키면서 천문학(天文學)
을 그들의 사상에 대입(代入)시켜 그들의 절대신(絶對神), 유일신(唯一神)
으로 하는 지독(至毒)한 자기민족애(自己民族愛)적인 종교(宗敎·relegion)
로 발전시켜 그들을 융성시키며, 다른 민족들을 그들의 정신(精神)세계로
끌어들이며 복속시키고 지배(支配)하여 왔다고 나는 생각하고 있다.

현실적(現實的)으로 정신적인 생각(生覺)의 힘인, 종교·학문(宗敎·學
問) 등과, 일체유심조(一切唯心造)의 지혜(智慧) 슬기, 꾀. 로 자연과학(自然
科學)을 발전시켜 선진무기(先進武器)를 가지고 있던 서양인들은 다른 민
족들이 살고 있던 땅을 강제 점령하여 그들 일부인(一部人)을 식민(植民)
하고 식민지(植民地)로 삼았으며, 그 식민지에 살고 있던 원주민들을 하인
(下人) 혹은 종(從) 경상도 사투리 종내기. 머슴아 참조. 으로 부리고, 심지어는
토벌하여 죽여 버리거나 보호구역(保護區域)으로 우리를 만들어 가두어
짐승보다 못한 취급을 하면서 식민지 땅과 그 모든 생산물(生産物)을 강취
(强取)한 제국주의(帝國主義) 국제정치행태(國際政治行態)를 지속하였었
다. 이것을 지금 우리에게 적나라하게 보여주고 있는 것이다.

나는 지금부터, 그들이 철저히 믿고 신념화(信念化)된 그들의 종교(宗
敎)와 그들의 혈맥(血脈)이 중세기(中世紀)부터 그들의 제국주의(帝國主
義)와 합세한 것을 이야기하겠다.

대영제국(大英帝國·Great British Empire)은 그놈들이 스스로를 높여 부
르던 서방 백인들이 16세기 말(1588년) 스페인 무적함대(無敵艦隊)를 넬슨

제독이 격파한 후, 근세(近世)에 지구(地球) 각지에서 식민지(植民地)를 건설한 지금의 영국(英國)을 통칭하는 말이다.

우리는 이 대영제국이라는 말을 씀으로써, 우리 스스로 한없이 위축되고 왜소하여지고 영국인들을 경외하는 느낌마저 가지게 된다. 그러므로 이러한 말과 글은 쓰지 아니하여야 한다.

엘리자베스 1세(Elizabeth I 世, 1533~1603)는 신대륙(新大陸) 신대륙이 아님. 그곳에는 이미 몽골반점이 있는 우리 민족의 갈래인 속칭, 인디언 토인들이 살고 있었던 땅임. 을 버지니아(Virginia) 處女地·처녀지. 라면서, 그 땅에 영국인을 이주시켜 식민(植民)하였었다. 미국(米國)의 독립 이전에는 북아메리카의 캐나다, 아프리카의 수에즈(Suez)운하가 있는 이집트, 남아프리카 지금의 케이프타운, 희망봉이 있는 남아공. 등과 인도(印度)를 식민지화하였던 것이다.

이와 같이 서방백인(西邦白人)들이 이 지구상(地球上) 각방(各方)으로의 모든 세계 진출(進出)을 영국인들은 3C정책(政策) 카이로·케이프타운·캘커타를 잇는 정책. 이라 하였으며, 세계인들은 이것을 제1차 대영제국이라 불렀었다.

그 후 19세기에 이르러 빅토리아 여왕(Queen Victoria, 1819~ 1901. 재위 1837~1901) 시대에 오스트레일리아 濠洲·호주. 와 뉴질랜드 등을 포함한 그 영국인들의 세계지배(世界支配)를 제2차 대영제국이라 하였다. 흔히 해가 지지 않는 나라라고 하여 그들의 세력(勢力)을 온 세계(世界)로 뻗친 것이다.

독일(獨逸)은 베를린, 비잔티움 이스탄불. 바그다드를 잇는 3B정책으로 이 3C정책에 맞섰던 것이며, 제정러시아(帝政Russia)는 니콜라이 2세(Nikolai Aleksandrovich, 1868~1918) 때까지 우랄산맥을 넘어 옛 우리 땅이었던 시베리아로, 알래스카까지 영토를 확장하면서, 우리 연해주(延海州)까지 세력을 진출(進出)시켜 블라디보스토크항(港)을 건설하였고, 그놈들이 세계 제일의 북태평양어장(北太平洋漁場)을 차지한 것이었다.

1887년, 본 영국(本英國)은 해외 영토(領土)인 그들 식민지에 거주(居住)하던 영국인들 간의 결속(結束)을 위하여 식민지대표자회의(植民地代表者會議)라고 개칭(開稱)하였다가 1차대전 후 영연방(英聯邦)으로 변모시켰고, 2차대전 후 그 식민지가 연이어 독립(獨立)하였으며, 근래에는 예전의 해가 지지 않던 거대하였던 식민제국(植民帝國)은 명목만 남아 있을 뿐이나, 영국 왕실은 아직도 호주·뉴질랜드·캐나다 등에 총독(總督·The governor general and commander in chief)를 임명(任命) 파견하고 있다.

이 대제국을 건설하였던 빅토리아 여왕(Victoria 女王)은 디즈레일리(Disraeli, 1804~1881)를 총리재상(總理宰相)으로 하여금 수에즈운하(Suez Canel·運河)를 매수(買收)하여 인도(印度), 싱가포르 등지로 동방진출(東方進出)을 도모하고, 남아프리카에서 보아전쟁을 일으켜 네덜란드인 영국 황실과 혈맥, 친척 관계가 있는 사람들이었음. 의 금광(金鑛)과 다이아몬드광산(鑛山)을 독점하여 여타 유럽 제국(諸國) 이들 나라도 대부분 영국 왕실과 혼인관계를 맺고 있었음. 의 비난과 반발을 샀으며, 디즈레일리 재상(宰相)은 여왕에게 제관(帝冠) 지금 영국의 엘리자베스 여왕家·가의 왕관. 을 만들어 바쳤으며 지금 영국 왕실의 수많은 다이아몬드 등 보석들은 이때의 것이다.

지금의 영국 왕실(王室)은 앤 여왕(Anne 女王, 1665~1714)이 죽어 대(代)가 끊기자 독일의 하노버가(家)에서 영입한 조지 1세(George Ⅰ世, 1660~1727)가 영국을 통치하여 왔으며, 3B정책과 3C정책의 충돌로 지금 발칸반도에 있던 세르비아공국(公國)의 황태자 암살을 시작으로 일어났던 1차세계대전으로 독일이 영국의 적국(敵國)이 되자 1917년 조지 5세에 이르러 왕조 이름을 윈저(Windsor) 이 이름으로 酒·술, 위스키로 우리나라에 많이 비싸게 팔고 있다. 로 개칭하여 지금에 이르고 있는 것이다.

빅토리아 여왕(女王)은 그 당시에 이름 있던 목사(牧師) 롤랜드 힐(Roland Hill) 영국의 우표 및 우체국제도를 개혁하였음. 이 대군중(大群衆) 앞에서 설교(說敎)할 때 그녀의 영혼을 서양인들의 주(主)인 예수(Jesus Christ,

BC 4~30)에게 팔기로 하고 영국(英國)의 기독교(基督敎)를 믿게 되었다고 한다.

빅토리아 여왕은 그 이름처럼 지구상 곳곳의 전쟁에서 승리하여 영국의 영토가 해가 지지 아니하는 땅으로 넓혔던 것이며, 1840년 내외종 사촌(內外從四寸) 간인 앨버트 공(公) 독일 프로이센지방의 지방 土豪·토호의 王子· 왕자이었음. 과 연애 결혼하여 즉, 교배(交配) 붙어 평생 동안 남편에게 고압적인 자세를 견지하였다고 하며, 남편인 앨버트 공은 여왕을 아내로써 대해주고 따뜻한 가정을 이끌어가는 방법을 영국 왕가(王家)에 전수하였다고 전해지고 있다.

이때부터 지금, 세계인들이 말하고 있는 옛날 빅토리아 여왕 이전 시대의 영국 기사도(騎士道·Chivarly) 프랑스어 cheval·馬·말에서 유래되었으며, 말을 탈 수 있고 무기를 소지할 수 있는 젊은 특권층 남자가 Knight·騎士이었음. 와 함께 여성 상위시대 개념인 신사도(紳士道·Gentleman ship) 중세기 十字軍·십자군 전쟁 당시보다 특히, 여성에 대한 관용과 예의범절, 충성 덕목이 더하여졌음. 가 생기게 된 것이다.

빅토리아 여왕의 후계자(後繼者)인 아들 에드워드 7세는 바람기가 많았으며, 그의 부친 앨버트 공(公)이 아들을 찾아 헤매다가 객지에서 병사하였는데 빅토리아 여왕은 아버지를 객사케 한 이 아들을 평생토록 용서치 아니하였다고 한다.

빅토리아 여왕은 9명의 자식(子息)을 두었으며, 손자녀 24명, 증손자녀가 86명이었으며, 유럽 제국(諸國)의 토호(土壕·土濠)나 제후(諸侯)들과 혼인(婚姻)으로 혈맹(血盟)관계를 유지시켜 왔었고, 유럽의 여러 나라 실권자나 토호(土濠)인 봉건군주(封建君主)들은 강력한 영국 왕실과 혼인(婚姻)하여 그 세를 확보하고 유지하면서 이어 내려온 것이다.

영국 왕실(王室)은 독일과 오스트리아에서 은행가(銀行家)로 있던 합스부르크가(家)·하노버가·헤센가·프로이센가·작센가 등과 프랑스·그리스·러시아·덴마크·노르웨이·스웨덴·룩셈부르크 등의 여러 나라 여러 토호공국(土濠公國)의 자식(子息)들과 혼인관계를 만들어 혈맹관계(血盟關係)를 맺어왔던 것이다.

지금, 빅토리아 여왕의 후손 중 약 200명은 지금 영국 국적(國籍)을 가지고 있으며, 약 천 명 정도가 외국으로 흩어져 영국 왕가(王家)의 핏줄을 온 세계(世界)에 식민(植民)하였던 것이며, 현존하는 스페인의 국왕 후안 카를로스 1세, 스웨덴 국왕 칼, 노르웨이 국왕 하랄 5세, 룩셈부르크 왕가(王家) 등등은 본국(本國)인 영국의 엘리자베스 여왕을 포함하여 빅토리아 여왕의 후손들이다.

이 혈맥사(血脈史) 중에 특이한 것은, 이 빅토리아 여왕이 아주 가까운 친척인 외사촌(外四寸)과 근친결혼(近親結婚)함으로써 즉, 동물적(動物的)인 교배(交配)로 인하여 유전병인 혈우병이 그 후손들에게 유전(遺傳)되어 그 후세(後世)가 발병(發病)하게 되었다는 것이다.

빅토리아 여왕의 딸이 독일의 헤센가(Hessen家)로 시집갔고, 이 헤센국의 공주 알렉산드라 포도로브나(Alaxandra Feodorovna) 빅토리아 여왕의 외손녀. 가 제정(帝政) 러시아의 마지막 황제 니콜라이 2세(Nikolai Aleksandrovich, 1868~1918)에게 시집간 것이다. 그녀의 언니도 니콜라이 2세의 형 알렉산더 3세(Alexander Ⅲ世) 암살로 일찍 죽음. 의 비(妃)이었었다. 이 여자들은 독일 루터파에서 러시아정교(正敎)로 개종하면서 많은 소란을 피웠다고 한다.

제정(帝政) 러시아의 로마노프 왕조(Romannov Dynasty·王朝)의 마지막 황제 니콜라이 2세의 후계자인 자식(子息) 알렉세이(Alexis)가 혈우병이 발병되고, 독일에서 치료차 온 의사 라스푸틴(Rasputin, 1872~1916)이 러시아 황실의 총애를 받으며 황실 여인들과 염문(艶聞)을 뿌리게 된 것이다.

러시아 왕실이 시끄럽고, 가족 간의 육정(肉情) 속칭하면 남녀간에 交配·교배 붙고 싶은 動物的感情·동물적 감정. 으로 서로 죽이고 배반하는, 뜻이 없는 러시아 정국(政局)의 이 혼란한 틈을 이용하여 독일(獨逸)은 1차대전으로 적국(敵國)이 된 러시아에 공산주의자 레닌(Lenin, 1870~1924)을 봉인열차(封印列車·Bonded Train)에 탑승시켜 모스크바로 보내 러시아에 공산혁명(共産革命)을 수출(輸出)하였던 것이었다.

레닌은 러시아 황제 알렉산더 3세를 암살한 자기 본인의 친형(親兄)인 알렉산더의 영향을 받아 그 당시 독일에 있던 칼 마르크스(Karl Marx, 1818~1883) 파리 빈민굴에 살면서 가난에 한이 맺혀 자기가 자기 열정으로 工夫·공부하고 일하여 부자 될 생각은 아니하고 부자들을 뒤엎어야 한다는 뒤틀린 사상을 완성시킨 지능지수 높았던 유대인. 지금 우리나라에서는 이 사상을 진보적인 사상이라 하고 있다. 의 공산주의(共産主義·Communism)사상과 인민공산주의혁명사상(人民共産主義革命思想)에 심취하여 독일에 망명중이었다.

그 당시의 독일은 적국(敵國)이 된 러시아에 사유재산(私有財産)을 소유할 수 없는 사상과 제도이며 사람, 인간노동(人間勞動)의 능률성(能率性)과 생산성(生産性)이 줄어들고 창의성(創意性)이 발현되지 아니하며, 열정적인 일(事), 근로(勤勞)를 아니하며, 자신의 일을 부역 같은 노동(勞動)을 함으로써, 개인(個人)적 장래 희망(將來希望)을 가지지 못하는 인민공산주의 제도를 수출한 셈이었었다.

勞動·노동이라는 것은 사람 간에 자유계약으로 품을 사고 품을 파는 고용관계 속칭, 머슴살이 형태가 성립될 때 일어나는 피고용자들이 뒤틀린 비굴한 賦役·負役·부역하는 마음을 가지고 일하는 行態·행태이고 各個人·각 개인이 주체적으로 자기 일을 할 경우에는 勤勞·근로 또는 행복한 삶 그 자체의 즐거움, 樂·낙이라는 形態·형태로 自然·자연히 나타나는 것이다. 우리 人間·인간은 이 문제를 義志·의지로 극복 解決·해결하여야 한다.

제정 러시아 마지막 황제 니콜라이 2세와 왕비 알렉산드라 포도로브나 영국 빅토리아 여왕의 외손녀. 아들 알렉세이, 딸 안나, 타티니아, 마리아, 아나스타시아(4명)는 레닌에게 몰살당하고 러시아 로마노프 왕조는 멸망하였으며, 1917년 10월 레닌의 젊은 무산식자(無産識者·Proletelia Elite)라고 하는 가진 것 없는 발가벗은 빨갱이, 무산(無産) 젊은이들의 폭력혁명(暴

力革命)으로 러시아는 공산국가(共産國家)가 되었었다. 인문과학 특히 정치에 있어서는 人的·인적 統計·통계나 人本主義 理論·인본주의 이론은 아무런 의미가 없다. 다만, 지금 우리나라 국회의원들의 國會·국회 단상 점거 등과 촛불시위, 화물연대시위 現場·현장처럼 무산인민들과 그 대표자들인 인민노동당·인민민주당 소속 국회의원들과 進步聯隊·진보연대 오×렬, ×새끼보다 못한 놈들의 싸움 바닥판 現場政治活動·현장정치활동처럼, 예리하고 날카로운 至毒·지독한 自己理念·자기 이념으로 狂亂·광란하는 感情爆發·감정폭발일 뿐이다.

레닌(Vladmir Lenin, 1870~1924)은 무산자 엘리트론(無産者 Elite論)을 주창(主唱)하여 인민공산주의(人民共産主義)로 정신무장 된 소수의 정예(精銳) 젊은 인민공산주의자 엘리트들 이 놈들은 그야말로 프로레탈리아·proletaria ·無産者·무산자 빨갱이 識者·식자들임. 이 폭력(暴力)으로 부르주아(Bourgeois) 有財産者·재산이 있는 계층. 들의 정권을 무너뜨려야 만민이 평등하게 살 수 있는 노동자 천국(勞動者天國)을 성립시킬 수 있다는 인민폭력혁명론(人民暴力革命論)을 주창(主唱)하고 이를 실행(實行)에 옮겼으며 그 후 무산인민독재(無産人民獨裁)를 한 사람이다.

러시아 봉건군주제도(封建君主制度)를 무너뜨린 것은 사실(事實)이나 과연 폭력혁명으로 독재공산화(獨裁共産化) 되었던, 과거의 부자(富者) 나라이었던 러시아 인민노동자농민(人民勞動者農民)들의 삶은 과연, 살기 좋은 천국(天國·Utopia·Paradise)이 되었던가? 그들의 삶은 찌들어만 갔었었다.

또한 공산 러시아 연방공화국 소련 군대(蘇聯軍隊)가 점령하여 인민공산화(人民共産化) 된 지금의 북한은 과연 지금 우리처럼 잘 먹고 잘 살고 있는, 북한 인민노동당(人民勞動黨)과 인민노동자, 농민들의 이상향(理想鄕·Utopia)이 되었는가?

지금 북한의 모든 공장(工場)과 토지(土地)는 국가(國家)에 몰수, 소속되어 있고, 경제주체(經濟主體) 즉, 민간인의 주식회사·일반회사 등 사기업(私企業)이 없다. 모두 국유(國有)이다. 모든 회사 경제 주체는 노동당원이며 전 인민들은 국가에 고용되어 있는 것 소위, 인민들은 국가에 대하여 머슴살이를 하고 있음. 이다. 이래가지고서야 어떻게 능률성이 있고 창의성이 발현되고 근로(勤勞)가 있겠으며 인민들의 삶이 향상(向上)되고 발전이 있겠는가?

상대적으로 무재산자(無財産者)에 가까운 인민 노동자들에게 우선은 달콤하나 미래에 개인적으로 재산을 가질 수 없는 희망(希望)이 없는 제도이며 즉, 개인들의 사유재산(私有財産)이 없는 제도이므로 인민(人民)들이 일(事) work·job. 의 능률과 창조성, 열정(熱情)을 발휘하지 아니하는 노동(勞動)만 하게 되는 이 제도가 인민공산제도(人民共産制度)인 것이다.

무산인민공산주의사상(無産人民共産主義思想·Proletalia Populist Communism)은 18세기 초 증기기관을 발명하고 그 동력(動力)으로 기계(機械)를 작동하여 공장(工場)을 가동함으로써 인간의 삶에 필요한 의식주(衣食住)에 관련된 모든 물품들을 대량(大量)으로 생산하게 됨으로써, 공장(工場)을 소유한 신흥자본가(新興資本家)의 부 축적(富蓄積)이 일어나게 되고, 경제적(經濟的)으로 유약한 노동자·부녀자·청소년 등은 고된 일에 비하여 박봉을 받는 상대적 박탈감을 갖게 되어 신흥 자본가들이나 농지(農地) 토지. 를 많이 가지고 있는 토호(土濠)와 귀족(貴族)들로부터 부(富)의 모든 생산수단(生産手段)인 농지(農地)나 공장을, 무산(無産) 인민노동자들을 이끄는 소수 정예 빨갱이 젊은 식자(無産識者·Proletalia Elite)들이 폭력혁명(暴力革命)을 일으켜 몰수하고 국유화(國有化)하여 국가공동(國家共同) 관리로 공동생산(共同生産)되는 모든 물품을 전 국민들에게 배급(配給) 형식으로 나누어주던 정치제도(政治制度)이며 이미, 봉건군주주의 시대가 붕괴되고 백성들이 선거로 국가 원수, 임금을 선택하고 국민 대의자(代議者)인 국회의원(國會議員)을 선출하며 국가를 이끌어가는 현재의 민주정치(民主政治) 시대에는 이미 낡은 제도(制度)가 된 것이다.

그야말로 아프리카 오지(惡地) 같은 최빈 후진 미개국에는 이 제도가 지금 필요한 것인지는 모른다. 우리 민족은 그들과는 다른, 뜻(志)이 있는 교육(敎育) 받은, 깬, 알고 있는 민족(民族)이다.

인민공산주의(人民共産主義)는 개인의 자율성(自律性)이 없고 열정과 희망이 없는 전체주의 국가권력(全體主義國家權力)이 국민들의 자유·자율(自由·自律)을 무시하고 전횡(專橫)만 하는 제도이며, 젊은이들에게 개인적인 희망(希望)과 성취목표(成就目標)를 없애는 제도이며, 이것은 필연적으로 전제적 인민독재(專裁的人民獨裁)로 귀착되는 제도인 것이다.

우리나라는 대강 1960년도부터 1980년도까지 1차산업 농업국가(農業國家)에서 2차산업 공업국가(工業國家)로 산업혁명(産業革命)을 하여 일자리를 얻어 열심히 일하면서 잘 먹고 잘 살 수 있는 수준의 연소득 1만불 삶이 달성된 이 마당에 어쩐 일인지 아직도 구시대 개념인 무산인민공산주의자(無産人民共産主義者·Proletalia Populism Communist)들과 같은 좌익이념(左翼理念·Proletatian Populist Ideology)에 아직도 사로잡혀 있다.

이것을 진보적사상(進步的思想)이라 하고, 상대적 인민무산자(相對的人民無産者)들의 폭력혁명(暴力革命) 같은 데모나 촛불시위, 노동쟁의(勞動爭議)를 우리 민족이 선진국으로 성장하기 위한 필연적인 과정이라고 합리화(合理化)되고 있으며, 이로 인하여 얼마나 많은 민족의 성장과 융성이 말살당하고 있는지 우리는 알 수 없는 것이다.

우리는 예로부터 근면(勤勉)한 배달(倍達)민족이다. 지난 80년대부터 우리나라라는 조직유기체(組織有機體) 내의 협동(協同)·자조(自助)와 개인들의 자율(自律)은 간 데 없고 서로 간에 상대적인 예·의(禮·義)가 없고, 도덕(道德)·윤리(倫理)도 없이 개인(個人)들이 떼를 지어 무한정한 자유(自由·Freedom)와 평등(平等·Equality)만을 아무런 뜻(志)없이 분출, 폭발(爆發)시킴으로써 수많은 업장(業章)을 쌓아온 잃어버린 30년(年) 약 1980년대~2007년 현재까지. 을 흘려보낸 것이다.

과거의 이 모든 것들을 모두 처단(處斷)하는 식으로 정리한다면 또, 다른 우리 민족 내부분란(內部粉亂)과 도륙(屠戮) 속으로 온 민족 전체가 끌려들어가게 된다. 앞으로 이런 행태를 고쳐나간다면 그만인 것이나, 계속하여 이런 작태가 계속되면 지금의 북한처럼 또는, 1950~60년대와 그 이전처럼 헐벗고 배고프고 불쌍한 우리나라가 될 수밖에 없을 것이다.

한편, 나는 지금의 우리나라 의문사규명위원회와 과거사규명법(過去事規明法)을 규탄한다.

지난 좌익정권 10년간의 현대 아산재단 정×× 사장, 부산시장 안×영, 한강에 투신자살하였던 대우건설 사장 등등의 우익 인사들의 의문사는 도외시하고 과거 우익정권시대에 의문사한 좌익 인사들만을 조사하여 민주화 공헌자로 국가가 보상하였었고, 법(法)을 만들지 않았어도 우리 민족 인문학(人文學) 스승들인 대학교수님들이 연구하여 학문적으로 우리에게 교훈(敎訓)을 주셨으리라 나는 믿고 있음으로!

9
타산지석他山之石인
일본의
자강自强
메이지유신明治維新

타산지석인 일본의 자강 메이지유신

나는 앞에서, 과거 18~19세기부터 20세
기 중반까지 왜인들 전부가 천황(天皇)을 중심으로 뭉쳐 그들 왜민족이
자강(自強)한 메이지유신(明治維新)을 하고 우리 빼어난 조선민족(朝鮮民
族)의 대동방(大東邦)을 그놈들의 대동아(大東亞)로 공영(公營)하겠다는
건방진 천황 중심 왜민족(天皇中心倭民族) 사상으로 1910년 우리나라가
병탄되었었고, 35년간 우리 민족은 압제(壓制)와 수탈을 당하였으며 또,
우리 조상을 저버리고 창씨개명(創氏改名)하여 왜놈(倭者)으로 황국신민
(皇國臣民) 왜 황제의 신하와 백성. 이 되도록 강제(強制)당하고, 우리 민족의
삼라만상(森羅萬象)을 빼앗겼던 이야기를 두서없이 하였다.

이제, 섬나라의 왜소한 왜놈(倭者)들이 어떻게 하였기에 근세에 강성(強
盛)하게 되었으며, 과거 고구려·백제·신라시대, 고려시대와 조선 중·후
기 이전의 조선통신사(朝鮮通信使) 등을 보더라도 우리의 선진정신문화
와 문명을 받아들이고, 우리 정신사상(精神思想)인 불교(佛敎)와 이퇴계
(李退溪)의 유학(儒學)과 우리 옛 한글, 한문(漢文)까지도 배워갔던 그들이
어떻게 우리 민족을 침략하고, 우리 민족이 제압(制壓)당하였던 것인가?

이제 그놈들의 명치유신(明治維新)을 이야기할 차례이다. 이 메이지유
신은, 서방(西邦)의 선진 신흥(新興) 자본주의 국가가 제국주의(帝國主義)

를 계속 시행하여 아프리카·중동·인도·남북 미주·뉴질랜드·호주 등 세계를 거의 집어삼키고, 청국(淸國)을 삼키기 위하여 아편전쟁을 일으킬 즈음인 19세기 후반, 1850년에서 1880년까지 약 30년간의 한 세대(一世代)에 왜민족 그놈들의 명치황제(明治皇帝)를 중심으로 뭉쳐 자강정책(自强政策)을 수행함으로써 그놈들 스스로 근대화한 것을 말한다.

학제(學制)·징병제(徵兵制)·지조제(地租制) 토지 소유자에 대한 세금과 토지로부터 생산되는 생산품, 즉 '쌀(米)'을 비롯한 산물에 대한 租稅·조세제도 등등 일련의 개혁을 추진한 것이다. 그 주요내용을 시간적으로 열거하면 다음과 같다.

1869년, 다이묘(大名) 우리나라 조선시대 지방 土豪·토호 같은 지방의 우두머리 首長·수장. 들은 영지(領地)와 영민(領民)을 명치천황(明治天皇)에게 헌납(獻納)하고, 사민평등(使民平等)을 이루고 상민(常民) 소위, 쌍놈들도 성씨(姓氏)를 가지게 하였다.

1872년, 학제를 제정하고 신분과 직업에 관계없이 전 국민이 교육(敎育)을 받을 기회(機會)를 얻게 만들었다.

1873년, 징병제(徵兵制) 의무적으로 강제 모집의 성격임. 를 실시하여 제국주의(帝國主義) 군국(軍國)의 길을 열었으며, 개혁정치에 자금이 필요하게 되고 따라서, 천황(天皇)으로부터 부락(部落) 단위로 불하받은 토지에 대한, 농민들로부터 받아들이는 지조제도(地租制度) 땅에 대한 세금으로 쌀이나 벼를 납부하는 것. 를 이에 상응하는 것을 돈, 현금(現金)으로 납부토록 하여 소위, 자본주의(資本主義·Capitalism)가 발전할 수 있는 기틀을 마련하였다.

납부세액은 총생산량 50% 정도의 고율이었으므로 다시 농지를 팔아버리는 경우도 있었으며, 이를 사들인 지주(地主)들은 농민들로부터 생산한 쌀의 50% 정도를 받아 쌀값이 오를 때 내다팔아 많은 부(富)를 축적하여 광대지주(廣大地主)가 생겨나게 되었으며, 가난한 시골 농민들의 2~3남(男)은 도시로 나아가 새로운 산업으로 등장한 2차산업인 공장공업(工場工業)에 고용(雇傭) 품을 사고파는 것. 되는 사람이 많이 생겼으며, 그들은 근대산업 발전에 필요한 노동력(勞動力)이 되고 일본 제국주의 군대의 징병제(徵兵制)를 지탱하는 주요 병력공급원(兵力供給源)이 되었었다.

일반 국민들도 생활 측면에서 음력(月曆) 월력. 에서 태양력(太陽曆) 양력. 으로 바꿔 사용하게 되었으며, 1일 24시간, 일주일을 7일로 하고 일요일을 휴일로 하는 7요(曜)제도를 시행하였고, 서양 기독교 열강국의 압력(壓力)으로 예수를 신앙(信仰) 믿고 우러러봄. 하며 믿게 되어 서양 종교(西洋宗敎)가 들어서게 되었다.

도쿄(東京)의 긴자(銀座)에 서양식 붉은 벽돌 건물이 들어서게 되고, 국민들은 상투를 자르고 양복(洋服)을 입게 되었으며, 이때까지 불교사상(佛敎思想)으로 먹지 아니하던 소고기, 우육(牛肉)을 먹게 되어 도처에 전골집이 생겨나 문전성시를 이루었다.

1881년, 최초의 정치적이념(政治的理念)을 가진 정당(政黨·Political Party)인 자유당(自由黨)을 탄생시켰으며, 메이지천황(明治天皇)은 이토 히로부미(伊藤博文)가 독일헌법을 본(本·Model)으로 하여 만든 헌법 초안을 대일본제국(大日本帝國) 헌법으로 공포하였다.

1890년, 지금 우리나라 국회의원(國會議員) 격인 최초의 중의원(衆議員) 선거가 시행되었고, 제국회의(帝國會議)를 개설하여 천황(天皇) 아래에 내각(內閣)·재판소(裁判所)·의회(議會)를 두었으므로, 입법·사법·행정의 3권 분립 형태는 되었지만 천황주권(天皇主權)의 헌법이었으므로 내각(內閣)이나 제국회의(帝國會議)인 의회(議會)는 천황(天皇)을 견제할 수 없었으며, 육·해·공군(陸海空軍)도 천황 직속부대(直屬部隊)이었었다.

이 제국주의 일본 헌법(憲法)은 일정한 금액 이상의 세금(稅金)을 내는 25세 이상의 남자(男子)에게만 선거권이 주어졌으며 국민 전체의 약 10% 정도가 투표하여 국회의원격인 중의원(衆議員)을 선출하였었다.

이와 같은 것은 국가 경영에 쓰는 세금을 낸 사람만이 국정(國政)을 운영하는 사람, 중의원(衆議員)을 뽑는 투표를 할 수 있는 것이었으며, 국정운영

(國政運營)에는 세금을 낸 사람만이 참여할 수 있게 한 것이므로, 좌익진보세력(左翼進步勢力)인 젊은이들 층(약 24~25세 미만)들에는 선거권이 부여되지 아니하였고, 젊은 이 세대들이 정당(政黨) 활동에 간여(間與)하고 정치세력화(政治勢力化) 하는 일은 있을 수도 없었다.

이 메이지유신(明治維新)으로 왜(倭)는 근대적 통일국가로 되었으며, 경제적으로 자본주의가 성립되었고 사회문화적으로도 근대화된 것이다.

왜(倭)는 영일동맹, 가쓰라태프트밀약 등을 보더라도 서구 열강에 대한 굴종적(屈從的) 태도와는 달리 우리나라, 청국(淸國) 등 아시아 여러 나라에 대해서는 강압적(強壓的)이고 침략적(侵略的) 태도를 견지하여 그놈들의 대동아경영권(大東亞經營權)을 도모(圖謀)하였던 것이며, 우리나라를 병탄(倂呑)하여 합방(合邦)하였고 또, 우리 옛 땅이었던 만주와 연해주(延海州)를 차지하기 위하여 만주사변·청일전쟁·러일전쟁을 일으켰던 것이다.

이 폭발적(爆發的)인 왜놈들의 나라세우기 유신운동(維新運動)은 과거 박정희 대통령의 10월유신(十月維新)으로 우리나라에서도 시행되었으나 비겁하고 누추한 자들의 자기중심적인, 자기가 아니면 아니 된다는 대통령병(大統領病)에 걸린 자들과 그 추종자, 무산인민들에게 지난 약 2~30년 동안 우리 온 나라가 멍들었다는 것조차도 우리 국민들은 아직도 이해하지 못하고 있다.

우리 민족은 왜국(倭國)에 합병되어 텐노헤이까 반자이(天皇陛下萬歲) 천황 폐하 만세. 하고 외치며, 대동아(大東亞)라고 외치던 일제군인(日帝軍人)들과 일본 관료(官僚) 文人·문인 출신 官吏·관리들과 武人·무인 출신 將首·장수들인 幕僚·막료, 별정직인 직업 군인을 포함한 公務員·공무원을 말함. 들에게 핍박받으며, 우리 자신 우리 민족을 잊고 35년간 그들에게 종살이를 하였던 것이다. 또 왜놈들은, 떼놈들이 자신들의 유신운동(維新運動)으로 우리 민족 상대인 즉, 우리 갈래인인 청국인(淸國人)들을 몰아낸 신해혁명(辛亥革命)으로 성립시킨 손문(孫文)의 중화민국(仲 伭民國) 이들은 왜놈들과 같은 南方海洋人

· 남방해양인 즉, 자바인의 후예들이라고 필자는 생각하고 있음. 침략을 계속하면서 미국의 태평양함대가 정박하고 있는 진주만(眞珠灣)을 기습공격(1941년 12월)하여 태평양전쟁(太平洋戰爭)을 일으키고, 미국과 전쟁을 개시(開始)하여 종말에 가서는 히로시마(廣都)와 나가사키(長崎)에 인류 역사상 최초의 원자폭탄(原子爆彈)에 피격되어 도륙(屠戮)당하는 비극을 맞았던 것이다.

왜놈들의 "텐노헤이까 반자이"라는 말의 폐하(陛下)는 천자(天子) 하느님의 아들 를 높이 부르는 존칭이며, 만세(萬歲)는 만년 동안 영원하라는 뜻임을 우리는 잊지 말아야 할 것이다.

왜(倭)는 아직도 천황제도(天皇制度)의 군주국(君主國)이며, 그들의 총리대신(總理大臣)은 그들 민족의 상징인 임금, 천황(天皇)으로부터 신임장(信任狀)을 받는 나라로, 그들도 의회민주주의(議會民主主義)를 하고 있는 것이다. 따라서 우리는 지금 일본의 우경화(右傾化)를 우려하고 있으며, 이 우경화는 것은 자기들의 민족주의(民族主義)를 말하는 것이다.

한편, 지금 북한에 있는 인민공산주의(人民共産主義)사상에 짙게 물든 김정일과 그 수족(手足) 하수인들인 군 장성(軍將星)을 포함한 고위 추종자(高位追從者)들에게 지금 우리 민족주의(民族主義)인 자유민주주의(自由民主主義) 시장경제(市場經濟)가 먹혀들 리가 있겠는가? 북한 인민들은 지금도 진정한 자유민주주의(自由民主主義)와 시장경제(市場經濟)가 무엇을 뜻하는지조차도 모르고 있으며, 인민공산분배(人民共産分配) 정치제도(政治制度) 인민들이 모든 재화를 공동으로 생산하여 배급받는 정치제도 가 우월하다고 하며 이를 계속 주장하고 있다.

김정일은 서양(西洋)의 어떤 소설가의 소설(少說) 속 대형(大兄·Big Brothers)이다. 비록 텔레스크린(Telescreen)은 없지만 일당독재(一黨獨裁) 인민공산당과 그 세포(細胞) 조직들이 우리 동포(同胞)인 북한 인민들의 사생활까지도 속속들이 파악하여 숙청하거나 수용소(收容所)로 보내면서 우리 동포들의 사상(思想)을 통제(統制)하고 있다. 어찌할까?

10

우리 민족신앙民族信仰
동학東學(天道敎·천도교)의 탄생과
왜인倭人·백인들의 종교宗敎와
사상思想에 의한
우리나라 병탄倂呑

우리 민족신앙 동학의 탄생과 왜인·백인들의 종교와 사상에 의한 우리나라 병탄

천도교(天道教)는, 조선 후기 1860년 최제우(崔濟愚) 1824~1864. 순조 24년~고종 1년. 가 가렴주구(苛斂誅求) 지방관청의 관리들이 租稅·조세로 받아들이는 쌀, 軍布·군포 등의 재물을 가혹하게 거두어들이고 주리를 틀어 빼앗는 것. 정치시국(政治時局) 속에서 서학(西學) 천주교·Catholic. 이 우리 민족정신을 잠식하고, 신식무기로 무장한 군대를 앞세운 백인(白人)들과 왜인(倭人)들이 우리나라 침략을 반대하는 참다운 우리 민족정신(民族精神)의 발현(發現)을 종교화(宗教化)한 것이다.

이 동학(東學) 天道教·천도교 의 대체적인 사상을 살펴보면 다음과 같다.

첫째, 한울님(天主) 천주. 은 유일신(唯一神)이며, 인격적(人格的)이며, 모든 사람이 모시고 있는 초월적(超越的)이며, 각 개인의 마음속에 내재(內在)하는 신이며, 참뜻을 펴려고 애쓰시는 신이나 창조주(創造主)이나 심판(審判)의 신이 아니다. 그리고 한울님은 영(靈)적인 것과 기(氣)적인 것을 동시 공유(同時共有)하신다.

둘째, 사람관(人觀)은 인내천(人乃天)이라 하고 "사람이 곧 하늘이다." 또는 "인심은 천심"이라 하여, 사람을 '한울님'처럼 존엄(尊嚴)한 존재로 보아 개인 각자는 존엄한 존재(存在)이며, 한울님과 같은 존엄한 존재로 여긴다.

따라서, 사람의 평등성(平等性)과 존엄성(尊嚴性)을 치용(致用) 현실적으로 實現·실현시킴. 하는 것이 신앙(信仰)의 과정(過程)이며 목적(目的)이다.

셋째, 사인여천(事人如天)이라 하여, 사람을 섬기기를 한울님 섬기듯이 하여야 한다는 것이다. 사람은 태어날 때부터 존엄한 한울님을 마음속에 모시고 있기 때문에 사람의 존엄성이 곧 한울님의 존엄성과 같다.

넷째, 각 개인의 영(靈)의 존재는 시인(是認)도 부정(否定)도 아니하고 영생(永生) 영원히 삶. 하는 것이며, 종교적(宗敎的) 체험 경지(體驗境地)에 이르면 상대적으로 물질적인 가난과 궁핍한 가운데에서도 행복(幸福)을 느끼는 시간(時間) 속에서 영원히 살 수 있다는 것이다.

다섯째, 역사관(歷史觀)은 순환발전론(循環發展論)적이다. 파동형(波動型)·기복성쇠론(起伏盛衰論)적으로 보며, 문명(文明)의 단위(單位)를 동서양(東西洋)으로 양분하였으며, 그 당시는 대전환시기(大轉換時期)인 후천개벽시대(後天開闢時代)이며, 지금까지의 문명(文明)은 사라지고 새로운 신천문명(新天文明)이 앞으로 전개된다고 보았다.

여섯째, 모든 사람이 한울님처럼 대접받을 수 있게 정치(政治)·경제(經濟)·사회(社會)·문화체계(文化體系)가 이루어지도록 모두가 힘써 지상천국(地上天國)을 건설하는데 모든 개인(個人)은 정신(精神)·민족(民族)·사회개벽운동(社會開闢運動) 등 현실 생활에 적극 참여하라.

다시 말하면, 서양 종교처럼 신(神·The God)에게 의존하지 않고 사람 스스로가 각종 제도를 정비하고 참여(參與)하여 지상(地上)에 행복한 이상적(理想的)인 이상향 천국(理想鄕天國·Utopia·Paradise)을 만들자는 것이며 실존주의적(實存主義的)인 것이다.

이상과 같은 동학(東學) 天道敎·천도교 은 우리나라 근대적인 민족주의 종교(民族主義宗敎)의 선구(先軀)이었으며, 사악(邪惡)한 서양백인종교(西洋白人宗敎) 천주교·Catholicism 와 폭력적인 신식무기(新式武器)에 의해 우리 민족이 짓밟히는 것에 대한 척사주의(斥邪主義) 간사한 쪽으로 기울어진 것을 배척하는 주의주장. 와 우리 민족의 보국안민(補國安民) 기운, 잘못된 나라를 도와서 백성들의 安寧·안녕. 을 도모하자는 사상(思想)이다.

따라서, 과거 조선 말기 헌종(憲宗) 10년(1844) 경부터 사대부(士大夫) 양반들의 세도정치(勢道政治) 안동김씨·풍양조씨 등의 권력, 힘에 의한 정치. 아래에서 동학은 필연적으로 정치적 탄압을 받았던 것이며, 우리 민족주의 사상(民族主義思想) 형성과 그 종교화(宗敎化)는 서양 백인들의 가톨릭주의(Catholicism) 古典·고전 기독교 즉, 古典的·고전적 예수교 와 왜인 제국주의(帝國主義)의 박해(迫害)를 받았던 것이었다.

최제우(崔濟愚, 1824~1864)는 조선 순조(純祖) 24년부터 고종(高宗) 1년까지 살았던 사람이다. 그는 1844년(헌종 10년)부터 기울어져가는 당시의 조선시국상황(朝鮮時局狀況)의 영향을 받아 구도(求道)를 시작하였다.

1856년, 경남 양산 천성산(天聖山) 내원암(內院庵) 현재 내원사가 있음. 에서 수도(修道)하였다.

1857년, 천성산 적멸굴(寂滅窟)에서 49일간 기도하였다.

1859년, 경주 구미산(龜尾山)의 용담정(龍潭亭)에서 몸이 떨리고 아득하며 천지가 진동(震動)하는 종교적 체험을 겪은 후 강령정신(降靈精神)하였다.

1860년, 보국안민(輔國安民)과 광제창생(廣濟蒼生)의 뜻으로 시천주(侍天主) 마음속의 천주, 한울님을 모심. 하고 인내천(人乃天) 하느님과 사람이 이어짐. 사상(思想)을 완성하여 동학(東學)을 창시(創始)하였다.

1861년 11월, 유학(儒學)을 국교(國敎)로 하던 조선 조정(朝鮮朝廷)의 동학에 대한 탄압이 시작되자 전라북도 남원(南原)에 있는 선국사(善國寺) 일명 龍泉寺·용천사. 은적암(隱寂庵)에 피신하였으며, 서학(西學) Catholic·천주교 으로 지목(指目)되는 것을 피하기 위하여 표현에 신중을 기하였고,

지목되는 것에 대하여 반성하였다.

1862, 「안심가(安心歌)」, 「권학가(勸學歌)」, 「도수사(道修詞)」 등을 짓고 동학론(東學論)을 체계화하였으며, 이 노래와 수사(修詞)는 지금의 천주교와 기독교 찬송가 또는 불교 찬불가와 같은 종교음악(宗敎音樂)임과 동시에 생활(生活) 즉, 삶의 노래이고 접주(接主) 지금의 교회나 성당 역할을 한 것이며, 접주는 목사·신부와 같은 개념이며 교회 같은 회관은 거의 없었다. 를 중심으로 모인 동학당(東學黨)의 노래이었다.

이술(異術)로 혹세무민(惑世巫民) 신과 사람 간의 중개 구실을 한다고 하면서 세상을 어지럽힘. 하고 유교(儒敎)적인 조선사회의 민속(民俗)을 어지럽힌다는 이유로 경주진영(慶州鎭營)에 체포되었으나 수백 명의 구제자(求濟者)가 몰려와서 석방을 청원(請願)하였으므로 경주진영은 함부로 손을 댈 수 없는 인물(人物)이라 하여 무죄 석방되었으며, 동학신앙공동체, 접(接)제도를 시행하고 접주 16명을 임명하였다.

1863년, 포교(布敎)로 차츰 동학교세(東學敎勢)가 커지자 접소(接所) 포교원 같은 곳·지금 교회 성당의 마리아상·예수상 같은 偶像·우상이 없는 布敎·포교 교육장소. 14개소·이슬람교도 우상이 없음. 교인이 3,000여 명에 이르렀다.

1863년 7월, 최시형(崔時亨)을 북접대도주(北接大道主)로 하여 교통(敎統)을 계승시켜 교주(敎主)로 삼았는데, 이때 최제우는 조선 철종(哲宗)시대의 안동김씨(安東金氏) 세도정치(勢道政治) 아래의 관리들과 포졸들에게 이술(異術)로 사람들을 속이고 우리 민속(民俗)을 해친다는 이유로 핍박을 받아 도피중에 있었다.

1864년, 경향 각지(各地)의 접소(接所)를 순시하던중 동학을 사학(邪學)으로 단정한 포졸들에게 경주(慶州)에서 붙잡히게 되고 한양(漢陽)으로 호송중에 철종(哲宗)이 승하하자, 당시의 실세(實勢) 안동김씨(安東金氏)들과 관리(官吏)들인 사대부(士大夫)들에 의하여 대구·영남감영(嶺南監營)에서 사도난정(邪道亂正) 기울어진 道·도, 혼란하여 바르지 못함. 의 죄목으로 효수형(梟首刑) 목을 쳐서 장대 끝에 매어다는 사형집행 형벌. 을 당하였다. 저서에 『동경대전(東經大全)』, 『용담유사(龍潭遺詞)』가 있다.

동학(東學)의 이름은 처음에 무극대도(無極大道)이었다가 그것이 서양종교(西洋宗敎·Catholic)와 혼동됨에 따라 서학과는 다른 동학(東學)이라 하였다. 그러다가 3대(代) 교주(敎主) 손병희(孫秉熙, 1861~1922) 義庵·의암. 1882년 동학에 입교하여 2대 교주 최시형의 首弟子·수제자가 되었음. 가 천도교(天道敎)라 이름하였었다.

1892년, 고부군수(古阜郡守) 전북 정읍 시장격임. 현재 만석보 비석이 서 있음. 조병갑(趙秉甲) 趙大妃·조대비의 척족. 이 부임하여 만석보(萬石洑)를 개수하여 수세(水稅)를 터무니없이 많이 징수하므로, 동학을 믿고 따르던 농민 1,000여 명이 고부 관아를 습격하여 이속들과 아전들을 감금하고 세곡(稅穀)을 백성들에게 돌려주었으나 후임자인 이용태(李容泰)가 더욱 더 가렴주구(苛斂誅求) 가혹하게 水稅·수세·물세를 받고 주리를 틀어 목을 베고 재물(쌀·軍布·군포 지방특산물 등등)을 斂出·염출함. 하므로 다시 봉기하여 이 탐관오리(探官惡吏) 벼슬만 찾던 즉, 속칭 목에 힘주어 핏대 세우던 미운 벼슬아치들을 제거하고 조선시대의 사회제도를 전면적으로 개편할 것을 주장하였었다.

1894년, 최시형(崔時亨, 神師·海月) 신사·해월. 이 일본군을 물리치기 위하여 기포령(起包令) 충북 음성군 만승면 廣惠院·광혜원에서 내린 總動員令·총동원령. 을 내리자 경향 각지에서 농민들이 일제히 봉기하여 일어났다.

1894년 10월 16일, 손병희는 음성군 삼성면의 충의포도소(忠義包都所)의 대접주(大接主)로써 괴산전투를 치르고, 충북 보은(報恩)으로 가서 전봉준(全琫準, 1855~1895) 철종 6년~고종 32년. 과 합세하여 전국에서 동학농민전쟁을 일으켰다.

전봉준은 고부군(古阜郡) 지금의 井邑市·정읍시. 의 학정에 그의 아버지가 저항하다 죽임을 당하자 동학에 입교(入敎)하여 고부접주(古阜接主)가 되었었다.

그 후 북접동학농민군(北接東學農民軍) 손병희와 남접동학농민군(南接東學農民軍) 전봉준이 동학의 2대(代) 교주인 최시형의 지휘 아래 충북 괴산·보은·논산·전주(全州)를 점령하였으나 원평(元平)에서 왜놈군(日本軍)과 조선관군(官軍)에게 무기(武器)의 열세로 패배하였다.

그 후에 전봉준은 전남 순창(淳昌)에서 왜놈군에 체포되어 죽임을 당하였으며, 손병희는 중국 상해(上海)로 망명하였다가 돌아와서 1903년에 진보회(進步會)를 조직하고 이용구(李容九) 등 친일파를 천도교에서 출교(黜敎) 조치하고 보성(普成)학교·동덕(同德)여학교 등을 설립한 후 3·1독립운동 발기인 33인(人)의 대표를 하다가 왜경(倭警)에 체포되어 복역 후 출감하여 병사하였다.

동학(東學)은 척왜(斥倭) 왜놈들을 배척함. 척양(斥洋) 서양놈들을 배척함. 을 외친 진정한 우리 민족의 자주적인 삶을 도모하기 위한 것이었다. 조선시대의 산업(産業)은 거의 농업(農業)뿐이었으므로 농촌사회(農村社會)를 지금의 신앙촌(信仰村) 지금 우리나라의 서양 종교 신앙촌에서는 宗敎獨裁·종교독재를 하고 있는 것으로 생각됨. 이나 이스라엘의 키부츠 集團農場·집단농장. 같이 구성원이 자조·협동·근면으로 삶을 행복하게 이끌어오던 현세(現世)주의적 우리 민족종교(民族宗敎)이었던 것이다.

조선 말기 23대 순조, 24대 헌종, 25대 철종까지 안동김씨(安東金氏)들의 세도정치(勢道政治)로 피폐하였던 세풍(世風)에 새로운 바람을 일으키며 탄생되었던 동학사상(東學思想)은 안동김씨 등과 풍양조씨(趙氏)들의 정치권력 기득권(政治權力旣得權)을 유지하기 위한 철저한 박해와 핍박과 그때의 고종황제(高宗皇帝), 이왕가(李王家)의 대원군(大院君) 이하응의 군주주권(君主主權), 왕통(王統) 확립과 또, 우리 민족에게 왜놈들이 그놈들의 천황주의(天皇主義)를 주입시키고 또, 우리나라를 식민지화(植民地化)하려는 식민지화사관(植民地化史觀)을 주입시키고 병탄(倂呑)을 기도

하던 일본 군대(日本軍隊)의 강력한 탄압으로 거의 멸망한 종교(宗敎)가 되었으며, 조선개혁(朝鮮改革)은 이루어지지 아니하였던 것이다.

이와 같은 우리 민족 세력인 동학 천도교인들은 1910년에 나라의 주권을 빼앗기자 〈개벽(開闢)〉, 〈신여성〉, 〈어린이〉, 〈학생〉, 〈농민〉, 〈신인간〉, 〈천도교 교우보〉 등을 발행하였으나 왜놈들의 탄압을 받았으며, 8·15광복 후 남북 분단으로 북한에 살고 있던 1만 9,000여 명의 천도교인들이 북한정권(北韓政權) 唯物論·유물론자들인 인민공산주의자들은 정신적인 宗敎·종교를 인민들의 아편, 마약이라고 함. 에 의해 체포되었으며 6·25전쟁시 많은 교도들이 남한으로 피난 나온 것이다.

청일전쟁(淸日戰爭 1894~1895)은 청나라와 조선의 종주권(宗主權)적인 연합정책(聯合政策)과 왜놈들의 조선에 대한 무관세(無關稅) 공산품 수출, 1882년의 제물포조약 이후 왜놈들의 우리나라에 주병권(駐兵權) 군대를 우리나라에 주둔시킬 수 있는 권리. 에 따른 임오군란(壬午軍亂) 신식병기를 편재한 開化黨·개화당－倭·왜 영향력 하에 있었음－편의 신식군과 구식병기를 가진 事大黨·사대당－청국의 영향력 하에 있었음－편의 구식군대 간의 싸움. 등과 조선 왕조(王朝)의 압제(壓制) 등으로 도탄에 빠진 백성들을 구하기 위하여 동학농민들이 봉기한 동학농민전쟁(農民戰爭) 당시 조선 정부의 입장으로 보면 일종의 반역행위임. 으로부터 일어난 것이다.

1894년 5월에 동학교도들이 봉기하여 전주(全州)까지 점령하자 조선 조정(朝廷)은 청나라에 원병을 요청하게 되었고, 1894년 6월에 일본은 조선 정부에게 청국과 세력 균형을 요구하며 출병(出兵)하여, 청일(淸日) 공동으로 조선개혁(朝鮮改革)을 요구하였으나 거절당하자 다시 일제(日帝)가 단독으로 대한제국(大韓帝國)의 개혁을 요구하였는데, 이러한 남의 나라에 주병(駐兵)하고 남의 나라 개혁을 요구한 것은 무엇을 의도함이었던가?

1894년 7월 25일, 지금의 경기도 안산시 풍도(豊島) 앞바다 해군전(海軍戰), 29일 경기도 성환(成歡)에서 육군전(陸軍戰), 9월 평양 육군전, 황해 해군전(黃海海軍戰)에서 왜군(倭軍)은 청국군(淸國軍)에게 승리하였다.

그 후 일본은 청국의 요동반도 탈취 계획 아래 여순학살, 만주 봉천(奉天) 지금의 瀋陽·심양. 진출과 청(淸)나라 북양대신(北洋大臣) 이홍장(李鴻章, 1823~1901) 袁世凱·원세개(1859~1916)를 조선에 파견하여 일본의 조선 진출을 막는데 힘썼음. 華北地方·화북지방 농민반란, 太平天國·태평천국의 난을 평정하였음. 洋務運動·양무운동에 참여하여 淸國軍·청국군의 근대화에 기여하였음. 청일전쟁에서 진 후 下關·하관·시모노세키조약을 성립시켰음. 의 위해위(威海衛)에 있던 북양함대(北洋艦隊)를 격멸한 후 하관조약(下關條約·1895)을 맺어 전쟁 배상금 2억 냥을 배상받고, 요동반도·타이완·하이난섬 등을 청국으로부터 할양받았으며, 조선(朝鮮)과 청(淸)나라 상호간의 종주관계(宗主關係) 聯合關係·연합관계라고 하여야 함. 를 파기하였으며, 그 후 영국·독일·러시아의 3국 간섭으로 요동반도는 청국에 반환되었었다.

한편, 세도정치 세력인 안동김씨(安東金氏)들의 조선 왕족(朝鮮王族)들에 대한 감시가 심해지자 보신책(保身策)으로 불량배와 어울려 파락호(破落戶)로써, 궁도령(宮道令)이라는 비칭(卑稱)으로 불리면서 은거(隱居)하던 흥선군 이하응(李昰應)은, 그 전대(前代)의 조선 나라 임금(君·王)이 되었던 강화도령(江華道令) 철종(哲宗)이 후사(後嗣) 아들·친자식. 後承·후승. 없이 병약(病弱)하여지자 대왕대비인 조대비(趙大妃)에 접근하여 둘째아들 명복(命福) 고종의 아명. 을 철종의 후계자로 삼을 것을 내락 받았었다.

1863년에 철종이 죽자 조대비에 의하여 둘째아들 고종(高宗)이 12세(歲)에 즉위하자 이하응은 대원군(大院君)이 되어 섭정을 하게 되었으며, 안동김씨 세도 주류(主流)를 숙청하고 쇄국정책(鎖國政策) 서양인, 왜놈들로부터

들어오는 그 당시로 보아서는 反人本主義·반인본주의 思想·사상과 文物·문물의 유입을
방지하기 위하여 나라를 자물쇠로 잠그는 정책. 을 그 이전 시대보다 더욱 강력(强
力)하게 시행하였다.

나라를 자물쇠로 잠근다는 뜻을 가진 이 대원권의 쇄국정책은 서양종
教(西洋宗敎)가 1866년의 병인양요 후 무력 강압으로 명동성당을 건설하
고 포교하며, 서양인들의 조상신(祖上神)인 예수를 믿고 따르도록 하고,
우리 민족에게는 조상에게 제사 지내는 것조차 서방 백인들의 유일신(唯
一神)이며 절대신(絶對神·God)인 예수(Jesus Christ, BC 4~30)을 믿지 않는
것이라 하여 금기시(禁忌視) Taboo시. 하고 우상을 섬긴다고 윽박질러 우리
민족정신(民族精神)과 미풍양속(美風良俗)을 해치며, 서양과 일본제국주
의의 무력(武力) 앞에 우리 민족이 짓밟히는 반인본적(反人本的)인 모든
서양문물(西洋文物)이 우리 민족 내부로 유입(流入)되는 것을 방지하기 위
한 당시로 보아서는 절체절명의 정책(政策)이었었다.

아관파천(俄館播遷, 1896·고종 33년) 조선 국왕이 주한러시아공사 베베르·
Veber, Karl Ivanovich의 책략으로 러시아공사관으로 피신하여 업무를 보았으므로 지금의
경우 大統領·대통령과 政府·정부 전체가 러시아대사관에 입주한 것과 같음. 이라든가,
동학민란(東學民亂)이 일어났을 때의 청국에 대한 원병 요청, 왜놈들이
단독으로 조선 정부의 개혁 요구, 영국의 거문도 불법점령(1885, 고종 22
년) 등등의 외세 침략에 대항할 힘이 없던 조선 조정(朝鮮朝廷)과 우리
온 백성들의 처참한 몸부림이었던 것이다.

앞에서 말한 바와 같이, 제정(帝政) 러시아가 니콜라이 2세 때까지 남진
정책(南進政策)으로 연해주(延海州)에 부동항인 블라디보스토크항구(港
口)까지 건설하자 영국은 우리나라 거문도(巨門島) 제주도와 전남 여수 사이의
섬으로써 漢陽·한양에서 濟物浦·제물포·인천를 거치는 한일 간의 해상통로이며, 전략적
으로 러시아 東洋艦隊·동양함대 주력 해군함대 — 그 전에는 청국의 이홍장의 북양함대

(北洋艦隊) 一 가 지금 만주 서쪽 요동반도 발해만의 여순항에 주둔하고 있었으므로, 태평양으로 향하는 길목에 있는 전략적 요충지대임. 를 그들의 세계전략(世界戰略)에 따라 그들 마음대로 점령(1885, 고종 22년)하여 러시아의 남진정책(南進政策)에 맞섰던 것이며, 일본과는 1902년 1차 영일동맹을 맺고 러시아의 남진정책을 견제한 것이었다.

당시 청국(淸國)은 자국의 안전보장을 도모하면서 일본, 구미 열강들과 동북아의 요충인 형제지국(兄弟之國) 지금 중화인민공화국 떼놈들과는 우리는 형제지국이 아님. 의 나라 조선에 대한 영향권을 놓고 치열한 각축전을 벌이고 있었던 것이며, 영국은 아프가니스탄 점령 문제로 러시아와 긴장 관계를 유지하고 있던 중에, 동양함대(東洋艦隊)를 파견하여 거문도에 영국기(旗)를 게양하고 러시아의 조선반도 점령에 대한 예방조치를 취하였던 것이다.

그 후 청국이 조선에 대한 영향력 강화를 목적으로 러시아와 영국에게 조선 침략을 중지하자는 이홍장(李鴻章)의 협의 중재로, 영국군은 거문도에서 철수(1887)하였고 러시아와 영국은 그들 마음대로 주인(主人)인 아프가니스탄 정부의 동의(同意)없이 아프가니스탄 협정을 체결하였다. 국력이 부족한 약소국 아프가니스탄도 우리와 꼭 같은 꼴을 당한 것이다.

당시의 서구 열강국들은 강력한 해가 지지 않는 나라 영국의 행태를 방관할 수밖에 없었으며, 당사국 우리 조선(朝鮮)의 영토 불법 점령에 대한 항의(1885. 4. 6)를 묵살하던 영국군의 거문도 철수는 서구 열강국들과 청국에 의해서 이루어졌으며, 국력(國力)이 부족한, 힘이 없는 자주독립국(自主獨立國) 조선(朝鮮)의 처참하였던 국제적 지위를 단적으로 보여주고 있었다는 것을 나는 말하고 있는 것이다.

지금 현재 우리는 어떤 국제 환경 속에 처하여져 있는가? 그때와 똑같은 맥락, 닮은 꼴 상황이 전개되고 있다. 제3차 세계전쟁?이 발발될 위험이 있다. 우리 민족 모두의 슬기로운 대처가 필요한 시점이다. 어떻게? 우리 민족 독자 여러분과 같이 연구하고 대처하여야 한다.

1차 영일동맹(英日同盟, 1902년)은 영국이, 청국과 조선에 대한 이익을 규정하기 위하여 일본과 맺었으며, 2차 영일동맹(1905)은 러일전쟁 후 일본이 러시아와 전쟁에서 승리한 후 일본은 영국이 인도를 식민지화하는 것을, 영국은 일본이 조선을 식민지화하는 것을 상호 양해한다는 이 두 나라 간의 양해각서를 교환하는 국제조약(國際條約)이었다.

러일전쟁(1904~1905)은, 청일전쟁에서 승리하여 요동반도(遼東半島)까지 차지한 일본에 대하여 러시아·독일·영국 3국이 간섭(1889년)하여 영국은 위해위와 주룽반도를, 독일은 교주만을 조차하였다. 로스케는 관동주(關東州) 지금의 만주 서편 요동반도 지역 즉, 山海關·산해관의 동쪽지방. 이곳에 러시아는 東洋艦隊·동양함대를 주둔시켰음. 를 조차하고도 청국과 밀약을 맺어 일본이, 청국·조선·지금의 극동 러시아 지방 연해주·화태·사할린·시베리아 등 블라디보스토크항(港)을 포함한 지역을 침략할 경우 청국(淸國)과 공동 대처하고 우리나라 연해주까지 동청철도(東淸鐵道) 러시아가 시베리아 대륙을 횡단하여 북만주를 경유하여 블라디보스토크 부동항까지 연결됨. 경원선과 연결되는 지금의 시베리아 횡단철도임. 부설권을 획득하고 세력을 확장함에 따라 왜놈(倭者)들이 선전포고를 하고 대러시아 전쟁을 개시하였던 것이다.

이때 이미 로스케는 약 30만의 육군 부대를 만주 봉천(奉天) 지금의 瀋陽·심양. 지방에 이미 주둔시키고 있었으며, 요동반도(遼東半島) 청일전쟁에서 승리한 왜놈들이 차지하고 있었으나 영·독·러의 3국 간섭으로 청국에 돌려주었으며, 도리어 러시아가 심양 등 만주 대륙과 요동반도까지 청국을 협박하여 차지하였음. 서쪽 여순(旅順)항에 러시아 동양함대를 주둔시키고 있었으므로, 왜놈들은 내각회의(內閣會議)에서 한만교환론(韓滿交換論) 일본이 한반도를 차지하고 로스케가 만주와 연해주를 차지하는 것으로 서로 만족하자는 의견. 이 있었으나, 1904년에 로스케와 국교를 단절하고 개전하여 왜놈 육군 선발부대가 제물포(濟物浦) 지금의 인천·仁川. 에 상륙하였고, 그해 2월 10일에 청국(淸國) 땅이었던 여순(旅順)에 주둔하고 있던 로스케의 동양 함대를 공격하였으며, 5월에는 조선 땅 압록강 하구변에서 로스케군을 격파하고 만주에 15개 사단(師團)의 왜놈들의 총사령부를 설치하였다.

그 후 여순에 있던 러시아 동양함대가 블라디보스토크 항으로 탈출을 기도하였으나 황해(黃海)에서 왜놈 해군의 총공격을 받고 괴멸당하였으며, 32만 명의 러시아 육군은 노기마레스케(乃木希典) 청일전쟁에 기마부대 여단장으로 참여하였고 러일전쟁 후 일본 육군대장이 되었음. 그가 따르던 메이지천황(明治天皇)이 죽자(1912) 고전(苦戰) 끝에 이긴 노일전쟁에서 많은 부하와 자신의 자식을 죽인 죄책감으로 부인과 함께 자결함. 가 이끄는 25만의 왜놈 육군에게 만주 봉천(奉天) 현재 瀋陽·심양. 벌판 대회전(大會戰)에서 패퇴하였다.

이러한 우리나라를 서로 차지하기 위한 전쟁의 역사를 왜 교육부는 우리 학생들에게 가르치지 아니하는지 나는 알 수 없다.

영일동맹(英日同盟)으로 수에즈운하(Suez運河)를 통과하지 못하고 아프리카 최남단 희망봉(希望峰·Capetown)을 돌아서 긴 항해로 피곤에 지친 로스케 발틱함대(Baltic 艦隊) Balt·발트 해의 러시아 싸움배 부대. 러시아는 흑해·발틱·동양의 3대 함대를 가지고 있었음. 는 지금 왜놈들이 영웅(英雄)으로 부르고 있는 도고헤이 하찌로(東鄕平八郞, 1848~1934) 우리 이순신 장군의 열렬한 숭배자이었음. 그의 충적을 기념하는 勝忠寺·승충사가 일본에 있으며, 그곳에는 "영국의 넬슨 제독과는 비교하여도 이순신 장군과 나를 비교하지 말라"라는 그 자의 말이 글로 새겨져 있음. 에게 우리나라 대마도(對馬島) 부근 대한해협과 독도(獨島) 주위의 동해(東海)에서 왜놈들의 소형 쾌속 싸움배, 함대의 총공격을 받아 전멸당하였다. 군자금으로 싣고 왔던 동해바다에 가라앉은 로스케함대에서 금궤를 건져 올려 부자 되자고 몇 년 전(1995년경?)에 사기 친 우리 민족 놈도 있었다.

러일전쟁에서 이긴 왜놈들은 포츠머스조약(條約·Treat of Portsmouth,

1905. 9) 미국 뉴햄프셔 주 소재. 만주와 한반도에 대한 일본의 배타적 지배를 승인한 시오도 루스벨트 대통령의 중재로 성립되었음. 전쟁배상금 없음. 으로 만주(滿州), 아류산열도·화태·캄차카반도 등 북태평양 제열도(諸列島), 연해주(延海州)를 포함한 지금의 우리, 대한제국(大韓帝國)의 배타적 지배를 로스케로부터 승인받을 수 있었으며, 로스케는 이를 인정할 수밖에 없었다.

청국(淸國)은 떼놈 짱꼴라 蔣介石·장개석 무리들을 말함. 들의 자기 뿌리찾기인 반청국운동(反淸國運動) 사실은 장개석이 정권을 잡기 전 孫文·손문 정권 성립 이전부터 떼놈들은 반청국운동을 하고 있었음. 과 아편전쟁 등 서구 열강의 침략으로 사분오열되어 성(省)별 또는 지방별로 나누어져 토호(土濠) 형태의 군벌(軍閥)들이 통치하고 있었으며, 청국의 마지막 황제인 소년 선통제(宣統帝)와 섭정하던 할머니 서태후(徐太后)는 지방 통제력이 없는 상태로 서방(西邦) 열강국(列强國)들과 일본제국의 침략을 처참하게 받고 있었다.

여러 차례의 중화인(仲偉人)들이 자기들의 뿌리찾기인 혁명(革命) 辛亥革命·신해혁명 등. 을 거쳐서 성립된 손문(孫文)의 중화민국(仲f華民國) 떼놈들은 5·4운동(運動), 양무운동, 의화단사건 등등의 왜놈들의 메이지유신(明治維新)을 모델로 한 여러 가지 자강(自强)운동을 하고 있었다.

각 성(省) 대표들의 투표로 손문(孫文)과 원세개(遠世凱)가 번갈아 정권(政權)을 잡게 되었으나 손문이 통령(統領)이 되어 중화민국(中華民國)이 성립(1912년)되었다. 손문은 중화민국 떼놈들의 아버지 국부(國父)로 칭송되며, 그 후 짱꼴라 장개석(張介石)의 무리(衆)들이 일본 침략으로부터 피하여 임시 수도(首都)를 서부 산간 지대로 옮긴 중경(重慶) 우리 임시정부도 이곳으로 따라 옮겼음. 에서 뒤를 이었던 것이다.

가쓰라태프트밀약(密約, 1905)은 미국(美國)의 육군장관(長官) 태프트(Taft)와 일제(日帝) 왜놈 육군대장(大將) 출신 가쓰라 총리대신(桂太郎 總理大臣) 간에 맺은 조약(條約)이다.

그 내용은 첫째, 일본은 필리핀에 대하여 하등의 침략 의도를 품지 아니하며 미국이 필리핀을 지배하는 것을 인정한다. 둘째, 극동(極東)의 평화를 위하여 미(美)·영(英)·일(日) 3국은 실질적인 동맹(同盟)관계를 유지한다. 셋째, 러일전쟁(露日戰爭)의 원인이 되었던 대한제국(大韓帝國)은 일본이 지배할 것을 승인(承認)한다.

이상과 같은 근대의 모든 국제간의 조약, 밀약과 청일·러일전쟁은 서방백인제국(西邦白人諸國)들과 일본제국(日本帝國)이 합세하여 우리나라를 서로 식민지화 내지 뜯어먹기 식의 병탄(倂呑)을 기도한 것들이다.

또한, 우리 민족인인 한민족(漢民族)의 나라 청국(淸國)의 중화민족, 떼놈들 지배(支配)는 끝이 나고, 임자 없이 버려진 우리 땅 만주(滿州)·연해주와 그 부속도서는 왜놈들과 로스케가 번갈아가며 점유한 것이었다.

러일전쟁에서 왜놈들의 승리로 일본이 그들의 식민지 괴뢰정권을 만주 땅에 세웠던 것이며, 청국의 마지막 황제인 부의(傳儀)가 일본군에게 끌려와서 만주 국왕으로 제위(帝位, 1934~1945)하였던 것이다.

그 후 만주(滿州)는 국제공산주의(國際共産主義) 코민테른(The Comintern)에 가입하였던 중국 공산당 모택동의 정권으로 넘어가고, 러시아는 태평양전쟁(太平洋戰爭) 말기에 참여하여 부동항인 블라디보스토크가 있는 연해주(延海州)와 그 부속도서를 다시 왜놈들로부터 돌려받아 차지하고 북한을 점령하면서 로스케들은 지금의 중화인민공화국(仲偉人民共和國) 신해혁명으로 孫文·손문이 성립시킨 중화민국이 아닌 毛澤東·모택동이 國·共, 국공 내전에서 장개석 정부를 臺灣·대만으로 몰아내고 1948. 10. 1 北京·북경에서 세운 정권., 일본(日本)과 국경 분쟁을 일으키며 지금에 이르고 있다.

간도협약은 순종(純宗) 3년(1909)에 간도의 귀속 문제로 주인(主人)인 우리나라는 제외하고 맺은 왜놈들과 청국 간의 협약이다.

간도(間島)란, 백두산 북쪽 옛 만주와 지금 왜놈들의 땅으로 되어있는 북해도(北海島) 사이, 간(間)의 일대(一帶)를 뜻하는 지금의 연변 조선족자치주 지역과 흑룡강(黑龍江) 일대를 포함하는 지역의 호칭이다. 송화강(松花江)의 지류인 토문강(土門江) 등이 포함된 지역이다. 우리는 옛부터 백두산(白頭山)을 중심으로 하여 서북방을 서간도(西間島), 그 동북방을 동간도(東間島)라 하였었다.

왜놈들은 우리 역사(歷史)를 그들의 식민지화에 맞는 사관으로 우리 민족사(民族史)를 조작(造作)하여 한사군(漢四郡), 반도적성격론(半島的性格論), 정체성론(停滯性論) 등등을 만들어내고 그놈들의 대동아(大東亞) 전략을 위하여 광개토왕비(碑)를 조작(造作)하였고, 우리나라 지명 인왕산(仁王山)을 왜놈들의 일(日)자가 붙는 인왕산(仁旺山)으로, 부산(釜山) 절영도(絶影島)의 봉래산(逢來山)을 영도(影島)의 고갈산(枯渴山)으로, 연해주(延海州)를 그놈들의 물 언저리 연해주(沿海州)로 또, 우리 민족 이름 '한(漢)' 자를 그들의 조선 식민지화 사관에 맞는 '한(韓)' 자로 표기하게 하는 등 문자조작(文字造作)을 통한 수많은 천문학적인 우리 민족을 멍들게 하는 자행(刺行)을 저질렀었다.

또, 동쪽나라 동방(東邦) 땅인 우리나라를 축소 인식(縮小認識)시키기 위한 말 즉, 서양(西洋)이라는 말은 해양민족(海洋民族)인 그놈들과 동맹(同盟)을 맺었던 해군력(海軍力)이 강(强)하였던 영국인들과 제 놈들이 전세계(全世界)를 지배하는 것이 당연하다는 잠재인식(潛在認識)을 가지도록 하기 위한 그놈들이 근세(近世)에 보편화시킨 단어(單語)이다. 옛날 우리 국어(國語)에는 동방(東邦)인 우리나라라는, 동국(東國)이라 하였을 뿐, 동양(東洋)이라는 말을 쓰지 아니하였다. 지금 우리는 서양(西洋) 서쪽 바다. 이라는 말을 쓰지 아니하고 서방(西方) 서쪽 귀퉁이. 이라는 말을 써야 한다. 사람의 삶은 육지(陸地), 땅 위이다. 인어(人魚)들의 삶이 아니다.

광복(光復) 후 지금 우리는, 왜놈들의 시대(時代)에 교육받았고 또, 남한에 진주(進住)한 미국인들과 서방인들로부터 전파된 사상(思想) communism ·proletalism·populism, 공산주의·무산자주의·인민주의 등을 말함. 과 종교(宗敎) 천주교·예수교·그리스도교 등등. 와 영어(英語·English) 등을 배움(學) 학. 으로 한 가까운 근대(近代)의 우리 상대(上代)들과 선배들에게 배우고 자라왔기 때문에 지금 우리는, 우리 민족 주체성(民族主體性)과 민족정신의 당위성(當爲性)·정당성(正當性)·정통성(正統性)을 잘 깨닫지 못하고 있는 것이다.

북경조약은, 우리와 종주관계(宗主關係) 主宗關係·주종관계가 아님. 主從關係·주종관계는 더더욱 아님. 聯合關係·연합관계임. 에 있던 청국(淸國)이 러시아의 힘에 눌려 1860년에 조선(朝鮮)의 영토인 동간도(東間島), 연해주(延海州)와 그 부속 섬들을 제정(帝政) 러시아에 조선 정부의 양해 없이 무단으로 할양한 것이며, 그 후 로스케는 블라디보스토크까지 동청철도(東淸鐵道)를 놓아 시베리아 횡단철도와 연결하였었다.

그 이후에 간도협약(間島協約, 1909) 청국·일본간 조약. 숙종 3년(1712) 백두산 정계비를 세우고 우리 땅이라 한 것을 왜놈들이 청국 땅으로 인정한 백두산을 정점으로 하여 土門江·토문강이 북쪽으로 흘러 松華江·송화강과 합류한다. 이 강의 동쪽 연해주는 東間道·동간도이고 서쪽은 西間道·서간도이다. 朝鮮·조선 世宗·세종 때의 四郡·사군과 六鎭·육진 개척은 무엇을 말하는가? 왜 지금의 우리 국사 교육은 六鎭·육진에 대한 상세한 것은 없고 이름만 있으며, 四郡史·사군사는 없고 그 이름만 존재하는가? 이 체결되었던 것이다. 이것은 왜놈들이 우리나라를 능멸한 을사늑약을 근거로 외교권이 없는 조선과 청국 간에 미해결 상태로 남아 있던 간도 문제에 개입하여 만주지역 철도부설권 지금 만주 지방을 통과하는 서역 유럽지역을 관통하는 철도 푸순 탄광채굴권 등 5가지 이권을 대가(代價)로 왜놈들이 받아내고, 청나라에게 간도 영유권을 인정하였던 것이다. 청나라는 백두산정계비에 나오는 토문강(土門江)이 중국어(中國語)에서 동음(同音)인 두만강의 또 다른 이름인 도문강(圖門江)이라는 그들의 주장을 관철시켜 지금의 압록강·두만강이 우리나라의 국경선(國境線)이 되게 되었었으며 동간도(東間島) 지방이 우리나라에서 떨어져 나가게 되었었다. 그 당시 세력(勢力)이 컸던 신흥강국(新興强國) 왜놈들이 영국·미국의 배경(背景)을 등에 지고 속칭, 빽(Back)이 있고 힘이 있던 그놈들이 꼴리는 대로 하였던 것이다.

왜놈들은 조선과 청나라 간에 합의한 백두산정계비 설치(1712년) 이후 국경 관련 분쟁이 있을 때마다 만주·연해주·동서간도지역이 조선 영토임을 정확히 알고 있었으면서도 자기 나라의 국익(國益) 변화에 따라 청나라에 주었다가 로스케에게 빼앗았다(러일전쟁 후, 1909), 넘겨주고(태평양전쟁 후, 1945), 하면서 그놈들만의 달콤한 세월을 지나온 것이다.

이상의 북경조약·간도협정 등은 조선 황제, 주인인 우리 황제의 동의 없이 비준한 것이므로 당연 무효인 것이며, 왜놈들이 20C 초까지 지금 남북한의 우리나라와 옛 우리 영토이었던 만주·연해주·극동 시베리아까지 점령하면서 즉, 어중간치 아인(亞人)들인 그놈들이 그놈들의 대동아(大東亞)공영권으로 세력을 확장하자 미국의 견제가 시작되었고, 왜놈들이 이에 대한 반발로 진주만 기습공격(1941. 12)을 하게 된 것이었다.

한편, 흥선대원군 이하응(李昰應)은 이상과 같은 왜놈들과 서양백인(西洋白人)들의 서양종교(西洋宗敎)의 우리 민족사상침략(民族思想侵略)과 제국주의(帝國主義) 무력침략을 배척하기 위하여 경향(京鄕) 각지에 세웠던 척화비는 길이 4자 5치, 너비 1자 5치, 두께 8치 5푼의 화강석비(花崗石碑)로써 1871년에 세웠으며, 비석 표면에 "서양 오랑캐가 침입하는데 싸우지 아니하면 화친하자는 것이니, 화친을 주장함은 나라를 파는 것이다(洋夷侵犯, 非戰則和, 主和賣國)"라는 주문(主文)을 큰 글자로 새기고, "우리들 만대 자손에게 경계하노라", "병인년에 짓고 신미년에 세우다(戒吾萬年子孫, 丙寅作, 辛未立)"를 작은 글씨로 새긴 것이다.

1882년(고종 19년)에 임오군란으로 대원군이 청나라로 납치되자 대부분 철거되고 파묻혀버리고 왜놈시대에 없어져버렸으며 지금 충남 홍성군 구항면 오봉리에 충남 문화재 163호로 남아 있다.

독자 여러분 우리 민족 내부 계층별로 각자들의 이익만을 쫓아 서로 싸워 민족 내부 에너지만 소모하며 세월만 보낼 것인가요?

우리 주위의 열강국들은 지금도 6자회담(六者會談) 등으로 우리 민족 전체를 흔들고 뜯어먹기 식의 힘에 의한 국제정치 행태(國際政治行態)를 계속 자행(剌行)하고 있다. 지금 우리가 과도하게 반발하고 옛날 단군 고조선·고구려·고래(古來)의 우리 땅을 급히 찾으려 한다면 그놈들끼리 또, 우리 땅 내부(內部)에서 우리 민족을 향하여 전쟁(戰爭)이 일어나서 우리 민족들만 불쌍하게 도륙(屠戮)당할 것이며, 그렇게 될 경우 우리 민족은 다시 일어서지 못할 것이다.

미국·일본·호주는 자기들끼리 태평양 해상함대 훈련을 하고 있다. 우리와 땅이 붙어 있는 떼놈들과 로스케들은 느긋하게 앉아 있는 것일까?

우리 각자는 열심히 공부(工夫)하고, 하는 일을 부지런히 하며, 협동하고, 자조하고, 민족을 단결시켜 부강(富强)하고, 힘이 있는 우리 조국(祖國)을 만들어 서방(西方)의 백인들, 중화인민들, 러시아인들에게 빼앗긴 우리 땅과 바다와 우리 민족정신(民族精神)까지도 되찾아야 할 시대를 함께 꿈꾸지 않으시렵니까?

11
결어結語

결 어

나는 앞에서, 4000년(年)이 넘는 긴 시
간(時間) 동안 대동방(大東邦)인 지금의 만리장성(萬里長城) 북동방 황허
유역·산동반도·만주·연해주·시베리아·한반도를 포함한 지역의 지리
(地理)적 공간(空間) 속에서 면면히 이어온 수많은 우리 조선민족(朝鮮民
族)들의 "삶"을 부족한 지식(知識)과 짧고 거친 문장으로 엮어 썼다.

이 글을 쓸 수 있었다는 것만으로도 나는 행복하며, 오랜 세월에 걸친
거창한 우리 민족사를 천학비재(賤學非才)한 나 자신이 거론한 것 자체만
으로도 나는 건방진 것이며, 한편으로는 나의 마음속에 있는 나의 뜻을
어찌 글(文)과 말(語)로 모두 다 표현할 수 있으리오?

어쨌든 고대기(古代紀) 약 10세기 이전. 중세기(中世紀) 약 11세기~18세기까지.
근대기(近代紀) 18세기 후반~20세기 중반. 현대기(現代紀) 20세기 중반~21세기 현
재까지. 를 거치면서 우리 민족은 나름대로 삶의 전통과 철학(哲學)을 펼치
면서 자주적(自主的)으로 살아왔으나, 근대(近代)에 이르러 이민족(異民
族)들의 종교(宗敎)를 비롯한 각종 사상(思想)과 자연과학(自然科學)에 의
한 문물(文物) 즉, 문화(文化·Culture)와 문명(文明·Civilization)에 압도되고,
그들의 무력(武力)에 의한 침략(侵略)과 병탄(倂呑) 모든 것을 모조리 아울러

집어삼켜 먹힘. 을 당하여 민족정신(民族精神)과 정기(精氣·正氣)를 잃어버리고, 왜놈들의 제국주의(帝國主義) 희생물로 전락되어 왜놈 천황(天皇)의 황국신민(皇國臣民)이 될 것을 강제(强制)당하고 변변한 저항과 거역없이 35년간 왜놈 행세를 하면서 살아왔었다.

뜻있는 우국지사(憂國志士)들은 국내에서 의병(義兵) 활동으로 대일저항을 하고, 해외(海外)에서는 망명정부의 수립(樹立)과 독립군(獨立軍)의 활동도 하였었다.

근세의 조선(朝鮮)은 이씨 왕가(李氏王家)와 사대부(士大夫)들의 나라였으며, 전국토(全國土)와 모든 백성(百姓), 민(民)들은 임금의 것이었으며, 백성을 위주로 하는 백성들이 스스로 열심히 일하고 공부하며 행복하게 잘 살 수 있도록 하는 국민자율(國民自律)적인 민주(民主) 개념은 없었었고, 왕가(王家)의 관리(官史)와 막료(幕僚)들의 관료주의(官僚主義)에 의한 백성, 민(民)을 핍박(逼迫) 형세가 절박할 정도로 바짝 조임. 하는 통제만능(統制萬能)의 세월이 계속 되었었다.

물론, 이 왕조(李王朝)의 주체성(主體性)과 정통성(正統性)은 외척(外戚)이나 실세 세력자(實勢勢力者)들과 그 추종 집단(集團)들에 의하여 유린되거나 사실적(事實的)으로 제한(制限)되었으며, 백성들의 나라가 아닌 허수아비 같은 이씨(李氏) 임금과 신하(臣下)인 관료(官僚), 사대부(士大夫)들의 나라였으며, 이와 더불어 과학문명(科學文明)의 미개(未開)로 인하여 만백성들의 삶은 굶주림과 헐벗음의 연속이었다.

조선 말기에 이르러서 기아(飢餓) 굶주림. 로부터 벗어나야겠다는 정약용(丁若鏞, 1762~1836) 등의 실학사상(實學思想)은 그 열매를 맺지 못하였고 實踐·실천이 거의 없었으므로, 왕권봉건주의(王權封建主義) 임금의 권한으로 封土·봉토를 주고 官僚·관료들을 任命·임명하여 나라를 다스려야 한다는 主義·주의 主張·주장. 의 각종 제도(制度)를 타파하고, 유불선사상(儒佛仙思想) 유교, 불교, 神仙·신선사상, 무릉도원에서 우리 조상님들이 仙·선처럼 사시면서 天皇·천황 즉, 北極

星·북극성이 전 宇宙·우주를 이끌며 다스리고 있다는 天文學·천문학인 周易·주역사상과 檀君·단군의 弘益人間·홍익인간 思想·사상을 말함. 을 합하여 탄생되었던 우리 민족 종교(民族宗敎)인 천도교(天道敎)는 조선 조정(朝鮮朝廷)과 일제(日帝)에 의해 거의 압사(壓死)당하였던 것이다.

1910년에 고종(高宗) 황제가 이끄는 대한제국(大韓帝國)이 일본에게 병탄(倂呑)되고 합방된 것은 근세(近世) 18세기~20세기 초에 우리 민족이 자강(自强) 스스로 강함. 하지 못하였기 때문인데, 지금 우리는 누구를 탓하며 주저앉아 있을 수 있겠는가요?

일제(日帝帝國主義)에 합방(合邦)되어 모진 고생과 핍박 속에 35년간 그들의 군국(軍國)주의의 종살이 삶을 살아오던 중 2차대전과 태평양전쟁에서 미국(美國)·영국(英國)·소련(蘇聯)의 승리로 일제(日帝)가 패망하여 그나마 한반도에 정부(政府)도 없이 껍데기, 우리 고선대(古先代)님들의 일부 땅(一部地)만으로 남아 있던 우리는 남(南)과 북(北)으로 미군(美軍)과 소련군(蘇聯軍)에 의해 사전 각본적(事前脚本的)으로 분할 점령되고, 미국·영국·소련에 의한 모스크바 삼상회의 의결사항인 신탁통치가 각각 미군과 소련군에 의하여 실시되어 남한은 미군정(美軍政) 후에, 북한은 소련군정(蘇聯軍政) 후 각각 독립국(獨立國)을 수립하게 되었었다.

2차대전이 끝나고, 일본이 태평양전쟁(太平洋戰爭)에서 패망한 후 미국과 소비에트연방이 주도한 전후처리는 국제공산주의(國際共産主義·The Comintern·The International Comintern, 1919~1943)를 주창하였던 소비에트연방국에 의한 동구 제국(東歐諸國) 및 대만을 제외한 중화인민공화국(仲僱人民共和國)과 그 이외의 미국이 주도하는 서방(西方) 세계 각국들 간의 정치이념 경계선(政治理念境界線)인 냉전선(冷戰線, cold war line)을 그어 서방(西方) 세계와 공산(共産) 세계로 양분되어 한동안 힘의 균형을 유지하여 오게 되었으며, 그때에 그나마 남아 있던 우리 민족과 조국(祖國)이 두 동강나서 북한은 공산권(共産圈)으로, 남한은 서방(西邦) 세력권으로, 공산주의와 자유민주주의의 이념(理念) 즉, 사상(思想)으로 서로 대치하는 국면(局面)이 되었었다.

물론(勿論), 세월이 지남에 따라 북한은 공산화를 완료(完了) 모든 것이 國有化·국유화 됨. 하여 인민공산주의(人民共産主義)와 김일성주체사상(金日成主體思想)으로 바뀌었고, 남한의 자유민주주의(自由民主主義) 이념은 무산인민주의(無産人民主義·Proletalia populism)로 바뀌어가고 있음을 독자들은 간과하여서는 아니 됩니다. 즉, 증기기관(烝氣機罐) 을 발명(發明)한 후 석유내연기관(石油內燃機罐), 전기(電氣)에 의한 동력(動力)으로 자동기계(自動機械)를 사용한 산업혁명(産業革命)을 거의 완성한 시점(時點)인 서방(西方)의 19C 중반 하층 노동계급의 계급투쟁(階級鬪爭) 시대의 무산인민공산주의(無産人民共産主義)의 이념(理念·Ideology) 유행시대(流行時代)와 같은 상황이 우리에게 들이닥쳐 우리 정치상황(政治狀況)이 이념 싸움판 바닥이 되고 있는 것입니다.

이것은, 서양 종교의 절대신이며 하나님(一任)인 예수 앞에 만민이 평등하다고 말하여, 로마(Rome)인들에게 핍박받던 예수 야훼사상(Jesus YAHEY 思想)과 함께, 가난에 찌든 자신의 생활을 무산인민들의 계급투쟁설(階級鬪爭說)로 만회하겠다는 소위 가난에 대한 한풀이 식의 뒤틀린 마음을 가졌던 유대인 칼 마르크스(Karl Marx, 1813~1880)의 사상이 지금 우리에게 만연(曼然) 아무 뜻도 없이 길게 오랫동안 그러함. 되어 무한정의 민주와 자유·평등을 외치는 무산인민들에 의해서 무정부(無政府) 상태에 가까운 무산인민민주정부(無産人民民主政府) 상태를 요구당하고 있다는 말입니다.

이 놈(者)들의 다음 진행 단계는 무엇인가? 인민공화국(人民共和國)의 수립인가? 레닌(Lenin, 1890~1924)처럼 제국주의(帝國主義) 세습 봉건왕조(封建王朝)의 가족주의(家族主義)와 신흥자본주의(新興資本主義) 부자 근성(根性)을 뿌리 뽑기 위한 프롤레타리아 무산인민독재(無産人民獨裁)를 당연시(當然視)하는 무산인민공산독재국가(無産人民共産獨裁國家)를 성립(成立)시키기 위한 것인가?

지금 현대의 국가(國家·Nation) 겨레. 라는 것은 법, 법률(法律)로써 각 개인들의 자유(自由·Freedom)와 권리(權利·Personal rights power) 즉, 인권(人權·Personal rights)은 공익(共益)을 위하여 제한(制限) 통솔(統率)하는 독재단체(獨裁團體·Dictatorship Group)인 것이다.

YS·DJ·NH 정권은 분명히 좌익정권이며 삼성가(三省家), 현대가(現代家) 등 우리나라 신흥재벌들이 도둑놈으로 몰리고 있는 수난사와 국가공권력(國家公權力)에 도전하는 것이 민주주의(民主主義)인 양 하는 지금의 민노총(民勞總)을 비롯한 미명의 각종 사회단체와 좌익정당들의 대정부 투쟁을 보면 독자 여러분은 어떤 생각을 하시게 됩니까? 우리 민족주의(民族主義), 우리 가족주의(家族主義) 및 우리 참자유민주정치(眞自由民主政治)와 인민사회주의정치(人民社會主義政治)의 분명한 충돌인 것입니다.

미국과 영국이 세계를 주도(主導)하여 이끌어가던 그 시절에, 국제연합(國際聯合·UN)의 의결(議決)로써 선거(選擧)가 불가능(不可能) 소련의 거부권 행사로 인함. 한 북한 지방을 제외한 남한만의 총선거로 자유당(自由黨) 이승만의 친미정권(親美政權)인 대한민국이 성립되었다.

이민족(異民族)들로부터 간섭받지 아니하고 우리 민족이 자주독립(自主獨立)을 이념(理念)으로 하던 상해(上海)임시정부 수반 김구(金九)가 이끌던 한국독립당(韓國獨立黨)은 미·소 군정 당국과 자유당(自由當) 이승만의 세력(勢力), 북한 인민노동당(人民勞動黨) 김일성(金日成)의 배척과 반대로 통일 한국의 꿈은 이루어지지 못하였고, 6·25 남북 민족 이념 전쟁을 겪고 지금까지 분단된 조국으로 남아 아직도 무산인민공산주의(無産人民共産主義)의 망령에서 벗어나지 못하고 있는 것이다.

일제(日帝)로부터 광복(光復) 후 어쨌든 남한은 민주공화국(民主共和國)

으로의 출발은 하였으나, 사사오입(四捨五入)의 3선 개헌(改憲)으로 권력의 영원한 독점을 기도하던 이승만과 그 추종 세력들은 독재정권으로 몰려 자유(自由)와 민주(民主)를 외친 당시의 민족 지성(知性)이었던 고려대학생(高麗大學生)들을 중심으로 한 4·19의거(義擧)로 붕괴되고 어부지리(漁夫之利) 격으로 민주당(民主黨)이 정권(政權)을 잡게 되었었다.

자유당정권(自由黨政權) 후기부터 힘을 쓰기 시작한 민주당(民主黨)은 영원한 정권연장(政權延長)만을 추구하고 국민(國民)을 위하여 아무것도 하지 아니한 무능정권(無能政權)이었던 자유당(自由黨)에 대한 반대적인 뜻과 구호(口號)로 민주이념(民主理念)을 온 국민들과 당시의 지성(知性)들이었던 젊은이, 대학생들과 고등학생들에게까지 불어넣었었다.

그 당시의 이 민주개념(民主槪念)은 과거 조선시대 이씨왕가(李氏王家)와 그들의 공무원(公務員)이었던 관료(官僚) 官吏·관리와 軍幕·군막의 장수 즉, 막료. 지방수령(地方守令), 관아 이속(吏屬)들처럼 그들의 잇속만 챙기고 헐벗고 굶주리던 서민들을 구휼(救恤)하고, 만백성, 민(民)이 잘 먹고 잘 입고 행복하게 살 수 있는 '삶'의 질과 량(質·量)을 도모하는, 백성(百姓)들을 위한 참민주정치(眞民主政治)는 없었던 것에 대한 반발 심리의 연장선으로 작용되었었다.

즉, 미개(未開)하였던 조선왕조(朝鮮王朝)의 정신적·시대적 유산(精神的·時代的 遺産)인 관료주의(官僚主義)와 왜놈강점기 천황 중심의 왜놈 군인(軍人)들에 의하여 우리 민족이 침략(侵略)당하고, 왜놈 고등계 정보형사들에게 개인의 사상(思想)과 모든 실제 사생활까지도 감시당하고 통제(統制)되던 시대를 겪으면서, 일본 군·관(日本 軍·官)들에게 저항하던 것처럼 우리가 국민투표로 뽑은 우리 정권의 간성(干城)이었던 공무원 관(官)에게도 그와 같은 반발심리(反發心理)가 연장(延長)된 것이었다.

그러나 정권을 잡았던 민주당(民主黨)은 신구파(新舊派)로 나뉘어져 백성(百姓)들의 삶은 도외시한 채 권력투쟁(權力鬪爭)만을 일삼았으며, 배고프고 헐벗어 욕구불만(欲求不滿)이었던 일반 백성들은 수많은 시위, 데모로 해(年)를 지새우던 중 5·16군사혁명(軍事革命)이 일어났던 것이다.

우리 민족의 광복(光復)은 지금과 다른 각도로 보았을 때, 일본과의 태평양전쟁에서 이긴 미국(美國)의 전쟁 승리로 얻은 부산물의 하나라고 생각할 수도 있을 것이다.

이 점은 그동안 수많은 독립투사들과 우국지사(憂國志士)들의 3·1운동, 6·10만세사건, 학생의 날 제정 원인이 된 광주(光州)학생의거 등등에 대한 과소평가적인 발언이라고 독자들은 인식(認識)할 수 있겠으나, 국제정치·군사적인 측면에서 그러하다는 것임을 혜량하여 주기 바라는 바이다.

광복 후 미군(美軍)들에 의한 군정(軍政)과 수많은 미군기지(美軍基地)로부터 흘러나왔던 그들이 먹다 남은 잔반(殘飯) 소위 짬밥, 部隊·부대찌개, 꿀꿀이죽 등으로 허기를 때우던 당시의 우리 식문화(食文化), 군용담요, 야전상의 등의 군복 등 미 군용품 의복문화(衣服文化), 전통적으로 정숙(貞淑)하였던 우리 민족 여성(女性)들에게 굶주림을 담보하여 매춘(賣春)케 하는 화냥년(化洋年)의 정신문화(精神文化)를 남긴 미군(美軍)들에 대한 인간 내면(人間內面)에서 우러나온 당연한 민족의 체면과 시대적(時代的)인 민족정신으로 민주(民主)라는 개념이 적합하였던 것이다.

소위, 化洋年·화양년 문화. ─洋渴保·양갈보. 지키고 간수해야 할 여성들의 뜻, 保志·보지가 양놈들의 肉頭·육두에 갈증이 남─이 우리 민족 時代精神·시대정신의 西洋化·서양화는 제 밥그릇 못 찾아 먹는 우리 민족 사내(漢)들이 그렇게 되도록 한 책임을 져야 할 것이다.

한편, 그동안 자주(自主)적으로 우리 민족대학(民族大學)에서 공부하여 민족지성(民族知性)으로 성장한 고려대 학생을 중심으로 하여 일어났던 4·19학생의거(學生義擧)로 어부지리(漁夫之利) 격으로 정권(政權)을 획득한 민주당정권(民主黨政權)의 정치(政治)는 신·구파로 나뉘어 지금과 같이 정파 간에 싸움질만하고, 중구난방으로 떠들어대는 인민언론(人民言論)과 민족철학(民族哲學)이 없던 당시의 정치인들은 정권 잡기에만 관심을 두었었고 온 우리 민족 전체가 먹고 사는 민생고(民生苦)는 도외시되었으며, 그 동안 자라온 민족정신을 가진 젊은 신진보(新進步) 세대들의 민족이념 즉, 자주(自主)와 독립(獨立)은 일본군(日本軍)에서 미군정청(美軍政廳)으로 인계되어 맡겨지었었던 것이었다.

민족주체성(民族主體性)과 민생고(民生苦)는 어디에서 해결하고 찾을 것인가? 욕구불만적인 수많은 시위가 계속되고 정치는 백성들의 민생(民生), 삶과는 동떨어진 쪽으로 흘러가고 있었던 것이 아니었던가?

자유당 정권 말기부터 민주당 정권 시절에 국회 원내총무(院內總務)나 민주당(民主黨) 국회의원으로 활동하였던 사람들 중 후대(後代)에 민주당(民主黨) 총재나 그 아류당(亞流黨)의 지도급이었던 소위 이김(二金) 두 사람이 우리나라 대통령을 지냈었다.

이 우리나라 초기 민주당 시절의 혼란한 정치시국을 타파하기 위하여 요즘 말하고 있는 군사쿠데타(軍事 a coup d'état) ~을 음모하다. ~를 모의하다의 뜻과 멋지게 ~를 해내다의 뜻이 있으므로 군사혁명(軍事革命 Revolution)을 격하시킨 말임. 를 일으킨 사람들이 군인들이었다. 그들은 반공(反共) 개인의 사유재산을 인정하지 아니하고 모든 땅과 공장이 國有·국유로 하여 그 생산품을 분배 배급하는 공산주의 정치에 반대함. 을 국시(國是)의 제일로 삼고, 고난과 도탄에 빠진 민생고를 시급히 해결하고, 온 민족 백성들이 협동하고 자조(自助) 스스로 도움, 근면(勤勉) 부지런히 일함. 을 기치로 내걸고 이를 실천(實踐)한 당시의 상황에서는 우리 민족 현실주의자(現實主義者)들이었으며, 정도령(鄭道令) 나라를 구한 도령. 들이었다고 생각된다.

새로운 천년(新千年·New Millennium)이 시작된 지금, 대체적으로 불혹(不惑)의 나이까지 인생 삶을 겪지 아니한 40~50대 중·후반 이하의 젊은 세대들은 자신들의 부모세대(父母世代) 즉, 일제 말기(日帝末期)부터 민족 광복(光復) 후 초기 우리 민족의 정부 시절 즉, 1945년부터 1960~70년대까지의 6·25 전쟁 나서, 굶주리고 헐벗은 비참한 삶을 이해(理解)하지 못하고 있으며 또, 그 이후의 더 젊은 세대들은 태어나기 이전이므로 더더욱 모르는 것이다.

굶주려서 배고프고 헐벗어서 추운 삶의 슬픔과 비참함을 모르는 것이다. 지금 새로 태어난 신진보세대(新進步世代)들이 군사(軍事) 쿠데타, 유신독재(維新獨裁), 독재군부(獨裁軍部) 시대라고 이해하고 있는 그 시대의 젊은 세대들이 일컬었던 매판자본(買辦資本) 또는, 대일 청구권자금(請求權資金)으로 공업단지를 건설하여 공장(工場)을 세우고, 부족한 적은 돈으로 경부고속도로와 항만시설 저수지(Dam) 등 소위, 사회간접자본(社會間接資本) 온 국민들이 같이, 함께 혜택을 누리며 쓸 수 있는 삶의 밑천이 되는 자본. 을 건설하여 국민 모두가 밤낮으로 일하여 수출하여 그 돈으로 안량미·밀가루·콩 등의 먹을거리를 수입하여 굶주린 우리 민족 모두가 먹고 살았으며 소양강·팔당·안동 등지의 댐(Dam) 큰 저수지. 으로 농·공업용수와 식수(食水), 전기(電氣)를 공급하였고, 가뭄의 피해를 줄이고, 울산·광양지방에서 나오는 석유와 관련 생산품으로 나일론(Nylon)을 비롯한 섬유를 생산하고 플라스틱(Plastic) 제품을 만들어 생활용품(生活用品)으로 쓰게 되어 굶주리지 않고 헐벗지 않는 세월을 이룬 것이었다.

지금 현재 정치권에서는 계속해서 민주주의(民主主義) 운운하고 있는데 그들이 요청하는 민주주의 목적(民主主義目的)은 무엇인가?

옛날, 박정희 정권 시절의 정치는 온 백성, 민(民)을 위한, 백성들이 굶주리지 아니하고 잘 살 수 있게 만든 참다운 한국적 민주주의 정치를 하였으며, YS·DJ·NH의 민주주의는 국민들을 선동하여 정부(政府)와 대항케 하고 기존정권(旣存政權)을 무력화시키고 자신들이 정권을 잡아야겠다는 인민영합적민주주의 즉, 무산인민주의(無産人民主義)만을 부르짖어 온 것이며 즉, 온 나라가 고요(高堯)하지 못하고 시끄럽게만 되었던 것이다.

과연, 지난 4~50년 동안 그들이 말하던 미명(美名)의 진보세력(進步勢力)들이라고 이름 붙인 이 좌익 세력들이 우리 전 국민들의 생각과 사상을 끌고 간 방향과 그 좌익 무산인민영합정치인들이 이끌어 간 정치 방향(政治方向)은 국민 전체가 행복하게 잘 사는 곳으로 향하고 있었던가?

지금 정치권이나 젊은 세대들이 어떻게 말하든 간에 1960년대 초부터 1980년대 말까지 그때의 군 출신(軍出身) 정치인(政治人)들은, 지금 60대 이상의 장년층(壯年層)이 된 우리 민족, 국민들과 힘을 합하여 약 30년 남짓한 시간에 단군(檀君) 이래 가장 풍요로운 우리 민족의 삶을 창조하였던 것이다.

구한말(舊韓末) 고종의 大韓帝國·대한제국의 말기. 부터 지금까지 인구(人口)는 약 2,000만 명에서 남북한을 합하여 7,000만 명 정도로 늘어났으며, 이것은 진실로 우리 민족에게는 다행한 일이 아닐 수 없다.

근대(近代) 18세기부터 20세기 초까지. 에 우리 민족은 적은 인구, 쪼그라든 국토(國土), 쌍놈(常者·商者)들이 하는 것이라는 어리석은 양반(兩班) 사대부(士大夫)들의 자연과학(自然科學)에 대한 인식(認識)의 잘못과 이를 치용(致用)하지 못한 결과로 나라를 잃고 민족정신(民族精神) 그 實體·실체는 한글·漢文·한문 즉, 우리말과 우리글이 영어 英文·영문으로, 종교가 儒敎·유교에서 예수교로, 弘益人間·홍익인간 사상이 상대성이 없는 일방적인 공산주의·막시즘·marxism ·무산자주의·proletalism 人民主義·인민주의·populism으로 되었고 의복이 양복·양장으로 주택이 양옥으로 바뀜. 받아들여야 할 좋은 것은 받아들이고 받아들이지 못할 나쁜 것들은 버려야 하고 병행 가능한 것은 병행 사용하는 것이 현재 우리 민족의 개혁이 되어야 함. 까지도 잃어버리고 이민족(異民族)들의 힘 앞에 굴복하여 민족의 자유(自由)와 재산(財産)·인생 삶(人生) 전체가 송두리째 그들의 손에 맡겨져, 매달려 있게 된 것이다.

어찌하였든, 지금 우리 젊은이들은 부모세대들의 교육열기(敎育熱氣)

덕분으로 대부분 대학(大學)을 졸업하였거나 고등교육(高等教育)을 받아 지식수준(知識水準)에서는 세계 어느 나라에도 뒤지지 아니하는 민족국가(民族國家)로 성장(成長)되어 있다.

이제 우리 민족의 바른 뜻과 정신(志·精神)을 가진 기득노장층(旣得老壯層)들의 미래지향적(未來指向的)인 생각의 선도(先導) 아래 젊은이들은 우리 민족기업(民族企業)을 세계적인 일류 기업으로 성장시키고 있으며, 특히 IT산업 지식·정보전자통신산업, 자동차(自動車)산업, 조선(造船)산업 등등은 세계 초일류(超一流)이다.

이것은 그동안 인민민주정치인(人民民主政治人)들 특히, 과거 우리나라 건국 초기부터 참민주(眞民主) 이념은 실행(實行)하지 아니하고 허망된 상대적 무산인민주의만을 선동(煽動)만 하던 DJ·YS·NH 등의 과거 소위, 전통민주당(傳統民主黨) 추종 패거리들이 가담한 바 없이, 친기업(親企業)적 정책(政策)이 거의 전무(全無)한 상태에서 배달민족(倍達民族) 우리 백성들이 스스로 열심히 일한 덕분으로 보아야 마땅한 것들이다. 소위, 그들의 인민민주정치(人民民主政治)는 우리 민족경제(民族經濟)와는 따로 놀았다는 말이다.

이와 같이 세계 초일류산업에서 값싸고 품질 좋은 제품들이 세계인의 각광 속에 수출되어 벌어들인 외화(外貨)로 식품(食品)을 사들여 배불리 먹고 에너지 석유(石油)를 구입하여 공장을 가동(稼動)하고, 자동차(自動車)를 타고 다니며 전기 불빛 아래서 공부(工夫)하며 지금 우리가 살고 있는 것이다.

1950~60년에는 대부분 호롱불을 사용하였으며, 그 어디에 전동모터를 사용하여 가동하던 공장이 있었던가? 그 시대(時代)에는 1인당 국민소득 GNP는 100달러 미만이었고, 농업·광업·수산업 등 거의 1차산업뿐이었었다.

그 당시에는 2차산업인 공업은 자전거(自轉車)도 잘 만들지 못하는 수

공업(手工業)적 수준이었다. 따라서 3차산업인 상업(商業), 금융·서비스 산업 등은 더욱 원시적이었다.

지금 우리 민족의 시급(時急)한 과제(課題)는 장기적인 식량 확보(食糧確保) 식량 자급도가 28% 정도라고 함. 와 석유(石油)·가스(gas) 에너지의 확보 전량 거의 100% 수입하고 있음. 이며, 이 두 가지가 앞으로 우리 한민족(漢民族)의 흥망성쇠(興亡盛衰)를 좌우할 것으로 나는 보고 있다.

우리는 대체 에너지 개발을 서둘러야 한다. 신생대(新生代)의 동식물 화석(化石) 에너지는 곧 고갈된다. 에너지 절약을 하여야 한다. 원유(原油) 가가 몇 년 전보다 2~3배 뛰어올라 곧 배럴(Barrel) 약 158.9리터 나무통 단위의 원유. 대상 즉, 맥주, 과일주 등 일반 액체에 따라 양이 다름. 당 100 $ 이 넘어서고 있다.

또, 과거 박정희 시대의 장덕진 장관과 정×영 회장의 우리 민족의 식량 확보를 위한 만주(滿州) 개발 시도와 지금 군사독재자라고 하는 전×환 시대에 아르헨티나·브라질을 포함한 남미지역과 만주지방에 농지(農地) 개발 시도 등을 우리 민족 독자 여러분은 깊이 고려하여 보셔야 합니다.

다시 앞으로 돌아가서, 남한만의 독립(獨立)을 한 후 지금까지 우리 정치(政治)의 주된 요소(主要所)이었던 민주평등이념(民主平等理念)은 자유당 시대를 거치고 민주당(民主黨) 시대를 거쳐 성장(成長)하였다가 다시 5·16혁명(革命)이 일어나면서 우리 민족 각 개인들이 서로 화합(和合)하고 근면(勤勉)하였던 공화당(共和黨) 박정희 정권(朴正熙政權)의 성립으로 우리 민족 전체가 '우리'라는 인식(認識)을 가지고 서로 양보하고, 서로 희생하며, 서로 부조(扶助)하는 즉, 개인들의 자기주의적(自己主義的)인 자유(自由)·평등(平等)을 스스로 축소시킨 공화(共和)라는 우리 민족정신(民族精神)의 발현(發現)으로 축소(縮小)되었다고 보아야 할 것이다.

서로 돕고 협동하는 공화(共和)라는 민족정신의 발현(發現)으로 개인들의 인간 세상, 유기체(有機體·System)적인 국가 사회생활에서는 성립될 수 없는 또, 인간 세상에는 존재할 수 없는 다만, 마음속에만 있을 수 있는 소위, 대가리 속의 이 무한정(無限定)한 중구난방(衆口難防) 백성의 입을 막는 것은 개천을 막는 것(防川)보다 어렵다는 周·주나라 고사 참조. 의 민주평등이념 (民主平等理念)은 국가공권력(國家公權力)으로 제한(制限)되었던 것이다.

민주공화국(民主共和國)인 우리나라 국민 각자들의 삶은 자기하기 나름에 따라, 세월이 지남에 따라 보이지 아니하는 인생계급(人生階級)이 생기고 평등(平等)하지 아니하게 되는 것이 자연현상(自然現象)이다. 또, 국가(國家)라는 조직유기체(組織有機體·System)는 우리 국민 각자의 민주이념(民主理念) 즉, 자유·평등은 모두 다 수용 소화(收溶消化)할 수 없으며 공공(公共)을 위하여 제한(制限)시키는 것이 국가(國家)이며 또, 국가는 국민(國民) 각자의 필요(必要)한 권리(權利)와 자유(自由)를 법(法·法律) 작용을 통하여 보장(保章)하는 것이다.

우리는 국민 개인당 소득 100달러 미만의 후진 농업국가(農業國家)에서 싱가포르·대만·홍콩 등과 함께 세계인들이 말하는 네 마리의 용(龍)이 되었던 한강(漢江)의 기적을 일구어내었던 것이며, 중진 공업국(工業國)으로 성장하여 우리 민족(民族)의 중흥(中興)을 어느 정도 달성(達成)하여 개인 당 소득이 약 5,000달러 이상의 수준으로 만들었었다.

급물살을 타고 시대는 흐르면서 공화당정권(共和黨政權)은 자신들의 기득권(旣得權)을 계속 유지하기 위하여 정권 연장(政權延長)을 기도(企圖)하였고, 위정자(爲政者) 박정희 대통령의 민족중흥(民族中興)과 조국근대화(祖國近代化)라는 목표(目標) 아래 그가 과거에 일제사범학교, 만주, 일본에서 군사관학교(軍士官學校) 시절에 배우고 보았던 왜놈들의 메이지유신(明治維新)에 의한 왜민족의 힘(Power·政治權力·정치권력) 즉, 대동아공영권(大東亞共營權)을 주장하며 그 추진을 보고 1972년 10월유신(十月維新)을 단행하였을 것으로 나는 추측하고 있다.

그 동안 민족자주적인 고등교육(高等敎育)과 대학교육(大學敎育)을 받은 문민출신(文民出身) 젊은이들은 과거 자유당정권(自由黨政權) 시절부터 있어 왔던 인민민주정치세력(人民民主政治勢力)들이 여러 분야의 집회 등을 통하여 또는, 신문·라디오·텔레비전 등 대량언론매체(大量言論媒體·Mass Media)를 통하여 군사독재(軍事獨裁)라는 선전선동(宣傳煽動)과 북한 공산주의자들의 인민노동당(人民勞動黨), 새로 태어난 자식(子息) 세대 사상가들 즉, 자생인민주의 사상가(自生人民主義思想家)들이나 그들의 사주를 받은 놈들이 노동현장(勞動現場)인 공장에 노동자로 위장 취업하여 노조원들을 부추기는 지하조직(地下組織)적인 이념공세(理念攻勢)에 매혹(魅惑) 마음이 끌리어 정신이 헷갈리어 홀리게 됨. 되어 우리 민족정기(民族精氣)는 다시 흐려지고 우리 자유 민주주의(民主主義)는 인민주의(人民主義·populism)내지 무산인민주의(無産人民主義·Proletalia Populism)가 되어, 북한 인민노동당(人民勞動黨)의 무산인민공산주의(無産人民共産主義·Proletalia Communism)와 비슷한 성격을 띠게 된 것으로 생각된다.

이러한 좌익사상을 가진 자들의 자행(刺行) 즉, 노사분규의 선봉에 서거나 좌익인민학생운동(左翼人民學生運動)을 하면서 국가 공권력 행사 과정에서 사망한 자는 민주열사(民主烈士)가 되고 이와 같은 것들이 지금까지 해온 民主主義·민주주의의 結果實·결과실임. 공산주의 성립을 위한 폭력혁명(暴力革命)에는 젊은 무산 엘리트(無産 Elite·識者·식자) 이 젊은 놈들은 흰백지에 붉게 물들인 것과 같은 진짜 빨갱이 인민공산주의자들의 앞잡이 선봉장임. 가 앞장서야 한다는 레닌(Lenin)의 인민폭력혁명(人民暴力革命) 이론을 당연시(當然視)하는 경향으로 발전된 것이다.

이러한 것은, 지금 우리 정치사회(政治社會)의 노사분규 현장, 촛불시위 등 무정부상태(無政府狀態)로 이끌어 보수정권(保守政權)을 무너뜨리고 새로운 무산인민정부(無産人民政府) 성립을 기도(企圖)하는 듯한 지금의 행태(行態)를 보면 독자들은 명확(明確)히 인식(認識)할 수 있을 것이다.

정부에 도전하고 경찰에게 화염병을 던지고 국가공권력(國家公權力)에 도전하는 것이 민(民) 즉, 백성들의 민주주의(民主主義)인 양 착각하는 것이며, 이러한 행동을 영웅시(英雄視)하고, 그들의 행위를 당연한 젊은이들의 임무로 인식(認識)하고 있는 것이 지금 우리의 실재(實在)이고 우리 정치의 현실이다.

이러한 우리나라 인민공화국화(人民共和國化)는 국민들의 대의정치(代議政治)를 국회(國會)에서 하도록 뽑아준 무산인민영합주의에 가까운 국회의원들이라는 놈(者)들은 민주주의정치(民主主義政治)가 국회에서 대화와 타협으로 발전해나간다는 것 즉, 민주주의가 무엇인지도 모르며 장외(場外)로 뛰쳐나가 인민들과 함께 국가공공질서를 무시하고 파괴하며 데모(Demo)하고 있기 때문일 것이다. 세계 어느 나라 국회의원들이 인민들과 같이 국가 법질서(法秩序)를 망가뜨리며 궐기하는 나라가 있는가?

더군다나, 1960년도 전반부터 외국인들에게 빚을 내어 빌려온 외자(外資)와 우리를 식민지배한 것에 대한 배상 성격인 왜놈들로부터 받은 대일청구권자금(請求權資金) 박정희 최고회의의장 시절 미국 방문 후 미국의 압력이 있었음. 이라고 이름 붙여 받아온 왜놈 돈으로 세운 공장(工場)에서 주로 경공업제품, 즉 가발·의류·양은 식기·플라스틱 제품 등을 밤낮없이 생산하여 내수(內需)와 수출(輸出)을 담당하여 우리나라 초기 수출정책(輸出政策)의 선봉장이었으며, 그 수출로 벌어들인 외화로 먹거리를 수입하여 우리 민족을 굶주리지 아니하게 하였던 근로자(勤勞者)들은 어느덧 노동자(勞動者)로 이름이 바뀌었고, 근로자의 날은 노동절(勞動節)로 바뀌게 되었다.

독자들은 우리 국민들이 일(事)을 勞動·노동으로 하던가 또는, 勤勞·근로로 하면 어느 것이 創意性·창의성이 있고 能率性·능률성이 있겠습니까? 考慮·고려하여 보십시오.

후진농업국(後進農業國)이던 우리나라가 경공업(輕工業)국으로 또, 중공업(重工業·Heavy industries) 국가로 바뀌면서 고용(雇傭) 품을 노사 간에

서로 사고파는 행위. 된 직업(職業) 공장노동자(工場勞動者)들의 수가 급격히 늘어났으며, 이 공장(工場)에 고용(雇傭)된 노동자들은 노동가치설(勞動價値說) 어떤 큰 규모의 자본, 과학문명에 의한 자동기계의 사용, 地價·지가, 노동이 아닌 근로의 가치 등을 간과한 인간의 피동적인 육체노동의 주요성만 강조한 일방적인 이론. 과 잉여가치설(剩餘價値說) 이것도 企業·기업의 이익 창출을 노동자들의 것 만이라고 한 것임. 文明·문명의 利器·이기인 자동기계의 설치, 어떤 規模·규모의 大資本·대자본 투입 효과 등을 간과하고 근로의 능률성을 간과한 이론임. 을 진리(眞理)로 믿고 기업주(企業主)들에게 입사(入社) 당시의 품삯(봉급)에 대한 자유계약(自由契約)은 무시하고 단체행동권(團體行動權)을 발동하여 기업경영 상황(企業經營狀況)은 도외시한 채 공장가동(工場稼動)을 중지시키면서 과도한 대우(待遇)와 타인들과의 평등(平等)한 분배(分配)를 요구하고 과격한 노사분규를 하는 인민들(人民·Peoples)로 탈바꿈하였던 것이다.

이것은 서양(西洋)에서 산업혁명(産業革命) 후 19세기 중반에 생겨났던 칼 마르크스(Karl Marx, 1813~1883)의 공산주의 이론(共産主義理論·Communism) 공산주의를 實行·실행 實現·실현시키기 위한 方法論·방법론. 을 지독한 인민공산주의 독재자 레닌(Vladimir Renin, 1870~1924)의 무산인민식자(無産人民識者)들에 의한 폭력혁명론(暴力革命論) 엘리트 혁명(Elite 革命)은 성분이 좋은 양질의 엘리트들을 동원하여 폭력 수단을 동원하여야만 실행 가능하다는 이론. 레닌과 모택동은 약 18~20세의 젊은이들이 양호한 혁명분자라고 규정하였음. 적이다.

이러한 혁명으로 부자(富者·Bourgeois·부르주아) 정권을 무너뜨리고 레닌은 니콜라이 Ⅱ세와 그 가족을 처형하여 러시아 로마로프 왕조 정권을 무너뜨렸으며, 모택동은 日帝·일제의 침략을 막기 위한 장개석의 국민당과 國共合作·국공합작하였으나 결국은 모택동이 淸·청 왕조를 무너트린 것임. 진정한 노동자·농민·인민들의 이상향(理想鄕)인 국가를 성립 완수시킬 때까지는 무산 엘리트(無産 Elite)들에 의한 무산인민독재(Proletaria 獨裁)를 한동안 하여야 한다는 것이 레닌의 인민독재단계론(人民獨裁段階論)이었다. 이 허망한 이론(理論)으로 그는 종신(終身) 독재권력(獨裁權力)을 휘두르게 하였으며, 지금 북한의 김일성(金日成) 일가도 대대로 독재 권력을 틀어쥐게 하고 있다.

지금 우리나라는 이러한 무산인민독재(Proletaria 獨裁) 과정 중에 있다. 즉, 광주폭동사태·동의대사태·화물연대파업, 미선이 사망사건 데모, 미국산쇠고기파동, 촛불시위, 2009. 5 노무현 자살사망 후 덕수궁 서울시청 광장 추모 명분의 시위 등과 우리 국민 절대적 지지로 당선된 우리 임금, 대통령을 MB out!(명박 퇴장하라)이라는 구호와 아직 성립되지도 아니한 또, 국회에서 토의 협의도 하지 아니한 법률안을 MB 악법(惡法) 철폐라는 구호를 외치는 것을 보면 무산인민폭력혁명(無産人民暴力革命) 과정중에 있는 것이다. 지금 우리나라의 모든 좌익정당(左翼政黨)은 이 추세를 동조하고 선동하고 있으며, 이러한 모든 행태를 민주화의 필연적인 과정이라고 좌익 선동 정치인들이 합리화시키고 있다. 지독한 빨갱이 놈들의 전형적(典形的)인 투쟁 행태이다. 누가? 누구에게 투쟁하고 있는 것인가?

이미, 약 1세기 동안 이것을 경험한 러시아와 떼놈들도 바꾼 무산자 이념(無産者理念·Proletalian Ideology)이며, 상대적 무산인이라고 생각하는 노동자 농민(勞動者農民)들의 이념(理念·利念)이며, 북한 인민노동당(人民勞動黨)의 공산인민주의자(共産人民主義者)들의 이념(理念)과도 합치되는 무산인민(無産人民)들의 생각(生覺) 즉, 사상(思想)인 것이다.

그러나 이것은 인간 삶의 참(眞) 행위가 아니다. 자본주의(資本主義) 시장경제(市場經濟)가 인간집단 내(人間集團內) 즉, 국가 테두리 속 국민들의 삶이 곧 참, 진(眞)인 것이다.

노동(勞動)이라는 일(Work·事) 사. 의 개념은 사람 간의 자유고용(自由雇傭) 관계가 성립된 후 일어나는, 자기 자신을 약자라고 생각하는 피고용자들의 애초의 자유계약고용(自由契約雇傭) 관계를 망각한 반항적인, 자기 편익(便益)만을 도모하는 이기적(利己的)인 누추한 마음에서 생기는 것이다. 개인이 자기 자신(自己自身)의 일을 할 때에는 근로(勤勞)라는 형태로 표출(表出)되는 것이다.

소위, 노동(勞動)은 "왜놈 날(日)일 하듯이 전봇대가 될까 겁이 나고", 근로(勤勞)는 "돈내기, 도급(到給)주면 일 빨리하다 죽을까 겁이 난다" 하는 말과 같은 현상이 일어난다. 이와 같이 하루 일을 해도 이런 판인데 월급(月給)주면 어떻게 되겠는가? 독자들은 예를 들어, 택시회사 기사들에게 월급 주면 어떻게 되겠는가? 생각하여 보십시오! 물론(勿論), 종업원 각자의 의지(義志)로 노동(勞動)을 근로(勤勞)로 극복하는 고급 직장(高級職場)도 더러 있을 것이다.

광복 후 급작스런 인구 증가와 좁은 국토(國土)로 인하여 먹을 것과 입고 자고 집을 짓고 살아가는데 필요한 쌀·밀가루·콩·원면(原綿)·원목(原木)·원모(原毛)·원유(原油) 등 모든 자원(資源)이 부족한 우리나라, 우리 민족은 각자가 2차산업(二次産業)인 이 공장(工場)에서 열심히 일하지 아니하였더라면 먹고 입고 집을 짓고 살 수가 없었을 것이다.

우리 국민(國民)들은 민족 내부 개념으로 계층별로 패거리 무리·黨·당, 勞動組合·노동조합, 각종 委員會·위원회 등. 를 만들어 비겁하고 졸렬한 자신들만을 위한, 기업가(企業家)나 상류층들과의 평등(平等)한 삶 또는 대우를 요구하는 자기들만을 위한 생존경쟁(生存競爭)적인 싸움을 벌이며, 공장 가동률을 낮추고, 기업(企業)의 생산성을 높이지 아니하였던 것이며, 기업(企業)은 부도나고 온 나라가 망하여 가는 꼴이 되고 있는 것이다.

이상에서 말한 노동자 제일주의적인 과도한 노사분규의 극명(極明)한 실례(實例)는, 과거 유신 공화당 시대인 1979년 8월, 가발제조업체인 서울 중랑구 면목동 소재 YH무역회사(대표 장용호)는 근로자들이 과도한 노사분규를 하자 공장 폐쇄를 단행하였고, 이 회사의 노동조합원들은 회사 정상화와 생존권보장(生存權保障)을 요구하며 서울 마포구 신민당사(新

民黨舍)에서 농성을 하였던 것이다.

YH무역은 가발 경기의 호황과 수출정책(輸出政策) 속칭 수출 드라이브 정책. 에 힘입어 종업원이 약 4,000여 명에 이르는, 당시로 보아서는 대기업 (大企業)으로 성장하였으나 노동자들의 인건비 상승(人件費上昇), 과도한 인간다운 대우 요구, 1978년 2차 석유파동으로 수출이 감소하고 회사 운영 이 부실하여지자 노동자 500여 명을 구조조정(構造調整)하고, 이듬해인 4월 폐업을 선언한 뒤 다시 그 해 8월 6일에 2차 폐업을 공고(公告)하였던 것이었다.

이보다 앞서 1975년에 이 회사 근로자들은 이미 노동자가 되어 노동조 합(勞動組合)을 결성하였고, 이후 회사는 휴업과 공장 이전과 인원 감축에 대한 노사협의(勞使協議)를 하였으나 부채와 적자 운영, 노조임금 인상요 구(勞組賃金引上要求) 등으로 폐업을 결정하자 노동자들은 폐업 철폐, 임 금 청산, 고용 승계를 위하여 주거래은행인 조흥은행 등 관계 기관에 자기 들의 회사 정상화를 요구하였으며, 결국 신민당(新民黨) 총재 金泳三·김영삼. 에 호소하기 위하여 신민당사를 점거하고 농성을 한 것이었다.

국가공권력(國家公權力), 경찰이 투입되고 폭력을 휘두르며 경찰과 난 투극이 벌어지는 과정에서 노조집행위원장이던 김경숙이 사망하고, 여성 노동자 172명과 신민당원(新民黨員) 26명이 연행되고, 농성을 배후 조종한 사이비 종교인(宗敎人) 문동환(文東煥) 등이 구속되었었다.

이 문동환은 당국의 허가 없이 북한으로 가서 김일성을 만나고 구속되 었던 문익환 목사 과연 이 者·자가 목사 짓을 한 것입니까? 세계 어느 나라 목사가 이런 짓을 합니까? 우리 政治·정치는 반드시 政·敎· 정·교를 분리하여야 한다. 와 형제 (兄弟)지간이다.

사건 직후 농성 진압과 강제 연행에 대한 반대 시위가 곳곳에서 일어나 고, 당시 신민당 총재 김영삼(金泳三)이 국회의원들의 의결(議決)로 국회 의원직(國會議員職)에서 제명되었었다.

이후 사건의 여파는 계속 확대되어 천주교·기독교·학생·청년 젊은이들의 반유신연대투쟁(反維新連帶鬪爭)을 촉발하는 등 1970년대 말 우리 민주사(民主史)는 인민노동투쟁사(人民勞動鬪爭史)로 바뀌게 되는 현상이 시작되게 되었으며, 우리 백성들의 삶 전체는 망죠(亡俎·兆) 즉, 운명이 다한 俎上肉·조상육(도마 위의 고기)이 되어 죽음을 면할 수 없는 지경. 망할 조짐, 망할 징조가 보임. 들기 시작한 것이다. 우리끼리 치고 박고 싸우는데 나라가 잘 될 것인가?

절대신(絶對神·The Gold) 앞에 만민이 평등하다는 서양 종교사상(西洋宗敎思想)과 인민주의(人民主義)에 의한 만민평등사상은 똑같이 우리 민족 내부 개인들끼리 연령 불문, 계층 불문, 남녀 불문으로 서로 예·의(禮·義)가 없으며 서로의 특징(特徵)과 그 가치(價値)를 인정하지 아니하고 서로 싸우게 만들어 우리 민족정치(民族政治)에 반역작용(反逆作用)을 한 것이다.

지금 현재(2008)의 촛불시위, 방송사 KBS사장의 검찰·감사원 소환 불응 행태 등처럼 대한민국 헌법 제1조 즉, "대한민국은 민주공화국이다"라는 법치국가(法治國家)를 인정하지 아니하고 '대한민국은 인민공화국이다'를 만들고 있는 것이다. 언론(言論)의 자유(自由)와 독립(獨立)의 목적(目的)은 무엇인가?

공영방송(公營放送)의 존재 이유는? 무산인민주의(無産人民主義·Proletalia Populism)의 선동을 위하여 존재하는 것인가? 헌법 제1조는 비록 선언적(宣言的)인 조항이라 할지라도 우리 온 국민들은 이를 지켜야 한다.

가난하고 토지(土地)가 적고 인구 밀도가 높은 후진 농업국가(農業國家)에서 부가가치가 높은 2차산업의 공업국가(工業國家)로 탈바꿈시켜 산업혁명(産業革命)을 이룩하여 우리 젊은이들에게 일자리를 제공하고 종업원들이 열심히 제품을 만들어 외국에 수출(輸出)하여 벌어들이는 돈으로 의식주(衣食住)를 해결하는 식량·원면·원목·원유 등 소비재 물품을 수입하여 먹고 사는데, 수입한 원자재를 가공(加工)하여 수출하는 회사(會社)와 자유고용계약(自由雇傭契約)으로 품삯(봉급)을 받는 노동자들이, 생산성(生産性)은 높이지 아니하고 즉, 근로자가 되어 열심히 일하지 아니하고 지난 과거 즉, 18세기 중엽 유행(流行)하던 무산인민공산주의(無産人民共産主義·Proletalia Communism)적 자기 이념(自己利念·Self Ideology)으로 과도한 분배(分配)와 생존권(生存權)과 고용승계(雇傭承繼)를 요구하며, 궐기(蹶起·Demonstration)하여 기업(企業)을 망하게 한 것이며, 자신들까지도 일자리를 잃고 망하였던 것이다.

이 회사(會社)의 노동자들은 직장 가족(職場家族)이라는 점을 명심하였어야 할 것이며, 계약(契約)으로 고용(雇傭) 품살 고·품팔이할 용, 즉 품을 사고 팜. 되어 품삯을 받고 일하는 사람이 부역(賦役)이 아닌 열정을 가지고 능동적(能動的)으로 열심히 일하는 근로자(勤勞者)가 되어 일(事)을 수행(遂行)하였어야 할 것이었다.

그 사람들은 입사(入社)하면서 시험(試驗)이나 면접 등을 통하여 자신과 회사를 위하여 능력을 발휘할 것이며, 열심히 일하겠다는 개인의 자유의사계약(自由意思契約)은 망각(忘却) 잊어버리고 내팽개침. 하고 입사 후에는 당장 노동조합에 가입하여 회사의 인사(人事)와 경영(經營)에 간섭하고 회사의 경영상태를 도외시하고 무시하며 과도한 임금(賃金)과 인간다운 대우만 요구하는 과격한 노사분규를 하였었다.

지금도 이와 같은 작태는 우리나라 현실에서 계속 자행(刺行)되고 있다. 정말로 본 바 없는, 옳음이 없는, 예·의(禮·義) 없는 세상(世上)으로 되어가고 있는 것이다.

이와 같이 과도한 노사분규를 주도하던 노동조합의 직업노동자(職業勞動者)들은 큰 영향력을 발휘하는 정치 실세(政治實勢) 지금 현재의 열린우리당 386세대 정치인들, 민주노동당 정치인들과 같음. 로 정치권(政治圈)에 1980년대 후반부터 새로 등장하게 되었고, 이들 노동조합인 민주노총·한국노총(民

主勞總·韓國勞總)은 자신들의 영역(領域)이 아닌 우리 민족 정치(政治)에 조소방관적(嘲笑放觀的)인 제3자(第三者)로 일일이 끼어들어 간섭하고 흐트리며 단체행동권을 행사하여 공장의 가동을 중지시키며, 회사의 발전을 도외시하여 우리 직장, 우리 삶터, 우리 조국(祖國)을 황폐(荒廢)화 시키고 있는 것이다.

이러한 점은, 전국교원노동조합총연맹(全國敎員勞動組合總聯盟·전교조) 또한, 어떻게 우리 민족 자제(子弟)들의 교육환경개선, 공부(工夫) 잘 시키는 것을 그 연구 영역(領域)으로 삼아야 하는 것이 마땅한 데에도 불구하고 우리 정치(政治)에 제3자(第三者)로 일일이 끼어들어 분탕질치며 어린, 순진한 학생들에게 인민민주(人民民主), 인민자유(人民自由), 인민평등(人民平等) 등의 좌익이념(左翼理念)을 불어넣어 공부는 아니하고 부잣집 자제들과 공부 잘하는 잘난 친구들에게 집단 히스테리 발작(集團 Hysterie 發作) 이지메, 소위 왕따돌림. 을 하며, 길거리로 뛰쳐나와 데모하고 있다. 이 우리 민족 반역 놈(者)들!

이와 같은 행태가 계속되면 우리 기업은 외국기업(外國企業)에게 뒤지고, 외국기업의 상품에 우리 상품이 밀리게 되고, 외국과 수출경쟁(輸出競爭), 경제전쟁(經濟戰爭)에서 이겨낼 수 없으며, 학생들의 경쟁력이 외국에 뒤지며, 물적자원(物的資源)조차 부족한 우리나라는 다른 나라에 뒤처질 수밖에 없는 것이다.

자본(資本)과 기술(技術)이 있는 우리 기업은 인건비가 저렴한 후진국으로 가버리며, 고임금을 요구하는 교육 수준 높은 젊은이들 지금은 젊은이들 약 85% 이상이 대학 졸업자임. 의 직장은 없어지게 되고 젊은이들은 부랑(浮浪) 떠돌아다니며 함부로 행동함. 하며 국가와 사회에 불안세력(不安勢力)이 되고 불만(不滿)의 시대(時代)가 되는 것이고 계속하여 나쁜 방향으로 증폭되며 흘러가서 우리 민족, 모든 백성(百姓)들은 과거 19세기, 20세기 초기처럼 다시 굶주리고 헐벗고 이민족들에게 핍박받는 세월이 반복될 수밖에 없을 것이다.

지금 일반기업(一般企業)에 종사하는 노동자들과 노동자(勞動者) 단체들, 부두 항만, 농산물집하소, 수산물 경매장 등의 노조(勞組) 등에 소속되어, 국민들이나 기업(企業)에 고급 노무(高級勞務)는 제공(提供)하지 아니하고 노동운동을 하는 자들은 이미 근로자들이 아니다. 그들은 기업(企業)에 노무독점권을 행사하며, 패거리를 만들어 농민·어민, 수출입 물품의 화주(貨主) 일반기업(一般企業) 등에게 방관적인 제3자(第三者)로 간섭하며, 기업(企業)에 저급(低級)의 노무를 제공하고 비싼 임금을 역착취하고 있는 무산인민 빨갱이(無産人民 Proletalia Populist)들인 것이다.

그들은 이와 같은 그들의 행위(行爲)를 가난(家難) poor· 불쌍한. 하고 핍박받고 있는 불쌍한 우리 백성 모두의 민주주의(民主主義)로 자신들 만의 아전인수(我田引水) 격으로 해석하고, 우매한 인민 대중(人民大衆)들의 군중 심리를 끌어들여 그들만의 정의(正義)라고 하고 있는 것이다. 이와 같은 것은 사회·국가에 대한 아무른 의무(義務)인 책임(責任)은 능동적· 열정적으로 수행하지 아니하고 우리 민족들을 방해하며, 열심히 공부하고 일하여 이미 일구어 놓은 기성세대(旣成世代)의 피 빨아먹고 사는 무산인민들의 인민주의 행태(人民主義行態·Model of Proletalia Populism)인 것이다.

입사하는 신입사원들에게 과도한 입사비를 부당하게 징수하며, 비노동특권(非勞動特權)을 누리며, 부정을 저지르는 노동조합 소속 전임놈(專任者)들은 우리 민족(民族) 전체의 삶에 제3자(第3者)적 반역적으로 개입(介入)하며, 우리 민족을 뜯어먹는다.

또, 이와 같은 것을 사람의 당연한 권리라고 생각하며 자신들의 능력을 발휘하여 열심히 일하며 처신을 바르게 하여 직장(職場)인 기업(企業)이나 타인들에게 인간답게 대우받고 분배(分配) 급료·임금. 받을 생각은 하지 아니하고, 비겁하게 노동자들의 천국(天國)을 의도하는 것은 주객(主客)이

전도된 인민주의자들의 짓거리인 것이다.

이러한 놈들은 서로 우리 동무, 우리 동지(同志)라는 예의 없는 호칭으로 서로 부르며, 우글거리며 금수강산(錦繡江山)인 우리나라를 자신들이 아닌 타인들만 뜯어먹고 사는 아귀(餓鬼)들의 세상, 아수라장으로 만들고 있다. 지금 일어나고 있는 각종 노동쟁의 시위 폭동을 민주화운동(民主化運動)으로, 촛불시위를 촛불문화제(文化祭)로 부르며, 범죄·횡령·사기사건, 도둑질 등을 저지르며 수많은 부(負·minus·마이너스)의 삶을 살고 있는 놈(者)들의 작태(作態)를 자세히 보면 지금 우리나라가 어떤 상태(狀態)인지 독자들은 잘 알 수 있을 것이다. 우리 동방예의지국(東方禮義之國)을 무색케 하고 있다.

우리 정치(政治)는 이와 같이 거꾸로, 반대로, 역으로 향하는 국민 대중(大衆)들의 누추한 자기 이념(自己理念) 자신들의 이상적인 생각. 이나 사상(思想) 생각. 에 의한 부(負)의 행위(行爲)를 우리 민족 본래(本來)의 홍익인간(弘益人間) 이념으로 확실히 바꾸어야 한다.

또, 빨갱이(Partizan·공산당유격대)와 인민(人民·Peoples)은 물과 고기와 같다고 한 베트남 호지명(胡志明, 1890~1969)의 인민공산주의 이론적 스승이기도 한 보구엔 지압(Vo Ngugen Giap·武元甲)의 이론에 따르는 지금 우리나라의 촛불시위 군중들 속에 숨어있는 광우병대책회의, 남북공동선언 실천연대, 전교조, 민주노총들 특히 진보연대(進步聯隊), 소위 실익 없는 허황된 우리 사회, 우리나라의 진보·참여연대(參與聯隊·師團·軍團) 소속 놈들은 국가보안법(國家保安法) 그물망으로 솎아내어야 한다.

우리 민주주의에 의한 임금을 지냈던 NH이는 이 법을 박물관(博物館)에 보관하겠다고 하였는데 어떻게 된 것인가?

지금 우리나라 젊은이들의 학력 수준(學歷水準)은 세계 어느 나라보다 높다. 아무리 학력 수준이 높은 학·석·박사(學碩博士) 지금 우리나라 젊은이의 85% 이상이 대졸자임. 라 할지라도, 배운 학력을 현실에 치용(致用) 써먹을 수 있도록 즉, 사용에 이르름. 할 수 있도록 취직하여 열심히 일을 하여야만 먹고 살 수 있으며 돈도 벌 수 있다. 배운 지식의 일부밖에 활용하지 못하며, 배운 학력 전부(學歷全部)에 대한 많은 보수를 요구한다면 기업(企業)과 회사(會社)는 어떻게 되겠는가? 부도가 나고 종업원들은 직장을 잃게 될 것이다. 즉, 모든 우리 국민은 검소하여야 하고 임금(賃金)을 하향조정하여야만 한다. 중국, 베트남, 우리나라 개성공단의 북한 노동자들의 임금은 월 70$ 수준이다. 그러나 그들은 취직 못하여 안달이 나 있으나, 우리나라 현재의 법률에 의한 최저임금은 시간당 5000원 가까이로 올리고자 한다. 사대보험과 퇴직금을 포함하면 월 120만원 수준이 되므로 이것은 지금 우리나라 정치인들의 극명한 인민인기영합주의(人民人氣迎合主義) 작품이다.

2009. 初 금강산, 개성관광이 단절된 후 북한은 개성공단 반폐쇄를 감행하였고, 그들의 임금을 300$ 상당으로 대폭 올려달라고 한다.

해당 기업(企業)에 필요한 지식(知識)도, 맡겨줘도 감당할 능력도, 덕성(德性)도 없고 인성(人性)도 바르지 못한 자들이 높은 임금(賃金) 최저임금법 참조 의 취직자리 없다고 국가 정부(國家政府)에 대하여 불평(不評)한다면 어떻게 되겠는가?

정치인들은 일자리 만들기에 요즈음 한창 바쁘다. 우스운 일이다. 정치인들은 지금 학업을 마친 젊은이들이 스스로 취직할 수 있도록 친기업(親企業)적 정책을 시행(施行)하여야 하는 것이다.

학력 높다하더라도 이 수많은 우리 젊은이들은 임금(賃金)이 낮더라도 무조건 직장을 가져야 하며, 비록 적은 임금이라 할지라도 취직(就職)하고 삶에 열심히 참여하지 않으면 아니 된다. 요즈음 난다 긴다 하는 젊은이들 중에 굶어죽었으면 죽었지 3D 저급 직장에는 취직 안한다고 배부른 소리하고 버티면서 부랑(浮浪)하며 부모 등골 빨아먹고 있는 부동층(浮動層)

소위 NEET족, Not in Employ ment, Education or Training· 고용되지 아니하고 교육받고 있거나 훈련중인 자들. 우리 국민 전체의 약 30% 정도가 된다고 함. 들이 많다. 일하지 아니하는 자는 굶어야 한다는 것을 모르는 철없는 우리 새끼들이다.

또, 겨우 취직하여 놓고 비정규직(非定規職) 기업주가 현행법상 근로자가 적립하지 아니한 퇴직금, 4대 보험금 등의 부담이 크므로 기업이 정규직화 하지 아니하는 비교적 고용해고가 자유로운 임시직원 이다 뭐다 하면서 데모하고 나라를 망치고 있다. 이들의 이상(理想)과 욕망(慾望)은 한정(限定)이 없다. 이들뿐만 아니라 이들에게 딸린 부모(父母)들도 자신들의 자식이라는 생각만 하고 자식들이 나라와 사회에 책임(責任)과 의무(義務)를 다하도록 독려해야겠다는 마음은 없다. 자식들과 그 가족(家族)들은 국가사회 윤리(國家社會倫理) 나라라는 system 속의 큰 이치. 와 예·의(禮·義) 본 바와 옳음. 가 없는 것이다. 직업 선택(職業選擇)의 자유가 있는 이 시대에 하기 싫어 그만두면, 취직자리 없는 다른 사람들이 취직할 수 있는 것이 아닌가요? 왜? 취직자리 깔고 앉아 궐기 데모하고 있는가? 어찌할 것인가?

우리 민족의 생존(生存)과 번영을 위하여 원천적인 의식주(衣食住) 해결이 우리 민족 자체적으로 해결되어야만 가능하나 고임금을 요구당하는 우리 민족 삶에 절대 필요산업(絕對必要産業) 즉, 의류·신발 등 부가가치가 적은 경공업(輕工業) 생활필수품(生活必須品) 생산기업(生産企業)이 중국·동남아 등지의 해외로 빠져나가고, 농업(農業)이 붕괴되어 우리 의식주에 관한 모든 물품들이 저임금, 땅이 넓은 나라로부터 수입하게 되어 이 이민족(異民族)들의 손에 우리 민족의 생존이 달려 있게 되어 있다.

후진국의 노동자들을 수입하여 임시변통하고 있으나 추후로 그들은 우리의 짐이 되고 사회적·민족적·국가적인 많은 역작용을 발생시킬 것이다.

의식주(衣食住)를 위한 생필품(生必品)은 거의 대부분이 외국에서 수입하고 있으며, 우리나라 식량 자급도는 30%를 밑돌고 있다.

지금 민주노총(民主勞總)이나 한국노총(韓國勞總) 등에 가입되어 있는 모든 직장노조(職場勞組)에 가입한 인민 노동자들과 젊은 학생층 대부분은 과거 19세기 초 칼 마르크스(Karl Marx, 1818~1883)의 이론공산주의(理論共産主義)와 볼세비키(Bolsheviki) 과격한 다수의 무산인민 혁명주의자들의 政党·정당. 소련 독재자 레닌(Lenin, 1870~1924)과 같은 생각을 아직도 가지고 있으며, 이 인간계(世界)에서 사그라지고 망해가는 사상을 진보적사상(進步的思想)이라 하고 있다.

모든 것이 일체유심조(一切唯心造)라는 것을 모르는 철없는, 쉬근머리 없는 우리 민족, 우리 새끼들이다. 어떻게 하여야 할가(可)?

노동자의 천국(天國)이라 하고, 노동계급 성분이 가장 양호한 성분(成分)이고 노동자 제일주의(勞動者第一主義)를 정치적 이념(政治的理念)으로 하는 북한 노동당(勞動黨) 김정일의 인민공산주의(人民共産主義)에 동조하는 꼴이다.

자본주의(資本主義) 시장경제(市場經濟)를 이념(理念)으로 하는 민주공화국(民主共和國)인 우리나라의 헌법(憲法)에 위반하고 있는 것이다.

따라서, 우리 정치(政治)는 자본주의(資本主義)의 단점(短點)을 보완(補完)하는데 주력하여야 할 것이다. 이 말은 자기만 살기 위하여 싸움질을 밥먹듯이 하여, 처먹기만 하던 세월은 이미 지나갔으며, 역으로 어떻게 살아야 먹을 것이 생기고 입을 것이 생겨 행복하게 잘 사는 우리와 우리나라를 만들 수 있을까 생각할 수 있는 소득 수준 또는 마음의 여유가 생길 수 있는 세월 속에서 우리가 살고 있다는 말이다.

극빈자(極貧者)들에게는 직업을 구할 때까지 국가 예산으로 공익사업, 국토대청소, 산림가지치기 등등에 동원하여 남에게 얻어먹지 아니하도록 먹여주어야 한다. 개인(個人)에게 얻어먹는 자들은 비굴해진다. 하긴 요즈음 얻어먹는 거지, 빼앗아가는 놈(者)이 도리어 눈을 부라리며 주는 자를 위협하는 세상이다. 그놈들만의 완전한 자유(自由)·평등(平等)을 행사하고 있다. 어떻게 된 아수라장(餓獸羅場) 배고픈 짐승들이 비단실처럼 얽히고설킨 곳 인 것인가?

지금 우리나라에 있는 인민들의 민주노동당(民主勞動黨)과 그 아류(亞流)인 열린우리당(2007. 통합민주당, 2008. 민주당)의 정치이념(政治理念)은 북한 김일성의 인민노동당(人民勞動黨)과 같으며, 김정일은 이 남한의 민노총, 전교조 무리들을 포함한 이 인민 무리들, 인민당(人民黨)을 남조선인민노동당(南朝鮮人民勞動黨)으로 보고 있을 것이며, 무산인민당(無産人民黨·Proletalia Populist Political Party)인 것이 현실(現實)이다.

지금(2007) 서울 강남에 30평(坪)짜리 고층 주택이 20억 수준인데 행정부 장관급(長官級)으로 임명 비준 요청한 노장(老壯)들의 20~30억 재산이 많다고 강부자 내각(江富者 內閣)이라고 욕하면서 인민들을 선동하고 건건(件件)이 우리 민족의 각종 정책을 부자(富者)들을 위한 것이라며 레닌(Lenin, 1870~1924)의 무산인민식자혁명론(無産人民識者革命·Proletalia Elite Populist Revolution論)을 들먹이며 죄 짓는 줄 모르고 당연시(當然視)하는 주둥아리 놀리고 있다. 입 닥쳐!

우리 젊은이들에게 열심히 공부하여 지혜(智慧)와 능력을 갖추고, 열심히 근로하여 돈 벌어 잘 살자는 뜻있는 말은 똑같이 아니하고 있으며, 계속하여 무산인민주의(無産人民主義)를 앞세우며 인민전제정치체제(人民專制政治體制)가 우월하다고 선전 선동하고 있다.

그 하나의 예를 들면, 부유세를 신설하여 전 좌익 인민들이 혜택보자는 말은, 아무리 국가의 법 작용(法作用)을 통하더라도 있는 자(富者)들을 법(法·法律)으로 털어 같이 갈라 나누어 먹자는 말과 둘러치나 메치나 같은, 무산인민들을 선동하는 말이다.

부유세를 내는 사람은 열심히 일하여 모은 재산을 국가가 세금으로 무조건 납부하여야 하니 무슨 찬성(讚成), 의욕(意慾)이 나겠으며, 인민(人民)들은 아무것도 하지 아니하고 비겁하고 누추하게 국가의 법 작용으로 얻어먹으면서 위정자(爲政者)에게 고맙다고 칭송만 할 것이며, 세금 낸 사람에게는 당연한 짓을 했다고 할 것이 아닌가?

이렇게 되면 사회 전반의 윤리적·도덕적 수준은 떨어진다. 지금 현재의 복지정책으로 시행하고 있는 기초생활수급 대상자들에 대한 전 국민들의 세금(稅金)으로 정부의 복지금을 지급하고 있는 것도 하나의 극명한 무산인민주의(無産人民主義)의 실례(實例)이다.

독자 여러분 이와 같은데 지난 20여 년 간의 남조선 좌익정권(左翼政權)의 정치 방향과 북한 김정일의 인민 통치 방향이 같지 아니하다고 할 수 있겠습니까?

노력하고 절약하며 부지런한 삶을 살아서 부(富)를 가진 기득노장층(旣得老壯層)들에게 부유세(富裕稅)를 부과하여 전 국민이 부(富)를 공평하게 나누어 씀으로써 좋은 나라를 만들자라고 대통령 선거에서 공약(公約)하고, 이것이 정의(正義)와 민주평등(民主平等)을 실현(實現)하는 것이라는 말은, 인민민주주의자들 즉, 상대적 무산 인민들을 선동하고 있는 것이다. 우선 듣기 좋은 소리이나 그 속을 들여다보면 무산인민민주주의(無産人民民主主義) 이념을 가진 정치인(政治人)이 상대적 무산 인민들의 인기만을 의도하는 인민 인기영합(人民人氣迎合)이며, 사회 전체의 윤리적 가치나 도덕적 품격(品格)이 떨어지고 공동 노력(共同努力)이 없어지는 뒷일을 해결할 방도가 없는 것이다.

현존하는 법정세율(法定稅率), 누진세·특소세는 모두 국민의 의무로 하여 특히, 고소득층은 참아내어야 한다.

1차세계대전이 끝나고 경제공황에 시달리던 미국의 데오도 루스벨트 대통령 재임시 세계 최초로 처음 누진세제도를 시행하였음.

이상과 같은 인민주의적 민주(民主)·평등(平等)이 정의(正義)라고 생각하는 민족대학(民族大學), 고려대 학생(高麗大學生)들이 삼성그룹 회장을 상대로 노동탄압의 대표적인 기업주(企業主)라고 데모하였다(2005. 4).

삼성(三星)그룹은 젊은이들이 취업을 가장 선호하는 기업이며, 열심히 근로(勤勞)하면 그 대가를 합당하게 받을 수 있는 좋은 직장이며, 이곳에서 노사분규는 있을 수도 없는 최고 수준의 직장(職場)이다.

회사 내에서는 존재하지 아니하는 노사분규를 이유로 또, 자기가 앞으로 입사(入社) 희망해야 할 삼성그룹을 노동탄압의 대표적인 기업이라 하여 악마(惡魔·Demon)같은 궐기(蹶起)와 조롱(嘲弄·Comedy)을 한 것이다.

학생 젊은이들은 마음을 바르게 가져야 한다. 학생의 본분인 공부는 게을리 하며 무슨 저질 무산인민 정치이념투쟁(無産人民政治理念鬪爭)을 하고 있는 것인가?

"백짓장, 종이도 맞들면 낫다"는 우리 선조(先祖)님들의 잠언(箴言)을 마음속에 깊이 새기면서, 대한민국에 있는 모든 노동자(勞動者)들은 모두 근로자(勤勞者)의 입장으로 돌아가서 회사(會社)에서 열심히 일하고 생산성을 높이면, 개인 각자는 물론 우리 민족 전체 경제가 불황에서 무조건 벗어나게 되며, 잘 살 수 있고, 융성(隆盛)한 미래를 보장(保障)받을 수 있다는 것을 우리 각자는 명심하여야 한다.

중소기업(中小企業)들도 고급 선도 상위기업(高級先導上位企業)에서 일감이 물 흐르듯이 자연히 흘러내려오는 것임을 명심하여야 하고 정부의 정책이 대기업 위주로 한다고 비판하며, 인민들과 같은 뜻을 가지면 아니 된다.

또, 정부(政府)는 노동부(勞動部)를 근로부(勤勞部)로 명칭을 바꾸든가 또는 폐지하여야 한다. 노사 간의 상호이익 조정은 개별 기업에 맡겨야 한다. 또 이것을 상위 노동조합연맹이 제삼자(第三者)로 간섭(奸囁 간교하게 소곤소곤거림) 하는 것을 우리 정치는 반드시 불법화(不法化)시켜야 한다. 지금, 우리 정부(政府)는 쓸 데 없는 곳에 개입하여 그 소속 공무원들의 봉급과 그 소요경비를, 국민들의 세금(稅金)을 우려내어 뜯어먹는 늑대와 같은 존재(存在)로 되고 있다. 노사정위원회(勞使政委員會)도 마찬가지이다.

우리 국민 모두는 각자의 직업(職業)을 수행하면서 마지못해 부역(賦役·負役) 부여받은 일을 자기에게는 마이너스가 되는 일로 생각함 하는 심정으로 일하는 노동(勞動)은, 자기 자신과 직장과 사회와 국가에 대하여 도피적이고 반항적이며 즐거운 낙(樂)이 없는 그릇된 근로(勤勞)임을 명심하여야 한다.

북한 전체 인민들은 북한 주식회사 사장인 노동당 김정일의 인민 전체가 공평한? 배급을 받아먹고 살고 있다. 그곳에 무슨 근로 의욕이 나겠으며, 노동(勞動)만 하는 그 사회의 모든 인간 삶의 양·질적 수준(量·質的水準)은 우리와 비하여 형편없이 떨어지는 것이다.

한편, 한국적민주주의(韓國的民主主義·Korean Democracy) 기치를 내걸었던 공화당의 민족철학(民族哲學)이 없던 일부 고위 정치인들, 고급 관료들과, 그 동안 조국근대화 과정에서 부(富)를 축적한 신흥 자본가(資本家)들의 못 된 송아지 엉덩이 뿔 난 자제(子弟)들은 칠공자파(七公子派)라는 작태로 또, 미모(美貌)와 쾌락주의(快樂主義)를 인생의 철학(哲學)과 행복(幸福)으로만 아는 그릇된 젊은 화양년(化洋年)들과 향락적인 놀음을 일삼아 가난하고 피 끓는 청년(靑年) 젊은이들의 마음속에 무엇을 각인(刻印)시켰던 것인가?

그 년놈들은 공장(工場)에서 열심히 일하며 직업(職業)에 귀천을 여기지 아니하고, 자신들을 스스로 책임지고 당당히 삶을 개척하여 나아가는 젊은 청춘남녀들을 공순(工順)이 공돌(工乭)이라 부르고, 구두를 닦는 학생들을 '딱새', 이발사를 '깎새'라 부르며, 자신들은 부모 잘 만난 덕택으로 고급 프랑스제 꼬냑이나 영국제 위스키를 마시며, 사슴 피·뱀 등을 강장제라 하여 구하여 먹고, 프랑스제 고급 화장품과 향수를 바르고, 돈이 인생의 최고 가치가 있는 것이라고 돈의 노예가 되어 돈을 주고받으며 부모들이 내려준 신성(神聖)한 몸과 마음을 쾌락(快樂)을 위하여 매매(賣買)하는 화냥년 문화에 젖어 이탈리아제 악어가죽 손가방(hand bag)을 들고 고급 가죽의자(leather sofa)에 앉아 이스라엘제 다이아몬드 가락반지를 끼고,

독일제 벤츠(Benz) 승용차를 타고 다니면서 그것이 인생의 복을 누린다는 생각을 하고 있었다.

날이 가고 해가 차서 계집 구실을 할 수 있고 사내구실을 할 수 있는 나이가 차서 성장한 이 인생의 청춘인 이 연놈(年者)들은 우리 민족 전체에 대하여 무엇을 하고 있었던 것인가? 정말로 주객(主客)이 전도된 노린내 나는, 윤리(倫理)가 없는, 예·의(禮·義)가 없는, 하위개념(下位概念)의 족(足) 같은 세상, 몸과 정신을 팔아먹고 사는 씨팔놈(氏賣者) 씨매자. 들과 씨살년(氏買年) 씨매년. 들의 세상이 된 것이다.

한편, 지금 우리나라의 유흥번화가, 해수욕장 등 놀이터에 가면 이와 같은 젊은 화양년놈(化洋年者)들이 인생이 무엇인지도 모르며 근거없이 떠돌며 즉, 부랑(浮浪)하면서 쾌락만 쫓고 놀기만 하면서 청춘(靑春)을 낭비하고 있다.

이 인간(人間)들은 먹고 살만하면 모두가 자신이 누구인지 모르고 또, 무엇을 해야 하는 자기 자신인지 모르면서 딴 짓거리를 하는 금수(禽獸)보다 못한 연놈(年者)들이다.

이 모든 것은 이미 지나간 깨닫지 못한 우리 민족들의 지나간 반세기(半世紀)의 우리 민족들의 전생(前生)의 것인 만큼, 부처님 같은 마음 불심(佛心)인 자비(慈悲)로 용서를 베풀고 지금 우리 모두는 각자(覺者) 깨달은 자. 의 의지(義志)로 이와 같은 것을 극복하지 아니하면 아니 된다. 지금 우리는 새로운 희망을 가지고 내생(來生)을 향하여 새 출발하여야 한다.

1979년 12·12사태 당시에 민족철학(民族哲學)이 없던 낡은 인민민주 실세(人民民主實勢) 정치인들과 유신시대의 군부(軍部) 육군참모총장, 구공화당 의장과 총리, 국회의장 등을 역임한 JP 등 지도층들은 부정한 방법으로 부정축재(不正蓄財)한 재산을 초기 신군부(新軍部)의 재산 환수조치와, 정치 규제법으로 묶여 그들의 인생은 시들어갔던가? 종말을 고(告·考)하였던 것인가? 도리어 살아났던가? 그 절반(切半) 정도이다.

우리 민족의 민주주의(民主主義)나 민주정치(民主政治)는 서양이나 일본 이민족들의 제국주의(帝國主義)와 우리나라 조선(朝鮮), 대한제국(大韓帝國)의 군주주권(君主主權)제도에 대칭하여, 1948년 국민 만백성들의 주권 행사로 우리 정치(政治)를 하는 정치 대표자(政治代表者)를 뽑은 것으로 이미 실현(實現)되어 있는 것이다.

다만, 선출되었던 위정자(爲政者)들이 만백성 위주의 백성을 위한 경국(經國)의 진정(眞正)한 민주정치(民主政治)를 아니하였을 따름인 것이다.

어찌하였든, 이 민주주의(民主主義)라는 정치이념(政治理念)은 지난 대한민국의 60년 정치사(政治史)에서 여러 개념(槪念)이 가감되고 변질되면서 우리 민족을 지배하여 왔다고 생각된다.

건국 초기(建國初期)에는 상류층(上流層)에 대한 서민층(庶民層)들의 배려요구적 평등작용(配慮要求的平等作用)으로 또는, 제국주의 일본 군인(日本軍人)들이나 미군(美軍)에 대한 민족자주적(民族自主的)인 개념(槪念)으로 작용(作用) 또는, 사용(使用)되어 민족의 독립(獨立)과 이민족(異民族)들에 대한 자유(自由)와 평등(平等)을 요구한 이념(理念)이었었다.

1960년대와 1970년대~80년대 말까지 이 민주(民主) 개념은 앞에서 말한 민족 전체를 염려하는 우리라는 민족정신(民族精神)이 부족하고, 인민민주주의(人民民主主義)를 주창(主唱)하던 선동정치가(煽動政治家)들에 의하여 문민 출신(文民出身)인 당시로 보아서는 민족 지성(民族知性)이었던 대학생층 인민 젊은이들이, 우리 현실 삶에서 성립될 수 없는 꿈같은 이상적(理想的)인 완전한 자유민주평등(完全自由民主平等)을 요구함으로써 어쨌든 민족중흥(民族中興)을 이룩하고 온 백성들이 굶주리지 아니하고 헐벗지 않는 세월을 만들어내고, 우리 민족의 풍요로운 시대를 꿈꾸며 이끌어오던 군 출신 정치인들을 군부독재(軍部獨裁)라고 몰아내는 형국으로 반역작용(反逆作用)한 것이었었다. 요컨대 지금, 우리나라 민주, 민주주의라는 모든 개념은 인민주의 내지 무산인민주의(無産人民主義)가 되어 있다는 말이다. 完全自由民主·완전 자유 민주는 公共·공공의 有機體·유기체적으로 온 국민 각자가 살아가는 데에서는 성립시킬 수 없는, 인간 세상에서 실현할 수 없는 명제(命題)일 따름인 것이다.

상투(上套)를 튼 자나 투구(鬪具)를 썼던 자나 똑같은 우리 민족 철학(民族哲學)을 가진 우리 민족인데도 불구하고 문민정부(文民政府)라고 이름 붙였던 YS정권(政權) 시절의 정치 결과(政治結果)는 IMF사태를 발생시켜 우리 민족의 삶만 쪼그라들게 한 것이었다.

한편, 국민의정부(國民政府)라고 이름 붙였던 DJ정권(政權)은 무산인민의정부(無産人民·Proletalia Populist政府)이었었고, 참여정부(參與政府)라고 이름 붙였던 열린우리당 속칭, 닫힌 니네당 NH정권(政權)은 전 국민의 참여가 아닌 무산인민주의자(無産人民主義者·Proletalia Populist)들만의 참여만이 있었다라고 나는 생각하고 있다.

이 세상(世上)의 모든 사람들은 서로 대칭하여 인간관계를 이루므로 절대 자유·민주·평등 등을 서로 간에 요구하면 아니 된다. 서로 양보하고, 상대적으로, 중용(中庸) 바르고 떳떳함. 으로, 보이지 아니하는 어떤 정도(正度·定度)씩 서로 예·의(禮·義)를 갖추어 행사(行事)하는 것이 현실 인생 삶에는 이상적(理想的)일 것이다.

1960년대 말부터 왜놈들은, 우리 민족이 의식주를 해결하며 빈곤에서 벗어나고 국민교육헌장(國民教育憲章) 우리 민족 독자들은 꼭 한 번이라도 읽어 보십시오 을 만들고, 민족 전체 개화(開化)에 힘쓰고 개인 각자들이 잘 먹고 잘 입고 잘 살 수 있도록 근로·근면(勤勞·勤勉)토록 하여 백성, 민(民)이 굶주리지 아니하고 잘 살게 한 참다운 한국적 민주주의(韓國的民主主義·Korean Democracy)를 실천한 우리 정치(政治)에 대하여 제일교포 북송, 8·15경축일 문세광(文世光)의 대통령 암살 기도, 영부인 살해, 한일어업협정 파기 등 끊임없는 방해와 수많은 우리 민족 흔들기, 독도(獨島)를 죽도

(竹島)라고 하여 자기들의 영토와 바다이며 동해(東海)를 일본해(日本海)라고 세계를 상대로 선전하면서, 그놈들의 우두머리 총리대신(總理大臣)은 그놈들의 조상 신사(祖上神寺)인 야스쿠니 신사, 정국사(靖國寺) 이곳에 東條英機·도조히데끼 등 1급 전범뿐만 아니라, 왜놈들에게 끌려가서 왜놈이 되어서 神風·신풍특공대(왜놈말, 도꾸다이)로 미국 전함에 돌진한 우리 민족 조상神·신도 합장되어 있음. 에 참배함으로써 우리 민족과 우리 민족정신(民族精神)을 핍박하였으며, 조국근대화에 필요하였던 과반수이상의 이차산업 공업 플랜트(二次産業 工業 Plant)와 기계, 시설재를 우리나라에 판매하여 그놈들의 부(富)를 축적하였고, 우리는 늘 왜놈들로부터 수입(輸入)이 수출(輸出)을 초과하는 현상이 지속되어 무역 적자의 가장 큰 원인이 되어 왔었다.

지금 왜놈들은 지금 우리를 "총찬"이라고 부른다. 우리를 조롱(嘲弄)하는 말에 소위, 우롱(愚弄)하며 비웃는 조소에 그놈들의 속마음이 숨어 있다. 총(銃) 찬 자가 우리 민족을 이끌어 그놈들이 보기에 무섭게 성장하였는데, 총 찬 놈, 조총련의 문세광 놈이 해결하려 하였으나 결국, 권총 찬 김재규 놈이 이를 해결하여 주었었다고 한 말이다.

그 후에도 또, 총 찬 자가 우리 민족 전체 삶을 해결하고 있다는 말을 한 것이다. 우리가 무섭다는 말이다. 이 "총 찬"이라는 왜놈들의 말은 우리나라 제5공화국 전두환 정권(全斗煥政權) 시절 88서울올림픽 개최 즈음에 생긴 말이라고 나는 생각하고 있다.

또한, 우리 민족의 대동단결(大同團結)과 민족의 융성(隆盛)에는 의향이 부족하고, 개인(個人)적인 권력욕(權力慾)에만 사로잡혀 민족철학(民族哲學)없던 대통령병(大統領病) 대권욕(大權慾)에 집착(執着)하던 낡은 인민 민주주의 정치인은 광주폭동(光州爆動) 당시 경상도 출신 군인들이 전라도에 와서 전라도 여인들의 유방(乳房)과 음부(陰部)를 돌격 육박전에 쓰는 총 끝에 꽂은 군용 대검으로 찌르고 도려내며 전라인(全羅人)을 도륙하고 있다는 유언비어(流言蜚語·Rumor)를 퍼트리고, 신라시대(新羅時代)부터 경상도인들이 나라를 좌지우지하여 왔으며, 5·16군사쿠데타로 경상도 군부 출신이 20년 가까이 독재를 하다가 또 다시, 12·12군사반란으로 경상도 출신 신군부가 나라를 좌지우지한다고 지역민(地域民)들에게 선전, 선동하였었다.

그 당시 경상도 사람만으로 구성된 우리나라 국군(國軍)이 있었던가? 그 놈들은, 우리 민족의 시월유신(十月維新) 우리 민족의 뿌리와 민족정신을 새롭게 함. 유신헌법은 국민투표 하여 절대적 지지로 가결되었음. 을 우리 국민들에게 독재(獨裁)로 선동한 결과로 대통령에게 총을 쏜 김모(金謀)는 민주열사(民主烈士)로, 광주인민폭동(光州人民暴動) 당시의 인민무산자(人民無産者·Proletalia Populist)들 즉, 빨갱이들의 해방구(解放區)이었던 광주(光州)는 민주화의 성지(聖地)로 되어 있으며, 그 작태(作態)는 민주화운동(民主化運動)으로 되어 있다. 어찌된 것인가?

과연, 해방 후부터의 우리나라 전통 민주당(傳統民主黨) 패거리들의 이 민주(民主)라는 개념(槪念)은 어떻게 쓴 것인가? 또 다시 12·12군사혁명(軍事革命)으로 우리 민족의 대권(大權)을 잡은 정치적 통치행위(統治行爲)를 국가 반란 쿠데타로 매도하고, 군인이며 경상도 출신인 전모(全謀)가 군부독재로 나라를 말아먹고 있다고 선전 선동하여 지역감정(地域感情)을 유발시키고, 그나마 한강 이남 만의 우리 민족들의 단결도 없어지고, 우리 민족이 지방별로 분열된 것으로 나는 파악하고 있다. 이 분열은 이유야 어떻든 우리 남한 민족만이라도 단결과 협동이 없는 콩가루 집안이 된 것이다. 가뜩이나 북한이 떨어져나가 우리 민족이 힘 못 쓰고 있는 판에 전라도, 충청도까지 부서 져나가 누가? 무엇을 어떻게 하자는지 지금 우리 爲政者·위정자와 우리 국민 모두가 책임 져야 할 당면의 과제가 되고 있다. 충청도는 지방의 평등 발전을 이념으로 한 NH 정권의 행정수도 천도정책과 관련되어 지역주의가 또다시 발생하고 있다.

그 당시의 이 인민민주평등이념(人民民主平等 理念)을 가졌던 정치권은 대통령이 암살당하자 이른바 '서울의 봄'이라며 민주화추진협의회(民

主化推進協議會) 民推協·민추협. 라는 정치 모임을 가지고 서양종교계(西洋宗教界)를 포함한 정치에 끼이지도 못하고 있던 속칭 재야 건달인(在野乾達人)들과 합하여 전라도 인맥, 경남 인맥을 중심으로 이합집산을 거듭하고, 여기에 구공화당(共和黨) 출신 충청도 인맥이 새로이 가세 참가(加勢參加))하여 이른바 3김(金)에 의한 재야(在野) 세력들이 민주(民主)를 외치며 무슨 짓거리를 하고 있었던 것인가?

우리 민족 정치(政治)가 지역구도(地域構圖) 정치정당화(政治政黨化)되었으며, 이러한 지역감정을 유발시키는 작태는 서양종교(西洋宗教) 대 우리 민족 고래(古來) 사상인 유불선교(儒佛仙教) 세력과의 대치(對峙)와 함께 국론분열(國論分裂)의 원인이 되어 지금까지 우리 민족 정서(情緒)를 통합시키지 못하고 있다.

과연 광주(光州)는 민주(民主)의 성지(聖地)인가? 광주 5·18사건은 과연 무엇을 도모(圖謀)하기 위하여 무엇 때문에 일어났던 것인가? 민족 모두의 민주주의(民主主義)를 위한 것이었던가? 그것은 지금 우리 민족 전체의 단결에 암적 존재로 남아 있지 아니한가?

나는 1960년대부터 1970년대 말까지 경상도 출신 위정자(爲政者)에 의해서 나라가 경제(經濟), 경국(經國)되어 오다가 10·26대통령시해사건으로 전라도 지역 출신 인민민주이념(人民民主理念)의 소유자 평화민주당 출신 인사(平和民主黨出身人士), DJ가 정권을 잡을 수 있는 절호의 기회라고 여기고 있을 즈음, 그해 12월 12일 군사혁명(軍事革命) 군인 출신들이 政權·정권을 잡는데 다소 시간이 걸렸으나 우리 민족의 大權·대권을 잡았으므로 革命·혁명임. 으로 정권을 잡지 못하게 되자 이에 대한 난리가 이듬해 일어난 인민 폭동(人民暴動)이 5·18광주사태라고 나는 해석(解釋)하고 있다.

그 당시 3김(金) 중의 한 사람인 DJ는 "민주주의(民主主義)는 피(血)를 먹고 산다"라는 소름끼치는 말을 어떤 정치 연설에서 한 것을 나는 기억(記憶)하고 있다. 또한, 북한 선전 방송선(放送船)이 군산(群山) 앞바다

공해상에 출현하여 KBS라디오 방송 주파수와 거의 비슷한 주파수로 지금의 북한 방송 아나운서와 같이 굵고 선동적인 목소리로 민주주의(民主主義)는 피를 먹고 산다고 선동적인 방송을 하여 광주 유혈 폭도들을 부추기었었다.

그 당시 우리는 이와 같은 것을 북한의 흑색선전(黑色宣傳)이라 하였었다. 국가계엄령(國家戒嚴令)이 선포된 국가비상시국에 예비군 무기고(武器庫) 무기를 탈취하여 전남도청(全南道廳)을 점령하였던 놈(者)들을 제압하려던 최후의 국가공권력(國家公權力)인 정규군(正規軍) 空輸部隊員·공수부대원. 에게 총을 겨누어 쏘면서 민주를 외친 이 인민폭동(人民暴動)은 자유민주공화국(自由民主共和國, Republic)인 우리나라 정체(政體)를 무너뜨리려고 하는 인민공산주의자(人民共産主義者·Proletarian Communist)들의 프랑스 파리 꼬뮨(Paris Commune, 1871. 3~5)과 그 참가 놈(者)들이 설치하였던 해방구(解放區)에서 일으킨 반란과 같은 것이었다.

이러한 작태를 민주화라고 하는 우리 국민들의 시대정신 수준(時代精神水準)은 프랑스 파리 시민들에 비해 약 150년이나 뒤지는 과히 인민민주적이다.

그러하지 아니하다면, 서울·경기도·충청도·강원도 지역의 우리 민족은 과연 자유(自由)·민주(民主)·평등(平等)의 개념을 몰랐으며, 당시가 국가 비상시국(非常時局)이며 비상계엄(非常戒嚴)이 선포된 시기라는 것을 모르며 삶을 살았던 민족이었다는 말인가?

이와 같은 나의 글은 나와 생각을 달리하는 수많은 사람들의 반대와 눈총을 받을 것이나 각도를 달리하여 가만히 생각하여 보면 나의 말이 결코 틀린 것이 아니라는 생각에 미칠 것이다.

이 또한 나의 생각이고, 나는 나의 사고(思考)의 자유와 언론(言論), 출판(出版)의 자유가 있음을 알고 있으며, 국가반란 참여자들의 묘역을 만들어 민주화 성지(民主化聖地)로 만들고, 특별법(特別法)을 만들어 국가반란

죄인들을 민주화국가유공자(民主化國家有功者)로 만들어 금전적(金錢的)으로도 보상하고, 공무원 시험(公務員試驗) 등 입사(入社) 시험에까지 가산점을 주어 특혜를 주는 그 사람들도 또한 자신들에게도 민족의 양심과 사상의 자유가 있다는 것을 나는 인정하고 있는 것이다.

다만, 이 문제들은 지나간 것인 만큼 또 다시 문제 삼고 잘잘못을 들추어낸다면 민족 전체가 서로 도륙(屠戮)하고 도륙당하는 새로운 필요악(必要惡)을 발생시켜 서로 불행을 다시 겪게 될 것이다. 우리는 모든 필요악이 생기지 아니하도록 사전에 제거하는 슬기가 필요한 것이다.

이상(以上)과 같은 민주개념(民主概念)은 광복(光復) 후부터 시대에 따라 또는 정치 상황에 따라 자유(自由)와 평등(平等) 개념이 더하여지면서 민주주의(民主主義)를 신봉하는 사람들은 모두, 당연히 자유(自由)를 만끽하여야 하며, 타인들과 평등(平等)하고 동등한 대우를 받으며 인간다운 삶을 누려야 한다는 생각을 지금 우리 온 민족들이 가지게 된 것이다.

그러나 아직도 특히, 상대적으로 유약자(幼弱者)들인 젊은 학생들·노동자·농민·도시 빈민·부녀자·어린이·장애인들에게는 합당하고 타당한 것으로 정착(定着)된 것이나 이것은 인민들이 인민민주적 이념(人民民主的理念)으로 살아온 그 실체(實體)와 그 결과(結果)인 것이며, 아직도 완전한 인간 세계 전체의 이상적(理想的)인 민주(民主)와 평등(平等)의 성취(成就)는 우리 희망(希望) 속에 남아 있을 뿐, 인간 세계에서는 성립될 수 없는 명제(命題)일 따름인 것이다.

지금 우리 정치권(政治圈)에서는 이들, 인민(人民)들 유약자·젊은 학생·노동자·농민·도시 빈민·부녀자·어린이·장애인들의 대부분을 말함. 의 기호에 맞는 말과 선전을 정치집회나 방송(放送) 또는 인터넷을 통하여 전달(傳達)하고 있는 것이며, 다수(多數)인 이들의 지지를 받아 정권(政權)을 획득한 정부가 노무현 참여정부(參與政府)이었다.

이른바 핍박당하는 자, 자신이 유약(幼弱)하므로 억울하게 핍박당하여 자신이 불쌍하다고만 생각하는 인민(人民)들만이 우리나라의 민(民)이고 주인(主人)으로 된 것이며, 바르고, 정정당당하고, 주체성 있게 일하면서 자기 벌어 자기 먹고, 자기 입고, 자기 집 지어 살며 나라에 세금(稅金)내면서 열정적인 삶을 살아가는 곧은 선비 같은 담담(憺澹) 근심 걱정이 고여 있음. 한 민주시민(民主市民)들에게는 그 정치(政治)에 문호개방(門戶開放) 자체가 없었으며 그 정치(政治)의 과실(果實)을 할애하지도 아니하였었다.

따라서, 우리 온 나라는 뜻(志)이 있는 사람과 그 뜻을 합하는 사람들의 정치(政治)가 아니고, 목소리 크게 표후(虓吼) 즉, 사자후(獅子吼)보다 더 표독스럽고 잔인하고 무섭게 웅변(雄辯)으로 또, 신문·TV는 대중 전달 매체로 인민들에게 인민평등(人民平等)을 선동 잘하고, 패거리 잘 만드는 자들과 그 추종 인민 민주 세력들과 규합하여 나라를 통치(統治)하는 과히 아수라장(餓獸羅場) 배고픈 짐승들이 뒤엉킨 곳 형태 즉, 거의 무정부(無政府) 상태로 우리나라는 흘러가고 있는 것이다.

지금 우리나라의 수많은 노동시위, 전교조 활동, 촛불시위, 국회의원이라는 자들의 장외투쟁(場外鬪爭) 등을 보면서 우리 민족 모두 다 이러한 것들을 깨달아야 한다.

정당정치(政黨政治)를 하는 우리나라에서 그들 인민 무리들만의 인민민주주의정치(人民民主主義政治)를 하고 있었다. 이것은 북한공산주의자들이 시행하고 있는 공산인민민주주의(共産人民民主主義)와 거의 동일한 것이다.

북한의 인민노동당(人民勞動黨) 정권은 이와 같은 것을 즉, 그들의 지금 정치를 레닌(Nikolai Lenin, 1870~1924)이 말하였던 이상향(理想鄕·Utopia)을 위한 단계인 인민독재정치(人民獨裁政治) 단계라고 하지 아니하며, 노동자·농민들의 인민민주주의(人民民主主義) 천국(天國·Utopia·Paradise)

이 되었다라고 하고 있다. 지금 북한의 모든 토지(土地)·건물(建物) 등등
의 모든 물(物)이 국유화(國有化) 되어 있어 집단농공장의 모든 생산(生産)
수단은 공산화(共産化)가 이미 완료되어 있으며, 레닌의 이론(理論) 대로
라면 북한은 이미 이상향(理想鄕)으로 되어 있어야 하는 것이다.

그러나, 북한의 공산주의(共産主義·Communism)는 이미 실현(實現)되
어 있고, 완성(完成)되어 있는 데에도 이상향(理想鄕)은 아니다. 이 점을
독자 여러분은 특히 유념(留念)하시기 바랍니다.

자유(自由)와 평등(平等)의 민주개념(民主槪念)은 이와 같은 약자(弱者)
라고 생각하는 사람들만의 전유물(專有物)이 아닌 것이다. 이른바 젊은
시절부터 열심히 공부하고 노력하여 지식층, 있는 자, 부자가 된 기득노장
층들에게도 자유민주(自由民主)가 있어야 한다는 말이다.

이것은 유약자·인민·젊은이들은 지식층(知識層)이 되고 부자(富者)가
되려면 많은 공부시간(工夫時間)과 노력(努力)이 필요하다는 뜻이다.

티끌 모아 태산이 되는 즉, 부자가 될 수 있는 시간(時間)과 노력(努力)
이 필요하다는 것을 젊은이들은 알아야 할 것이며, 개인 노력(個人努力)
여하에 따라 그의 삶이 천층만층구만층이 되는 것이고, 노력의 결과(結果)
가 인생의 계급(階級)이 된다는 것을 명심하여야 한다.

젊은이들은 부모 세대(父母世代)가 될 때까지의 긴 삶을 살지 아니한
즉, 경험이 없는 상태에서 막연(莫然)하게 인생 삶의 쓴맛·단맛을 모두
경험하면서 부지런히 알뜰하게 살아온 자신들의 부모세대(父母世代)를
골통 보수기득권(骨桶保守旣得權)자들이라고 욕하며 척결의 대상(對象)
으로 여기면 아니 된다.

젊은이들이 열정과 희망을 가지고 앞으로 남은 긴 인생의 삶 동안 열심
히 노력하여 부(富)를 축적하고 지혜를 기르며, 자식들을 많이 낳아 아름
답고 씩씩하게 키우면, 여러분들은 미래의 기득권자들로 되는 것이다.

젊은 청년(靑年)들은 행복하고 기름진 인생을 향유할 자기 자신과 사

회와 국가를 위하여 열심히 일할 의무와 책임이 있다는 것을 자각(自覺)하고, 공연히 노장층(老壯層)들의 부(富) 정신적인 지식·경험 등과 돈·부동산 등을 합한 것. 와 기득권(旣得權)을 비겁하게 탐내고, 공연(空然)히 사춘기(思春期) 시절의 부모(父母)에게 이유(理由) 없는, 뜻(志) 없이 반항(反抗)하는 것처럼 소아(小兒)적인 태도로 이에 대하여 투쟁하고, 그릇되고 뒤틀린 누추한 마음으로 자기만의 민주(民主)와 평등(平等)만을 쟁취하기 위한 싸움 할 시간이 없음을 깨달아야 하며, 열심히 공부하고 일하면서 먼 훗날 후회 없는 풍족하고 원만한 '인생 삶'을 꿈꾸고 희망(希望)하여야 할 것이다.

이 막연(莫然)한, 완전한 인민민주주의(人民民主主義)와 평등개념(平等概念)은 있는 자 대 없는 자, 늙은이 대 젊은이, 보수 대 신진진보, 여성 대 남성, 젊은이 대 보수기득권자, 군인(軍人) 대 민간인, 공무원(公務員) 대 일반인 등등의 이분법(二分法)적인 대치심(對峙心)을 유발(誘發)시켜 남성에 대한 여성 해방 개념으로, 또한 과도한 노사분규로 발전되고, 나라(國)와 군(軍)을 타도대상의 독재로 만들며, 국가공권력에 도전하고 경찰에게 화염병을 던지는 것이 인민민주주의(人民民主主義)임을 모르고, 젊은이들은 기득권자들인 보수 노장층들의 삶과 인생철학을 척결하는 것이 젊은이들의 평등하고 자유로운 권리(權利)나 특권(特權)으로 인식하게 되는 것이다.

이러할 경우 민족 전체 내부 에너지 소모만이 있을 뿐 민족 전체의 융성(隆盛)과 발전은 도모할 수 없는 것이고, 온 나라는 비효율적이 되며 법(法)과 예의(禮儀)·질서(秩序)·도덕(道德)이 없는 거의 무정부(無政府) 상태의 우리나라가 될 것이고, 개인(個人)은 희망(希望)을 가지지 못하고 사유재산(私有財産)을 부정하게 되고, 창의성(創意性)이 발현되지 아니하는 인민공산사회주의(人民共産社會主義)화로 급속(急速)히 진행될 것이다.

사람은 누구나 적수공권(赤手空拳), 무산자(無産者) 빨갱이로 평등하게 태어나며, 산 조상(生祖上)인 부모(父母)의 음덕(陰德) 그늘 덕분으로, 즉 슬하에서. 으로 행운(幸運) 또는 복(福)을 받으면서 자라나는 모든 본인(本人)들과 차세대(次世代)들의 삶은 자신들의 노력(努力) 여하에 따라 천층만층구만층(千層萬層九萬層)으로 미래(未來)가 결정(決定)되는 것이다.

이 인생 계급은 자라나는 젊은 2세들 각자(各者)가 소년기(少年期) 시절부터 열심히 배우며 능력을 키우면서 중장년(中壯年)까지 살아가는 결과(結果)인 것이다. 그러므로, 지금 우리나라 젊은이들은 기성세대(既成世代)들에게 달려들며 평등(平等)하게 살줄만 알고 노력(努力)할 줄 모르는 즉, 자신들이 열심히 공부하고 일하여 자신들의 인생을 가치(價值)있게 만들기 위한 일에는 소홀한 것이다. 한편, 기성세대 부모들이 자식들을 잘못 가르치며, 잘못 키우고 있다는 말이다.

우리는 이와 같은 부모(父母)들을 포함한 조상(祖上)님들의 뜻과 삶 철학 人生哲學·인생철학. 을 배우고 익히면서 각자의 가정(家庭)에서 자란 이후 부모들이 남기고 가신 재산(財産)을 누진상속세(累進相續稅)로 국가에 납부하여 여타의 일반 국민 모두가 평등(平等)하도록 법(法)에 의한 국가제도(國家制度)를 시행하고 있다. 이처럼 인간이 만든 법(法)은 부자(富者) 조상을 둔 사람들에게는 부당한 측면이 있으며, 1960~80년대에 기업(企業)을 창업하여 키운 70~80대(代) 부자노장층(富者老壯層)은 그 자식(子息)들에게 기업을 승계시키지 못하게 되는 단점이 있다. 세율(50%) 높은 상속세나 양도세를 내게 되면 기업이 망하게 되며 주식회사인 경우 회사의 경영권이 자본(資本)의 국제화가 되어 있는 지금의 우리나라 기업(企業)은 외국투자자본가(外國投資資本家)로 넘어가게 되는 것이다.

우리 국민 개인 삶에 관한 모든 것을 국회(國會)에서 국회의원(國會議員)이 만든 법(法)으로 규정(規定)하고 시행(施行)한다는 것은 불가능한 일이다. 오직 인민법치(人民法治)만이 만능(萬能)이라고 생각하는 인민영합주의 정치인들이나 그들의 정당(政黨)에 소속되거나 동조하는 인민대중(人民大衆)들의 생각은 참(眞)이라고 할 수 없는 것이며, 이러한 생각은 필연적(必然的)으로 전제인민주의정치(專制人民主義政治)가 되어 이 인민주의(人民主義) 즉, 인민들의 뜻으로 온 국민들의 삶을 재단(裁斷)하는 전횡(專橫)만을 일삼는 인민독재권력(人民獨裁權力)을 탄생시킨다.

이 인민 독재 권력은, 예(禮)·질서(秩序)·도덕(道德) 등의 자연법(自然法) 자연의 理致·이치. 과 개인 각자의 자유민주주의(自由民主主義) 가치(價値)를 부정(否定)하게 되는 것이며, 사회 전반에 걸쳐 모든 도덕적(道德的) 수준(水準)이 저하(低下)되는 것이다.

지금 열심히 공부하여 어려운 관문을 뚫고 좋은 직장에 취직한 젊은이들은 국가에서 운영하는 국민연금·의료보험·산재보험·고용보험 등 이른바 사대(四大)보험에 가입하지 아니하더라도, 자신들의 임금 또는 급여로 자율성(自律性)을 가지고 자신들의 노후자금을 마련할 수 있는 능력 있는 젊은이들이며, 고용(雇傭)·의료(醫療)·산재(産災) 문제는 젊은이 개인(個人)들이 자주적으로 해결할 수 있는 것들이며, 또 해결하여야 하는 것이다.

지금 우리 정부(政府)는 이런 것들을 법률(法律)로 전체화(全體化)시켜 국민 각자, 개인 문제에 일일이 간섭하여 자유자민주주의(自由者民主主義)를 전제전체주의체제(專制全體主義體制)로 이미 만든 것이며, 이것은 개인(個人)의 자유민주주의에 배치되는 측면이 큰 것이므로 국민의료보험·국민연금 등등은 개인의 자율(自律)에 맡겨야 하며 그 공단(工團)은 사기업(私企業)화 하여야 할 것들이다.

지금, 지난 20여 년 간의 좌익정권(左翼政權)은 우리 온 국민들의 자유를 제한하며, 온 국민들이 자율(自律)에 의하여 치료, 보건 할 수 있는 또, 늙어서도 먹고 살 수 있는 부(富)를 쌓을 수 있는 우리 온 국민들을 정부(政府)가 틀어쥐고 일일이 간섭하고 개인 자유를 제한하는 이러한 제도를 만들어 내는 무산인민민주적 법률(無産人民民主的 法律)을 만들어 세금(税金)보다 더한 돈을 복지금이라는 듣기 좋은 이름으로 강제 징수하여 복지공단 직원들의 봉급으로, 운영비로 거의 소모하고 국민들에게는 쥐꼬리만 한 혜택이 복지라는 미명으로 돌아가게 하며, 보험비만 올리는 전형적인 인민전제독재국가(人民專制獨裁國家)로 전락되어 있다.

요람에서 무덤까지의 개인 복지는 개인과 그 가족(家族)이 책임져야 할 개인들의 자율성(自律性)인 것이다.

앞으로 보건복지부는 폐지하여야 하며 정부는 국민들로부터 조세법률주의(租税法律主義)에 의한 세금(税金)만으로 나라를 다스려야 할 것이다.

정부(政府) 행정부만이 아닌 입법·사법·행정부가 포함된 큰 의미의 정부를 말함. 정치권력이 해야 할 일은 민족 전체가 융성(隆盛)하며, 잘 살고 행복한 삶을 살 수 있도록 열정과 희망을 가지고 개인 각자가 자율성(自律性)을 가지고 열심히 일하도록 독려하면서 후손을 많이 낳도록 하며, 건강하고 씩씩한 젊은이들로 키우는 것이다.

계속 반복되는 말이지만, 지금 우리나라의 복지정책(福止政策)은 국가 전체적 개념으로 개인 각자의 자유와 주체성을 훼손시키고 있다. 이미 많이 배우고 깬 우리 백성들을 가만히 두어도 스스로 치료받고 의료 서비스를 의사나 약사들에게 받을 수 있으며, 스스로 재산을 모아 늙은 자기 몸을 돌볼 수 있는 국민들이다. 정부가 복지라는 미명 아래 개인과 그 가족의 삶에 끼어들어 세금조의 복지비를 징수하고 국민들에게 혜택이라며 돌려주는 것은 소위, 개떡 같은 국민복지인 것이다.

이것은 분명히 좌익 인민영합정치인들이 우리 백성들을 선동하여 만든 것들이며, 우리 정부(政府)가 부존재 행정(不存在行政)을 법률화(法律化)하여, 행정업무(行政業務)를 폭발적으로 늘리고 또, 감당하지 못하게 되고 공무원 숫자를 늘리고 산하 공단을 만들어 공무원들과 공단 종업원들은 국민이 낸 돈 세금과 같음. 으로 먹고 살게 되어 그들은 만만백성들의 기생

충으로 되고 있는 것이다.

이것은 온 국민들이 스스로 의욕을 가지고 삶을 살아가는 자율성(自律性) 있는, 능률성 있고 효과(效果) 있는 국가복지제도(國家福祉制度)라고 아무도 증명할 수 없는 것이다.

4대 보험공단(四大保險公團)의 종업원들은 아무런 부가가치를 창출하지 아니하고 온 국민들이 낸 준조세(準租稅)적인 보험금의 대부분을 급여(給與)로 가져가고, 공단 운영비를 포함한 비용(費用)을 국민들에게 부담시키고 있는 것이며, 의료 행위를 한 후 의료보험금 지급을 청구하는 약사·의사들을 틀어쥐고 통제하는 새로운 감독기관을 만들어 의사·약사들을 조사 처벌하며 또, 감독 직원들은 고임금의 봉급을 국민이 낸 보험금으로 가져가게 하므로, 온 국민들은 차후 보상이 응당하지 아니하고 부족한 것으로 인식(認識)되고 있으며, 국민들은 노후에 받는 연금으로 인간다운 풍요로운 삶을 꾸려가기는커녕 '껌' 값 정도로 생각하고 있는 것이다.

늑대에게 잡은 큰 닭을 공평하게 갈라 달라고 하여 늑대가 공평(公平)하게 나누어 준다는 명목으로 다 뜯어 먹어버리고 닭다리·뼈다귀 한 개씩만을 받아가는 불쌍한 새끼 고양이들을 풍자한 이솝우화(Aesop's Fables 寓話) 같은 소위, 우리 온 국민들은 엿만 먹고 있는 셈이다.

지금의 좌익인민정권(左翼人民政權)은 우리 전 국민에 대하여 투입(投入)과 산출(産出) 결과를 온 국민들에게 보여주고 심판받아야 한다. 모든 것은 그 시대에 맞는 중용(中庸) 어느 쪽으로 치우치지 아니하고 떳떳함. 이 있어야 한다는 말이다. 정부(政府)가 국민에게 떳떳하지 못하다면 이것은 무엇을 말하는 것인가? 그것은 바로 우리 선대(先代)님들이 빨갱이라고 불렀던 무산인민자(無産人民者·Proletalia Populist)들의 뜻으로 온 국민의 삶을 재단(裁斷)하는 인민전제독재국가(人民專制獨裁國家)인 것이다.

대학 입시로 공부(工夫)에 찌들어 건강한 청소년기를 훼손하는 것을 방지하자는 중·고등학교 평준화교육(平準化教育)은 쑥쑥 자라나는 학생들에게는 지식(知識) 습득의 학업(學業) 성취에 방해되는 평준하향(平準下向)적인 제도로 인식되고 있으며, 정규 교육시간에는 이미 알고 있는 지루하고 수준 낮은 교육이므로 선생님들의 가르침에 관심이 적고, 방과 후(放課後) 부모들의 지원(支援)을 받아 비싼 학원이나 과외수업(課外授業)을 선호하게 되어 부모(父母)들의 사교육비 증가(私教育費增加)로 이어지고 있으며, 경제적으로 힘 드는 동료 학생들의 지탄과 질시의 대상으로 되고 있는 것이다.

그동안 자녀 교육 열기로 수많은 대학(大學)이 생기고, 젊은이들은 열심히 공부한 것 또한 사실이나 이른바 상류층들만의 일류병(一流病)이 생기게 되고, 젊은이들끼리 일류와 하류 학생들 간에 서로 질시하고 멸시하는 진정한 인정(人情)과 우정(友情)이 없는 학교사회로 변질되었다.

국민 의무교육 이상(以上)인 고등학교 평준화와 대학 평준화 정책은 폐지(廢止)하여야 하며, 완전한 수평적평등(水平的平等)은 인간세상(人間世上)에는 성립될 수 없는, 존재(存在)할 수 없는 것이다.

그러므로, 애초부터 자녀들이 동반(同伴) 성장을 방해하는 이 제도는 개혁되어야 한다. 우리 젊은이 모두가 태어난 후부터 지나온 지난 2~30년, 전생(前生)의 결과(結果)가 지금 이 모양이라는 생각을 하여야 하며, 노장층들은 방관하지 말고 모두가 참여(參與)하여 법률(法律)을 고쳐 이러한 각종 제도(制度)를 개선하고 우리 자식 세대 학생들이 앞으로 희망(希望)을 가지고 열심히 공부(工夫)하면서 살아가도록 하여야 한다.

한편, 정부(政府)의 교육인적자원부(教育人的資源部)도 국민의 의무교육(義務教育)까지만 관장하여야 하며 그 이상의 자식 교육은 그 부모들과 학교(學校)의 자율(自律)에 맡겨두어야 하며, 자녀들을 위한 사교육(私教育)도 청소년들이 가정으로 돌아와서 가족생활(家族生活)을 충실히 하여야 할 시간인 20시 정도까지로 제한하여야 함이 타당할 것이다.

대학(大學)은 인생의 삶과 동떨어진 절대적 민주(民主)·자유(自由)·평등(平等) 등의 좌익적 이념(左翼的理念)만이 존재하였던 측면이 있으며, 학문(學問)을 치용(致用)하여 먹고 사는 실업교육(實業敎育)과 발전지향적이고 미래지향적인 인생 '삶'에 대한 인생철학(人生哲學) 즉, 자율적으로 참여하는 도덕·윤리·질서 등의 교육에는 소홀했던 것은 아니었던가요?

또, 근대부터 우리 민족은 미국 놈 똥도 좋다는 식으로 서양 것만 좋다고 민족주체성 없는 생각을 한 결과로 고조선시대부터 면면히 이어 내려온 우리말 국어(國語), 우리글(한글, 한문·漢文)이 좋은 줄 모르며 고조선, 한(韓), 고구려·백제·통일신라, 발해, 고려, 근세조선의 우리 민족사(民族史)인 국사(國史)를 외부에서 보는 입장 즉, 일제 식민지화사관과 모화사상(慕華思想) 近代·근대에 와서, 북방의 옛 우리 민족의 선인 같았던 삶을 사모하고 동경하였던 것을 떼놈들을 동경하고 사모하였다고 착각하고 있는 것임. 서양 종교, 서양 자연과학 문명의 우월성 등에 함몰되었던 우리 선배들에게 교육받고 배워왔기 때문에 우리 민족 자존심(自尊心)과 주체성(主體性)을 소위, 왜놈들의 식민지화사관인 엽전 근성(葉錢根性) 작은 것에 대한 다툼으로 큰 것을 놓치게 되는 우를 범하는 성질. 으로 밖에 모르고 있다고 나는 생각하고 있다.

지금은 최현배 선생님 같은 국어(國語) 학자도 없고, 최남선 선생님 같은 국사(國史)학자도 없고, 유진오(兪鎭午) 선생님 같은 헌법(憲法)학자도 없다. 있다면 무산인민주의 선동가 DJ 선생만 우리 생각 속에 남아 있다. 우리 민족이 왜 이렇게 되어가고 있는 것일까?

지금 우리 젊은이들은 부모 세대나 노인들에게 예의(禮儀)가 없다. 남녀(男女) 간에도 서로 진정한 남녀(男女)가 지켜야 할 예의가 없이 암수 천부(天賦)의 개성(個性)을 무시하는 평등(平等)은 서로 중성화(中性化·unisex)되고 있으며, 남녀의 차이를 두지 아니하므로 예, 의무병 입대 경력을 취직시험 등에서 여성들이 인정하지 아니하는 것 등. 남녀 간에 N·S극 자석(磁石)과 같은 서로 끌어당기는 남녀 간의 정(情)이 감소되고 있지 아니한가? 즉, 남·여라는 서로의 가치 인정도(認定度)가 낮아지고 있어 혼인 적령기가 지난 젊은이들이 혼인하지 아니하고 있지 아니한가?

동성애(同性愛·homo) 즉, 남성동성애(男性同性愛·gay), 여성동성애(女性同性愛·lesbian) 자들이 양산되어 전반적인 인간자연윤리(人間自然倫理)와 인간 삶의 도덕(道德)적 품격(品格)이 떨어지고 있다는 말이다.

이것은 모든 인간이 각자의 특성(特性)·특징(特徵)·개성(個性)을 무시하고, 평등(平等)하게 대우받아야 한다는 과도한 수평적인 인민평등(水平的人民平等) 개념의 산출물이다.

우스운 말이라고 하겠으나, 1970년대 경부터 경제적으로 여유가 있는 집안의 부녀자들로부터 자신의 자식새끼에게 우유(牛乳)를 먹인 결과로 젊은이들이 매사(每事)에 예살이 부족하고 정신적으로 혼란하며, 타인들에게 예·의(禮·義)가 없는 것이 아닌가 생각된다.

인간의 어미가 어린새끼를 보듬어 안고 심장의 맥박소리를 들으며 모정(母情)으로 모유(母乳) 먹이는 것과 갓 태어난 눈에 넣어도 아프지 아니할 살가운 우리 새끼에게 우둔한 동물 송아지를 먹이는 소젖(牛乳)을 고무나 플라스틱제 꼭지로 먹인다면 어떻게 되겠는가?

새끼를 낳을 어미들과 지어미가 될 자들은 차분하게 생각하여 볼 일이다.

앞으로 낳아 길러 학교(學校) 보낼 때 자기 손으로 만든 것을 먹일 생각 아니하고, 어미의 도리(道理)를 잊고 학교 급식(學校給食) 학교급식비는 전 국민이 낸 세금을 인민 부모의 부담을 줄여주는 사회주의·Socialism 즉, 빨갱이적 제도이다. 지금 각 학교의 책임자 校長·교장은 이 문제를 해결하기 위하여 학생들을 어떻게 가르칠까? 공부시킬까 하는 것은 生覺·생각조차 못하도록 되어 있다. 을 나무라며 여성해방운동(女性解放運動), 치맛바람만 일으킬 것인가? 또, 할머니가 되고 나서는 손자(孫子)보는 것을 귀찮스럽게 여길 것인가?

노인들은 젊은이들에게 노인다운 행동을 하여야 하는 것이며, 노인다운 대우를 받아야 하고 젊은이들은 젊은이 노릇을 하여야 하고 합당한 젊은이다운 대우를 받는 것이 예(禮)이며 진정한 민주평등(民主平等)이고 옳음 즉, 의(義)이다.

지금 이 시대에 존재(存在)하는 민주 평등 개념은 참민주(眞民主)와 참평등(眞平等)을 실현(實現)시키고 있는 것이 아니며, 지금과 같이 젊은이나 노인이 수평적인 똑같은 대우를 받아야 한다는 생각은 잘못된 빨갱이들 즉, 무산인민(無産人民·Proletalia Populist)들의 뜻인 인민평등인 것이다.

노장(老壯)들도 지독(至毒)한 보수(保守), 돈만 아는 유물론(唯物論)적인 지독한 자본주의(資本主義)는 삼가야 할 것이며, 모든 것을 인본주의(人本主義)에 입각한 중용지도(中庸之道)로 젊은이들에게 선견지명(先見之明)을 발휘하고 중용(中庸)이라는 인생의 떳떳한 철학(哲學)을 몸소 실천하는 모범을 보여야 한다.

지금 이 시대의 우리 민족 모든 노장(老壯)들은 과거 일제강점기나 구한말이나 1950년대 건국(建國) 초기시대처럼 무식자(無識者)가 아니며, 건국 후 1960~1980년대 약 30년 동안 인생 자체를 열심히 배우고 일하며 쌓아온 부(富)를 민족자본(民族資本)으로 키우고, 1인당 국민생산소득(GNP)을 100불 미만에서 10,000불 이상으로 끌어올린 우리 민족중흥(民族中興)의 주역(主役)들인 것이다.

노년기에 접어든 그들 자신들도 그 동안 축적한 부(富)를 이용하여 여생을 인간답게 살아갈 능력(能力) 있는 자들이며, 자신들의 어린 시절 인일제강점기나 건국 초기보다 비교적 나은 좋은 음식, 좋은 의복을 입고 건강하게 중년기(中年期)를 살아온 덕분으로 수명이 연장되고, 앞으로도 먹고 살아갈 수 있는 생활 능력이 있으며, 늙은 육체의 자신을 책임질 줄 안다.

그러나 지금 일부 정신 나간 인민주의언론(人民主義言論)이나 사회 일각에서 노장층(老壯層) 부자(富者)들이 지갑을 열지 아니하여 내수경기가 살아나지 않고 불황이 지속된다며 또, 앞으로 젊은이 한 사람이 세 사람의 노령인구(老齡人口)를 먹여 살려야 한다며, 당연한 그들의 가족 노인(家族老人)을 봉양(奉養)할 의무(義務)를 회피하면서, 보수 노장기득권자들을 욕 먹이고 있다.

천만에! 노장(老壯)들은 젊은 청년(靑年)들과 새로 탄생되는 어린 자손(子孫)들을 이끌며, 먹여 살리고 키워나갈 능력을 갖추고 있는 사람들이며, 차세대를 이을 튼튼한 자식(子息)을 많이 낳기를 기다리며, 지갑을 닫고 먹고 입을 것을 절약하면서 후대(後代)의 미래를 기약하고 있는 것이다.

가계지출(家計支出)과 정부(政府)의 예산집행(豫算執行)과는 개념(槪念)이 다르다. 가계지출(家計支出)이라는 것은 가계의 부 축적(富蓄積)을 결정하는 것이며, 정부의 예산지출은 국내 경기 활성화와 관련되는 서로 다른 개념이다.

차제에 노인실업(老人失業)도 강구되어야 할 것이며, 이것을 위하여 대가족제도(大家族制度)의 부활정책(復活政策)도 하나의 타당한 대책이 되지 아니할까? 노인들은 아무리 젊은 자식, 며느리들이 대우해 주지 아니하더라도 도피적으로 실버타운(Silver Town)으로 입소하지 말고 부모가 있어 주어야 할 곳에 반드시 있어 주어야 한다. 스스로 자식들은 사랑할 권리(權利)와 자식들이 효도(孝道)할 의무(義務)를 저버리도록 하면 아니 된다.

모든 우리 젊은이들은 그 동안 부모세대들이 땀 흘려 이룩한 집과 직장(職場)이고 일터인 공장(工場)과 학교(學校)에서 고등교육과 대학(大學)교육을 받아 이 지구상에서 가장 학력(學歷) 수준이 높고 지식(知識)이 많은 젊은이들로 성장하였으며, 어린이들도 미래 지식산업인 IT산업으로 컴퓨터를 가지지 않은 어린이가 거의 없으며 정보화 지식사회의 주역으로 성장하고 있는 것이다.

그러나, 모든 우리 젊은이들이 분명히 알아야 할 것은 아무리 지식 수준이 높은 학석박사(學碩博士)라 할지라도 이것을 이용하여 현실 생활에 적용(適用)하여 실행(實行)하지 아니하면 아무런 쓸모가 없다.

배운 학문(學問)과 관련된 직장에 취직하여 직업(職業)을 가지고 열심히 일하고 노력(努力)하여야만 먹을 것이 생기고 자신의 의식주를 해결할 수 있는 것이며, 여유로운 정신세계(精神世界)를 누릴 수 있는 마음의 여유도 생기는 것이다.

막연(莫然)히 배운 자 또는 지식자(知識者)라는 생각으로 저급 직장과 노무(勞務)에 종사한다는 것은 체면 문제이고, 고급 노동력자(高級勞動力者)의 존재가치를 모른다 라는 사회(社會)와 국가(國家)에 대한 책임 전가적인 불평불만은 아무도 해소(解消)시켜 주지 못한다.

이 많은 젊은이들의 마음속에 있는 가난은 나라도 힘이 부친다. 각자가 자율적(自律的)으로 눈높이를 낮추어 취직하여 직장(職場)을 가져야 한다. 자기 이상(理想)에 맞는 직장은 현실세계에는 없는 것이다. 직업 없는 부랑(浮浪) 젊은이들이 무엇을 하며, 어디를 헤매고 다닐 것이며 또, 무슨 짓을 하겠는가?

정치인(政治人)들은 이상에서 말한, 육체적으로 성장하였을지라도 인생 전체 삶을 이해하지 못하는 정신적으로 성숙되지 아니한 젊은 층을 대상(對象)으로 또는, 유약자들인 부녀자·어린이·도시 빈민·노동자·농어민들 그들은 소득세(所得稅)를 내지 아니한다. 의 기호(嗜好)에만 맞는 정책을 자행(刺行) 찌르듯이, 정확히 행함. 하고, 그들을 선동하고 그들의 인심(人心)을 사고 그들을 동원하는 정치(政治)를 하고 있는 것이다.

정치는 온 나라를 선동하여 인기를 얻어 통치(統治)하는 것이 아니며, 온 나라의 서민 백성들이 스스로 열정을 가지고 공부하고 일하고 하여 스스로 잘 입고 잘 먹을 수 있게 백성(百姓)들과 나라(國)가 같이 함께 노력(努力)하고 힘써 나라를 경영(經營)하는 경국(經國)이라야 한다.

위정자(爲政者)는 확실한 자본주의(資本主義) 시장경제정책(市場經濟政策)을 시행하여야 하고, 기업(企業)의 생산활동을 지원하는 친기업정책(親企業政策)을 시행하여 공장 고용(工場雇傭)을 늘리고, 국산품(國産品)의 공급을 늘려서 일부는 내수용(內需用)으로 쓰고 수출(輸出)하면서 실업자(失業者)를 줄여야 할 것이다. 직접고용(直接雇傭)을 기업(企業)에 강요(强要)할 경우 부작용이 생기게 된다. 가뜩이나 아웃소싱 하여 구조조정으로 비정규직을 양산하는 판에 정치인들이 자본주의 속성(屬性)을 무시하고 비정규직보호법(非定規職保護法)으로 정규직(定規職)화 시킨다면 또, 취직자리를 만든다고 하면 비웃음을 살 일이다. 젊은이들의 직장(職場)은 정부가 친기업정책을 쓰면 기업(企業)에서 만들어낸다. 이 밥통들아!

우리 청년(靑年)들은 군대를 다녀오고 대학을 졸업할 때는 25~26세에 해당된다. 그들도 시간제 취업 등으로 돈을 벌고 가정 살림살이에 도움을 주면서 공부하고 커가는 것은 사실이나 대부분은 일방적(一方的)인 부모(父母)의 도움 또는 부모들의 지극한 사랑과 부정(父情) 모정(母情)으로 너무나도 도탑게 자라온 관계로 부모들을 포함한 타인들에게 양보(讓步)할 줄 모르고, 국가와 민족에게 봉사할 줄 모르고, 희생(犧牲)할 줄 모르고, 자신들의 무한정한 자유(自由·Freedom), 평등(平等·Equality)만 외치는 버릇없는 젊은이들로 되고 있는 것이다.

어린이들이 부모의 소중함을 잊지 아니하도록 하는 교육이 필요한 것이다. 그러나 어찌하랴! 자식들을 키우던 그 당시에는 부모 된 도리로 자식들에게 이런 뜻의 말을 할 수 없었으며, 성장한 다음에는 부모의 필요성도 느끼지 아니하고 어버이의 가치를 잊게 된다. 다 큰 자식들이 자각(自覺)으로만 해결할 문제인 것이다.

외국인들이 부러워하던 전통 대가족제도의 장점을 모르며, 젊은이들만의 핵가족생활을 선호하고, 늙은 부모세대들을 실버타운(Silver town)으로 내쫓는 것이 당연한 시대의 추세라고 생각하고 있다. 이것의 책임은 주로 여성 평등·해방을 외치는 중년 가정주부(家庭主婦)들에게 있다.

아들이든 딸이든, 어머니의 뱃속에서 열 달 동안 있어, 한 탯줄로 연결되어 있었으므로 어미와 자식들은 서로 동일시(同一視) 혹은 동체의식(同體意識)이 잠재되어 있으므로, 아비와 자식 간의 부정(父情)은 어미와의 모정(母情)과는 비교되지 아니하며, 아버지를 타인시(他人視)하는 경향이 짙은 것이 현실(現實)이며, 이것이 지금의 가족제도(家族制度)인 가부장(家夫長)제도의 해체를 가져오는 지금 우리나라의 상황(狀況)이라고 나는 생각하고 있다. 또한, 젊은 부녀자들의 친정애(親庭愛)의 크기는 시가애(媤家愛)와는 비교되지 아니하는 것이 현실이다.

지금까지 내가 말한 인민(人民·People)이라는 말의 뜻은, 본인의 현재 직무(職務)와 본분(本分)을 인식하여 자율적으로 열정적으로 자기의 책임과 의무를 수행하지 아니하면서, 엉뚱하게 남을 탓하면서 부모(父母)들을 포함한 남의 것을 공짜로 또는 도적질로 사기성을 가지고 정직(正直)하지 아니한 나쁜 생각을 하며 밥 빌어먹고 사는 자들을 총칭하는 말이다. 듣기 좋은 말이 아니다.

인민(人民)은 남에게 짐을 지우는 자들로 자신의 책임(責任)과 의무(義務) 여기서, 책임과 의무는 같은 것임. 를 모르며 게으르고, 필요한 일을 열심히 하는 것이 바르고, 주체성(主體性)이 있게 된다는 것을 모르는 마음속의 잠재의식(潛在意識)인 가난(家難) Poor·빈곤·불쌍함. 이 있어 자기 본인의 삶에 대한 책임을 스스로 지지 아니하고, 남의 신세를 지면서 평등(平等·Equality)하지 아니하다고 불평하는 자들을 총칭(總稱)하는 말이다.

성장하여 법(法)적으로도 성인이 된 나를 포함한 우리 국민들은 마음을 크게 열고 자신이 무엇을 어떻게 하여야 하는 존재(存在)인가를 반성(反省)하면서 열정적으로 자기 주체성(主體性) 있는 삶을 살아가야 할 것이다.

국가(國家)라는 조직유기체(組織有機體)의 법 작용(法作用)을 통(通)하더라도 결국(結局)은 상대적 기득권(相對的旣得權)자들인 남을 뜯어먹고 사는 지금의 우리나라 4대 보험 혜택을 받으며, 이것이 당연한 인간평등 제도라고 하며 삶을 사는 부(負·minus)의 인생을 살아서는 아니 된다.

빨갱이(A Red·proletarian·헐벗은 자·없는 자)의 개념도, 사람이 빨간 새끼로 태어나서 아무것도 하지 아니하면서, 자체 생존능력이 없으며, 보채고 일만 저지르다 부모(父母)들의 지극한 정성으로 성장해 가면서도 이유(理由)없는 반항을 하며, 하라는 공부(工夫)는 아니하고 딴 짓을 하다가 그 이후에도 정신적·육체적으로 성장하였을지라도 자신이 누구의 자식인지를 망각하고 늙은 부모를 봉양하지 아니하여 불쌍하게 독거노인(獨居老人)으로 내 팽개쳐 국가(國家)에게 그 부양책임을 미루며, 직장(職場)에 취직하여 밥 벌어먹고 살면서도 근로(勤勞)는 아니하고 부역(負役)같은 노동(勞動)을 하면서 그것을 당연한 것이라는 생각을 가진 사상가(思想家) Prolatalia Populian Communist·無産人民共産主義者·무산인민공산주의적인 생각을 가진 자. 들과 그 동조세력 전부를 말하는 것이다.

지금은 정치개혁위원회에서 선거권 부여 연령을 고등학생(18세)으로 낮추었었다.

이는 전형적(典型的)인 빨갱이들의 정치 형태이다. 누가 누구에게 투표하라는 말인가? 그들은 국민의 의무(義務)인 병역·납세를 수행하지 아니하였을 뿐만 아니라, 아직도 더 배워서 교육(敎育)의 국민 의무(國民義務)를 다해야만 무지(無志)하지 않고 깬, 열린 마음을 가진 국민(國民)이 될 수 있는 것이다.

그들은 국가를 경영하는데 필요한 세금(稅金)을 낸 적이 거의 없으며, 국방(國防) 나라를 지키는 일·근로(勤勞)·교육(敎育)의 국민 의무를 수행하지 아니하고 공부(工夫)하는 성장기의 한창 자라나, 앞으로의 자기는 인생살이를 위한 교육받고 훈련받는 젊은이들인 것이다.

아직 판단력이 부족하고 쉬근(心根)이 부족한 그들의 정치 참여는 아니

되는 것이며, 성장 후 근로와 납세의 의무를 할 수 있고 국민(國民) citizen.이 무엇인지 알 수 있을 때부터 정치에 참여시켜야 할 것이다.

지금의 우리나라 보통·평등 선거방식을 나라(國)에 세금을 많이 내고, 교육 많이 받고, 국방의무를 수행하고, 열심히 근로(勤勞)하는 즉, 국민의 의무를 완수하는 사람들에게 가중치를 주어야 하는 것이 타당할 것이다.

선거권 부여 연령을 대학졸업(大學卒業) 우리 젊은이들의 약 83%가 됨. 시기 정도(25세?)로 상향 조정하여야 할 것이며, 선거직 공무원 피선거권도 인생 삶을 아는 불혹(不惑) 즉, 40세 정도 이상에게 부여하여야 할 것이며 장관(長官)급이나 국가원수(國家元首)급은 대강 20~30대(代) 수신입지(修身立志)하고 40~50대 제가(濟家)하고 이를 포월(包越)하면서 인생, 삶을 살아가는 치국평천하(治國平天下) 할 수 있는 인생 삶의 경험과 지혜(知慧)가 있는 약 60대 환갑(還甲) 이상의 경륜(經倫)을 지닌 60~70년대(代) 이상의 사람 즉, 원로정치(元老政治)를 하여야 한다고 필자는 주장한다.

또, 젊은 여학생들은 국방의 의무를 2~3년 마쳐야 하는 남학생 동기들보다 일찍 사회로 진출하면서 취업시(就業時)에 남학생들의 국방을 위한 군복무 가산점(加算點)을 인정하지 아니하고 남녀평등(男女平等)만을 주장한다.

지금의 정치인(政治人)들이 이러한 순진하고 백지(白紙) 같은 순백의 발랄한 젊은이들을 부추겨서 선거 참여 연령을 낮추고, 군 복무 기간을 줄여 준 것이므로 젊은이들이 반사적으로 나라의 근간(根幹)인 직업군인(職業軍人)들과 일반 공무원들을 포함한 우리나라 정부조직 유기체(政府組織有機體)는 민주(民主)와 평등(平等)을 방해하는 독재 비민주세력(非民主勢力)으로 매도되고 있다. 이러한 것은, 전형적인 빨갱이들이 서로 주고받는 인민민주주의이다.

군대(軍隊)는 지휘명령통제(指揮命令統制) 계통이 바로 선 조직(組織)이어야만 전쟁(戰爭)에 승리할 수 있고 우리 영토를 방위할 수 있다.

따라서 군 내부(軍內部)에서 개인의 민주·평등·자유(民主·平等·自由)라는 개념은 제한되는 것이며, 국가 의무복무(國家義務服務) 병사들일지라도 계급(階級)이 있는 조직임을 우리 모두는 확실히 알아야 한다.

無産人民共産主義·무산인민공산주의 이론의 創始者·창시자 칼 마르크스·Karl Marx (1813~1880)의 階級鬪爭說·계급투쟁설 참조. 이 人間·인간, 사람 간의 투쟁은 지금 온 우리나라가 高堯·고요하지 못하고 싸움판바닥으로 만들고 있다. 그 계급투쟁은 사람들 간(人間)의 것이 되어서는 아니 되고 각자는 그 계급을 쟁취하기 위한 자기 자신과의 투쟁이 되어야 한다.

군(軍)에 자식을 보낸 부인(婦人)들은 사내자식들을 불쌍하다고 눈물 흘린다. 고생스럽고 고된 강압적인 훈련(訓練)이 체력과 정신력을 키우고, 상관(上官)의 명령에 복종하여 생명의 위험을 무릅쓰고 적군(敵軍)으로부터 우리 영토(領土)를 지키고, 사내자식들이 나라를 지키는 것이 국민 된 도리를 다하는 것임을 명심하도록 만들어야 한다.

사내자식들에게 국방의 의무(義務)와 책임(責任)을 수행하는 것이다라는 자부심을 심어주지는 못할지언정, 훈련관(訓練官)이나 상관(上官) 또는 군제도(軍制度)를 비난하지 말아야 할 것이다. 그렇게 아니하면, 전 국민(全國民)이 정부(政府)와 함께 성취하여야 할 우리나라 국방(國防)은 허물어지고 만다.

지금 북한을 보면 국방위원장(國防委員長)이 국가원수(國家元首)이다. 북한 사람들은 나라를 지키는 것이 그들의 최상의 가치(價値)이며, 노동당(勞動黨)의 사상(思想)과 이념(理念)은 북한 정부(北韓政府)나 전체 인민들의 삶보다 우선한다. 지독(至毒)한 선군주의(先軍主義)이며 이념주의(理念主義)이다.

그러나 우리 정부는 우리 군(軍)을 주적(主敵)이 없는 조직(組織)으로 만들어 목적의식(目的意識)이 없는 존재로 만들고 있으며, 국민들은 군을 폄하하고 있는 것이 현실(現實)이다.

북한은 우리 헌법(憲法)상 엄연한 우리 국민이 살고 있는 우리 영토(領土)이나 국제정치(國際政治)적으로 국제연합(國際聯合·UN)이 승인한 두 개의 나라(國家)로 되어 있으며, 휴전선에 100만(萬) 가까운 현대적 신형무기(新型武器)로 무장된 군(軍)이 서로 대치하고 있다.

아무리 민족주의 민족애(民族愛)로 달래더라도 그들의 인민공산주의사상(人民共産主義思想) 은 머리에 못 박힌 지가 60년(年)이 넘었으므로, 그들의 사상(思想·Ideology) 생각. 을 바꾸지 아니하면 자유민주주의(自由民主主義)로의 통일(統一)은 요원하다.

우리는 과거 서독(西獨)의 경우와는 다르다. 그때의 동독인(東獨人)들은 서독의 TV·신문 등을 거의 자유스럽게 시청(視聽)하고 있었으므로 지금의 북한 인민들과는 많은 차이가 있다. 동독은 인구나 면적이 서독의 1/3 수준이나 우리는 국토 크기가 북한이 더 크고 인구는 1/2 수준이다.

지금의 통일 독일은, 자본주의 시장 개념이 부족한 동독인들 때문에 과거 라인 강의 기적경제(奇蹟經濟)가 지금 내려앉고 있다는 사실을 우리 국민들은 간과하고 있다.

우리 민족통일 후 북한인들이 우리 자유경쟁 시장경제(自由競爭市場經濟)에 어떻게 잘 적응시킬 것인가? 국유화(國有化) 되어 있는 북한의 모든 토지(土地)와 공장(工場), 주택(住宅) 등등을 북한 주민(住民) 각자들에게 사유재산(私有財産)으로 어떻게 분배(分配)하여야 할지? 지금부터라도 우리 국민과 정부(政府)가 연구하고 계획(計劃)하여 때가 되면 신속히 대처하여야 한다.

국방부(國防部)를 문민화(文民化)하는 것을 당연한 시대적 추세라고 하고 있으나 과연, 문민출신(文民出身)들이 군사전략, 군수물자의 무기성능 등을 군(軍) 출신들보다 더 잘 알고 잘 꾸려갈 수 있을 것인가?

DJ정권 위정자들은 경제회생정책의 일환으로 젊은이들에게 무분별하게 신용카드를 발급하고, 휴대폰 등의 최신의 정보통신기기 등을 외상으로 구매하여 부모들의 허리를 휘게 하는 것을 모르며, 카드사와 생계약(生契約)을 취소시키려는 부모들에게 성장한 자식들의 인권 침해와 정보통신의 자유(自由)를 제한하는 것이라며, 카드사나 통신회사가 자식들과 함께 부모들에게 달려들게 하였었다.

DJ와 NH는 국가를 경영하기 위한 세금(稅金)을 한 푼도 내지 않는 많은 인구분포도(人口分布度)가 많은 젊은이들을 매혹(魅惑) 마음이 끌리어 정신이 혼미하여 홀림. 시켜 정치적집단(政治的集團)에, 노사모 을 만들고, 이와 같은 다수층(多數層)들의 지지를 얻어 우리나라의 통치권(統治權)을 획득하였고 또 계속해나갈 것을 획책(劃策)하고 있었다.

다시 말하면, 유약자들인 젊은이와 부녀자 등에게 해방(解放)과 민주(民主)라는 이름으로 또는 노동자와 농민, 빈곤층에게 인간다운 대우를 사회와 국가에게 평등(平等·Equality)을 요구하도록 선동하고 이들의 기호에만 맞는 정책(政策)을 자행(刺行)하면서 지난 1990년대부터 2000년대 후반까지 약 20년의 세월 동안 우리 민족의 가장 큰 대권(大權)인 정권(政權)을 잡았던 것이다.

이것이 민주주의 다수결원칙(多數決原則)인가? 또는, 민족의 융성(隆盛)을 방해하는 참이 아닌 우매(愚魅)한 인민대중(人民大衆)들을 현혹하고 부추겨서 선동(煽動)하는 정치 마술(政治魔術)이었던 것인가?

2007년 우리 민족의 대권(大權)에 입후보한 열린우리당(黨) 인민민주주의자(人民民主主義者) 정모(鄭東泳)의 20 : 80 이론(理論) 즉, 인민 80명이 부자 20명을 먹여 살리고 있다는 이론(理論)은 파레토(Pareto Vilfredo, 1848~1923, 伊)의 자연경제법칙(自然經濟法則)을 역(逆)으로 이용하여 인민들을 선동(煽動)한 것이다.

인민사회주의(人民社會主義), 인민국가주의(人民國家主義)와 공산주의(共産主義)는 거기가 거기인 거의 같은 정치개념(政治概念)이다. 숫자 많은 인민들을 선동하며 인민사회주의자(人民社會主義者)인 자신이 우리 민족의 대권(大權)을 잡아야겠다는 뜻이었다. 그 놈(者)의 선동(煽動)으로 자유인민주주의(自由人民主主義)는 어디로 팽개쳐진 것입니까? 독자 여러분, 어떻게 한 것입니까?

인간다운 대우는 신(神·The God)이나 무산인민주의 선동정치(無産人民主義煽動政治)가 해주는 것이 아니다. 아무리 여리고 유약하더라도 자신의 책임으로 자신을 책임진다는 자존심과 노력(努力)으로 또는, 일부 뒤쳐지는 인민들의 삶은 정부가 법(法)을 만들어 법 작용(法作用)으로 해결하여야 하는 것이다.

자신이 능력을 키우고 정직하고 올바르게 행동하고 부지런히 일할 때 타인들이 대우하여 주는 것이며, 게으르면서 일하지 아니하고 막연한 생각으로 인간다운 대우를 누구에게 요구하는가? 자신이 노력하고 공부하여도 해결할 수 없는 것은 아무도 해결하여 줄 수 없는 것이다.

옛 조상님들의 잠언(箴言)에 "일하지 아니하는 자는 먹지도 말라"는 것이 있다.

위정자(爲政者)들은 이러한 점들에 대하여 유의하고 남이 도와주기를 요구하는 유약(幼弱)한 마음을 가지는 서민들에게도 자존심을 갖고 열심히 일하고 노력하는 마음자세를 갖도록 하는데 힘쓸 것이며, 이른바 상류층이라고 하는 자본가·식자(識者), 정부나 사회 직장의 고급 간부들은 스스로 겸손과 모범을 보이는 생활을 영위하여야 할 것이다.

이것이 노블레스 오블리주(Noblesse oblige) 높은 지위에 있는 사람들은 스스로 자기 책임을 다하고 자기 의무를 행사함. 이것은 上流貴族·상류 귀족층만 모범을 보여야 하는 것이 아니다. 상대적 유약자들이라고 생각하는 온 우리 국민 모두들도 반드시 자기 책임과 의무를 수행하여 한다. 이다.

지금(2006) 국무총리·장관·청와대 정무수석·국회의원 등 위정자(爲政者)들 상당수는 이와 같은 그릇되고 잘못된 인민민주(人民民主) 개념으로 과거 정부나 정책에 대하여 반대하고 투쟁만을 업(業)으로 삼던 인사(人士)들이고, 그들은 앞에서 말한 모든 유약자(幼弱者) 층의 막연(莫然)하고 헛된 지지를 받아 당선된 위정자와 이념(理念·Ideology) 즉, 소위 코드(code)가 맞아 임명(任命)된 놈(者)들이었다.

국회의원 재적 2/3 이상의 찬성으로 탄핵되었던 NH 대통령을 10명 내외의 헌법재판관들이 뒤집어엎어 2004년 그 역풍으로 여당(與黨)이 되었던 국회의원들, 소위 386세대 정치인들의 상당수는 등록한 재산(財産)이 거의 없으며, 따라서 소득(所得)이 없었다. 그러면 그놈(者)들은 과거 무슨 일을 하였으며, 국가를 영위하는데 필요한 세금(稅金)은 얼마나 납부하였던가?

피선거권이 있을 때까지 그들의 인생은 무엇을 하면서 지나온 것인가? 그들은 인민노동운동이나 사이비 혹은, 사이버(Cyber) 전자통신망 Mess Midea 와 가상현실. 인민선동운동, 인민민주 투쟁만을 한 것이 아닌가 의심스러운 것이며, 그렇다면 그들은 과연 우리 정치(政治)에 참여할 수 있는 떳떳한 민주국민(民主國民)이었던가?

과연 그들은 자본주의(資本主義)의 기득권(旣得權) 즉, 돈을 모르는 청렴결백한 도덕성 있는 정치인인가? 인지손가락을 잘라 인민노동 투쟁에 혈서(血書)를 쓰고 병신이 되어 군 입대(軍入隊)를 회피하고, 시위만 벌이며 공장을 부수어 국가보안법에 의한 처벌을 받은 그놈들이 우리나라를 위하여 무슨 짓거리를 하고 있었던 것인가? 그들은 국방의무·납세의무·근로의무를 충실히 수행하였던가?

국민의 의무인 의무교육(義務敎育)을 마치고 부모들의 피땀 어린 돈으로 대학 공부까지 하는 젊은이들이 하라는 공부(工夫)는 아니하고, 부모(父母)들의 뜻은 져버리고 학생 본분(學生本分)을 잊고 인민민주정치(人民民主政治)적 이념(理念·Ideology)에 젖은 인민 학생운동으로 그놈(者)들의 생존권과 민주(民主)·평등(平等), 인간다운 대우 즉, 인민인권(人民人權)만을 노동 현장의 노동자들과 합세하여 요구만 하였던 놈(者)들이었다.

과연 지금 그들이 인권이 없었고 생존권이 없었던 놈(者)들인가? 절대 생존(絕對生存)조차 어려운 서민들은 뭐라고 하겠는가?

또, 지금의 이 인민민주(人民民主) 정치인들은 자본주의(資本主義)를 모르며 살아온 자들인가? 자본주의의 사회에서 돈과 재산 즉, 기득권(旣得權)이 없는 것은 자랑이 아니다. 그놈들은 인민언론(人民言論)들과 함께 장관급(長官級) 정치인으로 선발된 노장(老壯)들을 강부자(江富者)라고 욕만 하였었다. 2008.

한편, 헌법재판소의 탄핵무효 판결은 정치적 삼권분립(三權分立)도 아닌 이상한 조직이 우리나라 의회 민주주의(議會民主主義)를 파괴한 위헌(違憲)이었으며 인민민주적 판결이었었다.

과거 건국 초기 자유당(自由黨) 시절부터 이 막연한 민주(民主)라는 개념(槪念)을 인민 민주 정치이념(政治理念)으로 변형시켜 정치활동을 하던 낡은 쓰레기 같은 인민민주 정치인들은 우리 국민들에게 민주 평등의 개념의 확산에는 다소 도움을 준 것은 사실이나 민족 전체의 화합(和合)과 융성(隆盛)에는 아무런 기여가 없던 자들이며, 계층별 투쟁심만 부추기고 서로 싸우게 하여 나라 융성에 방해만 하였고, 단군 이래 가장 풍요로운 삶을 살아갈 수 있도록 노력하고 열심히 일한 군 출신 정치인들에게 군부독재(軍部獨裁)라고만 비판하고 훼방만 놓았으며, 문민대학(文民大學) 출신 젊은 인민학생들이 정부를 상대로 비판만 하고 도전만이 선(善)이라는 그릇된 방향으로 이끌어 우리 민족의 전체 삶을 불행한 시대로 몰아온 놈(者)들이다.

다시 말하면, 그들의 정치의 결과, 국민이 얻었어야 할 실체(實體) 즉, 국민들이 행복하게 잘 살도록 하는 백성, 민(民)을 위한 참다운 민생정치(民生政治)는 없었으며 다만, 온 나라가 고요(高堯)하지 아니하고 정권(政

權)을 잡기 위한 싸움과 투쟁과 시끄럽고 소란한 아수라장(餓獸羅場) 배고 픈 아귀 같은 짐승들의 얽히고설킨 곳 같은 대한민국이 되게 하였다는 말이다.

독자 여러분은 신라시대(新羅時代) 당나라에 가서 과거급제(科擧及第) 하고 돌아와서 신라정치(新羅政治)에 참여치 아니하고 광란표후중첩인어 난(狂亂彪吼重疊人語難) 서로의 이익이 중첩되어 사람들이 미쳐 날뛰며 獅子吼·사 자후나 표범처럼 포효하므로 이 인간 세상에서는 뜻있는 사람이 말하기가 어렵다. 이라 는 말을 남기고 가족(家族)들과 함께 해인사(海印寺)로 들어가 은둔생활을 하였던 최치원(崔致遠) 선생님의 말을 음미하여 보십시오.

인간은, 자기 자신보다 모든 강자(强者)들인 상사(上司)나 권력자·지식 자·부자들을 불편한 존재(存在)로만 인식하며 자기와 생각(生覺) 즉, 이념 (理念·Ideology) 자기의 이상적인 생각. 이 다른 자들은 모조리 제거하여야만 속 시원한 자기 절대권력(自己絶對權力)을 추구하는 존재들이다. 과거 우 리나라 인민주의 정치인 놈(人民主義 政治人者)들은 우리 동족(同族)에게 까지도! 협력(協力)하여 우리 민족(民族) 전체를 융성화(隆盛化)시킬 줄 몰 랐던 꼴통 빨갱이, 악방향(惡方向)의 화신(禍身)이었던 것이다.

과거 1990년대 초부터 정권을 잡았던 낡은 인민민주 정치인 놈(人民民 主政治人者) YS 패거리들은 유신시대, 5·6공 시대 동안 절약하면서 어렵 게 살아왔던 국민들의 인심(人心)을 사기 위하여 소비정책(消費政策)을 집 행함으로써, 무역의존도(貿易依存度)가 높았던 우리나라가 외화(外貨) 부 족으로 1997년 외환부도사태를 발생시켜 국제상거래(國際商去來)를 하던 대기업들이 도산하고, 그 여파로 국내 중소기업(中小企業)들도 줄줄이 도 산하게 만든 놈(者)들이었었다.

그 다음 정권을 이어받은 DJ 패거리 인민민주세력 놈(人民民主勢力者) 들은 자본의 국제화라는 허황되고 막연(莫然)한 개념을 도입하여 우리나 라의 건실한 기업 예, 포철·삼성전자·SK텔레콤·현대자동차·한국전력 등등. 의 주식 과반수이상을 외국 자본가들에게 팔아 그 돈으로 외환위기를 극복하였다고 하고 있으며, 땀 흘려 일한 이윤을 외국인들이 주식 배당금으로 과반수이상을 가져가게 하고 있다. 이것은 자본국제화(資本國際化)가 아니고 우리나라 경제(經濟)의 외세종속(外勢從屬)인 것이다.

지금도 손쉬운 외자를 도입한다고 야단들이다. 뜻있는 사업에 원 화(貨)로 국민주(國民主)를 공모하여 부동산(不動産)으로 몰리고 있는 돈을 내자(內資)로 형성시키고 육성시켜야 한다.

특히, 지금부터라도 시급히 해결하여야 하는 것은 부도난 우리 경제에 서양(西洋)의 거대투기자본(巨大投機資本)이 국제화라는 이름으로 국내에 유입되어 부도난 우리 대기업, 외환은행·삼성·대우·쌍용자동차 공장 등등의 우리 경제의 근간(根幹)을 헐값으로 사들여서 어부지리(漁父之利)를 얻은 이 부동산 투기적인 국부(國富) 손실에 대하여 우리 정부는 국가 조세권(國家租稅權)의 확보와 조세 강제집행 즉, 양도세와 부동산투기세의 징수를 확보하여야 한다는 말이다.

이 서양의 투기자본은 자본자유국(資本自由國)에 종이회사(Paper Working Company) 실제로는 없는 서류상의 회사. 를 차린 네덜란드 등지에서 외환(外換) 즉, 달러가 시급한 우리나라의 재경관리(財經官吏)들과 조세협약을 맺고 들어온 것이며, 들여와서도 10년(年)? 가까이 각종 내국세(內國稅) 면세 조건으로 들어온 것이 많다. 이는 서양인들에게 우리가 우롱(愚弄)당한 것이다. 우리나라 헌법(憲法)에 의한 내국법(內國法)은 모든 국제협약(國際協約)에 우선(優先)한다.

또 이미 우리 국내에, 우리 통치권 내에 돈(달러·$)이 들어왔으므로 일정액 이상의 액수는 그들 마음대로 빼내갈 수 없도록 외환 반출 허가제(許可制) 부활 등으로 우리 법에 의한 통치(統治)를 받아야 한다는 것을 그들에게 명심시켜야 한다.

우리 정부(政府)는 온 국민들을 위하고 우리나라를 위하여 거의 원인무

효(原因無效)적인 것을 포함한 이들에 대한 조속한 조세집행(租稅執行)을 하여야 할 것이다.

이렇게 하는 것이 자주독립국(自主獨立國)의 체면(体面)인 것이며, 우리 온 국민들은 과거 이집트의 수에즈 운하(Suez Canal·運河), 파나마운하 (Panama Canal·運河) 국유화(國有化)를 유심히 살펴보아야 할 것이다.

한편, 미국·유럽연합(EU) 등 선진국(先進國)들과의 자유무역협정(自由貿易協定·FTA)은 고려(考慮)되어야 한다.

동학란(東學亂)이 일어났던 시절의 조선경제(朝鮮經濟)를 잊었는가? 국세(國稅)인 관세(關稅) 없이 토지(土地)가 넓어 자원(資源)이 많고 선진기술(先進技術)과 자본(資本)이 큰 나라에서 외국 물품(外國物品)이 우리나라로 일방적(一方的)으로 밀물처럼 밀려들어오게 된다. 즉, 그동안 미명(美名)의 민주의식 노동자주의(勞動者主義)의 등으로 임금이 외국보다 상대적으로 상승하였고, 근로시간 단축, 토요휴무제, 최저임금제, 휴일근무수당 등과 노동조합의 합법화 등으로 민간기업(民間企業)보다 인민 우월성이 보장되는 국가의 법(法) 제도와 절대 다수인 노동자들의 선진국에 비해 경쟁력이 형편없는 노동 생산성 때문에 제품가(製品價)가 상승하여 비교우위(比較優位)에 있지 아니하게 되고 있어 지금 우리는 팔 물건(物件)이 없다는 말이다.

전 국민이 부지런히 일하며, 생산성이 선진 외국인들보다 상대적 우위에 있도록 독려한 후 선진국인 미국·유럽연합(EU)들과 자유무역(FTA)협정을 시기적으로 늦추어야 할 것으로 필자는 생각하고 있다. 후진국(後進國)과의 자유무역협정(自由貿易協定)은 지금이라도 가능한 것으로 생각된다.

우리는 대한제국 말기, 동학민란이 일어날 당시 무분별한 일제(日帝)의 공산품(工産品) 무관세수입으로 우리나라 가내수공업(家內手工業)이 초토화 되었었던 사실을 잊어서는 아니 된다.

보수정권으로 바뀐 지금도(2008) 정부 고위층에 남아 있는 이 낡은 인민민주 정치세력들과 젊은 386세대 자생(自生) 인민주의 놈들은 인민민주를 앞세워 좌익정권의 위성 인민시민단체, 이미 인민주의화 된 공영방송 등을 통하여 그들의 인민민주정통성(人民民主正統性) 확립을 위한 그 놈들의 국가 통치력(統治力)의 연장(延長)을 도모하고 있다.

과거 6·25전쟁을 전후한 악질적인 공산당(共産黨), 빨갱이(A Red·Communist)인 빨치산(Partisan) 활동과 공산 게릴라(共産 Guerrilla)들이 지리산(地異山) 등지에서의 인민공산화 무장활동을, 민족주의에 의한 민족애(民族愛)만을 강조한 소설(小說) 등을 저항문학(抵抗文學), 민중문학(民衆文學)이라고 찬양하고 당연시(當然視)하며, 이 같은 좌익활동을 실제로 행한 결과(結果)로 국가보안법(國家保安法)으로 처벌받은 자(者) 이들은 북한인민들과 우리 국민의 同族愛·동족애만 고취한 人民共産主義·인민공산주의 앞잡이 역할을 한 사상범들임. 들을 양심수(良心囚)라고 하여 복권시켜 우리 정치(政治)에 참여(參與)케 하고, 지금 북한 공산주의자들이 시퍼렇게 살아있는데도 불구하고 좌익사상범(思想犯)을 잡아들여 처벌하는 국가보안법을 폐지하여 박물관에 보관하겠다고 하는 것과 공산당의 빨치산 활동에 대한 과거사 규명을 도외시하는 것은 무슨 정치 목적(政治目的)이었던가?

과거의 어떤 위정자도 소떼 몰아다주게 하여 놓고 면담비(面談費)로 수억 달러 이 돈은 6자회담 후 북미회담시 마카오 應業·응업은행에 冬結·동결되었다가 동결 해제(완료?)되었던 것임. 또 자살?한 H그룹 3남 J씨 회사의 현대상선의 비자금?이 포함된 것으로 추정됨. 를 사전(事前)에 지불하고 인민공산주의자 김정일을 만났던 남북 정상회담(頂上會談)에서 무슨 뜻(志·Message)을 전달하였던가? 또는, 수령(首領)의 인민공산주의 지령(指令)을 받았던 것인가?

그 내용이 국가의 일급비밀인 기밀사항인가? 수억 달러의 면담 대가를 무엇을 위하여 지불하였던 것인가? 왜 발표하지 아니하는 것이며, 만남 그 자체에만 의미를 두었던 것이었을까?

그 놈(者)이 우리 민족 정치판을 분탕질하여 일으킨 지역감정 싸움, 극렬한 노사분규, 전쟁(戰爭) 같은 5·18광주폭동 등 민족 간의 싸움판이 되었던 우리 민족 내부(民族內部)에 무슨 평화(平和)가 있었는가? 우리 민족을 내팽개쳐두고 서양인들이 주는 노벨(Novel) 세계인류평화상을 무슨 수로 받았는가? 지역감정을 일으켜 특정 지역에서 100% 당선 가능케 하였던 국회의원 공천헌금을 사용한 것이었던가?

외환위기 사태 수습을 위한 공적자금 투입 창구역할을 하면서 해당 업체나 기업으로부터 받은 특정 세력자나 단체(團體) 김대중의 아태재단 등. 가 받은 뇌물 리베이트·rebate. 을 사용한 것인가? 만약에! 부도에 허덕이는 우리 기업에게 뇌물 먹는 파렴치는? 국민 전체가 부담한 공적자금(公的資金)을!

노벨평화상을 받고 보니 명예(名譽)와 권위(權威)가 생겨서 전과 있는 자식이 전남 무안 국회의원에 당선되도록 고취하고 열린우리당(黨)의 후신인 통합민주당과 인민주의적인 잡정당(雜政黨)의 통합에 간여(間與)하고 합당을 부추길 수 있었으며, 대통합민주신당(大統合民主新黨) 사실은 전라도 지역당인 도로 인민민주당임. 을 만들어낸 상왕(上王) 노릇을 할 수 있게 된 것이었던가?

정말로 우리 민족으로써 부끄러운 일이며, 노벨평화상 수상시에는 정치적 탄압으로 암살 위기를 여러 차례 받으면서 민주주의를 성취하였다고 외국인들에게 말하였다. 그것이 세계인류평화상을 받는 소감이었던가? 웃긴 일이다. 그 놈(其者)이 말하던 민주주의(民主主義)의 목적(目的)은 무엇이었던가?

우리의 주적(主敵)은 북한의 공산당(共産黨), 그들의 정권(政權), 그들의 주체성(主體性)의 본산인 김정일 일가(一家)와 그 추종권력자들인 것이다.

국방위원장 즉, 그들 나라의 국가원수(元帥)로써 군부(軍部)를 틀어잡고 권력을 유지하며, 굶고 있는 불쌍한 인민들을 통제하고 핍박하고 있는 독재자 김정일이며, 북한의 모든 백성들은 우리 민족이고 동포이다.

우리 백성들은 막연(漠然)하게 통일(統一)만을 외치고 물자교류나 지원만 하고, 공영방송이나 신문 등 인민주의 언론(人民主義言論)을 통하여 연일 민족애(民族愛)만을 고취하고 있었다.

정치의 정상(頂上)에 있는 남북의 위정자들이 우리 백성들과 북한 인민들의 인기만을 얻고 세월만 보내고 있었던 것이다.

우리 선조님들의 정신(精神)인 서로 돕고 화합(共和)하는 인본주의(人本主義) 홍익인간(弘益人間)의 이념(理念)은 잊어버리고 우매(愚魅)한 대중 노동자들을 평등하고 살기 좋은 지상천국(天國)으로 인도하겠다고 하는 칼 마르크스(Karl Marx, 1813~1830)의 인민공산주의(人民共産主義) 이념(理念·Ideology)으로 짙게 물들어 북한 주민을 굶기고 있는 북한 인민노동당의 술수에 놀아나고 있었던 것이다.

지금 북한에는 경제 주체 즉, 주식회사 같은 기업체(企業體)가 없다. 북한 주식회사 김정일 혼자서 인민들의 공무원인 노동당원을 시켜서 감독하며 열심히 일한다고 하는데 이래 가지고서야 어떻게 되겠는가? 북한이라는 정권 그 자체가 북한에 있는 유일한 북한 주식회사 전체전제주의(全體專制主義) 인민 전체를 오로지 인민공산주의 이념으로 통제만 하는 것이 옳다는 주의주장. 사장인 셈이다.

그러므로, 우리 위정자(爲政者)는 이러한 사상범(思想犯)인 북한 공산당의 괴수(魁首)들이 우리에게 저항 없이 빠른 시일(時日) 내 투항하고, 사상통일(思想統一)을 하여 완전한 우리 민족통일(民族統一)이 되도록 하는 대책을 강구하여야 한다. 통일 후 지금 그들이 갖고 있는 김일성주의사상(金日成主義思想)과 앉아서 부역 같은 노동(勞動)을 하면서 개떡 같은 배급받아 얻어먹고 살고 있는 북한 주민들의 이념(理念·Ideology)인 인민공산주의사상(人民共産主義思想)이 남아서는 아니 된다.

그들, 인민공산주의(人民 Communism) 사상범(思想犯)들인 북한의 수괴(首魁)도 우리 민족인인만큼 생(生) 삶. 을 보장하는 법(法)을 만들어, 시급한 민족통일(民族統一)을 이룩할 수 있도록 미래(未來)로 향하는 대책(對策)과 꾀(知慧) 지혜. 가 있는 지도자(指導者)를 우리는 원(願)하고 있다.

무늬만 보수(保守)가 아닌 참다운 우리 민족의 홍익인간(弘益人間) 사상을 가진 예(禮)·의(義)·도덕(道德)·윤리(倫理)를 보수(保守)하는 우리 민족심(民族心)이 있는 지도자(指導者)를!

인민대중(人民大衆)들의 인기(人氣)만을 취하고, 그들의 지지만 얻어 당선되고 자신만의 영달(榮達)만을 취하며, 우리 민족의 융성(隆盛)을 방해하는 지금의 촛불시위 등을 부추기고 참여하는 정치인들을 우리는 철저히 배척하여야 한다.

일부 양심 있는 외국인들은 과거 공화당 정권의 대통령을 대하는 지금의 세태를 빗대어 한국인은 지도자다운 지도자를 알아주지 아니하는 정말 이상한 사람들이라고 한다.

요(要)컨대, 이때까지 우리나라 60년 정치사(六十年政治史)에 존재(存在)하였던 민주·민주주의라는 것은 특히, YS·DJ·NH 시대의 모든 민주(民主)라는 것은 인민(人民)의(of the people) 인민(人民)에 의한(by the people) 것만 있었을 뿐, 국민을 위한(for the citizen) 것은 아무것도 없는, 목적(目的)없는 허망한 인민민주정치(人民民主政治) 즉, 결과실(結果實)이 없는 부존재정치(不存在政治)만 하였을 뿐, 그놈(者)들이 우리 지도자 행세를 하면서 선동하여 저질러놓은 난장판, 오늘의 우리나라를 다시 예(禮)·의(義)·윤리(倫理)·도덕(道德) 즉, 뜻 있고 미래가 있는 대한민국, 세계인들로부터 존경(尊敬)받는 고요(高堯) 높고 빼어난. 한 우리 민족이 되도록 지금부터 우리 함께 노력하며 선인(仙人)들처럼 영원한 우리 민족의 삶(永生·forever Life)을 우리 후세 자식들에게 물려주어야 한다.

한편, 서양으로부터 들어온 서양 종교적인 천부인권설(天賦人權說)에 의한 평등사상(平等思想)과 칼 마르크스(Karl Marx)의 계급투쟁설(階級鬪爭說)에 의한 인민민주 평등사상(人民民主平等思想)은 모든 인류(人類)에게 투쟁과 싸움을 일삼게 하여 즉, 불교적 개념으로 각자들의 업(業)을 쌓은 결과(結果)가 되어 만인류(萬人類)의 삶을 평준하향화(平準下向化)시키는 사상(思想)인 것이며, 이 세상(世上)에서 사람을 죽이는 가장 더럽고 무섭고 예리한 칼은 인간의 마음이다. 이상의 모든 인간 평등(人間平等·Human Eqality) 이 평등은 인간들에게만 있는 관념일 뿐 모든 생물계는 평등이라는 개념이 없다. 인민민주(人民民主) 등의 좌익이념(左翼理念)은 가장 더러운 인간의 마음을 발산하는 것일 뿐이다.

지금, 우리 민족은 단군(檀君)님의 인본주의(人本主義) 홍익인간(弘益人間)의 뜻을 세계에 펼치면서 덕성(德性) 있는 인간에 의하여 만든 인간다운 법, 법률(法律)에 의한 정치(政治)를 하여야 하며, 계속하여 그 상위개념(上位概念)인 큰, 덕(德)에 의한 정치를 의도(意圖)하여야 하고, 백성(百姓)들은 도덕(道德)·윤리(倫理)·예(禮)·의(義)를 인간질서(人間秩序)로 삼아 선인(仙人)같은 삶을 살아가야 할 시점에 도달한 것이다.

우리 외부의 강대국(强大國)들은 북한의 핵무기를 문제 삼아 남북한 당국과 합하여 6자회담을 추진하고 있다. 과연 그들은 우리와 북한 정권을 끌어들여 6자회담(六者會談)하여 무엇을 노리는 것인가? 공산 체제에서 능률성과 창의성이 부족하여 물자가 부족한, 굶주리는 우리 동포들에게 강대국인 그들은 과연 무엇을 베풀어주었던가?

북한을 달래기 위하여 보내는 모든 물자와 그 경비는 거의 우리에게 부담시키고 있다.

아랍 민족들과 연계되어 그놈들의 세계 전략에 걸림돌이 된다면 이를 제거하여야 할 경비는 그들이 부담하여야 하는 것이다.

북한에 있다고 하는 몇 개의 원시적인 핵무기(核武器)를 문제 삼고 있는 그놈들은, 대륙간탄도탄(大陸間彈道彈·Intercontinental Missile)이나 순항유도탄(巡航誘導彈·Cruise Missile) 등 최신 운반 장비에 의한 핵무기(核武器) 수만 발씩을 가지고 있다.

그들은 우리 민족을 남북한(南北韓)으로 갈라놓고 간섭하고 윽박질러 우리 민족의 통일을 방해하며, 우리 민족의 분열을 계속 획책(劃策) 그들은 이미 남북한 각각을 國際聯合·국제연합·UN에 가입시켰다. 중국과 대만 간은 지금 어떻게 되어 있는가? 하며 이미 차지하고 있는 만주·동부 시베리아·연해주를 그놈들의 땅으로 기정사실화시키기를 도모(圖謀)하고, 우리 민족 통일을 방해하여 통일(統一)된 우리 민족이 그놈들 각각의 안전(安全)과 그놈들의 세계전략(世界戰略)에 걸림돌이 되지 아니하도록 하기 위함이다.

아무리 그들이 막아봐야 우리 남측도 수많은 발전 원자로의 연료를 이용하여 몇 달 내 우리 젊은 박사들과 기술자들과 모두 힘을 합하여 만들어 낼 수 있다. 우리 기술과 능력을 나는 믿고 있다. 강대국들은 정말 웃기는 짓을 하고 있다. 왜놈들도 이미 수백 톤의 플루토늄을 갖고 있다.

또한, 북한을 이라크·이란과 함께 악의 축(惡之軸) axis of evil. 이라 하여 이슬람 국가들과 합하여 테러 국가로 지목하고, 북한의 핵무기가 아랍민족의 힘과 연결되어 그들의 세계 주도권 행사에 공포물(恐怖·Terror物)이 될 것을 우려하고 있는 것이다.

우리 민족은 떼놈·로스케·왜놈들에게 둘러싸여 그 속에 갇혀 있는 것이다.

그러므로, 우리는 그들의 틈바구니에서 살아남기 위해서 또, 인민민주 공산주의 사상에 젖어있는 북한을 합하는 민족통일을 위하여, 부당한 점이 있더라도 과거사를 접어두고, 미국(美國)과 원교근공책(遠交近攻策)에 의한 확실한 동맹(東盟)체제를 공고(共固)히 계속 유지하여야 하며, 강대국들의 틈에 끼어 있는 우리가 살아남기 위하여 우리도 전쟁억제력(戰爭抑制力) 즉, 핵무기(核武器·Nuclear Weapon)를 가져야 한다는 말이며 다만, 공세적(攻勢的)방어(防禦)를 위한 것이라야 한다.

그러나 한편, 미국과 러시아는 일제로부터 광복한 우리 민족을 그들의 술책(術策)대로 두 동강내어 분열시켰던 과거의 책임(責任) 모스크바 삼상회의. 을 미루고, 미국은 일본에 우리 민족이 병탄되는 것을 합작(合作) 가쓰라태프트 비밀조직. 하였던 공동 정범(共同正犯)인 것이다.

물론 떼놈에게도 6·25사변 후반에 인민공산당·팔로군(八路軍) 사령관 팽덕회. 을 인해전술(人海戰術)로 투입하여 다 된 남북통일을 방해하였던 책임을 물려야 한다.

우리 민족 동포 독자 여러분! 앞에서 언급하였던 그들 세계 4대 강국들의 우리나라 침략을 위하여 뜯어 먹기 식의 가쓰라태프트밀약·청일전쟁·러일전쟁·영일동맹 등등은 말할 것도 없거니와, 원자탄(原子彈)으로 일본을 패망시킨 후 모스크바삼상회의에서 우리 민족에 대한 미소 분할 신탁통치와 유엔 내부에 국제원자력협의기구(IAEA) 설치하였던 것 등은 우리 민족사(民族史)가 또다시 이민족들에게 짓밟히고 있는 것을 뜻하는 것입니다.

한편, 맥아더 원수(元帥)의 만주폭격론(滿州爆擊論)은, 미국 32대 대통령 루스벨트 유대인·Jews. 의 하수인이었던 33대 트루만(Harr Truman) 일본에 원폭 사용을 決定·결정한 사람. 자기들에게 거역하는 자는 모조리 휩쓸어버려려 한다 라는 야훼·YAWHEY·여호아 서양 종교 구약의 참조. 의 노여움을 사서 한국전쟁 중이던 맥아더 장군을 태평양 휴양지의 어떤 섬으로 소환해 해임함으로써 "노병은 사라진다"는 말과 함께 실패하였었고, 그 후 미 유럽군사령관으로 2차대전을 수행하였던 독일 게르만 민족주의 히틀러(Hitler)의 나치당을 도륙하고 귀국하여 미 대통령이 되어 한국전쟁을 휴전으로 종식한 아이젠하워(Dwight David Eiseenhower, 1890~1969)가 지독한 유대인(猶太人·Terribe Jewish)이었음을 독자들은 깊이 고려(考慮), 음미(吟味)하여 보시기 바랍니다.

수많은 근세 서양 음악가들, 은행가들이라고 하는 합스브르그 고리대금융자들, 원자탄 이론을 만들어낸 아인슈타인, 공산사회주의 이론을 만들어낸 칼 막스(Karl Marx), 서양 종교의 야훼(YAWHEY·여호아)와 예수 그리스도(Jesus Christ)와 함께 20세기까지 전 세계를 주도한 인종(人種)들이 유대인이었다라는 말입니다.

우선 삶에 쪼들려, 여유가 없어서 먹고 살아야 하는 우리 자신들의 삶에 지치고 취하여 바쁜 관계로 망각(忘覺)하고 있습니까?

6자회담(六者會談)은 우리 민족 전체 '삶'에 아무런 보탬을 주지 않는다. 미국의 흑인 여자 국무장관은 우리나라를 방문(2005. 3. 20)하여 북핵을 포기하면 북한 정권의 안전을 보장하고 많은 대가를 부여하겠다고 서슴없이 말하였다. 북한 정권의 안전을 보장한다면 남북통일(南北統一)은 요원한 것이다.

남북을 제외한 주변의 4강국은 우리 민족을 계속 분열시켜 놓고 그놈들의 기득권(旣得權)을 계속 유지 확보하면서 추가 이익을 계속하여 뜯어갈 것이다.

남북회담이 먼저이고, 우리는 우리 힘만으로 통일하여야 하며, 그들의 이익을 위하는 그놈들의 간섭으로 쪼개어지고 분열되어서는 아니 되며, 모두가 열심히 일하고 공부하여 자주국방(自主國防) 이상의 국방력을 갖추어야 한다. 국제사회에서 힘이 없는 나라와 그 국민들은 바보가 되고 대우를 받지 못하며 핍박을 받아 멸망(滅亡) distroy·망하여 없어짐. 하게 된다.

그리하여도 민족 내부에서 계층별로 처한 입장에 따라 패거리당(黨)을 만들어 젊은 자식층들과 부모세대들 간에 이념(理念·Ideology) 차이로 서로 욕보이며 또, 노사간(勞使間)의 이념(理念) 生覺·생각. 차이로, 평등(平等)을 요구하는 인민들에게 갈라먹기 식의 하향평준화(下向平準化)정책을 계속 시행하며, 정치인들은 인민들과 함께 우선 눈앞의 자기이념(自己利念)에 맞는 정책만을 계속 시행하여, 민족 전체의 융성(隆盛)은 안중(眼中)에 두지 아니하고 세월(歲月) 시간. 만 흘려보낼 것인가요?

지금 세계(世界)의 민족국가(民族國家)나 합중국(合衆國) 여러 민족들이 합하여 만든 나라. 이나 연합국가(聯合國家)들은 반드시 자신들의 나라를 미래까지 융성시킬 수 있는 주체세력(主體勢力)들이 있다.

아메리카합중국 미국(美國)은 주체 세력이 백인(白人·Cro-magnon man)이며, 흑인(黑人·Black people)들과 히스패닉(Hispnic)계 토속인과 남미 스페인계와의 혼혈인. 의 인구 비율은 많아야 각각 10~15% 안팎이라고 생각되며, 그들은 백인(白人)의 들러리이다. 구(舊) 소비에트연방 러시아를 포함한 다민족 국가. 이나 현재의 중국도 이와 마찬가지이다. 이렇게 말하는 나는 극우(極右) 우리나라 우리 민족(民族) 국수주의자(國粹主義者)이며 철저한 우리 민족주의자(民族主義者)이다.

지금 우리 시대의 국제화(國際化)라는 우리가 세계 속에 섞여 살아야 한다는, 유행사상(流行思想)은 허망(虛妄) 아무것도 없는 것이며 거짓이 많고 근거가 없음. 하기 짝이 없는 것이다.

우리는 힘이 있어야 한다. 힘이 부족하기 때문에 일본 놈들은 독도(獨島)가 자기들의 것이라고 하며, 중화 떼놈들도 과거 우리 조상(祖上)님들이 살던 땅이었던 만리장성(萬里長城) 이북, 요동반도 만주·연해주 일부를 역사학문적(歷史學問的) 으로도 자기들의 것이라며 이곳을 자기들의 땅이라고 기정사실화(既定事實化)하기 위하여 그놈들의 둥베이공정(東北工程)이라 하고 있는 것이다.

과거 국경개념(國境槪念)이 없이 우리 조상님들이 흩어져 살고 있었던 고구려·발해·연해주(延海州) 땅에 떼놈들과 로스케가 불법 강제(不法强制)로 기어들어 와서 살고 있을 따름이지 거기에 무슨 얼어 죽을 역사학문적 이론이 필요한 것인가? 한편, 지금 중국도 구소련처럼 개방되면 각 민족들로 독립(獨立)하게 될 것이다. 우리는 이때를 놓치지 말아야 한다. 지금 티베트, 위구르, 신장 등지에서 소수 민족의 반중국운동이 일어나고 있다.

전쟁(戰爭)은 국가간·민족간의 생존경쟁(生存競爭)으로 일어나는 것이다. 핵무기(核武器)는 E=MC²이라는 아인슈타인 핵물리학 상대성 이론(相對性理論)으로, 지구상에 있는 방사성원소(放射性元素)의 질량(質量)을 에너지로 변환시켜 열·폭풍·방사능 등의 가공할 파괴력을 발생시켜 인간세계(世界)뿐만 아니라 삼라만상의 계(界)를 순식간에 황폐화시키고 멸망하게 만든다. 이 상대성이론을 더욱 기술화(技術化)하여 원자핵을 융합하여 폭발력을 크게 확장시키고, 방사능(放射能)이 적은 수소폭탄(水素爆彈)도 그놈(者)들은 가지고 있다.

그들은 1945년 태평양전쟁 종전시에 일본의 나가사키·히로시마에 지금으로 보아서는 적은 수십 킬로톤(kt)의 다이너마이트 폭발력에 해당하는 핵무기를 인간 세계에 직접 사용함으로써 그 위력을 실험하고 체험(體驗)하였었다.

종전 후 그들은 모스크바 삼상회의에서 국제연합(UN) 내부에 국제원자력기구(IAEA)를 설립키로 하고, 자국(自國)이 가진 핵무기는 당연하고 약소 민족국가들이 가지는 일은 없도록 조치하고 있는 것이다.

그들 강대국들은 과거에 자기들끼리 운반 수단인 대륙간탄토탄(大陸間彈道彈·Inter-Continental Missile)을 줄이고 핵탄두의 수량(數量)을 줄이자는 협약을 시도한 적이 있었으나 각국의 주도권(主導權)이나 동맹국(同盟國) 간의 이해관계(利害關係) 싸움으로 해결보지 못하고 있는 것이다.

1960년대 초 미국 제35대 대통령인 케네디(John. F. Kennedy, 1917~1963)의 암살은, 소련의 국제공산주의(國際共産主義·The Comintern)가 쿠바(Cuba)의 카스트로와 합작하여 미국을 고립시키자, 핵전쟁도 불사하겠다는 과도한 반발을 하여 전 세계를 지배하고 있는 백인들이 공멸(共滅)하게 된다는 위기의식을 가지게 된 것 때문이었다라고 생각된다.

그러므로, 케네디 대통령의 암살은 백인들, 그들의 육신(肉身)의 중조(中祖)인 예수(Jesus Christ)의 가르침을 따르며, 그를 절대신(絶對神·The God)으로 모시는 지독(至毒)한 백인들의 에고이즘(Egoism), 민족주의(民族主義)의 본산(本山)인 모사드(Mossad)의 소행이라고 생각된다.

모사드는 일반인에게는 실체(實體)가 보이지 아니하는 조직(組織)으로 어느 국가의 첩보기관보다 막강한 조직이며, '기만에 의하여 전쟁을 수행한다(By way of deception, thou shalt do war)'라는 좌우명(左右銘·Motto) 아래 그들 백인민족들의 보안(保安)을 위한 정보(情報)체계를 확보(確保)하고 지구촌(地球村)의 레이더(radar) 역할을 하며, 주로 사람에 대한 인간정보(人間情報·Humint)를 수집하여 비밀공작(秘密工作)으로 요인(要人)을 암살하는 등의 임무를 수행하거나 대공포전(對恐怖戰·Anti Terror) 활동활동을 하여 자기들의 이익(利益)에 방해되거나, 앞으로 방해될 상대방타민족(他民族)들의 지도자(指導者)들을 암살하여 슬기로운 예봉(銳鋒)이나 예기(銳氣)·예지(銳智)를 꺾어버린다.

그들의 과거 활동은 독일 게르만민족 국수주의, 나치즘의 대부(代父)였고, 유대민족을 말살하려 한 아우슈비츠 독가스 살해사건의 살아있던 주범, 독일 국가안보경찰본부 유대인 담당 과장이었으며 나치스 친위대(육군보안사) 육군 중령, 아이히만(Adolf Eichmann, 1906~1962)을 남미(南美)에서 찾아내어 전쟁범(戰爭犯)으로 사형(死刑)시켰으며, 엔테베 공항 기습작전, 독일 뮌헨올림픽 이스라엘 선수단을 테러한 검은 구월단을 체포하여 사형시켰었다.

이 검은구월단은 반이스라엘 무장단체로 아마드 야신(Ahmad Yasin, 1937~2004)이 1987년에 조직한 하마스(HAMAS)라는 비밀결사조직의 전신(前身)으로 생각되며, 현재에는 아랍민족들의 민족정신(民族精神)의 실체(實體)인 오사마 빈 라덴(Osama bin Laden, 1957~) 사우디아라비아 출신 건설회사 사장. 아프가니스탄전쟁에서 소련군과도 싸웠으며, 파키스탄의 친 러시아 정권과 싸우다가 부상당하였음. 이 이끄는 무장단체가 1, 2차에 걸쳐 이라크의 범아랍주의를 분쇄 속칭 걸프전·Gulf war와 대 이라크 전쟁(후세인·Saddam Hussein, 1937~2006. 12. 30. 교수형 당함). 한 미국에 대하여 세계무역센터 건물을 테러(Terror) 폭파하였던 것이다.

미국도 CIA라는 조직이 있으며, 러시아도 KGB 조직이 있고, 영국도 007 제임스본드의 역할을 하였던 M15, M16 그리고 대만 등 세계 각국은 자기 민족과 조국(祖國)의 번영과 융성(隆盛)을 위하여 정보부대(情報部隊)를 운영하며, 이스라엘의 정보기관(情報機關)은 미국·러시아·영국 정보기관들은 백인(白人), 그들만의 우월성 유지하기 위하여 묵시적(默示的)으로 내통(內通)하고 있다고 생각된다.

1974년 8월 15일, 서울국립극장에서 광복절 기념행사 도중에 조총련계 문세광(文世光)에게 피격되었던 육영수(陸英修, 1925~1974) 사회봉사단체인 양지회 설립, 어린이대공원·어린이회관 건립 주도, 소년소녀 잡지 〈어깨동무〉 발간, 불우청소년 직업보도를 위한 정수직업훈련원 설치, 서울대학교 기숙사인 正英舍·정영사를 설치, 전국 여성회관 9개소 건립, 미망인 자활공장 설립, 양로구호사업으로 월요敬老會·경노화를 만들었음. 여사와 대통령 저격 미수사건은 왜놈들과 북한의 합작품(合作品)이며, 한국과학기술원장과 소설 『무궁화 꽃이 피었습니다』에 나오는 실존 인물 유기소 박사 등과 도청장치가 없는 청와대 화장실에서 핵무기(核武器·Nuclear Weapon)를 만들기 위하여 토론하고, 자주국방(自主國防)을 외치던 박정희 대통령을 우리나라 정보기관의 총책이었던 김재규가 암살토록 한 배후에는 서양 백인들의 그들 절대신(絕對神·The God) 앞에 그들만이 평등(平等)하고 그들만이 구원(求願) 어려운 것에 대한 지원을 받고 원하는 대로 얻어짐. 받는다는 지독한 백인 에고이즘의 본산(本山)인 그들의 종교(宗教)와 그들의 정보기관(情報機關), 모사드(Mossad)의 암묵적인 교시(敎示)가 있지 아니하였을까?

우리나라의 강성(强盛)과 융성(隆盛)은 그들에게 불리(不利)한 것이며,

아무런 민족의식(民族意識) 없이 또, 뒷감당할 아무런 준비도 없이 대통령을 암살한 김재규는 과연 우리 민족 정보기관장(情報機關長)이었을까? 머리 나쁜 석두(石頭)였을까? 아니면 거사(擧事) 이후를 보장하겠다는 외세의 정보기관과 내통하여 일을 저지르고 난 후 그들에게 배신당하였던 것인가?

가난(家難)한 농민의 아들로 태어나서 어려서부터 노동을 하였기 때문에 정규교육은 거의 받지 않았으나 독학(獨學)으로 변호사가 되고, 제16대 미국 대통령이 되었던 링컨(Lincoln Abraham, 1809. 2~1865. 4. 15)은 미국 남부에서 그리스도교도인 백인(白人) 우월주의자 연극배우 부스에게 암살당하였다.

링컨은 1856년 흑인 노예제도에 반대를 표방하며 공화당(共和黨)에 입당하여 정치활동을 한 후에 민주당(民主黨)의 대통령 후보 더글러스와 공개토론(公開討論)에서 "쪼개어져 싸우는 집(家)은 일어설 수 없다", "반(半)은 노예 반(半)은 자유인(自由人)의 상태에서 영구히 이 나라는 계속될 수가 없다"는 내용의 말로 유명하여지게 되었었다.

1860년, 공화당 대통령 후보로 지명되어 노예제도를 계속 유지하여야 한다는 브리켄지와 백인주권(白人主權)을 더욱 중시(重視)하던 더글러스의 두 명의 후보(候補)로 분열된 민주당(民主黨)을 공화당(共和黨)의 링컨이 인물 삼각구도(人物三角構圖)로 선거전략을 이끌어서 대통령(大統領)으로 당선되었었다.

그러나 그는 대통령에 당선되었으나, 그들의 절대신 앞에 만민이 평등하다는 예수교(Jesus敎)를 믿으면서도 노예제도를 계속 유지하겠다던 미국 남부(南部)의 여러 주들은 합중국(合衆國)을 이탈하여 남부연합국(南部聯合國)을 결성하였었다.

이미 노예제도를 시행하고 있었으며, 노예를 가지고 있던 남부의 여러 주(州)들은 흑인 노예를 무조건 해방(解放)시킬 생각이 없었으며, 1861년에 대통령에 취임한 링컨은 "나의 최고의 목적은 연방을 유지하는 것이며,

연방이 잘 살도록 구제(救濟)하고 경국(經國)하는 것이지 노예 해방이 아니다"라고 하였으나, 과거 그의 정치 초년병 시절에 미국의 영토 확장을 꾀하던 미국 캘리포니아 주 등 미국 남서부(南西部) 개척을 위한 대 멕시코(Mexico)전쟁에 반대하였고, 남북전쟁 당시 흑인 노예제도를 완전 폐지를 예고하고 영국 등 유럽 제국들의 남부 연합국 승인을 저지하여 일거에 전세를 역전시키고 흑인노예제도(黑人奴隷制度)를 폐지하였었다.

그 결과 크로마뇽 백인 자신들의 우월성을 망각(忙覺)한 링컨의 처사에 대하여 자신들만의 절대신(絶對神)을 믿는 기독인(基督人)이며 백인 우월주의자인 연극배우 부스에게 암살당한 것이었다.

지금 우리 민족은 누구의 조상신(祖上神)을 종교(宗敎)로 믿고 있는가? 누구에게 정신적으로 빨려들어 가서 누구의 종이 되고, 누구를 살찌우고 있는 것인가?

또, 우리 민족정기(民族精氣)를 바로 세우고 우리 민족을 대대로 융성시키며 번영시켜 나아가야 할 우리 민족의 정보기관인 대통령 직속 국가안전기획부(國家安全企劃部)와 국군보안사령부(國軍保安司令部), 검찰공안부(檢察公安部), 경찰청정보국(警察廳情報局)의 그 책임자(責任者)와 특히 대공과(對共課) 요원(要員)들은 어떠한 사상(思想)과 이념(理念)을 가지고 있으며 지금 무엇을 하고 있는가? 그들은 우리 민족 정서(情緒)와 유구한 우리 전통(傳統)에 맞지 아니하는 서양종교(西洋宗敎)와 무산인민공산사상(無産人民共産思想)을 통제(統制)하고 우리 민족정신(民族精神)을 고취하는데 심혈을 기울여야 할 것이다.

또, 우리 민족 정보기관 요원들은 앞으로 어떠한 사상을 가지고, 어떠한 방향(方向)으로 우리 민족(民族)을 이끌고 갈 것인가? 철저한 우리 민족정신(民族情神)을 가져야 된다는 말이다. 서양 조상(西洋祖上)을 믿고 따르는 서양종교(西洋宗敎)와 서양사상(西洋思想)과 특히, 막시즘(Marxism·人民共産主義思想) 唯物論·유물론 은 우리 민족의 최상대 조상님이신 단(檀)

임금님의 가르침인 인본주의(人本主義), 홍익인간(弘益人間) 정신에 정면 (正面)으로 위배된다. 심히 어려운 과제(課題)가 아닐 수 없다.

지금 우리 한반도는 또 다른 세계의 화약고(火藥庫)로 되어가고 있으나 우리는 이를 슬기롭게 풀어나가야 한다. 지금 미국·일본·호주는 우리를 빼고 필리핀 부근 태평양 해상에서 군사훈련을 하고 있다. 우리와 땅이 붙어 있는 로스케와 떼놈들은 느긋이 앉아 있는 것인가? 북한이 갑자기 붕괴될 경우 떼놈들이 깔고 앉을 공산이 크다. 이에 대한 대비책도 우리는 시급히 세워야 한다.

우리 민족은 통일하여 북한을 포함한 모든 우리 민족·동포들이 단결 (團結)하여 힘을 합하여 반드시 강성(强盛)해져야 하는 것이며, 우리끼리 계층을 나누어 싸우고 서로 이념투쟁(理念鬪爭) 각자의 理想·이상적인 생각만 을 고집하며 싸우는 것 이나 하는 자각(自覺)하지 못하는 개인 삶과 민족 전체 삶을 살아서는 아니 된다.

통일 후 우리는 과거에 우리 민족에게 저질렀던 이방인(異邦人)들의 제 국주의 침략에 대한 보상을 요구하고, 그 옛날 우리 선조들의 땅인 만주 ·시베리아·연해주 땅과 바다를 다시 찾고, 조상(祖上)들의 가르침과 삶의 철학을 믿고 따르면서 우리 민족의 갈래인 에스키모·인디언이라고 불리 는 남북아메리카 인디언들의 인권(人權)까지 확보하면서, 세계의 중앙(中 央)에 서서 떳떳이 중용(中庸)에 입각하여 우리 민족의 자랑스러운 삶을 이어가야 할 것이다.

다시 한 번 강조한다. 이상(以上)의 우리 민족 내부(內部)의 모든 것들은 이미 지나간 것인 만큼 또 다시 문제 삼고 잘잘못을 가린다면, 우리는 또 다시 조선시대(朝鮮時代)의 당파(黨派) 싸움에 따른 여러 차례의 사화 (士禍) 선비들이 자기 理念·이념을 고집하며 서로 싸워 서로 화를 입음. 와 같이 불쌍 한 우리 민족들만 도륙(屠戮) 잡혀서 죽임을 당함. 될 것이며, 행·불행(幸· 不幸)은 물론 민족의 융성(隆盛)은 기약할 수 없으며, 또 다시 이민족(異

民族(민족)들의 노예(奴隸)가 될 것이다.

나는 분명히 말한다. 우리 민족주의(民族主義)의 올바른 뜻에 의한, 우리 민족을 위한, 우리 정부(政府)와 우리 민족(民族)은 이 지구(地球)상에서 영원히 존재(存在)할 것이며 융성(隆盛)할 것이다.

사람의 삶은 맹수(猛獸)들이나 기타 자연(自然)의 위험으로부터 살아남아 인간(人間)으로 자립(自立)하여 살아 온 우리 조상 단군(檀君)시대부터는, 의식주(衣食住)가 우선이 아니고 뜻이 먼저인 일체유심조(一切唯心造) 모든 것이 마음가짐에 따라 이루어짐. 이었었다.

우리 민족 젊은이들은 태산(泰山) 같은 웅장(雄壯)한 뜻으로 청춘 입지(靑春立志)하고, 대학(大學) 공부(工夫)를 벗들과 함께 하며, 송무백열(松茂栢悅)의 정신으로 성장(盛長)하면서 수신(修身)하여, 인민층(人民層)에 해당되는 자식(子息)인 어린이·여린 부녀자·육체적으로 늙어 쇠약하고 정신적으로도 나약해진 노인(老人)·삶이 어려운 농민(農民)들·육체노동에 찌들고 정신적으로도 병든 노동자(勞動者) 도시 빈민(貧民)들을 이끌며, 제가(濟家)하고 지천명(知天命)의 때를 맞아 치국(治國)하면서, 끝으로 평천하(平天下)를 도모하여 할 것이다.

지금 우리 정치(政治)는 누추하고 졸렬하다. 나라를 경국(經國)한다는 정치인들과 행정각부(行政各部)의 공무원(公務員)들은 과거 봉건군주(封建君主) 시대의 막료(幕僚)들과 관리(官吏)들처럼 관료주의(官僚主義)를 내세우며 온 국민들의 뜻에 전횡(專橫) 오로지 가로지르기. 만을 일삼고 있는 것이다. 그들은 온 국민이 낸 세금으로 녹봉을 받아먹고 사는 진정한 우리 국민들의 머슴이 되어야 한다.

또 한편, 공무원(公務員)은 자기 생존을 위한 경쟁과 삶에 찌든 무산인민(無産人民)들에게 욕만 먹고 있는 것이다.

공무원들은 진정한 우리 민족의 머슴이 되어야 하며, 우리 온 국민이 낸 세금(稅金)으로 봉급(俸給)을 받고 국민을 통솔(統率)하는 직책(職責)에 보직(報職)되어 있으므로, 모든 국민들을 주인(主人)으로 섬겨야 하며, 모든 공무원 된 도리를 다하여야 할 것이다.

우리 헌법(憲法)은 입법(立法)·사법(司法)·행정(行政)의 삼권분립(三權分立)으로 우리 전 국민들이 삼권(三權)의 횡포를 막고, 국민 스스로가 자기 권리(權利)를 행사할 수 있으며, 국민 된 의무(義務)를 다하며 행복하게 살 수 있도록 제정(制定)한 온 우리 국민들의 민주헌법(民主憲法)이다.

우리 헌법은 1948. 7. 17 제정(帝政)한 후 국민의 뜻을 대의(代議)하는 국회의원(國會議員) 제적 2/3의 찬성(贊成)으로 수차례 개정(改正)되어 대한민국 정부(政府) 관인(官印)이 찍혀 정부문서보관소에 보관중인 그 정본(正本), 이것이 우리 민족의 헌법(憲法)이다.

위정자(爲政者)는 국회의원 재적 1/2 이상 찬성(贊成)으로 제정(制定), 개정(改正)한 헌법(憲法)테두리 범위 내의 예하법(法·法律·법률)을 행(行)하는 정치(政治)를 하여야만 하는 것이다. 지난 2~30년간의 좌익이념(左翼理念)을 가진 위정자가 이 우리 헌법(憲法)에 위배되는 법률(法律)을 자기 마음대로 제정(制定)하고 해석(解析)·집행(執行)하였던 무산인민주의적인치(無産人民主義的人治)는 우리나라를 자유자민주법치주의(自由者民主法治主義) 국가가 아닌 인민독재국가(人民獨裁國家)가 되게 하였던 것이다.

우리 민족은 과거 개념인 사농공상(土農工商)의 최하위(最下位) 개념에 해당하는 쌍놈(商者)쟁이 코쟁이·X쟁이·예수쟁이 즉, 商者·쌍놈인 서방 백인들과 함께 예수의 精神·정신, 氏·씨, 즉, 뜻을 파는 자, 목사·신부 등 속칭 성직자들은 평생토록 우리 민족을 위하여 무슨 부가가치를 생산하였는가? 우리 민족인들이 이미 다 알고 있는 2000여 년 전에 죽은 鬼神·귀신 예수의 思想·사상을 팔아 우리 민족들에게 十一條·십일조만 받아 배불리 처먹고 종교 권위를 행사하며 우리나라에서 처분한 돈을 제외한 나머지 可處分所得·가처분소득은 敎皇廳·교황청 등 서양 백인들에게 절 모르고 시주하는 놈들이며, 잡귀 如乎我·YAWEY·여호아('내가 곧 너희니라'라는 뜻)의 충직한 개(狗)이며 우리 民族魂·민족혼·얼빠진 놈들이다. 장사·쟁이가 사촌을 속이지 아니하면 배가 아프다는 잠언 참조·민족의 양심으로 이놈들은 정직해야 한다. 이놈들은 교활하고 미끄러운 혓바닥을 놀려 허위 거짓말을 밥 먹듯이 하면서 우리 민족을 휘어잡아 서양놈들의 음흉한 뜻을 팔러온 씨팔놈·氏賣者, 用間·용간 간첩 놈들이다. 들을 철저히 배척하여야 한다. 뜻(志) 있는 우리 민족정신(民族精神)을 가지고 있는 농·공·상(農·工·商)인들은 열심히 농사(農事)를 짓고, 기업(企業)을 잘 운영하며, 무역(貿易)을 하여 생필품을 고루 분배하는 역할을 하고 있으며 부(富)를 축적하며, 모든 국민들을 잘 살(好生·Well being)게 하고 있는 것이며, 지금은 직업(職業)과 뜻에 귀천이 없다.

모든 우리 민족 모두가 나라에 대하여 납세(納稅)·교육(敎育)·근로(勤勞)·국방(國防) 등 의무(義務)인 책임(責任)을 스스로 기쁘게 열정적으로 수행하여야 하며, 이것을 자신의 행동으로 실행(實行)하지 아니할 경우에는 우리 국민 스스로가 선출한 국회의원들이 만든 법률(法律)로 처벌하고 처벌당하는 불필요한 악(惡)을 만들게 되며 불쌍하고 가난한 인민(人民), 쌍놈들의 나라가 될 것이다.

지금 우리 일각에서 경제적인 문제에만 도덕적해이(道德的解弛·Moral Hazard) 운운하는 추세에 있으나 특히, 정치인(政治人), 노동조합(勞動組合) 소속 노동자, 전교조(全敎組), 서양 종교를 비롯한 종교 승려(宗敎僧侶) 인민영합주의를 하는 국회의원, 판검사를 비롯한 고위 공무원(公務員)들 또, 한창 공부하는 대학생층, 젊은이들 거의 우리 민족 모두는, 우리나라 우리 국가라는 큰 뜻, 큰 틀의 입장에서 본다면, 윤리·도덕(倫理·道德)과 인생 삶의 질서(人生秩序)가 없는 도덕적 해이(道德的解弛) 상태이다.

법(法·法律)은 우리 온, 백성(百姓)들이 지켜야 할 최소한의 윤리(倫理)·도덕(道德)·질서(秩序)인 것이다.

우리 국민 모두는 확실히 자각하여 이를 각자 반성(反省)하고 각자(各

自)는 주체성(主體性)을 가지고 스스로 권리(權利)를 행사하고 또, 그 의무 (義務)인 책임(責任)을 다하며 인간(人間)을 포함한 자연(自然)의 모든 삼라만상(森羅萬象)에 대하여도 예(禮)를 지키며, 스스로 도덕(道德)과 윤리(倫理)를 지키며 질서(秩序)를 유지하고 살아가는 것이 우리 민족들의 "참삶(眞人生)"이다.

이렇게 할 경우, 우리 민족은 남북통일뿐만 아니라 옛날 고조선(高朝鮮)의 땅과 바다의 모든 산물(産物)들과 우리 민족정신(民族精神)의 실체(實體)인 홍익인간정신(弘益人間精神) 이 神聖·신성은 세계의 모든 국가주의·민족주의, 심지어 모든 宗敎·종교와 思想·사상을 包越·포월한다. 을 결합시켜 행복한 우리 민족의 이화세계(理化世界) 世界·인간계를 理想化·이상화함. 를 이룩하여 아름답고, 착하고, 참된 인간(人間)들의 삶을 달성(達成)시킬 수 있다. 우리는 배달민족(倍達民族)이다.

천학비재한 건방진 필자의 말이지만, 이 글은 우리 민족 미래의 조짐(讖) 참. 을 도모(圖謀)하기 위한 정감록(鄭鑑錄) 나라 정, 새길 감, 문서 록 즉, 온 나라가 마음 깊이 새겨야 할 문서. 으로 쓴 것이다.

이 글이 외국인들이나 이민족(異民族)들에게 읽혀지지 않기를 희망하는 바이며 더불어, 천학비재한 필자의 반복된 문장과 지루한 글 솜씨를 나무라지 아니하시고 여러 차례 수정하여 주신 출판사 직원들 제위께 감사드리며, 끝까지 읽어주신 독자 제위께 이해와 용서를 바랍니다.

2009년 11월
靑元 朴錫龍